→ 新西南剧展开幕式合影

→ 演出成功后，著名表演艺术家黄婉秋与同学们合影

→《秋声赋》入选中国校园戏剧节复排仪式

→《秋声赋》上海交通大学演出后合影

→《桃花扇》黄姚古镇演出后合影

→ 与北京师范大学联合召开"师范大学戏剧学科发展暨高校戏剧实践研讨会"

→ 南宁锦宴剧场演出后，广西壮族自治区人民政府副主席李康与几位难童扮演者交谈

→ 赴上海参赛前领导专家与演员交流

→《秋声赋》上海演出前领导、嘉宾、指导老师合影

→《秋声赋》上海参赛后演员、指导老师及演员家属合影

→《秋声赋》上海参赛后演员开心合影

→《秋声赋》上海演出后部分演员、指导老师与校友王杰教授合影

→《秋声赋》剧照

→《秋声赋》剧照

→《秋声赋》剧照

→《桃花扇》剧照

→《桃花扇》剧照

→《桃花扇》剧照

→《旧家》剧照

→《旧家》剧照

广西2014年度特聘专家项目

广西2015年度文化精品项目

2015年度新世纪广西高等教育教学改革工程重点项目

新西南剧展

黄伟林　刘铁群 ————主编

GUANGXI NORMAL UNIVERSITY PRESS

广西师范大学出版社

·桂林·

图书在版编目（CIP）数据

新西南剧展 / 黄伟林，刘铁群主编. —桂林：广西
师范大学出版社，2017.7

ISBN 978-7-5495-8783-4

Ⅰ. ①新… Ⅱ. ①黄…②刘… Ⅲ. ①地方戏－戏剧
史－西南地区 Ⅳ. ①J825.7

中国版本图书馆 CIP 数据核字（2017）第 153495 号

广西师范大学出版社出版发行

（广西桂林市中华路 22 号　邮政编码：541001）

网址：http://www.bbtpress.com

出版人：张艺兵

全国新华书店经销

广西民族印刷包装集团有限公司印刷

（南宁市高新区高新三路 1 号　邮政编码：530007）

开本：787 mm × 1 092 mm　1/16

印张：37.75　　插页：10　　字数：708 千字

2017 年 7 月第 1 版　　2017 年 7 月第 1 次印刷

定价：88.00 元

如发现印装质量问题，影响阅读，请与印刷厂联系调换。

新西南剧展指导团队

总顾问：潘　琦　王　枡

总策划：黄伟林　刘铁群

学术总指导：黄伟林　刘铁群

总导演：向　丹　刘铁群

《秋声赋》

策划：黄伟林　刘铁群

导演：向　丹　刘铁群

原著：田　汉

改编：刘铁群　向　丹

舞美设计：刘宪标

音乐总监：宁红霞

表演指导：刘慧明

服装：刘铁群

剧务：李　逊　莫　锐　何泳锦

《桃花扇》

策划：黄伟林　刘铁群

导演：向　丹　陈深辉

原著：欧阳予倩

改编：向　丹

舞美设计：刘宪标

剧务：李　逊　莫　锐　何泳锦

《旧家》

策划：黄伟林　刘铁群

导演：李　钰　马明晖

原著：欧阳予倩

改编：马明晖

剧务：盛　奥　凌　鹏　何家贵　李慧婷

新西南剧展演员团队

《秋声赋》演员团队

程鹏瑜（文学院 2011 级对外汉语专业）——饰演徐子羽

宫浩源（文学院 2013 级汉语言文学专业）——饰演徐子羽、黄志强

蔡志昂（文学院 2013 级编辑出版学专业）——饰演徐子羽

杨　芷（文学院 2011 级汉语言文学专业）——饰演胡蓼红

杨雪莹（文学院 2011 级汉语言基地班）——饰演胡蓼红、房东太太

赵泽帆（设计学院 2015 级设计学院服装与表演专业）——饰演胡蓼红

武冰洁（文学院 2015 级汉语言文学专业）——饰演胡蓼红

谭思聪（文学院 2011 级文秘教育专业）——饰演秦淑瑾

何竹叶（文学院 2011 级汉语言文学专业）——饰演秦淑瑾

黄　岚（文学院 2013 级汉语国际教育专业）——饰演秦淑瑾、难童

常　蓉（文学院 2011 级文秘教育专业）——饰演徐母

栌　慧（文学院 2012 级对外汉语专业）——饰演徐母

郭心钰（文学院 2015 级汉语言文学专业）——饰演徐母

刘　洋（经管学院 2011 级应用经济专业）——饰演黄志强

王浩楠（文学院 2013 级汉语国际教育专业）——饰演黄志强、日本兵

陆卡诺（广西师范大学附属中学学生）——饰演大纯

黎莹莹（文学院 2011 级汉语言文学专业）——饰演大纯

党里心（文学院 2014 级汉语言文学专业）——饰演大纯

李美琦（文学院 2015 级汉语言文学专业）——饰演大纯

叶良君（文学院 2012 级汉语言文学专业）——饰演难童

麦惠莉（文学院 2013 级汉语言文学专业）——饰演难童

段文俊（文学院 2015 级汉语言文学专业）——饰演难童

曾碧瑶（文学院 2015 级汉语言文学三班）——饰演难童

叶圆圆（文学院 2015 级汉语言文学基地班）——饰演难童

廖文心（文学院 2015 级新闻学专业）——饰演难童

莫光宇（文学院 2012 级汉语言文学专业）——饰演难童、日本兵

卢秋岳（文学院 2011 级汉语言文学专业）——饰演行商、日本兵

陈深辉（文学院 2011 级汉语言文学专业）——饰演日本兵

宁　愿（文学院 2014 级新闻学专业）——饰演日本兵

温超杰（体育学院 2015 级运动训练专业）——饰演日本兵

董宬毓（体育学院 2015 级运动训练专业）——饰演日本兵

孟裕人（文学院 2013 级汉语言文学专业）——饰演童子军领队汤有龄

王思衍（文学院 2012 级对外汉语专业）——饰演童子军领队汤有龄

张嘉欣（文学院 2014 级秘书学专业）——饰演童子军领队汤有龄

李德宝（经管学院 2012 级经济学专业）——饰演童子军领队汤有龄

《桃花扇》演员团队

王思衍（文学院 2012 级对外汉语专业）——饰演李香君

黄　岚（文学院 2013 级汉语国际教育专业）——饰演李香君、寇白门

李德宝（经管学院 2012 级经济学专业）——饰演侯朝宗

孟裕人（文学院 2013 级汉语言文学专业）——饰演侯朝宗

卢秋岳（文学院 2011 级汉语言文学专业）——饰演阮大铖

王浩楠（文学院 2013 级汉语国际教育专业）——饰演阮大铖、中军

陈深辉（文学院 2011 级汉语言文学专业）——饰演杨文聪

周晟旻（文学院 2011 级编辑出版学专业）——饰演吴次尾

宋　龙（文学院 2014 级汉语国际教育专业）——饰演吴次尾

龙慕瑭（文学院 2011 级对外汉语专业）——饰演陈定生

裴知松（文学院 2013 级汉语国际教育专业）——饰演陈定生

黎冬贤（文学院 2011 级文秘教育专业）——饰演郑妥娘

覃运婷（文学院 2012 级汉语言文学专业）——饰演李贞丽

梁肇著（文学院 2012 级汉语言文学专业）——饰演苏昆生

宫浩源（文学院 2013 级汉语言文学专业）——饰演苏昆生

马舒文（文学院 2012 级对外汉语专业）——饰演卞玉京

黄奕盈（文学院 2013 级汉语国际教育专业）——饰演卞玉京

张嘉欣（文学院 2014 级文秘教育专业）——饰演寇白门

麦惠莉（文学院 2013 级汉语言文学专业）——饰演小红、郑妥娘

魏永添（文学院 2013 级汉语言文学专业）——饰演柳敬亭、相爷

张毅超（文学院 2013 级新媒体与网络专业）——饰演相爷

周　毅（文学院 2013 级汉语国际教育专业）——饰演家丁、中军

莫光宇（文学院 2012 级汉语言文学专业）——饰演家丁

吴澄雨（文学院 2013 级汉语言文学基地班）——饰演小红

叶良君（文学院 2012 级汉语言文学专业）——饰演阮升

《旧家》演员团队

杜　青（漓江学院理学系 2012 级数学与应用数学专业）——饰演周天爵

吕　腾（漓江学院中文 2013 级新闻学专业）——饰演周天爵

钟枝林（漓江学院中文系 2013 级汉语言文学专业）——饰演周承先

杨新乐（漓江学院中文系 2012 级对外汉语专业）——饰演赵元华

何清清（漓江学院中文系 2013 级汉语言文学专业）——饰演赵元华

杨振宇（漓江学院音教系 2013 级编导专业）——饰演周彬

韦世宏（漓江学院中文系 2013 级新闻学专业）——饰演周彬

刘超凡（漓江学院中文系 2013 级汉语言文学专业）——饰演周继先

张　静（漓江学院中文系 2013 级汉语国际教育专业）——饰演周王宝裕

宁　璐（漓江学院中文系 2012 级汉语言文学专业）——饰演秦露丝

王　珺（漓江学院中文系 2013 级汉语国际教育专业）——饰演秦露丝

黄嘉祺（漓江学院中文系 2012 级汉语言文学专业）——饰演周裕先

莫孔昌（漓江学院中文系 2013 级汉语言文学专业）——饰演周裕先

李博来（漓江学院音教系 2013 级播音与主持艺术专业）——饰演周传先

李令涵（漓江学院音教系 2013 级编导专业）——饰演周传先

许丽丽（漓江学院中文系 2013 级汉语言文学专业）——饰演陈桂英

罗富乘（漓江学院中文系 2013 级汉语国际教育专业）——饰演莫里斯

陈承坤（漓江学院中文系 2013 级汉语言文学专业）——饰演莫里斯

龚燕玲（漓江学院中文系 2012 级汉语言文学专业）——饰演杏花

史一佳（漓江学院中文系 2013 级新闻学专业）——饰演杏花

新西南剧展校外指导专家

（按姓氏笔画排列）

王小宁：作曲家，教授，广西艺术学院研究生院院长

邓　立：新影响文化投资集团董事长

张仁胜：国家一级编剧

张树萍：国家一级演员，桂林市戏剧创作研究院院长

林超俊：广西文联秘书长，广西戏剧家协会副主席

唐　华：桂林戏剧创作研究院舞台技术部部长，二级演员

黄有异：国家一级作曲

褚家设：国家一级演员，原广西话剧团团长

蔺永钧：国务院参事，中国话剧艺术研究会会长

目
录

序一

序二

第一章　寻根漓水畔

何谓西南剧展？为什么要举办新西南剧展？70多年前的剧本如何改编？70多年前的行为心理如何呈现？舞美、音乐，教师与学生的互动，本章由新西南剧展指导教师团队讲述新西南剧展创办的心路历程。

第二章　梦回文化城

我要保留我的属性。从私情走向大爱。向角色学习女性主体意识。爱情戏还是家国戏？我们是新鲜血液。除去对话剧的热爱，还有一份历史使命感。本章由新西南剧展的学生演员讲述他们的角色体验。

第三章　故地谱新篇

　　"高冷艳"与"心很热"。发自内心的执着与热爱。感觉到自己变年轻了。音乐与文学融合，能使音乐传达更多的东西。感觉仿佛回到了历史现场。梦想注定是孤独的旅行。你一定会被那个童稚的孩子打动。本章由写作学专业研究生记述他们对新西南剧展主创人员的印象。

第四章　温故清思远

　　　新西南剧展在创意策划和实施举办的过程中，举办了多次沙龙
　　和研讨，一些历史人物的后裔、当代文艺工作者和专家学者自
　　发或应邀参加了讨论。本章为即兴发言的原始录音整理。

第五章 钩沉故纸间

剧本为一剧之本。70多年前的剧本重新搬上舞台，既需要删繁就简，更需要守护灵魂，还需要与时俱进。本章呈现新西南剧展的剧本改编，如果将原作与改编对照阅读，或许能发现改编者的匠心独运。

第六章 芳意且共赏

新西南剧展在排练和演出的过程中，吸引了许多媒体的关注。《光明日报》《中国艺术报》《中国青年报》《文汇报》《看天下》《广西日报》《当代广西》《当代生活报》《桂林日报》《桂林晚报》，等等，本章呈现媒体围观中的新西南剧展。

第七章　屐痕深浅处

从创意到策划，新西南剧展的每一步都有社会与学校的关怀。
领导的讲话，主创人员的发言，雪泥鸿爪，余音袅袅。

第八章　且行且思考

广西话剧从哪里开始？桂林曾经是一座戏剧城。大学是文化传承、文化创新和文化提升的地方。欧阳予倩、焦菊隐、夏衍等话剧大师与桂林。桂林文化城的风雅余韵。本章由新西南剧展总策划陈述策划理念，剪辑历史片断。

后　记

序 一

王 枬

  我对话剧的最初认识来源于我在广西师范大学读本科时观看的由广西师范大学中文系师生排演的话剧《于无声处》，那是在"文革"十年浩劫后文化复苏的惊雷。时隔 30 多年，我仍能回忆起当时校园里因这部话剧而带来的震撼：质朴无华的海报，才华横溢的演员，座无虚席的礼堂，热情似火的观众……我也从中体会到了戏剧于师范大学所具有的培养人才的意义。

  2007 年，我调回广西师范大学工作。在对广西师范大学校史进行深入研究后，我被这所大学深厚的文化底蕴、浓郁的戏剧传统所打动。从校史中可以看到，广西师范大学从 1932 年成立至今，经历了"西南剧展"和"新西南剧展"两段戏剧热潮。

  第一段热潮发生在 20 世纪 30 至 40 年代。1935 年，由中国文学科主任陈望道任团长的广西师专剧团排演了欧阳予倩的《屏风后》和日本菊池宽的《父归》两个独幕剧，在校内外公演并获好评。1936 年，陈望道又聘请了著名导演沈西苓，师生们排演了苏联脱烈泰耶夫的《怒吼吧，中国！》和俄国果戈理的《巡按》两个多幕剧。100 多名师生参加并在桂林公演，受到观众的热烈欢迎。观众评价说："学校剧团演出大型话剧，这是开天辟地第一遭，也是桂林有史以来第一遭。"沈西苓自豪地说："像这样的演员阵容，大教授亲自登台演戏，不要说全中国少见，全世界也少见。"[1]这"奠定了广西剧坛的稳固基石"，[2]也使广西师专声誉大增。20 世纪 40 年代轰动世

---

1 王枬、唐仁郭主编：《广西师范大学简史》，桂林：广西师范大学出版社，2014 年，54~55 页。

2 海燕：《桂林剧坛总检阅——从启蒙时期说到现在》，黄伟林执行主编：《抗战桂林文化城史料汇编》，桂林：广大印务有限责任公司内部印刷，2015 年，79 页。

界的西南剧展更体现了中国戏剧人抗日救亡的文化担当。两广的大学则是西南剧展的重要参与者。1946年5月，国立桂林师范学院的师生在附中礼堂召开"纪念五四青年节大会"，会后演出了话剧《凯旋》，导演是欧阳予倩。[1]师生们以这样的方式表达了反对内战、呼吁和平的追求。就这样，戏剧活动及戏剧教育便深深地烙在了广西师范大学发展的各个时期，成为广西师范专科学校、桂林师范学院、广西师范学院和广西师范大学的人文象征。

第二段热潮发生在21世纪最初10年。我有幸参与了全过程。2013年初在参加广西"两会"期间，我与黄伟林闲聊，谈起了"西南剧展"时桂林文化城的辉煌，谈到了广西师范大学的戏剧传统，黄伟林提出了再现戏剧荣光的建议。回校后我们便开始筹划。我相信这是文化建设的重要抓手，也是师范大学培养学生的有效载体。我曾用一个学期阅读了朱生豪翻译的《莎士比亚全集》，我能体会到戏剧的人文属性和独特魅力，因而我对"新西南剧展"充满期待。庆幸的是，涵盖了文学艺术等多学科的广西师范大学拥有一批敬业且充满激情的人才队伍。经过近一年的筹备和排练，2014年5月，由黄伟林策划并主创，向丹、刘铁群任导演的"新西南剧展"在广西师范大学启动。这既是向"西南剧展"70周年的献礼，更是为了继承我校优秀的戏剧传统，让戏剧的种子播撒在大学校园里，使戏剧的精神内化为中国戏剧未来的源头活水和青年学子奋发成才的人文力量。在一年多的排练、演出和比赛中，《秋声赋》我看了不下10遍，陪伴着剧组在校内巡演，到市里公演，到南宁比赛，经历了《秋声赋》从舞台走向银幕的全过程。在与剧组师生交流心得时，我特别谈到了我从"新西南剧展"中得到的认识：文学就是人学，生命就是体验，教育就是唤醒。这正是一所大学的价值所在，也应该是大学的价值追求。

我为广西师范大学拥有这样的传统而庆幸！我更为广西师范大学拥有这么一大批有着文化自觉和文化担当的师生而骄傲！

我相信，"新西南剧展"必将载入广西师范大学的历史，成为浓墨重彩的一页。

1　广西师范大学校史修订组编：《广西师范大学史（1932—2002）》，桂林：广西师范大学出版社，2012年，22页。

序 二

张仁胜

　　那年 10 月，为抗战胜利纪念之事去桂林开会。记得满城桂花正盛，去广西师范大学老校区王城参观时更觉天香逼人，令人在山水之外，对桂林人多了一分美慕。那日，踏着桂花在王城石阶上铺出的一片金黄上行走，广西师范大学黄伟林教授说，师大的学生正在排几部话剧，打算在西南剧展 70 周年纪念日搞一个新西南剧展。此话让老汉对广西师范大学肃然起敬——吾等自诩广西戏剧人，数十年在广西忙的都是广西剧展，一所大学居然要单干新西南剧展，确实令人高看。众所周知，1944 年在桂林举办的第一届西南剧展是中国戏剧史乃至抗战史极其厚重的一章，在国际和国内产生的影响巨大而深远。遗憾的是，从 1944 年 5 月 19 日闭幕至 2014 年的七十年间，西南剧展始终只存在于学者的书卷与发言中，而戏剧的真正魅力却应存于活生生的演出中。庆幸的是，西南剧展闭幕七十年之后，终于有一群与当年那批人一样热血澎湃的青年人在校园集结，开始了"从西南剧展闭幕的地方再出发"的征程。

　　广西师范大学的老师和同学们开始排戏的时候，受黄教授之邀，我和几位同行去师大看了《旧家》《秋声赋》和《桃花扇》三部话剧的排练。实话实说，学生演员的水平确实还有一些提升空间，但是，一股大学戏剧社团独有的生气还是让我对新西南剧展抱有很大的期待。那时，我正为桂林抗战胜利 70 周年纪念活动创作方言话剧《龙隐居》，因为《龙隐居》与新西南剧展的几部话剧将要公演的剧场都是广西省立艺术馆，我对当年作为西南剧展开幕式的这个剧场多了几分了解。这是中国第一座话剧专业剧场，被誉为中国戏剧史上的第一座伟大建筑。据说当年这个剧场承接了西南剧展中所有的话剧演出，从当年的剧照看，舞台布景呈现出与旧戏剧迥异的风貌。新西南剧展让我感觉最有意思的是，当这个剧场建立 70 周年的时候，上演的还是抗战时期的话剧和反映抗战时期桂林的话剧，其中蕴含或者象征的意义怎么赞叹都不为过分。果然，正式开幕的新西南剧展产生了不小的影响，可以说是在全国各地大同小异的纪念演出活动中独树一帜。尤其是《秋声赋》一剧，我认真看了，表演、导演都相当有水准。该剧不仅在广西大学生戏剧季的表现称得上一枝独秀，而且夺得了全国话剧活动大奖。在抗战胜利纪念活动结束后的今天，我们翻开这部沉甸甸的书稿，回头再看新西南剧展"从闭幕处再出发"的那批人的日日夜夜，我欣慰地感到，在中国各地举办的无数纪念性文艺晚会中，真正会被写进某种历史或者说与真实的历史接轨的演出很少。但是，广西师范大学简朴却真诚的新西南剧展因为与宏大的西南剧展天衣无缝的衔接，无可置疑地在戏剧史中留下了回声不绝的一章。新西南剧展的表象是从"闭幕处再出发"，其实质却是证明西南剧展直到今天依然没有在桂林这座古城及中国戏剧舞台上闭幕，因为新西南剧展的推出，西南剧展在中国戏剧史上成了永不落幕的并充满象征意义的戏剧仪式。新西南剧展的策划与组织者是有心人，他们无论是在剧目的选择还是对演出时机的把握都恰到好处。于是，这个在西南剧展发生地的一次校园话剧活动，让世人欣慰地看到了伟大的西南剧展精神在这个头绪纷乱的时代一份井然有序的传承。

当然，我对广西师范大学做新西南剧展的兴奋却不仅限于其纪念意义，还来源于我对大学与话剧关系的认识，更准确地说来源于我对广西话剧人才的期待。我自小学地方戏曲。但是，在广西文化大院长大的我很早就明白，在广西壮族自治区文化大院的八大剧团中，文化程度最高的是广西话剧团。一般说来，戏曲团体有本科学历的凤毛麟角，而那时的广西话剧团却是满台的本科。当时广西话剧团团长是郑天健先生，如果光说他的名字年轻人并不知道，但如果我告诉你此人是闻名天下的歌舞剧《刘三姐》的编剧和导演，你恐怕就会肃然起敬。郑先生的教育背景是北京大学法学院，我在他家看过一批新中国成立前北平话剧老海报，才知道大学时代的郑先生居然在学生剧团搞了那么多部话剧，甚至连中国剧协主席濮存昕的父亲、北京人民艺术剧院前副院长苏民先生走上话剧之路都与郑先生有密切关系。我始终认为，郑先生的教育背景与他日后的戏剧成就关系重大。如果说从事传统戏曲需要传统文化传承才能干出点名堂，那么，把话剧干好确实需要大学那种系统的文化熏陶。其实翻开中国戏剧史，中国最早一批话剧巨匠多有极佳的教育背景。如北京人民艺术剧院第一任院长曹禺先生就读的是清华大学，中央戏剧学院第一任院长欧阳予倩先生就读的是日本早稻田大学，上海戏剧学院第一任院长熊佛西先生就读的是美国哈佛大学，上海人民艺术剧院第一任院长夏衍就读的是日本九州帝国大学。这批中国话剧表演顶级院团和戏剧教育机构创始人的共同特点，便是在大学开始热衷于戏剧，最后成为中国戏剧的代表性人物。这个现象不是偶然，正好证明大学的文化修养与话剧这种艺术形式及话剧人才的成长有着深刻的内在联系，证明大学戏剧社团是话剧人才最可靠的摇篮。近年来，以南京大学为代表，校园话剧已对艺术院团的话剧产生冲击，尤其是大学中一批学生编剧的耀眼表现，让人看到了中国话剧的另一种走势。我们知道，顶尖的话剧表演院团都是以原创话剧为院团立身之本的。正是因为如此，我私下里很期待新西南剧展在继承老一辈话剧传统的同时，出现一至两个今天的广西话剧编剧或者导演人才。这样的人才也许在新西南剧展活动中并不夺目，但是我相信，干过新西南剧展的师范生们不管你自觉不自觉甚至愿意不愿意，你都是广西的话剧种子。哪天温度合适，一个"潜伏"在黑板前教书的男子或女子，就可能在广西话剧舞台长成一棵大树并结出令人惊叹的果实。广西师范大学《秋声赋》的导演向丹老师在文章中说过，她就是因为在青年时代演了话剧《于无声处》，从此一生与话剧结缘。这部话剧在 20 世纪 70 年代末风行全国，向丹老师在那时埋下的话剧种子，隔了近四十年，才在《秋声赋》的导演工作中开出了灿烂的花朵。有了这个例子，我对参加过新西南剧展的学生们的未来话剧之路便有了期待的理由。在翻看这部厚重的书稿时，一个个熟悉却陌生的学生照片或名字进入我的视线，因为我看过这些人的演出，于是，我着急地猜测，新西南剧展埋下的话剧种子会是他们中间的哪一个人呢？校园话剧活动对一个学生成长的意义、对这个学生一生的意义，在回忆文章中我都能看到，唯独我的猜想在集子中未找到线索。这个于我、于广西都很急切的期待其实来源于广西话剧事业严峻的现实：就在广西师范大学一口气推出三部话剧之前的几年，广西区直剧团进行了"壮士断腕"的艺术院团改革——八大区直剧团保留了京剧、桂剧、壮剧、彩调剧、歌舞、杂技、木偶七块牌子，只摘掉了广西话剧团一块牌子——专业话剧团至此从广西消失。都说话剧是时代的产物，我不相信我们这个时代不需要或者离得开话剧。因为新西南剧展及广西各大学蓬勃发展的校园话剧，让人感觉广西专业话剧的牌子或许还有挂上的一天，我祈祷并期待。

新西南剧展的组织者以这部书稿完成了新西南剧展的闭幕式。这部记载着一所大学和许多人在许多的日子如何行过的书，将如同一座纪念碑，永远耸立在广西师范大学未来岁月的蓝天之下。因为这座纪念碑朴素却巍峨，所以，我们这些在校园外的人也能看到这座纪念碑比这个时代金光四射的商厦高了一截。因为这座纪念碑纪念的不仅仅是今天的新西南剧展，所以，那些曾经在七十年前参加过西南剧展的在世间或者已逝的老前辈也能感受到，这座纪念碑证明了他们依然令人仰慕地活着。真好，一所大学的名字、一个人的名字，如果在这座纪念碑上出现，除了自豪，别无选择！

　　是为序。

2016 年 10 月 7 日于邕

第一章

寻根漓水畔

从西南剧展到新西南剧展

一、西南剧展

1944 年 2 月 15 日至 5 月 19 日，将近 100 天的时间，在桂林文化城，举办了震惊世界的西南第一届戏剧展览会。来自桂、粤、湘、赣、滇五省的 33 个单位、1000 多名戏剧工作者参加了这次盛会。西南剧展包括三大内容：戏剧演出展览、戏剧资料展览和戏剧工作者大会。其中，戏剧演出展览演出了 100 多个剧目，观众有 10 多万人次，被认为是五千年古国旷古未有的戏剧盛会，中国戏剧史上的空前盛举。欧阳予倩编剧的《旧家》、夏衍编剧的《法西斯细菌》、曹禺编剧的《日出》《家》、小仲马的《茶花女》都是西南剧展演出的话剧剧目。当时正是中国抗日战争黎明前最艰难的时候，上千名戏剧人在桂林上演了持续近百天的文化大戏，实现了中国戏剧人抗日救亡的文化担当。

当年的西南剧展由广西省立艺术馆主办，广西省省长黄旭初担任会长，李济深、李宗仁、白崇禧、张发奎、陈诚、陈立夫、张治中、龙云等一批民国要人担任名誉会长，蒋经国、李任仁等一批地方官员担任指导长，欧阳予倩、田汉、熊佛西、李文钊等著名戏剧家担任筹备委员并组成常务委员会。

当年，两广的大学是西南剧展的重要参与者。广西大学青年剧社演出曹禺的《日出》，广东省立艺术专科学校用粤语演出法国福墅洼的《油漆未干》、苏联巴克特的《百胜将军》，中山大学剧团用英语演出英国吉尔伯特的《皮革马林》，广西省立桂岭师范学校边疆歌舞团演出《西南边胞化装及语言介绍》《侗族游牧曲》《板瑶腰鼓舞》《苗岭民谣》《苗岭婚俗进行曲》《掸系边民铜鼓舞》等民族歌舞，桂剧学校与仙乐桂剧社演出《牛皮山》《献貂蝉》《人面桃花》等桂剧。

美国戏剧评论家爱金生在《纽约时报》称："如此宏大规模之戏剧盛会，有史以来，自古罗马时代曾经举行外，尚属仅见。中国处于极度艰困条件下，而戏剧工作者还能以

→ 桂林老照片（轰炸后）

→ 桂林老照片

百折不挠之努力，为保卫文化、拥护民主而战，迭予法西斯侵略者以打击，厥功至伟。此次聚中国西南五省戏剧工作者于一堂，检讨既往，共策将来，对当前国际反法西斯战争，实具有重大贡献。"

二、新西南剧展

在历史落幕的地方，我们重新出发！

2014年5月16日晚，田汉话剧《秋声赋》在广西师范大学育才校区田家炳楼报告厅成功首演，拉开了广西师范大学"新西南剧展"的帷幕。

5月17日晚，欧阳予倩话剧《旧家》在广西师范大学漓江学院报告厅演出，5月23日，欧阳予倩话剧《桃花扇》在广西师范大学雁山校区音乐学院演艺厅演出。"新西南剧展"首轮三台话剧，好评如潮，吸引了众多眼球，引发了新西南剧展热。

何谓"新西南剧展"？

"新西南剧展"是广西师范大学打造的一个大学戏剧文化品牌。它以广西师范大学文学院中国现当代文学学科为基础，整合广西师范大学音乐舞蹈、美术设计等多学科力量，以重排、重演抗战时期桂林文化城优秀剧目为主要内容，旨在以青春激活历史，用

→ 西南剧展入场券

→ "西南剧展"会徽

学术引领时尚，既重现桂林文化城的辉煌壮烈，又体现今日大学生的文化担当。立足桂林，放眼世界，是一个集学科教学与社会服务于一体的教育创新、文化创新项目。

我们为什么要打造"新西南剧展"？

我们打造"新西南剧展"，主要基于三个考虑。

首先，这是一个教学改革项目。

在当今网络技术日趋发达的时代，传统的课堂讲授受到强劲的冲击。传统人文教学是以纸质信息为核心的，如今，世界已经发展到以电子信息为核心的时代。学生通过网络，完全能够获得比大多数教师提供的更好的知识体系。那么，教师的价值何在？我们意识到，只有将教师的课堂讲授、师生的课堂讨论和师生的课外合作等多种方式融合在一起，才能保证教师教学的不可复制与不可替代。于是，话剧这种文艺形式，自然成为文学教育的重要选择。因为话剧是一种综合艺术，在剧本层面，它是文学；在舞台层面，它是艺术。直观层面，它涉及参与者的阅读能力、口语表达和写作水平；抽象层面，它涉及参与者的文化修养、审美情趣以及综合素质。广西师范大学文学院有80年的话剧传统，这既说明了话剧对文学专业的重要价值，也表明了广西师范大学有丰厚的话剧积累。正是在这样厚重的文化底蕴之上，我们创意策划"新西南剧展"，试图将广西师范大学的话剧文化做一个新的整合和提炼，将其推上一个更高的境界。

如何整合与提炼？

新西南剧展不同于以往的话剧排演，我们不仅组建了剧社、剧组，还组建了指导教师团队。教师指导团队不仅指导学生排演话剧，还指导学生研读剧本，分析剧目，撰写戏剧评论。选择什么样的剧本，如何理解剧中人物，剧作家与剧中人、与剧情是一种怎样的关系，指导教师无不进行深入地解析。新西南剧展因此成为了一个有学术自觉的学生课外学习行为。因为学术自觉，新西南剧展就不仅是一个剧目的排演，还是一个与课堂教学有机结合的完整的课外教学体系，是科研、教学的有机结合。

其次，这是一个学术普及课题。

西南剧展，是中国现代文化史上辉煌的一页，也是中华民族文化自觉的一次集中展示。然而，时间过去70年，知道西南剧展的人已经不多。西南剧展被写在专著中，写在教材上，但人们接受的，往往只是一个概念，一个名词解释。长期以来，我们进行桂林文化城研究，进行西南剧展研究，发表了一些论文，出版了一些专著，但是，这些大多是教师自身的科研成果，与我们从事的教学内容关联不大。新西南剧展，试图重新复活这段文化历史、文学历史和艺术历史，试图复活那些远离我们今天社会现实的文学大师、戏剧大师，给纸上的历史赋予鲜活的生命，使纸上的经典真正走入人们的内心，让逝去的大师重新回到人们的生活。因为，只有活着的东西，才能打动人、感染人。以大学生为主体排演新西南剧展，是课堂教学的延伸，是经典作品活化的尝试。新西南剧展话剧展演，使更多的观众了解并融入了这段历史。于是，学术，从教师自说自话的行为，变成学生参与的项目，成为观众欣赏的对象，学术超越了学者主体，成为教师与学生、与观众共享的文化成果，这其实就是学术普及，学术这种本来很小众的行为，进入了公众的视野，并为公众所接受。

再次，这是一个文化传承工程。

大学是文化传承、文化创造和文化提升的地方，当今时代，大学与社会有逐渐趋同的趋势。但是，我们认为，大学应该有自身独立的精神追求和价值认同，大学应该是高雅文化、高端思想、高尚品质的集散地。文化传承，首先要传承精英文化。话剧是最具大学特质的文化形式之一。新西南剧展重排、重演当年的精英话剧，不仅是要缅怀那段壮怀激烈的岁月，更是要传承国难当头之际中国文人的风骨，为山水甲天下的桂林国际旅游胜地增添一道独具品格的风景，为今日中国大学文化增添一道韵味独特的风尚。用话剧这种形式让人们感受什么是真正的大学，什么是真正的大学精神，以现代话剧的方式参与大学文化的建构，通过现代话剧艺术形式，提升大学生的文化素质和精神品质，培养真正具有大学精神的新世纪大学生。

三、首批剧目的选择

新西南剧展首批剧目，我们选择了田汉的《秋声赋》、欧阳予倩的《旧家》和《桃花扇》。

为什么选择这三个剧目？

《秋声赋》是田汉1941年创作的剧本。1941年李文钊创办了新中国剧社。田汉是新中国剧社的灵魂。

对于田汉而言，1941年是非常煎熬的一年。首先是1月6日发生的"皖南事变"，对于共产党员田汉来说，是一个巨大的心

→ 抗战时期的田汉

理阴影；其次是他与安娥在重庆重逢之后，爱情婚姻的矛盾冲突日趋激烈。这于国于家的两大事件，成为他创作《秋声赋》的重要背景。为了从国与家的"秋意"中走出来，1941年3月，田汉离开重庆，回到湖南。

真正让田汉走出"秋意"的，应该是1941年9月至10月第二次湘北大捷的胜利以及桂林文化城的抗战氛围。1941年8月，田汉从南岳来到桂林，先居住在东灵街花桥附近，不久搬至龙隐岩边的施家园。此次田汉来桂，是应新中国剧社之约，为新中国剧社创作剧本，导演剧作。当时正值秋天，又赶上第二次湘北大捷，加上桂林文化城的抗战氛围，使田汉阴郁的心情转为明朗。这些历史背景、地理背景和心理变化，在《秋声赋》中有非常写实的描绘。

《秋声赋》于1941年12月28日演出，一直演到1942年1月3日，大获成功。它的上演帮助新中国剧社顺利度过了经济危机。剧中的《落叶之歌》，在当时的桂林学生中广为传唱。称得上是"满城争说秋声赋，青春传唱落叶歌"。

70多年以后，我们选择《秋声赋》这个作品，主要基于这样几个考虑，首先，这是一个抗战题材的作品，全剧紧扣当时的抗战时局，聚焦式地表现了文化抗战的主题，有力地传递了民族自强的正能量；其次，这是一个自传性质的作品，全剧讲述了诗人徐子羽与妻子秦淑瑾、情人胡蓼红的爱情纠葛，既有个人叙事，又有宏大叙事，既有启蒙之声，又有救亡之声，我们相信它今天仍然有生命力；第三，这是一个桂林题材作品，全剧原来五幕，四幕剧发生在桂林，而且是桂林风景最美的地方，桂林山水与抗战文化，一定能够吸引观众的注意力。

《桃花扇》本是清初孔尚任用十多年时间打磨出来的传奇，数百年来，一直是戏剧舞台的聚光之作。欧阳予倩特别青睐《桃花扇》，曾经三度改编这个传奇。1937年，欧阳予倩将传奇《桃花扇》改编为京剧。1939年，欧阳予倩将传奇《桃花扇》改编成桂剧。1947年，欧阳予倩将《桃花扇》改编成话剧。1949年以后，欧阳予倩对话剧本《桃花扇》又做了修改，并多次演出。

欧阳予倩话剧《桃花扇》是在孔尚任传奇《桃花扇》的基础上进行的最重要的改编，就是对侯李爱情结局的处理。孔本《桃花扇》侯方域和李香君双双入道，欧阳本《桃花扇》侯方域投降清朝，考取副榜，李香君对侯方域的变节行为，既羞且愤，当即触阶身亡。触阶之前，决绝地表示："我死了，把我化成灰，倒在水里，也好洗干净这骨头里的羞耻！"如此结局，显然是传递了一个强音，即面对民族大义，必须舍生取义的爱国主义情怀。

如今，我们选择《桃花扇》，除了上述意义外，我们以为，《桃花扇》作为古代戏剧经典，今天我们继续排演它，这是对古代题材的现代利用，此剧讲述的名妓与雅士的相遇相知，但它却昭示了这样的立意：红颜寄望于爱人的不仅有风流，而且有风骨。这一点，是特别值得当代人、当代大学生记取的。

《旧家》是欧阳予倩在西南剧展中的原创话剧。除在西南剧展演出外，似乎未曾在其他地方演过。该剧讲述了桂林周氏一家四兄弟在抗战中不同的人生选择。父亲是前清进士，曾经做过道台。老大是一个公务员，曾经风光如今潦倒；老二是一个不法商人，在抗战中发国难财；老三因为受过一种莫名的压迫终日疯疯癫癫；老五毕业于农科大学，有科学头脑和上进精神。父亲担心自己死后因为家产弄得兄弟不和，主持了分家。老大与老二都爱上了干妹妹秦露丝，争风吃醋。老五获得了一份最差的家产，他开水塘，免农租，进行农场建设，赢得了佃户们的爱戴。老二的前妻王宝裕为复仇告发了老二的走私罪行，老二逃走，警察局查封了老大与老二分得的旧家。剧作者欧阳予倩告诉我们，旧家庭到了父亲兄弟不能相顾的时候就瓦解了。所幸的是，老五在乡下建设的那个稍微合理一点的家，成了这群无家可归者的归宿。

从剧情可以看出，这个几乎被历史遗忘的话剧，与民国时代其他话剧相比颇具特色，同样是讲述旧家庭的故事，与《雷雨》《家》不同的是，它让我们发现进步并非一定要采取革命的方式，现代头脑可以兼容传统空间。其中，周家老大和老二的人生选择，对今日大学生仍有警示意义；老五周传先的人生选择，对今日大学生则有启示意义。

由以上的论述，我们可以看到，三个剧作，既有历史价值，也有现实意义，重排重演这些剧目，不仅可以复活历史，而且可以复兴人文。

四、新西南剧展的策划与排演进程

2013 年 1 月广西两会期间，广西师范大学党委书记王枬教授和文学院黄伟林教授讨论了重排桂林文化城话剧的想法。2013 年 11 月，黄伟林选定《秋声赋》作为重排桂林文化城话剧的核心剧目，以夏衍的《法西斯细菌》为备选剧目。12 月，组建了以黄伟林、刘铁群、向丹、李钰、马明晖为核心的指导教师团队。黄伟林、刘铁群担任总策划并负责学术总指导，向丹、刘铁群担任总导演，李钰、马明晖负责欧阳予倩话剧《旧家》的导演，刘铁群、向丹、马明晖分别担任了《秋声赋》和《旧家》的剧本改编工作。李钰提出了排演欧阳予倩话剧《旧家》的想法。同月，分别以广西师范大学文学院和漓江学院的学生为主体组建了《秋声赋》和《旧家》两个剧组并进入了初排。

2014 年 1 月，王枬教授主持了重排桂林文化城话剧的会议。主创人员黄伟林、刘

→ 抗战时期的欧阳予倩

铁群、向丹，广西师范大学党委副书记唐仁郭以及相关部门领导张艺兵、刘立浩、李宇杰、陈广林等参加了会议。同月，著名戏剧家张仁胜、胡红一就大学生话剧和桂林文化城与黄伟林进行了专题谈话，并对广西师范大学正在排演的桂林文化城话剧表示了积极的支持态度。在张仁胜的推动下，黄伟林参与了新影响文化投资集团新青年话剧季的讨论，新影响文化投资集团董事长邓立先生邀请广西师范大学参加新青年话剧季广西大学生话剧节的演出。

2014 年 2 月，组建了《桃花扇》剧组。重排了桂林文化城话剧，并确定了品牌命名：新西南剧展。

2014 年 3 月，召开了新西南剧展主题沙龙，当年西南剧展的参与者李任仁和李文钊的后人李世荣与李美美姐妹俩以及桂林戏剧创作研究院的有关领导参加了沙龙活动。在这次沙龙活动上，《秋声赋》和《旧家》剧组表演了剧目片断，得到了沙龙参与者的称赞。本月，广西师范大学职业技术师范学院李咏梅提出了排演夏衍话剧《芳草天涯》的想法，并加盟新西南剧展指导教师团队。

2014 年 4 月，广西师范大学美术学院刘宪标、广西师范大学音乐学院宁红霞等教师加盟新西南剧展指导教师团队，广西师范大学职业技术师范学院组织了《芳草天涯》剧组，新西南剧展引起了媒体关注，《看天下》杂志闻讯到广西师范大学文学院采访了黄伟林和刘铁群。

2014 年 5 月，著名剧作家张仁胜、著名表演艺术家张树萍等观看了新西南剧组的排练并进行了点评和指导。

2014 年 5 月 16 日，新西南剧展在广西师范大学隆重开幕，桂林市委常委、副市长陈丽华，广西戏剧家协会主席常剑钧等领导专家参加了开幕式。当晚，广西师范大学望道剧社成功地演出了田汉话剧《秋声赋》。

5 月，新西南剧展在广西师范大学完成了《秋声赋》《桃花扇》和《旧家》三台话剧的首轮演出。

6月6日下午，剧组师生召开了"新西南剧展·大学何为"的主题沙龙，回顾了新西南剧展从筹备到公演的情况。

6月中旬，新西南剧展走出校园，在西南剧展的举办地广西省立艺术馆演出，得到了桂林市民的高度赞誉，真正实现了"在历史落幕的地方，我们重新出发"。

著名演员、电影《刘三姐》中刘三姐的扮演者黄婉秋，著名作家、《桂系演义》作者黄继树，著名导演、广西戏剧家协会主席常剑钧等广西文化名人观看了《秋声赋》的演出并给予了高度评价。

国务院参事、中国话剧艺术研究会会长蔺永钧教授观看了《秋声赋》赴南宁演出之前的排练，即兴发表了感言，称广西师范大学新西南剧展是"小舞台，大作品；小舞台，大成果；小舞台，大意义""将会载入中国话剧史"。

6月底，新西南剧展走出桂林，接受新影响文化投资集团的邀请，参加新青年话剧季暨广西大学生话剧节，在南宁锦宴剧场演出。在赴南宁之前，《秋声赋》还曾接受邀请在广州军区驻桂林某部演出。

2014年6月公布的第五届"广西校园戏剧节"上，《秋声赋》获优秀演出剧目奖，《旧家》获演出剧目奖，谭思聪、程鹏瑜、杨芷、陆卡诺、王思衍、王东艺、李德保获优秀表演奖，陈深辉获优秀导演奖，张岚、许馨月、孙辰获优秀戏剧评论奖，刘铁群、向丹、黄伟林获优秀指导老师奖，李逊、覃栌慧获广西校园戏剧活动积极分子奖，广西师范大学获优秀组织奖。

五、媒体评价

新西南剧展开幕前后，《看天下》《光明日报》《中国青年报》《中国艺术报》《广西日报》《桂林日报》《桂林晚报》《桂林广播电视报》《今日桂林》《当代生活报》等传统媒体以及新华网、中新网、中国社会科学网、桂林生活网等权威网站刊登了许多新西南剧展的新闻和深度报道，以较大篇幅的文字和图片报道了这一中国高校校园文化盛事，新西南剧展成为了受到广泛关注的一道人文风景线。

2014年6月3日，《光明日报》刊登了刘昆、张俊显的《温故"西南剧展"》一文，文章指出：由广西师范大学文学院教师改编执导、一群非专业大学生演出的《秋声赋》将经典"复活"，再次把国难、爱情、婚姻危机交织的爱恨情仇搬上舞台。

把舞台引入课堂，是广西师范大学多年来一直尝试的教学改革创新项目。与以往的话剧演出活动不同的是，"新西南剧展"不是演一两台戏，而是要打造一个可持续发展的、有系统性的文化品牌。

2014年5月20日，《广西日报》刊登了秦雯的《老根育嫩芽，故地展新篇——记

"温故桂林文化城·新西南剧展"》一文，引述了著名戏剧家张仁胜、常剑钧等人的评价：著名剧作家张仁胜专程来到桂林观摩了剧组的排练，在他看来，同学们的表演虽不同于专业演员，但是却渗透着大学生特有的风格，在细节方面虽有欠缺，但整体上很感人。近年来，大学生话剧表演已经呈现出了燎原之势，相信不久的将来肯定会有一批从大学生话剧中走出来的演员，为我国的话剧事业注入新的活力。

广西戏剧家协会主席、著名戏剧家常剑钧在看完《秋声赋》演出后感慨地说："在戏剧美被严重忽略的今天，广西师范大学师生们的努力尤其可贵，这将为新时期的广西戏剧留下浓墨重彩的一笔。"

2014年6月30日，《当代生活报》刊登了韦颖琛的《致敬西南剧展田汉作品〈秋声赋〉重现舞台》一文，文章认为："新西南剧展"三部话剧中的重头戏《秋声赋》在南宁上演，这部由著名戏剧家田汉写就的著名话剧，剧中主人公真挚的感情和内心的冲突，至今仍具有打动人心的力量。

故事是70多年前的故事，但依旧能触动观众的心。徐子羽连房租都交不起了，还坚持写稿、办报，他想追求真爱，又不愿辜负妻女和母亲的期望，他坚信在危难之时要留守祖国，为抗战贡献一己之力……人性的弱点和光辉在男女主角身上同时显现，让观众真切体会到了那个年代知识分子的责任和担当。

当新西南剧展还在校园里演出的时候，我们就曾说过："今天，呈现在人们眼里的新西南剧展，或许会被赋予许多意义，但对我们这些参与其间的教师而言，不过是我们教学科研的本分。西南剧展是我们现代文学学科的教学内容，我们的初衷是希望同学们通过排演这些剧目，体验经典文学，传承精英文化，营造高品质的大学风尚。"

如今，回顾新西南剧展至今为止的排练和演出过程，我们真正体会到了文化是民族凝聚力和创造力的源泉。那么多力量在凝聚，那么多思想在创新。感谢各界朋友对新西南剧展的理解。他们的胸怀视野给了我们勇气，他们的真知灼见提升了我们的品质。更感谢为新西南剧展努力付出的同学们，是他们的青春和激情，使大学、经典、话剧充满了活力和魅力。

（黄伟林，广西师范大学文学院教授、博士生导师，新西南剧展总策划、学术总指导）

多元视域中的新西南剧展

2014 年，作为一个文化现象的新西南剧展引起了广泛的关注。新西南剧展的三台剧目《秋声赋》《桃花扇》《旧家》先后在广西师范大学、广西省立艺术馆、南宁锦宴剧院进行了演出。2014 年 6 月，新西南剧展三台剧目在第五届"广西校园戏剧节"中荣获"大学生戏剧奖"等多个奖项。2014 年 11 月，《秋声赋》荣获"第四届中国校园戏剧节"的优秀导演奖、优秀剧目奖和优秀组织奖。在此前后，《光明日报》《中国艺术报》《文艺报》等国家级媒体均对其进行了大篇幅的报道和评论。

从 2013 年 4 月新西南剧展的最初创意，到 2014 年 5 月新西南剧展的校园首演，再到 2014 年 11 月《秋声赋》在上海获奖，新西南剧展经历了一段"激情燃烧"的历程。所谓"激情燃烧"，可以理解为在排练、制作、演出的过程中充满了动感和激情的行为。与此同时，在整个新西南剧展的排练和演出过程中，不断有社会各界的有识之士将他们的观察与思考同主创者分享。这是一个

"理性沉淀"的过程。新西南剧展的内涵、意义以及新西南剧展如何发展、社会对新西南剧展有怎样的期待，这些问题伴随着新西南剧展的整个运行过程，也始终盘旋在新西南剧展主创人员的脑海中。

这是一个集思广益的过程。社会各界的反馈，让我们意识到新西南剧展确实是一个具有丰富内涵的文化作品，或者也可以称之为文化现象。它基于历史，感应现实；它生成于大学校园，影响着社会文化；它既是教学内容，也是科研行动；它有身体的成长，也伴随着灵魂的觉悟；它是视觉的呈现，也关系着心灵的苏醒。以下呈现的，是新西南剧展在将近两年的历程中积累的一些思考。

一、大学文化视域中的新西南剧展

新西南剧展具有强烈的大学属性，这种大学属性从表面看是因为它的主创人员是清一色的大学教师和学生，从深层看，可以发现，它既是大学课堂教学的内容，也是大学

科学研究的对象，更是大学校园的文化建构。

首先，新西南剧展是大学课堂教学的内容，是广西师范大学文学院中国现代文学课程的教学改革项目。

目前的新西南剧展是复排复演抗战时期与桂林文化城有关的剧目，抗战时期桂林文化城戏剧运动的高峰是西南剧展，故以新西南剧展命名。抗战时期的西南剧展是大学文学史课程、戏剧史课程的重要内容。就文学史课程而言，几部经典的中国现代文学史教材，如唐弢、严家炎主编的《中国现代文学史》，钱理群、温儒敏、吴福辉著的《中国现代文学三十年》和吴福辉著的《中国现代文学发展史》，无一例外都涉及西南剧展。唐弢、严家炎主编的《中国现代文学史》称："一九四四年二月，田汉、欧阳予倩等著名戏剧家在广西桂林组织了有八个省区三十几个演剧团队参加的'西南戏剧展览'，上演中国话剧十多部，外国名剧、京剧及地方剧数十出，历时三个月，'是一次在国统区抗日进步演剧的空前大检阅'。"[1]钱理群等著的《中国现代文学三十年》称："1944年在桂林举行的'西南第一届戏剧展览会'历时三个月，演出话剧及其他改革戏曲近200

场。"[2]吴福辉著的《插图本中国现代文学发展史》称："这次'剧展'在战时匮乏的物质条件下进行，是个奇迹。……它表达的是中国戏剧家在战争环境下保卫文化、坚持创作的信心，是戏剧服务于大众的有力显示。"[3]

显而易见，西南剧展是中国现代文学课程的内容之一。但是，1949年至1978年间，西南剧展基本受到了否定。1978年以后，虽然西南剧展得到了肯定，但此时许多文物资料已经散失，绝大多数剧目又不可能复演，这段中国现代戏剧史的脉络变得模糊不清，对其研究难以深入开展。因此，所有中国现代文学教材，对西南剧展的表述都语焉不详，从而导致了一段堪称中国现代戏剧史的"奇迹"在中国现代文学教学中的边缘化位置。

广西师范大学地处西南剧展的发生地桂林，西南剧展是抗战时期桂林文化城最为浓墨重彩的一页，因此，广西师范大学的中国现代文学课程，责无旁贷应该给予西南剧展高度的重视，从而改变中国现代文学课程教学千篇一律、千人一面、千口一腔的局面。正是基于这样的缘故，广西师范大学中国现代文学学科，将抗战时期桂林文化城的

1　唐弢、严家炎主编：《中国现代文学史》第三卷，北京：人民文学出版社，1980年12月第1版，423页。

2　钱理群、温儒敏、吴福辉：《中国现代文学三十年》，北京：北京大学出版社，1998年7月第1版，482页。

3　吴福辉：《插图本中国现代文学发展史》，北京：北京大学出版社，2010年1月第1版，390～391页。

文学作为教学的重要内容，西南剧展也因此成为教学内容的重中之重。

长期以来，我们的文学课程大多是在口头上和书本上完成的。讲与写，几乎是中国现代文学课程教学的全部形式。然而，戏剧文学的教学，如果只是停留在讲与写的状态中，显然不能满足课程内容的需要。因此，以复排复演西南剧展剧目、抗战时期桂林文化城剧目为手段的教学方式，成为了广西师范大学现代文学学科教学改革的一个重要路径。这个教学改革的着眼点在于，突破文学教学讲与写的传统格局，引进戏剧排演的行为，使学生获得对课程内容的整体身心体验。在话剧排演的过程，学生仿佛身临其境，进入了历史的情境、文学的情境、人生的情境。于是，学生学习中国现代文学这门课程，不仅是耳朵听、手头写，而且是身体的投入、心灵的感应。新西南剧展，正是在教与学、内容与形式的各方面，尝试着、实验着中国现代文学课程的教学改革。

其次，新西南剧展是大学科学研究的方式与途径，是广西师范大学文学院中国现代文学学科的科学研究课题。

当年西南剧展刚刚落幕的时候，《大公报》就引述了美国记者、戏剧评论家爱金生的评价："如此宏大规模之戏剧盛会，有史

以来，自古罗马时代曾经举行外，尚属仅见。中国处于极度艰困条件下，而戏剧工作者以百折不挠之努力，为保卫文化、拥护民主而战，迭予法西斯侵略者以打击，厥功至伟。此次聚中国西南五省戏剧工作者于一堂，检讨既往，共策将来，对当前国际反法西斯战争，实具有重大贡献。"[1]

得到如此高评价的西南剧展，虽然进入了中国现代文学史教材，但所占篇幅、所花笔墨，确实不多、不重，原因何在？

很重要的原因，在于西南剧展发生在政治形势极其复杂的抗战桂林文化城，在于西南剧展的参与者、领导者身份的多元性和复杂性，在于改革开放、思想解放之后，这段历史渐行渐远，资料文献难以寻觅，给研究者造成了很大的研究难度。比如，西南剧展尚未结束，1944年4月，日军为了打通大陆交通线，援救其南洋孤军，发动了豫湘桂战役。4月23日，正当西南剧展进行之中，郑州沦陷。5月25日，西南剧展落幕不久，洛阳沦陷。6月18日，长沙沦陷。8月8日，衡阳沦陷。日军直逼桂林，桂林开始了历史上著名的湘桂大撤退。11月11日，桂林沦陷。据《中日战事结束，胜利来到桂林》一文记载："查桂林疏散时，有人口五十余万，房屋五万余栋，全城区焚

---

1 《西南剧展的荣誉》，刊《大公报》，1944年5月17日。

余房屋，现仅存百分之一，且悉皆残破灰烬，揆之扬州十日嘉定屠城，其惨状尚不及桂林远甚，即比之长沙大火，衡阳之攻守屡得屡失，其毁损情形，均莫能仿佛，倘以此次世界大战之任何城市例之，恐未有焚毁房屋达百分之九十九以上如桂林损坏之大者也。……总之平日全桂林居民之所有，无论动产与不动产，全部损失干净，一丝一毫都已无存，浩劫至此，何堪想象。"[1]

悲剧性的撤退和毁灭性的战火，导致西南剧展的文献和文物绝大多数遭遇散失和毁灭，以至于人们后来面对这段历史，除了依据当时的报刊记载和亲历者的回忆之外，其他资料极为匮乏。加上长期以来主流学术对这段历史的边缘化，使得这段本该浓墨重彩书写的历史，处于被遮蔽和忽视的状态。

正是西南剧展本身的重大历史、文化及其文学艺术价值，西南剧展长期受到的学术遮蔽和科研忽视，为我们今天的研究提供了较大的空间。收集整理西南剧展艺术文献，重新发现和认识这段意义重大的文学史、戏剧史、文化史，理应成为中国现代文学学科学术研究的重要内容。

同时，学术研究可以有文献研究，也可以有理论研究，还应该有应用研究。新西南剧展，复排复演了西南剧展剧目、抗战时期桂林文化城剧目，是对历史文化资源的有效利用，属于学术研究中的应用研究。因此，新西南剧展，不仅是教学改革项目，也是科学研究课题，它既可以是文献研究，也可是理论研究，还可以是应用研究。就新西南剧展那些复排复演的话剧来说，它们属于建立在文学文献基础上的应用研究。

再次，新西南剧展是大学校园文化建设的有机组成部分，是广西师范大学将历史与现实、大学与城市相互融通所做出的大学校园文化创新。

大学是中国现代话剧运动的摇篮，学生是中国现代话剧运动的主力。中国现代戏剧的开创者欧阳予倩、田汉在留日期间开始了他们的话剧生涯；周恩来在南开学校担任新剧团布景部副部长，是剧团著名的男旦；23岁的清华大学学生曹禺写出了中国现代话剧史上不朽的作品《雷雨》；70年前在桂林文化城举办的西南第一届戏剧展览，也活跃着中山大学剧团、广西大学青年剧社莘莘学子的身影。

在西南剧展的剧目中，有广西大学青年剧社演出曹禺的《日出》，有广东艺专用粤语演出法国福墅洼的《油漆未干》、苏联巴克特的《百胜将军》，有中山大学剧团用英语演出英国吉尔伯特的《皮革马林》，有

1　桂林市文献委员会编印：《桂林市年鉴》，桂林市政府出版，1949年。

广西省立桂岭师范学校边疆歌舞团演出的《西南边胞化装及语言介绍》《侗族游牧曲》《板瑶腰鼓舞》《苗岭民谣》《苗岭婚俗进行曲》《掸系边民铜鼓舞》等民族歌舞，有桂剧学校与仙乐桂剧社演出的《牛皮山》《献貂蝉》《人面桃花》等桂剧。

话剧是最具大学特质的文化形式之一。大学是文化传承、文化创造和文化提升的地方，大学应该有自身独立的精神追求和价值认同，大学应该是高雅文化、高端思想、高尚品质的集散地。

新西南剧展正是通过对西南剧展人文精神的传承，通过西南剧展中话剧这种形式，以现代话剧的方式参与大学文化的建构，让人们感受真正的大学，感受真正的大学精神，体验真正的大学文化，通过现代话剧艺术形式，营造大学"高大上"的文化氛围，建构大学独立精神、科学态度、自由思想的精神气质，锻炼现代大学生传承与创新的人文素养。

二、大学学科视域中的新西南剧展

话剧是一门综合艺术，它涉及文学、表演、美术、音乐、新媒体等多个学科，正因此，话剧为大学师生提供了跨学科交流的很好的空间。

新西南剧展最初来自广西师范大学文学院中国现当代文学学科的创意，这是因为它所涉及的剧本是现当代文学戏剧的教学内容。用一个最朴实的说法，新西南剧展可以理解为中国现当代文学学科的课本剧展演。

剧本，一剧之本。新西南剧展创意之初，首先面临的就是文学剧本选择。

抗战时期桂林文化城，"演出频繁，不断有新的戏剧作品和队伍产生"。[1] 据统计，1939 年演出 265 场次，1940 年演出 131 场次，1941 年演出 164 场次，1942 年演出 228 场次。[2] 桂林文化城的戏剧运动，可以在 1942 年田汉致郭沫若的一封信中窥见一斑：

> 桂林剧运近来也颇为热闹。新中国剧团演《大雷雨》，成绩甚佳，接着《秋声赋》《风雨归舟》《大地回春》次第上演。……与此相前后的艺术馆的《面子问题》《这不过是春天》《天国春秋》，国艺社的《阿 Q 正传》《原野》，海燕社的《青春不再》，现在又

1　吴福辉：《中国现代文学发展史》，北京：北京大学出版社，2010 年 1 月第 1 版，390 页。

2　刘寿保：《桂林文化城的成就和贡献》，见魏华龄、曾有云、丘振声主编：《桂林抗战文化研究文集》，桂林：漓江出版社，1992 年 2 月第 1 版。

做次期的准备了。照样子看可以做到天天有话剧看。[1]

当时，桂林文化城剧目多多，演出多多。新西南剧展首批选择了田汉的《秋声赋》，欧阳予倩的《旧家》和《桃花扇》三个剧目进行排演。这三个剧目各有特点。

《秋声赋》是田汉 1941 年秋天创作于桂林的剧作，1941 年 12 月 28 日至 1942 年 1 月 4 日在桂林国民戏院演出。钱理群等人的《中国现代文学三十年》对《秋声赋》有简略的评价："《秋声赋》也是通过家庭生活的矛盾、复杂的爱情纠葛来塑造一个抗战'文化人'的正面形象的。"[2] 这个话剧，是抗战时期成立于桂林的新中国剧社最重要的剧作，因为它的演出使新中国剧社走出了经济困境。同时，这个剧作在相当大的程度上真实再现了 1941 年桂林文化城文化人的生活状况和心灵世界，甚至有田汉本人的个人生活影子笼罩其中，吴福辉指出：《秋声赋》"是以自身的家庭婚恋原型写出的，将文化人在报国和恋情矛盾中如何自处，表达得入情入理。"[3] 的确，这个剧目的演出能够让人们看到一个相对真实的桂林文化城和一批有血有肉的战时文化人。

《旧家》是欧阳予倩专门为西南剧展创作的话剧，较为真实地反映了 1939 年至 1943 年桂林一个传统家庭的演变。由父亲主持的分家，四个兄弟不同的人生选择，既写出了旧式家庭的没落，也写出了作者理想的生机。时隔 70 年，我们把这个戏搬上舞台，其价值不仅在于欧阳予倩展示了那个社会时代一个家庭不同人物的精神世界，同时，它还让我们感受到了桂林历史文化名城的沧桑变化、文化遗存，包括作者对旧家建筑样式和人文环境的描写，都能唤起人们某种特殊的温情。

欧阳予倩曾先后把《桃花扇》改编为京剧、桂剧和话剧。他回忆说："1939 年，我把它改成桂戏，在桂林上演的时候，曾经加以某些删改，但也曾根据当时的一些感想有一些补充，特别是对知识分子的软弱动摇敲起了警钟；对勇于内争，暗中勾结敌人的反动派，给予了辛辣的讽刺。这个戏在桂林曾经轰动一时，最后被明令禁演。"[4] 新西南剧展，我们将欧阳予倩的话剧《桃花

---

1 《戏剧春秋》第二卷第二期《通讯》。

2 钱理群、温儒敏、吴福辉：《中国现代文学三十年》，北京：北京大学出版社，1998 年 7 月第 1 版，489 页。

3 吴福辉：《中国现代文学发展史》，北京：北京大学出版社，2010 年 1 月第 1 版，389 页。

4 欧阳予倩：《〈桃花扇〉序言》，收入苏关鑫编：《欧阳予倩研究资料》，北京：中国戏剧出版社，1989 年 1 月第 1 版。

扇》搬上了舞台。这部剧作的核心是表达抗战的坚定意志和对投降的决裂。这是典型的古代题材的现代利用，它讲述了名妓与雅士的相遇相知，但也告诉我们，红颜寄望于爱人的不仅有风流，而且有风骨。

话剧是一门综合艺术，把剧本搬上舞台，不可避免地涉及舞台美术的问题。以《秋声赋》为例，田汉为剧情设计的都是真实的桂林场景，如漓江边的住宅、榕湖边的旅馆、七星岩的茶座，这些地方，都是当年文化人活跃的地方，也是桂林城区最美风景的所在地。我们选择了以油画这种美术形式来表现舞台背景。桂林风景画素以水墨画著称，以油画的形式表现桂林风景，相对还比较少。我们以油画的形式呈现，既强调了形式的新颖，也努力以丰富的色彩表现剧中人物丰富的内心世界。

话剧虽然是古老的艺术，但也需要新技术、新媒体的介入。新西南剧展作为一个整体性的话剧文化项目，我们专门为其制作了一个视频。视频主要是通过西南剧展老照片和新西南剧展新照片的对比性呈现，传达"从西南剧展到新西南剧展"这样一个文化传承的主题。田汉是19世纪90年代生人，新西南剧展的演员们基本上都是20世纪90年代生人，两个世纪的90后，构成跨越三个世纪的对话。西南剧展在战火中诞生，新西南剧展在和平年代出现。然而，无论是战争年代，还是和平年代，无论是历史，还是

→《学术论谈》，2016年10月10日第10期

现实，视频努力传达的，是贯穿从历史到现实的中华民族需要张扬和传承的那种自励自强的文化精神，那种刚健清新的民族气质。

话剧本无歌。然而，作为《义勇军进行曲》（后来被确定为国歌）的作词者，田汉的话剧却有一个特点：话剧加歌。一台《秋声赋》，竟然有五首歌，分别是《漓江船夫曲》《擦皮鞋歌》《落叶之歌》《潇湘夜雨》和《银河秋恋曲》，为了更好地表现剧情，我们还将作品中最后的口号声换成了《义勇军进行曲》。其中，《漓江船夫曲》既还原了当年漓江船夫逆流上滩的情景，又呼应了当

→ 总策划黄伟林指导学生

时中国抗战的形势。《落叶之歌》既描写了漓江风光，又暗示了男女主人公的人生归属。《潇湘夜雨》以"燕赵孤鸿飘然来到南方，为着借南方丰富的阳光，温暖着她的愁肠"开头，给予剧作强烈的抒情色彩。可以说，田汉为《秋声赋》所做的每一首原创歌曲，既有浓郁的地域色彩，又饱含着强烈的感情，还呼应了剧作的情节。《秋声赋》当年演出的时候，《落叶之歌》由扮演胡蓼红的朱琳演唱，深得观众的喜爱，成为当年桂林的流行歌曲。还有一首《擦皮鞋歌》，那集忧伤和欢乐于一体，由童稚演唱的歌，也在桂林传唱一时。

新西南剧展，因为话剧这个综合艺术，使广西师范大学文学、美术、音乐、表演、新媒体等多个学科的师生们聚集在一起，多学科的知识技能通过新西南剧展这个平台得以沟通融合，各个学科的老师和学生，仿佛亲临其境般感受到了不同学科的功能和魅力，并从中感受和发现了各自学科的特质，思考和探寻了各自学科的发展方向和成长的可能性。

三、社会时代视域中的新西南剧展

新西南剧展创始于大学校园。大学与社会是相通的。创始于大学校园的新西南剧展，不可避免地会与它所在的城市、所处的时代以及这个时代的人发生联系。

西南剧展发生在抗战时期的桂林文化城。

多年来，桂林有一个情结，即桂林作为风景城市已经得到了全世界的认同，但桂林作为历史文化名城，却遭到了广泛的漠视。除了少数人之外，大多数桂林本地人和桂林旅游者，都对桂林的文化缺乏认知，更遑论认同。

如何让一个历史文化名城的历史文化"显山露水"，成为桂林市众多专家、学者思考的问题。

桂林是全国第一批 24 个历史文化名城之一，更是抗战时期中国唯一的文化城，当

→ 广西省立艺术馆演出海报

时中国大后方的文化中心，西南剧展是抗战桂林文化城的高峰。如此看来，西南剧展堪称桂林建城2100多年来最辉煌的文化事件之一。

因此，要想让桂林历史文化"显山露水"，要想让人们如临其境、如闻其声地感受桂林历史文化，西南剧展无疑是值得聚焦的文化焦点。

1984年，新西南剧展40周年纪念的时候，桂林方面曾经召开过纪念西南剧展40周年座谈会，举办过"西南第一届戏剧展览会文物史料展览"。如今，30年弹指一挥间，在纪念西南剧展70周年的时候，我们应该做些什么，我们又能够做些什么？

新西南剧展选择了抗战时期桂林文化城的西南剧展作为一个文化样本，不仅是从历史文献、文学文献的层面去研究它，更重要的是从文化保护、文化利用的角度去开发它。

这就是我们提出的一个理念，叫做"青春激活历史"。

历史文化很容易成为老年人怀旧的对象，这样的历史文化，显然缺乏生存的活力与发展的动力。真正有活力有动力的历史文化，必须有年轻人的参与，有青春的激情注入。这是我们策划新西南剧展的基本认识。

让青年人用自己的身体，用自己的心灵，用自己的头脑去触摸历史、体验历史、演绎历史、感知历史，使历史从书本里走出来，从课堂上走下来，让历史从枯燥的文献转化为鲜活的存在，从静态的呈现转化为动态的表现，从外在于青年人的客观知识转化为内在青年人心灵的情感记忆，通过这样的方式，达到"青春激活历史"的目的。

这个目的应该说在一定范围内是达到了的。

当新西南剧展受邀请到当年西南剧展的举办场馆——广西省立艺术馆演出的时候，许多桂林文化人不请自来，可以说出现了桂林多年未曾见过的话剧演出盛况。著名表演艺术家、电影《刘三姐》主人公刘三姐的扮演者黄婉秋，著名作家、长篇小说《桂系演义》的作者黄继树都到了现场观看演出。黄婉秋甚至提前一个多小时到了现场，看望那些正在后台化妆的年轻大学生。

桂林市民，特别是那些有着浓郁的文化情怀的桂林市民，怀抱极大的热情观看了演出，许多人对新西南剧展剧组说了同样的一句话："你们做了一件功德无量的事情！"

演出之后，有年过八旬的老先生现场接受了电视台的采访，这位老桂林朱袭文先生信口唱出了《秋声赋》中的插曲《擦皮鞋歌》和《落叶之歌》；有年过七旬的老太太专门订制了花篮，赠送给新西南剧展剧组；有年过六旬的文艺工作者，宴请了新西南剧组的演职人员，以表示对师生们的感谢和敬意。

在南宁锦宴剧场，作家冯艺、评论家张燕玲、剧作家张仁胜、作曲家王晓宁等观看了《秋声赋》的演出，并对演出作出了积极的评价。

这是受众的表现。那么，那些参与新西南剧展的年轻学生又有怎样的感受呢？

在广西省立艺术馆演出之后，《桃花扇》李香君的扮演者王思衍表达了这样的感受：由于第二个学期她作为交换生要到台湾学习，因此，她计划完成春季学期的演出后就退出剧组，然而，当她真正身临其境感受到那种"在历史落幕的地方，我们重新出发"的氛围之后，她当场决定继续留在剧组，秋季学期如果有演出任务，她愿意自费乘飞机从台湾回来演出。

当《秋声赋》荣获中国"第四届校园戏剧节"优秀剧目奖之后，同学们在座谈自己参加新西南剧展的体会时，《秋声赋》中女难童的扮演者麦惠莉说，通过参加演出，她了解了桂林，了解了桂林的历史；男难童的扮演者叶良君说，通过参加演出，他对剧本写作产生了兴趣，并读了不少广西师范大学的校史故事，已经开始写一个广西师范大学民国历史题材的话剧剧本。

历史，以这种方式进入到这群90后青年学生的内心世界。

青春激活历史。因为有青春的投入，历史复活了生机，焕发了青春。历史不再是遥不可及的过去，而成为现实的有机构成，成为莘莘学子身体成长、心灵成长不可或缺的一部分。

"学术引领时尚"，这是我们为新西南剧展提出的第二个理念。

改革开放30多年来，我们看到，港台引领过时尚，"春晚"引领过时尚，"下海"引领过时尚，网络引领过时尚。那么，大学呢？

20世纪90年代，中国的大学曾经拆掉围墙，开办商铺，那是商场在引领大学的时尚。大学，也因此走出象牙塔，在改变了清贫面貌的同时，也遭遇了各种非议和责难。

有一种颇为流行的说法，新中国第一个30年是政治建设，第二个30年是经济建设，第三个30年是文化建设。21世纪第二个10年，正是新中国第三个30年开局的10年，在文化建设成为中国主旋律的时代，大学何为？大学应该扮演什么样的角色？

学者谢泳认为："一个国家的崛起，首先应该是大学制度的崛起，如果没有现代的大学制度，一个国家要想实现民族复兴是比较难的。"[1]这个观点很值得思考。因为，现代大学是现代人的培养机构，什么样的大学，培养什么样的人。社会是人营建的，人又由大学塑造，由此可见，大学在现代社会确实具有非常重大的作用。

20世纪最初10年，北京大学以《新青

1 谢泳：《西南联大与现代知识分子》，福州：福建教育出版社，2009年5月第1版，145页。

年》引领了中国五四新文化运动的时尚，开创了中国的现代文化。

那么，100年以后，中国的大学将以什么样的姿态、什么样的核心价值参与时代进程和历史建构？

在新西南剧展的运行过程中，我们意识到，学术是大学参与社会文化建设的姿态，也是大学参与社会文化建设的核心价值。

显然，大学既不应该以权力引领社会，也不应该以金钱引领社会。大学具有与官场、商场完全不同的价值理想。作为文化的传承者和创新者，大学唯应以学术参与社会，引领时尚。

当今社会，功利主义、实用主义已成主流，大学也不能幸免。然而，由于大学特殊的性质，传道、授业、解惑也就是学术毕竟是大学的本职和正途，学术既是大学立身的方式和手段，也是大学发展的途径和目标。因此，或许也只有大学才能在功利主义和实用主义的潮流中自省并从中超越出来，通过对青年人的培养和塑造为社会注入理想主义的气质。

理想主义自有理想主义的价值。功利意识和实用态度也并非全不足取。然而，人是丰富多姿的，文化是丰富多样的，因此，社会也需要有丰富多姿的人、丰富多样的文化去营造其生态平衡。

学术是大学传承的文化，也是大学创新的凭借；学术是大学安身立命的寄托，也是大学服务社会的核心价值。的确，假若不是学术的姿态，我们就难以摆脱如今充斥社会，同样也充斥大学的各种浮躁心态，沉潜下来，去打捞西南剧展这段为许多人忘记、许多人漠视、许多人无知的历史；我们也难以超脱于当下流行的功利主义态度，不计成本，只问耕耘，不问收获地投入到新西南剧展这个需要耗费大量人力、物力、精力和时间的校园文化项目。

沉潜于学术，以清洁的精神面对时代，面对社会。学术终究会反转、会逆袭，会出现在社会时代的前沿，为社会时代的河流注入清泉。"问渠哪得清如许，为有源头活水来。"学术应该是大学的源头活水，成为引领社会潮流、社会时尚的一种力量。无疑，新西南剧展正是大学学术积淀生成的文化成果。

"信仰照亮人生"，这是我们为新西南剧展提出的第三个理念。

改革开放30多年，国家在物质文明方面取得了较大的进展，但是，信仰的缺失一直是为人诟病的地方。

人与地球上万物的不同，就是人不仅是物质的存在，也是精神的存在。没有精神和信仰，人无异于行尸走肉。精神是引领人类进步和上升的力，信仰是照亮人类心灵世界的光。

历史上的李香君，在秦淮八艳中，不论是样貌还是才气，都排不到首位，但是她却高居秦淮八艳榜首。为什么？

欧阳予倩在他的话剧《桃花扇》中塑造的李香君形象回答了这个问题。在话剧的结尾，是李香君和侯朝宗这样一番对话：

李香君　侯公子，我是白认识你了！

侯朝宗　香君！

李香君　你以前对我说的甚么话？你曾经拿甚么来鼓励你的朋友、你的学生，你还鼓励过我！你不是说，性命可以不要，仁义、道德、气节是永远要保住的吗？你为甚么不跟着史可法阁部一同守城？回家去你至少可以隐姓埋名，你为甚么不？为甚么要在许多人起兵勤王的时候，去考这么一个不值钱的副榜？

侯朝宗　香君！

李香君　你不是常骂人卖身无耻吗？你为甚么国仇不报又去投降，在这国破家亡的时候，来找我干甚么来了，干甚么来了！走走走，我不要你！

侯朝宗　香君，我为了你，我不能死。

李香君　我为了你，死了也不闭眼！苏师父，柳师父，妥姨，寇姨，卞姨，你们都是好人，我死，要你们在我面前。我死了，把我化成灰，倒在水里，也好洗干净这骨头里的羞耻！

说完，李香君自尽身亡。

显而易见，在这里，欧阳予倩突出了李香君舍生取义的人格选择。舍生取义，是中华民族崇尚的民族气节，也是李香君超越自我身份，照亮自我人生的最光彩夺目的人格内涵。

《旧家》主要塑造了三兄弟，老大周承先在军政机关当顾问，算是公务员；老二周继先在洋行做过事，抗战以后回到内地做生意；老五周传先毕业于农科大学，有科学头脑，努力上进。

在剧作中，老五周传先对两个哥哥如此评价："我大哥不理家事，只会做诗喝酒，在这烽火连天的时候他只想马马虎虎求眼前的安定，……二哥呢，专想走私漏税发国难财，赚了几个钱花天酒地，我看我们这个家很难有希望，而且危险得很。"他选择了与自己的哥哥完全不同的人生道路，他"经营一个农场，把它弄得比较合理一点"，"我是反正所有的租谷都不要，全部用在农场的建设方面，因此农民占了很多便宜，他们自然很高兴来参加工作"，他不去跟哥哥争产业，他认为："整个中国都是我们的祖先艰难辛苦留给我们的遗产。我们正拼着我们的性命来保卫它，自己弟兄为什么要在一个小圈子里头互相争夺呢？"

周传先之所以能这样做，不仅在于他有农科知识、科学头脑，更重要的，他是一个有理想、有信仰的年轻人。剧作中，他就家里丫头受虐待的事跟父亲有一段对话：

周传先　爸爸，你不是说孔子仁而爱人吗？你不是信佛，说慈悲方便吗？我们能够看着一个无告的女孩子活活地被虐待死而不伸只手去救救她吗？丫头也是父母养的！

周天爵　博施济众，尧舜犹病，你一个人作得了什么？作得了什么？

周传先　无论什么事，只要有人挺身而出，不管成功失败，在社会上就会成问题，成了问题就有办法。

周传先这番话，表面看朴实无华，但认真想想，他之所言，他之所行，这种言行之一致，非理想主义者不能为也。一个眼看着分崩离析的"旧家"，因为有周传先这样的青年存在，还能让人看到希望之光，这其实恰恰是信仰带来的希望之光。

同样，田汉的《秋声赋》，无论是徐子羽、胡蓼红还是秦淑瑾，虽然爱情使他们之间有了难以调和的矛盾和冲突，然而，同样是因为有信仰，他们才能走出欧阳修"渥然丹者为槁木，黟然黑者为星星"的悲秋体验，焕发出"用铁一般的坚定从风雨中、浪涛中屹立起来"的激情，而不再有迟暮之感，激流勇进，不知老之将至。

"信仰照亮人生。"有信仰，内心才有光明；有信仰，人生才富有正能量。新西南剧展，既让我们看到了无信仰者的人生迷失，也让我们看到了有信仰者的行动力量。

西南剧展是中国现代戏剧史上浓墨重彩的一页，也是中国现代文学课堂教学中长期缺席的一课。广西师范大学以"青春激活历史、学术引领时尚、信仰照亮人生"为宗旨，复排复演抗战时期桂林文化城剧目，以课外教学的方式补上了这一课。"从西南剧展走向新西南剧展"，对于中国现代文学的学科教学、科研以及大学文化建设是一个有益的尝试，同时也为大学与地方的文化合作，为保护、利用和开发地方历史文化资源，为中华民族优秀文化的传承、为中华民族正能量的传递提供了富于探索价值的经验。

（黄伟林）

美好的缘分

——我与新西南剧展

我一直坚信，与一个研究课题的相遇是一种注定的缘分。冥冥之中，我在走向它，它也在走向我，之后是从相遇到相知，也可能还会从相知到相守。我承认自己在文学上有"偏食"的毛病，相对于小说、散文和诗歌，我认真阅读的话剧屈指可数，研究话剧的论文从来没写过，但这并非我与话剧无缘，只是这缘分需要酝酿和等待，它的出现需要恰当的契机和时间。因为有这个缘分，不管我绕了多远的路，都会与它相遇。

1998 年的暑假，为了体验西北的夏日，我留在兰州大学研究生宿舍。那两个月，我除了到周边旅游，就是独自在宿舍里看书。习惯了广西酷暑的我觉得西北夏日的清凉真是一种难得的享受。为了享受这清凉，也为了打发时间，我翻开了自己曾经熟读的金庸小说。虽然喜欢金庸由来已久，但我没想到，这一次阅读如此击中并刺痛我的内心，我感受到了来自文字深处的神秘的力量，我感觉到有话要说，不吐不快。于是在阅读和思考的同时，我完成了硕士毕业论文《金庸小说与二十世纪中国文化》。"金庸研究"成了我学术生涯中第一个研究课题，也许在我迷恋侠骨柔情的少女时代，就已经注定了我跟这个课题的缘分。

1999 年 6 月，完成硕士毕业论文答辩的同时，我收到了河南大学文学院中国近代文学研究方向博士生录取通知书。"为什么放弃自己熟悉的中国现当代文学而选择陌生的中国近代文学？"这不仅是身边师友们的疑问，也是博士生入学考试面试时导师们给我提的一个重要的问题。我知道老师们是担心我的基础难以适应这个专业的学习，因此心存顾虑。我当时并没有刻意地证明自己，而是实话实说，回答得轻松随意："我对近代文学的了解很有限，选择研究近代文学相当于另起炉灶，难度很大。但我心里总觉得我跟近代文学有缘分，我迷恋那种半新半旧的过渡年代的气息，特别是清末民初的上海。"入学后我意识到，我必须为自己大胆而任性的选择付出代价。当别人都可以很快地确定毕业论文的研究方向时我毫无目标，只能耐心地大量阅读我不熟悉的近代文献，那些发黄的带有虫蛀的旧书籍，那些散发出霉味的旧报刊，那些竖排繁体字的版本，淹没其中的感觉绝不是阅读金庸小说那般轻松惬意，但这段时间的阅读让我领略了旧书籍报刊的魅力。之后与导师吴福辉先生、关爱和先生商量，我的博士毕业论文选题定为"《礼拜六》杂志研究"。《礼拜六》是民国初年创办于上海的一份市民文学杂志，前后出版两百多期，销量曾超过两万册，在市民社会影响极大，当时流行的一句广告词是："宁可不娶小老婆，不能不读

→ 向丹、黄伟林、刘铁群在上海演出场地

《礼拜六》。"为了完成论文，我到了上海，每天在图书馆读上海文化史，查阅旧报刊，用手摇胶片播放机看民国的上海小报，周末就穿梭在上海的大街小巷，寻找旧上海的记忆。现在回想起来，研究这个课题就像是跟上海的一次约会，能够吸引我的兴趣并支撑我走下去的是民国上海文化的魅力。

2002年，我完成论文答辩之后来到桂林，开始在广西师范大学中文系工作。在修改、完善毕业论文准备出版的同时，我陷入了迷茫。对于上海，我只是一个过客。长期居住在远离上海的桂林，做《礼拜六》杂志研究这样的课题显然有太多的不便。那么我将来研究什么？我怎样搭建属于自己的学术平台？这样的迷茫持续了两年。2005年，黄伟林老师、雷锐老师召集教研室的老师们探讨学科发展的问题，建议把桂林文化城的文学研究作为广西师范大学文学院现当代文学学科具有特色的研究方向，得到了大家的赞同。当即决定撰写一套专著，包括《桂林文化城小说研究》《桂林文化城诗歌研究》《桂林文化城散文研究》《桂林文化城戏剧研究》《桂林文化城作家研究》。其中，《桂林文化城散文研究》一书由我负责。接受这个任务之后我开始阅读桂林历史，特别是桂林的抗战文化史。阅读的过程让我震惊，我第一次触摸到这座城市的血脉，第一次意识到这座宁静秀美的小城也有它阳刚厚重的一面。翻阅史料，抗战时期桂林的文化名人、

文化盛事，还有大量的旧期刊杂志都让我流连不已。因此完成专著《桂林文化城散文研究》的编撰之后我打算把研究持续下去。这个跟我的专业和居住的城市密切相关的有特色有价值可持续的研究课题摆在我面前，我应该珍惜。抗战时期桂林出版了大量的报刊杂志，这是研究桂林文化城文学的最重要的第一手资料，身居桂林对于阅读这批资料显然具有优势。于是我决定从细读报刊杂志起步，把我的桂林文化城文学研究继续向前推进。在做出这个决定的那一瞬间，我发现自己在攻读博士学位期间培养起来的对旧报刊杂志的兴趣在桂林文化城文学研究中产生了奇妙的对接。从上海到桂林，从《礼拜六》杂志到桂林文化城文学，一切自然而然，有迹可循。我越来越觉得研究桂林文化城是一件美好而具有意义的事情，而且对这个课题的兴趣也与我对桂林这座城市的感情是密切联系在一起的。桂林是我唯一具有归属感的城市。我曾经害怕回答一个简单的问题："你是哪里人？"父亲是湖南人，母亲是辽宁人，而我出生在黑龙江，10岁迁居到柳州，19岁到桂林，开始在广西师范大学中文系读书，之后又接连到几所不同的城市读书，我说不清自己是哪里人，直到2002年在桂林定居，我逐渐喜欢上了这座城市，喜欢它秀丽的山水，也迷恋它的文化底蕴。我终于找到了归属感，现在不管走到哪里，只有回到桂林，我才觉得内心安宁。

我对桂林的感情注定了我和桂林文化城研究这个课题的相遇是一种美好的缘分，如果说我和民国上海文学研究之间的缘分是"金风玉露一相逢"，那么与桂林文化城文学研究之间的缘分将是两情长久，一生相伴。而这长久的缘分中有一个极其华美的片段，那就是新西南剧展。

2013年的秋天，黄伟林老师对我说，"2014年是纪念西南剧展70周年，2015年是抗日战争胜利的70周年，在这重要的时间节点上，我们是否可以组织学生排演抗战时期在桂林创作或演出的一些经典话剧，来纪念那次盛大的文化活动"。黄老师的话让我眼前一亮。1944年2月15日到5月19日在桂林举行的西南剧展，持续94天，吸引了近千名戏剧工作者和文化工作者参加，观众人数超过10万人次，影响远至海外。美国戏剧评论家爱金生在当时的《纽约时报》上发表文章，高度评价这次活动："这样宏大规模的戏剧展览，有史以来，除了古罗马时代曾经举行外，还是仅有的，中国处在极度艰辛环境下，而戏剧工作者还能以百折不挠的努力，为保卫文化，拥护民主而战，功劳极大。"西南剧展是桂林抗战文化史上辉煌的一页，也是现代戏剧史上空前的盛举。对于身处桂林而且从事桂林文化城文学研究的人来说怎么能忽视它？而以重新排演当年的经典剧目来纪念西南剧展，纪念那段激情燃烧的岁月，纪念抗战时期文化工作者们的救国情怀，那将是一件多么有意义的事情！对话剧没有任何经验的我当时毫不犹豫地对黄伟林老师说："这个事情，我们可以做！"现在想想，我真是无知者无畏。因为没有经验，我不知道排演一部话剧如此艰难；因为没有经验，我不知道把一部话剧搬上舞台需要一个复杂的团队合作。但这个无知者无畏的决定把我推向了话剧这个陌生的领域，2014 年，我的大部分时间和精力都投入到话剧中。

我们做的第一件事情是选剧本。我和黄伟林老师的共识是，纪念 70 年前发生在桂林的西南剧展，最好选一个在内容上与桂林相关的剧本。这样，演员和观众们能更好地了解桂林文化城，表演和观看都会产生特有的亲和感。2013 年底，经过阅读、筛选，我们确定了田汉的话剧《秋声赋》作为主打剧目。《秋声赋》的剧本，我以前没有细读过。但在研究桂林文化城文学的过程中，《秋声赋》的插曲《落叶之歌》的歌词曾经引起我的注意：

> 草木无情，为什么落了丹枫？
> 像飘零的儿女，萧萧地随着秋风，
> 相思河畔为什么又有漓江？
> 挟着两行清泪，脉脉地流向湘东。
> 啊！秋风送爽为什么吹皱了眉峰？
> 青春尚在为什么灰褪了唇红？
> 趁着眉青，趁着唇红，

> 辞了丹枫，冒着秋风，
> 别了漓水，走向湘东，
> 落叶儿归根，
> 野水儿朝宗，
> 从大众中生长的，应回到大众之中，
> 他们在等待着我，
> 那广大没有妈妈的儿童。

如此优美动人的歌词，让我看第一遍就感动得落泪。这首歌词已经让我对《秋声赋》有了先入为主的好感。这次细读剧本，没有失望，虽然没有强烈的戏剧冲突，但感伤中浸透着唯美，压抑中反弹出力量，很有内涵和品位的剧本，特别适合大学生排演，也特别适合在校园的文化氛围中演出。而且剧本中的桂林元素完全符合我们的期待，剧本所讲述的故事主要发生在抗战时期的桂林，标志性的地点有漓江、象鼻山、七星岩等，桂林的天气、桂林的特产、旅居桂林的文化人、桂林市民的生活气息一直贯穿在整个剧本中。可以说田汉的《秋声赋》既是抗战之作，也是桂林之作。

确定了主打剧目《秋声赋》之后，要解决的最关键的问题是找导演。我和黄伟林老师心里都很清楚，在学院里，有话剧导演经验并能胜任这项工作的只有已退休的向丹老师。向丹老师爱话剧、爱学生，曾多次指导学生排演话剧，她导演的《雷雨》《于无声处》《桃花扇》都受到广大师生的喜爱，在广西师范大学的校园文化中产生了重要的影响。向丹老师决定克服困难出任导演时，我感觉已经看到了成功的希望。我和黄伟林老师、向丹老师从 2013 年底到 2014 年初开始正式筹备话剧的排演，在初步选定参与《秋声赋》的学生演员的同时，也吸收了漓江学院中文系和广西师范大学职业技术师范学院的团队加盟此项活动。并确定文学院负责排演田汉的《秋声赋》、欧阳予倩的《桃花扇》，漓江学院中文系负责排演欧阳予倩的《旧家》，广西师范大学职业技术师范学院负责排演夏衍的《芳草天涯》。这四个剧本，除了《桃花扇》是古代题材，《秋声赋》《旧家》《芳草天涯》三个剧本的时间背景都是抗日战争时期，而且都与桂林有关。黄伟林老师还对整个活动的名称反复地进行概括提炼，曾经提出"温故西南剧展"，之后又提出"新西南剧展"。大家一致认为"新西南剧展"这个命名非常贴切。新西南剧展活动就此拉开了序幕。我们几个非戏剧艺术专业的老师带着一批非戏剧艺术专业的学生，开始了舞台艺术的研究与实践。这个研究与实践的过程是艰难的，也是快乐的。因为我们见证了成长，收获了感动，也取得了成绩。

我所见证的成长包括我自己的成长，整个指导教师团队的成长，当然还有学生演员的成长。在我们选定的四个剧目中，我主要参与的是《秋声赋》，可以说，我几乎参与了《秋声赋》排演的整个过程和所有工作。在《秋声赋》正式排演之前要改编剧本，没有任何改编经验的我开始了大胆的尝试。为了保证排演计划的顺利进行，2014 年的春节，我在声声辞旧岁的爆竹声中一遍遍地阅读剧本，梳理线索，每天听大家互道新年祝福的时候，我满脑子都是《秋声赋》。《秋声赋》原著为 5 幕剧，接近 6 万字，出场的人物共31 人，估计整个剧目演完要超过 5 个小时，时间过长和人物过多都是现在的观众难以接受的，因此改编的第一步是要删减。在反复细读剧本的基础上，我提炼出话剧的四个最重要的核心内容，打算把《秋声赋》改编成四幕剧加一个尾声。与向丹老师商量沟通之后，形成了如下的改编提纲：

第一幕

地点：桂林，漓江边徐子羽家

主要内容：秦淑瑾与远道而来的老友黄志强谈话，引出徐子羽的前女友——女诗人胡蓼红要来桂林的消息，秦淑瑾向黄志强宣泄心中的怨恨。徐子羽深夜归来，妻子秦淑瑾因误会他去接胡蓼红而和他发生了争吵。

第二幕

地点：桂林，环湖路某旅馆

主要内容：胡蓼红来到桂林，想给徐子羽一个惊喜，徐子羽却陷入痛苦。秦淑瑾与徐子羽再次因胡蓼红而发生争吵，秦淑瑾伤心、愤怒中决定离开桂林，与徐母去长沙。

第三幕

地点：桂林，七星岩

主要内容：徐子羽拒绝跟胡蓼红去马尼拉，徐子羽的女儿大纯拒绝叫胡蓼红妈妈，胡蓼红伤心哭泣。擦皮鞋的难童认出胡蓼红，并叫她妈妈，胡蓼红感动，决定去长沙救济难童，给没有爹娘的孩子做妈妈。

第四幕

地点：长沙，徐子羽家

主要内容：随着敌人炮火的日趋激烈，胡蓼红和秦淑瑾搁置恩怨情仇，携手并肩投入民族解放事业。在长沙合力抗击敌兵，掩护孤儿院的孩子们撤退。

尾声

地点：桂林，漓江边徐子羽家

主要内容：徐子羽把大纯抱在膝上，一面写剧本，一面看窗外的月光，他们听到庆祝胜利的声音，徐子羽感叹："这也是秋声，可这样的秋声不会让我悲伤，只会让我更兴奋，更积极。不会让我们有迟暮之感，只会让我们向前努力，不知老之将至！"

根据这个提纲，我改编出了第一稿，改编的原则是保留原著的核心内容和语言风格，凸显故事主脉和戏剧冲突。改编之后，人物由 31 人减少到 15 人，除了徐子羽、胡蓼红、秦淑瑾、徐母、大纯、黄志强 6 个主要人物，还保留了因剧情发展必不可少的难童、八路军、日本兵。还有两个配角房东和行商，因为情节非常有戏，考虑再三，没舍得删除。在删减人物的同时，我根据改编的需要，对情节进行了修改或合并。原剧中的几个文人施寄萍、殷家桢、王梦鹤、邱小江、杨去非，在删减之后没有改变核心内容，也没有影响剧情的完整，但这些文人之间的对话特别能烘托抗战时期桂林的文化氛围，为了保留这种氛围，我将一些对话移植到其他人物的身上。例如下面施寄萍和黄志强发生在第一幕的对话：

施寄萍　对桂林的印象怎样？

黄志强　好得很。不要说桂林的山水了，我一到市内就看见许多新的戏剧上演的美丽广告。一到书店，新出版的书报也美不胜收。桂林文化界的活动真是蓬蓬勃勃的，不愧是西南文化的中心。

施寄萍　不过黄先生，桂林文化界的荣枯也跟桂林的天气一样，"四时皆是夏，一雨便成秋"。现在已经有些秋意了，你看见的那些，都是最盛期的陈迹，就好比落花满地未尝不好看，其实春天已经过去了。

施寄萍这个人物删除之后，我将这段文字移到第二幕，作为徐子羽和黄志强之间的对话，既保留了对桂林的精彩描述，也烘托出了徐子羽内心的寂寞与忧虑。原剧第三幕的开头用了颇长的篇幅展现王梦鹤、邱小江、杨去非三人对战争、对桂林的议论，这段情节删掉后可以更简洁地进入核心剧情，展现戏剧冲突。但这部分对话中有些内容很有意义。我在繁琐细碎的对话中选择了王梦鹤的两句："人家说雾重庆，雨桂林，刚刚今天天气好一点，又是警报。""不过都得感谢警报。这些日子要不是警报把咱们赶到这聚一聚，好像都懒得出门似的。"我把这两句话改成了徐子羽和胡蓼红在第三幕开头的对话，既交代清楚了时间、地点、背景以及战争的气氛，也表现出徐子羽的压抑和胡蓼红的开朗。原剧的第四幕和第五幕主要是展现胡蓼红和秦淑瑾由情敌变为战友的过程。我将这两幕合并为第四幕和一个简短的尾声，第四幕集中展现两位女性关系的改变以及合力抗击日本兵，尾声则以父女对话的温馨场面和雄壮的国歌让徐子羽走出压抑，找到力量。因为第一次改编顾虑很多，不敢轻易删减，改编后的剧本还有 3.5 万字，预计演出时间要超出 3 个小时，这个时间还是过长，因此我再次进行删改，压缩长度。《秋声赋》的改编集中了整个团队集体的智慧，向丹老师在导演的过程中根据表演的需要一直对剧本进行调整修改，学生在排练的

时候突然有好的想法也会提出修改的意见，黄伟林老师建议将尾声中"打倒日本帝国主义"的口号改成合唱田汉作词的国歌，给整个剧增加了振奋人心的力量。2014 年 5 月首演的剧本为 2.8 万字，时间控制在两个半小时。6 月应广西新影响集团邀请到南宁锦宴剧场演出的剧本为 2.4 万字，时间控制在两小时。到 2014 年底，为了到上海参加第四届"中国校园戏剧节"，我们根据组委会的要求，把演出时间控制在一个半小时之内，剧本再次删改，原来一直想保留的房东和行商两个角色也不得不忍痛删掉了，最后一稿是 1.8 万字。其实，对《秋声赋》的改编几乎持续了整整一年。现在我的电脑里还保存着十几个不同的版本。

在改编剧本的同时我也在考虑人物造型。这对我来说是比改编剧本更陌生的工作，但我依然大胆尝试。我查找资料，并且看同年代的话剧和影视作品，心中逐渐有了人物造型的轮廓。确认造型之后，我开始购买服装。因为经费有限，为了节省开支，服装的购买基本采用网购。2014 年 3 月到 4 月，我花了大量时间浏览淘宝网站的各种店铺，购买服装道具。《秋声赋》是唯美而又有内涵和品位的话剧，服装一定要讲究，很多服装是经过多次下单和退货才选定的，一些看中的服装因为太贵又要反复刷新，等待打折降价时购买。那段时间经常忙于下单、支付、收货、退货，曾经一天收到过 8 个包

裹，小区帮我签收快递的门卫还以为我是个购物狂，其实那几个月我忙得几乎没时间给自己买东西。在所有的角色中，胡蓼红和秦淑瑾的服装是最难选购的。值得庆幸的是，在迷恋民国上海，研究《礼拜六》杂志的时期，我就非常迷恋旗袍，我熟悉旗袍的品牌和质地。遇见自己一见钟情的旗袍，即使不穿我也会买了收藏。经过反复挑选，我给胡蓼红买了"雀之恋"品牌的黑色丝绒长款旗袍，配上鲜艳的红色披巾和红色帽子，端庄而又大气。胡蓼红的身份是诗人、革命者，是那个年代少有的女性精英，因此我还想为她准备一套洋装，凸显她的新女性风范，但在网上买不到具有民国气质的洋装，只能定做。我打听到桂林的阳桥附近有一位姓周的老裁缝，手艺非常好，于是带着胡蓼红的扮演者杨芷到阳桥附近寻找，终于在梦之岛商城对面的地下街找到了这位周裁缝，让他参照谍战片中女主角的服装风格为扮演胡蓼红的杨芷量身定做了一套红黑两色搭配的洋装。选购秦淑瑾的服装也颇费周折，反复挑选确定了一件真丝缎面料蓝色青花瓷图案的旗袍，其他再买不到合适的。直到首演即将开始，我还在为秦淑瑾的服装着急。最后，我找出了自己珍藏的两件旗袍，一件是香云纱面料，暗红与墨绿两色搭配的格子旗袍；另一件是双宫真丝面料，黑白两色搭配的格子旗袍，都来自我最喜欢的"娘子写"品牌。这两件旗袍特别适合美丽、贤惠

又带有书香气的秦淑瑾。而且秦淑瑾素雅、内敛的旗袍和胡蓼红红黑色系的浓烈、热情的服装形成了鲜明的对比，不仅凸显了两人不同的性格，也为整个话剧的舞美增添了效果。我在服装的选择上的确花费了很多精力，但我没有经验，也找不到专业造型师帮忙，纯粹是跟着自己对剧本的理解和审美感觉走，我的造型设计是否得当，我真不敢说很有信心。经过几次演出，我又对服装造型做了一些调整和改进。2014 年 8 月，我们得知《秋声赋》入围第四届"中国校园戏剧节"后，为了争取更好的演出效果，决定请专业造型设计师为演员们重新设计服装。但第一次试用造型师设计的服装演出后，大家一致认为，还是原来使用的服装更贴合时代氛围和人物性格，决定还是使用我选购的大部分服装。经过这次尝试，我对自己的造型设计有了信心。

从改编到造型设计再到跟随向丹老师学习导演，并且一遍遍地看联排和彩排，原本对话剧一窍不通的我学到了不少东西，我意识到自己在新西南剧展活动中慢慢地成长，我对话剧也产生了前所未有的兴趣。因为自己付出了很多心血，我感觉《秋声赋》就像自己的孩子，对它有了血脉一般的感情。从 2014 年 5 月 16 日新西南剧展开幕《秋声赋》首次演出至今，已经演出了十余场。遗憾的是，我没有机会坐在台下，完整地看一场演出，每一场演出我都在后台忙

碌，但在打理、监督剧务的同时我都跟演员一起入戏，一起感动，每一次难童拥抱胡蓼红叫妈妈的时候我都会在后台落泪。当然，让我感动的不仅仅是演出本身，在整个新西南剧展活动中，戏里戏外都是感动。学生演员的认真、投入让我感动，指导教师团队的敬业、尽心、团结让我感动，学校领导、各界朋友对剧展的关心和大力支持让我感动。学生们经常在去演出的路上疲倦得在车上睡着一片，但当舞台的灯光亮起，他们马上打起精神进入角色。这些没有受过专业训练的学生的表演看起来虽然青涩，但他们投入的真诚的感情足以打动观众。指导教师团队的每个成员都很忙，但大家排除一切困难，加班加点，就是为了把剧展做好。特别是被学生称为"向妈妈"的向丹老师，已退休的她本可以在家里享清福，但为了剧展几乎每天都坐校车到偏远的雁山校区指导学生排练。让我感动的还有我的女儿卡诺，在《秋声赋》首演之前，饰演大纯（男主角徐子羽的女儿，年龄十岁）的演员还没有十分满意的人选，几个参与排练的大学生虽然都很投入，很努力，但还是不能很好地表现出 10 岁儿童的天真烂漫。临近首演，我把 10 岁的女儿带到排练场地试戏，调皮好动的卡诺不愿受舞台的束缚，不想参加演出。我许诺演出成功就奖励一对小仓鼠，她才答应参演。首演之前我一直担心，但让我惊喜的是第一场正式演出她表现得非常出色，本色、童真的演出为整个话剧增色不少。特别是找妈妈那场戏，让很多观众落泪。首演成功后，卡诺正式成了《秋声赋》剧组的一员，跟随剧组到南宁演出，到上海参赛。只要演出开始，她就能迅速进入状态，找到感觉，而且一场比一场演得好。这真出乎我的预料，卡诺在学校几乎不参加任何文艺演出，如果不是因为《秋声赋》，我真不知道她有表演的天赋。这一年卡诺长高了 8 厘米，为她买的演出服看起来已经短了。上海演出结束后，我对女儿说："你长高了，明年可能就演不了大纯了，妈妈要另选一个小女孩儿了。"卡诺对我说："妈妈，我少吃点饭吧，我不想长高，我还想演大纯。"她已经爱上了舞台，爱上了表演。对她来说，演出已经是一种享受。

新西南剧展的整个演出过程是成功的。2014 年 5 月 16 日《秋声赋》的首演，演员们情绪饱满，观众感动得落泪。紧接着《旧家》《桃花扇》的演出成功举行。一周之后，《秋声赋》应邀在学校演出第二场。6 月，《桃花扇》《秋声赋》《旧家》三部话剧在广西省立艺术馆上演。广西省立艺术馆是抗战时期欧阳予倩先生通过贷款、募捐、义演等方式筹集资金建起的一座艺术馆，它是当时中国大后方唯一的话剧场，是抗战时期的一个奇迹，它是 70 年前西南剧展开幕的地方，也是西南剧展的主要演出场地。身处于这样承载着厚重历史感的建筑，这些 90 后的大学生们震撼了。黄伟林老师曾在首演海报上写下这样一句话："在历史闭幕的地方，我们重新出发！"在广西省立艺术馆，同学们感觉理解了这句话，也理解了这次活动的意义。在《桃花扇》中饰演李香君的王思衍同学即将去台湾交换学习，她激动地说："如果下半年有演出，跟我联系，我飞回来参加。"6月底，新西南剧展的三个剧目走出桂林，到南宁的锦宴剧场演出。7月，《桃花扇》《秋声赋》《旧家》在"广西校园戏剧节"中获得各类奖项共计20项。11月，话剧《秋声赋》走出广西，登上了上海交通大学菁菁堂的舞台，参加第四届"中国校园戏剧节"，获得优秀剧目奖、优秀导演奖、优秀组织奖。回想我和黄伟林老师最初策划新西南剧展，目的非常单纯，就是想纪念西南剧展，致敬西南剧展，同时改革中国现当代文学的课堂教学，给学生提供一个全面锻炼提升综合能力的机会。当时我们根本不了解"校园戏剧节"的活动，也没想过要参赛。我们参赛取得的成绩是我们在新西南剧展活动中辛勤付出后水到渠成的结果。当然，这些参赛的成绩也是新西南剧展活动成功的证明。

写下这篇文章，正值正月十五元宵节，窗外的爆竹声此起彼伏。虽然桂林天气阴冷，飘着小雨，看不见月亮，但爆竹声提醒我，这是农历新年的第一个月圆之夜，也是一元复始、大地回春的夜晚。新学期的工作马上就要开始了。在2014年，我做得最有意义的事情是参与了新西南剧展，最难忘的事情也是新西南剧展。2015年，新西南剧展如何走下去，我们还能做些什么，我还没想好。但可以肯定的是，我一定会走下去，我一定会珍惜与话剧的缘分，与桂林文化城文学研究的缘分。

（刘铁群，广西师范大学文学院教授，新西南剧展总策划、学术总指导、总导演）

删繁就简，突出主题

——《秋声赋》的剧本改编

发生在 1944 年的西南剧展是桂林抗战文化史上辉煌的一页，也是现代戏剧史上空前的盛举。为了纪念西南剧展 70 周年，缅怀抗战时期文化工作者们的救国情怀，广西师范大学于 2014 年推出新西南剧展活动，重新排演了一批经典话剧，包括田汉的《秋声赋》《桃花扇》，欧阳予倩的《旧家》，夏衍的《芳草天涯》。其中《秋声赋》为主打剧目。在重新排演经典剧目的过程中，一个极其重要的工作是剧本改编。可以说剧本改编是否得当直接影响话剧的排演结果。本文正是对新西南剧展的主打剧目《秋声赋》的剧本改编所做出的探讨。

一、改编的必要性

《秋声赋》是田汉 1941 年在桂林创作的抗战题材话剧。该剧在桂林上演时连演 8 场，受到观众的欢迎，其插曲《落叶之歌》曾在桂林城广为传唱。70 年后的今天，年轻的大学生们把这个经典的作品重新搬上舞台，为何要对剧本进行改编？这是由《秋声赋》剧本的特点，舞台艺术表现的需求和演出的具体条件以及当前观众的接受心理决定的。

《秋声赋》原著为 5 幕剧，接近 6 万字。如果严格按原著排演，预计演出时间要超过 5 个小时。1941 年 12 月在桂林演出的《秋声赋》没有留下录像资料，也没有留下关于演出时间长度的记录。因此目前无法考证当年的导演瞿白音对原著是否有所删减。但可以明确的是，5 个小时的演出时间对于今天的观众来说是难以接受的。原著的故事线索并不复杂，但出场的人物共计 31 人，对于校园戏剧来说，出场人物过多，而且其中很多人物对情节主线没有影响。而从剧本的风格特点来说，《秋声赋》是一个充满诗性的剧本，原著中的很多文字，适合阅读但未必适合舞台演出。很多琐碎的细节，抒情的文字在阅读上耐人品味，但在舞台上却会让剧情发展过于缓慢，冲淡戏剧冲突，也淹没了戏剧的张弛度，从而导致观看者产生审美的疲劳。另外，有些情节和场景给演出带来不便，需要调整。基于这些因素的考虑，在重排《秋声赋》之前，剧本的改编是可行的，也是必要的。综合各方面的实际需要，《秋声赋》的改编从删减与压缩、合并与移植、添加与再创造三个方面展开。

二、删减与压缩

改编《秋声赋》的第一项基础工作是删减与压缩。根据目前观众的接受心理，话剧演出的时间长度控制在两小时以内比较合适。这就意味着对《秋声赋》原著内容的删减要达到三分之二。《秋声赋》是田汉的经典剧作，我们对每一句话的删减都极其谨慎。为了确保删减得当，我们对每一幕的内容都进行了梳理，确认整个话剧不可缺少，不能删除的主要内容包括以下五个部分：

1. 秦淑瑾与远道而来的老友黄志强谈话，引出徐子羽的前女友——女诗人胡蓼红要来桂林的消息，秦淑瑾向黄志强宣泄心中的怨恨。徐子羽深夜归来，妻子秦淑瑾因误会他去接胡蓼红而和他发生了争吵。

2. 胡蓼红来到桂林，想给徐子羽一个惊喜，徐子羽却陷入痛苦。秦淑瑾与徐子羽再次因胡蓼红而发生争吵，秦淑瑾伤心、愤怒中决定离开桂林，与徐母去长沙。

3. 徐子羽拒绝跟胡蓼红去马尼拉，徐子羽的女儿大纯拒绝叫胡蓼红妈妈，胡蓼红伤心哭泣。擦皮鞋的难童认出胡蓼红，并叫她妈妈，胡蓼红感动，决定去长沙救济难童，给没有爹娘的孩子做妈妈。

4. 随着敌人炮火的日趋激烈，胡蓼红和秦淑瑾搁置恩怨情仇，携手并肩投入民族解放事业。在长沙合力抗击敌兵，掩护孤儿院的孩子们撤退。

5. 中秋之夜，徐子羽和大纯看着窗外的月光思念亲人，此时，他们听到庆祝胜利的声音，徐子羽感叹："这也是秋声，可这样的秋声不会让我悲伤，只会让我更兴奋，更积极。不会让我们有迟暮之感，只会让我们向前努力，不知老之将至！"

这五个部分构成了《秋声赋》的核心内容，也连接起了《秋声赋》的主要线索。这五个部分之外的很多内容删除后完全不影响剧情的发展和冲突的展现。例如第二幕徐子羽在黄志强的旅馆写稿子，有一个文人施寄萍来访的细节，篇幅不短：

〔徐子羽进来。（诗人施寄萍进来）

施寄萍　果然你在这里！

徐子羽　怎么，你找我了？

施寄萍　这附近都找遍了。

徐子羽　怎么晓得我在这儿？

施寄萍　问擦皮鞋的小孩才知道你在这儿。

徐子羽　我不是约你下午五点钟吗？这么早找我干嘛？

施寄萍　你当我问你要稿子？我是来报告

你几件事的。

徐子羽　什么事？

施寄萍　（严重地）你可别告诉人家。

徐子羽　什么事？

施寄萍　（低声）华生走了。

徐子羽　（故意）真的吗？我倒没有晓得。
　　　　还有什么新闻没有？

施寄萍　还有，还有你一定很高兴的，阿胡
　　　　来了。

徐子羽　阿胡？蓼红？

施寄萍　对咯。

徐子羽　什么时候来的？

施寄萍　今天早晨的飞机来的。

徐子羽　住在哪儿？

施寄萍　就住在隔壁旅馆，你还不晓得？

徐子羽　不晓得。

施寄萍　奇怪，她没有给你通知？

徐子羽　几天前给了我一个电报，我没有想
　　　　到她来得这样快。

施寄萍　许是想给你一个"surprise"吧。赶
　　　　快去看看她，咱们代表诗歌社欢
　　　　迎她一番。

徐子羽　不必了，既然来了见面的时候多着
　　　　呢。

施寄萍　你这个人真有点矫情，多久不见
　　　　的人别说你，连我也想和她谈谈。
　　　　去去去。

徐子羽　等我把这篇文章写完，你不说明天
　　　　一定得发稿的吗？

施寄萍　这么说，我找她来吧。（他出去）

徐子羽　不必了。（但又不制止他，他想静
　　　　下来写几行，可是静不下来。搔
　　　　搔头，立起来，又坐下，什么什
　　　　么，又取酒喝一下。）

施寄萍离开后，紧接着是另一个文人殷家桢的来访，同样篇幅不短。第二幕的核心内容是徐子羽和胡蓼红相见后的复杂感情以及引发出的夫妻矛盾。这些文人来访的细节对剧情的发展没有重要的作用，而且还延宕了进入主要剧情的时间。将之删掉，改成胡蓼红直接敲门，惊艳登场，给徐子羽一个惊喜，剧情的发展更简洁明快、干净利落。同样，第三幕最核心的内容是胡蓼红从忧郁、低落到坚强的转变。她情绪忧郁、低落的原因是徐子羽拒绝跟她去马尼拉，大纯（徐子羽的女儿）拒绝叫她妈妈。转变的原因是阿春等难童认出胡蓼红，并叫她妈妈，胡蓼红感动，决定去长沙救济难童，给没有爹娘的孩子做妈妈。这一幕开头用了2500字写王梦鹤、邱小江、杨去非等几个文人在躲警报时交流对战争、对桂林的看法和感受，以及他们对徐子羽和胡蓼红之间私情的猜测和议论，其中很多抒情、议论的内容。若按原著排演，会显得拖沓，分散观众的注意力。因此我们将这部分删掉，让第三幕从徐子羽和胡蓼红在警报解除后的谈话开始，直接进入核心剧情，快速进入矛盾冲突，更

能抓住观众的心。第四幕和第五幕中类似的情节也都做了删减的处理。删减之后，原著中的一部分人物不必出场，全剧的人物由 31 人减少到 15 人，除了徐子羽、胡蓼红、秦淑瑾、徐母、大纯、黄志强这 6 个主要人物，还保留了因剧情发展必不可少的难童、八路军、日本兵。

删减的同时，对于一些不能删除的重要情节，还要根据需要进行适当的压缩。比如第三幕徐子羽和胡蓼红在警报解除后的谈话是整个话剧的重头戏，是最关键的内容之一，有对感情的表达，有对信仰的追求，有对爱情和人生的思考。很多文字优美如诗，蕴含哲理，如下面这一段：

徐子羽　你忘了我为什么开始对于你感兴趣的。因为你在当时我所认识的许多女性中间，算是头脑最清醒的。你常常肯为着大众的利益着想。为了大众的运动你常常把自己的饥渴也忘了，甚至生命危险也忘了。这在其余的女性，包括淑瑾在内，都不大做得到的。因为她们都还有着多量的个人主义的利己思想残余，这曾经使我在情感生活上有过一种严重的失望。使我失望的心重新热烈起来，鼓舞起来的是你，可是这些日子呢？似乎你的全部注意力都集中到我身上了，似乎我对你的爱可以决定你的全部命运，因此你会拿出手枪来对我说，假使我不爱你，你就要很干脆地结束你的生命。你的聪明才智似乎不再专用来争取大众的解放，而主要的是用来争取我的爱。这一个变迁太大了。

胡蓼红　不，羽，这不是我的感情有什么变迁，而是你太果断了。

徐子羽　我果断？你是指什么呢？

胡蓼红　我是指你"好善而不能用，恶恶而不能去"。

徐子羽　可是，谁是善，谁是恶呢？假使这儿有一个天使，一个恶魔，谁也会知道决断。可是情形常常不是这样的，每个人自以为是天使，而他的性格里面常常却藏着恶魔。

胡蓼红　你是不是说我的性格里有恶魔，我会使你不幸福？

徐子羽　当你以为给人家以玫瑰的时候，到了人家手里也许变成了荆棘。

胡蓼红　所以你见了我就像我身上有刺似的。

徐子羽　我是说"也许"。人类对于未来的命运总是像黑夜行路似的，不能不一步步的试探。

胡蓼红　你不是试探了十几年了吗？难道还不明白？

徐子羽　还不明白，也许试探一辈子也不明

白吧。不过我渐渐地发现一个原
则。

胡蓼红　一个什么原则？

徐子羽　谁能始终给大众以幸福的，谁一定
　　　　能给我以幸福。

如果作为阅读对象，我们不能否认这
样的文字耐人品读，值得玩味。但这一类风
格的人物对话在一个情节中过多过长，观众
难以迅速接受并消化，还可能会导致听觉的
疲倦。因此对这个片段的处理是压缩词句，
这段文字压缩之后内容如下：

徐子羽　你忘了我当初为什么对于你感兴
　　　　趣的。因为你肯为着大众的利益
　　　　着想，为了大众的运动你常常连
　　　　自己的生命危险也忘了。可是这
　　　　些日子呢？你的聪明才智似乎不
　　　　再专用来争取大众的解放，而主
　　　　要是用来争取我的爱。这一个变
　　　　迁太大了。

胡蓼红　不，羽，这不是我有什么变迁，而
　　　　是你太果断了。

徐子羽　这不是果断。人类对于未来的命运
　　　　总是像黑夜行路似的，不能不一
　　　　步步的试探。

胡蓼红　你不是试探了十几年了吗？难道
　　　　还不明白？

徐子羽　还不明白，也许试探一辈子也不明

白吧。不过我渐渐地发现一个原
则。

胡蓼红　一个什么原则？

徐子羽　谁能始终给大众以幸福的，谁一定
　　　　能给我以幸福。

话剧中的很多情节都作了类似的处理，
压缩词句的原则是保留原著的风格，也保留
台词中最精华、最重要的内容，使之更简
洁、清晰、凝练，避免造成听觉的疲倦。

三、合并与移植

在改编的过程中，合并与移植也很重
要。在所删减的情节中，有一些内容非常精
彩，弃之可惜。对于这种情况，我们采取移
植的办法，把他移植到保留的情节和人物对
话中，使之自然衔接。下面是第一幕施寄萍
与黄志强在徐子羽家偶遇的一段谈话：

施寄萍　（握手后）黄先生什么时候来桂林
　　　　的？

黄志强　刚来没有几天。（姨娘倒茶）

施寄萍　对桂林的印象怎么样？

黄志强　好得很。不要说桂林的山水了，我
　　　　一到市内就看见许多新的戏剧上
　　　　演的美丽的广告。一到书店，新
　　　　出版的书报也是美不胜收。桂林
　　　　文化界的活动真是蓬蓬勃勃的，

42

不愧是西南文化的中心。

施寄萍　不过黄先生，桂林文化界的荣枯也跟桂林的天气一样，"四季皆是夏，一雨便成秋"。现在已经有些秋意了，你看见的那些都是最盛期的陈迹，就好比落花满地未尝不好看，其实春天已经过去了。

黄志强　施先生也不必那么悲观，只要天地四时的运行不变，去了的春天依然会回来的。

施寄萍　也许吧，谁不这么希望？不过在眼前这落叶哀蝉的味儿够我们咀嚼的了……这几天我在家里闷得慌，我们朋友又都找不着，刚才在桥边小馆子里一个人吃几碟马肉，喝了几杯三花，想来找子羽，偏生他也不在家。大嫂子，子羽今天上哪儿去了？

　　因为施寄萍这个人物已经删除，这段对话在第一幕就不存在了。但《秋声赋》是一部与桂林密切相关的话剧。这一段对话生动地再现了抗战时期桂林文化城的气象，应该保留。因此我们将这段对话移植到第二幕的开头，作为徐子羽和黄志强的对话：

徐子羽　哎，这次来，对桂林的印象怎么样？

黄志强　（兴奋起来）好得很啊！不要说桂林的山水了，我一到市内就看见许多上演戏剧的美丽广告。书店里的书报也是美不胜收。桂林文化界的活动真是蓬蓬勃勃的，不愧是西南文化的中心啊。

徐子羽　（摇摇头苦笑着）你看见的那些都是最盛时期的陈迹了，就好比落花满地未尝不好看，其实春天已经过去，现在已经有些秋意了！桂林文化界的荣枯也跟桂林的天气一样，"四季皆是夏，一雨便成秋"。以前你到外面去，到处可以碰到文化人。本来桂林就不大，愈加人多，就显得分外热闹了。而这些日子真叫作愈是寂寞愈加不肯出门。路上见了面吧，大家连天气好都也懒得说。

黄志强　这是为什么呢？

徐子羽　为什么？桂林的天气本来就不好嘛。要么就老不下雨，干燥得你口里起火，一下雨就不肯晴，阴沉得连每个人的心上都发霉。

黄志强　烟雨桂林才是人间仙境啊！我看是你的心情不好吧！让我这做老朋友来诊断一下你忧郁症的来源吧。告诉我，是不是你的感情生活上有什么变化呢？

徐子羽　……（无言以对）

施寄萍和徐子羽都是带有忧郁气质的文人，在此，将黄志强的台词移植到第二幕，将施寄萍的台词与徐子羽的台词合并，既保留了对桂林的精彩描述，也烘托出了徐子羽内心的寂寞与忧虑。

在第三幕开头，王梦鹤、邱小江、杨去非等几个文人在躲警报时的谈话片段已经删减。但这个片段中也有一些特别具有时代特色和桂林特色的语言，值得保留。第三幕的第一句话是王梦鹤的感叹："人家说雾重庆，雨桂林，刚刚今天天气好一点，又是警报。"在几个文人谈论一番国内战况、桂林风气之后，徐子羽出场，在徐子羽和王梦鹤之间有这样几句对话：

徐子羽　啊，梦鹤。你刚躲在哪儿？
王梦鹤　七星岩呀。
徐子羽　怎么没有见到你？我是把七星岩当会客厅的。
王梦鹤　我也是呀。那真是个再好没有的会客厅，什么人都可以碰得到。不过都得感谢警报。这些日子要不是警报把咱们赶到这儿聚一聚，好像都懒得出门似的。报上不是说你在写一个长篇叫《母亲》吗？

我们将王梦鹤的台词移植到徐子羽和胡蓼红身上，合并为第三幕开头徐子羽和胡蓼红的对话：

【警报之后。避难市民慢慢散去。内传出声音"散了！散了！""徐先生，你还不走啊？"

徐子羽　（对内答）久雨新晴，我再待会儿！（转对蓼红、大纯）人家说雾重庆，雨桂林，刚刚今天天气好一点，又是警报。
胡蓼红　不过得感谢警报。这些日子要不是警报把咱们赶到这儿，好像都懒得出门似的。
徐子羽　可不是吗？在这儿什么人都可以碰得到，我是把七星岩当会客厅的。

这样合并移植之后，既交代清楚了时间、地点、背景以及战争的气氛，也表现出徐子羽的压抑和胡蓼红的开朗，并没有生硬拼接之感。

对第四幕和第五幕内容的处理，我们也用了合并的方式。原著第四幕的内容是胡蓼红和秦淑瑾搁置恩怨情仇，携手并肩抗击日本兵，与日本兵搏斗的结果留下了悬念。原著第五幕的内容是徐子羽不知徐母、秦淑瑾和胡蓼红的安危，焦急地四处打听消息，黄志强带着秦淑瑾的信回到桂林，通过书信倒叙与日本兵搏斗的场景和结果。第四幕留下的悬念的确能引发观众们追剧的渴望，但第五幕徐子羽打探亲友消息的情节篇幅很长，过于琐碎。观众的渴望很快会被疲惫冲淡。因此我们将这两幕合并为第四幕和一个尾声。在第四幕，直接展示胡蓼红和秦淑瑾合力杀死日本兵，秦淑瑾火烧房子，把剧情推向最高潮。在高潮之后安排一个温馨而又蕴涵力量的尾声：徐子羽和女儿大纯在中秋之夜仰望明月，思念亲人，他们听到了庆祝胜利的声音，徐子羽从压抑中解脱出来，他感叹："这也是秋声。可是这样的秋声不会让我悲伤，只会让我更加兴奋，更积极。不会让我们有迟暮之感，只会让我们向前努力，不知老之将至。"

四、添加再创造

除了删减与压缩、合并与移植，我们在改编过程中也对剧本进行了添加与再创造。删减与压缩是在纵向上对剧本做减法，合并与移植是在横向上对剧本内容进行移动、调整，添加与再创造则是增加内容或对剧本内容做较大的改动。原著第四幕的开头是病中的徐母和秦淑瑾谈论长沙遭遇轰炸的情景，紧接着，徐母问秦淑瑾是怎样与胡蓼红和好的：

徐　母　（兴奋地坐起来）咳，老实说她刚来的时候我担心又要吵架。我心里想她何苦又找到长沙来呢？后来我看见你们倒也和和气气的才放心了。

秦淑瑾　（她一面坐下来编物一面低头抿着嘴说）你自然和许多老年人一样，儿媳妇和孙子是越多越好的。

徐　母　也不是那样说，你难道不晓得我的脾气吗？我就是怕看吵架。

秦淑瑾　难道我高兴吵架？做事情太不平安人心也许要反抗的。

徐　母　那么你们为什么一会儿又要好得和姊妹一样呢？

秦淑瑾　起先我当阿胡是来逼我来的。我安排和她大吵一下。我说，"我们中间必须有一个死，天下才得太平"。她说，"我们都好好活着，为什么要死掉一个呢"？我说，"因为我们两个人都要求整个的爱，而现在我们都只能得到一半，不死掉一个，问题是没法见得解决的"！蓼红笑着说，"假使死掉了一个，爱情还只能得到一半呢？比方说，我牺牲了，你算完全占有了子羽了，而子羽的心却始终有一半爱着我呢"？我问她，"你这趟是存的什么心？是不是要逼我死"？她说她不是来逼我死的，是来逼我工作的。她说子羽为什么不满意我，完全是因为我结婚以后丢弃了工作，尽顾在家庭琐事中间把自己的精力、自己的生命、自己的前途，甚至是自己的爱情葬送掉了。末了，她才告诉了我她这次来的真正的企图。

从这段对话可以看出，胡蓼红刚到长沙时，与秦淑瑾发生过冲突。但这个冲突是经由秦淑瑾转述的，第四幕剧情发展的前提是秦淑瑾与胡蓼红的矛盾已经解决，这一幕大量的篇幅是展示这两个女人深夜谈话，最后是两人联手对抗日本兵。这样的安排使第四幕相对平淡，没有戏剧冲突，而且在日本兵到来之前，几乎没有张弛的变化。为了让这一幕凸显冲突，张弛有度，我们进行了大胆的改动。将开头改成胡蓼红带着难童阿春来访，徐母误以为阿春是胡蓼红和徐子羽的孩子，引发了秦淑瑾对胡蓼红的误会：

胡蓼红　　怎么？老太太，您是在生病吧？

徐　母　　是啊，一到长沙就病了。哎！你怎么不留在桂林，跑到长沙来了呢？

【秦淑瑾端着煎好的药上。看到胡蓼红和阿春，退回厨房门边停下来，听。

胡蓼红　　老太太，我这次来长沙是为了孩子。

徐　母　　孩子？

胡蓼红　　（拉阿春）噢，阿春，快叫奶奶。

阿　春　　奶奶好！

徐　母　　（略有激动）这，这就是你和子羽的孩子！（怜爱地拉着阿春的手）

让奶奶看看！

【秦淑瑾听到这儿，心头大震，端着的药罐掉落在地上。突而愤怒地冲上前。

秦淑瑾　　你们真太过分了！太欺负人了！你们俩，孩子都有啦，而且连您（对徐母），您也都知道了，就瞒着我，把我一个人当傻子啊！（痛哭）

徐　母　　淑瑾，淑瑾，你冷静一下，来，来，快坐下。哎！这都是在子羽和你结婚之前发生的事了，我是怕伤你的心，不忍告诉你。（转向胡蓼红）不过，阿胡，你的确不该带着孩子找到这儿来！

胡蓼红　　老太太，淑瑾，你们都误会了。

秦淑瑾　　误会？孩子都有了，还说误会？难道这不是你的孩子？

胡蓼红　　这是我的孩子，可……

秦淑瑾　　可什么？你还有什么好解释的？你到桂林，我就跟老太太到了长沙，可你现在又带着孩子找上门来，你是想利用孩子让老太太也支持你，对吧？我一再忍让，你却咄咄逼人，你不要欺人太甚，行吗？

徐　母　　（痛苦地）阿胡，你带着孩子走吧！我不会因为你带孩子来就让子羽离开淑瑾的，你走吧！

秦淑瑾　　（含着泪）妈……

添加这个情节之后，第四幕开头就迅速进入戏剧冲突，出现一个小高潮。接下来是胡蓼红解释误会并劝说秦淑瑾，关于这个内容的改编，我们充分利用原著中秦淑瑾向徐母转述怎样与胡蓼红和好的那段台词，将之转换成两个人的对话。这样的处理既能使情节自然衔接，又避免了原著中秦淑瑾这段台词过长而产生的枯燥。这样改编之后，第四幕的节奏感明显增强，开篇的误会如一股激流，水花四溅；中间两个女人的倾心交流如清澈的溪水，缓缓流淌；最后日本兵突然袭击，如平地惊雷，惊心动魄。这样就形成了"紧——松——紧"的节奏，在平静与动荡，美好与惊吓的交替、转换的过程中抓住观众的心。

第四幕是全剧的最高潮。高潮之后短小的尾声是全剧的收场，非常重要。这个尾声的内容是根据第五幕结尾的内容改编的，我们竭力凸显三个因素：温馨、幽默、力量。这三个因素我们通过三个关键的细节加以表现。第一个细节是中秋之夜父女二人仰望明月思念亲人，这一幕温馨而感动；第二个细节是看着漓江边的一对恋人，徐子羽问大纯"将来长大了讲不讲恋爱"，大纯说："讲的。可不像爸爸一样，把大家弄的苦死了！"这个充满童真的一幕能让观众会心一笑；第三个细节是听到了庆祝胜利的声音，原著中是对岸传来"打倒日本帝国主义"的口号和欢呼声。为了更适合当前的演出环境，我们将口号换成了配音演员在远方演唱田汉作词的《义勇军进行曲》，雄壮的歌声振奋人心，不仅给徐子羽力量，也给观众力量。

改编后的《秋声赋》总字数为 1.8 万字，接近原著总字数的三分之一。演出时间为一小时四十分钟。经过改编，《秋声赋》的剧情更简洁明快，主题更鲜明突出，冲突更得以凸显，节奏更张弛有度。总体来说，我们对《秋声赋》的改编尝试是成功的。

【参考文献】

[1] 田汉：《田汉文集》[C]. 北京：中国戏剧出版社，1983.

[2] 董健：《田汉评传》[M]. 南京：南京大学出版社，2012.

[3] 丁言昭：《安娥传》[M]. 北京：中国青年出版社，2013.

（刘铁群）

难忘的记忆

——导演手记

2012年经历了一些人和事后，我就曾经对自己，也对关爱我的挚友们发过誓，再也不沾话剧的边，再也不导演话剧了！可最后，我还是食言了。从2013年11月至2014年11月，我整整玩了一年的话剧！这一年，有说不完道不尽的苦和累，但更多的是和孩子们在一起的开心，是与我们这个创作团队合作的愉快，是经历艰辛后享受成功的幸福！

这一年的"新西南剧展"排演，在我人生的旅途中应该是浓墨重彩的一笔，我一直就想把一些片断记忆和感受写下来，作为自己晚年以后的一份美好回忆。可结束导演话剧这一年的忙碌后，我又被好些琐碎繁杂的小事羁绊，一拖就拖到了近期——2015年2月至3月，在上海的月子会所里，一边侍候女儿坐月子，一边抽空写下以下文字。

受　命

接到伟林电话，说今年是"西南剧展"70周年。为了纪念抗战时期这一极具影响力的戏剧运动，准备把几个当年活跃于这次戏剧运动的剧作家，如田汉、欧阳予倩等人的作品搬上舞台，请我出任导演。我当即婉拒了。因为2012年的那次痛，使我再不愿更不敢靠近我曾痴迷的话剧！再加上我已退休4年，过了4年不用跑雁山，不愁搞科研，无须开会填表，不用看人脸色听人教导的无忧无虑的退休生活，如果我答应导戏，就意味着又得紧张起来，身累心累，真是不寒而栗！

伟林让我再考虑考虑。

与同事好友交换意见，他们都劝我，不能接这个事！"不要再傻了！还不接受教训吗？"我深知他们对我的关心，对我的爱！深知他们为我抱不平！我深深地感激他们！我的挚友！

伟林再次来电话，和我谈了许多，从纪念西南剧展的意义到教研室课题的需要，再到我和他们夫妇俩附中校友的私人情感，更有田汉《秋声赋》的魅力……最后，我答应了。

因为，我是搞中国现代文学的，当然

知道 1944 年在桂林举办的"西南剧展"在中国戏剧史上的地位和意义。现如今，能以排演他们的话剧来纪念这次 70 周年的盛事，这是何等有意义的事啊！

我对话剧有着极深的感情。自 1979 年有幸参演中文系版（现文学院）话剧《于无声处》后，就爱上了话剧表演。30 多年来，或演或导一些话剧、话剧片断或小品后，就更痴迷于话剧表演。2005 年开出选修课《中国现代戏剧欣赏及表演》，带着学生们一起练台词、练表演。2009 年至 2011 年在王枬书记的提议支持下，又排演了经典大剧《雷雨》《于无声处》《桃花扇》。我和学生们共同享受话剧表演的魅力，我骨子里离不开话剧表演。

还因为，我难忘在 2012 年那一次对我伤害的事件中，王枬书记给我回信带给我的温暖和慰藉，还有，我也很难坚拒我的好友伟林夫妇和铁群……

就这样，我答应了！

选　角

排戏首先面临的是挑选演员。

这次挑选演员与我退休前大不相同了。没退休时，我上中国现代文学课、中国现代戏剧欣赏和表演课、对外汉语教学法课，还指导中文系每一届的"春晓"诗文朗诵比赛、新生杯演讲比赛和"秋实"课本剧大赛

的选手们，能接触到不少学生。对他们的形体和语言面貌、表演能力甚至个性都略知一二。可退休后，就再难接触到学生了，只偶尔受学校团委的邀请指导一些学校级的朗诵、主持、演讲选手。

决定出任导演后的第一项工作开始了：2013 年 12 月 20 日，与伟林、铁群到雁山参加与《秋声赋》候选演员的见面会。地点设在我们现当代文学教研室里。这是由学院分团委和学生会组织筛选过的学生，大约有二十来人，围坐成一个方形。首先是候选学生们自我介绍，接着就按初选后暂定的角色朗读我们指定的段落。这一试，我还一下子就看上了几个孩子：徐子羽、秦淑瑾、胡蓼红、徐母等几个主要角色的候选人（当时还记不住他们的名字）。加上这些年我也曾经指导过参加校庆庆典朗诵、自治区和桂林市高校朗诵和演讲比赛的几个学生，他们无论是外形、音色还是普通话和舞台表现力，都应该是这个剧的最佳人选。我心中有些底了。

徐子羽：程鹏瑜、宫浩源

在第一次与演员候选人的见面会上，一落座就看见坐在我对面的一个帅小伙。"我认识你，我心中的哈姆雷特人选！"我高兴地说。记得是在学校 80 周年校庆《桃花扇》演出前，李炳良（2011 年我导演《桃花扇》时选中的侯朝宗的扮演者）请我去看他们在我之后排的《桃花扇》时，这小伙子

出演的书生陈定生给我留下了很深的印象。当时我就对他说，我下一个剧将会排《哈姆雷特》，你就是我剧中的哈姆雷特！我问他的名字，他告诉我，他叫程鹏瑜。接下来的第二个环节：学生朗读台词。我让鹏瑜第一个朗读。他没有推辞，大方地朗读起来。过后他自谦地说，"我刚刚拿到剧本，对台词不熟，完成得不好。老师，对不起"。其实，这段台词，听得出来他从未接触过，但他对徐子羽这个人物性格的定位已经找到并把握住了。我心里《秋声赋》的徐子羽扮演者有了！

程鹏瑜旁边坐着一个戴眼镜的瘦高个儿男孩儿，书卷气挺足的。听主持人介绍，他是2013级新生。于是我就让他也朗读程鹏瑜刚刚读过的那一段台词。哇！声音淳厚有磁性，好听极了！而且台词已经贴合徐子羽的性格和当时的心境。除了面相嫩一些外，几乎就是活脱脱的徐子羽啦！后来我记下了这个男孩儿的名字：宫浩源。

胡蓼红：杨雪莹、杨芷

第一次见面会上，主持人介绍胡蓼红的候选人是杨雪莹。我真是高兴极了！因为对杨雪莹我是熟悉的。我和她的结识是在2012年的自治区高校关于广西精神演讲比赛我们广西师范大学的选拔赛上。记得那晚，我一连听了近10个选手的演讲，都千篇一律，毫无特色，毫无新意，我几乎彻底绝望了。突然一个个子不高，但长得极其秀丽的女生走上台来。一开口，纯正的普通话和柔美的声音让我眼睛一亮。再一往下听，我振奋了：她以极具我们广西壮族特色的五色糯米饭开头，点出五色糯米饭正象征着我们的广西精神，而后紧紧围绕着糯米饭的五种颜色来阐述，不仅条分缕析，丝丝入扣，言之成理，而且语言流畅，抑扬顿挫，极富感染力。于是，雪莹的演讲内容，再配上她那双黑且亮的眼睛，已印在我的记忆里了。顺理成章的，雪莹被选为我们广西师范大学的参赛选手。接下来，学校让我来指导她参加自治区的比赛。于是，我俩有了更多的接触。她的求知欲、学识，做事的认真态度以及她的语言表现力等都让我非常欣赏。在朗读台词环节，她让我显而易见地感到，她是胡蓼红的不二人选。

杨芷也是我的老朋友。我和她第一次见面是在育才校区的露天影场。当时我是在为学校80周年校庆审查文艺演出节目。结束时，杨芷和王思衍、李德宝、彭琛等几个来到我跟前，说是校团委让我点评一下他们的朗诵，提升一下水平。当时我觉着这几个学生的外形条件、语言面貌和舞台表现力都非常好，没什么可说的。后来又在团委一系列的朗诵和演讲比赛任务中，和他们有了进一步的接触，我很看好他们的语言水平和技巧。

这次决定要排《秋声赋》和《桃花扇》时，我立刻给杨芷发了微信，希望她能参加，并请她动员那几个同伴一起来，然后再帮我在同学中物色一些。她立刻和这几个同学联系，并把他们的联系电话发给我。我有了几员大将，心中稳了许多。

选角的那次面试杨芷没来。后来打电话问她，她说是没找着地点。我也没说什么，因为那时我还没想好她适合演这两个剧中的哪个角色。

新学期杨芷回到学校时《秋声赋》的排练已经开始了。她一直在埋头于为我导的这两个剧物色角色，而对于自己想演哪个角色始终不置一词。不久，她微信给我，说很对不起我，因为她原来已经答应了要参加两个剧的演出，可寒假里，她家人认为考研和排戏不可两者兼顾，要求她放弃排戏，保证考研。我当时非常爽快地回复她，非常理解家人对她的要求。因为我也是一位母亲，深知孩子的前途比什么都重要。我嘱咐她全身心地投入考研的复习中。

过了一段时间，我又接到杨芷的微信，说想和我谈谈。那天我正好全天在雁山排练。于是午饭后，她来到铁群的办公室，即我们最初的排练场地。这一次谈话，她哭得很伤心。原来她内心很纠结：她本心是非常喜欢参加诸如打篮球、主持、朗诵、演戏等活动，可现在家人为了她的前途要她放弃演戏，她非常难受。我依旧是安慰她，要她理解家人，为自己的前途考虑。之后她又说，因为太对不起我了，想为我、为这次话

剧做点事，哪怕只是帮搬搬道具什么的都好。情真意切，我很感动。但我依旧在宽她的心："怎么会要你搬道具？你就安心地复习备考吧！"看她如此纠结，我又补充了一句，你实在很想演，就挑个小角色吧。这样一来，既不花费你太多的时间和精力，又能解你想演话剧之渴。我提了几个《桃花扇》里的诸如卞玉京和寇白门等戏分少的角色让她考虑。她说她的身段似乎不适合演古装戏。当时铁群的办公桌上正放着一叠《秋声赋》剧本，她拿起一本翻开来看了一会儿，说，"要不，我试试胡蓼红吧"。我有些喜出望外：这也是我曾经考虑过给她的角色呀！想到她的考研，我提出，你还是以考研为主，由我来就你和徐子羽、秦淑瑾的空余时间。你们什么时候有空，我就什么时候来排你们的戏。

秦淑瑾：何竹叶、谭思聪

见面会上，我记得以秦淑瑾角色站起来和程鹏瑜、宫浩源对台词的是一个漂亮高挑的很有气质的女孩儿。她一开口念台词，我就认定：她就是秦淑瑾！当时也介绍过名字的，但我没用笔记下来。心想，就她了，来排练就会知道的。

第一次排练，来了一个叫何竹叶的秦淑瑾，也非常不错。可我感觉似乎不是我在见面会上定下的那一位。但因我没记下上次那个秦淑瑾的姓名，也就无从寻找。好在何竹叶也很不错，除了普通话略带些方音外，

一排练，她就能把秦淑瑾的贤惠、善良、隐忍等个性表现出来，舞台的掌控能力也强，我也就放心了。

后来和演员们熟了，排练间隙也和大家聊聊天。我谈起第一次见面会的情形，随口问及，那天和程鹏瑜、宫浩源对台词的是谁，演员们告诉我，是2011级的，叫谭思聪。我又问，她为什么后来又不来了呢？大家回答说大概是忙吧。我请认识思聪的同学帮忙请她来参演。一是因为我们的角色需要配齐AB角；二是因为见面会上谭思聪版秦淑瑾给我的印象太深了。可后来没有了下文。

在《秋声赋》的排练已初步拉练完后的一次排练休息时，程鹏瑜问我："向妈，您为什么不叫谭思聪来？"谭思聪？这个名字似曾听过。我年纪大了，记忆力已大大减退。"就是第一次见面会和我对台词的那个呀！她是我高中同学。我们在玉林读高中时，她就已经演过话剧啦！很出色的！"真是踏破铁鞋无觅处，得来全不费工夫。"我正诧异呢，见面会上的那个秦淑瑾怎么就失踪了呢？后来托了一些同学去请她，可她还是没有来。""我来试试吧。"鹏瑜说。这真是太好了！

还是老乡兼老同学的能量大，2014年4月14日，鹏瑜打电话告诉我，思聪答应参演了。于是在一个下午，好像是4月16日，我正在行政南楼五楼一个大教室里排《桃花

扇》，鹏瑜带着思聪来到我跟前。对！就是她！就是那个我一眼看中的秦淑瑾！我即刻让她和鹏瑜到五楼南面的一个露天平台上，试演第一幕徐子羽回家和秦淑瑾争吵的一段。太让我意外了！她和徐子羽竟然一次拿下！而且很有感觉，很有戏，很有韵味！很美！

徐母：常蓉

常蓉也是第一次候选演员见面会上当即敲定的角色。记得那天，常蓉站起来读了一段徐母的台词后，我就肯定了她对人物的把握。而后我稍稍提了一下，老年人和年轻人说话的语速、动作是完全不同的。老人的语速和动作都慢，年轻人语速和动作都快。由于我是演老人出身的，当即就把她刚刚读的那一段台词来了一遍，在该慢的地方强调了一下。然后叫她再读一次。她一读，完全有了老人的感觉，场上立刻响起了赞扬的掌声！

黄志强：刘洋、宫浩源

我是第一次排练时才认识刘洋的。也才知道他不是文学院而是经管学院2011级的学生。刘洋平时说话带着较浓的南宁腔，即南普。可没想到，一开始排练，他就字正腔圆起来。而且他的表演很松弛自然，有幽默感，还有些商人的世故，正好和徐子羽相得益彰。毫无悬念，就他了！

就在《秋声赋》首演前一天晚上彩排时，我从其他演员处得知刘洋将止步于首演。开始我不相信。因为就在几天前，在

QQ 上他还和我谈出演《桃花扇》中杨文聪 B 角一事。在《秋声赋》的排练中我感觉到他很有表演天赋,想让他试试杨文聪 B 角。他告诉我他已在做准备。他怎么会止步于首演呢?问他,他说在家人的要求下,他决定考研,要抓紧时间复习。为了孩子的前途,我只能支持。而从戏的角度去考虑,我心头很沉重,因为当时我觉得刘洋版的黄志强不可替代。

宫浩源是一个演话剧的好苗子。他自身条件如声音、普通话、外形都很好,而且还是一个爱学习、求上进、责任心强的好孩子。一开始他就被定为徐子羽 B 角。每次排练,他只要没有课,一定准时到。排他的戏,他认真排;排 A 角的戏,他跟着学;不是他的角色他也看着、模仿着、琢磨着。有的演员没到,他就自告奋勇地顶替。到后来几乎剧中任何一个角色他都能上。刘洋一退出,我和铁群就立刻把目光集中到了他的身上。

大纯:黎莹莹、陆卡诺

要在大学生里找一个能演初一学生的演员实在不易。可在排练场见到黎莹莹时,她不高的个子,闪亮的眼睛,和略带羞涩的甜甜微笑一下子吸引了我:外形和纯真的气质蛮像了,但似乎缺了一点大纯的淘气调皮。于是我让莹莹念大纯被妈妈和奶奶逼着读欧阳修的《秋声赋》一段。第一遍,她确实不够调皮淘气,仍是一个乖孩子的范儿。于是

我边念边做动作地示范了一遍后,让她再来一遍,情形就大为改观了!好,这就是大纯!

在莹莹越演越熟练之时,有老师提出,大学生演小孩总还是不够像,若是能找个适龄孩子来演就好了!此时,刘铁群副院长带着犹疑的口气说:"我家卡诺正是六年级学生,不知她能否拿得下大纯这个角色?"我一听,好啊!当年我女儿不是也为外语学院客串了一回童声领唱吗?现在大纯还只有 A 角,还缺个 B 角呢,何不让卡诺试试?铁群老师又补充说:"这些日子在家里给她练习大纯的台词,现在第一幕她基本拿下了。"哈!早有准备啊!太好了!孩子平时要上学,那就用"五一"小长假来和其他演员合一下戏吧!

包租婆:覃栌慧、杨雪莹

开始接触覃栌慧,她给我的感觉:她是个热情、大胆、泼辣、干练的女孩儿。于是就定她为包租婆的候选人。可在排练中,她曾多次向我推荐其他同学来演她这个角色,又表示自己不想演戏,只想做些幕后工作。我还是坚持要她台前幕后都要做。五一节她请假回家,杨雪莹暂时代一下她的戏。不想这一代,让我和在场的所有人都眼睛一亮:这正是活脱脱的包租婆,太有戏了!

阿春:麦惠莉

小麦先是作为《桃花扇》李香君 B 角的竞选者出现在我眼前的。她普通话好,而且眉眼间很有戏,非常适合饰演李香君。只

是她个子瘦小了些，与侯朝宗的扮演者大个子李德宝、孟裕人身段不太搭。于是我让她暂演《桃花扇》中的丫头小红。当要排胡蓼红（杨芷）和擦皮鞋难童阿春的戏时，一个出场的戏，试了几个演员，都不满意。此时几个演难童的演员来到了排练场，我一看到小麦，眼睛立马亮了："麦惠莉，你来试试！边唱边跳着上场。"记忆中，当时小麦似乎还没缓过神来，《擦皮鞋》歌的录音已经响起，她立刻就随着歌声跳着上场了。不熟悉歌曲，没排练过一次，我相信她当时连剧本都还没看过，她竟然能随着歌词内容做出各种动作和表情，在场上的位置也走得恰到好处。尤其令人惊讶的是，当歌曲停在结尾"皮鞋尖"时，她的站位和定型动作也都非常准确地合上了。全场掌声响起！

难童：麦惠莉、黄岚、莫光宇、叶良君

《秋声赋》排到第三幕，难童们将要出场了。望道剧社首任社长秦栌慧从为赴邕演出节省开支的角度考虑，让《桃花扇》中几个个子小些的演员出演难童。这几个演员在《桃花扇》里的表演我已经知晓，不想一试难童的戏，让我开心极了：他们个子瘦小，符合难童的身形，再加上阿春（麦惠莉）的乐观调皮、张小桂（黄岚）的乖巧嗲气、小三子（莫光宇）的活泼开朗且会翻筋斗、二毛（叶良君）的内向温柔都是那样的鲜明可爱。

排　练

排练时间。2014 年 2 月 19 日星期三下午开始第一次排练，一直持续到 2014 年 10 月底赴沪参赛前。

由于我们的演员都是在校学生，他们分散在文学院的不同专业与不同年级，刘洋还在经管学院！他们各自有很多课要上，有很多作业要完成。为了不耽误他们的学习，我只能采取零敲碎打、各个击破的排练方式。即我就演员们的时间。也就是说，让演员们把各自的课表发给我，让我对他们的空余时间有所了解，便可凑两到三个同时有空余时间的演员分别排对手戏，然后再找周五下午或晚上相对完整的时间再联排。

排练场地。我们没有一个固定的、基本达到演出舞台宽度长度的排练场地。最初是在刘铁群副院长约六七平方米的办公室里排。两三个人的戏还勉强凑合，多几个人就非常拥挤，后来的联排就根本无法进行了。于是排练场地升级到我们现当代文学教研室。教研室虽然比办公室宽大了些，但离真正的舞台要求还相去甚远。后来是《桃花扇》剧组的学生导演陈深辉联系了五楼的一个大教室。可这个大教室只能在没人上课时才能让我们用一用。而且每一次排练都要挪动近百张桌椅。如果有人上课，我们就得在五楼楼梯边上的空地走一走台。随着演出档次的提高，学校特批了一个大会议室供我们排练之用，且有空调配置。但一个会议室分作两半，《秋声赋》和《桃花扇》各占一半。排练时常常互相干扰。大家只好压低声音排练。较好的场地我们也偶尔用过，一是"五一"劳动节小长假期间学校特批音乐学院一楼的排练厅、三楼演艺厅和舞蹈练功教室；二是专家到校指导时，学校特批育才校区的大学生报告厅。最好的排练和演出场地是在我们赴沪参赛前夕，桂林市戏剧研究院张树萍院长为我们提供的航修厂大礼堂。那真是高大上的场地啊！

排练话剧，对于业余演员来说，是一项花气力极大极艰苦的事情。因为首先得保证语音的准确、好听。其次要学会用话剧腔，即要运用好语气的快慢、高低、强弱、虚实和语调的停连、重音、语势、语速、节奏等技巧。再次，动作要自然、准确，能表现人物性格和内心情感。最重要的是要求演员自身尽最大可能地与剧中人物融为一体，也就是我常常要求他们时说的要"走心"，要有"潜台词"支撑。好在我们选的角儿基本素质不错，普通话基本过关，话剧腔也能慢慢模仿出来，动作也越来越准确自然。而这个"走心"却极为不易。

最难排练的一段戏

《秋声赋》剧中胡蓼红一角应该是难度较大的一个。而杨芷（胡蓼红）第一次出场，就遇到了表演上的挑战。这是第二幕中徐子羽和胡蓼红久别重逢的一场戏。剧情要求深爱徐子羽的胡蓼红满怀深情，兴奋、激动、急迫地扑向子羽，紧紧地拥抱子羽，而后两个人激情拥吻。开始，考虑到他们都还是学生，平日里都是单纯的好同学好朋友关系，都没有恋爱的经历，演这样的激情戏实属不易，我不想太难为他们，就只要求他们相见时兴奋激动，真拥抱，而假亲吻（用视觉上的错觉方式）。可就这段戏，开始排练时他们就极难走心。

首先是台词。很简单的两句话。胡蓼红（杨芷）敲门，徐子瑜（程鹏瑜）正忙于赶稿，头都没抬地答了一声："请进。"胡蓼红略显迟疑地推开门后，看到果然是自己朝思暮想的恋人子羽时，立即一句"羽！你果然在这儿"！子羽随即惊喜地起立，"红"！一开始，这两句台词他俩都没有走心，虽然普通话准确，也有重音和停连，但心里没有大量的潜台词支撑，听起来很飘，台词归台词，人物是人物，两者没有相融。于是我给他们讲，胡蓼红深爱子羽，急切地想见到子羽（不愿坐车改乘飞机），当她看到屋子里真是子羽时，心情应该是非常激动和兴奋的。就好比有同学现在告诉你，杨芷，你妈妈来了，现在宿舍呢！你推开门看到果真是妈妈时，你会怎么样呢？而此时的徐子羽面对着逐渐冷寂下来的桂林抗战文化活动和家中与妻子的矛盾，内心孤寂抑郁，写信请

→ 向丹老师指导学生排练

胡蓼红来，当胡蓼红突然真的出现在他眼前时，他也应该是惊喜兴奋的，当然他随后会冷静些。他俩真不愧是文艺方面的高手，立刻找到了感觉，很快就拿下了。

其次是表情和动作。即前面说的真拥抱，可就非常不易了，尤其是杨芷。我让她激动地扔下手中的水果篮，冲向程鹏瑜。可当她快到程鹏瑜身边时不是张开双臂准备拥抱子羽，而是防备似地把双手放在胸前准备阻挡程鹏瑜。一连排了数十次都改不了。她入不了戏，鹏瑜自然也找不到感觉。但他不断鼓励杨芷，"你大胆演，我一定好好配合你"！杨芷也一次次地下定决心要真正入戏，要真正走心，冲破男女授受不亲的界限，可一到节骨眼上就习惯性地难为情起

来。一次又一次，没能找到感觉，最后她自己都急哭了！于是我就改换一下，自己扮演徐子羽来与杨芷配戏。谁想，更不成。杨芷抱着我就像抱着妈妈。又失败了！

眼看着这一段戏的排练没有进展，我便决定暂时停排这一段戏，先排他俩其他场次的对手戏及他们和其他演员的戏，再回过头来攻克这段戏。我反复强调，演戏时一定要忘记你们是杨芷和程鹏瑜，你们是胡蓼红和徐子羽。一次、两次、三次……慢慢地，杨芷找到了感觉。只要看她哪一次有比较好的表演，我就大力肯定她，让她再努一把力。就这样，初步完成了这一对恋人久别重逢的拥抱。

随着排练的熟练和深入，我对这段戏

越来越不满意。总觉得他俩没能把徐、胡二人相见时那种饱满的激情表现出来。彩排时领导和一些老师也提到了这一点。但怎么突破？我一直在琢磨。首演的前一天，在家里浏览电视节目时，忽然看到新版《上海滩》里黄晓明和孙俪扮演的许文强和冯程程的一场激情戏：冯程程误会许文强对她无意，负气地要离开上海到巴黎。其实许文强心中一直爱着冯程程，却因一次次误会而没有表白。当冯程程即将乘船离去时，许文强及时赶到，坦言自己一直压抑在心底对程程的爱，冯程程大为感动，决定留下来，两人紧紧相拥。这与徐、胡的戏有极为相同的感情和情境：一是徐子羽和胡蓼红之间有着极深的感情。二是他俩分别了一年多的时间，相互是思念和渴盼相见的。三是他俩的见面有一方是意外的。故我认为程鹏瑜和杨芷可以用黄晓明和孙俪的这种最后被他俩戏称之为"熊抱"的一种激情拥抱方式，才得以完全宣泄他俩的情感。他俩做到了！记得首演那晚，党办主任陈湘如坐在我旁边，看到这一抱时，高兴地说："对了对了！今晚这一抱抱得太好了！"

边排边改，车上敲定

铁群早在开始排练之前的寒假里就已经大刀阔斧地、准确地完成了《秋声赋》的改编，对田汉原作作了一次再创作，让我们得以如期顺利地开始排练。而后我们又在排练中边排边改，共同再次完善剧本。而极为有趣的是，几处改动竟然都在车上（校车、火车）完成。

没退休前，我在课堂上讲田汉的剧作时总会提到，田汉与曹禺、欧阳予倩等剧作家不同，他没有演出实践，所以他的剧作不符合戏剧的要求，如台词冗长，戏剧冲突不够激烈等。《秋声赋》也不例外。

第四幕，我和几个主演一直觉得很难演。首先，演出地点是在徐子羽长沙家中卧室里的床上。这就很难做戏。其次，整幕戏都是由演员作大段地叙述，缺乏冲突，即没有戏。改变演出地点好办，把卧室的床上改为堂屋的八仙桌旁就可以了。可冲突呢？戏呢？我向几个主演提出，大家都考虑一下，提出修改建议。最先是枦慧告诉我，我们文学院的才女、胡蓼红的扮演者杨雪莹有一个想法：原作第四幕大部分都把精彩的冲突当成一个背景，而真正表演的内容又太平淡，不如就把秦淑瑾说明胡蓼红到长沙找她们，产生误会然后解除这个原作中含有冲突的背景内容都演出来。雪莹当时的想法是胡蓼红带阿春到一家茶馆避难，秦淑瑾和徐母刚好也进入了，她们看到孩子以为是子羽的，于是发生冲突。这个想法让我眼前一亮！对，就按这个思路走！那时我每天坐校车往返雁山和育才，于是就利用这个时间闭目思考这一幕的改编。一日，我忆起在20

世纪 80 年代初和学生们一起演的《为幸福干杯！》中，我和许杰老师扮演的夫妇想找厂长走后门为自己办事的一段戏：我俩提着大包小包进了厂长家后，被厂长婉言拒绝了。我们在门外极不甘心，正巧见到厂里的另一对夫妇也进了厂长的家门，于是我俩就躲在门外听墙角。我的表现和动作随着屋里的谈话内容变化而变化，由以为抓住了厂长受贿的把柄而得意到最后失望。当时演出效果很好，这启发了我。考虑到这一幕后面有日本兵进入和秦淑瑾烧掉自己家房子的戏，地点就没有采纳雪莹提议的茶馆，而依旧放在徐子羽长沙的家。先安排淑瑾出外给徐母买药，胡蓼红由阿春引路到家中看望。屋内的徐母和胡蓼红在叙家常，屋外买药回家的淑瑾止步静听。淑瑾的表情和动作随屋内的谈话内容变化而变化。直到听到屋里徐母提到胡蓼红和徐子羽的孩子时，淑瑾才愤怒地破门而入。门里门外，共同做戏。演员有戏演，戏也会变得好看。最后因为要压缩时间，铁群直接把秦淑瑾出外买药改在厨房煎药，端药出来看到阿春，又误会阿春就是胡和徐的孩子，冲突更直接、尖锐。这和雪莹的设想也不谋而合。

尾声部分原来是在"打倒日本帝国主义""庆祝第二次湘北大捷"的口号声中，让子羽激动地对大纯说："孩子，你听见没有？这是什么声音？"大纯回答说："这是在庆祝胜利。爸爸，这可也算得秋声？"徐子羽回答："这也是秋声。可是这样的秋声不会让我悲伤，只会让我更加兴奋，更积极。不会让我有迟暮之感，只会让我向前努力，不知老之将至！"一天，我和伟林一同坐校车去雁山排戏。他对我说："《秋声赋》后面那些'打倒日本帝国主义'之类的口号当然也很好，可我总觉得直接、表面了些，内蕴不够。"我说："那能换成什么？就是要激越些，这才能让子羽更加兴奋、积极，不知老之将至啊！"伟林沉默了片刻，突然说："换成《义勇军进行曲》怎么样？"《义勇军进行曲》？顿时我眼前出现了电影《聂耳》中的画面：在赵丹扮演的聂耳谱出了《义勇军进行曲》后，激越的乐曲立刻响起，在聂耳和红旗的后面，广大中华儿女手持大刀钢枪纷纷投入抗战！多么激动人心！而田汉又正好就是这首歌的词作者！伟林，你太有才了！

还有第四幕里有一段的改动也是在车上完成的，但不是校车，是从桂林往南宁的动车。6 月底到南宁演出之前，国务院文化参事蔺永钧来看我们的排练后，提出了一个建议：第四幕要用胡蓼红的那把手枪做做文章，让秦淑瑾突然对胡蓼红举起手枪，而胡蓼红和观众都会心中一紧一惊，这样就更加有戏。于是，我和两个女主角杨芷、秦淑瑾就在火车上一起改动完成了这一段戏，赶在南宁演出时用上了。

演　出

2014 年 5 月 16 日在育才校区首演《秋声赋》成功后，5 月 23 日《桃花扇》也在雁山校区首演成功。之后，两剧有了一系列的演出机会。5 月 22 日下午《秋声赋》为全区高校校长会议演出。5 月 30 日下午《秋声赋》在教学成果会上演出第一幕，同日晚《桃花扇》在育才校区演出。6 月 9 日《秋声赋》B 组在雁山校区演出。6 月 15 日上、下午两剧在广西省立艺术馆演出。6 月 21 日晚《秋声赋》到桂林潭下部队演出。6 月 27 日、28 日两剧在南宁锦宴剧场演出。入围"中国校园戏剧节"后，在广西话剧团褚家设团长的精心指导后，赴沪参赛前演出三次：10 月 16 日在雁山校区、10 月 23 日和 11 月 5 日两次在桂林戏剧研究院的排演基地航修厂礼堂。2014 年 11 月 10 日《秋声赋》在上海参加"中国校园戏剧节"演出。2015 年 1 月 1 日、2 日《桃花扇》应邀到昭平黄姚古镇演出。这是迄今为止两个剧的所有演出。

最紧张的演出

在这么多的演出中，最紧张的要数 2014 年 5 月 16 日在育才校区田家炳礼堂的《秋声赋》首演和 2014 年 11 月 10 日在上海交大闵行校区"中国校园戏剧节"参赛演出。

《秋声赋》首演前两个星期，我就已经紧张得夜不能寐。即使睡着了也噩梦不断，不是梦到演员演不下去，就是梦到舞台上漏道具，使戏演不下去。当然表面上在演员们面前还要装出一副若无其事的样子。临到演出之前，演童子军领队汤有龄的王思衍找到我说新四军服装缺了绑腿，其实绑腿就在服装里，可我俩却紧张得到处找人借替代品。对孩子们的表演不满意不放心吗？不，经过两个多月的排练和磨合，我对他们非常有信心。要说首演，我自己参演的剧目首演和自己导演过的剧目首演也有过数十次了，为何这次我如此紧张呢？大概还是从学校各级领导到自治区和社会各界对《秋声赋》的关注度太高了，我有些承受不起的缘故吧。随着 5 月 16 日晚的演出渐渐走向尾声，我这颗悬着的心才慢慢放了下来。

如果说《秋声赋》在桂林的首演使我紧张不已，那么《秋声赋》在上海的参赛演出则使孩子们紧张了。我很放松，因为能入围全国的比赛，我已经非常满足，不敢再有更多的奢望。而认真的孩子们都在自己饰演的角色上下工夫。饰演徐子羽的程鹏瑜还在桂林时听了一些反馈意见后就纠结于自己对徐子羽性格的表现变化不大，他多次要我帮他提升。我给了他一些小的修改建议后告诉他，他已经把握住了徐子羽的性格，表现也非常到位。寂寞郁闷烦忧，性格起伏不大，这才正是当时的徐子羽。子羽的兴奋积极，不知老之将至，是在得知妻子、恋人、母亲都走出了个人情感的小圈子，投入抗战，又在雄壮嘹亮的《义勇军进行曲》中感受到全民抗战的力量后才冲腾出来的。他释然了。而饰演胡蓼红的杨芷参赛演出之前听了来自各方面的不同意见后，也紧张得有些不知所措。赛前那晚9点多钟，她给我发来微信，想和我聊聊。我让她到我和慧明的房间来。她到来之后，我和慧明都对她说，你演了那么久的胡蓼红了，应该说谁都没有你对胡蓼红理解得更透彻更准确。现在，谁的意见你都不要再想，你自己就是胡蓼红，按你的心走，回宿舍后洗个热水澡，然后睡觉。她回宿舍后又给我发来了微信：谢谢向妈给我力量！明天我一定做最好的自己！饰演秦淑瑾的谭思聪在张树萍院长的悉心指导下，反复琢磨第四幕结尾处秦淑瑾决心烧掉两个日本兵尸体和自家房屋的感情变化过程，并把张院长教给她的动作表演到位。最终，这几个主演和其他演员一道，在参赛演出中，都感情充沛地诠释了自己饰演的角色，得到观众和专家们的肯定。我为孩子们自豪和骄傲！

感动莫名的演出

去年6月27日、28日《桃花扇》和《秋声赋》两个剧在南宁锦宴剧场演出。剧场给我们的演出时间是：27日晚22点演出《桃花扇》，28日下午16点演出《秋声赋》。《秋声赋》的演出时间没什么问题。难办的

是27日晚上22点的演出。这么晚，这么热，这么远，能有观众吗？我们的演员不是什么大腕，只是普通的大学生，有谁会在22点来看演出呢？我提前给孩子们打了预防针：今晚的演出大概除了我们的部分校友会来捧捧场外，不要指望有什么观众了。大家只当是一场彩排吧。令我意想不到的是，时间接近22点，两三个观众入场了，然后又两三个，四五个……越到后面，观众竟然鱼贯而入，而且似乎没有停止的架势！我惊呆了！问伟林，是你组织的观众？伟林否认。看着观众们陆陆续续把整个锦宴剧场坐满，而且投入地观看演出，我流泪了！谢谢你们，给我们鼓励和支持的好观众，不管你们是有人组织的或是自愿来的！

重排《桃花扇》

文学院最早的《桃花扇》版本是我继《雷雨》《于无声处》之后，在我退休后第一年即2011年下半年执导的又一部戏，于2011年12月10日在雁山校区首演。之后谢潇、古会珍、李炳良等主演带领着剧组继续演了下去，并于2012年校庆期间在王城校区"国学堂"演出。这次因名为"新西南剧展"，仅一个《秋声赋》是不够的，于是伟林和铁群又决定重排《桃花扇》，再加上漓江学院的《旧家》，才名副其实了。于是重排《桃花扇》的导演任务自然也就落在了我的肩上。

《桃花扇》虽说是我先前导过的，而且有中央实验话剧院的演出光碟及 2011 年我导演的演出光碟可以模仿，但毕竟已经过去了几年，原来的演员大多已经毕业，没毕业的也在忙于找工作，所以演员仍是个大难题。

好在有杨芷！她帮我联系前面提到的那几个经常代表学校参加朗诵、演讲比赛的好友同伴，他们无论扮相、语言面貌，还是表演技巧和掌控舞台的能力都极其优秀。于是主演李香君 A 角王思衍和侯朝宗 A 角李德宝就定下了。稍后杨芷又推荐了她的同学陈深辉出演另一主角杨文聪。不想这位陈深辉不仅能演杨文聪，而且对《桃花扇》极为熟悉和喜欢，还能对各个角色作分析，给其他演员作示范，又严谨负责，有较强的组织和领导能力，于是我指定他为这出戏的学生导演。他成了我极为得力的助手，最后非常出色地完成了任务。

其他角色，或由李逊等年轻老师帮着组织的一次次海选得出（如卢秋岳饰阮大铖、覃运婷饰李贞丽、黎冬贤饰郑妥娘、魏泳添饰柳敬亭、梁肇著饰苏昆生、周晟旻饰吴次尾 A 角、黄岚饰寇白门、黄奕盈饰卞玉京 B 角、莫光宇饰相府家丁、叶良君饰阮府家丁阮升）；或由程鹏瑜、秦栌慧、陈深辉等剧社的社长导演们自己或发动同学做"星探"，在各年级，尤其是 13 级新生里寻找得出（如侯朝宗 B 角孟裕人、李香君 B 角卞玉京 A 角马舒文、吴次尾 B 角刘诗尧、

相爷马士英和张毅超、丫头小红麦惠莉和吴雨澄等）；还有我在搬道具的同学中发现了同是 13 级的王浩楠，让他出演了中军官。陈定生的扮演者龙慕瑭是我在办公室偶遇后发现并选定的。

选这些演员的情景，有一些至今仍记忆犹新。阮大铖的扮演者卢秋岳个头不高，身材微胖，在他大一时，他就让我见识了他的演技。这次他不仅成功地扮演了狡猾阴险的阮大铖，还在《秋声赋》中演活了两个配角：行商和日本兵。李贞丽的扮演者覃运婷，记得当时几个想演李贞丽的同学念同一段台词，运婷虽声音条件不是太好，但她的语音语调、神态气质一下就显出了她就是李贞丽。郑妥娘在剧中是个有戏的角儿，但不易演。尤其是有我导的那一版《桃花扇》中，09 级古会珍的成功在前，我很担心这个角儿难有人拿得下来。可黎冬贤一出现，她的台词、台步、眉眼，再配以活泼开朗、调皮的笑，我的担心立刻烟消云散了。柳敬亭的扮演者魏泳添。第一次见到他，我立刻想起《于无声处》男主角欧阳平的扮演者——08 级的于昊。他俩同是北京人，长相、神态、动作都极为相似。一试台词，我记得当时用的是《秋声赋》徐子羽的台词。普通话标准，声音好听，对徐子羽的把握也非常准确到位，是个好演员材料！最后，他一个 13 级的新生，成功地演出了柳敬亭这个铁骨铮铮、幽默风趣的老人！到今年元旦黄姚古镇版《桃

花扇》，他又一举拿下相爷马士英一角，演得满堂喝彩！还有寇白门的扮演者黄岚。记得选角儿时，她穿一件紫色的衣服。她的漂亮和她略带幽怨的神态，让我把她和李香君连在一起。当时没记下她的名字，只在本子上记下了"紫衣女孩"四个字。也是由于个子小的缘故，当时没让她演香君，而是演了寇白门。她还同时跨演《秋声赋》中难童张小桂，一句"妈妈，我们都好想你，可又不知道你在哪儿"每次都能让我泪流如注。今年元旦黄姚古镇版《桃花扇》中，她如愿以偿，出演了主角李香君，感人至深！

排 练 花 絮

由于我一人同时导《秋声赋》和《桃花扇》两出戏，实在是分身乏术。权衡一下，《桃花扇》有中央实验话剧院的演出光碟在手，可以参考模仿，而《秋声赋》是没有任何模仿蓝本，我自己也从未导过更没演过的一出新戏，于是我把力气多放在了《秋声赋》上。而《桃花扇》，我的做法是，选角儿我一定到场选定。然后，请陈深辉把光碟里的录相发到各演员手中，要求大家认真观看、揣摩，慢慢走进角色内心。接着是过台词关，即要求演员台词的语音准确，语气语调有感染力，更重要的是每一句台词都要求走心。在这个基础上，才进入动作和走位的排练。排练我不能次次到场，就交由学生

导演陈深辉全权负责起来。他定排练时间和地点，他给演员说戏、作示范。真是一个好演员、好导演！感谢深辉！

排练是辛苦的，也是有趣的。这里拣几段花絮说说吧。

厕所里的台词训练。一天，程鹏瑜推荐 2013 级的孟裕人来见我。一眼看到他高大挺拔的身材，帅气的脸庞，心里就情不自禁地喊出了：好一个侯朝宗！可一听他的台词，我心立刻就往下一沉——"柳普"明显，且没有语气和语调的运用技巧，即没有台词基础。我给他简单讲了角色，告诉他话剧台词和我们平日里的说话是不一样的，要有夸张，要有语气和语调的讲究，说台词时要提起气来。随后给他作了台词示范。他一学还有模有样的。我心里掠过一阵欣喜。可听他再多讲几句，就又恢复原状了。"嗯！又没有感觉了！"我一提醒，他立刻状态又来了。过一会儿，就又泄了下去。我嘱咐他要自己下工夫，模仿演出光碟多练习。考虑到他是新生，留在学校的时间还长，就定了个侯朝宗 B 角，跟着李德宝学学吧。那日当我准备赶校车回家时，走在行政楼的走廊上，就听得厕所方向传来极有磁性的声音："你是哪个？""你就是那阮大铖啊！"这不是《桃花扇》第一幕侯朝宗的台词吗？再一细听，"你也读过诗书，为何不自爱惜，去趋炎附势，做那太监魏忠贤的干儿义子……"是孟裕人？这么肯下功夫，连上厕

所都在练习台词？为了看个究竟，我等在走廊尽头的窗户旁。不一会儿，果然见孟裕人口里念着台词，一边还做着动作地从厕所里走出来了。真让我又好笑又感动啊！

从剧务到演员。排《桃花扇》第四幕时，有一段中军向相爷马士英报告饥民和闹饷的兵联合起来要面见相爷的戏。这只是一个配角，但台词有一大段。当时我正愁手中没有普通话比较好的演员。试试这个，试试那个，都不甚满意。正巧，几个负责搬道具的13级同学走过我身旁，我忽然在他们之中听到几句标准的普通话，于是立刻叫停那个正在说话的同学。看这孩子的外貌，长相不错，身板壮实，扮演中军官合适。一问，他叫王浩楠，天津人。难怪普通话好。再一细听，音色也不错。于是我请他来试试中军一角。没想到他连连后退说："不不不！老师，我不会演戏！"我说，现在我只需要你的声音和普通话，这段戏，你只需要一边喊着"启禀相爷！启禀相爷！"跑出来后跪下，然后低着头向相爷报告情况即可。不要你演戏。他还想推辞，我用一种恳求的话语请他试一试。他这才极不情愿地拿着剧本试念起来。一听他的台词，我心里就放下了——多好的声音，多好的普通话！于是，我让他举着刀边喊边上场。可他还没跑到一半，就回过头来一脸苦相地对我说："向妈，您还是饶了我吧，让我回去搬道具吧！""你做得很好啊！继续。"他无奈地又跑一次，然后在指定位置跪下来

低头念台词。当他这一切都做得较为熟练后，我提出，浩楠，你能不能在说到"跟他们百般解说……"时抬一抬头。他做到了。然后我"得寸进尺"，浩楠，你能不能在说"他们有差不多两千多人，被挡住在那边……"时站起来，向右前方走两步，再举一举右手？他又做到了，而且做得很自然。在场观看的同学们都情不自禁地拍起手来了。浩楠越演越自信，越演越自然、越好。后来他又从《桃花扇》剧组跨到了《秋声赋》剧组。两剧演完后，现在王浩楠已经被学院派到学校的其他院系去指导小品排练啦！

结　语

想说的还有很多很多，但时间和篇幅都不允许我再啰唆了。至此搁笔吧。我要再次感谢王枬书记给我的鼓励和支持！感谢张树萍院长、唐部长给我们的倾力帮助！感谢伟林、铁群、宪标、红霞、慧明，和你们在一起的日子很愉快，也很辉煌！感谢《秋声赋》和《桃花扇》两个剧组的所有演员，无论AB角，无论主配角，无论是否从始到终都在剧组！你们丰富了我的人生！一起排戏演戏的日子，我将永远铭刻于心。

（向丹，广西师范大学文学院副教授，新西南剧展总导演，《秋声赋》导演、《桃花扇》导演）

跨界的乐趣

——新西南剧展的视觉设计

我作为一个异乡人在桂林居住和工作已经超过 20 年了，由于来到广西后对这里的一切都比较好奇，打着写生和拍照的幌子去到了广西的很多地方，同事都调侃我"比广西人还了解广西、比桂林人还了解桂林"。的确，我很喜欢旅行，特别是那些没有人去过或者很少人去的地方我都充满着兴趣，但是我自己知道对这些了解的都不够深入。就拿桂林来讲吧，对于民国时期的西南剧展我几乎是一无所知。自己的专业方向也是几经变化，从绘画、图片摄影到影像艺术，记得在一份杂志自我介绍的短文中提到自己是随着兴趣爱好改变着专业方向的，从民间美术、中国画、油画到摄影，或许以后还会从事别的领域。果然后来我的兴趣又转向了纪录片和影像艺术的研究与创作。这些转化或许是因为自己的兴趣，但是总有些机缘巧合的推动，比如从绘画转向图片摄影是因为一本叫《黑镜头》的书。

2014 年 3 月的一天，突然接到黄伟林老师的电话，告诉我他策划了一个叫"新西南剧展"的活动，正在排练话剧《秋声赋》等一些老剧目，邀请我给正在排练的剧目做些视频和图片的记录。带着好奇心我和团队里的刘鹏就带着相机到了文学院一个普通的教室，这是一个再普通不过的教室，为了排练课桌被堆在教室的后面，十几个学生和几个老师围成一圈在看两个学生排练，这就是我最初看到的《秋声赋》。想象中的话剧应该是灯光非常的讲究，还有漂亮的舞台，至少有一个很大的空间，但是在这里我只看到了这样的景象。

说实在的自己真是不了解话剧，也没怎么看过话剧，印象里只有我母校戏剧系的同学练嗓子的声音和帅哥美女。《秋声赋》这个剧目只知道是田汉写的，根本就不了解是讲什么的，我静静地坐在旁边观看，好像当时学生们正在排练第一幕，是秦淑瑾和黄志强在对话，我逐渐被这个故事吸引了，认真地看完了那天的排练。后来在黄伟林老师的介绍下才知道，1944 年 2 月 15 日到 5 月 19 日在桂林举行了一个叫"西南剧展"的戏剧盛会，剧展持续 94 天，吸引了近千名戏剧工作者和文化工作者参加，观众人数超过 10 万人次，影响远至海外。美国戏剧评论家爱金生在当时的《纽约时报》上发表文章，高度评价这次活动："这样宏大规模的戏剧展览，有史以来，除了古罗马时代曾经举行外，还是仅有的，中国处在极度艰辛环境下，而戏剧工作者还能以百折不挠的努力，为保卫文化，拥护民主而战，功劳极大。"西南剧展是桂林抗战文化史上辉煌的一页，也是现代戏剧史上空前的盛举。

我在之后的工作中断断续续地了解了话剧《秋声赋》《旧家》《桃花扇》。话剧《秋声赋》是国歌作者、著名剧作家田汉的自传之作。抗战爆发后，长期在上海从事戏剧运动的田汉辗转长沙、武汉等地，1939 年到了桂林，1941 年秋天创作了话剧《秋声赋》。该剧以抗战桂林文化城为背景，写了文化人徐子羽与妻子秦淑瑾、恋人胡蓼红的爱情婚姻冲突，以及秦、胡双方在大敌当前、民族大义面前的和解。该剧体现了田汉话剧的诗性风格及其"戏剧加歌曲"的独特韵味，是田汉话剧作品中不可多得的佳作。1941 年 12 月 28 日，由上海戏剧家瞿白音导演的《秋声赋》在桂林国民大戏院上演，曾经创下连演 8 场的纪录。民国、桂林抗战文化城、西南剧展、时空遥远的故事，这一切都对我有着较强的吸引力，促使我想深入了解这段历史和这些久远的故事。

我的团队成员有漓江学院的刘鹏老师，有五名研究生陈艳、常芳敏、王源鑫、卢晓丹、李慧以及三名本科生何京桓、王小东、林博健，成员主要是以摄影、摄像后期剪辑为主，只有李慧是平面设计方向的。对于我们团队来说，帮剧组拍些照片和视频都是轻车熟路的事情，在开始的排练中我们经常会去拍摄些视频和照片。最初黄伟林老师想让我们帮他留下完整的影像资料，我当时也只是想做一个六十分钟的纪录片，讲述新西南剧展的故事。但是随着三台话剧不断向前推进，剧组面临的事情和挑战开始多了起来，比如和黄伟林老师、刘铁群老师研究演员服装颜色风格、拍摄定妆照、西南剧展的宣传等。有一天黄伟林老师说："宪标，你来做我们的舞美吧！"这个要求对我来说实在是有点高，因为我虽然是美术出身，但是舞台美术我实在是没有接触过，很怕把事情弄砸了，在黄老师的鼓励下我决定试试。说实在的，我是个喜欢尝试新鲜事物的人，当然喜欢尝试也要有基本的舞美常识，接下这个事情后我就用各种方式去了解舞台美术知识，内心充满热情，想做出一些比较有创意的舞美背景。

接近黑白的时代背景气息配合丙烯手绘、活动的、半透明的空间组合，形成一种具有鲜明民国感同时又有现代空间理念的东西，这是我最初的想法，但是很快这个念头就消失了。现实中剧组没有钱，广西师范大学的演出场地都是礼堂和报告厅类型，没有地方能实现这个想法。这样我们只能在少花钱和利用现有条件的基础上想办法。了解到广西师范大学音乐学院音乐厅和育才校区田家炳楼学术报告厅分别有投影和 LED 屏幕，就决定用多媒体投影的方式来实现《秋声赋》和《桃花扇》的舞美，这样既可以播放视频又可以用图片来做舞台背景，我知道这样做会影响到舞台效果和演员的表演，但是当时这也是没有办法的办法了。

多媒体制作这块是我们团队的强项，在和总策划、导演、编剧仔细研究了剧本和时代背景后，我们开始着手宣传视频、背景图片、定妆照和海报的拍摄与设计，话剧开场的新西南剧展宣传片由刘鹏负责具体制作，舞台背景图片由王小东具体负责设计，定妆照由王源鑫等负责，演出海报由李慧具体负责设计，其余人员继续跟拍排练及一些活动。为了更好地宣传黄伟林老师策划的新西南剧展活动和话剧《秋声赋》的历史背景，我们设计了一个视频，利用历史图片和现在实拍的活动素材以及黄伟林老师凝练诗意的字幕语言，加入特效和音效，剪辑出一个很震撼的视频，想在短短两分多钟的视频中强调历史和文化传承以及视觉冲击力，用视觉轰炸的方式把观众带入那个可歌可泣的历史时期，使观众更容易认知话剧。这个视频一共做了两个版本，第一个是在桂林和南宁演出用的，包含有《秋声赋》《桃花扇》《旧家》，是个总宣传片。第二个

是上海演出的版本，更强调和《秋声赋》的联系。最后从演出的效果看这个视频还是非常成功的，包括在上海菁菁堂的演出，都为话剧增添了看点并很好地宣传了新西南剧展。民国时期的桂林也有很多画家在这里生活，比如徐悲鸿、黄新波等，他们也在这里创作了许多抗战宣传的艺术作品，特别是简洁明快，便于复制的木刻版画，对抗战宣传起了很大的作用。为了在海报设计上强调时代感，我们决定采用木刻版画的形式进行设计，把人物图片用电脑进行加工处理，使画面形成简洁的黑白对比，再根据不同剧目的特点加以简洁的色彩，最后形成了既具时代特征又有现代感的海报。

在《秋声赋》剧组担任舞台美术以及视觉设计的角色，感受最深的是要不断地学习，因为我不是专业的舞台美术出身，《秋声赋》最初的时候在学校演出，舞美要求不高，只是用 ps 做一些图片用投影仪投在背景上而已，后来演出的规格提高了，对舞美的要求也高了，《秋声赋》入围第四届"中国校园话剧节"后，学校开始有了一定的经费投入。我和刘铁群老师专程在演出前去上海看场地，我们的演出场地是上海交大的菁菁堂剧场，这是一个很专业的多功能剧场，和我们以前的演出场地有着很大的不同，不但宽敞而且基础设备都很齐全，看完这样的场地后感觉再采用以前的舞美方式是肯定不行了，要设计新的方式才能在这样的剧场进行演出。

我们在上海的时候接触了桂林戏剧研究院的专业舞美设计师谢小东，她长期被研究院派驻上海，是舞美方面的专家。据她说，在上海的话剧演出几乎没有采用投影和LED屏幕的，一般都是手绘背景天幕，这类手绘天幕档次高，吸光、效果好，便于平衡演出时候的灯光，就是绘制非常麻烦和费时费力。为了让话剧《秋声赋》在上海的演出更加专业化，我暗下决心准备回来后花时间手绘四块120平方米的天幕。回到桂林后和《秋声赋》剧组探讨了一下，考虑到时间以及精力等因素，最后还是决定采用折中的办法，先用油画绘制1米左右的小图，再翻拍后去用喷绘技术放大成演出的天幕。因为在设计中非常强调民国时期桂林城市的感觉，但是我们能够找到的历史照片都非常小，别说打印成120平方米大小的天幕了，就是冲印照片也只能印出邮票大小。另外照片终究是照片，和绘画出来的笔触色彩的感觉是无法相比的。

这样我才决定绘制四幅90厘米×60厘米的油画。话剧《秋声赋》里的场景都是根据民国时期桂林和长沙的真实生活场景布置的，第一幕是象鼻山，第二幕是榕湖边的旅馆，第三幕是七星岩，第四幕是长沙街景，尾声是夜晚的象鼻山。现在，这些景象都已经改变得太多了，无法呈现出当时的景象。所以只能去互联网上寻找桂林的老照片，再根据老照片上的地理、景物进行拼合。为了更好地呈现当时的面貌，我们还去这些地方进行实地考察、感受。在绘制中我特地以黑白为主色调，再配以少量的土黄色，以此来让画面传达出抗战年代的气息，同时因为天幕色彩统一更能衬托出演员的表演，为话剧添彩。

我在剧组主要负责视觉设计这块，它不单是传统意义上的舞美，还包含视频制作、现场录像、海报设计、节目单设计、灯光、剧照拍摄宣传等，工作比较复杂。如果没有一个高效的团队和对工作的热情，我想完成这么多的工作是无法想象的。比如西南剧展的宣传片制作，这个片子我们一开始就策划了，但是由于剧组一直没有定下来，就一直停留在想法中，后来话剧被邀请去广西省立艺术馆演出，才决定要制作，当时我在北京剪辑中央十套的一个纪录片，就是通过互联网、电话与团队的刘鹏沟通，熬了通宵才做完，最后效果还不错，在广西省立艺术馆演出播放的时候很震撼。

想想写这篇文章的时候已经参与新西南剧展工作一年了。在这一年中，黄伟林老师、刘铁群老师、向丹老师以及剧组里的其他老师和同学们给了我很多帮助，带给我很多快乐。2015年是抗战胜利70周年，相信新西南剧展会大有可为，我个人也会一如既往参与下去。

（刘宪标，广西师范大学美术学院实验艺术系副教授，新西南剧展视觉设计）

尊重历史融入现代

——话剧《秋声赋》的舞美设计

舞台美术是戏剧和其他舞台演出的一个重要组成部分，包括布景、灯光、化妆、服装、效果、道具、新媒体的运用等，它们的综合设计称为舞台设计。其任务是根据剧本的内容和演出要求，在统一的艺术构思中运用多种造型艺术手段，创造出剧中环境和角色的外部形象，渲染舞台气氛。一个时代有一个时代的审美，要重新排演 70 多年前的经典话剧《秋声赋》，其舞美设计既要尊重抗战时期具体的历史情境，也要结合今天的审美追求。因此我们将《秋声赋》舞美设计的理念定位为"尊重历史、融入现代"。既充分继承传统，同时也勇于创新，而创新的定位建立在自身艺术特性的基础之上，我们希望寻找不雷同于其他艺术，并且富有表现力的创造手段，使《秋声赋》的舞台设计特色鲜明，具有极强的艺术感染力。

一、历史背景

1944 年 2 月 15 日到 5 月 19 日在桂林举行了一个叫"西南剧展"的戏剧盛会，剧展持续 94 天，吸引了近千名戏剧工作者和文化工作者参加，观众人数超过 10 万人次，影响远至海外。美国戏剧评论家爱金生在当时的《纽约时报》上发表文章，高度评价这次活动："这样宏大规模的戏剧展览，有史以来，除了古罗马时代曾经举行外，还是仅有的，中国处在极度艰辛环境下，而戏剧工作者还能以百折不挠的努力，为保卫文化，拥护民主而战，功劳极大。"西南剧展是桂林抗战文化史上辉煌的一页，也是现代戏剧史上空前的盛举。

话剧《秋声赋》是国歌作者、著名剧作家田汉的自传之作。抗战爆发后，长期在上海从事戏剧运动的田汉辗转长沙、武汉等地，1939 年到了桂林，1941 年秋天创作了话剧《秋声赋》。该剧以抗战桂林文化城为背景，写了文化人徐子羽与妻子秦淑瑾、恋人胡蓼红的爱情婚姻冲突，以及秦、胡双方在大敌当前、民族大义面前的和解。该剧体现了田汉话剧的诗性风格及其"戏剧加歌曲"的独特韵味,是田汉话剧作品中不可多得的佳作。1941年12月28日,由上海戏剧家瞿白音导演的《秋声赋》在桂林国民大戏院上演,曾经创下连演8场的纪录。民国、桂林抗战文化城、西南剧展、时空遥远的故事,这一切构成了话剧《秋声赋》独具韵味的历史背景。

二、主色调的确立

在舞台美术中,色调不仅能够营造出戏剧所发生的时代气息和情调,表达出特定的思想感情,而且还对观众有着极其强大的感性影响。在确定色调的时候,设计师要充分考虑舞台剧的时代气息,而不应该去做主观的论断。在总体设计中,色调还要紧随主题的变化而变化。因此,在具体的舞美设计中,要注意具体问题具体分析,以便更加准确、到位地确立好舞台色彩的基调。

在接到这个任务后,我们就开始了解抗战时期桂林的情况以及话剧《秋声赋》的剧情、主题和风格。这个时期是中华民族受苦受难的时期,全国人民都在同仇敌忾抗击日本法西斯侵略者,虽然经历着巨大的苦难,但是中国军民的抗战热情空前高涨。作为大后方的桂林,一方面不断承受着日寇飞机的轰炸,一方面有大批的文化人涌入。在这个西南小城形成了文人荟萃、出版繁盛、各类展览不断、书店林立的文化繁荣景象,

对中国的抗战起到了积极的推动作用,田汉的话剧《秋声赋》就是在这个时期创作并上演的。在研究了历史背景后,我们首先确定了《秋声赋》的色调,决定采用黑白和少量的暖色来作为舞台主色调。

在色彩中黑和白是两个极色,中国传统哲学中黑白代表着阴阳,阴阳是万物的起源。中国古代的五方、五行之说,把天地空间分为东西南北中五方,它们各方又分属木、金、火、水、土五行,五方五行又分别具有青、白、赤、黑、黄色。北方属水,具有黑色。因此,黑色象征深沉、神秘、肃穆等。黑色的这种属性和象征寓意都符合《秋声赋》的气质。

对于民国那个时代,我们现在看到的就是老照片,那个时期由于彩色胶卷还没有发明,黑白胶卷是最常见的记录历史影像的工具,黑白这种单纯的图像深入到了我们的心里,在我们的意识里一想到民国时期,就立即呈现出那时期的黑白影像,这种先入为主的视觉图像就是那个时代的代表和特色。这样的一种视觉记忆,也是我们决定采用类似黑白照片式的色调来表现时代气息和记忆的主要原因。

三、手绘布景

舞台布景是舞台演出视觉形象中构成景物环境实体的部分,它与灯光、化装、服

装等共同综合塑造演出的外部形象，帮助演员表演，揭示剧本内涵。传统的布景绘制一般采用棉布为底，再用水粉颜料一层层薄绘的方式，这种绘制方式可以使画面细节刻画深入，又不至于剥落。因为舞台布景很大，一般都有 100 平方米以上，在运输过程中要折叠，传统的布景绘制需要有大量的人力和时间的投入。现在的话剧演出背景也有采用投影或者 LED 屏的方式呈现的，这个方式虽然方便快捷，但是由于投影或 LED 屏幕发光，对舞台上的灯光影响很大，所以专业的话剧演出很少采用，只有非专业或者电视节目晚会等会采用这样的方式。我们考虑到《秋声赋》演出的时间较紧以及精力有限等因素，最后还是决定采用折中的办法，先用油画绘制一米左右的小图，翻拍后再用喷绘技术放大成演出的布景。喷绘技术是我们这个时代最常用的技术，它方便快捷，在广告领域运用极其广泛。随着这个技术的发展，喷绘的材质也有了很多的选择，现在可以直接打印在油画布上，有的甚至可以直接打印在立体的材料上。

选用油画绘制加喷绘技术这种方式的另一个原因是在布景设计中，我们非常强调民国时期桂林城市的感觉，如果再现民国时期的历史风貌，我们只能利用老照片，但是我们能够找到的历史照片都非常小，别说打印成 120 平方米大小的布景了，就是冲印照片也只能印出邮票大小。另外照片终究是照片，

照片的光滑平面和绘画是无法比的，绘画讲究用笔、笔触、厚薄、色彩、情绪，等等。

刘铁群老师改编后的《秋声赋》为四幕加了一个尾声。每一幕都是一个不同的场景，这就要求有五块场景来构成景物环境实体的部分。话剧《秋声赋》里的场景都是以民国时期桂林和长沙的真实生活场景为背景的。根据剧本描述和对话，第一幕的场景是徐子羽桂林的家，位置应该是从訾洲附近远望象鼻山。第二幕的场景是榕湖边的旅馆里，从旅馆的窗户望出去是榕湖，位置应该是现在桂林市的阳桥附近。第三幕的场景是七星岩前面的茶座，背景是当时躲避轰炸的岩洞。第四幕的场景是长沙徐子羽家，外面是被轰炸后的长沙街景。尾声的场景是徐子羽家附近的漓江边，时值中秋，明月高悬，远处是夜色中的象鼻山。七十多年过去了，这些景象都已经改变得太多，直接用现在的新图片已经无法呈现出当时的景象，所以只能去互联网上寻找桂林的老照片，再根据剧本上的场景和地理位置筛选老照片，再把景物进行拼合，以期能尽量还原和尊重历史。

我们把绘制出来的每一幅油画用高像素的数码相机扫描式拍摄出六张照片，再把这些照片在电脑里进行拼合，就形成了一个巨大的文件，这个很大的电子文件就可以再喷绘出一块 120 平方米的布景，很好地解决了手绘和喷绘的关系。布景统一的色彩和绘画的笔触、肌理在灯光的照射下非常的和谐

统一，很好地营造了舞台气氛。

四、新媒体的应用

新媒体技术是近十年来诞生的一个名词，基于互联网技术下的新媒体具有先天的技术优势与作为媒体的信息服务功能，是网络经济与传媒产业实现对接的最佳选择。新媒体技术实现了传统的以图文为主向以视频为主的转变。新媒体技术诞生以来，取得了快速发展，它具有互动性、虚拟性以及低廉性等优势，在现代艺术中应用得越来越广泛。在舞台美术设计中也越来越多地使用到了新媒体技术。

视频显示技术是新媒体的一个主要的方向，在现代的舞台美术中有一定的运用，特别是晚会、大型的活动，如 2008 年北京奥运会开幕式上徐徐展开的巨幅画卷，就是通过 LED 面板来实现，给观众带来了极大的视觉震撼。通过大型投影及 LED 面板的使用，基于互联网控制，能够实现各式各样的舞台美术效果。技术主要有银幕、灯光、投影等，这些技术极大地丰富了舞台美术的造型、语言以及表达方式等。基于这样的一些思考，我们就考虑把视频加入到《秋声赋》的舞台美术设计中。

多媒体制作特别是视频制作这块是我们的强项，在和总策划、导演、编剧仔细研究了剧本和时代背景后，我们决定在《秋声赋》的开场部分加入一段长度为三分钟左右的视频。西南剧展和话剧《秋声赋》都是 70 年前的事了，研究戏剧或者从事戏剧的人都了解 70 年前在桂林举办的西南剧展，但是很多观众都不了解这段戏剧历史。为了更好地把观众带入那段历史和宣传新西南剧展，我们设计了《秋声赋》的开场视频。视频分为两个部分，第一部分是对历史的回顾，第二部分是当下《秋声赋》剧组正在做的事情及剧情简介。视频利用历史图片资料和现在实拍的活动素材，还有黄伟林老师凝练诗意的字幕文字以及广西话剧团褚团长高亢深沉的朗诵，用 AE 制作了大量的特效画面，剪辑出一个简洁、明快、有很强震撼力的视频。用短短两分多钟的视频强化历史和文化传承以及视觉冲击力，用视觉轰炸的方式把观众带入那个可歌可泣的历史时期。从演出的效果看，这个视频还是非常成功的，包括在上海菁菁堂的演出，不但很好地服务了剧情，还为话剧《秋声赋》增添了看点并很好地宣传了新西南剧展，更重要的是对话剧舞台美术进行了一次有益的尝试和扩展。

五、海报的设计

海报又称招贴画，通常指招贴在街头墙壁或挂在橱窗的大幅画作，主要以其醒目的画面和文字组合来吸引人的注意，达到宣传的目的。海报是一种信息传递艺术，是向大众传达信息的工具。好的海报不但具有传达信息的功能，还必须有相当的艺术感染力。

在设计《秋声赋》海报时我们首先研究了它所要传达的内容，这是一幅文化海报，我们首先要确定优雅、深沉的文化气质，要通过它传达出一种既有传统内涵又有现代气息的东西。抗战时期有很多著名的画家在桂林居住，他们为了宣传抗战，在这里创作了许多的木刻版画，著名版画家黄新波就在桂林创作了他著名的作品《他并没有死去》，著名画家赖少其也在桂林创作了他的抗战木刻《抗战门神》。为了在海报设计上突出历史感和抗战元素，我们决定在海报人物形象处理上借用木刻版画的形式，把人物图片用电脑进行加工处理，使画面形成简洁、有力的黑白对比效果。

在海报色彩的处理上，我们也采用了古为今用的原则，借用了欧洲工艺美术运动时期单纯、归纳、夸张、平面的色彩处理方式来实现。19世纪下半叶，一个叫工艺美术的运动在欧洲兴起，这个运动最早起源于英国的一场设计改良运动，后来就逐渐发展到全欧洲甚至到了美国，这场也被称为"新艺术"的运动波及艺术的各个领域。平面设计领域是"工艺美术"运动最有成就和影响深远的领域，它扭转了运动前海报设计上的复古风格，为现代设计奠定了基础。这个时期的海报形象处理趋于平面化、线条肯定和明确，经过归纳后的色彩单纯而平面。《秋声赋》海报最后采用了饱和度较高的黄色和蓝色，画面中占据主要位置的剧中主要人物为蓝色和白色，和背景纯净的黄色在画面中形成鲜明的对比，纯黑色的景物衔接了这两个对比强烈的色彩，使得画面对比中有和谐、和谐中有对比，较为恰当地诠释了《秋声赋》的主题。

在话剧《秋声赋》的舞美设计中，我们始终坚持"尊重历史、融入现代"的这一设计理念，不断从传统、从历史中去吸收设计营养。当然我们也不是一味地坚持复古主义，在吸收传统、尊重历史中也要融入当下的艺术审美和新技术，只有这样我们才能创作出适应我们这个时代的舞台艺术作品。

（刘宪标；李慧，广西师范大学美术学院实验艺术系2012级视觉传达专业研究生；刘鹏，广西师范大学漓江学院艺术设计系教师）

寻找桂林文化的力量

——有感于"新西南剧展"

我的声乐启蒙老师甘宗容教授曾经于1938年在桂林参加学生军，她的丈夫陆华柏是桂林抗战文化史上的重要人物之一。我随甘老师学习声乐的时候，陆老已经离开人世，每次上课，甘老师都会讲她与陆老在桂林抗战、学习的故事——那时陆老是广西省立艺术师资训练班的老师，甘老师是学员。2005年，广西电视台曾到甘老师家里采访她，做了一期关于"广西学生军"的节目，而我有幸配合电视台拍摄甘老师的晚年生活——八十岁高龄仍然每天坚持进行声乐教学。也正是因为如此，当我于2014年3月看到黄伟林教授举办"桂林抗战文化城"沙龙的通知时，便饶有兴趣地去参加沙龙，而那时黄伟林老师正需要找一位教民族声乐的老师指导《秋声赋》中的几个唱段，于是我便成为《秋声赋》的音乐指导教师，成为"新西南剧展"的音乐总监。

在"新西南剧展"排演的三个话剧中，我主要参与了《秋声赋》的音乐工作。拿到《秋声赋》相关插曲的歌谱后，我非常重视，

除了课余与学生讲解剧情、分析歌曲，还把这些歌曲作为声乐教学的内容，在声乐课中进行练习。学生们都是90后的孩子，一开始对歌曲的把握、对人物性格的理解还不是很到位，对这些20世纪三四十年代的歌曲似乎不是很喜欢。经过对学生反复讲解、反复磨合，学生们渐渐爱上了《秋声赋》，并把握了剧中人物的性格和心理，对歌曲演唱的把握也日益成熟。

2014年5月16日晚，广西师范大学"新西南剧展"系列活动——纪念"西南剧展"70周年话剧展演活动正式拉开了序幕。开幕式后上演田汉的抗战之作、桂林之作《秋声赋》，其中的插曲由我的学生们来演唱。青年演员们细致到位的演出、动情的歌声、逼真的舞台布景以及精致的服装，无不引发在场400多位嘉宾的阵阵喝彩。随后，《秋声赋》受邀到广西省立艺术馆、解放军某部队演出。6月底，《秋声赋》赴南宁锦宴剧场参加"新青年话剧季"，之后又在"广西大学生校园戏剧节"中获得唯一一

部大型剧目类优秀演出剧目奖，并被推选代表广西参加 2014 年 11 月在上海举办的第四届"中国校园戏剧节"的比赛。

"新西南剧展"总策划黄伟林教授在最初策划这个活动时，仅仅是觉得在纪念"西南剧展"70 周年的时候做这样一件事情是非常有意义的，便召集我们这些志同道合的老师一起来"玩"。2014 年 9 月初，当我们一不小心"玩"到全国的戏剧比赛的时候，学校请来广西戏剧家协会副主席林超俊担任《秋声赋》的总导演，广西话剧团褚家设团长担任表演指导，而我有幸与广西著名作曲家黄有异老师一起共同担任音乐指导。

9 月 14 日，《秋声赋》进行第一轮复排，学校特地给我们安排了大学生报告厅作为排练场地，而黄有异老师则带领我和学生们在门口的空地进行排练。学生们因为没有演唱好三连音，没有唱出歌曲的强弱对比，黄老师便用诙谐幽默的方式从最基本的乐理、和声讲起，再细致深入地分析每一个乐句、每一首歌曲的演唱处理和要求。例如《义勇军进行曲》，该曲中的三连音如何把它唱准？三个"起来、起来、起来"的力度是 mf 到 f 到 ff，如何才能唱出层层递进且有爆发力的感觉？黄老师从节奏、情绪、力度上细细讲解如何把这首人人耳熟能详的国歌唱好。

此外，为了使演员的演唱更得心应手，黄有异老师还对剧中的《漓江船夫曲》及

《擦皮鞋歌》进行了改动。经过修改后，不仅让演唱者摆脱了演唱音域、节奏上的烦恼，更重要的是，修改后的歌曲没有破坏它的年代感，而且也符合现代人的审美要求，更形象地表现了船夫们的劳作场面。第二遍的《漓江船夫曲》唱完"拼着我们的血和汗，哪怕他三千六百个阎王滩呐"之后，在不影响两个声部演唱的情况下加入了一位男高音的呐喊："老三你别偷懒呀，用力啊用力！"黄老师在给学生们讲解的时候说："船夫们在劳作的时候还可能喊，老三你用力拉啊，前面有个妹子在等你呀，等等，甚至还可能会喊出一些粗口话。所以加入这个呐喊声，使这首歌曲更富有生活气息。"学生们第一次如此近距离接触广西最著名的作曲家，几次因为他幽默、风趣的讲课而捧腹大笑。

2014 年 9 月 16 日早上，在育才校区大学生报告厅举行话剧《秋声赋》入选"中国校园戏剧节"复排启动仪式，紧接着开始进行《秋声赋》复排的第一轮排练。排练之余，我演唱了一首京剧风格的创作歌曲《梅兰芳》给黄有异老师听，他听罢对我说："你是民族声乐专业的，又在桂林工作，应该好好学习广西文场，因为广西文场是桂林最有代表性的音乐，同时它用桂林话演唱，对于保护母语，传承地方文化具有重要意义。"我听完眼前一亮，这是我早就想做的事情，只是苦于没有合适的机会找到合适的老师教我。黄老师认为陈秀芬是健在的文场

艺人中演唱最纯正、最有代表性的，于是，他便有意引荐我拜师陈秀芬老师，学习和传承广西文场。

10月19日，对《秋声赋》进行第三轮专家指导。中国戏剧奖"梅花表演奖"得主——桂林戏剧创作研究院张树萍院长主要针对"情人分手""淑瑾火烧家园"等关键场景，对演员的眼神、手势、动作、语气语调等，进行了耐心地讲解与示范，台下的学生们不时对她的示范报以雷鸣般的掌声，他们对"走心""入戏""表演"又有了更深刻的认识。对于音乐学院音乐教育专业的这些学生们来说，她们的声乐演唱太需要有老师教表演了。在声乐课中，我经常说的一句话便是"演唱、演唱，演大于唱"，而我们的声乐课都是一对二上课，每周一节课，且只学三年，课堂学习的时间非常有限，所以对于学生的表演，我更多的是从平时就灌输他们这样的理念，让他们多看、多听、多想，大胆去表现。学生们看了张树萍院长的表演，无不发出佩服、感叹的声音。

此外，为了鼓励学生们努力学习，我常常会拿台上的演员跟他们讲道理："台上的演员都是文学院的学生，他们不是专业的演员，但是他们不仅能把整个剧本背下来，还会用心去揣摩人物的心理，尽可能去塑造人物的形象，而你们作为声乐专业的学生，有什么理由在课堂上拿着谱子来唱？简单的一首歌曲都不能背下来，又怎么能去表现好歌曲的内涵？"在排练中，我不断跟学生讲道理，学生们也慢慢理解我的用心良苦。

11月11日，《秋声赋》在上海交通大学参加第四届"中国校园戏剧节"，一举获得优秀剧目奖、优秀组织奖、优秀导演奖。在比赛结束时，《秋声赋》总导演林超俊对我们说："你的音乐很成功，评委们都认为是那个年代的味道，《漓江船夫曲》是这个感觉，《落叶之歌》很唯美，评委们在离场的时候，都哼起《落叶之歌》的旋律了。"而我的学生们，在两个月的训练中，除了把其中的插曲演唱得越来越成熟之外，对《秋声赋》的感情也更加深厚了——他们已经能把台上演员的台词都背下来，有模有样地模仿演员的表演了。

回到桂林，我和学生们马不停蹄地准备欢迎白先勇先生回桂林的主题晚会。11月22日，在音乐学院三楼举办白先勇《我的十年昆曲梦》主题讲座，讲座之前除了朗诵白先生的诗文，便是由我排练、我的学生们演唱其父亲白崇禧将军作词的歌曲《征兵，我愿往！》，以及当年白将军经常教他们兄弟演唱的岳飞的《满江红》。《征兵，我愿往！》本是一首简短一段体的歌曲，后经黄有异老师改编成丰富的男女生演唱歌曲。坐在台下的白先勇先生，在听到学生们演唱的时候，激动得忍不住热泪盈眶。我以为，不论别人怎么评价学生们的演唱水平和表演能力，只要白先生认同了，我们便成功了。

11月底，张院长找我配合他们致力于桂林市"寻找桂林文化的力量——纪念西南剧展70周年音乐会"，由她担任晚会总导演。除了我们"新西南剧展"的话剧《秋声赋》《旧家》参与演出之外，在第一篇章"生命音符，时代写照"部分——《西南第一届戏剧展览会会歌》《满江红》《劝夫从军》《征兵，我愿往！》《广西兵》五首歌曲，均由我的学生演唱，戏剧院的演员来表演，《落叶之歌》还是由我的学生张墨玉独唱。不久，张院长来检验我们的排练效果。听完学生们演唱后，张院长很客观地说，学生们的声音很棒，但是表演不如他们的演员，所以我们需要合作，需要相互学习和借鉴——戏剧院的演员需要借鉴学院派的声乐演唱发声方法，而学院派的声乐演唱也需要借鉴传统戏曲的表演方式。随后，张院长当场给学生示范演唱《秋声赋》中的插曲——《落叶之歌》，教学生如何投入到歌曲的意境当中演唱，如何把握人物的内心，如何表现好歌曲的内涵。学生们对演唱中"表演"的重要性有了新的认识。已经获得保研资格的农伟培说："张院长投入的演唱深深打动了我。演唱，就是不仅要唱得好，还要演得好。"

12月13日，我第一次把34名学生带到戏剧研究院排练，我的师姐叶春桃副院长带领他们的演员与我的学生们配合——我们唱，她们演。其中，戏剧院有一位叫龙丹丹的演员，是张院长从艺术学校舞蹈专业特招来的。到了戏剧院工作，她就不仅仅是舞蹈演员了，更多的可能还是"唱"，但是丹丹并不会因为自己在演唱上是"半路出家"而害羞、怯场，反而是比其他演员更大胆地表现歌曲，这是值得我们所有人学习的。学生们第一次到戏剧院，也是第一次与专业团体的演员在一起排练。自始至终，我都要求她们认真观看专业演员的表演，学习她们的"手、眼、身、法、步"，学生们也更理解我平时常说的"演唱演唱，演大于唱"的道理，也许戏曲演员在歌曲演唱发声方面没有我们专业，但是他们的表演，绝对是值得我们学习的。这么多次的排练，我和学生们并没有感到疲惫，因为对于我们而言，这是再好不过的学习机会了。

11月底，音乐学院举办"独秀之声"声乐技能大赛，在《秋声赋》中演唱《落叶之歌》的张墨玉凭借一首戏曲风格的歌曲《贵妃醉酒》获得了第一名，除了演唱技巧之外，她的表演让所有在场的老师和演员眼前一亮，她已经能把"贵妃醉酒"的醉态表现得淋漓尽致了。而在《秋声赋》中演唱《银河秋恋》的广西妹子唐小贤，克服了自身说话带有严重广西口音的不良习惯以及内向的性格特点，把一首古曲风格的歌曲《飞天》完整地表现了出来，获得了二等奖。在表演方面，让我看到了学生们实质性的突破。我认为，她们的进步与她们参与"新西

→《漓江船夫曲》歌唱小组排练

南剧展"系列活动是分不开的。

2014年，因为与"新西南剧展"结缘，我和我的学生们度过了充实、快乐的一年，收获成绩的同时，学生们带给我很多感动。2014年下半年，作为广西第四届大学生艺术展演的主办方，音乐学院投入大量的时间准备这项比赛。另外，广西青年歌手大赛合唱比赛、广西金钟奖合唱比赛，这两项广西声乐界级别最高的赛事也都在2014年下半年举办。我们的院长曾要求35岁以下的青年教师尽可能都参与到广西青年歌手大赛合唱比赛及广西金钟奖的合唱比赛中，但是这两项比赛的排练时间，却与我们参加"新西南剧展"的一系列活动冲突了。为了保证我们的排练能够顺利进行，我毅然放弃了学院的活动，把全部精力投入到"新西南剧展"活动的排练中。我的许多学生，本已经通过学院考核进入合唱团，但是为了"新西南剧展"，他们毅然退出学院的合唱团，她们说："合唱团要求每天都排练，排练时间老冲突，我们只能选择一边，选择跟着老师您了。"我们都明白，如果学生们加入学院合唱团参加了这三项比赛，无论如何都是能够拿奖回来的，这种政府奖对于学生而言分量是很重的，对他们评优、保研、找工作都是一个不错的筹码，但是我的学生们却选择了和我一起致力于"新西南剧展"系列活动，这让我非常感动，也足以证明"新西南剧展"的魅力。

曾经，音乐学专业的学生相对于舞蹈专业的学生而言都比较懒散、自我，因为舞蹈班都是集体上课、集体排练，而音乐学专业的术科课程是一对二的小课进行，同学们不想上的课程就不去上，曲子没练出来就不去上课，迟到也是家常便饭，这也许是导致他们没有太强的集体观念和时间观念的原因之一。在我的课堂上，我是不允许学生迟到及无故请假的，我经常对他们说："大学期间你们除了学好专业知识之外，还应该培养良好的生活、工作态度，培养你们的集体观念和时间观念。你们在校期间懒懒散散惯了的话，毕业出去了能找得到工作吗？没有一点集体观念和时间观念的人，哪个单位敢用你们？"通过这大半年的排练、演出，同学们除了学到许多课堂上学不到的东西外，最重要的是集体观念和时间观念明显增强。

"新西南剧展"团队的每一位指导教师，都是值得我学习和尊重的榜样：总策划黄伟林教授平时对我们就关爱有加，他在2015年寒假来临之际，亲自送来厚厚一沓关于"桂林抗战文化"的书让我假期内阅读，并指引我学术研究的方向，他对我的帮助、对我的关爱，让我无以言表。他对学术研究的严谨态度，也是我学习的榜样。向丹老师是一位已经退休的老教师，她本可以在家好好享受生活，却天天从育才跑到雁山校区给学生排练，甚至在去上海比赛前，她在患有结石的情况下，仍然忍着疼痛坚持每天给演员们排练。《秋声赋》剧组大大小小的事情，都是由刘铁群老师负责。没有经费，她自掏腰包垫钱买道具、买服装，团队往返上海的车票也是刘老师垫付，甚至连演员的服装、发型都是刘老师亲自设计、采购。负责音像、视频的刘宪标老师，经常没日没夜制作团队需要的音像视频。复排后加入团队的刘慧明老师，为了冲刺比赛，在不耽误学院课程的同时，和向丹老师一起每天给学生抠表演、制作合成音效……团队的每一位老师，在做任何事情的时候没有患得患失，不会去想付出这么多的时间与精力，能得到多少回报和报酬。我想，正是团队所有指导老师团结一心，不求回报，兢兢业业的态度，让我们的努力没有白费。另外，对于我和刘慧明老师而言，其他的指导教师都是我们的前辈，他们对学问、对工作认真严谨的态度，给我们两位青年教师树立了很好的榜样，而我希望我这种努力进取的精神也能不断感染我的学生们，这应该也算得上一种"传承"吧。

记得《秋声赋》赛后，我们从上海回来的路上，在剧中饰演"大纯"的刘铁群老师的女儿卡诺问我上一节声乐课多少钱，她说要在她就读的育才小学给我做广告。我笑着说："你要给我做广告，你自己得先来学呀，你来学我不收你钱，还管你吃喝……"2014年，伴随着"新西南剧展"一路走来，我们团队成员已经亲密得像一家人，我心存感恩，我想只要团队的老师们召唤我做事，我都是可以无条件答应的。

在整个"新西南剧展"的指导教师中，我认为我是收获最多成长最快的，不仅自身得到了锻炼，学生们得到了锻炼，还得到了校内外专家们的帮助，并成为国家级非物质文化遗产国家级传承人陈秀芬老师的弟子，成为"新西南剧展"的音乐总监。这一年，我真切地感受到了桂林文化的力量，我庆幸自己生活在这个如此具有文化底蕴的秀美城市，庆幸自己还能为发扬和传承桂林文化贡献自己的绵薄之力。2014年，是我开启"寻找桂林文化力量"的第一年，是具有特殊意义的一年。

（宁红霞，广西师范大学音乐学院声乐教师，"新西南剧展"音乐总监，话剧《秋声赋》音乐指导，国家级非物质文化遗产"广西文场"国家级传承人陈秀芬的弟子）

用秋声谱曲，用文字歌唱

——田汉话剧《秋声赋》的音乐设计

抗日战争爆发后，长期在上海从事戏剧工作的田汉辗转武汉、长沙等地，于1939年到了桂林。1941年秋天，田汉以第二次长沙战役为背景创作了话剧《秋声赋》。该剧讲述了文化人徐子羽与妻子秦淑瑾、情人胡蓼红的婚姻、爱情冲突，以及秦淑瑾与胡蓼红在民族大义面前的和解。作者在戏剧创作中把戏剧与歌声糅合在一起，在剧情的发展中显示出歌声独特的魅力，并通过歌声来推动剧情的发展，可谓戏、歌合璧，相映成趣。此剧中的插曲《漓江船夫曲》《擦皮鞋歌》《落叶之歌》《潇湘夜雨》《银河秋恋》，均由田汉作词、姚牧作曲，这些歌曲对戏剧人物的心理刻画，推动剧情向前发展，都起到了十分感人的艺术效果。此外，与笔者一起担任该剧音乐指导的广西著名作曲家黄有异老师使用《落叶之歌》的音乐主题，运用浪漫派后期民族乐派的旋律发展手法，制作出了一些不同的背景音乐，恰当地表现了人物情感的波动和剧情张弛的变化。在复排的时候，我们充分发挥原剧中歌曲的作用，并在背景音乐、音效的运用上进行了精心设计，歌曲、音乐、音效共同烘托气氛，营造意境，凸显主题。

一、宣传片及第一幕的音乐设计

在全剧开始之前，我们设计了简短的宣传片，以图片、视频、音乐勾勒从西南剧展到新西南剧展的文化传承。第一幕有两首歌曲：《主题歌》和《漓江船夫曲》。《主题歌》以朗诵的方式表现，《漓江船夫曲》则根据剧情的发展设计了两次不同的演唱，以烘托主人公徐子羽情绪的变化并强化全剧的精神力量。

（一）凸显跨越70年的文化传承——宣传片配乐

全剧开始之前的宣传片大约三分钟，讲述了70年前"桂林抗战文化城"及"西南剧展"的盛况以及如今广西师范大学在校师生重排重演当年经典剧目的状况，反映了当代大学的文化担当和文化自觉。宣传片采用的背景音乐是世界名曲《1492征服天堂》（英文名《1492 CONQUEST OF PARADISE》）。该曲将大量人声与现代的元素相结合，其古典的韵味在现代音乐的诠释下得到完美展现，它曾在我国热播的电视剧《士兵突击》中作为背景音乐而被广大人民所熟悉。这首杰出的电子合成音乐气势宏大又用意深远，它庞大的音势、呼啸的和声、震撼的音域、恢弘的气度能激发出听众内心的激情，让人热血沸腾，与话剧《秋声赋》内蕴的不屈的精神、抗争的力量相吻合。

（二）朗诵引出全剧主题——国难当头文化人的担当

第一幕开头，是全剧的主题歌："欧阳子方夜读书，忽闻有声自西南来，初淅沥以萧飒，忽奔腾而澎湃，似山雨将至而风雨楼台，不，似太平洋的洪涛触巨浪、触崖边而散开。啊，此秋声也，胡为乎来哉！但是我们不要伤感，更不用惊怪，用铁一般的坚定从风雨中、浪涛中屹立起来，这正是我们民族翻身的时代。"这本是原剧中的主题歌，来源于欧阳修1059年创作的散文《秋声赋》，但田汉在欧阳修散文的基础上推出了新的境界，压抑中蕴含着激情，萧飒中迸发出力量。这个主题曲为整个剧情的发展定下了基调，作用极其重要。因为年代久远找不到曲谱，我们便以风声、雨声、海浪声作为背景音效，在震撼人心的宣传片播放完毕，音乐戛然而止，紧接着稳重而有力的男中音用朗诵的方式来演绎这首主题曲，引出此剧的主题——国难当头文化人的担当，自觉将个人命运融入国家民族命运的精神。只要中华儿女都有这种精神和担当，中华民族的伟大复兴很快就能实现。

（三）压抑中迸发出力量——《漓江船夫曲》

《漓江船夫曲》是第一幕最重要的音乐，在原谱中，《漓江船夫曲》是d小调，2/4拍，共两个声部。该曲大量运用了衬词"喉喉"，形象刻画了船夫曲的劳作场面。高声部是主旋律声部，每唱一句歌词必定紧接着演唱衬词"喉喉"，如："撑噢，喉喉"，"肩头铁板一样的硬呐，喉喉、喉喉、喉喉、喉喉"，"篙儿弓一样的弯呐，喉喉、喉喉、喉喉、喉喉"……

低声部是陪衬声部，除了接应高声部"撑上去了"的下半句"万事平安"外，从头到尾都在唱"撑噢，喉喉！喉喉！喉喉！"，其音域多在小字组的a至小字一组的f上，如：

6　6　3̇　5̇ ｜ 3̇　3̇　3̇　3̇ ｜ 3̇　3̇　3̇　3̇ ｜ 3̇　3̇　3̇　3̇ ｜ 3̇　3̇　3̇　3̇ ｜

撑　噢，　　　　嗳嗴嗳嗴　嗴嗴嗴嗴　嗴嗴嗴嗴　嗴嗴嗴嗴　嗴嗴嗴嗴

从谱子来看，连续的"嗴"字本身就不好唱，且音域很低，学生很难能把低声部唱好。后来，我们把低声部改成给高声部打节奏，没有具体音高：

嘿咗.地 ｜ 嘿咗. ｜ 嘿咗.地 ｜ 嘿咗. ｜……

如此一来，演唱者不仅摆脱了演唱音域上的烦恼，更重要的是，修改后的歌曲不仅没有破坏歌曲的年代感，反而更符合现代人的审美要求，形象地表现了船夫们的劳作场面。

在第一遍的演唱中，淑瑾对来家里做客的黄志强说："这儿是有名的险滩，有时候听那些船户们篊篙子时，高声地嚷叫，那声音发着抖，就像哭着似的，使人家心里怪难过的，你听吧，不就像哭着似的吗？"因此，演唱必须达到"高声嚷叫""发着抖""哭着似的"的效果，还要唱出船夫曲"由远至近，再渐行渐远"的效果，即歌声"由弱至强"在高潮部分达到最强，然后再"由强至弱"，消失在远方。低声部的演唱"嘿咗.地 ｜嘿咗. ｜"，虽然只是衬托高声部，但是要求每一位演唱者必须想象自己就是那篊篙子、卖力干活的船夫，使出全身

力气来唱歌，要求气息要深，横膈膜要有力量，声音沉稳有力。根据剧情要求，第一次的演唱只唱到"撑不上去流到那鬼门关！撑噢！"

时钟已敲过九下，子羽还没回家，淑瑾安顿老母亲入睡后，一个人在客厅徘徊思索，不由得伤心落泪，此时用了以小提琴（代表女性）独奏的《落叶之歌》作为背景音乐，速度较缓慢、情绪忧郁，为衬托淑瑾复杂的心情起到很好的作用。当子羽回到家中与淑瑾发生冲突，淑瑾骂胡蓼红是"不要脸的女人"，一向温文尔雅的子羽冲着她大吼："你到别处骂去。"此处运用了一个很突然、很强的音效，衬托淑瑾对子羽此种反应表示很惊讶，对烘托夫妻吵架凝重的气氛起到很好的效果。老母亲听到夫妻吵架，出来劝说夫妻二人。当淑瑾把老母亲送回房间，留下徐子羽一个人在房间徘徊思索的时候，运用了一个大提琴（代表男性）独奏《落叶之歌》做背景音乐，好像是一个男人用浑厚深沉的声音向人们诉说一个凄美、委婉的故事，为烘托徐子羽复杂的心情起到了较好的效果。当淑瑾要求子羽去南洋时，子羽为了中国的革命以及七十岁的老母亲拒绝了淑

瑾的要求，夫妻二人之间再次发生冲突。到这里为止，第一幕的总体气氛是越来越压抑、沉重的，但是有文化担当的徐子羽并没有因此而消沉。夫妻二人争吵结束后，雨声、风声、水声、虫声、船夫撑船上滩嚎叫声及《漓江船夫曲》再次从窗外传来，给了徐子羽革命的力量：中国的抗战也是这样的艰难的吧！并意识到"新形势下中国文艺工作者的任务"，因此，在演唱处理上要与第一次的演唱有所区别——第一次高声部的开头是低音 6 起音，显得压抑、沉重的感觉；第二次起音我们改把低音 6 翻高一个八度，以 6 开头，给人积极向上的感觉。唱完"拼着我们的血和汗，哪怕他三千六百个阎王滩呐"之后，在不影响两个声部演唱的前提下加入了一位男高音的呐喊："老三你别偷懒呀，用力啊用力！"另外，由于此次演唱是在第一幕即将结束的时候演唱，为了换幕不冷场，也为了让观众加深对此曲的印象，在唱完"撑不上去流到那鬼门关"之后从"拼着我们的血和汗"反复至全曲结束。第二次的演唱更贴近生活、情绪上较第一次豪迈有力、积极向上。可以说，第二次的《漓江船夫曲》唱出了徐子羽压抑中反弹的革命力量。

二、第二幕的音乐设计

在原剧中，第二幕是没有歌曲的。为了使整部戏更丰富、鲜活，我们在"老友见面交谈"的时候运用了广西文场音乐作为背景音乐，凸显桂林的生活气息，增加这部戏的"桂林味"。在"情人相见"的一刻，用了一个欢快、跳跃的音乐来烘托胡蓼红兴奋的心情。在这一幕的最后，大家闹得不欢而散，只剩下子羽和胡蓼红的时候，运用了一个大提琴与小提琴的二重奏的背景音乐来烘托当时尴尬的气氛，表现男女主人公纠缠不清而又各不相同的复杂心情。

（一）凸显桂林特色——广西文场音乐的运用

《秋声赋》是田汉先生的自传之作、抗战之作，也是一部桂林之作。为了让这部剧的"桂林特色"更加浓厚，在第二幕开头"老友相聚"的场面是以广西文场"越调"音乐作为背景音乐，隐隐约约传来，烘托出桂林的生活气息。文场是桂林最具有代表性的地方曲艺，旋律优美典雅，有着与桂林山水一样灵秀、委婉的特点，人们赞美文场是"优美细腻宫廷乐"，而"越调"是文场中最常用、最典型、最有代表性的曲调，在民间艺人中又有"文场基调"的说法。"越调"的节拍为一板三眼，即 4/4 拍，旋律婉转流畅，优美动听，节奏从容平稳，曲调淳朴明朗、叙述性强，其引子如下：

（0 3 5｜2. 2 2 2 3 3 5 6 2. 3 2 1 6 1 5｜1　1ᵛ i 6 5. 5 3 2 5 3 5 6｜

1. 1 1 2 3 3 5 6 2. 3 2 1 6 1 5｜1　1ᵛ 3 5 2 1 6 5 1 1）｜

广西文场音乐的运用，使得这部气氛凝重的抗战剧作有了浓郁的桂林生活气息，剧情的起承转合更明显，整部戏更加丰满，同时也使这部剧的"桂林味"更浓厚。

（二）情人相见——晴转多云

在胡蓼红与情人子羽见面的一刻，运用了欢快、轻松、跳跃的背景音乐。尽管胡蓼红是一名女革命家、诗人、间谍，但是在情人面前，她就是个小女人。在这个场景上，身着红衣、头戴红帽的胡蓼红像一只翩翩起舞的蝴蝶，在背景音乐的烘托下，朝她日思夜想的子羽飞奔过去。可是，胡蓼红到来后把徐子羽正在写的稿子搓了、撕了扔在地上，取笑正在认真工作的徐子羽是"书呆子"，甚至拿出枪来威胁徐子羽和她在一起……这一系列的举动令徐子羽感到诧异和反感：她不再是徐子羽喜欢的那个头脑清醒的、肯为了大众利益而奋不顾身的胡蓼红。于是，子羽对胡蓼红的态度渐渐由"高兴"变成"忧郁"，为故事情节的发展埋下了伏笔。

在第二幕最后，两个女人见面引发了矛盾。黄志强要给子羽拍全家福，因为子羽叫胡蓼红一起拍而引发淑瑾的不满，最后大家没有拍成照，还闹得不欢而散。当淑瑾拉着女儿走后，老太太和黄志强相继走开，留下尴尬的子羽和蓼红。此时运用了一个大提琴与小提琴二重奏《落叶之歌》的背景音乐，速度较缓慢，较好地表现了男女主人公纠缠不清而又复杂的心情，为烘托当时沉闷、尴尬的气氛起到了较好的效果。

三、第三幕的音乐设计

第三幕是胡蓼红的重头戏。在这一幕中，胡蓼红的心理和情感发生了变化，她从此告别旧的自我，走向新的人生：难童的《擦皮鞋歌》把沉溺于个人情感悲痛中的胡蓼红唤醒，《落叶之歌》则是胡蓼红走向新的人生的心声。此外，为了更好地表现全国人民同仇敌忾抗击日寇，我们在剧中加入了当时著名的抗战歌曲《大刀进行曲》。

（一）唤醒胡蓼红的歌——《擦皮鞋歌》

第三幕的背景是七星岩前，警报过后，市民慢慢散去。此时警报声、市场嘈杂声、沙田柚叫卖声作为背景音效。胡蓼红让徐子羽和秦淑瑾的女儿大纯叫她"妈妈"，但是大纯拒绝了。正当胡蓼红伤心哭泣时，她曾经在长沙救助过的难童阿春迈着欢快的步伐、唱着旋律欢快的《擦皮鞋歌》向她走来。此曲为 C 大调，2/4 拍子，旋律简洁，节奏欢快，朗朗上口，类似于聂耳的《卖报歌》。大调式有力、坚定、明亮、积极、愉快的旋律特点结合朴素的语言，形象地刻画了因为战争失去家园的儿童的苦难生活，也表现了难童们的乐观主义精神。为了让剧情更加紧凑，我们把擦鞋童齐唱改成由阿春独唱，并把歌曲后半部分省略。此外，我们对原谱也进行了一些改动，如：

```
1 1 | 2 2 2 2 2 2 | 2 4  5 5 4 5 | 6 3 3 2 2 |
姐 儿  背 起 个 箱 子  漓 水  边又只见 桥 上 的 行 人

1 1 2 0 | i. 6 5 i | 6 5 3 2 5 5 | 5    0 |
万 万 千,  姐 儿 只 看  一 个 个 的 皮 鞋  尖。
```

为了让小跑中的阿春能演唱得更稳当，谱子改成如下：

```
1 1 | 2 2 2 2 2 2 | 2 4 5 | 6   5 | 6 3 3 2 2 |
姐 儿  背 起 个 箱 子  漓 水 边,  只  见  桥 上 的 行 人

1 1 2 0 | i. 6 5 i | 6 6  6 6 | 5   5 | 5   0 |
万 万 千,  姐 儿 只 看  一 个  一 个  皮 鞋  尖。
```

同时，"6 5 3 2 1 1｜1 0｜"改成"6 6 6｜5 5｜1 0｜"。

"一个个的皮鞋尖"改为"一个一个皮鞋尖"。

修改后的旋律，去掉了原谱中的十六分音符，让饰演阿春的非专业演员自己也能轻松自如地边演边唱，不再因为节奏欢快而吐字不清，不至于因为小跑而上气不接下气。

《擦皮鞋歌》是第三幕剧情、氛围的转折点，同时也是胡蓼红人生的转折点，其作用至关重要。可以说，正是这首欢快、活泼的《擦皮鞋歌》把沉溺于个人情感悲痛中的胡蓼红唤醒。

（二）同仇敌忾、保卫家园——《大刀进行曲》

在胡蓼红哭着对难童们诉说自己心声的时候，用了双簧管与小提琴重奏《落叶之歌》作为背景音乐，为烘托胡蓼红悲痛的心情起到了很好的效果。随后，童子军首领汤有龄先生偶遇正在相认的胡蓼红和难童，汤有龄告诉胡蓼红上级要求他回到长沙去救助其他难童，而他因为工作原因走不开，正在为找不到合适的人去长沙而烦恼。胡蓼红不假思索便决定代替汤有龄去长沙，并约定晚上再见面细谈。随后，汤有龄带着阿春等几个难童离开。在这个场景，汤有龄带着孩子们演唱当时有名的抗战歌曲《大刀进行曲》，边唱边退场，慢慢走远。这个歌曲在原剧中并没有，加入了这个歌曲，更好地表现了包括未成年的难童在内的全国人民同仇敌忾、誓死保卫祖国的决心，也进一步刻画了难童们的乐观精神。

（三）胡蓼红的心声——《落叶之歌》

70年前《秋声赋》上演时，出现了"满城尽说秋声赋，众人纷唱落叶歌"的盛况，可见《落叶之歌》在本剧中的地位非同小可。在漫长的战争阴云中，女主角胡蓼红曾是徐子羽精神上的支柱，工作上的助手。他们曾经互相欣赏，相互爱慕，但是胡蓼红到来后的一系列举动让徐子羽对她的感情

→《落叶之歌》演唱者墨玉

发生了改变。胡蓼红想要完全占有徐子羽的爱，想把徐子羽和他的女儿大纯一起带到马尼拉去，想要做大纯的"妈妈"，而大纯却哭着拒绝了胡蓼红。胡蓼红伤心欲绝的时候，正是难童演唱的《擦皮鞋歌》将她唤醒——与其强求一个有爹有娘的孩子叫她"妈妈"，强求一个男人的爱，不如回到长沙拯救那些因为战争而失去了爹娘的孩子们。

《落叶之歌》就是胡蓼红决心要离开子羽的心声。此曲中十分重视诗词自然朗诵节奏与音乐节奏的匹配，以此来追求曲调与诗词的统一，这与作者深厚的文学素养是分不开的。同时，此曲很好地借鉴了赵元任等前辈重视歌曲与旋律结合的优良传统，以宣叙调的方式，使两者结合得贴切自然。

《落叶之歌》是 d 小调，小调式具有忧郁、悲伤、暗淡的特征，为更好地表达歌词的蕴意服务。该曲分为 A、B 两段，A 段是 3/4 拍，速度从容缓慢，表现了胡蓼红得不到子羽伤心欲绝的心情。音乐一开始就出现在主和弦上，音区较低，速度较慢，要求演唱者必须采取"快吸慢呼"的吸气方法，演唱过程中缓慢均匀地吐气用气，控制好声音和气息。"草木无情，为什么落了丹枫，像飘零的儿女萧萧地随着秋风。"这一句歌词

的背后，隐含着胡蓼红太多的无奈、失落与伤感，演唱时音量不宜太大，可加一些气声的感觉来演唱，把胡蓼红伤心欲绝的心情表现出来。

"相思河畔，为什么又有漓江？夹着两行清泪脉脉地流向湘东。"作者用"丹枫"和"秋风"突出了本剧的主题——秋；而"相思河"和"漓江"是桂林有名的两条河流，用来比喻胡蓼红和秦淑瑾，仿佛是胡蓼红在问苍天："子羽的生命中为什么有了我，还有你？我得不到他，我只能流着泪离开他，去往湘东（长沙）。"此句在音域上比前一句稍高，有递进的感觉，气息的支撑要比前一句更深，要演唱出胡蓼红质问苍天的感觉，以及做出选择后的无奈、失落的情绪。

随后的三个"啊"，音域从低音的 5 到高音 2，再回到中音 3 上，十六分音符与大音程的跃进使歌曲显得气势磅礴，极大地增强了歌曲的戏剧性，演唱力度也应该由弱至强，再回到中强上。这是胡蓼红对着苍天的呐喊、情感的宣泄，也是全曲的最高潮，情绪上比较激动，用深呼吸、后通道的感觉来演唱，才能把这三个"啊"淋漓尽致地表现出来：

5 1 3 5 | i.

啊

7 i 2 i 7 6 | 5.

啊

6 5 4 3 0 |

啊

"落叶归根，野水朝宗。"是 A、B 段之间的过渡句。B 段是 2/4 拍，铿锵有力的进行曲节奏和速度表现了胡蓼红下定决心离开徐子羽，回到长沙去拯救那些因为战争而失去了爹娘的孩子："从大众中生长的，应回到大众之中。她们在等待我，那广大没有妈妈的儿童。"此段变成进行曲速度的 2/4 拍，因此演唱的情绪也要跟着转变，必须是坚定的、铿锵有力的，表现的是胡蓼红坚定的决心。

《落叶之歌》是一首伤感、唯美，同时又具有力量的歌曲，它暗示胡蓼红即将告别旧的自我，开始新的人生。

四、第四幕的音乐设计

秦淑瑾和老太太回到了长沙老家之后，胡蓼红也来到长沙从事拯救难童的工作。两个曾经的"情敌"深夜交谈，化解了矛盾，此处用了欢快、活泼的《落叶之歌》作为背景音乐，而原剧中的《潇湘夜雨》则表达了两个女人美好、柔软、细腻的情感，和紧接着发生的敌机轰炸、与日本鬼子的生死搏斗、秦淑瑾火烧家园形成强烈鲜明的对比，使戏剧矛盾冲突更加强烈。

（一）"情敌"化解矛盾——《潇湘夜雨》

从第一幕到第三幕，秦淑瑾与胡蓼红的关系都是紧张、对立的情敌关系。在第四幕，秦淑瑾和胡蓼红回到长沙，此时正值第二次长沙战役。大敌当前，两人深夜交谈化解了矛盾，分享了彼此的苦恼与心痛，也感受着眼前的温暖与感动。此时旋律欢快、轻松活泼的《落叶之歌》在竖琴如流水般的伴奏下，由长笛缓缓奏出，表现了两人化解矛盾后的轻松、温馨。随后，胡蓼红哼唱的《潇湘夜雨》像清澈的溪水缓缓流动，表达了两个女人之间美好、柔软、细腻的感情。这一夜是胆战心惊的一夜，也是温暖美好的一夜，而这份美好宁静与紧接着发生的敌机轰炸（使用"轰炸声"音效）、与日本鬼子的生死搏斗（使用"枪声"音效）、秦淑瑾火烧家园等几个细节的紧张气氛形成鲜明的对比，增加了戏剧的节奏感，使剧情松紧交替、张弛有度，更能抓住观众的心弦。

《潇湘夜雨》是一首大调式歌曲，表现的是两个女人美好、细腻的情感。前半段是 3/4 拍，后半段是 4/4 拍。因为是半夜三更两个女人在交谈时演唱，音量不可唱得太大，而是用气声、用"哼歌"的感觉来唱，才能与剧情相符，勾画出温馨、美好的气氛。

（二）秦淑瑾火烧家园——悲壮的呜咽

在第四幕的最后，胡蓼红和秦淑瑾在大敌当前化解了矛盾，并一起杀死了到淑瑾家里来的鬼子。最后，胡蓼红扶着老太太先走，秦淑瑾决定要放火把自己家的房子烧毁了再走。秦淑瑾环视自己的家，不舍、痛苦、激动地拿着煤油灯说："现在我用自己的手烧我自己的房子，我们又要失去自己的家了，可是鬼子，你们这些法西斯的丑尸，也快要变成灰烬了。你们只想到桂林来，到长沙来，到中国来，可是这儿真正成了你们的坟墓了。我们中国老百姓的愤怒就像一把烈火！想要把自己变成灰的鬼子们，来吧！来吧！"在秦淑瑾说这段话的时候，我们以缓慢、忧伤的情绪，用人声哼鸣《落叶之歌》的旋律来烘托秦淑瑾的情绪。当她话毕，把煤油灯往地上砸的时候，"哼鸣"改成"a"母音放声来演唱，与熊熊烈火的场景融合到一起，使场面更加悲壮，达到视觉、听觉的效果统一。

五、尾声的音乐设计

故事的尾声是民众在庆祝第二次湘北大捷，除了原剧中的歌曲《银河秋恋》之外，我们在父女赏月的时候运用了轻松、欢快的《落叶之歌》的旋律作为背景音乐，并把剧中民众呼喊"打倒日本帝国主义"改成演唱田汉的《义勇军进行曲》。

（一）庆祝第二次湘北大捷——《义勇军进行曲》

故事的尾声是徐子羽和女儿大纯在漓江边赏月。此时的背景音乐与秦、胡二人化解矛盾时的背景音乐相同——在竖琴流水般的背景音乐伴奏下，由适合表现夜色的长笛缓缓奏出《落叶之歌》的主题音乐，仿佛在淡淡地叙说着在桂林发生的故事。远处传来民众庆祝第二次湘北大捷的欢呼声，这欢呼声成为改变主人公徐子羽忧郁心情的"秋之声"。此外为了使本剧更加唯美，我们把剧中群众"打倒日本帝国主义"的口号呼喊换成了演唱田汉作词的《义勇军进行曲》。

（二）结束曲——《银河秋恋》

在全剧结束时，一阵秋风、水声、虫声，远处那石头般的男女发出夜莺般的歌声——《银河秋恋》响起。该曲是 e 小调，2/4 拍，歌曲旋律与钢琴伴奏水乳交融，曲调优美动人，抒情性旋律与朗诵风格的语言音调结合，非常具有时代特征，使人听了格外亲切。此外，曲作者在和声、复调的民族化处理上，做了大胆尝试。

该曲是男女声二重唱，女高声唱第一声部，男中音唱第二声部。前半部分的旋律具有坚定、有力、向上的特点，与歌词寓意融合在一起，很好地表现了人民群众坚信革命必定胜利的决心："秋风，吹起了愤怒的火，秋虫唱起了复仇的歌，你从远方来，你可知道敌人的罪恶？敌人奸淫掳掠，死伤的人比前次还要多。"这一段要唱出有力的、愤怒的情绪来。"亏得我军神勇、人民合作，扫荡敌寇像秋风扫落叶，飘坠在洞庭波。"这一句的情绪是坚定、铿锵有力的。

后半部分的速度突然放慢下来："这样才能我拥着你，你抱着我，像牛郎织女相会在银河。可是不要忘了，这同一的月光下，有多少妈妈哭着孩子，妹妹哭着哥哥？"这一段表达了人们对战争、对日本侵略者的控诉，对失去亲人的痛苦哭诉，演唱情绪也变得忧郁而无奈、沉重且悲伤。全剧在《银河秋恋》的歌声中结束。

田汉的优秀抗战题材话剧《秋声赋》是一部不可多得的"戏剧加歌"的话剧。戏剧歌曲不仅仅是一般的歌曲，它拓宽了歌曲的表现领域，成为剧本构思过程中有机的组成部分。话剧本来是对话的艺术，在保持对话的前提下加了"唱"，使戏剧与"唱"有机地结合起来，戏与歌交融，产生了强烈的艺术效果。与此同时，歌又成为剧中人物心灵独白再恰当不过的艺术表现形式，恰如其分地表达了人物的性格，使剧情一步步向前发展，成为推动戏剧矛盾冲突发展的重要手段。此外，背景音乐、音效的恰当运用，让歌曲、音乐、音效共同烘托气氛，营造意境，凸显戏剧主题。又或者说，这部戏它本身就是一首歌，剧情的发展如同一首歌曲，有铺垫、有前奏、有起伏、有高潮、有结尾，婉转流畅，娓娓道来，余音袅袅，正所谓"用秋声谱曲，用文字歌唱"。

（宁红霞）

胡为乎来哉

记得与新西南剧展诸位前辈相识，正是在西南剧展开幕的地方——广西省立艺术馆。褪色的朱栏、年代气息尚存的小厅，大家一听说我是上戏毕业的，迅速热了起来。此去数月，上海比赛归来，聊起过去与戏剧的种种情愫，导演向丹老师说："我记得那时第一次和你见面，眼睛里满是神采，我就觉得这也是个爱戏之人。大概你自己心底里喜欢着却不自知吧。"

《秋声赋》于我，似有一份命定之缘分。年少时，戏剧让我困惘，戏里戏外，所相似者，令人心中极受折磨，那种压抑感让人难免有几分抗拒之意，从而难以全心付之。表演于我，虽为好之者，却非乐之者。当历流年，经世事，心中几经磨砺，终于能坦然承受这份折磨时，恰与这部戏相逢。把戏里人物塑造得细腻真挚，把戏中情演绎得真切动人，不得不以切身之经历或周遭人之经历去琢磨。虽身为舞台表演教师，但较少学时的课堂教学很难像排戏这样深入地去碰触内里的世界。初进剧组时，已

离开过去与戏剧纠缠不清的那个世界很久，重新面对，心中尚存几分顾虑，然一上舞台与演员们抠戏，过去所不敢碰触之痛处，竟欣然冰消，而给演员试戏示范之时，我于现实中不可及之处，于人物中竟能游刃有余。饰演淑瑾的思聪曾说，这部戏让她看到了另一个更真实的自己，对于一个排练老师而言，于蓼红、淑瑾之中所获者，何尝不是如此。过去在教学上的满怀斗志、激情洋溢，更多是责任心使然，当对于表演的种种顾虑终于烟消云散，放下过多的理智，在舞台上真正全身心地给演员排练时，我何尝不是看到了另一个更真实的自己、一个更渴望成为的自己？

自九岁习舞，曾梦想成为一名优秀的舞者。然各种机缘际遇，终究未果。尤其是十余年前，一场变故之后更是自知无望，颓废之际，与戏剧结缘，固然喜欢，却还是困于心中所惘压抑着未能真正尽心为之。三年前回到家乡，本有意以舞蹈研究为平生所志，却机缘巧合成为一名舞台表演教

师。近十年间与表演间已是种种曲折，如今逢此戏，只觉得与表演乃是命定之缘分，唯愿竭心力以珍惜。

初进《秋声赋》剧组，演员们的激情，特别是向老师对这个剧社、对大学生话剧几十年付出的心血，令我不由自主地想要融入进来。演员们一声声"向妈"，那种自然而然如家人般的感情令我又是羡慕又是敬佩。当年依依不舍地离开上戏，这个既是我的母校又是我最初工作单位的地方，回到桂林又遭诸多无常之变，而立之年已迫，心中亦满是萧飒之音，如临人生之秋。然因此戏与剧组诸位前辈还有演员们相遇，大家的热忱在我心中激起了层层波澜，特别是大家对我的信任与赏识，深感若不全力以赴便无以为报。当我融入剧组里，与大家一起为这部戏努力着的时候，同样还在我平日上课的那间排练教室，但是会觉得，绚烂的夏天无可奈何地逝去了，但这样看似萧飒的秋天竟有着不可思议的魅力，而冬天，亦是让人期待的。

排戏中，当我对戏里的某些处理提出异议的时候，刚好说到大家疑虑的地方去了；大家也经常会出现许多分歧点，但总是很容易又走到一块儿去；每当我对某个细节处理有了新的想法，还没有说出口，向老师似乎能从我眼睛里看出来似的，问我是不是有什么想法，让我尽管去试……这些感觉真的非常美好。台词处理是我最

不足的地方，而向老师在这方面让我学到很多，她很多时候也会无意中激发出我的灵感。这种心有灵犀的配合让我觉得排戏的过程让人十分享受，比赛于我而言已没有半分压力，只觉得大家这样在一起的日子是我要好好珍惜的。

在戏中，向老师作为导演教会我很多很多。在戏外，作为教师，其为人之诚挚、行事之耿直亦让我坚定自己的信念——如何做人、如何为师。值此人生之秋与《秋声赋》相逢，乃我之幸也，而因此戏与向老师相识、相知，得此忘年之交，更是我之幸。

于演员与角色，亦学到很多。演员于角色之缺陷，亦正是现实人生中我之缺陷。演员们于角色中成长，我亦在此中收获。印象最深的就是当初我提议把第三幕结尾的离别戏处理成分手戏，演员反应很强烈。后来和剧组的其他老师商量讨论，他们肯定了我对剧本和角色的判断。如此一来，台词还是那些台词，但从子羽回到七星岩两位主角开始有目光交流开始，所有的语言情绪和舞台行动处理都变了。演员们一开始无法接受这场戏"分手"这一定性，但恰是在老师们引导演员往分手方向处理的这个过程中，无论演员还是我们排练教师，对于角色的认识愈发明晰和深入了。后来这一段发展成了这部戏的一个重要转折点，一个重场戏。也因为是重场戏，前

前后后细节上反复推敲与修改，特别是《落叶之歌》部分，演员在台上有时会突然跳戏，一时之间不知哪个版本的处理是我们最后给她排的。后来我们对演员说："我们大家排了这么久，现在最懂这个角色的人其实是你，不是老师，你就是胡蓼红，每一种演绎方式都不会是最好的。在舞台上你只需要全心地投入，当下的情绪带你如何做，你心中的胡蓼红带你如何做，那一定是最好的。"在桂林的最后一次演出以及上海的比赛，《落叶之歌》一段并不全是我们最后排的《落叶之歌》，但那就是我们最想要的《落叶之歌》，我们心中那个胡蓼红的《落叶之歌》。在对戏反复推敲修改的过程中，同样的台词之下舞台行动的转变让我对人物的肢体语言有了更深的体悟，而蓼红之利落、睿智、气度，乃现实中我与演员之不可及也，然于戏中得之，亦一幸事也。

老母于屏风后冲出按捺着将拐杖一跺、蓼红于落叶中强忍着把头一拧、淑瑾于旧家中恋恋地回眸一凝……人物之百态、生活语言之质朴，无论妍媸，其感染力不在那些精雕细琢、高度艺术化的舞蹈语言之下，自有其独到之魅力。过去曾热衷于实验性的作品，与同伴们喜欢排些或天马行空或离经叛道的戏。如今与这部可以说是中规中矩，我过去很难对此上心的戏相遇：文场声里好友酒叙亦喜亦忧、七星岩下难

童们推搡着叫"妈妈"、潇湘夜雨里两个女人拉着手说心里话、象山月下父女相依……如此生活、如此真实、如此平淡的境与人，其自然而然所渗透出的生活情调与诗意，反倒有种不可思议的艺术张力。

戏剧是虚构的，亦是真实的。剥离了虚构的成分，剩下的便是或美好或刺痛人心的现实。在这部可以说是自传之作的戏里，太多真实的细节和情感体验，蓼红、淑瑾、子羽、志强……均能在现实周遭的人身上看到他们相似的事、相似的情，何况这些虚构的人物在八十年前确有原型。因为真切，给演员抠戏时更容易从现实出发，更容易捕捉人物的真实性，然而过于真切的人物同样也会让人心生畏惧，不愿碰触。十几岁时，我用自己对现实那些真实而痛苦的观察与体验去演戏，这曾经对我十分折磨。十年后，给演员试戏、抠戏，同样去深入戏中人的内里世界，那种痛苦之后竟是一种蜕变。黄伟林老师曾在首演海报上写下这样一句话："在历史闭幕的地方，我们重新出发！"因这部戏，我欣喜于这样始料未及的蜕变，欣喜于在这样一个起点重新出发。

"人生如戏，戏如人生"，学生时代，每每去红楼上课，总与墙上的这几句话相遇，至今萦怀久久。排练期间，恰搬去雁山新居，窗外远山如黛，窗下池塘青碧，蕉叶葱郁，典型的楚南风物。好友来访，

欣然相迎，两人之对白，恰与开场戏中志强与淑瑾之所聊所喜者相似。对着楼前佳竹成荫、学生往来，想起屈子《卜居》中"用君之心，行君之意"，也不禁想如志强所言在门前仿马君武先生题一联："种竹如培佳子弟，卜居恰对好河山。"比赛前夕，正值深秋，蟋蟀吟牖、冷雨敲窗之音常萦耳侧。夜半寒风凄厉，梦中惊坐起，戏中角色处理、戏外人生思索，时常于此偶得之。秋，乃四时之转折，亦乃戏中人人生之转折，于戏外演员与排练教师而言，何尝不是一种转折。凋零声中，自有一番生意与深意。

虽为桂林人，过去我只知道王城的百年沧桑和那些奇山秀水的诗句，却不知这座城市民国时期的风华与沧桑。借这部戏，戏里戏外，重新认识了桂林这座城市。这部戏除了让我了解桂林那段鲜为人道之的民国往事，更让人感到这座城市的襟怀。数年前偶至一旧庭院，其空间层次处理之精妙，疏密虚实之用心，将古典造园手法巧妙用于现代景观设计之中，令人为之叹服。后方知数十年前政治运动中一批建筑师南放至此地，是以为之。时人命途不济中有如此精彩之作，令人感慨。回溯戏中抗战时期民族危难，知识分子颠沛流离，于此青山秀水间得此栖息之所，心灵之创于此暂宁。更莫提数百年前舒书"余舍象山，又复以谁为知己"，邝露"昔人谓楚南山川，造化以慰夫贤而辱于此者"，此城，无论是个人际遇潦倒之时，还是民族命途多舛之际，总在心之困境中予一栖居之地，其襟广，其意远，已在山水之外。

关于这部戏，心中种种，下笔不觉几近离题，难以作结，聊借戏中欧阳子之言以收笔——此秋声也，胡为乎来哉？然喜其恰当时也。

（刘慧明，广西师范大学音乐学院教师，话剧《秋声赋》表演指导）

《秋声赋》中两位女主角的人物分析与角色塑造

1937 年至 1944 年，数以万计的中国文化人于抗日烽火中汇集桂林，成就了中国抗战文化史上的一段辉煌。1941 年，田汉创作的话剧《秋声赋》在这段辉煌中留下了浓墨重彩的一笔，该剧在桂林连演八场，"满城争说秋声赋，众人传唱落叶歌"，名震一时。2014 年，为了纪念西南剧展 70 周年，广西师范大学的师生们复排了一批桂林抗战时期的经典剧目，《秋声赋》是其中的重头戏，本人作为表演指导协助向丹、刘铁群两位导演参与了这部戏的复排。在这部糅合了个人感情纠葛、家庭矛盾冲突和抗战爱国主义情怀的戏里，人物形象鲜活而真实，特别是戏中的两位女主角秦淑瑾与胡蓼红，其人、其事、其情，贴近现实人生，让我于戏里戏外思考了很多。

一、话剧原型的基本定位

这部戏是带有田汉个人经历与感情变迁的一部戏，剧中角色在其生活中多能觅原型。每当演员们对角色的把握摇摆不定时，有默契的是，剧组排练老师都不约而同地把生活原型作为角色定位的大方向。

这部戏让我记忆犹新的是第二幕胡蓼红千里迢迢从重庆来见徐子羽的一场戏。演员都是文学院的学生，他们演感情戏不太放得开，羞涩之情自然而然地流露在肢体语言中，胡蓼红与徐子羽的感情也自然而然地带着青年男女的青涩与美好。当《秋声赋》入围全国比赛后，我们对人物的要求也更高。戏外，那个与"子羽"相恋的"红"，她的爱是经历了时间和两个人共同的追求所打磨的感情，是一份成熟的爱，而不是少女式青涩的爱。故而在见面时从那一声"子羽"，到她投入子羽的怀中，此后戏弄也好、半正经也好，她的一颦一笑，一举手一投足，都是在研究了现实中"红"的性格与经历后重新在细节上雕琢的。我们曾经把胡蓼红处理成很天真、浪漫、没什么复杂心思的少女来和另一位女主角秦淑瑾做对比。一次公演中，我在观众席中操控着配乐与音效，抛开了因为长时间排戏形成的先入为主的印象来看这部戏，那个天真的欣欣然出现在羽跟前的红突然让我觉得挺没意思的，就像是一个普通的漂亮女孩，用她的青春活力去爱一个男人，很不负责任地去插足有妇之夫的生活。当我和导演提出自己的疑虑时，原来大家也都倾向于把红和羽的感情演绎为一种成熟的、为观众所认可的感情。剧组成员有不少是深谙中国现当代文学的文学院教师，对人物原型有过深入的研究，这样不合乎原型年龄和心理状况的定位让大家难以接受。故而，红不再是青春活力地、花蝴蝶似地"飞"到羽身边，不时地流露出少女的羞涩、天真和浪漫情怀，而是略带成熟沉稳地、带着久别重逢的狂喜与羽相见。在举手投足的细节中雕琢她作为一个有思想的、成熟女性的干练与自信，这才是我们想要塑造的红，才能为她在第三幕的思想转变做铺垫。

二、现实生活的对照思考

记得《秋声赋》第一次联排时我还没有正式加入剧组，当时两位饰演秦淑瑾的演员都着力刻画她贤惠温婉的家庭妇女形象，她们问我："老师，您觉得我们人物抓得准吗？"我说我只读了一遍剧本还没仔细研究，但她的台词给我这样的感觉，这个人物不应该那么纤弱，她是有自己的个性的，虽然不像胡蓼红那么明显，是内敛在自己的贤惠温顺之中的。

半年之后，正式参与排练，此时饰演秦淑瑾的学生是一个很有主见的女孩，她没有把这个角色演绎成一个普通家庭主妇的模样，而是有她自己的个性在里面，这得到了导演向丹老师的认可。

秦淑瑾是一个家庭妇女，一般我们对这类人物的想象就是贤惠、温婉、百依百顺，和胡蓼红相比，少了些时髦，少了些自我，一身"煮妇"气息。在排练的过程中，我们听到了很多的建议，为了把秦淑瑾和胡蓼红区别开来，我们应该如何处理，等等。但演员的诠释也让我们思考，家庭妇女就一定如此吗？在抗战时期桂林艰苦的生活环境下，一个与丈夫相濡以沫的妻子，一定要有些邋遢、衣履寒酸，举止带着市井气息吗？徐子羽和秦淑瑾常常让我想起我的父母，当年一个大小姐嫁给一个穷小伙儿过着清贫的日子，衣服虽不华丽，但也素雅大方、穿戴整洁，虽然操劳于柴米油盐，但同学们会说："那是谁的妈妈？好漂亮呀，举止好优雅呀。"从小在一个很好的家庭受到良好教育的女子，纵然过得再清苦，也未必如此。也可能用有限的钱财很细心地打理好家人的生活，把穷日子过得诗情画意的。像第一幕淑瑾、志强和徐母的戏，充满了清贫人家的生活情调，淑瑾的台词让人觉得那是一位知书达礼的好女子，乐于清贫地努力让这个家过得很温馨。我们在排练中引导演员去强化淑瑾身上一些美好的东西，贤惠温柔与百依百顺没有主见是不能画等号的，大家闺秀和言语沉闷也是不能画等号的。淑瑾是一个有思想的女子，不然当初子羽也不可能和她走到一起，她是有她的好的，不然子羽也不会爱上了红却没有离开她。这个人物是兼具蔬笋气与诗书气的。

三、对比之中的深入刻画

这部戏的总基调是唯美的，我们没有必要为了突出蓼红，而让淑瑾成为她的反衬，没有必要在她们身上去着力刻画旧式女人与新女性的对比。一次闲聊中，我无心地说了一句："既然她们都曾是子羽爱过的女人，未尝没有相似之处。"这得到了向丹导演的认可，她也说："最后两个情敌在第四幕能成为好姐妹，两人必有相契合的地方。"我也受到自己这句无心之言的启发。淑瑾也是有她的个人魅力的，她也和蓼红一样有思想、有主见、有热情。只是为人妻母，面对清贫的家境和动荡的社会，家庭的柴米油盐占据了她大部分的心思。《秋声赋》这部戏有很多细碎的生活细节，却又充满了桂林的地方风情与温馨的生活情调，淑瑾是串联这一切的重要角色。

在第一幕，有朋自远方来，淑瑾开心地喜迎贵客，絮絮叨叨地说着象山边、漓水旁清贫却又满是诗意的生活。演员本身就是一位举止很有修养的女孩，我们鼓励她演出带有自己风格的淑瑾来，没有必要努力刻画成我们一般想象的家庭主妇形象。在人物交流上，我们引导她注意"没词儿"时的细节把握，比如徐母与客人相见时，她在一旁自然娴熟地迎接、擦汗，婆婆每次起身自己也下意识地上前搀扶……她看婆婆与女儿的眼神充满了温情，她迎接先生的好友如自家兄弟到家般落落大方又欣喜溢于言外，一位带着书卷气的家庭妇女充满热情地操持日常细琐之事，这样的一个人物不是也很有意思吗？蓼红活泼、大方，充满女人的魅力，偶尔骄纵、打趣，弄得子羽很无语其实又满心欢喜。淑瑾虽不能如此，但她也有她的好。三个人的爱恨纠缠未必是谁的不好，谁的错，也许只是累世因缘此生遇。淑瑾的热情已经更多地从爱情，投入了这个家的亲情中。而蓼红，也不是"恋爱主义至上"者，在七星岩前和子羽、大纯的三人戏里，我们让她不是努力地"讨好"大纯，哄她去马尼拉，而是努力地融入三个人的世界里，她看大纯的时候是看着自己心爱的人的孩子，是想要做她妈妈的，有一种爱屋及乌的爱，而不是一个大女孩去哄一个小女孩。

借排戏之契机，我开始对抗战时期的桂林文化产生了浓厚的兴趣，那个时代的颠沛流离，那个时代的激情，在这样的青山绿水中酝酿出别样一番滋味。在这部戏里，胡蓼红和秦淑瑾两位女性便诠释出了这番滋味。饰演淑瑾的思聪说，这个角色让她挖掘出了自我的另外一面，而我这个排练教师何尝不是如此，于蓼红、淑瑾身上皆有所得，有所思。

（刘慧明）

希望有个桂林戏剧节

这个假期我想了想新西南剧展下一步发展的事情，都是自己的想法，未必正确，可能也有些幼稚，也没有到那个辈分，就是希望剧展可以更好，创造出更多更好的社会效益，让这个城市有那么一点点不一样。真的非常感谢黄伟林教授与刘铁群教授的勇气与担当，让我们这些晚辈能够有一个仰望星空的天台。我一直把这对黄金搭档和向丹老师看作很知心的长辈，类似伯伯和婶婶的感觉，如果没有他们，我也不会经历如此美妙的一年，也不敢在这里说出内心最迫切、最真心的话语。很简单，因为我真的很珍惜这样的伯伯婶婶，也真的是想做些力所能及的事儿。在现有的基础上，我想尝试提出这样几个想法。

首先，保留原创或者加大改编力度。原版的当然继续演出，这是经典，是榜样，是旗帜，是能够压箱底的好东西。除此之外，一方面，对原剧进行保留内核前提下的改编，也就是说，在情节上，大方向把握历史准则，细节上可以多些假设和虚构，通过这样的手段生产出一个有层次的精神产品，即既有七十年的精神传承，又有精神的现代性转换，以一种更平易近人的方式潜移默化地、自然而然地进入受众的接受区。另一方面，完全原创。社会发展到今天有今天的快乐与悲伤，七十年前的喜怒哀乐来自于战争背景下的抗争与恐惧，那么今天和平年代的离合悲欢也有其扣人心弦的力道，越是平静的海面其底下越是涌动着不可思议的张力，一旦将其开掘出来，乘风破浪的尽头即便没有万丈阳光，至少也是一道彩虹。以广西师范大学漓江学院这边的《旧家》为例。不是说《旧家》在这方面做得就很好了，而是也许可以为新西南剧展的前景探索一点更适合继承者们也就是年轻人的路数。在《旧家》的改编过程中，本着不改原剧精神内核和角色特色性格的前提下，理出一条有起承转合的故事主线和便于舞台表述的时间主线，然后整合原剧五幕中的有效情节，编制出改编版的基本架构。基于此，对人物性格以及与故事主线捆绑的人物命运进行适当的延伸。在这里主要说明改编后《旧家》中的两个变化。第一个改变是"分家"一场。原剧中用几行对话和动作交代了分家，在今天看来，与前情花了大笔墨的铺垫形成了节奏上与接受心理上的断裂，让观众意犹未尽。所以，我在做剧本的时候，拉长了"分家"一场的表演时间，从一分钟延展至十分钟，但这十分钟不是索然无味的，而是既能够分别体现出每一个角色在分家中的嘴脸以及人物间交错的关系，又能预言着分家后人物命运的走向。也就是说，在结构方面，延展后的"分家"一场戏，起到承上启下的作用，且成为第一幕的高潮；在剧场效果方面，根据人物性格，设置了不同风格的台词，有辛辣的，有绵里藏针的，有滑稽的，有大气不敢出的，这就形成了一个整体且丰富的戏剧效果，在惊心动魄与黑色幽默中，帮助观众进一步体会到剧中家庭的矛盾重重与岌岌可危。既然加了十分钟，就不能让观众觉得有注水的嫌疑，反而是让观众感觉到一切水到渠成，观感非常舒服。第二个变化是在最后周继先因害怕坐牢而跑向后院翻墙而逃这个地方。在我改编的第三稿里，尊重了原著的处理，让周继先顺利逃走，剩下的家人各自感叹，然后在周传先的带领下，到乡下开始新生，这时婴儿的一声啼哭和周彬的苏醒预示着幸福可以延续。当然周彬的苏醒和婴儿的啼哭也是新加的，但这是顺着周继先的逃跑而来的。这个版本的结局公演了几场，观众可以接受，但是作为文艺工作者，我认为周继先的逃跑缺少了什么，他这么一走，戏剧留下的矛盾并未得到解决。诚然，欧阳老先生对周继先是有喜剧的批评的，他借周继先的形象刻画了一类没有担当的男人。但是我越来越觉得，周继先跑了以后，结构碎了，后面的部分虽然立得住，但是不好看了，观众也会失望：这就跑了啊！我想了很久很久，睡觉也想，走路也想，在卫生间也想，可不可以不这样？可不可以既不失掉批评的力量，同时又能让

→ 金素秋在《旧家》中剧照

结局多一个层次，且更有正能量。于是，我又"不听话"地改了，就是在周继先即将逃走的那一瞬，观众都以为他要走了，屏住呼吸了，忽然，周天爵用病弱的身体发出了全力且痛心的喊叫："站住！你哪儿都不许去！"接下来，剧情反转，一家人坐下来，吃了一次很多年没有吃的团圆饭，然而这样的团圆，是多么的让人唏嘘不已，因为观众看到的是，一家人原来连一张适合一大家子吃饭的桌子也没有，原先周继先旁坐的是周王宝裕，而如今，却成了秦露丝，周王宝裕却坐在了让她恨得心痛的秦露丝几年前的位置上。一切似乎都变了，但似乎又有些东西没变，或者，也有些东西变得善意了。周王宝裕在饭桌前表明了心迹，在她临走的那一刻，秦露丝朝着周王宝裕的背影终于第一次叫了一声"姐姐"，一声"姐姐"让周王宝裕触电般愣住了，她沉默片刻，一句"我不是不会开枪，只是不想"，让剧中人和观众全部愕然与释然，一切都通顺了，一切都圆满了。这里给周王宝裕的性格加了一个层次，她并不是单纯的复仇，复仇的背后其实是保护，是对这个家的依恋和对周继先的温存。尾声也变成了一个小小的前传，呈现给观众十年前周继先动身去上海闯荡之前，周王宝裕与周继先在车站送别的情景。那时候，杨柳依依，世界还是那么美好，爱情还是那么简单，周王宝裕对周继先的担心和周继先的信誓旦旦形成鲜明对比，周继先的一句"你放心，我不会变，我会一直在你身边"后，火车再次骤然鸣笛，给观众留下一声长叹。戏剧情境似乎更完整了，人物性格更丰富了，戏剧结构也更被张力紧紧地维系着。做出这样的第五稿后，公演了几场，观众更入戏了，也更走心了，前面的笑声在这里转换为泪水，但这泪水又不完全是悲伤，有一丝温暖，有一丝怀念，又有一丝宽慰。国内的几位专家也未发现这是改编后的，以为这就是原剧的部分。我很欣慰，我应该对得起欧阳老先生了。还有些细节的改编，就不说了，任重而道远，再做一个完全原创的戏，来回馈舞台上的每一盏灯，灯下的每一道布景，布景前的每一个角色，角色里的每一个演员，演员对面的每一位观众，以及观众对面的每一个世界。

其次，以文化产业链条上的专业团队的姿态把剧展做强。

第一，虽然目前的新西南剧展有三个戏剧组，但是，彼此之间很少捧场。一个剧组有演出的时候，底下的观众是陌生的。然而我们的目的不是仅仅在这一场的时间里满足观众，而是培养观众，要让观众觉得，这不只是一出戏，他们看到的是一个鲜活的有梦想的团队在背后支撑着这个事儿往下走。一个剧组的演出，其他剧组应该到场支持，且不是简单的支持，是渲染气氛，是带动陌生的观众进入这个剧场的气氛，毕竟我们在做一件有意义的事情。七十年前的"西南剧展"，那是轰轰烈烈的流金岁月，那是振臂高呼的峥嵘年代，那是牵一发而动全身的肝胆相照。我们应该在精神上和行动上都团结起来，而不只是用沙龙和讲座的方式召集，演出现场才是最好的阵地，在那里，青春才能够抱成团，致敬旧时光里也曾抱成团的青春，流金岁月也才不会成为"流金睡月"。

第二，简约团队。从开始到现在，新西南剧展群里的人已经非常庞杂且鱼龙混杂，而且群的作用已经没有了。另一方面，随着剧展的影响逐日增强，越来越多的组织参与进来，那么，声音会越来越多，中间的利益链条也会被拉伸出来。所以，如何保证这个事情始终存活在健康的利益获取下，而不是成为歌功颂德的名片或者单纯用来获得表彰的工具，是值得思考的。这也是正常的，但是团队的核心力量是不能够涣散的。目前哪些人还在做事且卓有成效，谁负责创作，谁负责宣传，谁负责发行，谁负责激励，这都是不能够模糊的，否则链条容易生锈。

第三，名人效应。新西南剧展在报端有了自己的位置，可是在戏剧界和老百姓的心里，还没有什么位置。即使是大学生作为主力演绎经典，也应该在主流话剧界占有一席之地。因为我们是剧展，是联盟，不是一般意义上的校园戏剧。可是如何才能推广？培养学生明星、教师明星，不是一朝一夕的事情，如果可以尝试请众所周知的文艺界名人做一些推广，也许会有比现在更好的效果，

比如在新媒体与传统媒体上，推出名人的推荐视频或者推荐语，甚至可以就把我们自己的人作为名人，做海报，做旗子，做站台广告，做电影开场前的贴片，做超市或者商城的手提袋，以席卷的方式做宣传，强行地把自己人变成明星，逐步炒热剧展的气氛。

第四，承接第三点，就是资金的问题。新西南剧展的核心团队不能只负责安排活动，资金的事情不能不过问的。作为发起和领导的先锋团队，当然不用直接提供资金，却可以在资金流转方面做一些沟通，这也许会让很多事情变得容易许多。说到资金，剧展能否走商演之路？阳朔有《印象·刘三姐》，桂林市有省立艺术馆的刘三姐演出，新西南剧展能不能成为外来游客的一个选择呢？这在理论上是可以的，当然这需要对戏剧的表演形式做出更多丰富的设计才可以。如果是去省外，有没有文化公司愿意外包，或者新西南剧展能否成立一个专门的工作室或者文化公司？目前看有点远，但是目前活跃的戏剧与曲艺团队，都是走这样的道路。假设新西南剧展只是作为学生锻炼和教学实践平台来发展，那就轻松许多了。

第五，衍生品。新西南剧展的几部话剧，要以内容为王，深挖内容，做出衍生产品，比如角色卡通玩偶、剧展纪念 T 恤或者戏剧的角色 T 恤、纪念包、纪念杯、纪念台历等，这本身也是很好的宣传。倘若把剧展看作文化产业，它的发展潜力是无限

的，只要从内容出发，往广度和深度两个维度去想，没有什么是不可以的。

最后，其实我已经想不起我要写什么了，想写的蛮多的，一时也写不完，在具体排演的过程中，再一一实现。按道理说，新西南剧展已经有了，从这个意义上说，我们已经成功了，它唤醒了人们对西南剧展的认识，它让历史的一页重新焕发光芒，它让外人知道桂林不只有山水，更有浓郁的人文情怀和热血的家国梦想。抗日战争在这里也许没有其他地方悲壮，然而桂林保卫战却也是可歌可泣的不朽传奇，传奇的还有枪林弹雨之前的气宇轩昂和"戏剧救国"。七十年，时间带走了很多人，他们看不到中国人民抗日战争胜利 70 周年纪念的喜悦，可是戏剧代表了他们，省立艺术馆上空的风，穿过舞台上方错落有致的铁架，落在门前电线上小鸟的羽毛里，即使是微小的生命，也会有宏大的呼啸。翻开桌上关于西南剧展和戏剧先驱的著作，我想，新西南剧展会走到什么程度，重要吗？也不重要。因为它走过，我们也和它一起走过。当然，希望新西南剧展会再铸西南剧展的辉煌，然而时代的改变让这变得有点困难，可是依然不会停止对此的思索。在这里，再说现在能想到的最后一个想法，也是特意放在最后说的。新西南剧展可以尝试成为一个戏剧节。乌镇，和戏剧没有什么关系，但是在文艺人与有文艺情怀的商

→ 马明晖指导学生排练

人的运作下，乌镇戏剧节诞生了，它包容各种门派的戏剧，特别是先锋艺术，尝试为国内戏剧界引进好的东西，同时也推广国内的好的东西，发掘戏剧人才。戏剧节时候的乌镇，巷子里都是戏，那是一个热闹的季节，其实本质上，它还是各种戏剧汇聚一堂的博物展，乌镇就是展览戏剧的生态博物馆。桂林可以吗？新西南剧展可以吗？西南剧展当初就是像过节一样。会不会有"桂林戏剧节"呢？畅想一下，多个地方的戏剧团体，搬演或者新编西南剧展的剧目，再或者带来新的完全原创的剧目，但是这些剧目可以围绕同一个比较宽泛的主题，这样既丰富多彩、不拘一格，又有节日的主题感。那个时候的桂林，应该才是桂林更想为人熟知的模样吧，毕竟山水只是妆容，山水的底蕴，才是这座城市骄傲和美丽的底气。

我希望新西南剧展能更好，我们剧团的所有小孩也希望能在自己青春仍在的时候，用声音和动作为剧展带来这个时代的鲜活。因为鲜活，文中的一些想法可能暂时还不可行，但是我不遗憾，表达出来，我觉得对于西南剧展，对于戏剧先驱，我踏实了。就像每一次正式演出前，舞台上方的横幅升上去的时候，我都会带着剧团的孩子们立正，注视着横幅缓缓升起，这是一个仪式，我想让孩子们明白，戏剧是神圣的，舞台是神圣的，做戏剧的人，是值得赞扬的。演出结束后，我们也会对着舞台的后方，深深地鞠上一躬，因为我们相信前辈们在关注着我们的继承与创新，我们向他们表示致敬，对他们说，不管我们怎么改变，戏剧怎么改变，生活怎么改变，我们的爱，一直不变。

感谢漓江学院韦冬副院长的鼎力支持和对我这个新员工的信任，感谢中文系党总支蒋远宏书记的担当和魄力，感谢郭玉贤主任对我的谆谆教诲与温暖力挺，感谢杨远义副主任仗义的帮助和无私的关心，感谢李钰老师初期的帮助和奉献，感谢所有为漓鸣剧社和《旧家》做出贡献的熟悉与素昧平生的人们。

致敬西南剧展，致敬中国人民抗日战争胜利70周年，致敬每一个为生活、为梦想、为爱日夜兼程的平凡人！

（马明晖，广西师范大学漓江学院中文系教师，漓鸣剧社指导老师，《旧家》导演、剧本改编）

民族与民生：西南剧展中的中国现代话剧

抗日战争时期，国统区戏剧运动有了飞跃的发展。从《保卫卢沟桥》联合演出到汉口十几个剧团的联合公演，从重庆的一年一度的"戏剧节"到1944年2月15日至同年5月19日在桂林文化城举行的西南五省戏剧展览（简称"西南剧展"），在数次的演剧高潮中，"西南剧展"演出时间长、参加人员广、演出团队和演出剧目多，盛况空前，堪称中国现代戏剧史乃至世界现代戏剧史上光辉灿烂的一页。当时美国著名戏剧评论家爱金生，曾在《纽约时报》撰文，详细介绍我国西南第一届剧展经过，并称"这样宏大规模的戏剧展览，有史以来，除了古罗马时代曾经举行外，还是仅见的"，足见其认可度和影响力。

而在如此大规模、高规格的戏剧盛宴中，话剧尤其是中国现代话剧仍是戏剧工作者们在戏剧展演活动中的主打和首选：

（西南剧展）演出节目计话剧二十一，歌剧一，平剧二十九，桂剧八，及民谣舞蹈、傀儡戏、魔术、马戏各项。演出场数：话剧一百三十三，歌剧六，平剧八，桂剧三，其他二十。总演出场数计一百七十场。

从节目的数量和演出的场次来看，话剧演出无疑是西南剧展戏剧展演活动的核心，而剧展所上演的二十一部现代话剧中，中国现代话剧就有十五部。在这十五部经过组织者精心筛选的中国现代话剧中，既有为民族抗战继续高歌呐喊的慷慨之作，也有反映战时民生艰难的写实之声。"民族"与"民生"是西南剧展中国现代话剧在内容表现上的两大关键词，同时也是经历战争烽火洗礼后的中国现代话剧在特殊的时代语境中所体现出来的主要特征。

西南剧展的发起者和组织者是欧阳予倩、田汉、熊佛西、夏衍等中国现代话剧的先驱与中坚，他们亲历了中国现代话剧从无到有，从草创到逐渐成熟，从辉煌到徘徊的整个过程。1944 年，抗战胜利在望，中国现代话剧又将面临怎样的机遇与挑战？它的表现形式和内容又该如何与时俱进？在社会转型即将到来的中国大地，中国现代话剧在当时同样走到了一个重要转折的十字路口。早在 1943 年末，夏衍在《戏剧运动的今日与明天》就敏锐地提出了这个问题：

> 抗战对我们剧运开创了一个新的时代。在艰苦的七年间，在后方，在前线，在农村，在城市，由于千万青年戏剧工作者的播种与耕耘，只有二三十年历史的新戏剧不仅在质而且在量上也已经在大多数中国人民的喜爱之上获得了它长成的基础。于是，由于观众层的扩大，由于观众性质的改变，由于扩大了的、不断进步的观众的影响与要求，三十年来从革创到粗粗奠定了基础的戏剧运动必然而又自然地进入了一个必须基本地改进和蜕变的阶段。[1]

夏衍的兴奋与担忧恰恰也是 20 世纪 40 年代中期中国现代戏剧的现状：一方面是抗战仍未取得最终的胜利，和其他所有的文艺形式一样，中国的现代话剧应当而且必须发挥其宣传作用，继续承担爱国救亡的民族责任；另一方面，由于"观众层的扩大，由于观众性质的改变"以及时局的变化，话剧又必须将相当一部分的注意力转移到民众的日常生活中，以保证群众基础，实现"大众化"的目标。"民族"与"民生"对中国的戏剧工作者们的工作提出了更高的标准和更严格的要求，在从事话剧创作和研究中，他们必须做出权衡与调整，以期实现最佳的效果，而西南剧展则是一块很好的试验田。

西南剧展正式拉开序幕后，剧展的几位主要组织者率先在报刊杂志上发声，为戏剧展演活动中所选定演出的十五部中国现代话剧定调。

欧阳予倩在《能否把圈子放得更大》一文中提到：

> 十五个中国剧本，其中关于前方的三个：《军民进行曲》《胜利进行曲》《流寇队长》。关于敌后工作的四个：《水乡吟》《愁城记》《杏花春雨江南》《两面人》。关于后方一部分知识分子生活的一个：《鞭》。讨论戏剧工作者工作的两个：《戏剧春秋》和《飞花曲》。以民族团结为题材的一个：《塞上风云》。写伤兵医院的有《蜕变》。

---

1 夏衍：《戏剧运动的今日与明天》，见丘振声等编选：《西南剧展》，桂林：漓江出版社，1985 年，38~39 页。

写民元以前中等家庭的有《家》。写抗战时期中等家庭的有《旧家》。历史戏，《天国春秋》。

一个时期能看到这样多的戏也算不错，大体可以看出近年来剧作者的动态。可是就这许多剧本的题材而论，似乎范围还小得很，还不免有许多被遗弃的好材料。[1]

欧阳予倩认为，在当时的时代语境中，剧展所选的十五部中国现代话剧所表现的内容还是太窄了：

有许多人在抗战中没落下去；有许多人在抗战中飞跃着在进步；有许多无名的英雄、无名的牺牲者在等待我们来表彰他们呢！

即以家庭剧而论，我们接触到的似乎只到中等家庭为止，如工人农民的家庭，难民们的家庭等，何以写得太少呢？

有许多忠诚的勇敢民众，譬如兵士、路工、矿工、公务员、作家等，或因过劳，或因疾病，或因饥饿，牺牲了健康，甚至于生命，毫无怨言，

这是甚么力量在支持着他们？他们有的是怎样一种力量？这种超越的劳动力把一个积弱的国家扶持得强壮起来！[2]

他强调要"把圈子放得更大"，实际上也体现了在话剧表现内容上的"民族"与"民生"并重的趋势与理念，两者皆不可废。

熊佛西在《戏剧大众化》专题演讲稿中则从剧本写作层面提出了话剧在内容上关注和反映当下人民群众生存状况的必要性，他认为剧本写作"必须把握大众情绪，进入大众心理，了解大众的苦痛"，"总之，从事农民戏剧之每一剧工者，自身必须彻底大众化，始能感化大众"，此外，熊佛西还在他主编的《文学创作》杂志中，以编者身份谈从西南剧展看未来的剧运，其中首条意见便是"戏剧的演出必须更普遍地深入民间，剧本的内容必须是大众现实生活的反映。演出的水准也必须进一步地提高"。

剧作家焦菊隐在《扩展戏剧抗战的领域》一文中提到：

我们必须在今年的戏剧节日，检讨我们以往的工作，确定今后应当努

1　欧阳予倩：《能否把圈子放得更大》，《新文学》，1944 年第 1 卷第 4 期。

2　欧阳予倩：《能否把圈子放得更大》，《新文学》，1944 年第 1 卷第 4 期。

→ 田汉与剧宣九队成员合影

力的工作和应当采取的正确方向。我们不能否认，这一两年来的戏剧运动，由于职业化的结果，已经浸蚀在市侩化的毒汁中。戏剧一经市侩化，必然离开它自己的战斗岗位。我们婉惜，戏剧确是离开了它的战斗岗位，虽然没有背叛它的岗位。我们为了维持经常演出的组织和开支，就不得不把演出本身作牺牲。我们确曾为了营业而演出过一些意识模糊或者毫无意识的戏剧；我们确曾专一在描写小资产阶级和一些知识分子的生活，而忽略了更多的受痛苦者；我们甚至为了迎合能以支持演出收入的主要顾客——暴发户和国难商人们之类，而在演出里成心渗进去若干合于这些观众胃口的低级趣味和噱头，甚至自动消灭了戏剧的战斗特质；我们确是有意无意的把自己的戏剧生命，建立在这些新起的商业资本者的手掌中。我们的危机就在这里。[1]

焦菊隐所提到的危机也是当时广大戏剧工作者所面临的共同危机，在那样一个时

1　焦菊隐：《扩展戏剧抗战的领域》，《新华日报》，1944 年 2 月 15 日。

代，戏剧工作者既然为民族抗战而无私奉献自己的力量，同时他们也是千百万遭受战乱迫害的普通民众之一，同样要面临生存的问题。他认为戏剧工作者切不可因民生的艰难而忘却了民族的责任，戏剧所反映的内容应同时坚定"民族"和"民生"两个原则和立场。

作家邵荃麟在给西南剧展开幕的祝贺信中，将苏联的戏剧运动与中国的戏剧运动进行了横向比较，提出了"然而我们也不能不检查一下，我们主观上是不是完全没有把今天的戏剧看成市民阶层的艺术的倾向呢？我们的剧作、导演、演技诸方面是不是也有点受到这种倾向的影响呢？如果有，那是值得深探警惕的"，强调了戏剧内容应反映民生基本诉求。

重庆《戏剧时代》第1卷第4、5期合刊在西南剧展举行之际也适时地谈到了戏剧创作与现实生活的问题：

> 在如此紧迫的抗战现实中，历史剧与喜剧的大量产生，我们认为，并不是十分可喜的事情。这说明着，我们还缺少积极反映现实生活用以改善现实生活的可能——或者是主观力量不够，或者客观限制太多，二者必居其一，后者尤有决定作用。尊重戏剧，辅助戏剧，必须给戏剧以充分反映现实生活的环境。戏剧该是忠实的医生，

不能被视为腊月二十三日的灶神。我们并不否认优秀的历史剧与喜剧的价值，却有理由要求更多的反映现实生活的剧本。我们向戏剧作家提出这一要求，我们更愿意协同戏剧作家一道获得这种可能。

基于20世纪40年代中国现代话剧所面临的特殊时代语境，西南剧展所上演的十五部中国现代话剧也基本体现了"民族"与"民生"两大主题并重的话剧演出理念。

《塞上风云》《天国春秋》《两面人》三剧是阳翰笙抗战期间的作品。《塞上风云》通过蒙族青年迪鲁瓦和从东北流亡来的汉族青年丁世雄的矛盾纠葛，揭露日本特务挑动民族矛盾的罪恶阴谋，号召蒙汉青年应该联合起来打倒共同的敌人日本帝国主义；《天国春秋》则借古讽今，通过太平天国北王韦昌辉破坏农民革命团结的故事，讽喻蒋介石制造分裂，发动皖南事变、破坏抗日民族统一战线的阴谋；《两面人》写的是江浙半沦陷区茶山主人祝茗斋在游击队与敌伪之间所表现的摇摆性和两面性，批判了中间派对待抗日采取的两面派态度，指出骑墙的道路是走不通的，只有抗战才是出路的道理。这三出话剧都有着明显的"民族抗战"标签。主题相似的还有吕复编剧的《胜利进行曲》，以1939年的"湘北大捷"为背景，反映的是中国抗战前线的壮丽斗争画面。

→ 戏剧工作者在座谈讨论会上

而一部分上演的话剧则主要描写主人公如何完成从"民生"到"民族"的身份过渡，如夏衍编剧的《法西斯细菌》《愁城记》和《水乡吟》。《法西斯细菌》写的是沉浸在自己的科学世界里的细菌学家俞实夫是如何一步步走出自己的小圈子，投身到扑灭"法西斯细菌"的洪流中去的，"它在当时演出，对于团结教育广大知识分子，使他们更好地为抗战服务，有着深刻的现实意义"；《愁城记》和《水乡吟》都是以身处沦陷区和半沦陷区的人们的生活为背景，以主人公在家庭、亲情、友情和爱情间的纠葛矛盾为切入口，描写他们是如何最终做出了投身民族抗战的正确选择。主题相似的还有曹禺的

话剧《蜕变》。

而另外一部分上演的话剧中，"民族抗战"更多时候是以一个巨大的背景和符号出现在剧中，作者着墨更多的是战时民众在家庭生活的变化中所展现出来的精神状态。如欧阳予倩的《旧家》，《旧家》描写抗战期间西南某城市一个旧式封建士大夫家庭正在经历的巨大的变化。我国旧家庭从"五四"开始逐渐瓦解，到抗日战争时期，由于战争局势的影响，社会经济的新波动，家庭成员之间彼此矛盾，各行其是，父子兄弟的伦理关系失去了维系作用，家庭秩序混乱。在抗战时期，这样的"旧家"比比皆是，但很少引起文艺工作者们的关注。欧阳予倩将话剧创作的焦

点重新定位到"家庭"这一中国人在任何时候都无法规避的问题，可以算是对传统的一种回归。《旧家》虽然也写家庭成员间的算计、矛盾和斗争，但已不像"五四"时期那样，要全力毁掉家庭，打破束缚，在家庭因二哥的走私犯法而充公，老父亲感慨"再也没有家了"的时候，旧家的破灭并没有使得剧中进步青年老五欢欣鼓舞，他自始至终对家庭和家人抱有希望，这是作者要传递给我们的，也许是中国人对于家庭更真实也更贴切的理解。再如宋之的编剧的《雾重庆》，描写一群北京爱国知识青年流亡到重庆后腐化堕落的情景。在抗战进入持久战阶段，人们尤其是知识分子的心态是很复杂的，出于对民族的责任，他们必须保持抗战的姿态，但现实的窘迫尤其是物质生活的匮乏会使得他们中的相当一部分人经不起诱惑，最终堕入黑暗。在民族抗战的大背景下，宋之的的《雾重庆》多少有点"唱反调"的意思，但剧中所描写的青年知识分子所面临的困境，内心的复杂和情绪中的微妙与暧昧却是他们生活的真实写照。此外，林柯编剧的话剧《沉渊》则描写了一出家庭悲剧，它在故事情节与人物设计上与《雷雨》相似。

还有两出话剧，是描写戏剧工作者自己的生活的。夏衍、宋之的、于伶编剧的《戏剧春秋》可以说是中国戏剧工作者的自传之作。它概括了从辛亥革命到"八一三"二十多年来我国话剧运动发展的艰苦历程，表现了戏剧人在开创和发展中国话剧运动中所表现出来的艰苦奋斗精神和自觉以戏剧艺术为国家、民族利益服务的高贵品质；冼群的《飞花曲》描写一支抗日艺宣队在战区的艰苦战斗生活，歌颂抗日剧人的爱国主义精神和在抗日宣传中所做出的贡献，控诉了国民党当局对剧人的刁难、折磨和迫害。作品抒情色彩浓重，故事真切动人，是形象化的剧人生活展览。

西南剧展的举办，不仅充分展示了中国现代话剧的力量，同时也使得广大的中国戏剧工作者们理清了站在十字路口的中国话剧所要做出的选择和所要坚持的道路，这对当时乃至今天的中国现代话剧的发展都有着深远的意义与影响。

（唐迎欣，广西师范大学文学院副教授）

"新西南剧展"与"第二课堂"学生实践平台建设

第一课堂教育又被称为第一渠道教育，其开展形式主要是通过教师在传统课堂上讲授教材，以期将信息传递给学生。[1] 这种教育模式有着目的性强、指向性明确、育人性显著等主要特点。长期的教学实践证明，第一课堂对于引导学生迅速掌握科学文化知识，促进学生全面发展起着不可忽视的作用，甚至是一条最为主要的途径。但随着时代的发展，第一课堂教学模式在思想政治教育的效度和信度、培养全面发展的当代大学生以及构建校园文化精神等方面存在的问题不断凸显。

第二课堂是优于第一课堂的独立大课堂，是素质教育中不可或缺的部分。从广义而言，第二课堂是指学生在课堂教学以外所从事的一切活动。学生在课外活动中获得的知识和经验相对更为丰富，更显动态。从狭义而言，第二课堂是指相对于第一课堂而言的具有素质教育特征的实践性学习活动。它以学生为中心，以育人为宗旨，以训练学生的基本技能和提高学生的综合素质为重点，依托丰富的资源开展一系列校园内外开放性活动。作为一种新型的教学模式，第二课堂已成为学生素质教育的重要载体，是高校育人的重要渠道，扮演着在校大学生丰富实践经验主要阵地的角色。

作为第一课堂的有益补充和延续，第二课堂以活动形态的文化张力来消解第一课堂面临的障碍，为第一课堂的深化拓展提供动力保障。[2] 当前各大高校都着眼于素质教育整体推进的目标要求，努力将第二课堂活动与第一课堂教学有机结合，既发挥好第二课堂的辅助功能，又充分彰显其独特韵味，真正将学生培养成适应社会需要的高素质人才。

1　卢雅琳、张霖：《大学德育第一课堂的现状及其对策》，《现代教育论坛》，2007 年第 7 期。

2　丁丹、王芝华：《高校第二课堂育人模式探析》，《湖南科技学院学报》，2008 年第 2 期。

2014 年，由广西师范大学文学院 / 新闻与传播学院牵头的"新西南剧展"文化项目全面启动。"新西南剧展"由广西师范大学提出创意、策划并进入实施阶段，是高校开展第二课堂学生实践平台的教育创新项目，在项目推进的过程中，创新了高校思想政治教育的模式，拓宽了思想政治教育的广度，学生的专业素养得到全面、有效地提升，不断彰显出文化自觉与独立的大学精神，为中国大学教育的大发展大繁荣提供新的思路。

一、我国高校第一课堂教学模式的现状

（一）德育第一课堂进入瓶颈期

大学德育第一课堂是指教师通过专门的思想政治理论课或是专业教学课堂中的德育渗透两种形式将德育信息传递给学生的过程，是帮助学生树立正确的世界观、人生观和价值观，促进学生发展的主要途径。当前的德育第一课堂已逐渐走入瓶颈期，其对学生的全面发展所起到的作用正逐步削弱。

从现实教学效果来看，德育第一课堂存在的问题主要为以下两点：

第一，德育第一课堂课程的设置不尽合理。课程内容与中、小学大量重复且缺乏针对学生个人关怀和个性心理的内容。此外，课程教材本身枯燥无味，教师在授课过程中也主要是以国家大事为本，偏离了学生的生活实际与内心期望，无法达到立竿见影、学以致用的教学预期。而在现行的专业课堂教学中，德育渗透的踪迹可谓难寻。教师一味地灌输本专业的知识而忽视甚至无视引导学生的世界观、人生观和价值观的形成以及道德判断，形成了一种"无教育的教学"[1]。由于学生的心理特点和角色定位，长期以来，学生对于德育课程的态度多是抵触、反感，或是模糊不清，若不是迫于学分压力，基本不会自主选择该类意识形态的课程。

第二，德育工作者的教育意识薄弱。过去的德育第一课堂以教师的讲授为主，师生之间缺乏有效的互动，导致课堂缺乏针对性、主动性和实效性。教师的认识与行动无法统一，囿于形式上的尝试，学生得到的依然是结论式的知识。其次，教师的畏难情绪以及逃避心理使得他们宁愿选择最为传统的教学方式以确保学生掌握基本的知识点，也不愿另辟蹊径来为学生创造独特的课堂体验。再有，教师对于引导的方式掌握不当，课堂上对学生思维的刺激不足。

1　卢雅琳、张霖：《大学德育第一课堂的现状及其对策》，《现代教育论坛》，2007 年第 7 期。

（二）新时期的大学生渴望独特的培养方式与新颖的教学模式

自迈入信息时代以来，社会对于人才的需求正朝着多元化的方向发展。基本的专业素养，出色的综合素质，正逐步成为优秀人才的门槛之一。在此浪潮下，学生的心理需求也出现了一定变化。

第一，对于培养方式的自发需求。相比于过去的被动接受，新时期的大学生开始积极发声。对于他们来说，一对一式的深入教育更具吸引力，团队式的合作也更能满足自我提升的需求。传统课堂的填鸭式教学，已不能适应时代对创新型人才的要求。第一课堂教学正面临着来自社会环境的直接压力与考验。

第二，求新求变的心理使得新颖的教学模式更深入人心。虽说大学课堂较于中、小学课堂显得相对灵活自由，但现在的大学的第一课堂普遍还是采用教师讲授式的教学模式学习课本知识，理论性虽强，但实践性过于欠缺，理论与实践的有效统一更无从说起，这也进一步影响了教学效果向更高层次的提升。调查表明，当代大学生更希望接受新颖的教学模式，例如以舞台结合课堂为形式，以厚重的文化底蕴为内容，这样鲜活的课堂除了能学习知识与技能以外，也能愉悦身心、陶冶情操、深化情感，实现真正的寓教于乐。

→ 上海参赛前，向丹老师
与《秋声赋》三位主演合影

（三）大学文化缺乏厚重底蕴，大学精神缺少独立思想

大学校园作为一个公共群体文化空间，既有其普遍性，又散发着独特韵味。大学必须是也只能是一个有别于社会形态的独特文化地域。每一所大学都应该有自己独立的大学精神，受此精神感召的学生，必然怀有自由的思想，开阔的心灵，还有超脱的立场。

第一课堂教学模式谈论大学精神较为空泛，不容易被人们所理解，而不能被人们所理解的精神，也就不能被人们认同。第一课堂教学有其自身存在的意义，但也受此限制。单纯地传授知识始终处于一种单薄的地位，难以透过现象看本质。高深的学问、高端的思想、优秀的品格、厚实的心灵以及开阔的视野等都从各方面指向了大学精神所在。要想实现这些指标就必然需要文化的营养。反观第二课堂的生存形态及其表现，在借力文化这方面有着先天的优势，伴随着第二课堂的进一步开展，以及两个课堂的深入合作，我们有理由相信，大学精神可以通过营建大学文化来传达。

二、以文化为营养，探索第二课堂建设之路

（一）"舞台＋课堂"，大力弘扬以爱国主义为核心的社会主义价值观，助力大学生思想政治教育

话剧演出是中国现当代文学教学的一种延伸方式。将话剧作为突破口，把舞台引入课堂，是广西师范大学多年来一直尝试的教学改革创新项目。广西师范大学文学院教师主持的《汉语言文学专业"舞台＋课堂"实践教学新模式研究》的教改课题曾在 2012 年 12 月荣获广西高等教育教学成果奖（三等奖）。该项目通过表演推动专业基础课程的学习，培养磨砺学生的专业技能和素养，突破大学课堂讲授为主的传统教学模式，把课堂搬到舞台，把舞台融于课堂。这一模式的提出与运用，一方面促进了第一课堂教学的正常开展与出色完成，另一方面还为学生开启了第二课堂新世界的大门。

2013 年初，广西师范大学以文学院中国现当代文学为支撑学科，开始创意策划"新西南剧展"项目重排、重演抗战时期优秀剧目。2014 年，由广西师范大学文学院 / 新闻与传播学院牵头的"新西南剧展"文化项目全面启动。作为"舞台＋课堂"这一崭新教学模式的首次运用，该项目创新了高校爱国主义主题教育的内容与方法，把舞台引入课堂，真正实现了课堂教学、戏剧展演、爱国主义主题教育三者的有机融合。剧展本着贴近青年，铭记历史的培养理念，以文化为切入点，大力弘扬以爱国主义为核心的民族精神，志在培育一批爱国爱校的青年先锋。

当年"西南剧展"组织参与者李任仁先生的孙子李世荣、李文钊先生的女儿李美

美更是多次与师生们分享他们关于父辈的记忆，帮助全体剧组成员重温历史岁月，切实体会剧中主人公的爱国主义情怀。著名作曲家黄有异先生从作曲到剧目的整体都给予了指导性建议，广西戏剧家协会常务副主席兼秘书长林超俊还对《秋声赋》整个剧本、剧目的每一个章节的表演细节给予了精心的指导。通过反复研磨剧本，青年演员们深刻体会了战争年代文人们的担当意识，真正做到"在历史落幕的地方重新出发"，用最贴近历史的方式弘扬爱国主义精神，将爱国主义情怀传达给每一位受众。"新西南剧展"所排演的《秋声赋》（田汉）、《芳草天涯》（夏衍）、《旧家》和《桃花扇》（欧阳予倩），虽然表现手法和故事情节不尽相同，但都表现出中国人民强烈的爱国情感，所展现的抗战文化极大地彰显了中华民族的凝聚力和创造力，让青年一代浓烈的爱校爱国情绪被充分调动，以高度统一的认识和饱满的爱国情怀投入到"第二课堂"建设中来。

爱国主义教育的形式创新使教育的载体得到了拓展，鲜活的、参与式的主题教育形式得到了青年学生的认同与广泛参与，以往的思想政治教育低迷状态大为改观，"第二课堂"这一新型的教学模式在实践中不断地得以验证及运用。

（二）彰显课堂主人翁角色，创新培养人才模式，帮助学生全面发展

学生愿意参与、主动参与是第二课堂活动开展和存在的意义，而学生是否参与又与其对第二课堂活动的目的、意义的认识密切相关，因此，要组织好第二课堂活动必须将学生的兴趣点与人才培养模式的创新点有机契合，切实提高学生的认识，吸引更多学生参与。

2015 年，广西师范大学文学院／新闻与传播学院借鉴《秋声赋》这一成功案例，抓细节，敢创新，努力改革文学剧一贯的组织形式，力争将"舞台＋课堂"的模式高效利用起来。《秋声赋》获得的巨大成功掀起全院师生的话剧热潮，本科二、三年级相继举办"演忆六记"和"望雅道新"文学剧大赛，旋即引发师生的强烈反响。近 800 名师生走出"第一课堂"，积极参与其中。从"新西南剧展"到学院话剧展演，原有的课堂局限无形中被打破，更多的文院学子参与到话剧的编演中，由于学生的主体地位被很好地体现，他们得以在参与中更好地独立思考探索，充分展示个性才能，培养锻炼自己。

得益于"舞台＋课堂"第二课堂模式的成功推广，学院内呈现出"探索剧本创作"的良好氛围，并涌现出一批优秀的剧本作品。比如反映抗战主题的优秀剧本《倾城之恋》与《护国风云》，关注社会现实的优秀剧本《盲点》与《天降彩蛋》，思考日本侵华战争

为中国人民带来巨大伤痛的反思剧《百年情书》与《暗恋》，等等。据统计，此次活动共产生原创改编剧本 14 部，出版文学剧专刊 1 部，相关文章若干，微博微信报道若干。这些作品很好地迎合了时代的潮流，学子们饱含人文主义情怀，将对历史的独特见解，对祖国的强烈关怀真实地融入到自己的作品当中，反映了当代大学生的良好担当。

在学生创作方面，剧组的两位女主角亦起到了模范带头作用。杨芷的《秋声赋——女性形象的分析》、谭思聪的《与秦淑瑾心灵碰撞的学习、演出之路》分别于第六届"广西校园戏剧节暨大学生戏剧奖"中荣获优秀戏剧评论奖，这两个奖项的获得极大地鼓舞了学生参与文学创作的热情，有效地帮助学生发现自己的特长、培养相应的能力，同时也证明了唯有让学生切身感受到自己是作为主人翁的角色存在，才能最大限度地调动他们的积极性与创造力。

通过文学剧展演鼓励学生探索文学创作，帮助青年建立文学信心，在实践中获得教育。因创作需要而进行的文史阅读，也促使青年追忆抗日峥嵘岁月，缅怀英雄先烈，树立科学的世界观、人生观和价值观。从改编到原创，"第二课堂"创作高潮迭起。

（三）以话剧带课堂，以文化带校园，第二课堂成为传达大学精神的途径之一

话剧是最具大学特质的文化形式之一。"新西南剧展"以话剧等表演形式为依托，延展大学文化的内涵和价值，向大众展现"青春激活历史，学术引领创新"的文化自觉与大学精神。

作为一个集教学、科研和社会服务于一身的系统工程，"新西南剧展"重要的目标就是重构大学精神。精神需要文化支撑，需要文化铺垫，需要文化烘托。大学精神，需要大学文化的营养。通过排演话剧，新西南剧展培养了学生对高深学问、高端思想的敏锐感知能力，提升了学生的视野与气魄，锤炼了学生的精神和品格。

为纪念世界反法西斯战争胜利 70 周年和中国人民抗日战争胜利 70 周年，在自治区党委宣传部支持下，话剧电影《秋声赋》开机仪式于 2015 年 5 月 10 日在广西省立艺术馆举行。经过演职人员 5 个月的精心创作后，首映式于 10 月 16 日在桂林鑫海国际影城举行，其后，该作品先后在广西师范大学三个校区、多家影院公映数十场，获得了较高的社会反响。"我校制作的话剧电影《秋声赋》公映"这一激动人心的消息也成功跻身"广西师范大学 2015 年十大新闻"之列。值得一提的是，在校园新闻网上，仅 10 月份话剧电影《秋声赋》的相关报道就有 7 条。此外，电影动态还获得《中国教育报》《广西日报》、新华网等多家媒体的关注和报道，"新西南剧展"也于此时成功入选广西 2015 年度文化精品项目，而《秋声赋》更是喜获自治区

"庆祝抗日战争胜利 70 周年重点文艺作品创作生产"项目支持。以"新西南剧展"为契机打造的第二课堂学生实践平台富有极强的生命力，高度的创新能力以及多元的展现形态，这无形中也提升了其所在学校的文化自信，彰显其开放的大学精神。

"新西南剧展"从校园出发，最终又回到校园，通过开展校际合作来达成深入对话，自信地将特色品牌与独立的大学精神展现于众，是为一种有担当，有责任的表现。2015 年，广西师范大学文学院／新闻与传播学院与北师大艺术传媒学院影视传媒系合作举办"对话新西南剧展——师范大学戏剧学科发展暨高校戏剧实践研讨会"。会上，双方对校园话剧的长期合作达成共识，因故缺席会议的于丹教授也表达了对此次话剧工作的关心，并期待有更进一步的合作。同样是这一年，重新排演的话剧《秋声赋》应邀在桂林理工大学上演，此次编排注入了许多新鲜血液。尽管许多参演者都是首次登台表演，但他们准确拿捏角色特点，淋漓尽致地展现了剧中角色的魅力，充分显示了"第二课堂"学生实践平台依靠文化养人，精神育人的发展理念。

与此同时，"新西南剧展"对于桂林乃至广西的发展具有较为深远的文化价值。该项目在校内外掀起了"爱国热"及"传统文化热"，先后在广西师范大学和桂林图书馆榕湖分部组织沙龙活动两场、摄影展及主题图片展两场，取得了良好的社会反响。此外，各学生社团还自发举办了十余场弘扬中国优秀传统文化和爱国精神的论坛和学术沙龙。目前，国家正在打造桂林国际旅游胜地，戏剧演出将成为桂林国际旅游胜地的重要文化内容。大学与地方共同打造"新西南剧展"这一戏剧文化品牌，以历史激活现实，让大学文化参与到地方文化的建构中，发掘广西抗战文化资源，探析桂林文化城形成的因与果，研究抗战时期广西的文化贡献，有助于形成广西的文化自觉，提升广西的文化自信，为今日广西文化的大发展大繁荣提供思想资源。

（李逊，广西师范大学文学院分团委书记）

第二章

梦回文化城

《秋声赋》中徐子羽的人物形象分析

一、取材现实，寄寓身世

抗日战争时期的桂林，文化名人荟萃，文化事业繁荣，在国内外引起了很大的反响，一时被誉为"桂林文化城"。战争与政治的风云变幻给文人墨客带来非同寻常的生命体验，他们心怀国家，情系民族，为民族事业日夜操劳。1940 年 8 月田汉来到桂林，当时桂林的文化界在内忧外患的交迫下，"春天早已经过去"。田汉结合社会现实，创作自传性作品《秋声赋》，描写文化工作者由沉闷到积极的转变和桂林文化界由萧条到活跃的过程，给人传递一种振奋的力量，激发了人们的爱国热情。话剧中的许多场景、事件，包括人物都可以在现实生活中找到原型。

首先是时代背景。抗战时期的桂林城，已然成为抗日战争时期的文化中心。出于地理环境、安全和经济考虑，相比于陪都重庆，很多沦陷区的文化人都选择桂林驻足。田汉、安娥等一大群文化人曾在桂林生活工作过。"那儿人口也实在多，房屋又给敌人轰炸得厉害，比起重庆来，这儿要舒服得多了。"[1] 桂系与蒋介石集团的内部利益斗争，也为当地的文化事业提供了较为宽松的环境。

文中多次提到的"长沙大火"也是有据可循的。1938 年 11 月，国民党军政当局使用"焦土政策"，放火烧了长沙，千年古城变成一片瓦砾，损失惨重。当时田汉率队参与救灾善后工作，与洪深组织人员"掩埋尸体，抚慰居民，安插伤病，恢复交通"。[2]

"第四届戏剧节""太平洋战争""湘北大捷"这样的事件，都是当时生活、战争的真实映射。剧中主要人物，其原型也是来自生活。

1　田汉：《田汉文集》，北京：中国戏剧出版社，1983 年，233 页。

2　张向华：《田汉年谱》，北京：中国戏剧出版社，1992 年，276 页。

二、"没有您这样的母亲，
我是不可能革命的"

1919 年田汉在日本留学时，他在写给郭沫若的信上就自我介绍他一生最爱的三个人首先就是"意坚识著，百苦不回"的母亲易克勤。母亲不仅养育了田汉，还在田汉成长的关键时期极力支持他读书。在后来的工作中，田母跟着田汉四处奔波，充分理解田汉的工作。田汉办"南国社"、搞剧团院，当演员们没米下锅时，田母也会尽其所能去资助，当时戏剧界都称她为"戏剧妈妈"。[1]不仅如此，母亲的言行还影响着儿子的创作。1941 年滞留南岳期间，田汉和母亲一起居住于南岳菩提园。其间，"借用了唐三家两间房，我在一间读书，老母在另一间织麻，门是通的，我们母子一面工作，一面谈话，完全恢复了我幼年时愉快的场面"。一个月的时间，田汉在工作之余和母亲谈话，边说边记，"想把她老人家作为一个中国农民层的女性如何过出这艰难辛苦的七十年来历史记录下来"[2]，由此创作了著名散文《母亲的话》。

正因为田汉对母亲情深似海，在《秋声赋》徐母这一人物的描写中，也充分显示出了儿子对母亲的敬爱。徐母是一家之主，顾全整个家庭，对徐子羽教导有方，子羽非常敬重她。在徐子羽与妻子秦淑瑾闹矛盾的时候，徐母主动出来教育，极力维护他们的夫妻关系，提醒子羽要想做大事就应该从"齐家"做起。当徐子羽把革命的障碍归结于妻子的懈怠时，母亲晓以情理，"一个想做点事情的人要有担待""淑瑾嫁给了你十几年，懈怠了，进步慢了，该怪谁呢"。当两人因为胡蓼红的到来而欲以决裂时，徐母主动提出搬回长沙，为双方关系的修复争取时间。对于徐子羽的工作，徐母也是竭力支持的。报刊不能出版时，徐母把戒指押掉，换取出版资费。徐母不只是爱子情深，而且胸怀大爱，心系百姓。在长沙得知敌人逼近时，全然不顾自己的安危，嘱咐照顾落难儿童。"你们快想法子救那些小孩子。我，你们干脆不要管，我七十岁了，能死在家乡是我的福气。"在战后修复期间，徐母也不甘落后，"做工作、耐劳苦她还赶得上年轻人"，身体力行地投入到战后儿童保育工作当中。母亲深明大义，慈祥仁爱，这对徐子羽的影响是很大的。所以，面对徐母时，子羽的表现是恭敬

---

1 黄琛：《时代的歌者——纪念田汉诞辰 110 周年》，《长沙晚报》，2008 年 3 月 12 日。

2 黄琛：《时代的歌者——纪念田汉诞辰 110 周年》，《长沙晚报》，2008 年 3 月 12 日。

的。对于母亲的教诲，徐子羽也是虚己以听，认真反省。徐子羽之所以能够始终坚守自己的理想，坚持原则，努力工作，少不了母亲的关怀备至，谆谆教导。

三、"淑瑾和我共过患难，可是她也给我带来了许多障碍"

1924 年，田汉的第一任妻子易漱瑜因劳瘁成疾，与世长辞。田汉依照亡妻嘱咐与她生前好友黄大琳结欢。可是黄大琳追求的安定舒适的小家庭生活观念，严重束缚了田汉。结婚不满三年，田汉就与之离婚了。在此之前，远在南洋教书的林维中早已对田汉产生倾慕之情，于 1930 年归国与田汉组建家庭。不久，即生下女儿玛丽（田野）。

田汉因为倡导积极抗日，触犯了国民党反动派的利益，遭到了逮捕。入狱期间，林维中细心照顾田汉的生活，为田汉得以安全出狱积极奔走求救。他们不离不弃，共度患难。直到 1941 年两人的关系发生转变，当时受"皖南事变"的影响，田汉被迫离开重庆，两人因"生活态度上的深刻分歧"，林维中此时并没有同行。[1]

在《秋声赋》中徐子羽和妻子秦淑瑾的夫妻关系，隐含着田汉的情感生活经历。秦淑瑾和徐子羽共过患难。"他十年前入狱的时候，我还替他送过饭，又替他生男育女。"她恪守妻子本分，悉心照顾老太太，让子羽安心工作。徐子羽是爱着秦淑瑾的，并对妻子的付出心存感激。可是徐子羽却不能自拔地陷入了婚外情之中，这使得秦淑瑾一度伤心抑郁，以至于结婚以后丢弃了工作，尽顾在家庭琐事中间把自己的精力、自己的生命、自己的前途，甚至把自己的爱情葬送掉。

随着情人胡蓼红的接近，徐子羽与秦淑瑾的关系越来越紧张。徐子羽尽力维护着夫妻之间的关系，"竭力避免许多无畏的纠纷"。他试图解释和以沉默去回避他们三个人之间的矛盾，可是这样是完全行不通的。在长期的质疑和争吵中，大家都无法专心工作。"这使徐子羽的感情生活出现一种严重的失望"，徐子羽忍无可忍，淑瑾也无法适应这样的生活状态，"这儿再待下去我可要病了"，于是随着徐母一块儿到了长沙。

所以，在面对妻子秦淑瑾的时候，徐子羽的内心情绪是复杂的。一方面他爱着秦淑瑾，对妻子长期的陪伴心怀感激，对自己深陷婚外情心怀愧疚。另一方面他要承担起家庭的责任，维护相互之间的关系，不能使这个家庭破裂。但是妻子的质疑和争吵使得他难以工作，令他进退两难，左右为难。或

1　何寅泰、李达三：《田汉评传》，长沙：湖南人民出版社，1984 年，125 页。

者这正是田汉与林维中之间"生活态度上的深刻分歧"吧。

四、"这个变迁太大了"

《秋声赋》中徐子羽的情人胡蓼红是当时优秀的女性知识分子。其原型正是田汉后来的妻子安娥。安娥曾经到国外留学,还从事过共产党的地下工作,是一名经验丰富、干练精明的革命者。1941 年 8 月田汉离开南岳到达桂林时,安娥也从四川抵达桂林,成为田汉工作上和生活上的亲密伴侣。安娥在桂林一面协助田汉工作,一面承担收容难童及创办思维儿童学校的繁重工作。[1]

《秋声赋》中胡蓼红对徐子羽来说是精神上的安慰,工作上的助手,"你没有来,我的确常常在想着你。你写来的信每一个字也曾经给了我很大的安慰。我每逢工作不堪如意的时候,未尝不望你能来,我想你若是来了,我们就有了帮手了,也不愁寂寞了"。他们相互欣赏,彼此爱慕。但是胡蓼红为了争取子羽的爱,做出了一连串令人诧异的举动:不重视徐子羽的作品,"我把它搓了扯了,你恼不恼"?取笑徐子羽的工作态度,"你不是书呆子是什么"?甚至拿出手枪作为要挟。徐子羽对这些行为表现出了反感和抵抗。这还是他之前喜欢的"头脑最清醒的"胡蓼红吗?在这样的情况之下,徐子羽的态度开始转变,由"你来了!真是太好了……我高兴极了……"到"我的心反而更加忧郁起来"。

胡蓼红把全部注意力都集中到徐子羽的身上,她坚持主张自己的幸福,自以为自己能把一切都安排好,留下足够的钱保障老太太和秦淑瑾的生活开销,和子羽一起离开。可这一切在徐子羽看来都是一个优秀的革命女青年逐渐走向"堕落"。胡蓼红陷入了自己的情爱世界中,她"不再只为了大众的利益着想",她的"聪明才智不再专用来争取大众的解放,而主要是争取我的爱",徐子羽因此感叹"这个变迁太大了",也不禁发出了人生感慨:"人类对于未来的命运总是像黑夜行路似的,不能不一步步的试探。""当你以为给了人家玫瑰的时候,到了人家手里也许变成了荆棘。"

在漫长的战争阴云中徐子羽的苦闷长期得不到宣泄,他渴望胡蓼红的出现,无论是在情感上还是工作上。但是胡蓼红却是以这样的状态出现在徐子羽的面前,"这个变迁太大了",他有些失望和落寞。在这些情

---

1 何寅泰、李达三:《田汉评传》,长沙:湖南人民出版社,1984 年,126 页。

绪的转变当中，我们可以看出徐子羽内心深处对于追求大众解放和人民幸福的深切期望和坚定态度。

五、"我要保留我的属性"

抗战的烽火，点燃了千千万万青年儿女的心，也照亮了民族前进的道路。在国难当头的时候，田汉积极投入到抗日的洪流中，不辞劳苦，兢兢业业，从事抗战救亡运动和戏剧文艺工作。在抗战的十四年中，田汉踊跃参加各种抗战救亡运动组织，创办宣传刊物报纸，组织慰问前线军队，创作抗战作品，为宣传抗日救亡运动积极奔走呼号。他四处奔走，异常辛苦劳累，常常不顾自身的饥渴、安危，将一切奉献给抗战文化事业。急迫的形势容不得广大工作者怠慢，纵使有千难万险，也要全力克服，一心投入到工作中来。田汉创作《秋声赋》，为了激励人们的爱国热情，表现了自己乃至全中国人民谋求民族解放的刚强毅力和坚定决心。正如他自己所说："我们今天需要的是每个人都能集中力量于抗战工作，我们要算清一切足以妨害工作甚至使大家不能工作的倾向。"[1]

《秋声赋》的主人公徐子羽寄寓着田汉的身世。他是一个艰苦卓绝的工作者，始终坚持着自己的岗位。但是琐碎的生活体验给他带来了无限的苦闷和惆怅。他和妻子秦淑瑾关系越来越紧张，情人胡蓼红的突然到访，令这个家庭关系更为微妙，任性的胡蓼红甚至拿着枪，逼徐子羽离婚。在这样的情感纠葛之中，徐子羽无法专心工作。然而民族的解放事业容不得他懈怠，人民的幸福生活有待他去探索。他坚信"谁能始终给大众以幸福，谁就一定能够给我以幸福"，他希望"保留自己的属性"，全身心地投入到工作中来。

然而什么是"自己的属性"？这一问题对于把握徐子羽这一人物尤为重要，对于饰演好徐子羽尤为关键。

他是一位诗人，一位爱国诗人。诗人的内心情感总是非常的丰富，徐子羽是一个有着大爱的人，他的心里既装着母亲、女儿、妻子和朋友，更装着国家、民族和大众。他爱母亲，母亲的精神影响着他，母亲的教诲让他保持理智，做一个有担当的忠实的革命战士；他爱妻子，妻子曾与其共度患难不离不弃，对于家庭细琐尽心尽力；他爱情人，在长期的苦闷生活中给他带来激

1　何寅泰、李达三：《田汉评传》，长沙：湖南人民出版社，1984 年，131 页。

情，在孤独的艰辛工作中给他帮助；他更爱着民族大众，把所有的精力全部投入于为人民争取幸福的工作中。他不肯让所有人失望，只能尽力地去维持各种关系，在个人感情和民族大爱中矛盾、挣扎。

他是一位抗战宣传工作者。徐子羽深刻明白"中国革命的道路是非常艰苦而复杂的，是需要极大的勇气极强的忍耐"，他克服了生活上的艰辛，把"唤醒全国上下的国民意识，肃清中国民族的缺点"作为自己的任务，"始终坚持自己的运动，守着自己的岗位"。对于胡蓼红提出一起到马尼拉的建议，他沉默不允，仍旧选择默默坚守自己的国家。在湘北战事的紧张阶段，他顾不上母亲和妻子的安危，把"赶在双十节前赶一

个剧本，庆祝今年的第四届戏剧节"当成是首要的任务。徐子羽不仅自身投入到抗战洪流之中，还要求身边的朋友统一思想，争取大众的幸福。他严厉地责备了放弃文化工作的岗位推卸自身责任的黄志强，"你也很悲观，因为你脱离了文学"。他满怀信心地鼓励"不能不含着无限的惆怅暂时离开祖国"的工作同志："祖国总是需要我们的，只要我们抗战下去。"面对胡蓼红的步步紧逼，争取个人幸福的时候，他坚定地保留了自己抗战工作者的属性，全身心投入工作，从而促进胡蓼红的觉醒。在他的影响和带动下，"大家都不苦了，大家都有工作了"。在时代之秋、人生之秋的寥落阴沉时期，我们听见了徐子羽发出最强的秋之声："这样的秋声

→《秋声赋》剧照

不会让我悲伤，只会让我更加兴奋，更积极。不会让我们有迟暮之感，只会让我们向前努力，不知老之将至。"

六、我演徐子羽，我是徐子羽

自从参演《秋声赋》，我的生活中多了一个身份——徐子羽。我时常穿梭在那个抗日烽火燃烧的年代，时常深陷于一个文艺工作者的精神世界，苦恼于个人复杂的情感纠纷，为民族的解放、人民的幸福殚心竭虑。在国家危难，民族存亡的时期，时而彷徨苦闷，时而振奋激动。当我得知将要扮演徐子羽时，我暗暗窃喜：一个优秀的文艺工作者，在民族大义面前，舍弃了个人的幸福，团结大家一致抗日。他是如何承载所有人对他的爱，如何处理家庭的爱恨情愁，如何让大家坚定地走到一起？这将是一个怎样的情感体验？我欣喜，但也紧张，对于这样一位"高大全"的人物，我能否扮演好这个角色？

我忍不住开始窥视着徐子羽的生活，看他怎样面对妻子秦淑瑾的质问，如何面对母亲大人的教训，如何转变对胡蓼红的态度，怎样保持自己内心的信念。我模仿他的动作，猜测他的心理，尝试他的反应，力求把这一切演得自然。可是随着排练的深入，慢慢地我发现，这并不是一件轻松的事情。我们都不是专业的演员，要扮演好这个角

色，我就不能做一个旁观者，只走近他而不走进他。从那一刻开始，我要把自己投入到角色中去，想他所想，急他所急——我就是徐子羽。

每次排练完我总是觉得心好累，承受着各种复杂的心理活动，负担着家庭的责任和时代背景下赋予的历史重任。这对于一个二十多岁的大学生来说，是很大的挑战。在排练的过程中，我经常阅读关于田汉的书籍，一些关于桂林抗战文化城的故事，我只有真切感受到当时抗战年代艰辛，了解田汉等一批文化人的思想品格，才能够由心而发地对剧中的情节做出反应。徐子羽很重视自己的工作，所以对于自己的工作稿子自然是爱护有加。但是当胡蓼红揉搓稿子胡闹时、秦淑瑾蹂躏稿子出气时，徐子羽忍无可忍，态度也都是在此发生了转变。

随着对徐子羽这一人物理解和思考的加深，我愈发感觉到了他内心巨大的能量。这种能量能让他始终坚持自己，毫不动摇。而这些能量正是来自于他对祖国的热爱，对抗战的信心，对幸福的追求。我还无法真正拥有如此崇高伟大的情怀。但是我要带真诚的敬意去饰演他，向他学习，把他的态度和精神传递给每一个人。或许到我能够带着这份信念去生活的时候，我就变成徐子羽了。不，是有着徐子羽情怀的自己。

七、从舞台到课堂，从话剧到生活

参演新西南剧展两个多月了，我非常享受这样的状态，享受话剧带给我的一切。它赋予了我另一个课堂，另一个空间，感觉就像一次旅程，感受时代的风云变幻，体验时代的人生百态，思考生命的价值体现。

话剧不仅仅是一个舞台，更是一个课堂，是课堂的延伸。经过对《秋声赋》的认真学习和排练，我第一次对一个文学作品有了这么系统的学习和理解。为了能更好地理解作品，掌握作品人物的性格特点，我主动去了解历史，学习田汉的作品，然后再结合到剧本当中去。我总是尝试着去丰富人物，但是发觉人物总在不断地丰富我。当徐子羽与胡蓼红在宾馆见面时，子羽面对胡蓼红的任性胡闹，总是采取沉默抵抗的态度。我和导演老师在此处尝试着增加台词，使人物的心理活动能够更加丰富地呈现出来。"写了一半怎么着，瞧，我把它搓了，扯了。你恼不恼？""红，别闹了，我真的赶稿子。""……你不是老书呆子是什么？""好吧，我就是老书呆子！""……红来了不该笑一个吗？""红，你怎么……，哎！"经过处理，徐子羽复杂的心理活动更好地表现了出来。他重视自己的作品，对于胡蓼红的胡闹，子羽很生气。另外胡蓼红"恋爱至上主义者"的形象让他

无法接受。在这样的过程中，徐子羽的执着和认真更加让我觉得敬佩，让我很受鼓舞。

在这样的实践中，我惊喜地发现了这种新颖有效的学习方式，通过表演话剧的形式，我们可以更好地把握作品的精神，体会人物的思想感情，理解作者的创作意图。这让我第一次感受到学习从未享有的乐趣。

话剧关注的不仅仅是舞台上的表现，同时还需要关注群众，回归生活。在成功演出了之后，我很喜欢听观众们的意见和感受。"演出方面还有很大提升的空间，但是总体非常好，演员让我们看到了可贵的态度"；"在当今的大学中，话剧能够被如此的关注和传承，实在令人开心"……虽然褒贬不一，但是我们所做的至少都引起了大家的关注，也得到了许多的认可。有人和我说道，通过观看这场话剧，让他们切身感受到了时代背景下文化人的历史担当，让人非常振奋，充满能量，今后会更好地工作生活。其实话剧就应该是这样，当灯光熄灭了，音乐停止了，大家走出剧场之后能够更坦然更积极地面对生活。这就是我们通过话剧想要传达的思想和精神。

（程鹏瑜，广西师范大学文学院对外汉语专业 2011 级本科生，在新西南剧展话剧《秋声赋》中饰演徐子羽）

《秋声赋》女性形象分析

2014 年，广西师范大学为纪念西南剧展 70 周年举办了新西南剧展活动，重新排演了一批抗战时期在桂林上演的经典话剧。其中主打剧目为田汉的《秋声赋》。我参加了《秋声赋》的演出，饰演剧中的女主角胡蓼红。本文将结合我阅读与演出的体验对《秋声赋》中的胡蓼红、秦淑瑾、徐母、大纯等四位重要的女性角色及其相互之间的关系做出深入分析。

抗日战争，不仅改变了中国历史的发展进程，也在一定程度上影响了中国文学的发展轨迹。在 20 世纪 30 年代，中国文学已经进入成熟期。中国现代戏剧的代表——话剧，在抗战期间前所未有地贴近了大众，成为发展最为成熟、最有影响力的文学样式之一，在战时发挥了巨大的作用。1941 年，桂林成为大批左翼作家的聚集地，政治、战争给他们带来非比寻常的生命体验，促使他

们创作出大量抗敌图存、振奋人心的戏剧作品。同样，这一年对于田汉来说可谓是一个"多事之秋"，家庭悲剧的高潮和政治气候的变化几乎同时袭来。与安娥的不期而遇，导致田汉和妻子林维中的情感急剧恶化。他一方面深爱着追求自由和独立的女性安娥，另一方面又放不下妻子林维中和一对可爱的儿女。3 月，身在重庆的田汉一路南下，努力从政治风云和家庭生活的"秋意"中挣脱出来。随之 10 月，为给当时陷入"经济危机"的新中国剧社解燃眉之急，这部带有自传性色彩的五幕话剧《秋声赋》在短时间内问世，却也意外地帮助田汉宣泄了自己困扰已久的情感纷扰，"我已经很久不写剧本了，最初不过是想帮帮新中国剧社这一些青年朋友们的忙，但因此将年来所感的若干部分一吐为快，也真是很幸福的事，也就证明帮人家就是帮自己了"[1]。

1　田汉：《田汉文集》，北京：中国戏剧出版社，1983 年，231~372 页。

田汉在剧中写作家徐子羽与其妻子秦淑瑾、女诗人胡蓼红的冲突，实际上是把现实生活中的自己与林维中、安娥的关系"穿上了理想的外衣"。不难看出，男主角便有他自己憔悴、忧郁的影子。[1] 虽徐、秦、胡三人陷入爱情的痛苦与矛盾之中，但他们最终都从个人情感的"小世界"来到急需民族觉醒和时代理性的"大世界"之中，在抗战和社会服务中"统一了他们的矛盾"。表面看，本剧的最核心人物是男主角徐子羽，但实际上，《秋声赋》剧情的推进、矛盾的激化、冲突的凸显主要是通过剧中四位主要的女性人物胡蓼红、秦淑瑾、徐母、大纯之间关系的微妙变化达成的，女性形象塑造的成功和对女性人物之间的微妙关系的表达是本剧获得成功的关键和亮色所在。在田汉笔下，年迈的徐母先是卖掉了自己的戒指帮助儿子出版杂志，后又守在家乡长沙保护战区儿童，虽老骥伏枥，却志在千里；"女诗人胡蓼红（安娥的影子）最终从情感的纠缠中解脱出来，不再为大纯（田野的影子）拒绝叫她'妈妈'而难过，而是全心全意地投入战时难童的救护工作，去做千万儿童的'妈妈'，升华了其精神世界，更体现出伟大的母性觉醒"[2]；秦淑瑾（林维中的影子）在

胡蓼红的劝导和影响下冲出了阴郁狭隘的家庭，在抗战中从事战地儿童的抢救与教育工作；可爱的大纯在剧中是个勇敢的保卫国家的"小战士"，也是胡蓼红思想转变的关键。

在硝烟弥漫、颠沛流离的年代，这个"小家庭"里的每个人在经历了风起云涌的抗争后，重拾个人理性。整个剧本饱含民族精神与抗争精神，昭显人性光辉，在寂寥悲凉的"秋"意中蕴藏着一份"成熟"与"稳重"。

一、胡蓼红：从私情走向大爱的红色才女

在《秋声赋》中，我扮演的角色是男主角徐子羽的情人胡蓼红，形象最为复杂多变。她的原型是安娥。《秋声赋》中徐子羽和胡蓼红、秦淑瑾之间的关系可能会被人理解为一种庸俗化的"一男二女"的爱情婚姻纠葛。事实上，如果了解田汉、安娥、林维中及三者复杂关系，读者或观众就不难看出话剧背后散发的强烈爱国情感和时代感召力。

安娥于 1905 年生于富裕、有学识的官宦家庭，少女时代就很"叛逆"，拥有独立

1 董健：《田汉评传》，南京：南京大学出版社，2012 年，428~429 页。

2 董健：《田汉评传》，南京：南京大学出版社，2012 年，429 页。

自主的性格。1925 年加入中国共产党，随后被派到莫斯科中山大学学习，并在苏联国家政治保卫总局从事情报搜集工作。归国后，安娥从事中共特科工作，在此期间，她与田汉相识于南国社。在安娥影响下，田汉加入了中国共产党，两人也未料到从此会有长达半个世纪的羁绊。安娥一生中创作了大量抗日救亡的诗作，如《渔光曲》《卖报歌》以及诗剧《高粱红了》、诗集《燕赵儿女》，显示出超凡的才华。

与安娥一样，剧中的胡蓼红是受"新思潮"深刻影响、追求精神自由与独立的红色才女。她在剧中的首次出现是在第一幕秦淑瑾与黄志强谈话中提及的："一位胡小姐写了一首嘉陵江的船夫曲给何西冷先生作曲的，嫂嫂听说过吗？"胡蓼红是诗歌社的一员，很有诗才，黄志强也老早就拜读过她的诗。她在事业和工作上支持徐子羽，同时她也是徐子羽的精神寄托："你写来的每一个字也曾给了我很大的安慰。我每逢工作不甚如意的时候，未尝不望你能来，我想你若是来了，我们就有了帮手了，也不愁寂寞了。"胡蓼红是个新时代独立、自由，有明确目标和先进思想的女性。在与几位记者、诗人聊天中徐子羽提到，自己有时候后悔认识几个字，他觉得古人说的"识字为忧患之初"有几分道理，而胡蓼红却反驳道"莫非不识字的人就没有忧患了？""我主张识字才能知道忧患打哪儿来的。也才能知道怎样

去解除这些忧患。"这些独特之处正是只顾家庭琐碎的妻子秦淑瑾所缺失的。

在剧中，胡蓼红来到桂林并没有像子羽预期的那样给他带回"春"的希望，"心反而更加阴沉起来，秋意似乎更浓了"。胡蓼红在徐子羽结婚以前曾与他同居，育有一子，但那时胡做着"地下工作"，所以不要丈夫，而且还在徐子羽与秦淑瑾结婚时，做过他们的红娘，撮合二人的婚姻。但随着抗战的开始，胡蓼红却越来越认为自己失去了太多应得的幸福，因此迫不及待地飞到桂林，来到子羽身边，劝说他带大纯一起同自己去马尼拉："我知道你在这儿也寂寞极了，工作也不能开展，我想，这该是我对你负责的时候了，这么些年头我从不对你说过什么私人的话，从不替我自己的幸福打算过，现在我觉得我有权利主张我的幸福了。"她甚至掏出手枪来威胁子羽，假使他不再爱自己，她就会用手枪结束自己的生命。这时的胡可以说是她身为一个女革命者最"堕落"的时期，她失去了"理智"，放弃了革命道路，只顾追求属于自己的爱情，抢回那个本该完完全全属于自己的恋人，俨然成为一个"恋爱至上主义者"。这一刻，胡蓼红感觉前所未有地需要子羽，不再和往常一样"为着大众的利益着想，为了大众的运动常常把自己的饥渴也忘了，甚至连生命危险也忘了"，如今的她变得和普普通通的大众女性一样，需要爱情的滋养、男人的呵护，需要一个完整的家。

尽管她落后了，不再争取大众的解放，但她依然拥有女性主体意识，散发出强烈的女性魅力。爱一个男人就会爱他的一切，这在胡蓼红身上得到了充分体现。在半封建时期的中国，传统的世俗观念并没有被完全打破，很多人依旧深受其影响。即便是思想较为先进、有文化底蕴的"记者"，也不能完全正视女人在社会上享有的平等地位，甚至怀有歧视的眼光看待她们。剧中诗人施寄萍赞赏胡有"诗才"，可记者邱小江却说："女人的诗才还不都是那么回事，我们说她有就有"，"女人的困难恐怕有时比男人还要多，比方我们要说坏一个男人比较难，要说坏一个女人就太容易了，特别是在我们这样半封建的国家"。这从侧面反映了一部分人对胡的看法，当然也可影射出当时中国女性地位低下，在多数时候会受到不公正待遇。其他人有怎样的看法，胡蓼红并不是不知道。但大胆、独立的女性是不畏惧流言蜚语和世俗眼光的。她完全朝自己心中的方向努力，做好一切准备：包括她与子羽、大纯去马尼拉的生活开销、子羽走后徐母和秦淑瑾的赡养，等等。只可惜她追求的"幸福"太过自私，她的聪明才智在当下的战时环境用错了方向。即便如此，这并不妨碍我们欣赏她，甚至佩服她敢爱敢拼的精神、独立自主的女性意识。

胡蓼红的丰满的女性形象在安娥身上有迹可循。1938 年，汪精卫公开投敌叛国，上海沦陷。时任战时儿童保育会常务委员的安娥在武汉开始着手筹备保育战时儿童工作。同年 10 月，武汉沦陷，安娥将战时儿童保育院的近 2 万名儿童护送至四川。安娥积极参加抢救战时儿童的工作。她一方面走街串巷，筹集经费；一方面在报刊上撰写有关"保育战时儿童"的文章，向社会各界宣传保育院的运转及难童的生活情况。在安娥的影响下，田汉也积极参加了战时儿童保育会的发起工作。同样在《秋声赋》中，胡蓼红来桂林前，曾一度亲赴前线，与徐子羽一起在武汉、长沙一带做过抢救和运送难童的工作，为战时儿童的保育事业奔波呼号。正当胡陷入"人生低谷"时，被胡救助过的难童李阿春闯入了胡的视野，彻底地唤醒了胡暂时沉睡的红色情怀："我们那一群失了家乡的孩子，那时候除了您谁来管我们？您对我们真是像母亲对自己的孩子似的"，那时候"我们都叫您'妈妈'"。胡开始检讨自己为什么要求着去做"一个有爷有娘的孩子"的妈妈，而不去做"那广大失了家乡、失了爷娘的孩子"的妈妈？此时胡蓼红内心经历了巨大的震荡，我在演绎时认为她的内心应该还有一个声音同样在嘶吼：我为什么在国家危难之际偏去追求自己的幸福，为了得到一个"丈夫"、一个"小家庭"而迷失了自我？胡蓼红的女性主体意识和追求独立、自由的精神完全觉醒了，她向几个难童承诺"小兄弟们，小妹妹们，国家在和敌人奋斗，我们也和我们心里的敌人奋斗吧，我一定要不愧做你们的妈妈"。

胡蓼红的觉醒一定程度上影响到了徐子羽；更像一面镜子，把秦淑瑾的懒惰和自私"全给照出来了"。胡在与难童、汤先生的短暂会面后，决定再次奔赴抗战前线抢救难童，果断与徐子羽分手。胡蓼红来到长沙后找到秦淑瑾，告诉淑瑾子羽对她不满意，完全是因为淑瑾"结婚以后丢弃了工作"，尽顾"家庭的琐碎"，葬送掉"自己的精力、自己的生命、自己的前途，甚至自己的爱情"，劝说秦淑瑾暂时放下个人恩怨，"逼迫"淑瑾同自己一起投入抢救战区儿童的工作，最终唤醒秦淑瑾的女性主体意识。

田汉对胡蓼红的形象塑造在参照原型安娥的基础上增添了许多戏剧化的人物性格冲突，使形象更加饱满且富有深意。这对于演绎者来说，加大了不少难度。且不说年龄的跨越，光是胡蓼红在剧中扮演的复杂多样的角色以及后来性格转变，对社会阅历单一的我而言着实很难把握。特别是在第三幕的结尾，我认为它是全剧中表演难度系数最高、最考验演员演技的一场戏。所谓的"难"就在于，这里没有台词，一切分手的情感表达都只能用眼神和肢体展现，此处无声胜有声。已经完全转变的胡蓼红欲语泪先流，一面带着"剪不断，理还乱"的情愫与徐子羽诀别，一面还要逼子羽尽早做下决断，带着极复杂的心情转身离开。这一场戏是胡蓼红

与徐子羽爱情的终结，是最能煽动观众情感爆发的场景之一。

二、秦淑瑾：战乱中蜕变和觉醒的女性

胡蓼红大胆追求爱情，可她依旧破坏了一个完整的家庭，伤害了另一个想完全占有子羽的女人——秦淑瑾。

相比之下，秦淑瑾恪守妻子本分，略显"平庸"。她和徐子羽的夫妻关系事实上也影射着田汉与林维中的婚姻生活。1925年林维中在报上读到田汉发在《南国特刊》的散文《从悲哀的国里来》，被他的真情和文才感动，随即写信给田汉，说愿意帮助他"做一番事业"，使他"无后顾之忧"，并将自己多年的积蓄五百多元交给田汉应急。田汉允诺，等林从南洋回来便与其结婚。而田汉婚后发现自己与林维中在生活态度上有"深刻分歧"，林常常阻碍他的工作，再加上安娥的介入，两人最终感情破裂，离婚收场。剧中，秦淑瑾和徐子羽同样共过患难，秦不仅为其生儿育女，孝顺老人，还在子羽入狱期间给他送饭，家中事无巨细，全靠淑瑾一人打理。子羽情寄胡蓼红，却也爱着秦淑瑾。淑瑾在结婚初期对于他的运动也帮了很多忙，可她在婚后逐渐懒息起来了，不仅丢弃了工作，还一度因为徐子羽的婚外情歇斯底里，每天把全部的注意力几乎都放

在洞悉胡蓼红和丈夫的情感动态上，疏忽了对女儿大纯的养育，只喜欢管家庭里琐碎的事，就连大纯在学校生了疮，秦也不太放在心上。就像剧中大纯对胡蓼红所说："妈妈有时候忙着和陈太太她们打打小牌，有时候忙着和爸爸吵架"，"我哪儿敢管妈妈，我只恨妈妈太不管我了"。

胡蓼红与秦淑瑾，在《秋声赋》中造成了很强烈的戏剧冲突，使话剧增加很多看点。胡蓼红和秦淑瑾是相对存在的，更确切地说，通过胡蓼红的劝导和激发，秦淑瑾人格中隐性的优良品质与女性主体意识才得以显现。与胡的大胆、独立、有主见不同，秦淑瑾略显平庸，思想相对保守。两个女人虽然性格有很大差异，但却深爱同一个男人，随之这个男人成为了两个女人争抢的对象。两个女人的最大差异在于，秦淑瑾从一开始就是需要丈夫的，希望得到子羽全部的爱，所以视蓼红为天敌。她把自己婚姻的不幸全部归结在胡蓼红身上，从不反省自己。在与徐子羽的争吵中，更失去理智大骂胡蓼红是"有本事的不要脸的女人"，婚姻的裂痕进一步加深。

特殊的抗战环境促成两个女人打开心结理性交谈。胡蓼红开导秦淑瑾，"咱们都是女人，都是中国人"。女人也不是离开了丈夫就不能生活的，"一个人只要不残废总是能生活的，问题是能不能做有意义的工作"[1]，秦淑瑾幡然醒悟，不但不再恨胡，反而感谢胡像一面镜子将她的懒惰、自私全部都给照出来了，"我像饲养还不久的山禽似的，并没有忘记我的本能，到必要的时候我还能飞"，秦淑瑾决定重新投入教育工作，从事战地儿童的教育工作，两人化敌为友，冰释前嫌。

这两个女人的对手戏意义重大，大敌当前，她们都放下一己私利，携手打败了共同的敌人，女性的人格魅力再度显现，这也是同为女性的我尤为偏爱的一场戏。两个女人的勇敢与反抗精神在第四幕结尾呈现得淋漓尽致。日本鬼子挨家挨户的扫荡，危难之际，胡作为一个女革命者临危不乱，从容冷静，首先安顿好难童的去向，然后让淑瑾携徐母从后门逃出，自己留下对抗敌人。胡蓼红机智勇敢，但敌众我寡，鬼子把胡蓼红打倒在地，企图实施强奸，幸而此时秦淑瑾赶回，用斧头劈死了鬼子。没想到鬼子倒地之时朝淑瑾开了一枪，胡蓼红及时扑向鬼子，子弹射偏，两个女人均逃离危险。实际上，惊心动魄的场面正展现了两个女人在国难当头互救的过程，将话剧的情节发展再次推向高潮。最后，秦淑瑾不得已亲手烧掉自

---

1 田汉：《田汉文集》，北京：中国戏剧出版社，1983 年，338~339 页。

己的家园，她拿起煤油灯，"现在用我自己的手烧我自己的房子"，但"你们这些法西斯的丑尸，也快要变成长沙灰了""中国老百姓的愤怒就像是一把烈火，想要把自己变成灰的鬼子们，来吧，来吧！"

秦淑瑾的蜕变无疑是惊人的。她和胡蓼红共同追求的不再局限于一个男人，她们所向往的是民族解放，是广大孩子们不再失去自己的家园。

三、徐母：深明大义的革命母亲

参照母亲易克勤，田汉塑造了徐母这一"主母"的形象。他曾在写给郭沫若的信中提到，他一生最爱、最敬重的女人就是他的母亲易克勤。也正是因为田汉对母亲用情至深，所以将徐母的形象塑造得栩栩如生，感人至深。

徐母教子有方，经常会在儿子迷茫苦闷之时开导他，告诉他欲治其国必齐其家。子羽非常敬重母亲，当子羽把自己落后的原因、革命道路上的障碍全都推卸在妻子秦淑瑾身上时，徐母教育他要有担当，自己做错了不要把责任全推卸在女人身上。对于徐子羽的工作徐母也是给予全力支持的。七十多岁的老人对家乡十分眷恋，但她依旧跟随儿子四处奔波。看到子羽因为没钱出版杂志时，徐母用自己的戒指押了些钱帮助他。

徐母顾全大局，用爱维系家庭。老人

家不喜欢看吵架，希望一家人能和和气气的，尤其是在特殊的战争时期。她希望胡蓼红和秦淑瑾俩人能好得像姐妹一样。徐母感激儿媳秦淑瑾对这个家的付出，对曾经和子羽有过孩子的胡蓼红也表现出适当的关心；徐母心疼淑瑾，也赞赏蓼红，称她是个能干的女人。两个女人都为徐家添了香火，都为子羽做了极大的付出，也都让子羽陷入感情漩涡。她极力平复淑瑾、蓼红、子羽之间的感情纠葛，提出搬回长沙，为三人尽量争取缓和的时间。在得知胡已经把事情放下后，告诉淑瑾多帮帮蓼红的忙。

胡蓼红和徐母的对手戏不多，但每次见面都会给胡蓼红带来很大的影响。尽管年过七十，徐母依然很要强，从不服老，不肯落后，"七十来岁的人怎么就不能走路"，"南岳那样高的山我都能爬呢"！她在交谈中教育胡蓼红："你既然是旧的就得真会旧的那一套，既然是新的就得真会新的那一套。"她也总想在当下做些有意义的事，老人家"觉得做工作、耐劳苦地还能赶上年轻人哩"。

徐母胸怀大爱，心系百姓，坚韧不屈。在病中仍向淑瑾询问外面的战事。在得知敌人逼近后，全然不顾自己的安危，几次要淑瑾、蓼红安顿好孩子们，拿上自己攒下的积蓄赶紧撤离。鬼子就要冲进家门，徐母想和鬼子拼命。徐母用切身行动感染着蓼红和淑瑾。敌人退走后，她老人家意识到如果不赶快加强战后儿童的保育工作，将来的影响是很可怕的，所以她不肯离开，想留在家乡为家乡人民尽一份力，后被拥护成为保育院的院长。

徐母深明大义，心怀大爱，在《秋声赋》中对胡蓼红、秦淑瑾尤其是徐子羽的影响是巨大的，一家之主和革命母亲的形象深入人心。也正是这样，当三人面对徐母的教诲时，他们总是毕恭毕敬，认真听从。

四、大纯：以天真烂漫推进剧情发展的女孩

田野一生，受父亲的影响极深。她这一辈子最大的梦想就是成为一个话剧导演，继承父辈之志，发扬话剧精神。作为田汉唯一的女儿，她与父亲朝夕相处的时间也只有短短的三年。那便是九岁的田野被外祖母带到桂林，这才得以与父亲田汉相聚。其实也就是剧中大纯与徐子羽在桂林一起生活的那段时间。当时田汉正在开展戏剧运动，生活非常清贫。田野回忆说："生活非常艰苦，但我们一家从来没有怨言，因为我们知道父亲为了什么！他是为了抗日、为了戏剧。"[1]

关于田野一生的记载很少，但父亲田汉用写剧本的形式把女儿最纯真可爱的年代记录了下来。值得一提的是，在话剧《秋声赋》中扮演大纯的演员，和剧中的大纯年龄相仿，是全剧组年龄最小的演员。

剧中的女性人物或多或少都有些悲剧色彩，唯独大纯例外。也许是她的年龄比较特殊，上初中一年级。她单纯可爱、活泼开朗，从不会被父母的情感纠纷或是不稳定的战时环境等外界因素影响到自己的心情。她聪明伶俐、勤学好问，从胡蓼红对"金、木、水、火、土"五行的讲解中推测出"四时"就是"春夏秋冬"。年龄虽小，她的心智却超越大多数同龄孩子，用单纯而独特的视角洞悉着大人的世界，她看懂了蓼红、淑瑾、子羽之间的情感纠葛。子羽问女儿长大了讲不讲恋爱，大纯回答："讲的，可不像爸爸这样，把大家弄的苦死了。"

大纯在剧中不仅仅是一个天真的孩子，她还对剧情的发展起到关键作用。在秦淑瑾对徐子羽和胡蓼红两人的关系极度紧张、怀疑之时，大纯偶然间发现了"纸团""帽子""手绢"等，这些情节彰显了大纯的活泼好动、天真烂漫。这些发现对于大纯来说是一个个惊喜，但对其他人来说却是心惊，因为孩子这一系列天真的举动揭开了隐藏的危机。可以说，是大纯的发现把胡蓼红已经到来的秘密层层剥开，使徐子羽和秦淑瑾夫妻之间的矛盾爆发，使两人的情感冲突激化，使话剧出现一个小高潮。

---

1 张漪、张楠：《77岁女儿忆田汉泪潸潸，称父亲把一生献给戏剧》，《扬子晚报》，2007年5月23日。

在胡蓼红思想的转变中，大纯也起到了关键的作用。胡蓼红想做大纯的妈妈，希望把她培养成一个极现代的姑娘。但大纯拒绝了她："妈妈不管我，她总是我的妈妈呀，我要我妈妈，我要我妈妈。""妈妈"两个字，真真地刺痛了她的心，近期经历的所有不愉快一一闪现……曾经深爱他的男人似乎"变心"了，朝着背离她的方向愈行愈远；待大纯如亲生女儿般好，却终究抵不过血浓于水的骨肉亲情……她无助，她绝望，哭得像孩子一般。大纯的拒绝把胡蓼红从盲目的爱中唤醒，让胡蓼红的人生发生了改变，她高傲自尊、刚强不屈的傲骨本性逐渐显露。因此，在与难童们重逢之后，她决定去做广大失去爹娘的孩子的妈妈。

"田汉早年有一种文艺思想，把艺术创作看做是对生活的美化，用艺术来慰藉痛苦的灵魂。"[1]虽然他经历"左翼"阵线多年改造，但这种思想并未消失殆尽。"田汉诗意地化解了两个女人的矛盾，也很诗意地告别了十年之久的精神磨难。在《秋声赋》里，他把个人情感的纠葛放在社会历史的大潮中去解决，体现了他作为一个爱国者和革命者的胸怀。"[2]的确如此，《秋声赋》中人物的典型性格是在典型环境的基础上形成的。剧中的女性人物，无论是胡蓼红、秦淑瑾，还是徐母，都是在特殊的抗战背景下形成的。正是在抗日民族救亡这样的大潮中，人们才会暂时放下私人恩怨与爱恨情仇，统一彼此——胡蓼红和秦淑瑾化敌为友、七十多岁的徐母也加入儿童保育的阵容中。话剧中任何一个角色都有其存在的意义，演员在二度创作时必须要关注抗战这一特殊的历史背景，参照人物原型，读懂、读透每个人物及其关系。演练期间，我发现自己逐渐被这个人物所侵蚀，从行为举止到思维方式，甚至在演出过后也久久不能脱离出来，依旧笼罩在人物的"阴影"之下。走下舞台，就好似刚刚走过了这个人物的一生。话剧表演对演员的影响是巨大的，正如话剧在当下，依旧会传递民族精神、传递梦想、传递正能量！

（杨芷，广西师范大学文学院 2011 级汉语言文学专业学生，在新西南剧展话剧《秋声赋》中饰演女主角胡蓼红）

1　董健：《田汉评传》，南京：南京大学出版社，2012 年，428 页。

2　董健：《田汉评传》，南京：南京大学出版社，2012 年，428 页。

《秋声赋》人物对比深化主题手法分析

田汉于 1941 年创作的自叙传性质话剧《秋声赋》，讲述了在抗战时期的桂林，徐子羽、秦淑瑾（徐子羽妻）、胡蓼红（徐子羽情人）等人经历一番矛盾斗争，最终抛弃小我、并肩投身民族解放事业的故事。《秋声赋》上演时，以其强大的时代感和号召力，引发了"满城争说秋声赋，众人传唱落叶歌"的盛况。

《秋声赋》在塑造各类人物形象时，一个突出特点是对比手法的运用。剧中大大小小人物众多，但是每一个角色都展现出了某一种境遇、某一种选择之下的某一类人的缩影，没有哪一个是纯粹的多余。如果对这些人物代表境遇和选择进行一个"合并同类项"，我们不难发现，剧中主要展现了以下三大组对比：以房东太太、杨太太、徐母为代表的母爱三重境界对比，以行商、黄志强、徐子羽为代表的逐梦者三重选择对比，以秦淑瑾、胡蓼红为代表的女性家庭社会两难选择对比。这三大组对比中，每一种境遇下的不同选择项，都有一个相应的代表人物来展现其情态和命运。

一、三类母亲的对比
——母爱的三重境界

精神分析学家弗洛伊德在《自我与本我》一书中，对于人格结构提出了著名的"三我"论断——一个人的人格由本我、自我、超我三重层次构成。本我包含要求得到眼前满足的一切本能的驱动力，按照快乐原则行事，行为是无意识的。自我代表理性和机智，按照现实原则来行事，监督本我的动静，给予适当满足。超我代表良心、社会准则和自我理想，是人格的高层领导，它按照至善原则行事，指导自我，限制本我。

广义上来说，这一论断同样可以用于其他一些领域。就《秋声赋》而言，剧中三类母亲的母爱同样可以用"三我"来划分。

（一）本我的母爱——房东太太

全剧房东只出场一次，蛮不讲理地催

房租。关于她的背景信息透露如下：

> 我只有一个大儿子在军队里做事，其余的都在念小学。家里又没有别的积蓄，就靠了几栋房子收点儿租钱，维持一家，你们怎么能拖欠我的呢，大家应该拿出良心来。欠我的房钱不是等于耽误了我孩子们的教育吗？……明天再没有，请你们另外看房子。这边房子我要收回自己住，我们大少爷要回来娶亲呢。

房东太太家现阶段主要支出有两项，一是几个孩子的学费，二是大儿子娶亲。"家里没有别的积蓄"，收入来源只有一个或两个人，必然收入者是她自己，大儿子不知有没有补贴家用。而她的丈夫，很大可能是遭遇了不测。她一个女人，战乱中硬是撑起了一个不小的家。支撑她信念的，来自她幼小的孩子们。

房东太太的自白始终都围绕着孩子，一家的生活负担造成她极强烈的危机感，因此，她对才拖欠两三天房租的徐家人横眉竖目，唯恐孩子的生活教育会受到哪怕一丁点委屈。

女性天生就具有保护孩子的本能，在这种本能的驱使下，往往爆发出超乎想象的勇猛和蛮横。房东太太的母爱出于本能，并受本能支配，展现出凶狠泼辣不讲理的状态。

（二）自我的母爱——杨太太

杨太太是徐子羽同乡，对于儿子钟秀经常提及，不过常说他傻头傻脑，好像谁家的孩子都比他强。很类似于如今"万能的别人家的孩子"和"无能的自己家的孩子"的情况。

许多母亲，尤其是受过一些教育、见过一些世面的母亲，出于望子成龙的期待，对自己孩子总有这样那样的向往，而这种向往，常常是孩子目前达不到的。因此，母亲孜孜不倦地拿别人家的孩子做比较，想让自己的孩子再好一点。

然而对于她们而言，孩子永远是她们的重心，永远是可以让自己骂无数句，也不允许别人骂一句的存在。

自我层面的母亲，比房东太太这种不管不顾护犊子的本我层面，自然是更清醒的。但是比起徐母来说，就显得逊色许多。

（三）超我的母爱——徐母

徐母的爱是令人钦佩的大爱。自古婆媳两难容，但是徐子羽、秦淑瑾吵架时，她的劝架就能剥离偏见与偏爱，站在理性和大局上考虑，护着儿媳，对儿子的错误毫不客气地指责。在抗战艰难时期，她对徐子羽仍然坚守文艺工作、坚守桂林，不仅不加劝阻，还倾尽全力去支持，宁可卖了她最宝贵的戒指，也要帮助困难中的徐子羽出版一期刊物。徐母在长沙面对秦淑瑾和胡蓼红，也是从中不断缓和彼此矛盾，促成二人合作。徐母对后辈的支持不仅是物质，更是精神层面的，是"养子女之志""养子女之慧"的境界。

因此我们可以断定，徐子羽作为文艺工作者的精勤、忠勇，作为革命战士的热情、大爱，很大程度上，正是因为他身后站着一个识体明理、勇敢坚强的母亲。

本我的母爱，是母爱最原始最本能、未经任何掩饰和修饰的原生形态，它看似尖锐，却掩不住本性温情。自我的母爱，是母爱经过理性稍加雕琢、约束的再生形态，它听起来并不动人，却在深处隐藏着母亲浓厚的期望和关怀。超我的母爱是自我的终极升华，超越了狭隘、超越了个人、超越了家庭，既爱子女，更爱国家和民族，是天下难得一见的博爱与大爱。

田汉本人的倾向，自然是推崇至高者。基于超我母爱的艰巨性，达到者寥寥无几。可是，不论这份爱达到了什么层次，谁也无法否认，这份爱的来源，是母亲那颗温暖、柔软又坚强的心。

二、三类逐梦者对比——理想与现实张力下的三重选择

田汉《秋声赋》的一个显著特征，就是与欧阳修名作《秋声赋》之间产生了互文性。这种互文性不仅体现在剧中多处适时出现的原文诵读，也不仅是全剧气氛由沉闷肃杀的秋意转向激昂奋进的秋意，更是在人物塑造上体现出一种更广义的"互文性"——男主角徐子羽是文人，是田汉的自我映射，同时也是抗战时期文人的写照，更是与历史上无数有志文人相呼应的形象凝聚点。

几乎每个人，都必然要面临理想与现实残酷的差距，并在二者的张力下做出选择。总的来说，选择大致有三种：一是纯粹的现实，二是在理想和现实之间游走，三是完全跟从理想。不同选择的人有着不同的路，在《秋声赋》里，我们可以看到田汉试图以行商、黄志强、徐子羽三个形象，来为不同选择下不同人的情态做一个回答。

（一）无所谓理想，汲汲于现实的小人物——行商

关于行商的背景信息几近于无。徐子羽要赶他时他说"走开就不能生活"，胡蓼红买一包瓜子打发他时，他顺口说"我原先也是有家的，自从七七卢沟桥事件以来……"还被徐子羽不耐烦地打断，后来尽管徐子羽无奈让他继续说，他也不过把它当作了继续推销商品的噱头："自从七七卢沟桥事件以来……先生您再买两个柚子吧！"所以，对于行商，我们只能得知，他原先有家，可自从七七卢沟桥事件以来，便没了家，而且现在的生活十分窘迫，"走开（卖不出东西）就不能生活了"。

笔者推测，他既然因七七事件开始奔波，原本应在北方一带，后来失去了家，不断辗转到桂林，不得不做行商，学会各种油嘴滑舌、死缠烂打的手段，换来一丁点供给勉强养活自己。也许为了博取同情，他对自己经历略作了添油加醋，但是不可否认，他经历过很多磨难。

行商只不过是一个最普通的小人物，没有什么立场，更谈不上什么理想信念、精神追求，最大的人生目标，就是要让自己好好活下去。

这是在理想和现实之间，抛弃理想汲汲现实的选择，是在精神层面上最底层的小人物的选择。

（二）仍旧心怀理想，被迫屈从现实的普通人——黄志强

作为徐子羽的老朋友，黄志强在剧中，多是作为缓和矛盾、解决问题的存在。他积极开导秦淑瑾、开导徐子羽，尽量化解彼此的冲突；徐子羽和秦淑瑾几次矛盾升级，黄志强都出来左右劝说、打圆场；胡蓼红突然闯入面对徐子羽、秦淑瑾，也是黄志强从中努力缓和气氛；徐母和秦淑瑾去长沙、在长沙逃难、和胡蓼红一起救难童，都是黄志强尽力帮忙打点……联系黄志强的从商经历，商人特有的圆滑和办事能力，是他给观众留下的最深印象。

尽管着墨不多，黄志强本身的经历也很值得琢磨。他和徐母聊天时提到：起先我和子羽他们一起在武汉工作，武汉退出以后，从水路到了重庆，觉得做政治工作也难得有进展，朋友们邀我做点生意，我才又到了昆明……怎么能比子羽始终坚持着自己运动，守着自己的岗位呢？

还有他和徐子羽在旅馆交谈，面对徐子羽对自己弃文从商的质疑，他说：我学文学实在是错估了我的才能，不瞒你说，当我发现我的才能不适于文学的时候，我心里是不好受的，经过了一个相当苦闷的时期，我才决心守我这新岗位……

从上面的台词可以得知，黄志强本来和徐子羽一道，作为文艺工作者参与民族运动；然而，他渐渐发现了自己的才能与理想的差距；经历了一番苦闷抉择，他终于决定顶着不被老朋友理解的压力，弃文从商。对于他的老朋友——仍旧坚守在祖国、坚守在文学岗位的徐子羽，他无疑是羡慕和钦佩的，羡慕他具有追逐自己理想的才华，钦佩他在如此困难的时期依旧不离祖国、不弃理想。这股羡慕和钦佩，化作倾尽全力来协助徐子羽工作的动力，让黄志强得以从另一个方面，弥补了自己文学理想的缺失。

从理想与现实的选择上说，黄志强代表了这样一类人——仍旧心怀理想，被迫屈从现实的普通人。这或许是大多数人的情状。比起没有理想的小人物，普通人都有一

定的志向和能力；比起坚守理想的大人物，普通人又没有足够的才华去实现自己的蓝图。因此，他们只好折中，在理想与现实的差距中，忍痛抛开主观偏爱，清醒地做出最适合自己的选择；他们尽管被迫向现实让步妥协，却依然没有忘记自己的理想；在可能的时候，他们也会为那些坚守理想的奋斗者献出力量，来慰藉自己心中的憧憬和遗憾。

这世上，并非所有的理想都必须不渝，并非所有的坚持都不能放弃。比起一味执着于什么是自己想要的，倒不如客观地看清楚什么才是真正属于自己的。这是黄志强的回答，也是广大普通人最需要的生存智慧。

（三）坚守理想，不畏现实的奋斗者——徐子羽

徐子羽出场的时候，田汉对他简洁地描述道：他是一个艰苦卓绝，可也带些神经质的工作者。

"艰苦卓绝"自不必说；"神经质"带一点自嘲，换句话说即"不达目的誓不罢休"。纵观整部剧本，唯有徐子羽有此殊荣得到作者的明确评价。联系《秋声赋》的自叙传性质，这也是田汉对自己的定位。

比起黄志强，徐子羽具备了文艺才华，更重要的是具有坚守理想的决心。他面临着多重困境：杂志没钱出版，文思面临枯竭期，妻子情人成为了他的后顾之忧，其他同僚纷纷放弃岗位（如黄志强）或者离开祖国（如华生）……在种种艰难的情况下，他仍然辛苦地坚持在文艺岗位、坚守在祖国，满怀希望地期待祖国总会需要自己为抗战贡献的力量。徐子羽的希望当然不是一种无知的乐观，而是一种清醒的执着，他经历种种艰难之后不可能认识不到未来的艰险，然而他依然保持着年轻一般的激情和动力，投入自己的工作中。

徐子羽的多情或许会受人非议。就当时来看，并没有成熟的一夫一妻制度，有妻有妾的现象还有所保留；再加上文人特有的浪漫多情，徐子羽也坚持着对妻子和情人应负的责任，因此笔者认为无可厚非。徐子羽曾说"谁能始终给大众以幸福的，谁一定能给我以幸福"，他是全心全意属于他的岗位、他的工作的，为此他选择了牺牲自己个人的幸福，尽管这种牺牲在今天看来或多或少有些不合理，但是谁也不能否认，他值得所有人的尊敬。

对于理想和现实的三重选择，田汉并没有在剧中做出主观评价。小人物完全屈从现实，有可叹之处，也是无奈之举；普通人顺应现实保留理想，游走在二者之间；理想者坚守理想，在艰难中执着，值得所有人尊敬。但就田汉本人而言，他无疑是倾向于徐子羽的选择——不畏现实、坚守理想的奋斗者。

三、两类女人的对比——女性两难全：家庭责任与社会价值

《秋声赋》存在一个"主角争议"，即本剧的主角究竟是徐子羽，还是秦淑瑾和胡蓼红。支持后者的人认为，尽管剧中角色都围绕徐子羽为中心，但是贯穿整个故事的是女主角秦淑瑾和胡蓼红的转变与升华、剧中的高潮（秦、胡合力打死日本兵）、全剧的号召力也都来自于此；反观徐子羽本人，从始至终没有任何变化。因此也不怪乎有人说，从某种意义上而言，《秋声赋》是一部女性题材作品。

不可否认，剧中塑造得最丰满的形象，无疑是秦淑瑾和胡蓼红这两位女性。一个是妻子一个是情人，一个贤淑沉静一个浪漫热情，一个固守家庭一个投身事业——在许多方面，两个人几乎是对立的存在。然而各方面对比中最鲜明、也同剧本主题最贴近的，正是两人作为新女性，在家庭和事业、小我和大我之间不同选择的对比。

女性研究者波伏娃的《第二性》有一个著名论断："妇女不是天生的，而是后天变成的。"封建女性只有家庭一个选择，姑且不论；如今逐渐走向解放自主的新女性，和男性自古忠孝两难全一样，在社会的要求下同样面临着两难选择——家庭事业两难全。然而对于女性来说，她们的选择远远没有男性自由，她们仍然要背负来自社会的对女性观念持有偏见的枷锁。因此，受到后天的种种限制，女性的两难选择比起男性的忠孝抉择更加艰难。抗战时期的田汉对于这个新兴的问题，以他男性的视角，糅合时代的要求和召唤，在《秋声赋》中给出了他的回答。

（一）家庭责任造就的水性女子——秦淑瑾

秦淑瑾是田汉将他的两个妻子——易漱瑜和林维中结合而成的形象。她的名字来源于易漱瑜，易漱瑜是田汉的青梅竹马、第一任妻子，不幸早逝，给田汉带来极大的打击和一生的怀念；她的经历来源于第三任妻子林维中，剧中秦淑瑾曾在南洋教书多年、与徐子羽结合育有一女、曾在徐子羽入狱时给他送饭、因徐子羽和胡蓼红（原型是田汉的情人安娥，后详述）的恋情而气愤伤心，这些情节全都是林维中的现实经历。

当然，尽管人物有现实原型，我们仍不能把秦淑瑾和林维中简单等同。最重要的理由是，在长沙与胡蓼红言和、一起救难童、一起打日本兵的秦淑瑾，完全出于田汉的艺术想象与现实期望，而林维中并没有相关经历，也一生都没有达到秦淑瑾后来的精神境界。因此，秦淑瑾这一形象基于林维中，却也高于林维中，完成了后者没有达到的蜕变。

秦淑瑾这个名字，本身就透着水一样的温婉。总结秦淑瑾的性格，也正如水一

→《秋声赋》剧照

样，本性柔和，贤惠顾家，胆小爱哭，却能很容易随着环境变化被塑造出不同形态。她能在艰难时刻把一家大小事情照顾周到，她对徐子羽的不少老朋友都相当和善，她爱哭胆小怕看死人，她也能为了徐子羽的二心和他吵得激烈，她也能在胡蓼红的影响下投身救助难童工作，她也能为了救胡蓼红而爆发勇气劈死鬼子、烧了房子。

秦淑瑾在长沙对胡蓼红这样描述自己：你是我的一面镜子，你把我的懒惰、把我的自私全给照出来了。我对于我自己也并不满意，但是我像饲养还不久的山禽似的，并没有忘记我的本能，到必要的时候我还能飞。

"饲养还不久的山禽"具有三个特征：一是山禽性格较温和，有能飞的本能；二是被饲养，本能渐渐开始消磨；三是饲养还不久，因此本能还没被消磨殆尽，"到必要的时候还能飞"。问题在于，如果是"不必要的时候"呢？比如若是没有抗战背景，或者抗战结束、回归和平这一必然结果到来，秦淑瑾"能飞的本能"——投身事业的能力，就会一直在这被饲养的环境里，一点一点地完全消磨掉，成为一个标准的传统家庭妇女。

因此就本质上来说，秦淑瑾尽管会在一定程度上爆发，却还是相对软弱保守的。在抗战的环境中，她可以因为集体暗示的力量暂时抛弃小我、不计前嫌，但是抗战结束后，各归各位，她还是会回归保守围绕家庭打转，

还是会为了家庭同胡蓼红争抢丈夫。

这种可塑性极强个性却不鲜明的性格，根源便是她是个传统的家庭女性，很善于逆来顺受。也正因为她选择了家庭责任而放弃了事业，家庭束缚的大大增强，使得她保守、关注小我等性格特征根深蒂固。

对于秦淑瑾的小我选择、家庭责任，田汉的选择是全盘抛弃，让她和胡蓼红一起选择大我、投身事业。

（二）社会价值成就的烈火巾帼——胡蓼红

胡蓼红的历史原型，是田汉第四任妻子，也是他一生中最爱的志同道合的女性——安娥。有苏联留学背景、被称为"莫斯科红女郎"、富于文学才气的安娥，作为中共地下党员，为拉拢当时极具影响力的田汉而与他接触，后与他相爱，经历曲折相守一生，传为一段佳话。

同秦淑瑾一样，胡蓼红也不能简单等同于现实中的安娥，尽管后者较前者更加接近原型。

工作能力强、才华横溢的中共党员、女诗人胡蓼红，曾和徐子羽在长沙抢救难童，还怀有他的孩子。然而因为胡蓼红要做地下工作不能结婚，加上秦淑瑾比她更需要丈夫，所以她做了徐、秦二人的红娘，并主动退出。以上基本就是安娥的经历。九年后（胡的孩子已九岁）抗战，地下工作结束，

胡蓼红回到桂林与徐子羽旧情复燃，并拔枪表示得不到徐子羽就结束自己。秦淑瑾气走后，胡蓼红没有得到徐子羽的响应，也因其女儿大纯不愿认自己为妈妈而伤心。就在此时，她偶遇之前救过的难童，深受感动，在《落叶之歌》中唱出自己的心声——要去做广大难童的妈妈。胡蓼红到长沙说服秦淑瑾，两人一起照顾徐母、救助难童，并在长沙言和，一同打死了鬼子。

田汉的话剧常以"话剧加唱"的手法为特色，他融入西方歌剧表现方法，注重在歌曲中展现主人公心路历程变化、丰富话剧表现力。延续了这一传统的《秋声赋》里，五首主题曲有两首属于胡蓼红的心声独唱（其余三首均为背景），可见田汉对这个浪漫女诗人的偏爱。

尽管胡蓼红也曾为了自己的爱情做出拿枪逼人这样自私无理的举动，但是总的来说，这个人物的主旋律是一个投身事业的烈火巾帼。与秦淑瑾相对，她干练、勇敢、有才、浪漫，不输于大部分男性工作者，是社会价值成就的大女人形象。对于她在一定阶段展现的小我倾向，田汉依然无情地否定；对于她在家庭事业之间抛弃家庭、全身心投入事业，田汉高度颂扬，并借此给出了田汉对新时期女性选择的答案。

综上，对于新女性的两难选择，田汉的答案是：完全抛弃家庭、抛弃小我，无私投入事业、成就大我。在男性视角和特殊时期条件下，这个答案的合理性几乎不可辩驳。但是，基于男性视角对女性问题的局限，再加上特殊时期的限定，这种过于简单化的选择，显然没有顾及诸多方面（如家庭老幼缺乏照顾、社会观念偏见等）造成的生存困境，对长远考虑也是欠缺的。一旦特殊时期结束，这种选择的缺陷会越来越鲜明，而缺陷造成后果的全部承担者，只有选择事业、抛弃家庭的新女性。

以不同人物在不同的选择下造成的情境的对比，来探讨关于时代、关于现实的几种问题，深入而全面。在以上三大组人物的对比中，田汉成功展现了现实生活的复杂多样性，展现了他对广大人民深入细致的观察，以及对投身集体奉献者的肯定和颂扬。对比自古以来作为最常用手法之一，至今已觉不新鲜。但是田汉能另辟蹊径，在《秋声赋》里做出创造性的尝试，并取得如此耀眼的艺术成就，实在令人叹为观止。

（杨雪莹，广西师范大学文学院2011级汉语言文学专业本科生，在新西南剧展话剧《秋声赋》中饰演胡蓼红和房东太太）

心怀对角色的敬仰

——对《秋声赋》中徐母的人物分析和扮演心得

1942 年，《文艺生活》连载了田汉的《秋声赋》。这部剧作以表现革命理想与现实社会的抗争为主题，讲述了作家徐子羽在革命事业受阻之时又遭遇情感危机的故事。

徐子羽坚信革命对于社会和人生的意义，更将革命与爱情统一起来。他的妻子秦淑瑾曾是一名教师，但结婚后便只顾着家中琐事。女诗人胡蓼红则因"头脑最清醒，肯为大众利益着想"而得到徐子羽的喜爱。二人都想完全占有子羽的感情，但子羽最终认为"谁能始终给大众以幸福的，谁一定能给我以幸福"。感情生活的困扰加之对革命事业的担忧使子羽深感处在"一雨便成秋"的桂林总有挥之不去的苦闷。他也因此慨叹人生："人类对于未来的命运总是像黑夜行路似的，不能不一步步的试探。""当你以为给了人家玫瑰的时候，到了人家手里也许变成了荆棘。"后来，胡蓼红则因为徐子羽的女儿大纯不肯叫自己"妈妈"，就勇敢地选择去做广大孤儿们的妈妈。秦淑瑾也在胡蓼红的感召下意识到自己像饲养不久并未忘记

本能的山禽，到必要的时候还能飞。两人不但合力打死日本兵，还坚持留在长沙做抢救战区难童的工作。她们在抗战的大形势下，由情敌一变成为一同抗战的姐妹。在话剧的最后一幕，漓江边上的徐子羽也渐渐发觉"这秋声不会让我悲伤，只会让我更加兴奋，更积极。不会让我们有迟暮之感，只会让我们向前努力，不知老之将至"。

初看这部话剧，很容易将其浓缩为"一男二女"的故事。但细心的观众会发现，剧中还有一位非常重要的人物，那就是徐子羽的母亲——徐母。

从故事中我们可以清楚地感受到《秋声赋》实际上是田汉的自传之作。徐子羽这个人物中有作者自己的影子，而田汉对徐母形象的塑造更是依据自己的母亲易克勤来写的。田汉的母亲易克勤是家中的长媳。因为她的精心理家，起初生活还勉强过得去。田汉七岁时，母亲就送他去上学，希望他能成为一个有文化的人。但在田汉九岁那年，父亲田禹卿因患肺病不幸去世。此后，家里

→《秋声赋》剧照

的织绢生意赔本，境况越来越差。田家难以为继，被迫分家，而分到田汉母亲名下的只有一具破柜和几块楼板。但就是这样，顽强的她还是坚持着拉扯大了三个孩子。历经苦难折磨的易克勤老人，到晚年却没有一个亲人留在身边。在 1971 年 12 月 30 日，老人孤独地含愤而逝，享年百岁。

田汉曾在写给郭沫若的信里介绍到，他一生最爱的三个人中首先就是"意坚识著，百苦不回"的母亲易克勤。身为长子的田汉聪明懂事，最得母亲疼爱和器重。他对母亲的孝顺在文艺界也是出了名的。老人家爱热闹，几乎每年母亲过生日，田汉都会邀一大群朋友来家里给她祝寿，这个习惯一直持续到 20 世纪 60 年代。田汉在"文革"中

遭残酷迫害，生命垂危时，嘴里念叨的还是母亲。在田汉写给专案组的交代材料中可以知道：他经历了两年关押折磨，甚至在生命垂危之时，审查都没有停止。昏迷中的他悲惨地叫着："让我回家看看 90 多岁的妈妈吧！我已经两年没见到她了，我只看一眼，只看一眼。"正因为田汉对母亲的感情颇深，所以在以自己母亲为原型对徐母形象进行塑造时，便使这个人物形象跃然纸上，触动人心。

在《秋声赋》中，徐母作为一家之主，对儿子徐子羽教导有方。在子羽苦恼的时候给他讲"欲治其国必齐其家"的道理，恳切地教育他"一个想做点事情的人要有担当"。徐母的谆谆教诲从田汉的散文集《母亲的

话》中便可寻出踪迹。抗战期间，母亲易克勤在晚上一边绩麻一边讲往事，田汉就在煤油灯下一句一句记下来。这可以算是田汉母亲的回忆录，也由此看出母亲的话于田汉的意义之深重。这也就不难理解为何剧里的徐子羽会不听妻子的话，会不听情人的话，但对母亲则是始终怀着绝对的敬重。

徐母对子羽的事业总是给予全力支持。对故土的眷恋在一个年逾古稀的老人身上总会十分强烈，但她依然跟着子羽到处奔波。在桂林住的时候还因拖欠了两三天的房租，就遭受了房东的指责。同样在现实中，田汉刚在上海落脚时便把母亲从湖南老家接来同住。此后，田汉搬家不下五次，一直颠沛流离，而母亲易克勤大部分时间都是跟着儿子四海为家。

在剧中，徐母看到子羽因为没有钱，杂志不能出版时，就典当了自己的戒指去帮助他。而田汉也有过类似的经历。田汉的父亲逝世后，母亲就发誓一不嫁人，二不当女佣，三不要饭。她完全靠自己的双手养活着三个孩子。那时为了让田汉上学，她到处借钱凑学费，还把家里唯一的一床被单当掉，就盖着一床破棉絮过冬。

徐子羽能够成为一个有大爱的人，和徐母的博爱也不无关系。在遭遇危险的时候，徐母马上想到的是让淑瑾和蓼红抛下她去救难童。敌人到来后，徐母拼尽老命，而让别人先走。对孙女大纯的疼爱是出于本性，可

她对子羽的朋友黄志强都会牵挂万分，就算日子不好过也会在他到来时杀鸡款待。

这种博爱的情怀在田汉母亲身上更是有着生动地体现。田汉的儿子田申曾回忆到："在我幼时跟随祖母颠沛流离，改名换姓的生活中，亲身感受到祖母真是一个无私的人。哪怕自己再怎么困难，如果遇到朋友们有什么为难之处，她都是倾囊相助。宁可自己饿肚子，也让别人吃饱。后来父亲田汉办'南国社'、搞剧团院，当演员们没米下锅时，她也会尽其所能去资助。当时戏剧界都称她为'戏剧妈妈'，我想这绝非过誉之辞。"著名作家廖沫沙也曾讲到过："他在田汉家住过一年多，易克勤老太太始终待他很好。所以解放以后，每逢春节和她的生日，他都要去看望她老人家。"剧中，子羽始终肯为大众利益着想无疑是受到了徐母仁爱情怀的影响。正如生活中，在母亲易克勤身体力行的教育下，田汉也很慷慨大方，据说在戏剧界被称为田老大的他"除了尼姑，三教九流都有朋友"。

徐母也是一位心如明镜更懂得顾全大局的母亲。对于儿媳妇秦淑瑾为家里的付出，徐母心怀感激。而对胡蓼红这位曾经和子羽有过一段感情经历的女人，她也表现出合适的关心。她极力平复淑瑾和蓼红之间的矛盾，希望"她们好得像姐妹一样"。在关键时候更会为大家主持公道，劝告蓼红"不该到长沙找她们"。但在蓼红想通时，也

会告诫淑瑾反省自己，"让她多帮帮蓼红的忙"。虽然听不得吵架的徐母总盼望着一家人能和和气气的，但在家中出现矛盾时她总会是先压抑着内心的苦楚去安慰家人。要让一位老人家不断做出牺牲去承受这些烦扰已是令人嘘唏，而这种经历在田汉的母亲身上实则更为沉痛。

"文革"之初，田汉被扣押，家里人都受到牵连，不是被关进"牛棚"就是被押往干校。唯独只剩下不属于任何单位的母亲。老人家一个人受尽孤凄，日夜盼望儿孙们回来，头两年还常常会在傍晚摸到大门口去看望。

1967年，田汉被关入专门关押高级政治犯的秦城监狱，后于1968年病逝。但当时老人家并不知道自己的儿子已遭迫害。1971年11月是易克勤的百年寿诞。她远在湖南的右派儿子田洪，经多方争取才被组织上批准到北京给母亲拜寿，神智清爽的老寿星还嘱咐田洪："你先要报个临时户口，在我那房间开个铺，等寿昌回来我们一道吃饭，我们娘崽好久没有在一起了。"

如果说白发人送黑发人是人生莫大的痛楚，那么这种不知孩子下落，只能在遥遥无期中苦苦等待又将是何种滋味呢？正应了徐母在《秋声赋》中的感叹："我想老天为什么不让我早一点儿死，要让我活着看见子孙的不幸。"

对于母亲的依赖与怀念也使田汉对"女性"和"母爱"有着独到的认识，成为了他在创作中挥之不去的"母爱情结"。《秋声赋》中胡蓼红虽然在爱情上有所迷失，但最后在母性的召唤下明确了革命的方向，选择去救助难童。同时，透过女人看时代，通过秦淑瑾从懈怠无为到投身革命的变化，来表达每个人都该集中力量于抗战工作，反映出时代的图景与演变。由此可见，母亲易克勤对田汉创作的影响之深远。

当田汉对徐母形象的塑造饱含真情又赋予深重意义时，对扮演这个角色就有了很高的要求。而对于笔者这样一位年仅二十岁的大学生，却需要跨越五十岁去扮演一位七十多岁的不简单的母亲，所面对的挑战更是加重了很多。

一方面为了达到外在的形似，我在表演前需要花费很长的时间化妆、做发型，甚至根据发型要求会剪去自己的一些头发。平时的排练中更要弓着背、曲着膝。因为长时间保持这样的状态，一场戏下来总是疲惫不堪。同时，为了使声音上有苍老的感觉，我在整场戏中都要压着嗓子说话，有时还常常担心一激动自己的声音就会冒出来。

另一方面更是力求表演得神似。因为我们都不是表演专业的学生，最直接的办法就只能是把自己完全地浸入到角色当中。所以，从要表演的那一刻起，我就不再是自己，而是徐母。也只有真正地成为人物时，她的思想情感才能活起来。同时，老师们都在耐心地指导我练习台词、设计动作，根据人物性格定位自身气质。自己在平时也会去观察老人的神态，想象情境去不断地找感觉。这个过程很不容易，但也无法因为自己非专业出身就让观众包容我们。只能是尽力地追求专业，还要发挥自身优势来突出特色。虽然没有专业的技巧，但我们可以有专业的精神。这种精神是对表演的认真，更是对艺术的执着。曾有指导老师讲到，"表演时最重要的不是形象、声音抑或是你的专业度，关键是要有自信"。而在经历了多场演出之后，更明白了这种自信是你抛开个人感受、放下自我之后，重新树立起的一个演员的自信。

此外，在排练的过程中，老师们还会不断地给演员们讲关于《秋声赋》和田汉的背景知识，会引导自己揣摩像"剧中徐子羽的形象非常的'高大全'，那么他所敬重的母亲又会是怎样的？""徐母是因为有着怎样的境界才会对子羽的革命事业倾其所有的支持？"等问题。

随着对这些问题的思考加之对相关知识的挖掘，我逐渐明晰了在徐子羽的卓绝背后其实站着一位伟大的母亲，也正是这位母亲支撑起了这个家。

上了岁数的徐母倍感人生无常，觉得"像自己这样年纪的人，到这桂林都是来一次少一次"。但她还是会要强地说"七十来岁的人怎么就不能走路"，甚至在大敌当头时让别人先逃走。徐母身上有着传统女性善良、慈爱的美德，更有非常进步的革命思想。徐母告诫子羽"把治国平天下当作自己的责任，应先从齐家做起"。徐母与秦淑瑾之间，并没有普通婆媳之间的矛盾。反而在儿子抱怨妻子妨碍他时，提醒子羽"十几年间并没有给妻子什么好的影响"。诸如此类的很多细节，使我不禁对这位在动荡年代依然坚强而又知性的女性充满敬仰。

一部好的作品，情节吸引人只是第一步，第二步是用情感打动人，第三就是精神境界提升人。徐母这个人物对情节发展有重要作用，也有着打动人心的情感。而田汉在以母亲为原型塑造徐母时，真正想要赞颂的应该还是这种精神品质。

但《秋声赋》这样一个田汉匆忙赶制出的剧本，其创作也有美中不足之处。仅从徐母这一角色来看，这一人物形象较单一，角色的发展不够完整，在剧中只是无止境的付出和牺牲，最终的收尾处略显仓促。比如徐母卖了戒指支持儿子是一种牺牲，而隐瞒儿子和胡蓼红的事情则是有所纵容，这就和徐母对子羽总是严格要求不相符。再比如尾声处提到"七十岁的祖母都有工作了"，只是表现出当时的革命热潮，对徐母本人的情感发展缺少一个交代。这和剧情需要、剧本改编都有关系。而在表演时就需要尽力弥补，去抓住为数不多的点表现徐母其他的情感面，像是她的害怕、心酸、劳累、兴奋、容易满足，等等，这样这个人物才是"活"的。

可以理解的是，徐母这一人物是在环绕着他们的特殊环境中形成的，即典型人物性格的形成以典型环境为基础。在当时的时代背景下，历史环境、革命需要决定了这样的创作，人们必须放下自己的爱恨情仇，统一方向去抗战。所以不只是秦淑瑾和胡蓼红放下了个人恩怨，更有徐母这样的妈妈有着很高的政治觉悟。尽管徐母会害怕、难受，觉得自己不中用，但七十岁的她最后也去工作了。然而，在剧本改编和演员的二度创作时需要意识到，当时的历史条件下是要表现出人人都能革命，而结合现在的时代背景更值得体现出的是人们该如何化解自己的情感危机，也是真正地突出新西南剧展中对《秋声赋》的定位："用艺术与生活搏斗，用艺术去化解人生的烦恼，突破情感的困境。"[1]

记起当时之所以会选择扮演徐母这个角色，是因为年龄的跨度让我觉得值得尝试。但如果说是难度让我选择了这个角色，那么真正使我坚持下来的应该是出于对徐母所具有的境界和情怀的敬仰。

这种敬仰源于对高尚境界的佩服，但现实中的人总是无法如这般伟大。在《母亲的话》中，田汉描绘出的母亲易克勤其实如同众多女性一样普通到不能再普通。丈夫病逝时，她也会脆弱到想自杀。孩子想上学时，她也能坚强到四处求人。易克勤只是在苦难的锻造中坚持生活着。同样，在表演徐母时也愈发明白，人都是复杂多样的，不是一个标签或定位就可以解释的。无论是现实中的易克勤，还是剧中的徐母，她们简单地生活着，却因此而不简单。其实伟大，并非一定要怀着壮志凌云，并非一定是能指点江山。一个个普通的力量积聚起来同样可以铸成不普通的历史。

就像我们在做的新西南剧展，不是非得干出什么惊天动地的伟业，只是在当下不畏困难、不计得失地做一件值得做的事情。当所有参加新西南剧展的成员的努力汇聚在一起时，也形成了一种力量，一种承载文化担当和历史责任的力量。而当自己在为这个角色、这个剧展投入诚意和激情时，会不断发觉到：在对人物的理解不断深入时，才会理解戏中的人生百味，读懂作品的深刻内涵；在对角色尽情演绎后，也才体察到非同寻常的感受，获得与众不同的经历；最终也会以此提高个人的素养，丰富自己的人生。

（常蓉，广西师范大学文学院 2011 级文秘教育专业本科生，在新西南剧展话剧《秋声赋》中饰演徐母）

---

1 《秋声赋》剧目简介，广西师范大学图书馆，2014 年 5 月 16 日。

与角色秦淑瑾的心灵碰撞

一、《秋声赋》与秦淑瑾

"在历史闭幕的地方，我们重新出发。"

抗日战争期间，在中国共产党的领导和推动下，全国各族人民高举爱国主义旗帜，积极开展抗日救亡戏剧运动，使抗日救亡戏剧运动出现了空前繁荣的局面。

1944年2月15日至5月19日，在桂林举办了一场盛况空前的戏剧活动，即"西南第一届戏剧展览会"，简称"西南剧展"，风靡了全中国乃至全世界，为中国的戏剧运动奠定了坚实的基础，为中国戏剧事业的发展作出了不可磨灭的贡献。2014年是"西南剧展"成功举办70周年，我们再次高举旗帜，以"新西南话剧展"为文化品牌，重排、重演《秋声赋》《旧家》《桃花扇》等桂林抗战文化城时期的经典剧目，温故"西南剧展"，缅怀那段壮怀激烈的岁月。

《秋声赋》是田汉先生的经典作品之一，讲述了抗战年代以徐子羽、秦淑瑾、胡蓼红等人为中心的文化人，为祖国解放、民族自由而投身奋斗抗战的故事，蕴含着家庭亲人之爱与祖国民族之爱。

《秋声赋》在"悲秋"的歌声中开场，环绕在象鼻山边船户子们像哭着似的颤抖的歌声，敲打着窗户的淅沥、凄清的秋雨，云暗潇湘无奈只得一人独守到深夜的悲怨。在山河破碎的动荡生活中，抗战诗人徐子羽与妻子秦淑瑾的关系越来越紧张，前情人胡蓼红的出现，使得两个人之间的关系更为微妙。秦淑瑾在与徐子羽结婚之前，也曾是一位以工作为重心，活得自由潇洒的女性，但是在与徐子羽成婚后，秦淑瑾便将重心和精力投放到了家庭和丈夫身上，为他放弃了工作、自由。

我所扮演的角色就是田汉先生《秋声赋》中抗战诗人徐子羽的妻子——秦淑瑾。

在秦淑瑾身上，有着当时传统女性所具备的优良素质。她勤恳，结婚后一心照顾家庭、照顾母亲；她专一，哪怕知道丈夫与前情人有联系也一心向着丈夫；她隐忍，为着家庭为着女儿努力经营一份感情和这个家；

她宽容，在抗战面前选择与自己的情敌冰释前嫌站到同一战线；她明理，放下私人恩怨愿意再次站在工作岗位上救助广大难童；她勇敢，提起斧头劈向鬼子，亲手点燃鬼子尸体下自己的家园……同时，她拥有着坚强又勇敢的女性主体意识。

我曾私下了解过《秋声赋》的创作背景，除了抗日战争这个宏大的历史背景，《秋声赋》的戏剧情节还源自田汉本人的一段感情经历。自古才子多情，著名戏剧家田汉先生也不例外。

《秋声赋》中秦淑瑾的原型便是田汉先生现实生活中的妻子——林维中。林维中也是一名痴情、勇敢的女性，她与田汉先生共患难，十年老夫老妻，感情也十分要好。但是尽管如此，也抵挡不住田汉先生与安娥的情愫。安娥，便是《秋声赋》中徐子羽前情人胡蓼红的原型。安娥在当时也曾为田汉未婚先孕，并且最后和田汉先生生活在一起。这段感情变故没有在《秋声赋》中呈现。《秋声赋》的结尾是胡蓼红放弃了对徐子羽的追求。但在现实生活中，田汉终于与林维中离异，与安娥结合。林维中终身未再嫁。在1979年田汉先生的追悼会上，林维中到场，泣不成声……

了解到这段历史后，我内心久久不能平静。田汉先生笔下的秦淑瑾，哪怕是带着悲悯的家庭妇女，但田汉先生依旧让她显露了许多女性美好的人格魅力。田汉先生是爱林维中的，就像徐子羽也是爱秦淑瑾的。大概是因为在那些特殊历史的背景下，越是伟大的女性，身上肩负的使命越重，也就越是不能拥有普通女子的福气吧。

在《秋声赋》中，秦淑瑾有着多重身份。对于徐子羽她是妻子，对于胡蓼红她是情敌，对于徐母她是儿媳，对于大纯她是母亲，对于黄志强她是嫂子。她的性格以及情感会随着她的身份不同而变化。换句话说，情感的转变和爆发并不是因为剧情，而是因为剧中人物关系的改变而改变的。因此，希望在表演中真正表现出秦淑瑾多样的情感状态，将秦淑瑾每一丝每一毫情感上的低潮高潮体现出来，就需要理清她与剧中每一个人物的关系。根据老师、专家的指导，结合自己的排练、演出的体会，如今总结，扮演秦淑瑾，就应该让自己成为秦淑瑾，这才是演好这一角色最好的方法和途径。

2014年6月28日《秋声赋》在南宁锦宴剧场演出圆满结束。从我接触剧本开始排练到这几场演出的圆满落幕，时间飞快过去了两个月。回望自己在这部剧里扮演秦淑瑾一点点成长起来、成熟起来的模样，我将自己的经历总结为三个阶段。

二、排演的三个阶段

第一阶段，刚接到剧本，从零开始。

导演向丹老师一开始并没有过多地和

我分析这个角色。我心目中对秦淑瑾的原初印象，是很单纯却又很丰富的。单纯是因为没有任何人给她添加过多的定义词，丰富是因为她能随着我的理解变得越来越饱满。因此，正式开始排练时，第一幕便是带着浓浓秋意的悲怨。秦淑瑾听着船户们排号子的声音，对前来探望徐子羽的老友黄志强诉苦，无奈等到夜深丈夫归来只能拿着黏好的情书向丈夫质问，无止境的争吵、缓和、又争吵。第一幕排下来，这个角色的歇斯底里让我觉得只要让外在表现出一定的情绪波动，那就是入戏了。

但是我错了。她的悲怨无助，她的歇斯底里，她和徐子羽那些无尽的争吵，并不是她的全部。秦淑瑾的魅力就在于，她所拥有的东西，并不是一开始就展现得一览无余的。因此，当这部剧排到第四幕并且临近首演的时候，我进入到了第二阶段。

第二阶段，感受到秦淑瑾不一样的魅力，开始用心去与她融合。

第四幕的她，从一个平凡简单的家庭妇女模样，一步步蜕变成一个坚强勇敢爆发出力量的女性。虽然从一开始就遭受了巨大的冲击——知晓自己的丈夫和情人未婚先孕有了孩子，而且婆婆还一直瞒着自己。但是在抗战形势迫在眉睫的情况下，她开始一点点释然，慢慢接受自己的情敌胡蓼红，并且与她站在同一战线，一齐对抗日本鬼子。最后她接受了胡蓼红的观点，决心成为一名

家庭与工作并重的女性，独立并且勇敢地面对生活。她挥起斧头砍向鬼子的那一瞬间，她蜕变了，她拿起煤油泼向鬼子尸体烧掉自己房子的时候，她完成了她的蜕变，从一个局限于个人小我的女性到一个融合于民族大众的女性的蜕变。这样的秦淑瑾不仅让这个角色完美地升华到一个高度，也让观看这部剧的观众惊喜和感动。

作为谭思聪，我并未参与过这段历史，未曾有过这般感情经历，更不可能挥起斧子砍死鬼子。因此，我之前所了解的历史背景，以及第一、第二幕对秦淑瑾妻子主妇性格的拿捏，正好成为了我作为她完成蜕变的一个垫脚石。她温柔贤惠却不失坚强勇敢，她痴情悲怨却懂得顾全大局，这是一种对比。我不仅要体现出她的性格变化，还要驾驭角色的韵味和内涵。

与秦淑瑾心灵融合的过程，无非是常常把自己幻想成这个人。我的丈夫，是一个诗人，我爱他却又恨他，因为他背着我和他的前情人通信来往，我恨他却又无法放下这个家。带着这种情绪与情感，我们迎来了首演。演出当天，我确实入戏了。我带着泪与徐子羽争吵，却又因为他的怒吼而委屈。前情人胡蓼红的出现无疑是火上浇油，我气急败坏可是却无能为力，只能圈着自己的女儿大纯，尽量与胡蓼红保持距离，拒绝她友好的问候。

这是我成为秦淑瑾所经历的第二阶段。

在这期间，我已经让秦淑瑾慢慢走进我的内心，甚至可以说，我和这个女人的灵魂进行了融合，不管是排练还是演出，我总是不断地和她进行心与心的交谈。

有了第二阶段的变化，首演以及接下来的两场演出都得到了观众们的强烈认同，《秋声赋》很成功。外界评价我们：作为一名当代大学生，却演绎出了抗战年代传统与冲突的碰撞感。这应该就是所谓的"演得好"吧？可是，几场演出下来，我又不禁想，为什么会演得好呢？

因为这个疑惑和问题，我进入了第三阶段。

第三阶段，意识到秦淑瑾不是一个个体，她不是单独存在的。

在6月28日演出前，我们曾和中国话剧艺术研究会的蔺永钧老师一起探讨了剧本。从蔺永钧的意见中我总结出了，在剧中，秦淑瑾是相对于徐子羽、胡蓼红而存在的，但是从更深刻的意义上来说，秦淑瑾是通过胡蓼红的存在和激发，才把自身隐藏的一些人格魅力给凸显出来。

胡蓼红是徐子羽的前情人，也是一位女诗人。她独立、自信、有主见，在众多女性当中拥有着与众不同的想法与见解。因此，她令徐子羽着迷。也是她的独特，使徐子羽沉闷的内心再次燃烧起来。对比起她的独特来说，秦淑瑾确实显得保守普通，但是这两个女人却成为了最好的互补。

她们性格各异，追求不同，重心不一，却爱着同一个男人，由此成为了相看两厌的情敌，在徐子羽和秦淑瑾结婚时，胡蓼红还曾做过红娘。可是在当时特殊的抗战背景下，两个女人因躲避敌人这一偶然的机会，经历了促膝长谈的一晚，冰释前嫌，放开情感的包袱，毅然投身抗战的洪流。

她们是情敌，却又都是善良勇敢的女人。因此，整个剧目中，胡蓼红与秦淑瑾的对手戏是我最期待也是我最喜欢的部分。因为胡蓼红，秦淑瑾才发生了蜕变，她们一起变得独立勇敢，一起面对敌人，一起加油鼓劲，偷偷说着小心事，互相开着玩笑……胡蓼红的出现，使得秦淑瑾的人格魅力更加完美化形象化，使得秦淑瑾的角色表现力到达了又一个高潮。

因此，更好地表现秦淑瑾的人格魅力，单靠了解秦淑瑾是不够的，还要深入探讨胡蓼红与秦淑瑾的关联。这两个女人，不只是感情的纠葛，更是在国难当前，每个女性鲜活形象淋漓尽致的展现。这就是我体会到的，秦淑瑾不是一个个体的存在。

在南宁锦宴剧院演出之前，为了剧本的跌宕起伏更具引爆点，我们遵照蔺永钧先生的指导临时快马加鞭修改剧本排下了第四幕。但是从总体上来说，我认为秦淑瑾更应该和场景、音乐以及氛围融为一体。《秋声赋》意在"秋"，而秦淑瑾在剧中是最能表现秋的愁和秋的萧瑟的。所以，在台词剧情修改的情况下，我提出了自己的意见，和导演向丹老师一起将第四幕的音乐、道具甚至背景都做了修改。

　　6月28日的南宁锦宴剧院演出，可以说比以往的演出都更为深刻和成功，氛围更为浓郁，演员们都特别入戏。最后烧房子的时候，我真正哭了出来，前所未有的动情。我认为这不仅是我与秦淑瑾之间心灵相通了，心灵与心灵相互产生了碰撞，摩擦出了火花，更是饱满到位的氛围和音乐，让我与秦淑瑾进行了重叠、幻化，仿佛真的在烧房子，我舍不得我自己的家，但是我却一把火烧了房子和鬼子！这样的演出，让观众身临其境，但更多的是能与秦淑瑾同悲同喜，达到一种情感认可吧。

三、向角色学习女性主体意识

　　别看秦淑瑾一开始禁锢在家庭中，失去了独立工作的机会，但是我并不认为她没有女性主体意识。这便是我所喜欢、所欣赏、所需要学习的。

　　相比秦淑瑾，胡蓼红是一个个性鲜明、独特的时代女性。她有着很强的自我主体性意识，追求自由的爱情、敢于捍卫属于自己的东西，这是她最鲜明的特点。秦淑瑾不一样，你看她，好像只是一个平凡的家庭主妇，只会相夫教子，照顾家庭，但她并不是没有"女性主体意识"，它只是还未被唤醒。这就是她与胡蓼红的不同。她的"女性主体意识"可以说来之不易，如果没有激发、没有战斗，也许秦淑瑾会一辈子安定在家完成她的好妻子和乖媳妇的形象。但是从第一幕到第四幕，秦淑瑾明显发生了变化，她的"女性主体意识"一点点被唤醒。而且，她的"女性主体意识"并非只是"男女要平等"这么简单。

　　在我们现当代社会，多少女性丧失了"女性主体意识"，又有多少女性即便有着"女性主体意识"，也是不健康、不全面的"女性主体意识"。

　　秦淑瑾的"女性主体意识"被唤醒后，我认为她更注重自我价值的追求，她与胡蓼红冰释前嫌后决定要去救助难童，她认为自己还能做很多事，她挥起斧子砍向鬼子……无一不体现着她所追求的自尊、自信、自立、自强、自为。而这些，恰恰更彰显了她个人的追求，与徐子羽关系不大。

　　这是她最令人惊喜，也是最完美的蜕变。

　　成为秦淑瑾，不只是在剧中表现出这一点，我认为在现实生活中也很需要增强"女性主体意识"。我，甚至许多在校大学生，常常存在这样的问题——自我矛盾。我认为这是我们追求自我人格独立的行为与女性主体意识被唤醒过程中产生的矛盾。我们对内强烈自尊，对外又需与压力抗争。我们有实现自我价值的强烈愿望，但又无法在社会和现实观念的交错和冲突中寻求到平衡。所以当我们走出社会，想要施展自我的时候，却得不到社会的认可，那时候我们便处于了一个矛盾状态。

然而，通过慢慢深入了解秦淑瑾，我意识到女性主体意识是需要被唤醒并且不断丰富和发展的。首先，我们需要正确认识到自身的特质，塑造与自身生理、心理完全相协调的气质，找到适合自己的角色。其次，我们应该做到自信，但并非"女性至上"，我们应该做到"自为"，并非"男为女用"。

女性主体意识的觉醒和增强并非一朝一夕可以完成。虽说秦淑瑾是过去虚构的人物，但关于女性主体意识的共通点是不变的。要成为秦淑瑾，不仅要与她的心灵进行对话，更要让自己的气质提升到属于她的层次。

成为秦淑瑾的三个阶段，一步一步变得更成熟、更深入。但我相信这并没有结束，因为我们乃至秦淑瑾的形象刻画仍存在着许多不足。

每一次的演出都是一次进步，更是一次惊喜，但是怎样在每一次演出后找出新的突破口去继续创造惊喜呢？

我想这是我接下来要不断努力的方向。

半个学期下来，不管是秦淑瑾与徐子羽激烈的争吵，胡蓼红与难童们感人的重逢，还是秦淑瑾和胡蓼红在国难当头推心置腹，冰释前嫌，搁置恩怨情仇，合力对抗敌军的勇敢和果断……每一个鲜活的人物形象，不只是在演员们心里生根发芽，也在观众们心里埋下了感动和缅怀的种子。历史虽已过去，但它并不会磨灭。我深刻感受到了这次剧展的重要意义，不只是为了缅怀那段激情燃烧的岁月，传承中华民族的风骨，发扬西南剧展和桂林抗战文化，更是对我们大学生非专业演员的一种锻炼和培养。

"话剧"本身就是一门课程，在演戏前，主动去了解、去学习这段历史，在演戏的过程中，深入地去了解角色和作品，体会历史文化的内涵，演出结束后，感悟人生百态，这是对我们专业技能和素养的一种培养磨砺，同时，经过"话剧"这一门课，获得了很多在课堂上无法得到的东西，与老师和同学们共进退，享受了快乐的演戏过程。

"新西南剧展"与《秋声赋》带给我的不仅仅是一场表演，也不仅仅是一个话剧。它对于桂林来说，是一面重新竖起的旗帜；它对于广西师范大学来说，是一个创新独立的文化品牌；它对于社会来说，是一种难以磨灭的民族情怀；它对于我来说，是一种磨砺、一种锻炼、一段成长中珍贵又重要的经历。

（谭思聪，广西师范大学文学院 2011 级文秘教育专业本科生，在新西南剧展话剧《秋声赋》中饰演女主角秦淑瑾）

《桃花扇》是一部家国戏

欧阳予倩版《桃花扇》，讲述了明末名士侯朝宗与秦淮名妓李香君之间的爱情故事，表现出了浓厚的爱国主义思想。剧中的奸臣阮大铖欲借成全李香君与侯朝宗的婚事，挽回自己狼藉的声誉。李香君劝侯朝宗拒之，后阮大铖欲陷害侯朝宗，侯朝宗逃走。李香君为拒权势逼婚，以额碰壁，血溅团扇上。杨文聪顺血迹绘成桃花，李香君托苏昆生带给侯朝宗。此时，福王征选歌妓，李香君被征入宫。清兵攻入金陵，福王逃，李香君趁乱逃出。

欧阳予倩版的《桃花扇》，有人说是一部女人戏，我不同意。《桃花扇》应该说是一部家国戏，因为它并没有局限于男女私情，而是将男女主人公的命运放到了很大的背景下——大明江山风雨飘摇的时刻。

男女主人公在这个特殊的背景下相遇，产生了爱情。但他们并不沉溺于此，他们心中装着善恶忠奸，他们心中装着百姓疾苦，他们心中装着家国天下。

《桃花扇》这一剧本，剧情紧凑，每一幕各有特点，各幕起伏很大，高潮迭起，扣人心弦。从众书生孔庙前打阮大铖到侯李相遇再到送走贞丽，每一幕，都有属于自己的特点。

不仅仅是情节，《桃花扇》中的人物，也各有特点。正直傲气的侯朝宗，油滑狡诈的杨文聪，正义忠厚的众秀才……令我印象最深刻的，还属那秦淮河上的歌女们。

李香君，这个年轻貌美却不乏正直秉性的女人。她只是一个初涉风月场的女子，她在妈妈和众位阿姨的庇护下成长，她纯粹、天真却也不乏对人情世故的通达谨慎，所以才会在侯方域收受阮大铖通过杨龙友所送的妆奁时厉声劝说："侯相公，你错了。"她虽年少，此时却远比她那个见多识广、才名卓著的相公想得远，她在那一瞬间迸发的烈性，是一般男子所不能及的。她不是一般的女子，所以才会看《精忠传》，才会"在岳飞的名字上就都圈上个红圈，秦桧的名字就都用香火烧掉"。虽被妈妈嘲笑："这才真傻呢，看兵书落泪，替古人担忧。"却也赢

→《桃花扇》剧照

得了苏昆生的"香君你真好""了不得，了不得，真是有心胸，有气度"的评价。这个弱女子，在妈妈责罚她之后，喊出了"我要做人"这几个字，别说是一介风月场的女子，就算是一个普通女子，在明朝那样一个封建的年代，也未必敢说出这样的话。这，正是香君的不平凡处，是她的闪光点，也正是她让我感动的地方。

香君可爱，贞丽、妥娘则是可敬。香君纯粹、天真，然而这种品行在当时那个社会，在当时那个背景下，是格格不入的，贞丽、妥娘则不然，她们谨慎、世故而圆滑，但是她们内心深处从不缺少善良。如果说香君给我们带来的是仙女般的可爱、纯粹，贞丽和妥娘给我们带来的是世俗的温暖，它不高高在上，它触手可及，就在我们的身边。当听说阮大铖要迫害侯朝宗时，贞丽第一个表示担心："那怎么得了！"她没有见识，在柳敬亭出主意时只能慌乱地附和"好好好""是是是"，但当田仰要人、香君碰壁拒绝时，她没有慌乱，在经过深思熟虑之后，为了保全大家，只能以身相替，代替香君出嫁。她的善良，她的勇敢，在这一刻，全都表现出来了。

再说说妥娘，这个人物可以说是这部剧中的一个"活宝"，她"一张嘴呱呱呱，像只乌鸦"，却说出了："名士，卖几个钱一斤？""魏忠贤当权的时候，不是有许多名士卖身投靠吗？"这样深刻、透彻、入骨的话，实在是令人佩服。她不像香君那般有大抱负，不像贞丽那般要护大家周全，但她亦有自己的担当。家丁来要人时她大胆与之周旋，贞姐被送走时她上前依依告别，南迁之后她一如往常般积极乐观，没有失掉对生活的指望。我佩服并喜欢这位女子，无论处于何种境地，她们都不会失了指望。她们是"秉性难改的乐天派"，她们小心翼翼地活着，尽管卑微，却从不卑鄙。这，该让多少那时所谓的"风流名士"汗颜！

大明朝一息尚存，在这样一个独特的时代背景下，一对年轻人发生了爱情，牵引出了一系列的家仇国恨。

一生一世一双人，却终究抵不过悲欢离合、生离死别。明明是旧时的风景，却那样引人驻足。南明凋零的桃花，盛开在这清时素白的扇面上，谱出了一首令人无限唏嘘的《桃花扇》。

（覃运婷，广西师范大学文学院 2012 级汉语言文学专业本科生，在新西南剧展话剧《桃花扇》中饰演李贞丽）

青灰白骨哀长啸，桃花扇底送南朝

早在高中之时，就已读过孔尚任先生的《桃花扇》，而今亲身融入其中，更是感慨万千。

那幽幽一缕秦淮水，不知熏醉了唐宋多少风雅之士。河畔之间六朝的胭脂粉黛飘扬，凌波之中明清画舫依旧。这百里秦淮恍如一个时光长河中的老者，慢慢悠悠地讲述着几百年前的唏嘘往事。

"伟人欲扶世祚，而权不在己；宵人能覆鼎餗，而溺于宴安；扼腕时艰者，徒属之席帽青鞋之士；时露热血者，或反在优伶口技之中。"这是个政局动荡，人伦礼教开始颠倒混乱的时代，男女主人公的不幸其实并不在于个人的特殊遭遇，而在于整个明末混乱的环境中各阶层人物都无法避免陷入无能为力的困境。

这次我在《桃花扇》中饰演"复社"文人吴次尾，从一开始就在心里把自己带入了这明末乱局之下的文士之中，心中忧感之情竟是久久不能退去。通观中国历代文人，他们的历史悲剧并不在于无才，而在于为儒家教条所耽误。那些寒窗苦读，在子曰诗云中步入政坛的书生意识不到这些，缺乏乱局之中解决实际事务的能力。政治家在波谲云诡的复杂形势下，多权谋、善机变，能够自如地驾驭局面，文人则往往六神无主，手足无措，在慌乱中坐失良机。这帮复社书生便是如此，王朝已然四分五裂，外敌的铁骑已踏入中原，内部政敌的政治欺压都到了头上，复社那些领袖、骨干，却还在儿女情长，瞻前顾后，即便是有心之人却也只知高谈阔论，迂腐地想着用文章警醒世人！反倒是底层的"卑贱"尚且"寸心不死"，还想着"国家兴亡，匹夫有责"，想来明朝养士三百年，却无非一个史可法，确实不得不让孔尚任这等明朝遗老慨叹！不知那些苟活的前明士人看着杨文聪手里绘着的桃花纸扇，心中是否也想到"三百年之基业，隳于何人？败于何事"？

我们现在这一代的青年，比起以前的人来已是很少用心去看一部戏剧。其实说来也简单，无非是社会浮躁了，功利之心过

→《桃花扇》剧照

强，心中对社会、对家国的责任之心减淡。无论是戏剧还是话剧，都是现代工业社会一种不可取代的韵味，那是一种触碰心底的颤抖。如今的时尚一贯追求感官刺激和自我满足。工业社会制造的那些媚俗的、辛辣的味觉不断刺激人们的味蕾，试问时下还有多少人能真正在古典文学、现代话剧的文学海洋里自在徜徉，且不为消遣只是平静地保持着那一份对社会的责任，对家国的崇敬！我们这一代人，许多人的信仰也许早就不像父辈那般飘扬在红旗之上，也从幼年时便不再深知家国之意。倾巢之下，焉有完卵，国都破了，哪里还有家呢，所以哪管你是帝王将相，才子佳人？似乎剧末这一对苦命鸳鸯的分离，才配得上这乱世的大背景，才能用悲剧的结尾警醒世人。而今生活安逸、庸庸碌碌的我们，有几多人心中还有"中华"，还有先总理那般"为中华崛起而读书"的慷慨与豪情？真是如杨龙友在李香君面前所说的那句话一样"令人可叹，可叹"！

（周晟旻，广西师范大学文学院 2011 级编辑出版学专业本科生，在新西南剧展话剧《桃花扇》中饰演吴次尾）

追求的，远不止于此

"你这样会不会太拼了，你到底为了什么？"
"有能得到所有这些回报的瞬间存在着。"

天未明

很久很久没有好好写过一段文字，不懂得要用什么言语字词来表达我的心情。就像很久很久没有说话，不懂得要用什么来发声，不懂得我想要说什么。

于我而言，所有有关"感"的东西，我都无法用语言和文字表达，那是抽象的存在于脑海中的记忆。身体是一个容器，大到可以容纳汹涌翻滚着的巨浪，肆虐叫嚣着的暴风，还有那劈啪作响、吐着火舌的烈焰，它们都叫"感"。我想要将这些存在于体内的"感"，寻找一个突破口，去宣泄，然而震荡着，震荡着，就渐渐归于平静。可能有那么一瞬间，五味杂陈，想把所有的"感"，通通传达出来，可是到最后，会简化成两行热泪，或是一个心照不宣的微笑。我一直觉得，什么都不需要多说，我知道是那样的，

便是那样的。

可是，多年以后我老了呢？我还能将这些感受依旧清晰地从记忆里挑出来细细品味吗？也许不。不如就借这个契机，将我参演《旧家》的感悟记录下来，哪怕只能表达我内心的千分之一。

终于在凌晨三点，天未亮、万籁俱静的时候，动笔了。我像一个老年痴呆患者，慢慢回忆，拼拼凑凑，零零散散。

"你就该这样"

人生不就是一场戏吗！

我很喜欢我的 19 岁，大二的第一个学期，是我 19 岁的第六分之五，这个部分，我依旧参加了《旧家》的排演。

排练是从十月底开始的，我还记得我在正式排练的前一天晚上哭得像个兔子一样跟朋友们"告别"了。我是个感性、迟钝又笨拙的人，当我要义无反顾地投入一件事，就会像着了魔，总是觉得不能好好陪伴

他们，心里有亏欠。他们说我傻，就算不能经常"鬼混"，可是会一直支持我。好好演，就是对得起我的时间和所有人了。

何清清，你就该这样。

"从零开始"

正式排练后才发现真的是问题多多。那些上个学期熟悉得不能再熟悉的台词，全然像消失了一样，完全记不得了，却又似曾相识，大家都只能苦笑着抓着台本重新回忆。可以说是从零开始了吧。

我又重新被叫起了"赵姑娘"。

后来我们申请到了舞蹈教室，四面镜子，每个人都看到了自己的动作和表情。这对我们的排练有很大的帮助。没有我的戏份时，我就面向镜子坐，从镜子里看话剧，有种看电视的感觉，可能是动作反向呈现的原因，能细微地看到不妥或者感觉怪异的地方。对我来说，一直觉得动作还是生硬，动作的幅度小了，观众看不到，动作的幅度大了，自己又觉得怪别扭，真正的三十多岁的妇人，一个姨太太，会有什么动作？如果自己都觉得不舒服，那观众也一定不会觉得自然。这个问题我至今都在探索，寻找突破。

剧本里全新的第三幕中，赵姑娘落魄归家，又痛失彬儿，可谓凄惨。对我最具挑战的，不是要表现得多么悲伤，而是在失心悲痛下仍然扑向散落地上的饺子，像疯子一样狼吞虎咽。我刚刚接到新剧本看到这段时有些皱眉，不是因为动作的可笑，摸爬滚打我都不怕，我担心的是无法表现这种落魄和狼狈，其中的情感层次到底该如何清晰地传达给观众。我不难想象到观众会笑，可是我想要的，是观众的鼻酸。我希望能在最后流下眼泪，在那一两秒的定格中，台下台上的人，都能看到赵元华这个人在离开周家后经历了怎样的曲折，她这一辈子，到底为了些什么变成现在这样，犯了什么错要这样惩罚她？"上天呐！你还要我怎样？我还能怎样！"心里的呐喊，观众们能听到吗？而赵元华归根结底不过是个普通女人而已，茫茫人海中的一粒沙。

新的版本，让赵元华这个人物形象更加丰满，有血有肉。如果再让我选择一次，我依旧选择赵元华，也许是我更加了解这个女人吧，让我赋予她生命，让人们再去感受这个女人的故事。

"心与心重合之时，
超越语言也说不定"

11月9日，是新剧本的首次演出。背景是黑色的幕布，高低错落地悬挂着旧家十二个角色的衣物，死亡一般的沉寂压抑。旧家的三间屋子重新贴上新的墙纹纸，各个角色也新添了演出服饰，一切都是新的，包括观众。

演出让我有些意外，现在回想起来，接近尾声的时候，完全忘记这是在舞台上，我是一个演员这回事。我的心很沉痛，眼泪完全不受我的控制，感情驱使着我行动。周家的盛衰在两个半小时里诠释，我们在《送别》里谢幕。

"……想要联络想要回到最单纯的那时候，谁来理解此刻慌乱的感受……长亭外，古道边，现在的你过得好吗……"

我记得结束时我转身就抱住了涛涛，那一刻我心里就只有亲人，没错，漓鸣的亲人们，后来又有一个人搂住我和涛涛，当时

我不知道是东艺，只感到很温暖。过后重新看这段录像，还是会红了眼眶。我无法形容当时的心情，是激动、感动，还是一些别的什么，像回到婴儿时期，无法用言语表达，也许这是人类的本能，用肢体的接触，一个拥抱，就能表达所有。我从小就不是一个很会表达自己感情的人，可是情意不会比别人的浅。

当时有很多学弟学妹采访我，我也不怕他们看到我哭成这样，但是我想让他们懂得，我们演这个话剧，是想让他们时时刻刻记住家和亲人，无论你在外面经历什么，多

→《旧家》剧照

么叛逆，最终还是会回到家，家和亲人的怀抱，是你最终的避风港。

排练的时候多辛苦都好，努力的一切都是有回报的不是吗？

那为什么老师，还要继续当钢琴演奏家呢？

因为在那之后，会有能将其全部抵消的瞬间存在着。烦恼着、呐喊着、痛苦着……不断挣扎的这几个月，会有能得到所有这些回报的瞬间存在。当琴声传达给众多观众的时候，当心与心重合之时，也许音乐就能超越言语也说不定。

——新川直司《四月是你的谎言》

当心与心重合之时，也许话剧就能超越言语也说不定。想表达的东西，观众们真的懂了吗？

我常常在想，每一次演出，我们都被自己感动，那么别人呢，也被感动到了吗？在很多时候，我不得不这样想，毕竟观众看到的这个周家，不过是冰山一角，就我个人而言，也没能完整地表现出这个角色和其他角色之间的爱恨纠葛。

"追求的，远不止于此"

11月20日，是我们在南宁比赛的日子。

那一次的演出，是我第一次忘词，所幸涛涛也接上了。新剧本首演之后，我就一直提醒自己，演出的时候，不要被超越角色之外的感情控制，真正的演员，能够游离自己的灵魂，漂浮到上空，去审视角色，我是我，却不完全是我。然而我还是犯了错误。我伫在原地，失了神，忘了要走。有些自责。

最懊悔的是我错过了专家的点评，如果没有人确切指出我的缺点所在的话，我就难以有改变的方向。我深深明白演了这么久的赵元华，有些搬旧套路了。在排练的时候，也有在试着加大动作的幅度，多加一些能突出赵元华性格的动作，可还是不满意。我有一个想法，我想看看别人所演绎的赵元华是什么样子。我被局限于一个地方，我需要突破。

这次比赛的剧照登上了《南国早报》，也算是一个勉励吧，然而我追求的，远不止于此。

"我想说，我不后悔"

12月26日的演出，也是这个学期的最后一次演出，重新站上了广西省立艺术馆的舞台。我还记得上一次，出演《旧家》结束后，我发了一条说说"我想演一辈子话剧"。台下的掌声，让我在这个舞台上有了存在的意义。

这次是新西南剧展的汇报演出，即使临近期末，作业和备考的压力颇大，但我们还是到广西省立艺术馆彩排了两次。每一次彩排，还有正式的演出，都播放了纪念抗战70周年的视频，从20世纪70年前到现在，当年的战火硝烟和战士的英武精神都深深印在脑海里，一张张黑白的话剧海报和剧照，经过岁月浸染成了彩色，只是主角变成了我们年轻的一代。我有些热血沸腾，这些精神，就让我们来延续吧。

我们节选了分家片段，加上抽象的设计，还有世界名曲的元素，让我感受到话剧的"新"，它的表现方式多样化，年轻，富有活力。

相比起三幕话剧的演出，我觉得节选片段更难，难就难在它的不完整，然而要体现的人物性格却不能少，要让所有人在几分钟内，能从这一场家庭闹剧中，看出"旧家"的"旧"与"新"。老实说，在观看了前辈们的演出后，觉得自己果然还是嫩，要学习的还有很多，要走的路还有很长，可是我想说，我不后悔。

这次演出结束后我又接受了一位老先生的采访，谈了很多关于抗战70周年的感受。毫无疑问，我们是新鲜的血液，除去对话剧的热爱，还多了一份历史使命感，这一切，都将传承下去。

家与国，是密不可分的，《旧家》便是一个缩影。

天将明

重新拾起《旧家》这个剧本，心是累的，要坚持下去，需要勇气。为什么？因为要变成很多次赵元华，不断地推敲感受其中的那些爱恨情仇、那些残忍的故事和悲伤。有一次室友说："我终于知道你为什么每次排练回来都那么累了，因为你要不停摔。"其实不是的，是因为入戏，赵元华的故事，《旧家》的故事，让我心伤，所幸最后还是治愈了。

我不懂多说，只希望能传达我内心里千分之一的感情吧。起码我在写的时候，一直都是微笑着的。

（何清清，广西师范大学漓江学院中文系2013级汉语言文学专业本科生，在新西南剧展话剧《旧家》中饰演赵元华）

在排练中共同成长

——《旧家》排练心得与体会

一年前的某个夜晚，剧组因为没有申请到教室而在学院的大阶梯上排练，由于是公众场地，所以路过的人很多，围观的也很多。一个戴着眼镜的男生走过来问我们：

"你们是在排戏吗？"

"是的。"当时没轮着我的戏份，我便在旁边休息。

"你们是星火剧社吗？"男生饶有兴趣地接着问。

"不，我们是漓鸣剧社。"我自豪地回答。

"咦？没听过呢。"男生便走了。

一年后的某个夜晚，我们在报告厅里排练完，大伙儿一齐走去后街吃宵夜。

"哎，快看，那不是《旧家》剧组吗？漓鸣剧社！"

"哎，是是是，他们演戏超棒的！"

"嗯嗯，我看过，真的很棒。"

"啊啊啊啊，大长腿们！"

……

我在听，我知道我们都在听。

积极传承优秀文化

从创建剧组一直到现在，一年多的时间，也算是有了点成绩。外表上看，别人都觉得我们风风光光的，为学院争光，好不体面。可背后的努力和坎坷也只有我们自己能懂。

2014年是纪念西南剧展70周年，而桂林作为一个著名的抗战文化城，自然是非常重视"新西南剧展"这一纪念活动的。抗战时期，众多中国的文化名人都从全国各地聚集到桂林进行着伟大的文化创作。他们虽然没有出现在正面战场上，但却在背后为国家、为人民创造了无数无价的文化财富。他们作为桂林文化城的中坚力量，组成了一支强大的队伍，积极开展抗战文化运动，这使得桂林的文化事业空前繁荣，为中国的抗日战争提供了强大的背后支持。如今作为大学生的我们，有义务纪念、发扬并传承这种积极抗战的精神，因此，我们大家都十分重视"新西南剧展"这个意义非凡的纪念活动，从大一下学期开始直到大二上学期，我们都在为登上"新西南剧展"的舞台而奋斗着。虽然我们并不是专业的艺术表演家，但我们比谁都渴望这个舞台，渴望着将这股文化优秀地传承下去，因而我们也为了这个舞台付出了艰辛的努力。我们在这一年里没有周末，没有假期，闲余的时间都用来排练话剧，打磨细节，我们坚信着"台上一分钟，台下十年功"和"勤能补拙"的道理。我们便是秉着这一份信念，痛并快乐地排练。

刻不容缓投入排练

大二刚开学，在老师的带领下，我们成功地获得一个报名参加南宁戏剧比赛的机会。于是，我们迅速整理好心态，开始全身心地投入到紧张的排练中。每天到了晚上7点左右大伙儿都会集中起来找地方排练，在老师的指导下，琢磨着每一个动作，每一个脚步，每一句台词，因为有了大一下学期排练的经历以及演出的经验，现在的我们比当初成熟了很多，排起来也没那么难了，大家都能很快地进入角色，也许这就是我们迈向专业化的第一步吧。

因为我们有两组演员，所以排练的时候都是20多人挤一间教室，大家把教室里的桌椅都叠起来堆在边上，空出来的位置就是我们的舞台了。记得刚开始排的时候，我在戏的开场会有个和观众互动的戏份，意在把观众的气氛挑起来。虽说我性格活泼开朗

且自恋又不害臊，但我每回排这段戏份的时候都会脸红。奇了怪了，就是脸红，自我感觉超级不自在。马老师自然也发现了这一点，就常常磨我的这一段戏。一段时间后，有一点点的效果，脸红得没那么厉害了，气儿也顺得上来了，可还是感到不自在。我甚至对这一段的戏份产生了阴影，有时即使是在心里默念这段戏份的词儿也会不自觉地脸红。再后来，我心里想，干脆怎么红就怎么演吧，谁怕谁啊。于是，更奇怪的事来了，我脸又不红了，这"病"莫名其妙地就好了。可惜的是，后来因为剧情需要把这段戏份给去掉了。

我在戏中饰演的是一名以个人利益为重的奸商——莫里斯，与我有最多对手戏的便是周家老二了。我先后分别和东艺、"炒饭"合作过，他们都饰演老二的角色，与他们合作得多了，我渐渐地也都"百搭"了。不过最令我印象深刻的，与我最有默契的老二演员还是非"炒饭"莫属。"炒饭"这个人非常有趣儿，微胖，特讨人喜，因为胖，所以显得腿短，故而大家都亲切地喊他"短短"。短短演戏有天赋，可以把老二这一角色演出特色，所以我跟他搭戏还是非常快乐的。有一次，我演完戏份下台后，短短会因剧情的需要追随我下台，可能是因为太急，他慌忙拎着公文包呼哧呼哧地跑下台，这本是一个很平常的动作，可配上他独特的身材和短腿就形成了一幅既唯美又搞笑的画面，

→《旧家》剧组演出后合影

顿时大家都笑翻了，"短短"这个名字也就更根深蒂固了。

除了短短，有趣儿的还有涛涛，涛涛饰演的角色是周家老大，是一个略微有些娘气的读书人。有一回，在排他和秦露丝的戏时，按剧情的发展，涛涛需要在与秦露丝交谈的某一刻从长袍中掏出纪念册递给秦露丝，并且说一句词儿："我一想到替你题纪念册，我的灵感可以说是妙思泉涌啊。"然而那一晚并不是这样的，他是这样说的："露妹，我一想到替你题练习册。"没错，就是练习册。顿时大家都笑得前俯后仰，根本停不下来。那会儿我们还开他玩笑说你说错了不要紧，到时演出你别忘了拿纪念册就行了。结果，还真让我们说中了……演出演到要掏纪念册的戏时，涛涛机智地补了一句词儿：露妹，等我一会儿哦。随即便转身急匆匆地走下台，发了疯一样找纪念册，还好找到了，不然演出完的那晚他屁股就得肿了。这还没完，他演到需要递给我护照的戏份时，竟然递给我一块硬纸盒碎片……我面不改色地用手接下迅速放进兜里，一直到现在我都坚信观众是看不出什么破绽的。现在一回想，涛涛实在是可爱得吓人，太吓人了。

在排练中共同成长

排练的趣事儿实在太多了，说是说不完的，大家就是这样每天在欢乐中互相学习，一起进步。我不停地练着眼神儿、表情，还搭上短短练了好多个晚上的舞台走位；短短也一直在练着作为一家之主该有的语气和气场；涛涛气短，而且容易笑场，也在我们的监督和帮助下渐渐地比先前优秀了许多；涵涵是正面人物，大主角，背下很长的台词儿对他来说是一个不小的挑战；孔昌虽然饰演的是一个疯子，但语音方面也不容有瑕疵，剧组中普通话说得溜的也在一直在辅导孔昌，现在的孔昌已经能很标准地念出"夕阳山外山"了。还有丽丽，为了能练出剧情所需要的纯真，常常独自在镜前自己排，觉得演出感觉了才喊上涵涵来搭戏，因为性急，有好多次因为演不出感觉而掉下泪来。我们每个人都在欢笑与汗水中成长，只为给观众一部更加完美的作品。

我们是一个团体，一个大家庭。我们会自嘲自个儿混了个穷酸剧组，会黑着剧组里的每一个人，会抱怨着排练场地条件的恶劣。但每当我们中的任何一个人遇上什么困难，我们都会一同提供帮助，我们有乐一起笑，有难一起当，没有什么团体组织能比我们更加团结互助。

谢谢漓鸣，在大学给我安了个家。

（罗富乘，广西师范大学漓江学院中文系2013级汉语国际教育专业本科生，在新西南剧展话剧《旧家》中饰演莫里斯）

戏述大学之厚积而薄发

时光匆匆，这个学期在我们努力学习、认真演戏、各种嬉笑玩闹中画上了一个完美的句点。这四个月，我们经历了成员的精简、剧本的修改完善，深深地体会到了时间的紧迫、外界的质疑、自身的压力。我们从之前刚刚对话剧的浅显接触，到如今对话剧的自我认知与了解；我们从先前的稚嫩，到如今的每个人都能独当一面，这是升华的小半年，也是不平凡的小半年。

这学期大大小小的演出共三场，分别在我们学院的报告厅、南宁的群众艺术馆以及广西省立艺术馆。在参与区高校大学生戏剧大赛中，我们荣获了"大戏类二等奖""优秀男主角""优秀女主角""优秀女配角""优秀组织奖""优秀指导老师奖"共六个奖项。每次的演出及每个荣誉的背后都离不开导演兼编剧马哥哥、每一位演员及每场工作人员的共同努力。

话剧应该是最能够借助语言、肢体、表情等直接体现感情的艺术载体之一，所以在戏剧演出中剧本是关键，其次就是演员对其饰演角色的情感把握，通过平常的揣摩人物与长期的沉浸在剧本中，利用声音、肢体与感情的变化展现出编剧及剧本的情感要求。一个优秀的作品，通过演员们淋漓尽致的诠释，一定能感人至深，令观众感同身受，使演员与观众产生情感共鸣。

在这为期四个月的排练时间里，或是为了充实、或是为了荣誉、或是为了梦想，每一个人在这期间都兢兢业业。也许是因为有了先前一个学期的排练经验，也许是因为少了一些"我什么都不会"的心理负担，这个学期的排练要比上个学期轻松很多，大家一拿到《旧家·天伦之战》的剧本还是能够正确地做出自我判断，从而更好地演绎自己的角色，更靠近原剧精神，展现时代魄力。每天的排练不仅仅只是在表演能力上有所提升，在这日常的排练及演出中我们同时得到的是在漫漫人生路上的真谛和道理。无论今后我们是否能够从事戏剧方面的工作，又或者我们中的每一个人都把话剧演出当成自己的一个梦想与坚持，都能在漓鸣剧社平常的排练中受益匪浅。在这段时间的排练中，让我感受最深的是以下几个方面。

一、制定目标，明确方向，团结互助

在一个竞争力如此强大的社会，每一个目标的实现，每一场演出的成功，不单单只是依靠一个人的智慧或是努力，它需要我们漓鸣所有人的共同奋斗、团结协作，它需要凝聚我们每一个人的力量，将这个无形的力量发挥到极致，才会赢得我们每一次的成功。

偶有几个晚上，我们的几个小演员有上课任务或是临时有事没能按时到现场排练，为了不耽误进度，总有人会在这个时候出来帮忙顶替角色，让整个排练衔接得上，也不会浪费了其他演员的时间。经过一年的排练，大伙不仅能够把自己的台词记下来，就连队友的台词也记得不少，虽说这也不是什么大不了的事情，但是看到大家开始越来越熟悉的样子，内心还是满满的感动。

11月9日，在报告厅，是这个学期的第一次公演，距离演出开始还有二十分钟，我们还在忙着糊墙纸、钉板子，就为塑造一个出色的舞美效果。"这没有双面胶了""给我找个椅子""好像歪了""不对不对，递个钉子"……化好妆，换好了衣服，管你是穿裙子还是裤子，女生像个汉子一样地爬上爬下、舞东舞西，漓鸣的女同志们绝对能体现出原始女人的劳动属性。还有一个让我印象深刻的地方，就是我们露丝小姐，因为身材比较丰满，每一幕的换装绝对是一个耗时又耗力的细活。有一次第一幕刚下，我们呼啦啦的好几个女生直奔化妆间去给宁璐"撕"衣服，现在想想又感人又好笑。

大家在一块共同努力加油的小细节、大细节特别多，每一次的同舟共济都让我对这个集体有了更进一步的认识和更深层次的喜欢和依赖。从刚开始大家走向话剧路上的跌跌撞撞、步履维艰，到现在的昂首阔步、一往直前，更是体现了你我个体的目标与大家共同目标的一致性，以及我们每一个人分工合作、团结合作的重要性。一个集体的前进，永远都离不开任何一个人的努力，只要大家团结协作，钟爱这个集体，一定能把漓鸣带向一个更高的起点！

二、必要沟通，释放自我

不论是学习，还是演戏，甚至是你的工作或生活，你都能深深地感受到沟通的重要性。特别是当你作为一名话剧演员，与编剧、导演、队友，相互间经常的沟通更能够帮助你去理解、诠释每一段每一节的戏份。我们的演员从台词到走位到动作到自己对剧本的理解都有自己的看法，大家也经常在一块讨论。就比如继先和露丝第二幕调情的那一段，为了能够充分地利用起舞台上的所有道具和布景，大家就合计着在这段的时候

→《旧家》剧照

让继先追着露丝绕桌跑，这样不仅调动了舞台的积极性，使得整个舞台都灵活了起来，更充分体现了人物的独特性格。还有第二幕捉奸的那一段，从第一场演出的"演"捉奸到"戏"捉奸到现在"艺术"捉奸，每一次的积累都是下一次的升华，如果没有大家的努力与坚持，没有大家在表演过程中的释放，可能也不会拥有现在的成就。不能不提的是我在饰演陈桂英时，一直想把一个良好的积极的符合时代特点的女大学生的形象呈现在观众面前，但有些时候可能因为自己理解得不到位，又或者是由于自己的肢体语言运用得不灵活，总是在很多方面给自己和别人制造了很多的麻烦。就比如第二幕，怎样表达出陈桂英对周传先的喜欢是我一直没能很好诠释出来的，得学着释放自我，去融入舞台、剧本、角色。对于大家一直以来的包容和不嫌弃，我只能说感激、感恩。

三、突破创新，迎难而上

看一个集体有没有长期发展下去的可能，最根本的就是创新，对于话剧来说也是一样。当今，各大高校都有自己的话剧社，而我们不同于别的剧社的地方就是我们打破了常规的话剧表演套路，开创了一个属于我们，属于漓鸣的里程碑。在表演形势上的创新、在舞台布置上的创新、在服装道具上的创新，不仅仅是要还原剧本，更要迎合时代的需求，做出当代人喜爱的话剧形式。

马哥哥就特别酷，他常说"艺术就是要天马行空"，没错，艺术就是需要冲破这些条条框框。尽管只是在广西省立艺术馆演十分钟的片段，但马哥哥还是把这个片段加上更多的戏剧冲突，营造梦境、灵魂碰撞，让这个十分钟不仅仅只是一个片段交代，而是变成了一个完成的演出。

一个学期下来，尽管我们取得了小小的进步，但是我们不能就此满足，未来很远，理想很大，壮士还得加油！

1945 年，是中国与日本法西斯抗战画上胜利句号的一年，也是聚集五省戏剧人在一块演绎时代精神的一年，即是我们耳熟能详的"西南剧展"。七十年后的今天，我们享受着战争胜利后的和平与美好，重拾了"西南剧展"的回忆。"新西南剧展"项目的展开，我们有幸参与其中，重新体会七十年前的戏剧人所体会的戏剧精神。我们以自己的实际行动，祭奠了当年在战场上为祖国抛头颅洒热血的英勇之士，将抗战时期强烈的爱国主义精神融入于话剧当中，随即带上舞台、献给观众、警醒世人。一场场演出、一幕幕场景，无疑不让我们深深地体会到了尽管时代在变、信息在变，可都磨灭不了戏剧人对国家的那份赤子雄心。在未来，我们定会继承"西南剧展"戏剧人的戏剧精神，继续做出足以在时代留下烙印的话剧。

"人生看戏剧，戏剧看大学"，一年时间的积累和学习，我们需要能够承担起作为漓鸣人的责任，那么接下来的目标主要是向市场化靠拢，提高自己的表演技能，发挥自己的统筹能力，展现自己的一技之长。"路漫漫其修远兮，吾将上下而求索。"前几天去看广艺表演系的演出，系主任说了一句话，让我到现在都觉得受益匪浅，"演戏不靠演，剧本本来就是戏"。作为一名演员，你能够抛开你的演技，就像一个生活在舞台上的人，那就是成功的。

（许丽丽，广西师范大学漓江学院中文系2013 级汉语言文学专业本科生，在新西南剧展话剧《旧家》中饰演陈桂英）

第三章

故地谱新篇

知识分子的家国情怀

——记新西南剧展总策划黄伟林老师

从内心萌芽的闪现，到真正付诸实践、落地生花，"新西南剧展"总策划黄伟林老师为之付出了很多，也收获了很多。在这纷繁喧嚣的年代，他以知识分子的担当，以内心始终坚守着的纯粹，拨过现实的重重屏障，掀开历史的层层迷雾，向世人奉献了一场具有伟大意义的文化盛宴。

黄伟林老师是土生土长的桂林人，幼年时期，母亲常常给他讲述逝去的桂林往事，历史学专业出身的父亲，则以其知识和眼界熏陶着他。这些都在他的心灵深处埋下了一颗种子。大学毕业后，黄伟林老师来广西师范大学任教，他对桂林城的热爱愈加浓厚，而西南剧展作为学者绕不过的一个课题，成为了他难以割舍的情结。他热爱这座城市，也熟知这座城市，他知道，桂林除去"山水甲天下"的美誉之外，更有着沉甸甸的文化重量。抗战时期，桂林是抗战文化的中心地带，这里汇聚了全国各地文化名人，举行了丰富多彩的文化活动。而最具代表性的，当属曾经轰轰烈烈举行的西南剧展，它不仅展现了抗战文艺活动的辉煌，更预示着中华民族的全面解放。

然而，文化史遗忘了这光彩照人的一幕。抗战时期桂林文化城的成就，被学术界、史学界所忽略。如何保留这段历史、重现这段史话？黄伟林老师为此做了诸多工作，包括记录老一辈人的口述史、整理抗战时期桂林文化城的资料、介入文学史学研究，等等。这些都属于学术层面的努力。除此之外，黄伟林老师还想让更多人知晓和感念这段历史。于是，2013年春，他有了做"新西南剧展"的想法。他想，话剧——是将青春、时尚、娱乐介入学术的最好方式；它能用青春的面孔和时尚的元素，生动展现抗战时期桂林文化的盛况，复活一代人的历史记忆，传承中华民族的抗战精神。同时，又恰逢抗战胜利70周年，若能举办这样一场文化盛宴，其意义定是难以估量的。之后与广西师范大学党委书记王枬聊起此事，王枬书记非常支持，并力赞此事。想法有了，领导的支持有了，黄伟林老师信心满满，开始积极筹备。

筹备之初，黄伟林老师也曾彷徨。毕竟当初的想法要落到实处，这中间还隔着很长一段距离。他知道仅凭个人之力，根本无法完成"新西南剧展"。因此，他说服已经退休的向丹老师作为总导演。向丹老师年轻时，专注于学生话剧活动，可谓成绩斐然。向丹老师的加入，解决了话剧表演方面的问题。他也说服文学院的刘铁群老师，他希望"新西南剧展"能成为一个持续性的活动和品牌，希望广西师范大学文学院的话剧传统能传承下去，刘铁群老师身上肩负的重任即在于此。此外，黄伟林老师号召成立广西师范大学望道剧社，邀请广西师范大学漓江学院漓鸣剧社加入，在全校范围内招募演员，并找来美术学院的刘宪标老师作为视觉设计，音乐学院的宁红霞老师作为音乐总监……"新西南剧展"剧组人员这才得以形成。排练过程中，他先后请来著名剧作家、导演张仁胜，桂林市戏剧创作研究院院长、国家一级演员张树萍，新影响传媒集团董事长邓立等来观看和指导学生的演出。演出过程中的音响设备、场地等，也是他努力争取到的。可以说，没有黄伟林老师的默默付出，就不会有"新西南剧展"。他像勤劳的

→ 上海参赛前，上海校友秦立德与刘铁群、黄伟林合影

农夫一样，将培育的种子埋进了土地，精心守护着它直到生根发芽。

黄伟林老师亲力亲为，只要有时间，都会去排练话剧的现场，并耐心指导学生；他动用各方资源，保证话剧的硬件设施和扩散效应。他用尽全力去做这件事。在他看来，只是单纯地觉得是有意义有价值的，至于实际回报，他问都不问，想都不想。其实，在"新西南剧展"中，黄伟林老师举足轻重的作用，不仅仅体现在资源的寻求和过程的衔接上，更是其内心深处的知识分子的文化担当。他的这种担当精神，影响着"新西南剧展"的工作人员，进而转化成了"新西南剧展"的内核，使听者、观者皆能为之所动。

今日之大学，面对现实与世俗，大学精神已逐渐远去。我们不禁问道，大学何为？黄伟林老师正是基于这样的思考，才让大学生重排重演西南剧展剧目，以塑造"高大上"的人文理想。任何空泛的讨论，都势必削弱大学精神的内涵；唯有落到实处，才能让学生得以深切体会。黄伟林老师作为一名大学教授，教学科研是他的本分工作，但他并不止步于此，他的思考更加深入而彻底。"新西南剧展"打通了雅与俗、历史与现在的限制，教学科研因此也不再是枯燥的学问，而是洋溢着青春和时尚的气息。他说，"我想，新西南剧展，其实就是一个过程，一个让每一个参与者从小世界走向大世界的过程，在这个过程中，每个参与者最大的收获，就是

成长"。他知道排演话剧的学生们为此牺牲了很多，但他更加坚信这种付出是值得的。他们排练话剧的过程，即是不断回到和体验抗战年代的过程，那时的战火纷飞，没有抵挡住知识分子抗战救国的激情。他们以一己之学，报效国家；他们将国家的利益，看作高于一切。大学生们在不断地回溯和体验中，愈加明白大学精神的独特内涵，从而担负起了身上的责任，找回了应有的担当。"新西南剧展"在帮助他们成长，帮助他们温习文化的纯粹，找回精神的重量。

所谓大学精神，知识分子的担当排在首位。在公众话语知识里，知识分子不仅是独立而自由的，更要兼及家国情怀。适逢抗战胜利70周年之际，"新西南剧展"传递了社会正能量和社会主义的核心价值观。黄伟林老师正是以知识分子的文化担当，将这一份责任义无反顾地扛在了自己肩上。他不再局限在狭仄的书房，而是走在了广阔的天地里，去尽一份责任。为此，他几十年谆谆于桂林文化城的研究，他将"新西南剧展"看作是一座城的复苏，一段文化的传承。每每谈及"新西南剧展"，他眉宇间闪耀着的激情，让听者也为之心潮澎湃。他在一篇文章中写道："今天，重演重温田汉话剧《秋声赋》，最令我们感动的，仍然是国难当头文化人的担当，是他们自觉将个人命运融入国家民族命运的精神。只要有这种精神，只要有这种担当，中华民族的伟大复兴，就不会

仅仅是梦想，而会成为 21 世纪美丽新世界的风光。"黄伟林老师的愿景是美好的：通过"新西南剧展"，让那段书本上的历史重焕光彩，让现代知识分子的精神品格闪耀在当今社会，进而去实现我们每个人心目中的"中国梦"。

家国之外，黄伟林老师感念着桂林城。这座城，大家都知山水之美、阴柔之美，都知旅游胜地之名；但这座城的文化之美、阳刚之美统统都被遗忘了。他感念这座城的眷顾与恩赐、历史与记忆，也想为这座城贡献出一份力量。正如黄伟林老师所说，他们在做的这些事，不仅在修复着桂林人的历史记忆，也在复兴着桂林城的文化魅力。2015年1月1日至2日，"新西南剧展"之一的剧目《桃花扇》在广西昭平黄姚古镇举行，它不仅吸引了年长的一代，更吸引了乡村孩子们和外来旅游者。黄伟林老师不禁感慨地说道，"他们渴望的目光，他们专注的神情，让我觉得特别棒"。这是精神与灵魂的食粮，是桂林文化城的时代记忆，是延续历史的一种方式。同时，对于曾经生活在那一年代的人来说，他们更为感激，很多老人找到他，都只为说一句感谢。他们在这里，重新找回了逝去的青春、激情和梦想。就这样，桂林城的记忆被拼接了起来，桂林山水美的背后，涂抹上了厚厚的历史底色。

有人说，这是一个浮躁的年代，这个年代的知识分子丧失了话语权利，兼济天下的意愿已逐渐丧失殆尽。可是，若你也有幸观看了"新西南剧展"的话剧演出，若你看到了忙里忙外的"新西南剧展"总策划黄伟林老师，你便会明白，不是这样的。总有一群人在坚守着最初的信念，也总有一群人将责任扛在自己身上，因为文化的纯粹、历史的记忆、文人的风骨……这些在他们看来，即是安身立命之处。

（王亚惠，广西师范大学文学院 2013 级写作学研究生）

她是个非常有文艺气息的人

——记《秋声赋》编导刘铁群老师

刘铁群老师是广西师范大学文学院的教授，并且兼任副院长一职。一直以来，她都从事着中国现当代文学的教学与研究工作。对女性作家、女性文学以及现当代小说、诗歌、散文等均有深入的研究，而对戏剧却从未尝试过。几年前，她和黄伟林等老师一起开始进行"桂林文化城"项目研究，才逐渐接触戏剧，并喜欢上了戏剧。于是，2013年秋天，她和几位老师决定重排《秋声赋》等抗战剧，以期打造一个全新的"西南剧展"。对于刘老师来说，这无疑是一次全新的戏剧之旅。

刘铁群老师做的首要工作就是改编剧本。原版的《秋声赋》共有八万多字，如果全部搬上舞台，既费时间又耗精力，完全不必要。因此，剧本改编成为首要问题。改编有要求：既不能改变原作者的主题思想，又要适合现代学生演出，而且故事情节的发展要紧凑流畅，戏剧的冲突要合情合理，人物的塑造要个性鲜明。这一项工作完成的效果如何，关系到整个剧组后面的运作。然而

凭着对现代文学的喜爱，对现代话剧的热情，刘铁群老师毫不犹豫地接过了这活，对于毫无戏剧工作经验的她来说可谓压力山大，这里面的水太深了，稍不小心就会出错。但据我观察，她是一个异常坚决的人，她说过："这是一项有关大学文化精神传承的重要工作，既然决定做这件有意义的事情了，那就变压力为动力，努力做好。"

整整一个秋天加上一个寒假，刘铁群老师都在苦苦思索，淹没在文字的大海里。剧本、课堂、行政、家庭使得改编工作多受牵绊，她多次执笔又放下，思路好不容易接上又被琐事打断了，而灵感乍现又很不容易捕捉。特别烦人的是改编总是曲折回环，不能一蹴而就。改到五分之一时，觉得黄志强来到桂林的方式不够恰当，意图不明显；改到四分之一时，觉得女主角秦淑瑾的戏份不够，个性不够鲜明；改到三分之一时，觉得胡蓼红对徐子羽的感情不够深厚，三个人之间的纠葛不够热烈。好不容易整体改完了，又发觉故事的发展不够流畅。诸如此类

问题，多如牛毛。于是，她只好一次又一次推翻原来的东西，重新建构，听取其他老师的意见，不断增删调整。如此反复不已，但据向丹老师反映她从未抱怨过，学生也说，刘老师总能够很平静地处理好每一件事情。如果说埃及人是用手一步步建立了石头的金字塔，那么，刘铁群老师就是用智慧建立了文字的金字塔。改编工作结束时，八万多字变成了沉甸甸的一万多字。当然，这并不意味着剧本的最终定稿，此后在排练中综合大家的意见又增删了数次。

不仅如此，只要有时间，她都会出现在排练现场，亲自安排并指导。刘老师是个非常细心的人。记得有一次在广西省立艺术馆演出时，几个男生刚摆好桌子铺好桌布，她过来一看发现铺反了，也没说什么，立刻自己动手将桌布翻过来。又如在第三幕中，大纯需要用柚子作道具，恰巧那时候有一个柚子坏了，只能用另外一个代替。她发现后，立刻对一个女生反复强调，一定要在下场后立刻把柚子从另一边拿上来，否则就没法演了，那女生连连点头。如果是一般人可能根本就不会注意到这个细节，而这样不起眼的细节可能导致整个话剧的失败。有时候为了一个字一个词的重音，一个动作的规范，一种表情的演练，她发现演员做得不好，都要记下立即给她们纠正，并让他们重来。比如有一回，第一幕徐子羽和秦淑瑾吵过架后，听见《船夫曲》后说道："中国的抗战也是这样的艰难的吧！"其中"艰难"二字的音调，当时男主角没有发对，下场后我看见刘老师立刻把他找来谈话，演示一遍要他注意。徐子羽听了有些惭愧，点头应好。

其实，刘铁群老师加入这个剧组，并且能全心全意地付出，不仅是出于对现代话剧的热爱，还有个原因：她本身就是个非常有文艺气息的人。有文艺细胞的人做这么文艺的事情，不是一件很有趣很合适的事么？据了解，刘老师是很喜欢唱歌的，她有一副好嗓子，如果倒退十几年，刘老师还经常一展美妙歌喉，倾倒众人。而《秋声赋》中的音乐恰恰非常动听，当《漓江船夫曲》响起时，我常看见她竖起耳朵认真聆听，脸上写满了激烈悲壮的情绪；当听到《落叶之歌》时，又换了副忧伤的表情。这也许是经典名剧永恒的魅力吧，不同的人能在其中寻找到不一样的东西。

刘铁群老师平时不苟言笑，似乎有点严肃，一些同学私下说她是"高冷艳"，但是我知道她的心很热。有一次在广西师范大学雁山校区音乐楼演出，在准备阶段，她看见男主角程鹏瑜的领带没有系好，立刻让他摘下来帮他重新打过。戴上后，还用手轻轻地扯了几下，理顺上面的褶子，目光专注，感觉就像是一位母亲在关爱自己的孩子。当然，剧组的每一个演员都是她的"孩子"，她对每一个人都很关注。为了《秋声赋》的演出，她还把女儿陆卡诺——一位年仅11

岁的正在念小学的学生带了进来，刚好能够演主角的女儿。孩子一般都是活泼好动的，这小姑娘也不例外。几乎每一次排练，特别是正式的重大的演出，刘铁群老师都要跟在她后面，提包拎衣服，细细讲说每一个动作。她说，这个剧排演以来，从来没有在台下完整地看过一场。我知道她生怕女儿年纪小记不住会出错，影响整个话剧的效果。那时在桂林解放军五七一八工厂演出时，我就看见她满场跟着女儿跑，刚脱下衣服她又给她穿上，刚想玩会儿手机，马上拿下，还轻轻地耳语，估计是许诺什么吧。而且，过多的让陆卡诺来参演，也容易影响她的学习，为了上海的演出，连期中考试都推迟了。毕竟小学教育对一个人的成长是至关重要的，但刘铁群老师做到了。

刘铁群老师真的就是一位"妈妈"，竭尽所能地养育着自己的"孩子"。自《秋声赋》排演以来，大小事情都揽在自己身上，从改编剧本、挑选演员、筹备服装道具到联系上下、安排演出等，不一而足，哪一件事情她没有操过心？我所知道的是每次剧组有什么事情她总是冲在最前面，全心全意调节好每件事情，为每位老师、演员服务。所以，不管是总负责人——望道话剧社社长覃栌慧，还是日本兵扮演者王浩楠，一遇到问题首先想到的就是她，一口一个"刘老师"，亲切无比。如果没有这位"妈妈"，《秋声赋》要重新走出校园，出桂林，去南宁，赴上海，都是不可能的。

刘铁群老师对《秋声赋》的付出，不仅是对现代话剧事业的一种献身，也是对现当代文学的一次重要研究，刘老师在编导的过程中查阅了无数资料，既重温了当年的盛况，又推动了《桂林文化城》的进一步研究，毕竟《秋声赋》算得是著名戏剧家田汉的抗战之作、桂林之作、文化之作。

（谢小龙，广西师范大学文学院 2013 级写作学研究生）

在这里感觉很温暖

——记新西南剧展总导演向丹老师

连续看了好久的排练，总能看到向丹导演匆忙的身影。每次排练她都是早早就到，来得早了，她就和演员们开玩笑，笑成一片，完全没有老师的架子，也没有常人所说的代沟。他们仿佛就是亲密无间的朋友。

在文学院，同学们不叫向丹导演为"导演"，也不叫她为"老师"，而是亲切地叫"向妈"。对于演员们，她是爱护着的，包容着的。演徐母的常蓉，打电话说要晚来一会，她说："常蓉啊，你慢一点，不急，我知道你身体不舒服。"排练过程中，她看到表演指导刘慧明一直在站着，便招呼道："来来来，坐一会，慧明。别太累了。"指导动作时，演员过了好几次，都还存在些问题，她不仅没有流露出半点不耐烦，还宽慰演员说："没事，不用着急，慢慢来，找找感觉。"

广西师范大学文学院有着悠久的话剧传统。1933 年，沈起予为广西师专（广西师范大学的前身）师生导演了反映东北抗日的话剧《嫩江》和《SOS》。1935 年，陈望道担任中文科主任后，成立了"广西师专剧团"，排演《父归》和《屏风后》。1936 年，沈西苓专门从上海为广西师专带来了他翻译的剧本《怒吼吧，中国！》和《巡按》，公演后引起了轰动。这些演出带来了桂林的救亡戏剧运动，也为广西师范大学此后的话剧演出奠定了坚实基础。此后，广西师专相继演出了 1958 年的《青春之歌》，1960 年的《刘三姐》，1962 年的《雷雨》，1964 年的《年轻的一代》，1978 年的《于无声处》……

向丹导演是广西师范大学文学院的老师。自 20 世纪 30 年代始的广西师范大学文学院话剧传统，在向丹这里，不仅得到了传承，而且也在这基础之上进行了开拓，即"课堂与舞台"相结合的新型教学模式。当问起为何要参加《秋声赋》剧组时，她长叹一声，"这话说起来可就长了"。在广西师范大学读书期间，她耳濡目染了浓烈的话剧氛围，这也是之后能传承起广西师范大学话剧传统的原因所在。据向丹导演说，1980—1983 年，广西师范大学王城校区自导自演的《为幸福干杯》《于无声处》是她踏入话剧事业的起点，这些集结了全校所有力量的话剧，在当时引起了很大轰动。但在这之后，学校流行起了小品、闹剧之类的演出，这些无意义的、乱糟糟的形式引起了她的担忧。于是，向丹导演开始引入课本剧，排练了《祝福》《李尔王》之类的正剧。在她的带领之下，学生做起了导演，她至今仍清晰地记得，93 级的学生石东成立了彗星剧团。1999—2000 年向丹导演由学校派往美国路易斯·克拉克学院执教汉语。她在课堂上很注重实际训练，注重训练语言以及形体表现力，布置的作业也是灵活多样的，比如朗诵呀，话剧片段表演呀，当时学生们都非常喜欢上她的课。2004 年和 2005 年，向丹导演开设选修课《中国现代戏剧欣赏及表演》，这是对以往教育的极大创新。2009 年排演了《于无声处》和《雷雨》。2010 年春排演《桃花扇》，献礼广西师范大学八十周年。"本来还想排《哈姆雷特》的，但还是因为其他事耽搁住了"，向丹导演无不遗憾地说道。

话剧在向丹生活中，已经刻下了难以磨灭的痕迹。同时，向丹导演将文学院的话剧传统不断地发扬。在某种意义上，谈到话剧，广西师范大学人第一个想到的，便是向丹。因此，当《秋声赋》总策划黄伟林要做"新西南剧展"时，想到的就是向丹导演。"那时候，黄老师来找我，起初还是有点犹豫的，因为确实是不比以前年轻了。可是，当黄老师说，'你带带我们，最起码把铁群

带出来，这是我们文学院的传统呀'。一听黄老师说到文学院传统这几个字，我当时就毫不犹豫地答应了下来。是啊，这传统断不得呀。事实证明，我的选择是正确的。这么多人在一起，真的很幸福很快乐。我们都是由于喜欢才会加入，我们是同一类人。所以哪怕是失败了，也很值。"于是，已然退休的向丹导演，就因为单纯的喜欢，便全身心地投入到了话剧排练之中。因为爱着这样的一个团体，因为话剧在她的生命中有着非同一般的意义，她便将个人的困难都撂在一边，全心全意并且持之以恒地做起了这样的一份工作。从 1 月到 11 月，这漫长的十个月里，她不辞辛劳地从育才赶到雁山，再从雁山赶到育才。再累也没有说出来，再累也坚持当着人人敬爱的"向妈"，再累也要将文学院的话剧传统，将摸索出来的"课堂与舞台"结合的教学模式坚持下去。向丹导演有这样的决心。

从 2014 年 1 月份开始，向丹导演就投入到了《秋声赋》的工作之中。2 月份开学，开始正式选演员。对于文学院的非专业学生，话剧表演是颇为陌生的，向丹导演只能一点点去教，这需要费很大的工夫。那段时间，为了不影响学生上课，她根据学生的时间，将学生分为几组，两个人搭在一起，她呢，却很少休息，一整天都在不停地指导，语言、动作这些最基本的东西都得一点点去教，而且还要亲身示范。"其实，我的身体确实是

不比往日了，每次排练的时候，第一个小时还是很有精力的，但等到第二个小时就会觉得没有力气，只能坐着。"然而，尽管如此，她从来都不会松懈半分。为了参加即将到来的第四届"中国校园戏剧节"，向丹导演力求精益求精，联排的时候，她专心致志看着演员的表现，需要改进的地方写了满满一张纸，徐母台词需要换气的地方、一个眼神，黄志强重音的强调……每一个细节，每一个动作她都在专心地抠，力求做得臻于完美。她就像是《秋声赋》剧组的一颗定心丸，有她在，便有了不断前进的动力。扮演徐母的常蓉就这样说道："剧组排练这么久，向妈都一直陪伴着我们。不仅在排练中给予有力地指导，而且在生活中也很关心我们。所以，我们的向妈也真的是一位伟大的妈妈。"

向丹导演永远都是谦虚的，为别人着想的。她总说其他老师如何的尽心尽力，学生如何的努力、如何的辛苦，对于自己的付出却从不提起。"在这里感觉很温暖"，她不停地重复这样一句话，仿佛这种温暖的感觉已经将所有的辛苦都一笔勾销了。话剧的魅力正在于大合作精神的体现，向丹导演感激于剧组成员为《秋声赋》的付出，感动于外界人士对此的热心帮助，她说："老师团队齐心协力，各尽其能，这才有了《秋声赋》现在的演出效果。之前导演的话剧，都没有像这部话剧有这么美的背景、灯光和音乐。正是由于这些人的加入，使得话剧整体上提升了一个档次。我们这部话剧的演出，要感谢很多人。他们不求回报地帮助了我们许多。许多专家抽出时间来观看排练，并提出了许多有益的意见。桂林戏剧艺术院将耳麦、灯光提供给我们无偿使用。这是一种伟大的力量。"

话剧，是广西师范大学文学院的传统所在；将舞台引入课堂，是文学院教学新模式的一种探寻；《秋声赋》话剧演出，是对文学院传统和教学新模式的承继和确认。而向丹，《秋声赋》话剧的默默付出者，让话剧这一生命中的不可或缺，这一发自内心的执着与热爱，不断地发光发亮，照亮了前方。

（王亚惠）

"御用"摄影师

——《秋声赋》视觉设计刘宪标老师印象记

当那几幅精美的油画作为《秋声赋》的背景投放出来时，我深深地为之折服了。象鼻山永恒的美丽，七星岩描摹的细腻，被炸后桂林的惨烈，夜晚圆月的宁静等，真是栩栩如生，震撼人心。我问《秋声赋》的导演向丹老师："这是谁的杰作？"答曰："刘宪标老师。"从此，我特别关注起这个才华横溢的老师来，我很好奇，他究竟是一个什么样的人？他拥有一双怎样的巧手？他对《秋声赋》的成功有何贡献？

刘宪标老师是被《秋声赋》总策划黄伟林老师邀请加入的，因为剧组需要视觉设计的人才，这一块不单是传统意义上的舞美，还包含了视频制作、现场录像、海报设计、印刷、宣传等方面，工作量很大。刘老师说，他们是在一次做国家精品视频公开课时认识的，后来黄老师策划新西南剧展，就找他去做舞台美术了。但那时候的刘老师根本就不懂舞美是什么，好在他对没有做过的东西还比较感兴趣，所以凭着热情就加入进来了。

2014年11月22日，台湾著名作家白先勇来桂讲学，带来了他的"御用"摄影师。据说，十年间他为昆曲青春版《牡丹亭》拍摄了20多万张照片，为其宣传做了许多重要工作。而刘老师作为《秋声赋》的"御用"摄影师，为其成功登顶国家级奖座，同样作出了重要贡献。我以为刘老师与白先勇的"御用"摄影师相比，毫不逊色。就拿宣传海报来说，从2014年春天《秋声赋》公演以来到秋天赴上海参演，几乎每一次重大的演出，刘宪标老师和他的学生都要制作一张极其精美的海报，而且每一次都有不同，可谓费尽了心力。我们知道海报有一个重要的特点，设计理念很重要，不但要求画面精美而且要能吸引人。一张成功的海报就相当于一张美人的脸。

记得有一次在广西师范大学音乐楼公演的宣传海报是这样的。画面打底是颇有历史沧桑感的淡黄色，中间左半部分写着"秋声赋"几个大字，字上面有拼音，拼音上头有一片枫叶在飘落。中间右半边以及右下边是演员的肖像。画面上部分一个人卧倒在地，已经死去，左边在爆炸，右边停着一辆炮车。人的下边是两行字"从西南剧展到新西南剧展，广西师范大学纪念'西南剧展'70周年话剧展演"。画面左下边也写着几句话"国歌歌词作者、著名戏剧家田汉的自传之作、抗战之作、桂林之作，国难、爱情、婚姻危机的交织、民族救亡与现代启蒙的变奏"。

就是这样一张海报，一下子就吸引了我的眼球。仿佛瞬间带我回到了历史的现场，沧桑、唯美，我很想知道当时发生了什么？那些人在干什么？我还看见许多人拿出手机在拍摄。毫无疑问，这样一张海报是成功的。海报的文字是黄伟林老师写的，设计却是刘老师完成的。图文的配合、意境的营造、传达出来的效果都显得那么优美和谐。这显然要胸中有丘壑的人才能设计出来。

不唯在宣传海报上下工夫，片头制作与摄影摄像方面，刘老师也是中流砥柱。片头一般都是在节目开始前播放的，内容的选定与技术的运用很关键，因为关系到能不能抓住观众的心，起到震撼人心的效果。比如《感动中国》里面的宣传片，看过的人都知道确实很能打动人心。同样，现在只要我一回想起《秋声赋》的开场，那充满震撼力的画面就会清晰地跳出来。

刘老师带领他的团队设计了片头。为了更好地展现秋声赋的历史背景，在短短两分多钟的视频中，突出了历史和文化的传承要素，极具视觉冲击力。"欧阳子方夜读书，忽闻有声自西南来……用铁一般的坚定从风雨中、浪涛中屹立起来，这正是我们民族翻身的时代。"朗诵的声音也正如内容一样，高低起伏，充满激情，特别是最后那句鼓舞人心的话语，让人一开始就情不自禁地进入激昂的情绪中，像演员一样入了戏，也不知道刘老师从哪找来这么优秀的朗诵者。随后是在急切的旋律中回顾历史，一段段真实的影像与一幅幅珍贵的照片：日军在中国大地狂轰滥炸，铁蹄肆意践踏，中国人民生活在水深火热之中，让人感觉到无比的疼痛，为曾经的祖国、人民的苦难而愤懑。接着节奏一转，又到了现在广西师范大学师生排演话剧的花絮，观众争相观看的火爆场面。整个宣传片就是一个动态的历史回顾。我记得每一次放完都能听到观众雷鸣般的掌声。因为它深刻地撞击了人的心，表达出了潜藏在心灵深处的情怀，那是一种对历史的缅怀，对传统文化的认可，对先辈流血流泪的祭奠。

但是为了更加完美，强调和《秋声赋》的联系，适应中国第四届校园话剧节的演出，综合各方面意见，刘老师和学生又作了调整。如把师生排演话剧的花絮部分去掉了，放了一段剧本中的歌曲，直接进入主题。后面又增加了长度，放了些枫叶飘落的画面，营造了一种秋天的萧瑟意境，从而更加突出剧本的主题。

说到摄影摄像，刘老师更是此中翘楚。十几年前他就开始接触这一行，十几年来他也非常喜欢旅行，在旅行中总是背着相机，拍着心爱的照片。因此，一到《秋声赋》排演需要摄影摄像时，他的动作总是那样娴熟，让人一看就知道是非常专业的人才。记得有一次在广西省立艺术馆演出时，众多桂林市民前来观看。一些观众还是摄影爱好者，找到后台去拍照，其中一个人拿着一根杆上面放着摄像头，手上拿着操作的仪器，晃来晃去的，照出来的效果很不理想。却见刘宪标老师排开众人，找到向丹老师，瞅准时机，弯下腰定住，脸贴在相机上，眯起一只眼睛，快速连按几下快门。然后又换个角度，重复动作。等到向丹老师反应过来的时候，刘宪标老师已经寻找下一个拍摄对象去了。我看见相机屏幕上向丹老师的眼神清晰可见，无论是角度、光线、曝光度、背景虚化都处理得非常好。说到摄像，几乎每一次演出都要摄像，刘老师不仅有专业的摄像机器，更有敬业的精神。2014年6月，《秋声赋》在广西师范大学雁山校区音乐楼演出，当我早早地进去时，却发现已经有人在场地中间架起了设备。一看原来是刘宪标老师和他的学生。演出开始后，刘宪标老师一直没有离开过摄像机，身体一直站着，眼睛一直盯着那小小的屏幕，还不时转变角度，一直到演出结束。

当谈到加入剧组有什么收获时，刘老师说："在剧组工作的这段时间，感觉都是在挑战，灯光、舞台、音响都是自己陌生的东西，所以一直在学习。"我知道，这样的学习是伴随着辛勤的付出的。刘老师以前并没有类似的经验，加入《秋声赋》剧组对他来说是一个新的课题，也是新的挑战，很多工作在此之前他从来没有做过，比如舞台美术他就从来没有碰过，很多时候是想到了一个好的想法就马上制作，有几次甚至通宵加班，比如宣传片的制作，从演出一开始他就策划了，但是由于剧组一直没有明确要制作，就一直停留在想法中，后来去广西省立艺术馆演出前一两天才决定要做。而当时他还在北京，他就立马联系他团队的刘鹏，他们熬了通宵才做完，最后效果还不错，很多人都感到震撼。

有句老话："开弓没有回头箭。"刘老师真是尽心尽力，把该做的都做好了。配合上其他老师的工作，整个剧组才取得了如此好的成绩。尽管很辛苦，但是刘老师说他和他的团队在其中也学习到了很多东西，因为他们挑战了新的领域。最重要的是，他很开心，因为每天和一群年轻人在一起，时常讨论，分享新知，他说，感觉到自己也变年轻了。

（谢小龙）

难能可贵平常心

——《秋声赋》音乐总监宁红霞老师印象记

《秋声赋》音乐总监宁红霞是广西人。生于斯，长于斯，便对这片土地寄予了浓厚的情感，有着无比深沉的热爱。大学时，曾经当过学生军的广西艺术学院院长，反复给她讲述过那段跌宕起伏的抗战故事，讲述1931到1945年的桂林历史文化名城的繁荣之景，她至今仍能记起当时老师哼唱起的抗战歌曲。这些在她的内心留下了难以磨灭的记忆。如今，作为广西师范大学音乐学院一名声乐教师的她，越来越喜爱这座满城桂花香的城市——桂林。

桂林这座城市与话剧的渊源是极深的。1935年前后，桂林话剧运动就开始兴起。1944年桂林举办了一次盛况空前的戏剧活动，即"西南剧展"。当时，西南四省几十个单位上千人的文艺大军集结桂林，产生了巨大宣传作用，鼓舞了人民群众的斗志和信心。《秋声赋》虽然不属于"西南剧展"演出的剧目，但作者田汉在桂林写下了《秋声赋》，而且《秋声赋》中的许多场景都是以桂林作为背景，因此，《秋声赋》属于桂林之作。

除此之外，生活中的宁红霞，对文学也是非常热爱，她尊敬且钦佩田汉的创作才情。这些，都是她参加秋声赋剧组的缘由所在。

宁红霞爱笑，而且她的笑容是特别温暖的，走在路上的她常常哼着小曲。她是年轻的，和学生们在一起时，有说有笑，不知道的人还以为她是个学生。采访时，只要一讲起剧中音乐，她便哼唱起里面的歌曲，完全沉醉在了音乐海洋之中。《秋声赋》剧中的音乐有《落叶之歌》《漓江船夫曲》《银河秋恋》《擦皮鞋歌》，后来考虑到是田汉剧本，又加进了《义勇军进行曲》。这些音乐在田汉剧本中只有歌词，没有谱子，都是后来通过查阅资料找到的。这就将已失传的音乐重新复活，再现在了舞台之上。这些音乐和现在的流行歌曲不同，它们的曲调和歌词有着深厚情感，很能引发听众共鸣。像《落叶之歌》，"草木无情，为什么落了丹枫？像飘零的儿女，萧萧地随着秋风，相思河畔为什么又有漓江？挟着两行清泪，脉脉地流向湘东"。每一句都能勾起回忆、引发相思，每一个调子都撞击到了心坎。怪不得宁红霞这么说道："这些音乐都是很美的。它们有很丰富的意义，我们希望借话剧演出，能将这些歌曲推广和传唱。"

在尽量尊重原作的同时，宁红霞根据实际情况做了些改编。在《漓江船夫曲》中加入"老三，你用力呀"，以使歌曲更具气势。又因为音乐学院男生较少，像"撑呕喉喉！撑呕喉喉！"这些调比较难唱，就改作了"嘿哟"这些有节奏、有力量的调子。《擦皮鞋歌》原本的曲调是轻快的，但演唱者很难准确把握，便在调子上改得稳些。由于时间限制，《银河秋恋》作为最后谢幕时的背景乐。此外，广西著名作曲家、音乐教育家黄有异，制作了大量音效。如第二幕中徐子羽与胡蓼红见面时欢乐的情景，第三幕两人分手悲伤的场景，另外如敲门声、风声、雨声、火烧房子的声音，还有各种情感波动比较大时的背景音效。这些都为话剧整体氛围的营造增分不少。

其实，要将音乐与话剧完美地结合起来，并不是一件容易的事情。音乐是为话剧服务的，音乐的加入可以烘托人物情感，衔接全剧。但是，又不能显得生硬，要有浑然一体的效果。因此，宁红霞在实际排练中做了许多工作。刚开始时，努力让演唱者了解剧中人物，她认为演唱者走入人物的内心深处去体会他们的情感，是演绎歌曲的重要条件。之后，她尽量让音乐合乎时间、合乎逻

辑地出现在剧中以使音乐服务于话剧。《漓江船夫曲》在剧中两次出现，第一次是在淑瑾和志强的对话中，它表现出了底层人民的艰苦，带给观众一种沉重之感。第二次的出现，是在子羽写下《新形势下中国文艺工作者的任务》之时，这时的情感力量是饱满的，是充满了力量的，它象征着中国革命的必然胜利。一样的歌曲，要表达出不一样的感觉来，这需要的就是情感上的不断琢磨。另外，为使得歌曲中的高音部分不掩盖剧中黄志强的说话声，宁红霞不断更改歌曲插入时间。《落叶之歌》是下定决心离开子羽，前去参加救济难童工作时胡蓼红的内心独白，它准确烘托了人物情感割裂的痛心和为大众幸福工作的决心。这是两种相互交叉又截然相反的心理。

《秋声赋》是桂林之作，这在台词和舞台设置上很是明显。为了更突出桂林特色，使其具有桂林味儿，宁红霞在听觉上加入了一些桂林元素。这是《秋声赋》的创新之处。宁红霞对广西文场情有独钟，广西文场是极具桂林特色的一种曲艺形式，它在2008年被列入第二批国家非物质文化遗产名录。作为广西人的宁红霞，她希望能够发扬和传承这一古老的曲艺形式。第二幕中徐子羽和黄志强老友见面时，加入了广西文场"月调"的音乐。"月调"这一欢乐的曲调，在对白中隐隐约约出现，将老友见面时的亲切、舒心，表达得淋漓尽致。

→ 上海参赛演出后宁红霞、向丹、刘慧明合影

宁红霞说，"如果能通过话剧让人们更加了解桂林，了解桂林文化，我们也是很开心的"。她没有要求很多实质的东西，只希望能为家乡、为艺术的传承做出一些力所能及的事情。这份难能可贵的平常心，是她坚持到现在的原因所在。当然，还有一群可爱的孩子们，她希望他们能够学习更多的东西，在以后能够更加用心地去歌唱。她在注视着他们的成长与蜕变。她说，"这次和我以往的教学都不同，这是一次难得的实践机会。我们不再局限于课堂上单纯的技巧联系，而是站在了集体之中，去体现音乐背后所表达的思想。这对学声乐的同学是很重要的。具备一定的文学修养，将音乐与文学融合在一起，能使音乐传达出更多的东西来"。

（王亚惠）

心灵的激情

——记《秋声赋》表演指导刘慧明老师

初见刘慧明老师，还以为她是一个学生。当时在《秋声赋》的排练现场，刘老师身穿白色 T 恤，黑色长裤，典型的黑白配，清爽有气质，一头小清新的乌黑齐耳短发下是一双乌黑发亮的眼眸，不笑的时候都像在透着笑意。我们第一次出现在刘老师的面前，和她打招呼，她带着一脸微笑对着我们点头，眼神里充满友好。本来作为学生初次去排练现场存有的几丝拘谨也散得无影无踪，顿时变得从容起来了。

刘老师在《秋声赋》剧组担任表演指导老师，我们初次到排练现场求教的时候，便发现刘老师在指导学生的过程中一直是充满了活力的。在紧张而细致的排练过程中，刘老师总是用她爽朗的笑声缓解演员们紧张而疲惫的心灵。有时候排练遇到瓶颈，为了帮助演员们缓解压力，她不只在语言上耐心劝慰指导，还会主动表演各种有趣的动作和表情，比如吐个舌头、学剧情里小孩子跺脚撒娇，等等，引得大家轻松一笑。由于在平常的排练中，道具是没法齐全的，比如

敲门声，刘老师为了使得敲门声更真实，一次特意带了两罐啤酒，目的是用那两罐啤酒敲出敲门声的效果。将要排练到敲门声的场景时，只见刘老师早就半蹲在一张凳子旁边，手里攥着那两瓶未开封的啤酒罐，眼睛认真地看着剧情的发展。那一次，演员需要不停重复那个情境以求找到最好的表演感觉，于是刘老师不停地反复拿着酒罐子敲出敲门声，一下一下"笃""笃"的敲门声在偌大的排练室里回响。突然听见刘老师"呀"了一声，大家都往老师那边看去，只见她正手忙脚乱地要捂住啤酒罐，她抬头很不好意思地笑着说，"太用力了，啤酒罐被敲坏了，酒都出来了"！说完刘老师一手拖着罐底，一手捂着罐头，踩着高跟鞋大踏步地奔出排练室，顿时大家又笑又惊讶，都忙着帮出主意，最后还是黄志强的扮演者帮着老师将那瓶开了罐的酒给喝掉了。刘老师亲切中又带着可爱的形象瞬间在我的心中树立了起来。

刘老师在排练现场一直十分认真负责。

→ 刘慧明为演员整理服装

每一次排练，演员因为学业的关系不一定次次到场，而刘老师是次次必到场。排练前前后后都有刘老师的身影。排练的场地大部分选在音乐学院的舞蹈室或演艺厅，但是又因为本学院学生要用而不停地转移场地，刘老师每次都负责找场地，同时又要搬运一些排练用的道具，比如椅子，等等。准备好场地，演员们开始排练，刘老师便在一旁专心看着，她似乎一点也没感觉到累，整整一个上午或下午，她几乎都是站在排练现场的旁边，手里拿着剧本，有时候一直看着演员表演，有时候又低头看剧本，陷入沉思，时不时给予演员指导。偶尔看到她坐下，可是没过几分钟她又站起来了。在指导的时候，不管是什么样的动作，只要演员表演不到位，刘老师都是现身说法，全身心投入其中。印象最深的一次就是一场胡蓼红和日本鬼子的武打

戏，其中摔、打、跌等各种动作都需要一个一个做到真，做到位，那一段很难，演员还不能真正领悟，刘老师在一旁耐心解说，说着说着突然就往地上一摔，同时嘴里念着台词，神情动作立马进入情境中。她一边躺在地板上，一边还在向演员解说着，一点也没有顾及地板上到处都是灰尘，起身的时候也没见她用手拍一下衣服上沾上的灰尘，就立马又看演员排练去了。由于会有一些配角演员因事不在现场，需要有人代替一下，好利于其他演员真正进入情境排练。刘老师就经常做那个临时演员，只见她表演剧中大纯、阿春等孩子的角色时，简直活灵活现，孩子的天真可爱被她表演得十分到位。我们坐在旁边一直默默地观看着，同学都不禁小声地在我的耳边赞叹这位老师的精湛表演。我想，这不仅仅是老师表演水平的显现，更是由她

本身像孩子一样单纯可爱的本性所致。从头到尾，刘老师的眼神就几乎没有离开过排练现场，她完全沉浸在整个排练中，剧中需要播放各种音效，快到那个时刻的时候，她还要奔到电脑旁边将那个音效播放出来。有时候刚好到既需要播放音效，又要她做临时演员时，她就两头跑，播完音效立马又跑回到现场表演当中，当即进入角色。排练室里响起老师高跟鞋敲在木地板的声音，一直敲在我的心里，等我离开排练现场的时候都还在心里头回旋着，久久不能抹去。

刘老师是正宗的桂林人。在外经历了数年的求学求职生涯后，刘老师选择了回到自己的家乡。2011年12月，她终于如愿以偿，回到桂林，在广西师范大学音乐学院任职。而在2013年刘老师加入了《秋声赋》的剧组，她诚恳地说："是这个剧组改变了我初回桂林时的拖沓状态，因为做这个事，我开始变得充满激情，并且进入一种积极的状态。"而我们在跟踪剧组排练的那些天，也见证了刘老师尽其所有能力去认真做好每一件事情。当我站在这位年轻美丽的教师面前，不由自主地表达出对老师的敬佩之情时，她却连忙摆手摇起了头，并告诉我，自己做得远远不够，在整个剧组中，大家都付出了艰辛的努力，特别是向丹老师、黄伟林老师、刘铁群老师，自己的努力远远不及他们的付出。

她还说，因为这是文学院组织的事情，让她有机会接触这些文学院的老师，进而接触文学这个她专业之外的领域，这个剧组让她以一个不同以往的视角去看待文学。她说自己跟着向丹老师一起给学生做表演指导，看着向丹老师这样一位老人如此用心去做一件事情，并且坚持不懈，将它一步步做好、做强，她意识到自己作为后辈却没能像她那样充满激情地去做一件事。她笑着和我说："这也就点燃了我的激情，让我更加意识到自己的问题，并且去努力做好每一件事，但我知道自己现在做得远远还不够。"事实上，老师心中那团激情已经被烧得很旺很旺。我想起在广西师范大学音乐学院演艺厅的一次正式演出之前，刘老师一个下午和晚上都待在后台的播音室里面，里面各种音响灯光设备几乎占满了原本就狭小的房间，刘老师在里面跟着台上排练和演出进度，进行配乐和调整音效。各种设备发散出来的热量使得房间里热气腾腾，而她一会儿跑到窗口那边和台上演员交流，一会儿又跑回设备前去调整各种音效，我又听见高跟鞋的声音在不停地响起……

（陈慧，广西师范大学文学院2013级写作学研究生）

超越审美疲劳

——记《秋声赋》徐子羽扮演者程鹏瑜

第一次见到程鹏瑜是在一次挑选演员的活动中，到场的每个人都被要求念几句台词，看看整体效果。当时，程鹏瑜大声地很有感情地读了几句，加上高大帅气体面的长相，博得了师生一致好感，也给我留下了极深刻的印象。后来经导师黄伟林教授介绍，我才知道他饰演的是田汉名剧《秋声赋》里面的男主角——徐子羽。

《秋声赋》是一部爱国抗战剧，如果对爱国没有深入的理解，那么就无法理解在抗战年代，主角徐子羽（也是田汉自己）的那种深沉的情感，也不会积极地投入，更不用谈精彩的表演了。其实，程鹏瑜就是一个很有激情的人，他对"爱国"的理解就和别人不一样。他认为，所谓的"爱国"就是将自己的命运时刻与祖国连在一起，要有具体而切实的行动，哪怕是一件细小的事情他也要努力做好，而不是盲目地随大流喊口号。《秋声赋》中的爱国色彩是很浓重的，程鹏瑜对爱国的理解与感觉，让他的表演更加出色。比如在第三幕中，胡蓼红与徐子羽讨论

出国的事情，徐子羽果断拒绝，并说："谁能始终给大众以幸福的，谁一定能给我以幸福。"就这句话程鹏瑜真的是费尽了心力，充满激情，一遍又一遍地试验，充分接受了老师与同学的意见后，终于体会了这胸怀大志、兼济天下的革命精神。是故，他的声音高亢嘹亮，给人力量，让人振奋并联想到一个活跃在文化阵线上抗日救亡的战士的英姿。这非常符合主人公的身份与地位，切合当年抗战的大环境。

在平时生活中，程鹏瑜是很忙的，他既是广西师范大学学生会主席，又是望道剧社成员，更要兼顾学业，可想而知三者协调起来的困难。据了解，有一天下午排练到一半，正在状态中，他又不得不急忙赶去育才校区，参加桂林几大高校的联席会议。正如他在剧里面说朋友华先生一样："他说一直努力通过自己的作品，不断地号召海外侨胞回祖国服务，他自己却不能不含着无限的惆怅暂时离开祖国。"程鹏瑜也不得不暂时离开排练场。忙完了又匆匆赶回来继续排练，

一直忙到晚上十点多。很多时候，他一整天就奔波在学生会工作与排练之中。

尽管如此，他还是很努力去扮演"徐子羽"。当问到他为什么要这么拼命时？他说这是他对戏剧的兴趣，感觉演一演戏还是挺好的，希望在大学期间做几件有意义的事情。诚然，兴趣就是最好的老师。所以，每一次排戏他都很认真，该深沉的地方深沉，该高亢的地方高亢。比如，在第一幕中谈到他的朋友华先生离开桂林时，充满了对朋友无限的感慨和情谊。"我看见他的眼泪几乎就要落下来了，你知道他是从不轻易动感情的。"程鹏瑜说这句台词的时候，对着观众，饱含深情，目中蕴泪，手定在空中，那种感觉仿佛是回到了历史现场，让人想起无数革命先烈为抗日救亡而奔走的情景。他真将自己当成了徐子羽，所以他的深情每一次都能感染现场观众，我看见不止一个人动情了，有的还拿着手绢擦眼睛。太感人了。

人们常说成功是需要付出代价的，程鹏瑜为了演好这个角色也经历了一番寒彻骨的训练。剧中的徐子羽是个非常复杂的角色，他既是以笔为枪的爱国战士，又是上有老下有小的家庭顶梁柱，还是个有婚外情的人，并且这个情人大胆地出现在了故事发生地。而程鹏瑜作为一个尚未经历人生大风大浪的在校学生，要把这些复杂的东西吃透是非常困难的，他是以非专业的身份挑战专业水准。他喜欢看抗战剧，如《雪豹》《亮剑》《潜伏》等，他看也不是走马观花，为情节追剧，而是常常揣摩人物的内心、表情、动作，这对他理解徐子羽这个角色大有裨益。当然这是远远不够的，最重要的是有老师的指导加上自己不断重复的表演与改进，不断地抠每一个细微的表情与动作，说白了就是"鸡蛋里面挑骨头"。

剧组里的向丹老师与刘慧明老师是负责指导表演的，他们的要求非常严格，长了火眼金睛似的，稍有不满，就让他一而再再而三地重复。有时候这个老师觉得应该是这样，有时候那个老师又觉得那样好，他只好一一做全，最后选择一个大家普遍觉得好的动作与表情。我经常看见他练到不想说话，不想动弹，那种表情就是麻木。比如，在第二幕与胡蓼红见面时，欣喜拥抱的情景，由于女主角身材高大，几乎与程鹏瑜等高，所以两人拥抱起来总是会别扭。一直以来，老师们都在琢磨如何拥抱好一点，是一次还是两次还是三次？动作怎么样？去上海演出的前几天几位老师还在琢磨，最后才决定拥抱一次，分开，再拥抱。他们的每一次琢磨就意味着程鹏瑜要比别人多付出一份心血。

除了令人麻木的表演，程鹏瑜的心里其实还有困惑与纠结。原剧本是有八万多字的，但是为了演出的需要，剧组总导演刘铁群、向丹老师改编成了一万八千多字，徐子羽的戏份大大减少，四幕剧大都是徘徊在沉郁与苦闷、纠结与痛苦中，第三幕稍有些高

→《秋声赋》中徐子羽与大纯剧照

六，最后稍有点对女儿的慈爱与听了《义勇军进行曲》的振奋，而突出徐子羽其他方面的才能与个性的内容就没有了。观众看了觉得徐子羽老是在同一个基调上，有点审美疲劳。他也一直在苦苦思索，如何寻求突破，把徐子羽演得更丰满一些，生动些，更接近大众喜欢的角色，而不是总停留在一个基调上。为此，他苦恼了很久，也尝试着改进，比如在剧中该轻松的时候，尽量放轻松。第二幕一开头那一段，和老朋友黄志强在一起喝酒时，他就放得很开。当然，他也向导演提出过，能不能增加些内容或者动作之类的，但奈何种种条件的限制，男主角给人的整体感觉还是很沉闷忧郁的。

不过，程鹏瑜已经很用心了。一分耕耘一分收获，成功是留给有准备并且努力的人的。程鹏瑜对成功的理解也和别人不一样，他以为把眼前的事情都做好，大事小事事事认真，成功就自然而然地来了。我想，程鹏瑜真是尽力了，有付出总是会有回报的。此次成功荣获国家级最佳导演奖、优秀剧目奖、优秀组织奖三项大奖，便是最好的证明。犹如寒冬腊月天，梅花要在最寒冷的时刻才绽放出扑鼻的清香。

（谢小龙）

活得像花儿一样漂亮

——记《秋声赋》胡蓼红扮演者杨芷

初见杨芷，就惊艳于她的美丽，高挑的身材，白皙的皮肤，眉、眼、鼻、唇完美地结合在她的面庞，一头烫染过的卷发随意披在脑后，耳际不时缠绕着些许的发丝，低头的那一瞬，便能看到长长的睫毛、俏挺的鼻子和鲜红的双唇勾勒出的动人的线条。年仅二十岁的杨芷，正当青春飞扬之时，每次《秋声赋》正式演出，身穿旗袍的她就像花儿一样绽放在舞台，美丽动人。美人多冷傲，不易亲近。而杨芷却是十分地随和并且热情，无论和谁说话，她都认真倾听，落落大方，并且很喜欢打趣，常常逗得人开颜一笑，也难怪，杨芷的家乡是辽宁，她是一个地道的东北女孩。

2011 年 9 月，杨芷高中毕业正式进入大学学习，像大部分人一样是第一次离开家乡，从祖国的东北跑到了西南——桂林。远离家乡，一下子来到这么远的南方，天气、饮食和周围的环境都让这个年仅十七岁的东北女孩非常的不适应，然而天性乐观的她很快就找到了自己生活的方向。凭着乐观的性格和那股子认真劲，她成功加入学校广播站和学生会，在班上，又竞选到班级的团支书。无论是哪个职位，都需要她花费大量的时间和精力，周末是大部分学生的自由休闲时间，而她几乎没有属于自己的周末，甚至时常还要忙到凌晨两三点钟。回想起过去那段忙碌的岁月，杨芷都不禁慨叹自己太拼，然而正是这样一段"拼命"的岁月，才使得初次远离家乡的她在忙碌中不知不觉就忘记了想家，慢慢地适应了桂林的生活。也正是这段岁月，慢慢磨砺出了一个坚强、能干的杨芷。初进大学的她，如一朵花苞，经过重重磨砺，正一点一点慢慢绽放出属于自己的美丽。

杨芷加入《秋声赋》剧组是在大三的时候，而早在这之前，她便与学院的话剧活动有过不可分割的联系。杨芷大一的时候，学院的话剧《桃花扇》便一直在排演中，而杨芷便是其中的幕后人员，搬道具，订服装，什么活都干过。看着台上排演的学长学姐们，也许杨芷心中也曾想象过自己在台上的

→ 南宁锦宴剧场演出后，杨芷
与领导嘉宾合影

模样。而在其大三的时候，《秋声赋》使得杨芷获得了一个出演的机会，她凭着清丽的容貌、出色的表现成为该剧的女主角之一。

本着兴趣杨芷努力地排演着，而这次的《秋声赋》并不只是一个单纯的校园话剧，指导老师们旨在将这个话剧打造成一个文化品牌，传达出文化力量的同时传递更多的正能量，因此对于演员演技上的要求就更加的严格。《秋声赋》从原剧本开始排练，过程中不停地删减，演员因此也跟着不停地改进自己的台词和表演动作。每一个演员因此也承受着巨大的压力，而杨芷作为女主角之一更是感受到前所未有的压力。然而在大一、大二的时候杨芷曾经也是顶着各种压力一路走过来的，这也使得她相比其他的演员能够更加有效地掌控好自己。跟进《秋声赋》排练日程的时候，每一场排练，杨芷都

是准时出现在排练场，并且是到最后完全收工的时候才走。对于一些临时改进场景的排演，如果她不能很快地体会到并且很好地表现出来，她就一次次地反复排练。比如，一场她和日本鬼子的打戏，每次都是十几二十遍地排练。而在这场打戏中，杨芷扮演的胡蓼红几次被日本鬼子打倒在地上，于是杨芷便需要一遍遍地往地上摔，她身材又高挑，往地上摔的时候就显得更加困难。一开始为了找感觉杨芷都是真摔，后来竟然摔得腰太疼进医院去了，据说因为摔得多还引发了旧伤。她说在正式上舞台的时候每一次都是必须真摔。有一段时间疼得直不起身子。可是为了演出的效果，杨芷也没有多想，一直如此卖命地演练，面对笔者的怜惜之语，杨芷却轻松地笑笑说，"就算疼也得真摔啊，都是为了这个戏嘛"！这个漂亮阳光的东北女

孩为了这个戏全力以赴，那股认真劲旁观者稍微看看他们的排练便能知道。因为剧中饰演的胡蓼红有多种戏份，爱情戏、武打戏等，角色复杂，这就需要演员更好地去把握去拿捏。为了找到演出的感觉和灵感，杨芷还特地去翻看爱情影视剧，去看谍战剧。为了知道怎么使用民国时期的手枪，她还特地去网上查关于这方面的资料，认真研习了一番。有时候在集体排练的时候杨芷不能准确把握，回到宿舍她就会独自细细琢磨直到真正领悟，找到感觉为止。

笔者不禁慨叹，杨芷如此认真，却又是如此辛苦。而杨芷如今也已大四，毕业的压力更是重重袭来。本来杨芷的计划是准备考研，并且考的是警校，可是由于出演《秋声赋》花费了大量的时间和精力。"虽然报名了，可是没有时间精力充分准备，希望不大，就先试试，明年再考呗！"说这个话的时候，杨芷是在谈笑间就那么一句带过，让人以为她并没有多在意这个事情。可是后来再次和她聊天的时候，发现成为警校的一名女兵是杨芷多年来的梦想。早在高考填志愿的时候，她填的就是警校，可是因为当时的一些客观条件使她失去了上警校的机会。说起这些事情，杨芷难免带着无限的遗憾。正当笔者唏嘘不已之时，这个认真积极的漂亮女孩坚定地说了一句话，使听着的人感到一种刚强的力量，她说："不过一旦选择了一件事，我就不会后悔。我没有上成警校，虽然偶然地来到这里，又偶然地参与这个剧组，但是既然来了，参与了，我就不会后悔，我都会认真去做好。"是的，她无时无刻不在全力以赴。与心目中的梦想失之交臂，踏入南方的大学，杨芷并没有因此气馁，就此放弃，而是不断去挑战自己，不断磨砺自己，提高自己。三年过去，杨芷依旧选择再考警校，梦想的火焰一直没有熄灭。就像杨芷的 QQ 个性签名写得那样，"梦想注定是孤独的旅行，但那又怎样，哪怕遍体鳞伤，也要活得漂亮"。

为了《秋声赋》演出的正常进行，杨芷又推迟了梦想的实现，但她义无反顾，选择了就不后悔。我相信，《秋声赋》也给了这个美丽女孩很多她无法割舍的东西，它就像一个小舞台，让杨芷在上面尽情地挥洒青春的汗水，获得的不仅仅是外在的荣誉，更有友谊，也同样磨砺着她去放飞梦想的精神。待到 2016 年，梦想的花朵一定开得无比绚烂，就像杨芷这短短的大学四年生活一样，活得大气、漂亮！

（陈慧）

女汉子的优雅

——记《秋声赋》秦淑瑾的扮演者谭思聪

　　《秋声赋》中的秦淑瑾起先封闭在家庭的小圈子中，最后在胡蓼红的劝说下，参加了工作。剧外秦淑瑾的扮演者谭思聪，常常和剧组人员闹在一起，仿佛有着说不完的话，有着无穷无尽的笑容。她是快乐的，偶尔的忧愁也总是淡淡的。

　　化妆室里，思聪正在补妆。屋里的灯坏掉了，她只能靠着窗户借光。如同对演剧细节接近苛责的要求一样，在化妆方面她也容不得半点马虎。她对着化妆盒仔细地描着，涂抹着，端详着。不满意时就皱着眉头，擦去，又重新来过。她对剧中人物有自己的理解，因此，对台上淑瑾的装扮也有自己的看法。"这么浓的妆怎么能是秦淑瑾啊。""但是，化得太淡，台下的观众也看不到啊。"光眼影，思聪就选了很久，终于看到了适合的，她很开心地说，"就是嘛，这种淡一点的眼影，才是适合淑瑾的嘛"。不论是她的投入和认真，还是对剧中人物的精准把握，她都力图做到一丝不苟，绝不允许一丝一毫的马虎，她甚至有点类似于完美主义者。

　　思聪进剧组，还真是有点一波三折。起先剧组海选的时候，思聪过来试角，导演们对她很满意。可等到正式排练的时候，导演们发现，怎么没有人了！正式排练之后，导演们还对她念念不忘。为此，向丹导演专门去找思聪，希望她能过来。2014年2月就开始的话剧排练，到了4月份思聪才来。但这丝毫没有影响到整个剧组的进展。导演向丹说："思聪啊，很灵，她能往剧中人物的内心去想，刚来时，她一下午就拿下了一幕戏！真的很厉害。"和思聪说起这件事时，她有点感慨，"刚开始，对于话剧真没有什么兴趣。来试角也都是被同学拉过来的。所以自然是没有去的。至于后来嘛，为什么又来了，最主要的原因还是因为向丹导演，她人很好，我们剧组的人都亲切地叫她'向妈'。还有就是，在剧组的时候真是感觉很开心，我们都玩得很好"。

　　正如思聪所说，秦淑瑾是一个"复杂"的人物。她的外表和内心有极大的反差，前后期也是有着很大的一种变化。因此，演好这个人物是很难的一件事情。不仅要明白这些复杂之处的成因，更要将这些复杂感情传递到观众心中。这在演技方面确实是需要极高的要求。不过，思聪是一个有灵气的演员，她能揣摩到人物的深层，也能下工夫去慢慢琢磨：剧中人物是如何想的，作者田汉本人又是如何构思这个剧本的。她明白，只有在深刻了解了这些之后，才能准确把握住人物的情感。排练第三幕时，胡蓼红带着阿春来看徐母，秦淑瑾误以为阿春是胡蓼红和徐子羽的孩子，手中的盘子摔落在地上。排练过程中，思聪就很细心地问向丹导演之后收拾盘子的事，怎么收拾，什么时间收拾，才能符合剧情的发展，才能合乎秦淑瑾这个人物的性格特点。她是真的已经钻到人物的心里去了。到了警报声响起，思聪认为秦淑瑾此时就算再慌张，也应该保留那份优雅，她毕竟是一个家庭妇女。就算是短暂的排练间隙，思聪也能很快投入到状态中去，她是这么多演员中最少喊停的那一个。当其他演员不断重复时，她总是很耐心，有时会很合时宜地开几句玩笑，有时会帮他们分析人物心理。她是真的已经进入了戏剧之中。

在剧组中，处处都是温暖，处处都是欢笑，这其中少不了思聪的一份功劳。这已经不是简单的一个团队，而是一大家子人。在剧组中，思聪会咋咋呼呼地开玩笑，"怎么能让一个女汉子优雅呢"；她会在化妆间拿着道具，和其他演员们闹啊，疯啊，完全不顾其他；然而有时候，我们也会看到，她一个人安静地玩手机，齐齐的刘海垂下来，娟好静秀。

如今的思聪已是一名大四学生，问起今后的打算，她说，想当一名老师。她期望的生活是安稳而幸福的。"这倒是和秦淑瑾有点相像，都比较顾家。但是，我们又是不一样的，她终究是不独立的，需要丈夫和家庭的依托，而我可以独立起来。比如说，在秦淑瑾知道丈夫和胡蓼红的私情之后，她采取了比较极端的方式。我觉得这是极不理智的，或许换一种方式会更好。"思聪一直在努力朝着完美的形象去阐释秦淑瑾这一人物角色，她能将自己的情感带入其中，站在秦淑瑾的立场上去看待问题，在剧中，她和秦淑瑾是完全统一了的。但同时，她又能适时地抽离出来，不一味地去认同剧中的人物，而是留给自己反思和思考的空间。"第三幕的时候，秦淑瑾和胡蓼红在一起共同工作，但这也只是在抗战这一个大环境之中的选择，抗战之后，会是什么样子，谁也说不上来。这或许也是引发观众去思考的地方吧。"思聪的思考总是会多一点，她留下的疑问确实会有多种回答。而这，恰恰是话剧的魅力所在，思聪也一点点地体会着其中无限的魅力。

在排练中，当然也会遇到很多困难，这是不可避免的。比如说，要牺牲自己很多时间，课程也耽误了很多。但是有失必有

→ 谭思聪演出前化妆

得，思聪说："我们也学到了很多，比如一些历史知识啊，对于文学作品更深刻的理解能力……最最重要的是，在剧组里我们演员之间的交流，还有和老师们的沟通，我们都已经是一家人了。这里有家的温暖，我们在这里都是很快乐的。"想必这种温暖的感觉，是思聪他们最大的收获。多年以后，只要一想起大学时光，他们记起的会是一群人的执着与努力，会是在不断重复台词和动作中的辛苦与快乐。他们的脑海中会闪现出这样的声音，"欧阳子方夜读书，忽闻有声自西南来……"

（王亚惠）

她用自己的方式积蓄着力量

——记《秋声赋》徐母扮演者常蓉

常蓉算是我在剧组认识的最后一个演员。虽然在舞台上看过她的身影，但是第一次见到她本人，还是在后头的事呢。那一次的排练都快接近尾声了，只见她跨着急急的步子向排练现场匆匆赶来，穿着一身休闲的衣裤，肩上挎着一个手提包，脑后扎一个简单的马尾。她就是《秋声赋》仅次于主角的一个重要角色——徐母。当时乍一看，根本认不出来。当她走近我们的时候，听其他演员喊她徐母，我仔细一看，才看出她与徐母的相似之处，才知道原来她就是徐母的扮演者常蓉。很显然，徐母是一个已经满头白发的七十岁老太太，相比其他的角色，对于90后的这群青春男女来说难度自然相应地增加。毕竟年龄身份截然不同，思维想法也是差距甚远。要扮演这样一个与自身差别那么大的角色，要下的工夫也是不比其他主角少吧！

在排练现场，空闲的时候，其他演员经常在一起说话聊天，打打闹闹以缓解紧张和疲劳，而常蓉虽然也会跟着一起说笑嬉戏，然而更多的时候是选择一个人安静地坐在一个角落，或者听歌，或者发呆。当轮到她上场的时候，常蓉便很快投入角色中，将徐母演得十分传神，大家都赞不绝口，几位指导老师都很少挑到她表演的不足之处。当我问她是不是在空余时间一个人在那琢磨这个角色的时候，她连忙摆摆手笑道：“我在底下坐着的时候往往是在放空，就是什么都不想。因为只有放空才能使我上场的时候立马在情境中更好地发挥，一个人在那使劲琢磨角色对于我来说反而没有多大用处，恐怕一上场会把自己在底下琢磨的东西都搞得混乱或者忘记。可能有些人是这种方式，但对于我来说不起作用的。”确实，每个人都有自己不同的学习表演的方式，而常蓉从一开始就摸索到了属于自己的方式，并且认真地去实行。当她一个人静静地坐在排练的现场，双耳戴着耳机，沉浸在自己的世界时，我知道她正在用自己的方式积蓄着力量。正如她思考自己学习表演的方式一样，她也敏锐地发现自己身为非专业演员的优势所在。

《秋声赋》是现代著名剧作家田汉的作

品，里面的故事跟田汉的亲身经历有很大的相似之处，其中徐母的形象几乎就是根据田汉的母亲刻画出来的。于是从这一点出发，常蓉找来田汉母亲的资料来看，比如田汉的《母亲的话》等，从这些书籍资料中去认识田汉的母亲，更是认识徐母——她要扮演的角色。她说："如果要跟专业演员比演技，我们肯定不及他们，然而作为文学院的非专业学生，我们有我们的优势，那就是我们能够从文学的角度更加深刻地理解人物背后的故事，理解人物的内心。"也正因为有这个优势，她更加深刻地认识了徐母这个人物，认识到徐母不仅仅是一个七十岁的老母亲，更是一个晚年失了家园仍然坚挺地支持革命事业的爱国战士，从而在扮演这个人物的时候更加准确地把握她的每一句话，每一个动作。单单知道这个剧本，背熟自己的台词，一味按照老师的要求来演练每一幕，这是远远不够的。因此，也终于明白为什么当初常蓉说到台词的时候那么轻描淡写，一句话带过。拿一句流行的话来说，"这都不是事儿"！常蓉如此地理解自己与角色之间的这个事情，不得不说，这是一个特别善于独立思考的女孩。之后我每次看到她安静坐在台下放空自己的模样和她上台后认真投入的表演，无不带着欣赏和赞叹的心情。

然而，表演不能只想着如何表演到位，服装化妆方面也是一个十分重要的事情。对于常蓉扮演徐母这一个角色来说，她在化妆方面就比其他演员要复杂繁重得多。要将一个二十岁的年轻女孩化成一个七十岁的老太太不是那么简单的事情。这个老人妆要尽量使她的皮肤看上去越暗淡越好，还要画出老人脸上的褶皱。而常蓉本身皮肤是很白皙光滑的，这就需要一层一层地往脸上抹化妆品。一开始都是由老师来替她化妆，然而因为排演的次数太多，化妆的老师也不可能次次都到场，于是常蓉一开始便暗暗学习着，到后来自己已经能化得有模有样了。虽然化妆容易了，但卸妆却是不易。常蓉说，每次演出完回到宿舍已是十一点，这个老人妆卸妆就要花费她两个小时，等睡觉的时候几乎都一两点了。

化完老人妆，穿好衣服，常蓉还需要带假发，她本身头发有点长，因此需要先把头发扎起来并贴在脑袋上，不能翘起，把发套带上后，又需要用小黑夹子将其固定。因为发套比较松，常蓉总是担心它会掉下来，就准备了一堆的小黑夹子，总共二三十个。一次见她刚带好发套没多久，又见她往头上夹夹子。我问她是不是刚刚带假发时夹的夹子掉下来了考虑要重新夹上，她笑说："肯定不是啊，这是新夹的夹子，我每次演完一场下来还得往头上夹呢！"我惊讶，那不是满头的夹子？而惊讶的同时又替她感到心疼，因为夹那种简单的小黑夹子很容易疼，平时女孩子夹自己的头发时都会疼，何况常蓉是将假发和真发夹在一起，更容易拉到发丝。我见过她一个人对着镜子，一手扶着头发，一手往头发上夹夹子，尽管她很小心翼翼，但每次几乎都能听到她嘴里不自觉地发出"嘶嘶"的声音。然而也就仅仅如此而已，我从没有听过她说一声抱怨的话。事实上，在整个剧组里，常蓉算是一个特别安静的女孩，排练休息的时候总喜欢一个人坐着听歌或看书，说话也是极简洁，面对我的采访，总是点到为止。

"肯定很累啊，而且是那种说不出的累。"面对发问，常蓉坦然地说道。她谈起了自己保研的经历，她还在申请好几所学校保研的时候，面对保研是否成功的压力，她一边要努力复习，一边又要排演《秋声赋》，压力大得无以言表。在去申请的学校面试的那段时间里，有一次面试的时间刚好和《秋声赋》一次重要的演出时间重合，演出的时间又没法改变，常蓉只好放弃了那所学校的面试机会。试想一下，一个面临毕业压力的学生，每一个机会都有可能改变自己的命运，因此每一个机会都非常难得。常蓉选择放弃这样一个机会的时候，该是下了多大的决心，心里到底承受了多大的压力！也许这也是常蓉所说的那种说不出来的累吧！可是她最后还是坚强地挺过来了，而她的优秀使她最终成功地赢取了西北师范大学的青睐，顺利保研。

"也没有太多的理由，这是一个团队，而且之前已经有一次因为我而推迟了话剧的演出，我不想因为自己而影响大家。"常蓉总是这样，很多在他人看来需要仔细谈谈的事情，她就那么轻描淡写地带过去。而我知道，在这些简单的答句里面，隐含的是多么丰富而深刻的思考和付出。

有一次晚上洗漱完毕，对着镜子往脸上敷面膜的时候，我突然就想起了常蓉，这个安静优秀的女孩，想起她对着镜子一点点给自己卸妆，想起她慢慢地将满头的发夹一个个从头上拔下，想起那轻轻地"嘶嘶"声在空中回响。

（陈慧）

风流儒雅的气度

——记《秋声赋》演员宫浩源

我看到宫浩源的时候，他正在摇头晃脑地吟诗作对："种竹如培佳子弟，卜居恰对好河山。"（《秋声赋》第一幕台词）穿着一身长袍，声音温和有磁性，加上近一米八的个头，颇有古代文人风流儒雅的气度。随

→《秋声赋》中黄志强剧照

后和他聊天印证了我的看法。我问："为什么加入这个剧？从小喜欢演戏吗？"他略带羞涩，笑笑说："在老师的热情感召下我就加入进来了，而且我蛮喜欢的。"一句话说得平静如水，让人感觉不到压力。

据我观察，宫浩源是一个性情极好的人，所以才能把黄志强这一角色演绎得很好，因为剧中的黄志强就是个好性情的人。看过《秋声赋》的人都知道，黄志强和徐子羽是两个性情不同的人，徐子羽心系祖国，忧国忧民；黄志强却到处旅行观光，看到桂林漓江的好风景，还有心情吟诗，而且在做人做事方面也很有自己的方法。如在第二幕中，黄志强做中间人，调解矛盾："谁晓得是谁搓的呢？我以为人家给子羽把稿子搓了，我就给子羽把它收起，人家不太重视子羽的作品，我就特别宝爱他的作品，这样子羽会爱谁呢？谁都知道要选择了，我们不要以为男女结了婚一切就算定局了。"一句话说得抑扬顿挫，高低起伏，能服人心。这样一个从容优雅，懂得调和人际关系的人是

非得有好性情的人来演不可的，不能太急切，周旋在几个主角之间，方寸要拿捏准确。而宫浩源无疑是合适的，因为他做得到从容淡定，在平时生活中，我看见他总是优哉游哉的，脸上带着微笑，据别人反映他与同学的关系也好。自排演《秋声赋》以来，我从来没见过他着急，却能把一切做得稳稳当当，妥妥帖帖。记得有一次在广西省立艺术馆演出时，别的演员都已经化好了妆，准备上场了，负责人已经开始催了。他却摘下了眼镜在后台慢慢地走着，说自己是高度近视，急也急不来的。后面到他上场了，他却奇迹般地出现在场上，妆化好了，隐形眼镜也戴上了，神采奕奕的。

小伙子长得慈眉善目，嘴角时常带着笑意，对人很和善，见了我总是很有礼貌地喊"师兄"。平时也很谦逊，有一次在练第一幕中的台词"对啊，明天我一定要来吃您的老姜煨鸡"，其中"老姜煨鸡"语调不对，动作也没有做好。向丹老师提醒他要加重声调，握着徐母的手说。他面带笑容虚心接受了，第二遍就让人满意了。生活中，他也是个幽默的人，经常同别人说笑，总是能把别人逗得哈哈大笑。有一次在桂林解放军五七一八工厂演出前，他穿着一身西服，打着花领结，配上黑黑的胡子，浑然是民国时成功的商人模样。饰演胡蓼红的演员看了禁不住道："哇，哪里来的？"宫浩源道："火星上来地球做生意的，小姐你要不要买

点啥？"一屋子的人顿时笑了，纷纷嚷道："要得。"

宫浩源给人的感觉不仅是温和的，也是有"爱国"大义的。他是山东威海人，自然知道那地方也是被日本法西斯蹂躏过的。他说，虽然硝烟已经远去，但我们不能忘记历史，要有"前世之事后事之师"的胸怀与眼光。"抗战爱国、居安思危"的精神在现代仍然有重大意义，而《秋声赋》便是一部典型的抗战爱国剧，在国家民族最艰难的时刻，放下个人的爱恨情仇，共赴国难，这才是真正的大义。他平时就特别喜欢看《雪豹》《中国兄弟连》《北平无战事》等抗战剧，每每看到情不能自已，为主人公的坚忍、决绝所感动。因此，当他在演黄志强这一角色的时候，就特别投入，他说很容易入戏。如在第四幕，为了让徐母一家人放心，黄志强特意赶到他们家里送去安慰。这里面除了有对朋友家人的情谊，更有共抗敌人的大义。宫浩源觉得演这剧让他真切体会到了这种情感，真正超越了剧本，开阔了眼界。

我以为这种大义其实也包含了一种豪放。生活中，宫浩源就是一个豪放的人，只有豪放的人才能演绎好大义，达到最佳状态。记得有一次在广西师范大学音乐楼排练，制造敲门声时用了罐装啤酒，多次敲击之后，啤酒罐开裂了。在场的老师说要扔了，他见状毫不犹豫地接过就喝起来，三两口就解决了，喝完了咂咂嘴连说"过瘾"。

给我的感觉是这才是真正的北方汉子。所以在第二幕中，当他和男主角程鹏瑜坐在一起的时候，一下子就抓住了老朋友之间相见的那种美好的感觉。宫浩源演得可谓惟妙惟肖。"看我给你带了什么来？"他拿着酒瓶藏在身后，却又并不马上拿出来。突然拿出后，又说："来来来，看！这是什么？"给了徐子羽一个大大的惊喜。徐子羽道："我们好久不见，先来一杯！"黄志强马上道："好，干！"只见宫浩源端起酒杯，一饮而尽，一种豪气油然而生。喝酒，聊天，非常痛快。他乡遇故知，岂非人生一大乐事？虽然是在舞台上，但让人一看就知道，是非常好的朋友好久不见在一起交谈的情景。

现在看来，宫浩源的演技经过长时间的训练已大有提高，演得像模像样了，但演戏总是痛并快乐着的，对于他来说更是如此。台上一分钟，台下十年功。宫浩源说，已经记不清排练过多少次了，也记不清是第几次演出了。虽然有时候会找不到感觉，譬如不在状态，不能把第一幕一上场时的那种清雅脱俗的感觉表现出来，诸如此类。但他会随时调整好自己的心态，始终乐观地面对一切困难。他说，压力随时都有，因为动作、情感、台词随时都有细微的改变，但自己一直在努力，无论是去广西省立艺术馆，还是去南宁、上海等地演出，都会全力以赴，把压力当成动力。更多的时候是在老师的指导和自己的揣摩之下，不断练习。有时候还会看看经典剧目，比如曹禺的《雷雨》、老舍的《茶馆》，研究剧本，模仿演员的演技。

训练、演出是很多，但他并没有感觉到辛苦，因为他觉得大家都在付出，而且整个剧组也很和谐，在不断地排练之中结下了深厚的情谊，从老师身上看到了敬业奉献的高贵精神，从同学身上学习到了坚持不懈的品质。宫浩源说《秋声赋》是一部优秀的话剧，在戏剧中也学到了很多东西，譬如在战争中最可贵的兄弟情谊、在民族危难中表现出的爱国情怀、如何正确处理个人私情与为国贡献的关系等。演这幕剧不仅充实了生活，丰富了情感，而且使自己的人生更加有意义。这是一段美丽的回忆。

（谢小龙）

我是话剧中最小的演员

——《秋声赋》大纯扮演者卡诺印象记

卡诺是《秋声赋》剧组中的小朋友。她现在还是一名小学生。因为小，秋声赋剧组的成员对她会有很多的照顾。同样也是因为小，她给整个剧组带去了很多很多的快乐，是大家的开心果。

有件事被《秋声赋》剧组人员常常提起。有一次，刘铁群导演（卡诺的母亲）说大纯长得不能太高。卡诺听后，就说："妈妈，以后我要少吃点饭，不然长高了，就演不了大纯了。"听完这句话，谁都会会心一笑，感叹小孩子的天真与纯朴。小孩子不会说自己有多喜欢话剧，所以要好好努力，珍惜机会之类的话语，但仅仅通过这句话，我们看到了她对话剧近乎执着的、发自内心的热爱。

有时候觉得卡诺在舞台上的演出，就是真实的自己。本真的演出以及甜美的童声，已经将这个人物诠释得将近完美。她不好意思地叫黄志强"叔叔好"；她欢喜地拿着红色帽子，调皮地从爸爸口袋里发现手绢，还不谙世事的她充当了矛盾激发的导火线；她哭着要找妈妈去……在台下看，卡诺的每一个动作，每一句话，都是那么的自然。或许她还没有真正懂得话剧演出的实质，还没有真正领悟怎样去揣摩人物的心理，但是，在一遍遍认真地排练改进后，在与台上演员的亲密互动后，站在台上的卡诺，不知不觉已经将本真的自己与剧中的大纯融合在了一起。他们紧紧相连，这已然是非常好的演出效果了。

卡诺对话剧的热爱，和她从小爱看书有很大关系。卡诺很喜欢跟爸爸去刀锋书店看书，她喜欢坐在地上看书，而且常常把很多书都堆在地上，她告诉爸爸，"我先把地上的书看完，然后再把书架上的书都看完"。在火车上，卡诺也总是拿着书看以打发时间。甚至育才校区的大学生书店中都会有她的身影。小小年纪的她，就对书本有很浓厚的兴趣，这大概得益于家庭的熏陶。除此之外，她还喜欢画画，喜欢弹古筝……现在，她的兴趣爱好又该加上话剧了。而且在前不久的"第五届广西校园戏剧节·大学生戏剧

→《秋声赋》中大纯与徐子羽剧照

节"中卡诺还获得了"演出特别奖"。文学和话剧本身就是一体的，对文学的热爱使得卡诺参加了话剧，那么，也正因为参加了话剧的演出，卡诺今后对文学和历史的热爱恐怕又要更深刻些吧！

在话剧之外，卡诺是一个很热闹的孩子。她已经习惯了叫程鹏瑜"子羽爸比"，叫常蓉"奶奶"，叫谭思聪"妈妈"。她有时把戏中的台词用在现实生活中，让人们不由捧腹大笑，她说，"你把人害得苦死了"。卡诺还喜欢将自己喜欢的东西分享给大家，她

说，"我要带还多的寿司给你们吃"。她会将准备好的便利贴贴在大家的行李袋上，她要送每个人自己精心制作的手工品。她还拿着卡片机欢天喜地地给每个人拍照。有次去桂林图书馆看新西南剧展画展，她立马在留言板上画下了一只阿狸……只要有她在，剧组就会嗨成一片。卡诺常常手舞足蹈地在剧组中跟大家说话，她的手比划来比划去，做着各种各样的小动作。"我们以欺负卡诺为乐。"扮演徐母的常蓉乐呵呵地说道。其实哪是真的欺负呀，大家在一起很快乐，尤其

是卡诺来了，大家的快乐就会更多。卡诺喜欢大家，大家也喜欢卡诺。

在城市待久了的人，思想难免会受到束缚，小孩子尤甚。卡诺的寒假大多是在乡下度过的。她特别喜欢乡下的小动物。在天亮听到鸭子高叫时，她问爸爸："这是啥年头，鸡不打鸣，鸭反而打鸣？"她喜欢玩奶奶家门口的拖拉机，经常和一群孩子们坐在拖拉机上。乡村的孩子总是很多，卡诺就组织他们一起看电视、读书、画画、跑步，还经常一起去抓小鸡，抓小鸭。在城市长大的卡诺，对乡村却是异常的喜爱。乡村是个神奇的世界，她为卡诺开放了一个独特世界，她将卡诺的天性完整地保存了下来。

在生活中，卡诺还很喜欢动物。上幼儿园的时候，卡诺养过兔子，她很喜欢兔子，几乎整天都跟兔子待在一起。有一次她的好朋友踩了兔子一脚，卡诺哭着说，她心疼得心都快吐出来了。就在演话剧的时候，卡诺还养过仓鼠。后来因为父母忙，自己也要上学，没有时间好好照顾仓鼠。懂事的卡诺终于答应将仓鼠送给别人，在和那个收养仓鼠的人吃饭时，卡诺再三说要照顾好仓鼠，并说自己每周都要去看仓鼠一次。她是有多么的不舍啊。

和剧中扮演难童阿春的麦惠莉说到卡诺时，她说，"卡诺真棒！她虽然很闹，在剧组中总跑过来跑过去的，但是她很认真。刚开始，其实有想过这么一个孩子，不知道能不能一直坚持下来。毕竟排练对小孩子来说还是很枯燥的，需要一遍一遍的重复。但是她坚持下来了。我们都觉得她很厉害"。

一个孩子大抵都会有自己的一些爱好，但是要做到持之以恒，要一直坚持下去，并不是每一个小孩都能做到的。但是卡诺办到了。一样的台词，一样的动作，她不感觉到厌烦，甚至为了节约时间，她在排练的间隙都能认真地做作业。她将自己的爱好坚持了下来。当卡诺兴致勃勃地在剧组中喊道："我上网查了，我好像是出演话剧中最小的演员。"我相信，若是你们也曾听到，会一样为卡诺鼓掌，为带给剧组人员诸多欢乐的卡诺而开心。我也相信，若你看过《秋声赋》话剧，你一定会被那个童稚的孩子所打动，她的蹦蹦跳跳，她的哭泣，让你忽然间忘记了这真的只是一台话剧。

（王亚惠）

一群"小孩子"的故事

——《秋声赋》难童扮演者印象记

他们是最容易被遗忘的一群人，他们等待很长时间只为了排一分钟的戏份。然而，他们却是那么的可爱。他们在剧中扮演的是小朋友，现实生活中，他们也是一样的童心未泯。

难童的出现，是胡蓼红离开徐子羽去参加工作的直接原因。徐子羽否定掉胡蓼红出国的设想后，大纯拒绝叫"妈妈"伤心地跑开，这些对胡蓼红都是致命一击。她难过了，伤心了。就在此时，胡蓼红之前救济过的难童出现了，他们叫她"妈妈"，一声又一声的"妈妈"，让胡蓼红终于明白，"我为什么要带着一个怪可怜的、怪难为情的感情，求着去做一个有爷有娘的孩子的妈呢？我为什么不更慈爱地、勇敢地，去做那广大的失了家乡、失了爷娘的孩子的妈妈呢"？这群稚气未脱的孩子们，以他们最淳朴而真切的内心，打动了胡蓼红，也打动了台下的观众。

麦惠莉：阿春很像我妹妹

扮演阿春的麦惠莉，算是真正的本色出演了。她的性格大大咧咧的，喜欢和大家开玩笑，排练过程中，也是常常跑过来跑过去。在化妆间，她喊着说："像难童了吧！我已经画得又丑又瘦了。""自己化妆就是好，能画多丑就画多丑。"光画好自己的妆不算，她还喜欢去帮助别人。像黄志强的胡子，点明了是必须她来画的。

剧中的阿春是一个充满着野性与生命力的孩子：背着皮箱子出场，边跑边哼唱《擦皮鞋歌》，极具野性地吹口哨，这些动作要合乎其形象地表现出来，确是一件极为困难的事情。然而，麦惠莉却做到了。这和她的性格有很大关系，她与阿春，阿春与她，早已没有了分别。怪不得她会说，"我最喜欢的还是阿春啦，阿春是坚强、乐观而活泼的。而且有时候觉得她像极了我的妹妹，所以演起来觉得超亲切的"。说完，她又开心地感叹道，"真是太棒了"！

黄岚：我并不认为我演得好

扮演张小贵的黄岚看起来是很文静的。排练间隙，她经常拿着一本书，看书的她总是极为入迷，仿佛瞬间进入了另一个世界。有时还会带琵琶过来，这是她的业余爱好，而且她确实拥有着"犹抱琵琶半遮面"的古典美。

说起剧中人物张小贵来，黄岚说道："我并不认为我演得好。大学生演孩子还是蛮难的。每次演出前我都会暗示自己，一定要小孩子化，要表现得童真。其实短短的戏份，还是要下蛮大功夫的，在声音、表情和动作上都要很注意。"生活中文静的黄岚，在剧中要做到完全的放开，小孩子般的无拘无束，是有一定的难度。其实，正因为觉得自己演得不好，她才会不断地努力，不断地进行自我的超越。但凡看过表演的人，都知道黄岚在剧中的表演已经很到位了。不然，怎么会有观众说，在看到张小贵抱住妈妈的那一刻，都忍不住流出眼泪了呢？

莫光宇：把自己当作孩子

小三子是由莫光宇扮演的。他在剧中还扮演了日本鬼子。一个是生活在底层的，饱受战乱之苦的难童，一个是雄赳赳的野蛮的日本鬼子，这两个角色之间的巨大反差，倒也是极能看出一个人的演技的。另外，难童阿春响亮的口哨声也是他配的音。

莫光宇说，"其实我话并不多，这对我来说是蛮大的一个考验，因为反差会比较大"。但是在实际工作中，他总是尽着自己的能力积极地做着很多事情，像排练时，他模拟各种声音啊，搬道具啊，等等。问到与剧中人物极大的悬殊，他是如何调整过来的，他很轻松地说，"其实还好。一个是俏，一个是雄。在不断的模拟之下，融入戏中，把自己当作孩子，再把自己当成日本兵就好了"。而对演剧过程中的苦与累，他都稀释掉了。在我们谈论的过程中，他一直在重复着，"老师对我们都很好，真的，都非常的好"。这也许就是他坚持下来的主要原因吧。

叶良君：我很热爱话剧

生活中的叶良君和话剧中的二毛一样，是稍显内敛的。要说采访，他立马谦虚地说，自己属于配角，应该要采访的是那些主演们。当说明缘由后，他便很理解地说道："好吧，我会尽量配合你们的。"

在叶良君看来，他们四个难童的作用主要是为了突出主角，带动起整个气氛。对于话剧，他本来就十分热爱，刚上大学时就加入了鹿鸣剧社。他解释说，鹿鸣剧社就是现在的望道剧社，取名望道剧社是对陈望道先生的怀念，他是第一个将话剧引进校

→《秋声赋》难童剧照

园的。他认为通过话剧演出可以获得很多东西，它对文学作品的深层次理解、对普通话的锻炼都有极大的帮助。剧中二毛的羞涩，与叶良军的内敛极为相似。因此，他便将剧中二毛的性格活灵活现地表现了出来。

无论在现实生活，还是在话剧之中，他们的性格都有着截然的差别：麦惠莉的活泼开朗，黄岚的安静古典，莫光宇的好动积极，叶良君的内敛谦虚。然而当一整群人出现在舞台上，他们必须要有某种默契。话剧就有如此神奇的力量，它能将不同的人聚集在一起，为了同样的目标去不断努力。当穿好服装、化好妆的难童们站在一起时，任谁都有这样一种错觉，觉得他们天生就是一体的，他们身上的气息都是相同的。难怪黄岚会这么说："我还记得当时选难童时，导演的要求是那种在舞台上一站，就显得很可怜的那种。我们虽然有蛮大的差别，但至少都是瘦小的，在这点上是极为相近的。而且不断的排练与交流，我们的默契就更加好了。"

在日后排练上，导演们极力让他们展示天性。麦惠莉说："刚开始时，我们都是在模仿，但模仿的结果又不满意，觉得很装，最后导演说，你们本来就很小，按平时演就好。这样才慢慢有了感觉。"这群难童，是剧中装扮成分最少的，他们为了演好，只能从天性中不断地寻求童真。这是我们现在所缺乏的，透过他们，我们会发现自己遗失了一些最为本真的东西。想必总导演刘铁群也是有这样的感觉，才会说，"这台剧现在删去了很多人物，日本兵是推动剧情发展的，不能删，而难童，我们是舍不得删"。我们要感谢这么一群童心未泯的孩子。

（王亚惠）

"在历史落幕的地方，我们重新出发"

——记新西南剧展《秋声赋》剧组

70 年前，西南剧展在桂林隆重上演，来自粤、桂、湘、鄂、赣、滇等地的 30 多个剧团，上千人参加了此次盛会，演出了《秋声赋》《桃花扇》《梁红玉》《法西斯细菌》等上百个剧目，包含了话剧、京剧、桂剧、傀儡戏、少数民族舞蛹、杂技等内容。盛况可谓空前，产生了巨大影响力。当年在中国西南考察的美国戏剧评论家爱金生，在《新华日报》中评价道："这样宏大规模的戏剧展览，有史以来，除了古罗马时代曾经举行外，还是仅见的。"

70 年后，广西师范大学文学院师生重拾旧日荣光，倾力打造"新西南剧展"，重排了《秋声赋》《桃花扇》《旧家》等传统话剧。经过一年多的努力，主打剧目《秋声赋》入选为"中国第四届校园话剧节"剧目之一，并成功荣获最佳导演奖、优秀剧目奖、优秀组织奖三项大奖。据了解，此次校园话剧节非专业组全国只有十个剧目，这意味着《秋声赋》是目前广西高校非专业话剧表演所达到的最高水平。

重排《秋声赋》等剧目的想法，一直以来都萦绕在黄伟林老师的脑中。传承历史，继承优秀传统文化，一直是黄老师想要做的，新西南剧展的开展无疑是一次重要的实践。他觉得现代的大学应该是高雅艺术的发源地，精英文化的传播场所，大学生要有精神的担当，文化自觉的担当，而不是毫无头脑地走向"三俗"，降低品味。于是 2013 年的秋天，他和文学院向丹、刘铁群老师商议，决定重演《秋声赋》等剧目，向优秀传统学习，"在历史落幕的地方，我们重新出发"。恰好 2014 年是西南剧展举办 70 周年，2015 年是抗日战争胜利 70 周年，如此，做出一个"新西南剧展"的校园品牌活动，意义肯定是非凡的。

我们经常批判我们的教育不切实际，理论脱离实际，而《秋声赋》却是理论联系实际的最好明证。黄伟林老师说，做这件事情不仅仅是一种大学的担当、文化的担当，也是课堂教学与本地文化相结合的实例，这是非常"接地气"的。通过排演话剧，不仅能让演员了解桂林当年的抗战文化，也能让更多的同学参与进来，互相学习，互相进步。

1944 年初正是中国抗战最艰难的时候，就是在这种关键时刻，戏剧界举行了一次空前的文化盛宴，展现了中国文化工作者自强不息的精神，极大鼓舞了亿万人民团结抗日的士气。故成为"桂林文化城"的一件盛事，也是中国抗战史上的一件盛事，必将永垂不朽。作为资深教授，一直从事着"桂林文化城"项目的研究，黄伟林老师认为研究这次盛会大有作为，可挖掘的东西太多了。《秋声赋》的重新排演无疑是一次重要的学术研究与探讨。

为了《秋声赋》，不仅是黄伟林老师，还有和他一起的整个团队，付出的远比收获的多，如果把他们流过的汗水都凝结起来，那么真的可以铸成一座晶莹的"碑"。作为总改编的刘铁群、向丹老师就是先行者。她们把原版的八万多字改编到了现在的一万多字，看起来是在做减法，很简单，其实费尽了心力。特别是对于毫无戏剧工作经验的刘铁群老师来说，更是如履薄冰。她的事情本来就多，为了改编的顺利完成，我看见她的眼里常有血丝，这明显是劳累过度，休息不好的缘故。改编在做减法，其实也是在做加法。比如尾声，原来是喊口号"打倒日本帝国主义"，但几位老师一商量决定换成《义勇军进行曲》更好，毕竟这是田汉自己的作品。自然，这样的工作就落在编剧身

上。改编工作整整持续了一个秋天加上一个寒假，此后在排演中又不断调整。改编工作的艰辛可想而知。人们常说，演员都是一群疯子，而在幕后的戏剧工作者更是疯子中的疯子。因为演员只需要演，而刘铁群、向丹老师则需要全盘考虑，丝毫不能出错。

为了使《秋声赋》排演更加专业，学校整合了多个学院的师生力量共同努力。演员指导本来一直是向丹、刘铁群老师，后来加进了音乐学院的刘慧明老师。向丹老师虽然退居二线了，但"老骥伏枥，志在千里"。她住在育才校区，而学生们在雁山校区，每一次排练她都要搭校车过来。鉴于学生们以前都没有演过话剧，每个演员的空闲时间不一样，向丹老师只好分开排练，单个辅导，最后再整合。观众是看不见她——一个上了年纪的人，到底是怎样的辛苦。每一次我都看见她拿着纸和笔，一边认真地看排练，一边不时地在纸上记录一些东西，戴着老花镜，眼神专注，就盯着演员的一举一动，绝不放过任何一个细节。在她弯下腰认真地示范时，我的心就忍不住一阵颤动，她的白发已经盖过了黑发，可她还像当年教学一样一丝不苟。每一次我都看见她大早上精神抖擞地来，下午却满脸疲惫地赶校车回去。一直到后来演出基本成型，刘慧明老师加入，她才轻松一点。刘慧明老师毕业于上海戏剧学院，在表演方面具有丰富的经验。她和向丹老师一样，几乎每一次排练都会来，每一次

都是尽心尽力。她不仅直接指导学生排练，而且还有个重要的任务，操作音效。这看起来简单的任务，实则繁琐。《秋声赋》整场的音效非常多，而且要和演员一起入戏，才能拿捏妥当。我经常看见她在指导完后，又匆匆忙忙地赶到电脑边操作，操作完又细心看排练，如此反复。在重要的演出时，她的双眼时刻都在舞台上，双手停在鼠标和键盘上，一刻也不敢放松。

音乐学院的宁红霞老师也参加了剧组。那次去采访她，远远地就听见她带着学生在练习《漓江船夫曲》，歌声激昂，感情充沛，余音绕耳。我看见学生们挤在小小的琴房里，她在钢琴前指挥，双手有力地上下摆动着，不仅眼睛盯着，耳朵也认真听着。一个学生稍有小动作，另一个声音低了一度，她立刻就知道了，停下来时会批评他们。宁红霞老师心中有一个梦想：让《秋声赋》中的经典歌曲，如《漓江船夫曲》《落叶之歌》《银河秋恋》等传承下去。因此，在做这件事情的时候，她充满激情，和学生一起不断排练。这些歌曲都是她带着学生现场唱的，我经常看见他们静静地站在舞台一边，排列整齐，对着话筒深情地歌唱，一遍又一遍，一直唱到学生嗓子嘶哑。除了现场歌唱，她与学生还参与了音效的制作，如在第四幕秦淑瑾火烧房子的时候，先是用鼻腔"哼鸣"后面转到"啊"音，据观众的反馈来看，效果很好。可想而知，如果没有专业声音的配合，《秋声赋》是不可能达到现在的水准的。

而在视觉设计与摄影宣传方面，美术学院刘宪标老师发挥了重要作用。《秋声赋》开排之际，这些工作就落在了刘宪标老师和他的学生身上。从灯光舞美、开头短片、宣传海报到照相视频拍摄都是他和学生一起完成的。光是短片的制作就改了许多次，内容原本是从抗战的历史现场到现在大学生演话剧的花絮，后综合大家的意见，把花絮去掉了，直接进入主题。再后来，又增加了长度。几乎每一次重大的演出，我都能看见刘宪标老师带着一个特重的相机，不断变化着角度拍摄。记得有一次在广西省立艺术馆为了给刘铁群老师拍一个特写，他还专门找来演员让她指导，蹲下身子，眯着一只眼睛，抓住瞬间的感觉快速连按几下快门。而最让人惊叹的是他的绘画才能。《象鼻山》《七星岩》《被轰炸的桂林》《圆月》等油画画得栩栩如生，极具视觉冲击力，当作为背景展示出来时，全场观众都在惊叹："太美了！这是谁的杰作？"连黄伟林老师也感叹不已："太厉害了！"

正因为有这样优秀的团队，才产生出如此优秀的话剧。然而《秋声赋》的成功也离不开外界的认可与支持。广西著名作曲家黄有异知晓广西师范大学在重演《秋声赋》时，毫不犹豫为其制作音效。如第二幕中徐子羽与胡蓼红见面时欢乐的情景，第三幕两人分手悲伤的场景，用的都是《落叶之歌》

→ 上海参赛，《秋声赋》剧组演出后合影

的曲子，但表现出来的感情却截然相反。这种音效在外面请人制作，最起码是每分钟1500元，黄有异先生却分毫未取。还有桂林戏剧创作研究院院长张树萍在观看完演出后，亲自上台指导徐子羽与胡蓼红分手的场景，说要深度挖掘二人的情感纠葛；为秦淑瑾讲解如何烧房子，动作与表情要如何如何做。她甚至免费为剧组演出提供场地与耳麦，场地是高标准的，耳麦是最好的，如果是租借，一个耳麦用一晚就要1000多元。

在广西省立艺术馆演出时，还有市民自发请演员们吃大餐，说过去的传统是吃米粉，但现在条件好了，要吃大餐。因为《秋声赋》是桂林人非常喜爱看的剧目之一，演员们太辛苦了。的确，不仅老师们辛苦，这一群正值青春年华的学生也很累。为了这个剧，一些演员甚至耽误了考试，错过了评奖学金，放弃了工作机会。比如女主角胡蓼红扮演者——杨芷，她一直梦想着报考军校，但报考时间恰好和去上海演出的时间冲突，她也曾困惑、挣扎，然而为了不影响整个剧组，她最终坚持下来了。还有刘铁群老师的女儿，正读小学六年级，为了去上海参演，延迟了期中考试。

　　不管是老师还是演员，他们都尽心尽力了。当谈到为什么能够坚持下来时，男主角徐子羽的扮演者程鹏瑜说，因为这是一件非常有意义的事情，关乎青春和梦想，能够在离校前留下一段珍贵美丽的回忆，真是可遇不可求的事。向丹老师说，本来她已经退休了，可是她依然爱着话剧，爱和学生们在一起。宁红霞老师说，她在剧组里面感觉到很快乐，她和学生们的价值能够得到体现，因为通过他们的努力给观众带去了美妙的声音。尽管遇到过各种困难，如经费缺乏、时间冲突、别人误解等，然而每一位老师，每一位演员都在剧组中收获了很多，实现了自己的价值。大家紧密团结在一起，最终一起走到了上海最高领奖台上。

　　黄老师说："用青春激活历史，用信仰照亮人生！在历史落幕的地方，我们重新出发。"是的，这只是起步，未来任重道远。《秋声赋》也不仅是一场话剧，演出完了就落幕了，它还是当代大学的时尚文化、精英文化的集中体现，承载着我们这个伟大的民族的光荣传统，即使在最艰难的时刻我们也要挺起胸膛，自强不息。这种文化是永远不会过时的。对于当代大学生来说，这更是一场思想的洗礼，在最美丽的年华坚定人生信仰，"先天下之忧而忧，后天下之乐而乐"，并使之走出低俗，提高审美情趣与人生境界，脱离商业的铜臭味。毕竟，大学仍是精英教育。至今为止，整个剧组都没有沾染商业气息，黄伟林老师认为只有纯粹的精英文化才能经得起历史的考验，《秋声赋》便是如此。

（谢小龙）

第四章

温故清思远

温故桂林文化城

——新西南剧展主题沙龙之一

主持人：黄伟林、刘铁群

时间：2014 年 3 月 12 日晚上

地点：广西师范大学广西文科中心

录音整理：唐迎欣

黄伟林：今天我们的沙龙主题是"温故桂林文化城——新西南剧展"。"温故桂林文化城"将会是我们这个团队长期开展的系列沙龙。今天的沙龙是由广西文科中心的"桂林抗战文化研究与教育实践基地"及"桂学研究团队"承办的，主办方是广西文科中心。文科中心的领导都很重视，林春逸主任、陈小燕副主任都到了现场，非常感谢！

今天我们特邀了三位嘉宾，这是三位老先生。一位是李世荣先生，李老先生是我们广西文史馆馆员，桂林市政协原副主席。他还有一个特殊的身份，他的父亲是我们学校的员工，他的祖父是我们学校的创办人李任仁先生。我做过我们学校的校史研究，对李任仁先生的身份、角色都很清楚。我们都知道桂系的李白黄，李白黄之后再数下去

差不多就是李任仁了。李任仁是白崇禧的老师，我们今天能将李任仁先生的孙子请来，很好。我们虽然做的是历史研究，但我们不希望这个历史是断裂的，而希望它是延续的，用大活人来延续历史，很好玩。李任仁先生还是当年西南剧展的指导长。现在我们做新西南剧展，我们也希望有指导长。另外还有两位嘉宾，一位是李美美女士，还有一位是李珊珊女士，她们是姐妹俩。她们的父亲是西南剧展常务委员会的委员李文钊先生。当年欧阳予倩到桂林进行桂剧改革，很多人抵制，是李文钊先生仗义出手，使得欧阳予倩的桂剧改革能够在桂林落地生根。他当时是国防艺术社的社长，少将军衔。李任仁先生是中将军衔。国防艺术社是官办的机构，当时桂林还有一个民间的剧社，就是"新中国剧社"。新中国剧社的创办人是谁呢？就是李文钊先生。今天我们有幸请到了李任仁的孙子和李文钊的女儿，很即兴的，不是很刻意的。前天下午我在大学书店无意间遇到了李世荣先生。李世荣先生就和我说

到李文钊先生的两位千金。我说我们后天要做这样一个活动，就请她们来。结果我们很幸运地请到了她们。今天还来了一批桂林戏剧创作研究院、桂林文化局的领导，坐在我对面的是周强先生，然后是戏剧研究院的黄书记，这一位是我们原来桂剧团的副团长李忠先生，现在是桂林戏剧研究院的副院长。还有桂林市文化局的艺术科科长秦七一。说实话，今天这些重量级的人物都不是我们邀请来的，他们都是不速之客，但是他们的到来让我们觉得非常荣幸。另外还有我们漓江学院的马明晖老师，他与李钰老师一同指导了我们"新西南剧展"中的一个剧目《旧家》。我们现在说话剧是高大上的，向丹老师从事话剧工作40年，她愿意出任我们话剧的总导演。我们目前三个剧，她是总导演，有了她，我们就可以着手干了，就没有什么顾虑了。然后加上我们有林春逸主任和陈小燕副主任的大力支持，他们的支持对我

们来说是非常重要的。我们这是一个沙龙，沙龙，顾名思义，是太太的客厅，应该是女主人、女同志来主持的，我今天就是反串。什么叫反串？周强副院长最了解。我现在把角色还给刘铁群老师，请她来给我们讲讲今天的主题，弄清楚"温故桂林文化城"与"新西南剧展"究竟是怎么回事。谢谢！

刘铁群：大家晚上好！我简单地说一下我们今天的这个主题。因为桂林抗战文化是广西最重要的文化资源之一，我们成立了一个"桂林抗战文化研究与教育实践基地"。我们成立这个基地的目的就是想建构一个集科学研究、文化传播、教育实践和社会服务于一体的一个平台，以课堂教学、戏剧展演、田野调查三种方式重现桂林抗战文化的文艺救亡历史，同时我们也希望打造一个桂林抗战文化研究与开发、教育与传播的综合团队。我们这个基地要做的重要工程之一就是"新西南剧展"。"西南剧展"是1944年的2月

→ 刘铁群发言

到 5 月，也就是这个时间，70 年前的现在正在轰轰烈烈地举行"西南剧展"。今年是"西南剧展"70 周年，我们想在这个时候推出一个"新西南剧展工程"。在这个工程里面我们打算整合桂林高校以及地方的戏剧资源排演一系列抗战时期桂林文化城的剧目。通过重演经典、再造经典的活动，在教育实践中继承和发扬桂林的抗战文化，丰富大学的校园文化，提升大学校园的文化品质，同时也大力宣传我们桂林的抗战文化。我们这个活动目前进展到已经着手排演了三个剧，我们即将投入第四个剧，也就是夏衍的《芳草天涯》。这些剧目排演非常紧张，但是我们也非常投入，我们整个团队希望把它打造成大学文化的精品，同时也希望借这个机会重温 70 年前的西南剧展，重温桂林文化城，传播我们的抗战文化。我就简单说这些。

黄伟林：我们的当代文学史可以把那些作家请到现场来，把一个大活人交给同学们，哪怕现在我们做现代文学，哪怕是当时的人他们已经离去了，但他们的后人还在，这是个优势。我们现在很难见到李白的后代了，对不对？孔子虽然说有很多后代，但是很多也很可疑。但是我们这里的三位后人却是货真价实的。我们先有请李世荣先生。虽然女士优先，但是我们改变一下，先请李世荣先生给我们讲讲今天这个活动、讲讲抗战桂林、讲讲对我们学校的创办人李任仁先生的看法。

李世荣：实在不好意思，应黄教授的邀请，今天来参加这次沙龙。我也没什么准备。好久没有到大学来感受这样一种沙龙的气氛，所以我也是来学习、来感悟的。是吧？学习更是侧重。所以要问我有什么感悟，我就随便说喽，我也不能说更多的东西，只是我脑子里想到的，我就说几句吧。首先我认为，我们广西师范大学的文科中心搞这样一个沙龙，以温故桂林文化城，特别是西南剧展作一个课题，这是一个很好的事情。桂林抗战文化，以我的理解、我的认识，它是很全面的。我在政协分管文史资料，在这里我可以向大家介绍，几十年来，自从 1960 年以后，周总理当时提出，政协有一个优势，就是历史的见证人特别多，应该要留下历史宝贵的资料。全国政协在 60 年代以后就开始了政协一个重要的工作，就是征集历史资料。桂林市政协从实际出发，可以说 30 年来对整个以文化为中心的桂林文化城、桂林抗战史料的征集一直坚持不懈。在这里面，我们魏华玲老先生，今年九十六七岁高龄了，他就是桂林抗战文化研究的领军人物，他老人家付出了很多。现在政协所收集的资料包括出版的已经有千万字，关于抗战的、文化的人物、音乐、美术、戏剧、诗歌全面的征集，所以我们的同学、老师们，除戏剧以外，对桂林的文化有深入的、广泛的感触，可以跟政协联系，政协在史料方面可以给大家支持。我觉得除了图书馆以外，这是一

→ 1944 年西南剧展指导长李任仁的孙子李世荣发言

个宝库，是桂林文化、抗战文化的宝库。所以我想，特别明年是抗战胜利 70 周年，搞这样一个新西南剧展课题，包括重现、展演当年一些经典的戏剧，很有意义，真是太好了！我想，我们在做这个的时候，要有一个历史的责任感、使命感。因为历史总是为现在服务的，是吧？桂林是悠久的历史文化名城，它现在的文化、近代的文化、抗战的文化是一体的。那么，我想，特别是同学们在着眼于西南剧展这样一个课题的时候，首先我认为，就要对整个桂林文化的历史背景、形成过程有一个全面的了解。有了一个比较丰厚的基础，然后再着重开展新西南剧展，你这样做起来在抗战文化这方面就会厚积薄发。所以我想，对于桂林文化城，为了把这个重点搞好，能够更广泛地多涉猎一下，多了解一下，多懂得它形成的历史原因和它主要的成就，更有利于把西南剧展这样一个主题做得更好。至于我的祖父李任仁，他应该

说是广西文化的元老，他参加过辛亥革命，是辛亥革命党人，是最早的国民党人，第一次国共合作，他就是当时国民党支部的一个执行人员。他是白崇禧的老师，是什么老师呢？是小学老师，说得更清楚点，是启蒙老师。我们家是临桂会仙人，白崇禧也是会仙的，他是山尾人，我们是塘边村的，塘边村就在现在会仙镇的后面，很近的。白崇禧小的时候很困难，我爷爷帮助过他，教过他，所以，后来白崇禧有了作为，他就很器重我祖父，认为他在广西文化建设方面属于智囊团的人，就重用了他。他在 20 世纪 30 年代，也就是 1930 年的时候就出任了广西省教育厅的厅长，创办了广西师专，集结了进步的文化人，戏剧界和艺术界的，来为振兴广西服务，来为当时的抗战服务。所以，老人确实是为广西的抗战文化做了他应有的贡献。至于说我本人，对于戏剧，说实在话，我是个门外汉，知之不多。我是觉得做这样一个

课题很有意思，很有意义。以后希望有更多的机会参加这样的活动，来学习，来提高自己。谢谢在座的各位！

黄伟林：谢谢！李主席讲他不懂戏剧，但对我们来讲，最重要的是，我们要这种真实的、鲜活的历史的存在，这个特别重要，所以现在请李美美女士给我们讲几句。谢谢！

李美美：今天有幸来到这里，和大家一起开关于"温故桂林文化城——新西南剧展"的座谈会，我们感到很荣幸。我父亲是这个抗战文化城的抗战先锋李文钊，他老人家在我们桂林是第一个加入中国共产党的。今天我带了很多资料过来，有20多本，你们分发的时候可能有些多一点，有些少一点，你们在拿资料的时候可以相互协调一下。刚刚说到话剧方面的事，话剧实际上最早是我的父亲跟他的弟弟，就是李征凤，桂林市的第一任支部书记……

黄伟林：李征凤是烈士，是桂林早期的共产党员，后来牺牲了，他的墓好像就在我们附近，七星岩的后面。

李美美：因为他们都是比较早参加共产党的。在学生时代，在"五四"到来的时候，他们就与魏道仓一起排演《朝鲜亡国痛史》，从广西来说，是第一部话剧。广西话剧真正的源头就是《朝鲜亡国痛史》。我父亲当时出演英使，就是英国的使者。因为我父亲高大，有点像外国人的样子，也挺喜欢戏剧。那个时候，从学生时代开始就播下

了这个种子，在心理很崇敬和信仰戏剧艺术。李宗仁是表哥，我爸是表弟。我父亲坐过四次牢，这四次都是李宗仁电报回来释放他。尤其是那一次，被关在渣滓洞，是李宗仁在当主任的时候，他三次去电重庆。这一段在李宗仁的回忆录里边都有记载，都谈到这个事情。因为他有这层关系，所以才能够脱险。谁被抓进了渣滓洞还能出来？不可能的，对吧？但我父亲就是因为李宗仁的关系才出得来。那么，李宗仁为什么会这么保我父亲呢？就要说到我爷爷了。因为我祖辈们都是跟李宗仁在一起的。李宗仁要考陆军小学，他是考上了第三期的陆军小学去读书的，在之前他是在我爷爷的私塾里边学习。我爷爷是教学的私塾老师，是李宗仁的父亲李春荣带着他到我爷爷家去读书。读了一年

→ 1944年西南剧展筹备委员、常务委员会委员李文钊的女儿李美美发言

多以后，李宗仁考上了一次，正因为是农村孩子，尤其是上学的时候，为了打扮一下，换换服装，不要那么土气去上学，但是因此迟到了十分钟。过了以后，因为那个学校都是青年学生，都是从日本留学回来的，从其他国外回来的老师比较严，过了时间那就没有什么可说的，就得回去，不能入学。所以又回去在我爷爷家补习读书，又读了一年以后再报考。这样就考上了第三期的陆军小学。我爷爷后来也是到了桂林市，他在桂山中学等两个学校教书，适逢李宗仁念书出来要找工作，我爷爷便介绍他当了体育教员，他的工作就得到了安排。李宗仁的回忆录写得很清楚。他当时拿两份工资，在两个学校都有工资，比他在部队里的工资要高，他非常高兴。因为是穷孩子，他也不乱花钱，所以都把钱寄回家里，家里边置了田地，就非常好，他就记在心。我父亲出了事，他都是尽力而为，所以我父亲就能够脱险。欧阳予倩来到广西的时候，本来是想搞桂剧改革，但有些意见不合，因为欧阳予倩也是年轻小伙子，要改革就要大刀阔斧，不该要的就不要了，就要砍掉，他觉得昆剧有些唱词、唱腔非常好的就用到了桂剧上，但戏剧改进会却不同意，因此没有采纳，还有其他的原因使其受阻，没有办法改进下去。这些都是当时听我父亲说的。小的时候父亲教我写字，写得好打一个圈，就很高兴的。以后就帮我父亲抄资料，所以我父亲有时会跟我谈一下这些事情。他听说欧阳予倩遇到困难了，就是桂剧《梁红玉》不能演出。我父亲当时"啊"了一声。因为当时欧阳予倩的名气很大，"北有梅兰芳，南有欧阳予倩"，这样的人受到这样的待遇，他说那不行，我一定要请他来。当时我父亲在国防艺术社工作，因为李宗仁的关系，所以我父亲的职务比较高，他做了国防艺术社的社长，军衔就是少将了。（笑声）因为那个时候的国防艺术社是五路军总政治处下面的一个团队，原来有一个是摄影队、一个是巡回游艺演讲团，还有一个是国防剧社，三团合并成一个团。合成一个团后，因为那个时候我父亲要抗战，而韦永成带着人北上去了，所以我父亲就真正做上了艺术社的社长。我父亲跟欧阳予倩一说，欧阳予倩一看我父亲人也比较活，跟他也谈得拢，人挺好的，很和气，所以就马上把他的剧本《梁红玉》交给我父亲。我父亲当时一看，很高兴，马上把它做成铅印，由国防艺术社出版发行，然后就跟剧团里边的人周旋，一定要请欧阳予倩来做导演，他们都很听话。欧阳予倩非常高兴，就好像鱼见了水一样，太高兴了。我父亲那个人他胸怀很坦荡，没有私心，不会说来了一个能人把我压下去了，我父亲没有这种想法。在我父亲看来只要能人多，能干出事情来，对社会有贡献，对文化城有贡献，他都是支持的。只要是欧阳予倩说什么，我父亲都同意，都去办。就这样，使《梁红玉》在很短的时间之内正式演出了，并且效果非常好。因为那时候演出都是关于抗战救国的事情，我父亲尽力在做，后来就跟政治处有点矛盾，官方的组织认为你不听我官方的，然后去办你的东西，宣传抗战爱国太多了，所以就免了他，把他撤职，不让他干了。这就是一个官办组织。还有一个民办的，我父亲被撤职以后，于心不甘，就搞了一个"新中国剧社"，他自己筹资，自己出钱。当时没有钱，把家里的房子、田地全部卖掉，还不够，就把我母亲的金首饰也卖掉。我妈妈也很支持他，卖掉首饰来做这个工作。后来我父亲找到杜宣，杜宣又找到田汉、洪深，全部人一起把这个剧社搞起来了。因为时间关系，我也不想多说。刚说到西南剧展，我父亲在西南剧展里边也做了很多贡献，我带来的资料里面有很详细的东西，因为时间关系我就说到这儿。谢谢！

黄伟林：恕我无礼了。因为今天我们的沙龙要穿插两个活动，我们请学生给我们演出几个片段，因为学生还要赶车回去，所以有这个时间节点，非常抱歉！等学生演出完了，我们还可以继续谈。这是第一个。第二个，两位大姐我们到时候要去专访。接下来我们请刘铁群老师给我们介绍一下《秋声赋》，然后我们为大家演出《秋声赋》中的一个片段和《旧家》中的一个片段。

刘铁群：这位是秦淑瑾，右边是她的妈妈徐母，今天晚上就是她们的一个小片段，准备开始。

黄伟林：田汉的《秋声赋》当时在桂林的演出影响非常非常大，其中有一首主题歌《落叶之歌》当时在桂林广为传唱。《秋声赋》有非常明显的田汉自己的影子在其中，所以可以说是田汉的自传之作，又是抗战之作，同时还是桂林之作。自传写的是他自己，主题是抗战，然后整个故事发生的场景主要是在桂林。今天是向丹老师导演的《秋声赋》第一幕的一个片段，十来分钟。请大家欣赏！谢谢！

（话剧《秋声赋》片段演出）

黄伟林：非常感谢！非常感谢！

李　钰：漓江学院最早的时候是没有正正经经演话剧的经验的，我们学生以前大多是排些课本剧，或者是小品，或者是相声，那么这样一种高大上的校园文化品牌的打造，我们觉得对学生综合素质的成长是很有帮助的。尤其是欧阳予倩的《旧家》，它写的实际上是在桂林发生的事情，写的是20世纪40年代初的桂林，一个大家族里边有四兄弟，这四兄弟代表着三条当时青年人的道路选择。一个是老大，他的道路选择就是在美人乡、温柔乡当中去沉醉，成天喝酒吟诗，借此逃避战乱生活的压力。第二条路是家里的老二，他选择的是借着战乱发国难财，勾结买办走私，然后中饱私囊。老三原先从事进步学生运动，但是因为遭到了一些迫害，精神失常。老四选择的是第三条道路，就像梁漱溟先生提倡的"乡村建设"的路，然后去进行乡村的改造，挖水塘，搞种植养殖，希望走这样一条"实业救国"的路。我们改编欧阳予倩《旧家》这个戏，希望通过对当时青年人道路选择的重现，关注现在青年人道路选择的问题，就像刚才李世荣先生所说的：历史总是要服务于现实的，我们就是希望通过对这个剧目的排演，让青年人体会到自己的成长道路包括创业的道路如何与国家、民族的道路息息相关，所以我们把它改成了三幕话剧，尽量在一个半小时里把这个冲突表现出来。由于我们接到通知比较晚，准备得不是很充分。接下来马上要给大家呈现的一个片段是老二周继先在自己的结发妻子和情人之间摇摆，给自己的情人从海外带回一些奢侈品，俩人在商议关于将来的道路这样一个选择的时候，从事进步青年运动后来精神失常的那个老三出来搅局，搅局过后，他们的私情暴露，周继先

的妻子就要出来主持分家，我们展现的应该是戏剧冲突比较强烈的一个小片段，这个戏剧的转折还是很好看的，我先王婆卖瓜一下，当然跟《秋声赋》是两种风格的演出。请在座的各位专家、老师多多指教，我们会在这个基础上进一步努力完善它。好，接下来我们的演员即将登场。

王东艺（《旧家》周继先饰演者）：老师好！我扮演的是周家老二周继先，他是一个通过做奸商发国难财的人物，在这个片段中，我将把这个洋货品送给秦露丝。

黄嘉祺（《旧家》周裕先饰演者）：各位老师好！我演的是周裕先，他在周家是老三，因为之前参加学生的先进运动，在运动当中精神失常了，所以他在这个片段中是搅他们两个感情的局。

宁　璐（《旧家》秦露丝饰演者）：我们表演的故事背景是老二的大夫人出去休息以后，老二要把从海外奸商莫里斯那里带

→ 李钰发言

回来的奢侈品偷偷地交给我，属于偷情的这么一个剧情。谢谢！

（话剧《旧家》片段演出）

宁　璐（《旧家》秦露丝饰演者）：谢谢各位老师和同学，我们只是一段即兴演出，如果有不足请多多指教。

黄伟林：这只是两个片段，我们也希望在后面的两个月内把它做得更好，因为我们6月有可能要到南宁去演出。这是跟大家作的一个汇报。接下来我们的沙龙继续进行。等下我们这个沙龙，我想，我们的发言是自由式的，完全自由式。因为是沙龙，我们也不要弄得太正式。对于刚才两个片段演出，我们特别想听听桂林戏剧院的老师们给我们一些指导。黄书记、李院长、周院长，哪位给我们指教一下？谢谢！

黄金光（桂林市戏剧创作研究院党委书记）：我说几个词，第一个词是……（此处录音丢失），广西人文社会科学发展研究中心举办的"温故桂林文化城——新西南剧展"。第二个词是崇敬，刚才听到了李世荣主席还有李美美姐妹都讲到了他们的先辈，第一个是抗战文化的先锋，第二个他们在西南剧展里是主要的参与者，还是主办者。我作为一个戏剧人，实际上对西南剧展的先辈们非常崇敬，就像黄教授刚才说的，今天能够看到活生生的李任仁先生还有李文钊先生的后人在这里给我们介绍光辉业绩，使我们受益匪浅。第三个词就是学习，今天本来我们的张

树萍院长要带我们研究院的十几个同志一起过来的，因为临时要与教育局谈"戏曲进校园"的活动，所以赶不过来了。刚才看了我们的老师和同学重排的两个戏的片段，一个是田汉的《秋声赋》，再一个是欧阳予倩先生的《旧家》，虽然只是片段，但是确实，我作为一个戏剧人，真的很受感动。话剧它实际上是有讲究的，我们做的是地方戏曲，原来也排过一些小品，跟话剧有些相近的地方。实际在语言的控制、声调上，有时就是一个字，就能够把自己扮演角色的内心展现出来。看刚才这个《旧家》，虽然是短短的几分钟，像老三上场的时候，情绪非常饱满，非常佩服。听黄教授说排的时间实际上很短，（黄伟林：开学后才排的）非常了不起！我们做专业的，排了新的戏，特别是很有分量的戏，从我们的演员拿到剧本，研究角色，到进行做排，一路进行下来，实际上要花很多时间。所以，你们真的使我们学到很多东西。第四个词就是感谢，首先要感谢李世荣主席，我们在辛亥革命100周年的时候排了一个新编的桂剧《何香凝》，得到了李世荣先生很多的帮助，因为《何香凝》中一个主要角色再现了他的祖父李任仁先生，就是我们的邓斐演的。当时请了李世荣主席到我们院里给我们指导，在这里再次感谢！再有就是要感谢我们的黄伟林教授，我们去年排了一个大型的彩调剧，一个廉政剧——《一品油茶七品官》，在创作、排练包括后期的推广过程中，

都得到了黄教授大力的帮助、支持，因此在这里衷心地感谢。第五个词就是惭愧，作为一个戏剧人，今天上午我们是在广西省立艺术馆，就在桂中对面，举办了一个桂林地方戏曲进校园活动的启动仪式，其中我们院长上去致辞的时候还说了，70周年以前西南剧展的开幕式就是在广西省立艺术馆举行的。广西省立艺术馆实际上是抗战文化城的一个历史见证，欧阳予倩先生从1939—1946年一直在桂林做桂剧改革工作，还办了桂剧实验学校、实验剧团，他亲自创作改编的剧目很多，我们作为一个戏剧人，看到广西师范大学的老师和学生都走在我们的前列，已经重排了三个剧目，虽然现在还没有看到全剧，但仅看了一个片段，就很感动。我相信就像黄老师说的，6月到南宁演出的时候，我们一定要到那里好好地学习。第六个词就是行动，古人说"知耻而后勇"，看到我们广西师范大学的老师、学生能够把这三个剧目排出来，我们扪心自问，作为一个桂林的戏剧人，确实有责任重排欧阳予倩先生当时帮我们桂剧创作的像《梁红玉》《木兰从军》《桃花扇》，还有《人面桃花》等剧目。我在这里也没有跟我们张院长商量，但是我们力争在这几个剧目里边争取排出一两个剧目，在明年的时候，在抗战胜利70周年的时候，就在我们广西省立艺术馆上演。希望得到黄伟林教授、李世荣主席还有李美美姐妹的帮助支持，我们尽我们的全力做好。

黄伟林：非常感谢黄书记给我们说了那么多鼓励的话。其实我们今天这个活动，这个广西人文社会科学发展研究中心举办的"温故桂林文化城——新西南剧展"，由我们这个团队来承办。我们这个团队，叫"桂林抗战文化研究与教育实践基地"，文科中心给了我们一个很重要的任务，就是要为地方文化服务。我们是一厢情愿地在计划书里写到要为桂林市服务的，所以实际上黄书记、李忠团长、周强团长是在给我们服务的机会，我们也希望两个单位、两个机构要有一种更紧密的合作。桂林戏剧研究院是我们广西水平很高的一个戏剧机构，拿过"梅花奖""文华奖"等，"曹禺奖"拿了没有我不知道。而且桂剧也是中国十大剧种之一，所以他们的影响是非常非常大的，刚才黄书记说的话就是谦虚嘛。在我们这里，在林春逸和陈小燕的地盘上，他们谦虚。但是我们非常希望能够进行下一步合作。我们在文字上积累的工作多，本来今天张院长要带二十多个人来的，我一听说来二十多个人，说坐不下，后来他们人数大减。桂林人对戏剧的热爱，我真的觉得是非常感人的。刚才李美美也谈到，李文钊他当年真是这样，他为了做这个"新中国剧社"，首先就把太太的首饰卖掉了，后来还是维持不下去，就把房子都卖掉了。大家想，把房子卖掉了是一个什么状态？今天我们房地产这么热，都知道房子的重要，所以真的是不可思议。今天我们希望我们能发扬这里边特别宝贵的精神。哪位老师或者嘉宾继续发言，随意，好吗？我再介绍一下，我们后面姗姗来迟的这位"李姗姗"不是那位"李珊珊"，是我们文物局的局长李曦女士，我估计是我们的消息传出去，很多桂林市的领导就过来了。明晖有话也可以说，他和我们李钰老师一起指导了《旧家》，也是戏剧迷。

马明晖：各位前辈，不好意思！我现在挺紧张。刚才是我们漓江学院的小朋友们表演的《旧家》。个子最高的，演继先的小孩，他今天还是发低烧的，不然他今天的状态可能会更好一些。他刚才演完都觉得挺不好意思的，就是觉得在各位前辈面前没有把自己最好的状态给发挥出来。今天我们是斗胆的，也是即兴嘛，把《旧家》一个小片段展示一下，希望得到各位前辈的指导。各位刚才看了广西师范大学文学院的《秋声赋》以后，我们觉得那个才叫高大上。我们确实有很多的方面是需要去努力的。然后，因为又是晚辈，我也不知道应该说些什么，今天能参加这个活动我觉得非常开心。我也会把今天会议的精神传达给有课而不能来的那些小伙伴。今天过来的十几个是我们剧组的部分演员，他们真的是听说有这个机会都抢着来报名的。关于我们这个剧，因为这个《旧家》目前来看可能是一个失传的剧，没有保存一些影像的资料，我们也希望能通过我们的一些努力，让这个剧能重见天日，就

是希望能用我们2014年的青春去致敬70年前的青春，用青春致敬青春！

李　钰：我还想啰唆两句，我们在改编和排演《旧家》的过程当中，我觉得的确是对桂林文化城有了更进一步的感性的、丰富的认识。因为当时欧阳予倩在写这个《旧家》的时候，他写的是西南某县城，他没有明确说是桂林，那我们在改编的过程中，在黄老师的指导下，有意识地加了一些桂林的因素。比如说在第二幕里，因为日本人的空袭，然后导致了全城的大火，在救火的过程当中需要搬运物资，把旧家的门板给拆了。当时我在设置这个情节的时候，有点不太清楚这火应该往哪儿烧。后来我们查了一些相关的资料，尤其是看了老桂林城市的一些照片以后，我们有了更多感性的认识，然后我们就让那把火烧在浮桥那儿。因为很多小朋友都不了解以前没有解放桥、没有虞山桥、没有雉山桥、没有净瓶山桥，那个时候漓江上的交通是怎么样的？我们就把这些照片拿出来给他们看，演员们就有了感性的认识，就知道那时候就是有这个趸船，加上一些木板搭的浮桥。如果日本人从浮桥这里烧起来，就很容易殃及两岸的房子，那么，我们改编这个剧情就有了合理的落脚点。所以说，借着改编这个剧目的机会，我们对于桂林文化城那段历史就有了更深入、更感性的了解。我们这种传承包括传播当时桂林文化城的精神，对青年人的成长来说是非常有益

处的。所以，这的确是一个综合性的平台，包括学科研究、学生综合素质的提高，非常感谢大家给了我们这样一个锻炼和成长的机会。

黄伟林：我们请李曦局长说一下吧。

李　曦（桂林市文物局副局长）：还是说普通话吧，回到母校了，特别骄傲，也特别高兴。我原来是广西师范大学中文系古典文学的研究生。今天这个沙龙的消息确实是我传播出去的，因为最近和黄老师一起在做一个民国文化的调研和保护的策划案，其中我们有一块内容，就想结合今年明年的一系列纪念活动做一些活动，其中有一项我们就策划了搞一个剧展，就说是我们的活动内容之一。因为我现在不管这一块了，但在策划案里有这么一块，我现在更多的主要是侧重民国的一些文化遗址、遗迹的保护、调查和研究等方面的工作。因为听黄老师说他们已经在做这个西南剧展了，今天唐局说我们已经滞后了，所以就希望把这个消息传播给研究院和艺术科的人，让他们一起过来都看一下。我等于是跟黄教授、嘉宾还会有长期的合作，包括文科中心小燕主任都有关于民国文化的一系列合作。就希望通过这个平台把我们社会力量包括社会学者全部联合在一块，利用我们各种平台基地。刚才黄教授也说了，他们的人文社科基地也是很好的一个抗战文化研究平台。也希望我们文物这个部门能够在以后起到相关的作用。我就这么说

一点吧。不好意思，再次道歉，来晚了。

黄伟林：我们大家随意，包括李美美老师刚才给我们讲的都是非常生动的，讲父亲的付出，李珊珊老师有话都可以随便说，还有我们秦科长，主管我们桂林艺术这一块的。你给我们做一些指导。

李美美：我还想说几句。我们桂林的桂剧、戏曲、曲艺、文场、彩调，这几个剧是属于国家非物质文化遗产，应该很好地保护跟传承下去。因为我有些朋友，像何红玉，我们都在一块，我经常跟她说，现在这个演出的基地，面太窄了，一个是现在越演越小，舞台都很少，到虞山桥这里，太小的剧场，影响力不大。所以我就跟她谈起，怎么继承，怎么发扬，怎么传承下去还是个问题。我说应该好好考虑这方面的问题。不要以后时间久了，老一辈的人走了以后，年轻一代将来可能就很麻烦，我就说这几句。

黄金光：李老师说的这个事，下午市委宣传部的黄力平副部长带队到我们戏剧创作研究院去调研，我们张院长第一个想请求领导帮我们解决的艺术发展的瓶颈问题，就是剧场问题。大家都知道作为一个老桂林人，原来在十字街有一个桂剧院，就是一个我们相当好的演出的平台，在城市改造中拆掉了。拆掉了以后几任市领导都筹划过想要重建，但是领导换得也比较频繁，包括李金早在自治区当副主席的时候，他也觉得缺憾的是没有做好这件事，后来他又调到商务部去了。

我们也跟黄部长说了，建新剧场可能一下子有困难，我们就想把广西省立艺术馆跟我们研究院合并起来，因为它那里现在是一个自治区级的文物保护单位，现在正在申请国保单位，实际上人很少，只有十几个在职的，十三个吧，二十几个退休的，我们研究院可以接纳，这样合并在一起就有了演出的平台。就像刚才李老师说的，实际上很多桂林的市民就跟我们提意见，说你们几个剧团合成一个研究院，力量更大了，但是没见你们演戏啊。就是去年下半年10月份之后我们在虞山桥头，清风路口那里，那里确实环境不好，是城乡结合部，剧场非常小，不管是观众席还是舞台，条件都很差。再一个，我们今天也跟领导说了，关键是那里没有通过消防安全的检查，达不到要求，演出实际上有很大的风险，去年我们是"桂林戏曲周周演"，也得到了文化厅黄宇厅长的肯定。但是今年怎么演，我们确实不知道怎么办了。剧场又不能用，广西省立艺术馆还跟黄婉秋的民营企业签订了合同，也没到期，所以我在这里也希望各位有识之士包括黄教授在内，帮我们向市里呼吁。实际上财政也不用负担太多，合起来又是一个两全其美的事情。

秦七一（桂林市文化局艺术科科长）：后面要追钱的，可以来找我，我可以帮大家去跑腿，为大家服务。其实我有一个想法，刚刚黄教授也提到过，你们广西师范大学有研究人员，我们戏剧创作研究院有很好的实践的老师，研究怎么更好地与我们的实践结合，这是我们下一步可以很好做文章的。因为你们的研究如果没有实践来充实的话，你们就很难有创新。但是我们的实践没有你们的研究来提高的话，他们的艺术水准就可能达不到一个高度。这是一个我们下一步可以很好合作的机会。我相信黄教授在这方面已经作了很好的考虑了。谢谢大家，以后有什么用得着我们的地方，随时给我们打电话。谢谢！

黄伟林：其实我们一直在思考，我们跟林主任、跟小燕主任都在思考这个问题。我们大学除了研究，除了做这种传统的学术之外，我们为地方服务，能做什么？我们就想到做新西南剧展，其实我们希望新西南剧展能够成为我们广西师范大学、桂林市，乃至广西的一个文化品牌。所以刚才刘老师说希望它集科学研究、学术上的研究和社会上的实践于一体，它既是一个研究，也是一个教育，同时也是一个社会服务。我想把这三者融为一体，不是像我们过去完全单纯的研究，把它印成书就完了。我们希望，一个是我们自己做。我觉得我们的演员跟剧团、跟戏剧院比有一个优势，我们的演员永远是年轻的，对不对？我们的演员永远可以让他保持在20岁。你们的演员他会老，我们的演员永远20岁。我的老师任洪渊先生写过一篇文章叫《永远的20岁》，那真的就是永远的20岁。第二个，话剧它真的是一个很大学的艺术，现在很流行高大上，我改了一下，叫"高大上、低风内"，就是"高端大气上档次，低调奢华有内涵"。我们大学不要奢华，而要"低调风华有内涵"。风华嘛，大学生永远风华正茂，对不对？"低风内"，不知道大家是不是认可。所以，我希望我们是从大学的层面，以大学这样一种方式加入到地方文化的建设之中，而不是只出几本书。现在出书太多了，太容易了，大家都说变成浪费纸张了。我们很愿意和黄书记、和李忠团长合作。你们演桂剧，我们演话剧，我们管它叫作中西合璧，对不对？叫做"通古今，贯中西"，对不对？还有什么？还有好多词。"通古今，贯中西"还是今天早晨我和广林聊天时想出的一个说法。大家继续。

宁红霞：我自己是教声乐的，由于专业的特殊性，我对广西这种民族的东西是非常有兴趣的，所以，得到这个沙龙的消息我就赶着过来了。我想问的就是，我们今天这个剧种主要就是……

黄伟林：我们这个是话剧。我们桂剧团可以有话剧、有桂剧、有彩调、有文场，桂剧、彩调、文场都是国家的非遗。

宁红霞：因为我们学院有一个广西民族音乐舞蹈研究团队，我是这个团队的秘书，我们院长没来。我们研究的是广西几个民族的音乐舞蹈还有它的传承，壮族、苗族、京族、仫佬族，等等，都下去采风。我自己的同学覃丽兰就在桂剧团，我自己就一直很想利用这些资源去开发或者是去做一点这种工作，但是我又不知道怎么下手。之前也经常去覃丽兰那里玩，她那里有她的伙伴和跟她一起住的桂剧演员，我一直在想怎么将高校的资源跟我们桂林这么优秀的剧种相结合，但不知道怎么去做，这也是一直以来我特别想要去研究的东西。

李美美：我父亲他们去宜山演出的时候，他们就采风，跟陈迩冬三个人，由我父亲和陈迩冬作词，党明记歌谱，他们编成了第一个山歌舞剧《侗花谣》。所以我是希望你可以在这方面找题材，也在这方面有所创造。

郭　兴（柳州师范专科学校中文系副教授）：我原来一直是上现代文学的，后来我查了资料才知道原来我讲的作品有很多是在桂林写的，我以前都不懂。今天再听几位前辈讲了前人的故事，所以我感觉到很多东西就勾连起来了，变得更加丰满，更加立体了。在广西，我是特别地喜欢桂林，不仅仅在于它的风景，美的是它的文化积淀，确实非常深厚，说实在话，这是南宁、柳州都比不上的。像彩调这些，我们很多人都看不懂，听不懂，我们想研究，但我们不懂。所以我们特别希望你们这些专业的、实践的能在这方面给我们提供更多的东西。否则，我们不懂，怎么传给学生？所以你们有了东西给我们，我们就有了一条线索和路数这样研究下去，才会传给更多的人。因为在高校的老师有这个优势，我们可以有很多年轻的学生，永远20岁的学生，那我们就可以传给更多的人。这是我们和你们比，我们的优势，但是你们的优势又是我们没有的。很多专业的东西我们不懂，我们不了解。对于彩调这些很专业的东西，你们光演出，我们看，我们觉得好玩，但是很多东西我们讲不出来，也不懂。如果你们能够把这一块的东西整理出来，和高校结合，我觉得这不仅仅是双赢，而是多赢。谢谢！

黄伟林：我经常跟周院长、张院长他们在一起，我就想跟他们结合一下，周院长、李院长，你们来讲讲。

周　强（桂林市戏剧创作研究院副院长）：在座的除了我们院的人，都是做学问的，我们真的是过来学习的，而且达到了这个目的，我们不虚此行。刚才这位柳州来的老师，还有这位音乐学院的老师说的两点要求，让我觉得今天晚上的活动有一个遗憾：今天上午我们在广西省立艺术馆做的活动，就是跟桂林市教育局联合办的"地方戏曲进校园"的普及辅导讲座，今天是第一场，启动仪式，办得非常成功，这中间结合点发生了一个误差，如果我们今天上午的活动是放在明天上午，或者是你们今天晚上的活动是放在昨天晚上，那多好。刚才这两位老师要求的东西，我们在今天上午都做了。对象有一些偏差，就是你们不归市教育局这个口。这个就是遗憾。

黄伟林：我们这个行为都是跨地区、跨部门的，你要唱一段，不然就不要走了。

周　强：我们今天做的普及讲座非常好，普及讲座结束之后，桂林城区十二县的教师都到现场去听，都是教育局给某个县，你们有五个名额，这样来的。那些教师都拥到台上去，要联系方式，要我们今天讲座的所有课件，说要拿回去给他们讲座做辅助的课件。还希望我们到他们学校去，到县里面去，因为他们能够给学生说的只是一些他们知道的皮毛，说不到那么全面，那么深，那么专业，他们觉得今天来得非常值得，非常有意义，他们请假、翘课来的都觉得很值得。所以我觉得在时间上，今天早上和今天晚上稍微有点遗憾。

黄伟林：没有遗憾，我们请周院长给我们来一段《贵妃醉酒》。黄书记，这时候，要一些行政手段。

周　强：我今天上午说了一个上午，因为今天上午的桂剧主讲是由我承担的，嗓子哑了。如果实在要呈现，那么一会我说完这段话之后，我把今天上午呈现的一段放到这地方来。希望我们不光是给中小学的音乐教师做了这样的活动，也希望这个活动能继续推进，在我们桂林所有的大专院校里面也同样可以开展这样的活动。因为在师范学校，特别是音乐学院，你们以后出去都是当音乐教师的，是按照那种平方递进出去的方式，我们教了一个老师，那么他就会去传播，那可能还要到函数，我没学过。我希望我们这

→ 桂林市戏剧创作研究院副院长周强发言

样的活动能够进到大专院校去。谢谢!

我给大家展示的是戏曲表演手法上最常用的一种虚拟手段。虚拟手段在戏曲当中用得很多,比方说我们一场龙套四个人,代表的是千军万马。我们在舞台上走一个圆场,它代表我们走了一百里、一千里路。还有,舞台上表现一个上船,舞台上不可能有水,不可能有船,我们就用一把桨代替。这是我们常用的一种无实物的表演。在我们的经典桂剧《拾玉镯》中有一段是表现一个小姑娘在家里自己做针线活、绣花那样一段无实物的表演。下面我就给大家再现一下今天上午在讲座当中这一段表演。借给我一本书,我可以一边做一边表演一边给大家解说。

做针线活习惯了,做完了就把针插在了夹了线的一本书里,然后开始做的时候,很习惯的动作,先把针拔出来,把昨天做剩下的一点线头扔了,把针别在衣服上。这里面夹的全部是丝线,绣花用,这是挑色,拿块手绢,要在上面绣花,看看这两个颜色搭不搭。嗯,不满意,我们再找。哎,这个可能可以,嗯,真的不错,就用这个。这丝线中间打一个结,做好以后打了一个结,我们先把它解开。解开之后,它是一圈一圈的,然后用手绷一下,给它抖顺了,找到线头,咬断,再打一个结,放回书里。绣花的线需要很细,再把这一根线给破成两下,这就成了两根线,打一个结。好!

李 忠(桂林市戏剧创作研究院副院长):我们这些地方戏虽然有些是传统的,但是我们也有现代的,也有少数民族题材的作品,像我们以前排过的《瑶妃传奇》,它是瑶族的;《风采壮妹》,壮族的。它里面的元素都是少数民族的。它也是以桂剧的形式来表演。其实我们也很需要这种题材,我们可以继续沟通一下。

宁红霞:领导,我想打断一下,我可能表达有误。我们那个团队、我们的老师,他们更多的精力是去研究少数民族音乐，没有研究桂林这边特有的戏曲，研究得不够。

李　忠：周院长说了，像我们的地方戏曲进校园，今天是第一次，启动仪式，我们也希望把我们地方戏普及到各个大专院校，接下来我们也可以互相交流、沟通，我们以后的作品也需要你们的支持。你们是文化人，我们虽然是专业的，但在文化上面、理论上面需要大家多多的帮助。好，我来唱一段吧。

我是花脸，满脸花里胡哨的，性格是粗犷型的，不像我们周院长，小家碧玉，我和他是反着来的。我来唱一段，今天也是在"地方戏进校园"的启动仪式中唱了一半，没有伴奏带，请各位原谅。（表演）

黄伟林：今天黄书记还有我们秦科长，真的是不请自来，但是给我们这个沙龙增加了很大的光彩。我们的老师提出这个要求，得到我们戏剧创作研究院这么好的回应，我相信我们今天这个沙龙的主办方广西人文社会科学发展研究中心，他们一定会对大家刚才提的意见有想法，我看我们林主任从来没有那么认真地记笔记，我们最后是不是请林主任、小燕主任对我们这个沙龙做一个总结？然后我们圆满的结束。

林春逸（广西人文社会科学发展研究中心主任）：第一句话，今天晚上我们围绕着桂林文化城这么多先辈，在座的也都是先辈，我想说一句就是功德无量。这个事是功德无量的。在座的不管是李世荣先生，还是李美美两位女士，都做了一件功德无量的事。我表示衷心的感谢，而且表示深深的敬佩。为什么是功德无量的？这是第二句话，用我这个专业来说，我们从事的是让我们的发展有灵魂的这样一件工作。因为中国的发展越来越丢掉我们的魂了。现在我们都在找发展之魂。实际上在座的各位，包括李世荣老师，两位美美的女士，你们都是长命百岁的老人。为什么？包括我们从事文史哲的，这些有历史的厚重感的，有历史责任感的人，都是长命百岁、千岁的，我们生活在历史中，在传承着历史文化，那么这些事真的是功德无量。一个国家，用我这个很大很大的话来说，就是强国必先强民，强民必先强魂，强魂必须有我们这帮人。没有我们这帮人，魂是不可能强的。发展现在是丢掉魂的，没有魂。所以我们桂林的发展必须有魂。那么这个魂在哪里？我们在历史文化里找，在优秀的传统文化里面去找。所以刚才我看了我们亲爱的、永远20岁的学生表演的片段，我是真的感动得流泪了。他们重温了我们抗战文化城，当年我们的先辈他们这样一种爱国的情怀，年轻人这样一种责任、担当、情怀，我觉得这些都要传承下去。如果不传承下去，我们就丢了魂。现在我们讲核心价值观从哪里找？不是从西方找，马克思给我们的也是有限的，我们要从传统文化里去找，这才是深厚的根基。几千年流淌在我们血脉里面的，

→ 研讨会现场

我们要找回来，所以今天晚上我们在座的各位都在把我们这个血脉传承下去，做了一件让我们的发展有灵魂这样一个工作，所以它是功德无量的。第三句话就是协同创新。我们广西师范大学文科中心如果要真正做到长成参天大树的话，它的树根应该是扎根在我们的桂林，扎根于在座的各位，不管什么彩调，各种各样的，这都是我们肥沃的土壤。要长成参天大树，如果没有桂林的各位、各个部门的支持，那是不可能的。所以用今天时髦的话来说，就是协同创新。今天有这么多的先辈、局长，还有两位的表演，我真的很感动。将来我们说要真正迎来一个好的发展，我们广西、桂林能够形成正能量，过上更加美好的生活，需要我们协同创新。今天

我还对我的本科同学说，今天的社会是风险社会，人生无常啊，马航我们天天揪心，但是今天我们用实际行动来表明我们的人生态度，也就是幸福的一天。所以我倡议我们每一个人回家先抱抱自己的爱人，亲亲自己的儿女。我们今天过的实际上就是幸福的生活，为的就是永远活在这个世上。今天我们能够重温历史，让我们的桂林文化在新的历史时期发扬光大，我觉得这是功德无量的事情，我觉得这是从事让发展有灵魂的工作，我也觉得我们是永远万寿无疆的一群人，特别是在座的各位，谢谢大家！

黄伟林：我们这个沙龙时间有点长，但是我们得到的感受和教益是非常有价值的。感谢大家，谢谢！

新西南剧展·大学何为

——新西南剧展主题沙龙之二

主持人：黄伟林

时间：2014 年 6 月 6 日

地点：广西师范大学广西文科中心

录音整理：谢婷婷

黄伟林：今天我们沙龙的主题是"新西南剧展·大学何为"，主角就是同学们——这三台话剧的演员，所以发言的主角就是我们的同学和老师。我们一路走过来，都没来得及停下来，也没来得及回回头，不知不觉好几个月就过去了，这半年以来都没有停下来交流。所以今天沙龙的主要目的就是，回顾一下我们之前所做的一切，思考一下今后要做的工作。

我们知道，话剧在中国一出现，就是与大学联系起来的一种文化现象。现在话剧运动在许多高校也非常火爆。有一个话剧现在全国都知道，甚至对专业的剧团也产生了影响，就是南京大学的《蒋公的面子》，影响非常大。

我们广西师范大学的话剧也是很有传统的，大家上次也听王枬书记谈到过。我们学校是 1932 年创办的，1935 年就从上海引进了一个教授团队，由陈望道带队，他带了弟弟陈致道、杨潮、夏征农，后来又请来了沈西苓，沈西苓是中国著名的电影导演。他们这个团队到了我们学校（当时叫广西师专）。学校坐落在当时的雁山公园，现在的雁山园。就在那里，他们开始了话剧运动。应该说，是他们把话剧带到了广西，带到了广西的高校。从 1935 年到现在已经 80 周年了。所以话剧对我们学校来说也是一个文化传统。

我们觉得大学应该有自己的文化。现在我们知道，大学相当的社会化。原先我们的大学是相对封闭的，大学是大学，社会是社会。20 世纪 90 年代，中国的大学出现了一个非常震惊的现象，就是北京大学把围墙拆掉了。你们现在走到中关村，可以看到北京大学是被商场围着的，但过去全是围墙，现在把围墙打开了。这个举动意味着大学迈出了融入社会的关键性的一步。经过二十多年，大家也在反思，大学其实也应该有自己的文化。我认为话剧活动也是大学文化的重要组成部分。今天在三部话剧都已经在校园里演出之后，我们在广西文科中心做这样一个沙龙，是广西文科中心的第 73 次沙龙，目的就是让我们在经历了大约半年的非常忙碌、兴奋、激情的排演过程之后，回过头来冷静思考一下，我们还需要不断调整，继续前进，继续上升。

今天来到这里的除了《秋声赋》《桃花扇》《旧家》三个剧组，还有《芳草天涯》剧组。《芳草天涯》剧组进入得比较晚，我们也没想到后面的工作这么紧张，都没来得及对他们进行指导，他们完全是自己演，已经排演出两幕戏了，我们也请他们一起来参加这个沙龙。《芳草天涯》是职师学院的剧组，《旧家》是漓江学院的剧组，另外两个是我们文学院的剧组。

出席这次沙龙的还有我们的老师，首先是我们非常熟悉的"向妈"向丹老师，上个学期我看到我们同学和向丹老师见面的时候跟向老师的那种情感，真是非常感动。还有伍锦昌老师，伍锦昌老师今天是三重身份，既是我的学生，又是你们的师兄，还是广西教育厅的老师，所以今天有教育厅的老师来参加我们的沙龙，我们非常高兴。还有李钰老师，也是新西南剧展非常重要的导演之一。还有马明晖老师，我看马明晖老师跟同学们的关系基本上直追向丹老师，马明晖老师是"小马哥"。还有李逊老师，他一直没有在前台出现。令我很感动的是，之前在田楼彩排的时候，看到他坐在一大堆同学中间，跟同学们一起做各种准备工作，非常辛苦，也非常开心。

今天我们大家一起来自我分享。因为新西南剧展既是演出，也是我们学习的一部分。我也反复跟同学们讲过，通过演一台戏理解一部作品，理解一门课程，最后理解一个学科。话剧活动不是外在于我们的大学学习，而是内在于我们的大学学习的一个文化活动，是一个标志性很强的文化活动。我希望等下大家都能够非常踊跃地发言。首先我们请"向妈"说说话。

向　丹：经过一段非常紧张的生活，现在我们喜笑颜开地在这儿聚会。话剧这个东西一定是要在大学里面的。中国最早的话剧是从国外引入的。20 世纪初，话剧开始在中国出现，是外国人在上海演的文明戏。而中国人演话剧，是从一些教会学校的学生开始的。所以从一开始，话剧就是在学校的，尤其是后来都是在一些大学。我们知道的曹禺、欧阳予倩等一些戏剧家，他们在中学时代就投身到话剧排练、演出之中，像欧阳予倩演过很多个角色，男扮女装。中国的话剧就从这些前辈们开始的。他们喜欢话剧，走出校门以后演话剧、写话剧，成就了今天中国现代话剧的辉煌。

我教中国现代文学，我也很喜欢话剧。

其实我的经历和大家差不多，原来也没有演过，更不用说导演。我记得三年前导演完《雷雨》《于无声处》以后，广西戏剧家协会的林俊超主席约我写了一篇稿《我和话剧》，我就谈到这些。我也是稀里糊涂被拉进来的。我们学校以及中文系都有话剧表演的传统。我进中文系以后就被告知，中文系是有着悠久的话剧表演的传统。我读书的时候就听说我的老师演《桃花扇》《雷雨》，等等。我毕业以后，时逢粉碎"四人帮"，当时出现了中国当代文学史上一个有名的话剧《于无声处》，我们中文系的领导很重视，因为原来就有这个传统，于是请了一个广西话剧团的导演。他在"文革"中被打倒，被发配到资源还是龙胜，他很想回到话剧团，但是政策没有那么开放，他没那么容易回到话剧团，就想到我们中文系来。我们中文系正好想排话剧，也想请专家，于是就请他带着我们开始排话剧。那时我是 B 角，就像现在很多低年级的同学先当个 B 角。我们中文系当时有姚岱亮老师，也是现当代文学的老师，从文化部话剧股下来的，很支持我们。还有陈振寰（字和年）老师，多才多艺，我们非常敬重他。

黄伟林：陈和年老师是北京大学王力教授的学生，毕业以后来我们广西师范大学做老师，其实他的专业是古代汉语，但是他又是导演又是演员，领着向老师他们一起做话剧。

向　丹：所以像刚才黄老师提到，北大邵燕君教授说你们老师那么关注话剧，真是有传统的，像陈振寰老师、老系主任林宝全老师。

黄伟林：林宝全老师是我们当时的系主任，相当于现在的文学院院长，他也亲自登台。现在八十多岁了。

向　丹：我就是从那次开始涉足并喜爱上了话剧。77 级的中文系学生许杰，后来也留在中文系当老师，他也很喜欢话剧，比我更加喜欢。他学生时代就在学校里开始了话剧活动。到我生完孩子了，他邀我出来演，也演了好几出话剧，也是全校性的，都还是反响不错的。后来随着形势的变化，不太重视话剧了，许多老师调走了，慢慢就衰落了。后来 93 级一些热心的同学（像石东同学）成立了彗星剧团，叫我去指导。其实在这之前（中文系）也搞过话剧，但都是小打小闹了。石东同学考虑得很周到，也很热心地做，我们陈深辉同学有点像他。后来石东到湘潭大学读硕士。

我为什么后来又做起话剧，因为话剧是我们中文系为首的，而且当时的话剧表演出现了令我们非常心痛的状况，越演越粗，都演那些搞笑的，一个裤脚卷起来，一个裤脚放下来，鼻涕邋遢的。请我们中文系的老师去当评委，第一次，忍了，第二次，忍了。后来有老师说了，如果再是这样的东西，我们不来了。我也很心痛，但是我不会这么激

→ 在广西省立艺术馆,《秋声赋》谢幕后,黄婉秋与主创团队合影

愤。我就跟领导以及主办方提出来，我们要学习经典，因为我们毕竟是大学，尤其我们是中文系。所以后来慢慢的稍微好一点。

我真正身体力行做起来，是我从美国回来以后。我去美国是教汉语的。我在美国的大学所接触的一些东西，回来以后觉得对我的教学有用处。第一个，我觉得美国的大学更注重的是动手、实践。我教汉语，各个专业的学生都可以来选修，我就接触了各个专业的学生，他们做作业、考试更多的是看实践。他们的成绩由三部分组成，三分之一是到课情况，三分之一是积极参加课堂活动与否，比如发言、老师组织的活动以及交作业，等等，还有三分之一就是笔试。我的学生有学教育的、艺术品设计的，他们都很喜欢我。比如一个学教育的学生就告诉我，她去一个中文学校给中国学生教英语。中国的学生比较羞怯，老师提问都低着头不开口。她带着男朋友去，男朋友搞摄影的，就把她带着小男孩出去玩的场景拍摄下来，男孩一直不开口说英语，但是看到天空一只小鸟很兴奋地喊出"bird"，她就夸奖那个男孩。后来制成一个小电影去考试，请我去帮她翻译。他们一个班十来个人，围坐在一起，她就一边放映，一边讲自己的教育理念，她是如何实践成功的。像学艺术品设计的那个学生，就做了很好看的艺术品（去考试），也展示出自己失败的作品。

2000年我从美国回来以后，就在想，我们一个学期两次作业，让同学们写了交，很多都是在网上一搜，搞个东西就给我了。我觉得我们同学读书太少，没有扎扎实实去做，没有自己的想法。所以我就把两次作业改变了一下，一年级的学生，首先是中国现代诗文朗诵与欣赏，你朗诵完以后就赏析这作品好在哪或者不好在哪，不能拿着稿子念，就是谈自己直接的感受。这样就让每个同学上台了。当时我们中文系有春晓诗文朗诵大赛，但都是些尖子生在做，一般的同学得不到机会。所以我就用这样的办法让每个同学都能上台，哪怕是颤颤巍巍的一年级学生，普通话好或不好，都完成了，都有成绩。当然，朗诵得好的、欣赏得好的，有深度的，会有区别。

到了第二个学期，有一次作业就是中国现代话剧片段表演。女孩多，没关系，反串。三五个人一个小组，表演15分钟。大家都记忆深刻。那天我从车上下来还有个人拉着我的手说，老师您还认得我么，我是2001级的谁谁谁啊，当时我演那个角色你还表扬我演得好。我实在是记不得了，因为从2001级开始每一届都有话剧表演。

刚开始，学生一上来根本不知道怎么演，不知道站在哪，起码有一半的同学是背着观众背着我，把台词讲完了就下去了，根本不敢面对观众。当然也有经常上台的同学演得不错，像孟凡璧，你们师兄，他一个人演了几个角色，我还记得他那次表演。很多同学面对着我，手都不知道往哪里放，好难受的。同学们表演完以后，我再一个个点评。

等他们接触到话剧，感到很有兴趣了，然后我就开了一个选修课"中国现代话剧欣赏及表演"，一个是欣赏我们的中国现代话剧，一个是练台词、表演、形体，等等。一开始是全校的选修课，两百多人选，太多人了，搞不过来，因为这个课是要具体到每一个同学的，不能忽视谁，所以后来就变成中文系的课，一直到我退休以后还上了一个学期。

我为什么要这样做，一个是学习美国大学的经验，一个是因为我自己。我想到，我之前也是一点不懂，普通话也不好。我昨天还是前天给体育学院将要参加学校演讲比赛的学生做指导，我就说，你们不要紧张，北方的同学有先天的好的条件，我也不是北方人。我是桂林人，小时候在南宁讲白话，奶奶是客家人讲客家话，我从幼儿园开始就在桂林了，桂林话是我主要的语言。我的九几级的一个学生，是我们学校广播站的，有一次他跟我一起当评委，他跟我说，老师你知道我的语言环境吗？我说，不知道啊，你的普通话挺好的。他说，我爸爸是壮族，我妈妈是苗族，你说我语言环境怎么样？我说，你怎么练的啊？他说，我进到大学以后才练的，就靠练啊，一个是听广播，遇到不会读的字或者印象模糊的就查字典，就这样一步一步练出来了，而且当了播音员，后来毕业以后好像也是到哪个台当播音员的。

回顾我学生生涯的经历，原先普通话都讲不好。在我小学三年级时就开始"文革"了，我的拼音程度还好，"文革"开始以后就是乱的，我又是"走资派"的女儿，整天是低着头的，所以我一直都不知道什么是说得好的普通话，我以为凡翘舌的就是说得好的，思想说成"shi"想，说了好久。后来真正学普通话是上了大学，特别是上了现代汉语，李谱英老师抓我们的语音抓得很好。从那时候起，我才把自己的普通话正了一下。但是还是不行的。我听别人听得出桂林音、柳州音、全州音，我自认为说得不错，但是我发微信说给别人听，然后再自己听，哎呀，脸红死了。

后来我给学生上对外汉语的课程，我的留学生都很喜欢上我的课，他们讲的最多的一句话是，老师你讲的话我们听得懂，好多老师讲的我们听不懂。当然这还涉及到用词。我记得开学典礼上，领导来讲话，讲到《山海经》，用很深的词，他们根本不懂。那次外语系的老师还闹笑话，那时美国留学生刚来的时候，张葆全校长讲话，讲到《山海经》，当时的翻译是外语系主任，就悄悄问是 mountain（山）还是 three（三）？所以我后来就在不断修正自己的教学，一个是用语，现在对外汉语教学法上面叫"可懂语言"，就是用学生大部分已经掌握、只差一点就能掌握的语言给他们讲，要讲得慢，也要讲得准。另外，要用表情，用肢体。那时候，我和我们现在的文科中心主任陈小燕老师上一个班，全是越南来的，从零开始的，完全不懂汉语的，我们讲"衣服"就扯衣服，讲什么就做什么动作，讲完一节课回来全部都瘫在那里，真的是很累很累。所以我们的学生以后出去无论是当老师，还是不当老师，语言的表达非常重要。想到这些，所以我要让同学们做这些训练。

这次我来导演话剧，一方面是因为黄伟林老师是我的小师弟，我们关系非常好，田汉的剧本也打动了我；另一方面，黄伟林老师、刘铁群老师他们也很认同我"就是为了学生"的观点，希望学生通过朗诵、演讲以及话剧表演来提高、修正我们的语言，提高语言、形体的表现力。之前我们演话剧的同学，以及参加演讲比赛拿奖的同学，就业都非常好。从2006年开始，在王枏书记的指示下，当时李宇杰老师找到我说，王枏书记点名要你来排《雷雨》和《于无声处》。当时是在黄伟林老师的建议下想到搞话剧，《雷雨》是经典，她还特别提出要搞《于无声处》，这可能是她当时的校园情结，王枏书记读书的时候正是我演《于无声处》的时候。从2006年开始参加话剧演出的那些同学，他们后来的就业都非常棒，这不仅包括一些原先就很优秀的学生，还包括一些不算太优秀的。比如你们的吴文俊师兄，当时排了一半，周冲一直找不到合适的演员，才让他来参加。他刚来的时候真的是很胆怯，但

就这样一点一点磨炼出来了。还有鲁贵，柳州音非常非常重，但是他长得那样子，又只能是他来演鲁贵，就是这样一点一点地抠台词出来。吴文俊也是这样，他第一次出场表演的是周冲刚打完网球回来跟妈妈见面，一脸阳光，充满了生气的样子，他就是演不出来。我说，这样吧，你去操场跑两圈再来。回来之后，他气喘吁吁地说"妈妈"，感觉就出来了。后来慢慢地就不用去跑了，他懂得了怎样调动自己的情绪。吴文俊后来毕业的时候，五六个单位找他。还有个李春桦，后面演繁漪的，她发短信给我，说她面试的时候，就是用繁漪的那一段，就被录用了。还有2006级的邓如朋，他的先天条件不是特别好，个子矮，他是广东人，普通话带白话音。但是他克服了各种困难，让自己入戏，让自己半个月都沉浸在周萍那里不出来，所以他演得很成功。虽然他不像周萍有风流倜傥的外形，但是他通过自己的努力演出来了。他现在也在他任教的中学开了话剧表演课。演鲁贵的林俊，他不仅自己演，实习的时候他也组织学生演，他做导演，现在他在任教的学校也搞话剧。还有2008级的于浩，现在在北京的一所学校当老师，还有韦申，他们后来打电话跟我说："老师，我大学四年，跟你一块儿排话剧是我最有光彩的一段时光，是我生命中的一段华彩乐章，我永远不会忘记这一段。"就像我也永远不会忘记我演《于无声处》的那一段。直到现

在我也不会忘记跟你们说过去的每一天、每一点。昨天还是前天彭瑜给我打电话，他们对我很关心，我很感动，每一届跟我一块演话剧的学生都跟我结下了非常深厚的友谊，真的是一种母子情、母女情，可能再往下是祖孙情。王思衍说了，我和外婆一样年纪。

我就觉得，话剧对同学们太有好处了，所以我做，不仅我们自己得到提高了，还提高了团队精神。每一个剧组在排练、表演的时候可能很困难，有被指责的、被笑的，有为换演员而不高兴的。但是都过来了，大家都是一个心在话剧上。剧组就像家一样。他们每年都要抽空回来。那天我跟彭瑜说，我们一定不能分开，你们到哪，我们都是一个家，你们没空回不来，我有时间，我过去啊，包括你们结婚生孩子，我都要到。话剧带给了我很美好的人生，虽然苦，但乐更多。就像思聪他们讲的那样，我们不后悔。我真的不后悔。好多人说我傻，你这么劳苦去搞什么？我们天天玩不好吗？但我还是觉得值。

所以我要感谢伟林，我的小师弟。他也是一个性情中人。他认准了就要做。除了我很努力，我们每一个演员都很努力。那么要高大上，现在要"上"，就要靠我们黄伟林老师和刘铁群老师。那天我只叫了两个人去看，一个是我先生，一个是沈家庄老师，他刚从加拿大回来。因为是好朋友嘛，你叫了，他不来，驳你的面子不好，所以他得

来。为什么要叫沈老师呢？一个，他不经常回来，刚好碰上了；再一个，上次演《雷雨》的时候没叫他，被他骂了一通，这次我赶快叫他。至于我先生，没得说的，他一定看的。我先生两个剧都看了，不仅仅是《秋声赋》。他们都认为我现在排的剧比以前排的剧上了很高的档次，这都归功于我们黄伟林老师。我们2001级的王鹏同学，白先勇的《牡丹亭》在这儿演的时候，他从深圳飞过来看了三个晚上。这次我没告诉他。他是后来看的报道，然后发短信过来说，新西南剧展精彩极了。我就跟他说了，这主要是有黄老师的指导。

这次话剧的经历真是我们人生一段非常美好的回忆，我永远都不会忘记。所以我在这里就说一点我的感受。大学何为？我大学里做了，你们大学里也做了。希望你们也一直喜欢话剧，即使不能去做，但是可以欣赏，都是很美的东西。所以，我觉得大学，书本是必要的，像话剧这样的实践也很重要。

下学期我们也要开始指导职师学院排演《芳草天涯》。之前我们只是选了演员，还没有好好排。我离这边这么近，所以我们以后也会建立起这样美好的关系。马明晖老师告诉我，职师学院的孩子非常可爱非常黏人的，好，那就黏吧。所以，谢谢我们的黄伟林总策划，我们刘铁群老师、李逊老师，还有我们全体演员。谢谢大家！

黄伟林：可能向老师以前都没说过这

么多话,我是第一次听她讲这么多,非常感谢。接下来我们自由说,包括李钰老师,马明晖老师,同学们也一样,也要说。本来沙龙应该是女主人来做主持的,我总是担任这种反串的角色。你们鼓掌邀请谁来说呢?钰姐,小马哥之外还有钰姐。

李　钰:刚才向妈说的时候我哭了。

黄伟林:李钰是我们中文系本科1993级的。我跟向老师也说过,我们做话剧真的是希望传承下去的。就像向老师刚才说的,一个年级传一个年级。向老师虽然退休了,但是我们也希望她继续来做。其实这里面最辛苦的就是向老师,这不用我多说啦,大家都很清楚的。

向　丹:李钰是1993级的,她当时演的角色深深地印在我的脑海里。当时是秋实小品大赛,她扎着小辫子。当时黄老师说漓江学院有李钰,我就说,有李钰行,放心,她非常棒。

李　钰:那时候我去看《桃花扇》和《秋声赋》排练,向老师在现场指导,我就偷拍了一张向老师的照片,发到微博,发到朋友圈,我说希望20年后我也能成为像向妈一样的人,这就是刚才黄老师所说的传承。我看到向老师这样的状态,真的觉得非常好。

我1993年进校的时候,向老师给我们上课,但是没有指导我们排话剧。石东是我们年级的。石东的彗星剧团办起来的时候,

我是第一批演员。当时(中文系)除了春华诗文朗诵大赛,还有秋实课本剧小品大赛。彗星剧团排的一部大戏是探索剧《魔方》,之前还排过很多小戏,比如欧阳予倩的《越打越肥》,独幕剧。石东的姐姐当时在南宁的一个曲艺团体,所以他对当时比较时兴的一些话剧信息有比较多的了解。华东师范大学1990年开始搞探索剧,我们1994年就把它搬过去了。其实彗星剧团一开始就不是以搞笑或者昆德拉所说的"媚俗"的姿态出现的,刚开始也是搞了很多探索的东西。但是我们毕业以后,剧团发展的情况我就不是很清楚了,后来可能是不同的团长,风格不一样。

向　丹:彗星剧团我知道的,我说的不是彗星剧团,是学院后来演的一些课本剧。

李　钰:当时我们彗星剧团除了做我说的那些话剧以外,还有就像向老师所说的,其实还有对我们个人的一种锻炼,包括它的文化辐射的影响。令我们非常自豪的是,当时我们1993级在南宁地区实习,地市还没有合并,我们在横县、宾阳、武鸣中学等四所中学实习,就搞了巡演,演《雷雨》,所有的演员都是我们这个年级的,四所中学轮流演过去。而且演的是除了楔子和尾声之外完整的四幕,没有做太多的删减,每一次演出将近4个小时。我们记得很清楚,每一所中学对这个事情都非常重视,他们去借定向拾音话筒,去借各种舞台设备。

因为那个时候的高中，再怎么"三重"（地区、自治区、国家级重点中学），国家再怎么投资，它也不可能有现成的话剧演出的场地，都是那种露天的舞台，临时布的景。当时是9月、10月，天黑得比较晚，我们从7点天刚黑开始，一直演到10点钟。那些高中生就一直在那看，站着看完了。我就觉得大学里话剧演出这样的实践，是有精神层面的辐射作用的。

至于我自己，我为什么喜欢话剧，其实是因为看过一些小说。漓江出版社20世纪80年代出版的一系列诺贝尔文学奖获奖作品集，其中有一篇小说，名字和作者我已经记不得了，但是我很清楚地记得，说的是话剧的魔力。一个小城，一些普通的戏剧爱好者组织了一个交流会，请一位著名的戏剧家去讲学。戏剧家在讲学的短短几个小时中，组织到场的人排了一个短剧，其中有两个人，一男一女，其貌不扬，声音很轻微，言行举止总是猥猥琐琐的。他就觉得很奇怪，这两个人为什么跑来听这样一场话剧讲座，然后就随便指点了一下。等到几年之后，他故地重游再回到这个小城，他发现那一对年轻人有了翻天覆地的变化。原先他们都是在人群里找不出来的那种人，不管是长相也好，言行举止、衣着也好，都是非常的不起眼。经过那次他随口点拨几句，那两个年轻人本来互不相识，结果在后来的排练中，他们发现戏剧带给他们全新的人生体验，演一部戏、一个作品，就好像自己重新生活了一次。他们沉浸在作品当中，体会作品的情感，重新认识了自己。每一部戏、每一个角色，都丰富着他们的内心，他们找到了真实的自己。他们由演戏开始相识、相知、相爱，然后焕发出了完全不同的人生光彩。他们邀请戏剧家到家里做客，告诉他，他们每天晚上都在家里做的一件事情，就是随意抽一本文学作品出来，然后两个人扮演里面的角色。就借着这样的方式，卸下白日工作中的压力和种种不愉快。哪怕不是对着观众演出，就是他们两个人在那对戏、对词儿，也能够发现这当中的情感、心灵等很精彩的东西。他们的人生过得非常有意义。我是高中的时候看了这篇小说，我就觉得戏剧真是太有意思了。

等到了彗星剧团，我自己也体验到了话剧的这种魔力。虽然我到现在也没能借着话剧找到能跟我对一辈子戏的人，但是没有关系，每一部话剧真的能让我感受到不一样的人生，体会到非常丰富的人性，非常有意义的东西。

本科毕业以后我去了玉林师院，当时还是玉林师专，从来没有人在玉林师专组织过话剧演出。我去了之后就把自己在彗星剧团磨砺出来的经验用来排话剧，带着我教的那个班，一个班的同学肯定水平良莠不齐，但是在大家齐心协力的共同磨合之下，把《原野》排下来了。借着《原野》的排练，等毕业以后，还真有一对成了情侣，就是仇虎和金子。

黄伟林：其他专业的同学可能不知道，《原野》是曹禺非常重要的一个剧作。我们也在想要不要把《原野》演下来。《原野》在桂林抗战文化城上演的时候，凤子是女主角，西南联大的教授孙毓棠是男主角。

李　钰：包括这次排的《旧家》，我们每个剧组里演员之间、演员和工作人员之间，我们这个大家庭里面那种情感真的非常美好。就像之前向老师说的，到现在还有以前的同学们回来看您，我就觉得我们以后肯定也会这样。我就特别地有感触，然后就哭了。我觉得通过话剧的排演，人与人之间的情感得到了交流。因为话剧需要走心，需要把那样的情感真正投进去，而真心和真心之间是特别容易交流的，所以整个过程特别美好。还有就是对人生的认知也在不断地丰富。

我觉得等一下杜青一定要发言。他刚开始进剧组的时候，是演大哥周承先的，现在演太爷。就是因为他对剧本看得特别用心，特别认真，不仅是看大哥的那些台词，他把整个剧本所有角色的情感线索梳理得特别特别的细。后来有一次人没到齐，他去串演一下太爷，然后我们就觉得，哎呀，他是剧组之光啊！他对戏里面人物情感的东西、内心的东西，抓得特别到位，特别的细。就好像我刚才说的那篇小说，他似乎把里面的每一种人生都重新演活了一遍，重新体验过了一遍。

所以我觉得话剧在大学里的作用，就像刚才向老师说的，一个是对我们来说很难得的情感的体验和交流，再有一个就是个人能力的提升和锻炼，再有就是对于人生的品味。通过我们新西南剧展这三个剧（很快就是四个剧）的辐射作用，就像黄老师说的，很多时候我们都没有主动去联系那些媒体，他们就主动来找我们，社会各界那么主动地来关注我们，我觉得这就是话剧所体现的人文精神的辐射。

大学当然要去适应社会的需要，要随着时代的变化而变化，但是它不能完全把自己等同于社会。虽然之前别人都觉得象牙塔是与世隔绝的一个东西，但是我还是觉得大学本身应该有高于社会的一些东西，有这些精神层面辐射的东西，有它引领的一些东西，才能够成为人文精神荟萃的一个地方，才能履行它在社会中应当承担的职责。新西南剧展，包括我们所排演的这些话剧，就很好地体现了这一点。我能够参与到这样一项活动中，能跟着黄老师、向老师做这样一件非常了不起的事情，能跟这么多的小伙伴结缘，我觉得真是太好了。我会跟向老师一样，永远都不会忘记。

黄伟林：下面有请马明晖老师也讲讲吧。其实我原来都跟李钰和马明晖老师说好了，请他们给我们所有剧组的同学上课，每个人讲一个小时，讲话剧之类的，但是后来又没时间了。我们一做下来就停不下来了，就急急忙忙往前走。所以我们这个停顿和回头是非常好的。

刚才李钰讲得非常好。她当年的毕业论文是我指导的，我觉得这个学生非常优秀。后来我听说她毕业跑玉林去了，我就请她吃饭，很少有老师这样做的。请她吃饭的目的是什么，我就说，你不要去玉林了，就留在桂林吧！但是她没听我的话。后来我发现她去玉林是去做话剧，我就理解了。下面请明晖说。

马明晖：每次开这样的沙龙的时候，跟众多前辈在一起，我作为一个晚辈，我的心里很忐忑。虽然我没有经历过向妈、钰姐姐她们这样激情澎湃的时光，但是我会有联想。在我很年轻的时候，其实我和钰姐姐她们的经历也很像的。我非常喜欢戏剧，包括自己的感情经历也是乱七八糟的，就这样和戏剧联系在一起了。

但这次不一样，这次这么好的机会，有新西南剧展这样一个活动，我发现好像自己的生命又打开了新的一页。我们剧团平常就喜欢搞一些采访，架一个摄像机，不定期地采访我们的演员，请他们说一些自己的想法，说一些自己的心里话，做成短片。当你特别孤独的时候，你把那个片子打开，就会觉得我们现在是在做一件非常棒的事情。看到这些孩子们在成长，他们在3个月以前还

穿着大棉袄，非常臃肿的样子，到现在穿得非常轻快；从之前非常青涩不知道说什么，到现在提到戏剧提到这段经历能侃侃而谈，这时候我就很动情，很想哭。我就觉得我们是在做一件非常漂亮的事情，而这件事情能让这些孩子的青春变得更加充盈，更加充实，就会有一种想飞起来的感觉。

其实这个可能跟我的个人经历有点关系。因为我的家庭条件一般，从小到大跟我在一起生活的人都过得非常苦，所以我会非常在意他们的生活状态和他们的感受。上次我们首演的时候，小朋友们在台上演，演得怎么样，其实我和钰姐姐心里都非常清楚。所以正式开演的时候，我们不是很担心，钰姐姐一直盯着台上，我就忙里偷闲看观众们的反应，看他们在什么地方笑什么地方哭。我看见他们非常满足，非常有收获，我就觉得特别棒。

我觉得戏剧应该给最普通的老百姓带来快乐，让他们在工作之余，在被外界欺负的时候，能够坐下来，精心地看一场剧，得到情感的一些补偿，得到一些自信。等灯光灭了，我依然可以自信地从容地面对封闭的生活。如果我们可以达到这一点的话，那我觉得这是一件非常好的事情。

我也没有准备什么发言，这就是一些感想吧。一路走过来有很多话要讲，也有非常多要感谢的人。其实我有一个非常自私的想法，就是希望这样的过程永远不要结束，

可以永远沉浸在新西南剧展这样一个美好的氛围里面。像70年前的前辈们一样，我们重新走过他们的青春，用我们的青春向他们致敬，为同学们带来一些好东西。因为现在大学里这种严肃的艺术太少了，基本都是恶搞的、恶俗的东西。我们演一些正儿八经的东西让他们看，也许有一天他们会忘记，但是在那一刻他们的生命是丰满的。

我感觉其实咱们每一场的演出也不一定要多成功，因为意外总是会有的嘛，成功总是伴随着失败。但只要过程是开心的，大家能够和睦地、和气地把这件事情做好，当大家毕业的时候还能回来看看我们的老师，大家一起吃吃饭，吃吃烤鱼喝喝酒，哪怕醉得一塌糊涂，也还是很开心的。这是戏剧应该有的对生活的延续。在我们漓鸣剧社，有句话经常说，就是一个字："干。""干干干！"干出一番惊天动地的事业，干出青春最澎湃的交响。

黄伟林：《旧家》剧组其实是很投入的，他们的投入程度可能远远超过《秋声赋》《桃花扇》剧组。我曾经两次从雁山校区走到漓江学院，去《旧家》剧组，我记得第一次去，是马明晖和李钰老师站在那个高高的台阶上面迎接我，我进去一看，哇，他们的排练条件比我们好得多啊，很大的教室。而且因为马老师和李老师很时尚很年轻，他们还做了场记板，我当时都不知道有这种东西，我很外行的。他那个板一打响，演员们就开始演出，很像回事儿。而当时我们这边更像一个草台班子。他那边有200平方米，我们这里可能也就20平方米，最早是在刘铁群老师的办公室排练，但是我觉得其实都没有关系。这就是大学。200平方米和20平方米，我们都可以做出大事。如果你跑到房地产公司，200平方米和20平方米，那就不能比了。

大学真的非常的好。我现在听到好多人的讲话，越来越用社会的标准来衡量大学，我觉得不一定对，大学的标准和社会的标准是不一样的。所以我经常跟学生说，你们一毕业了，可能都会陷入到某个利益集团，但是你在大学的时候，你一定要是超脱的，无功利的，你人生中一定要有这个阶段。有这个阶段和没有这个阶段，那个人是不一样的。就像刚才李钰老师说的，那两个其貌不扬的人，最后"气自华"，被人家发现了，他们就是进入了自我超越的那种状态。而我们是需要自我超越的，大学是有可能提供这样一种自我超越的动力的。

刚才都是老师发言，我觉得我们同学们是应该说一下的。徐母能不能带个头？还有思聪啊，雪莹啊，太爷（杜青）啊，深辉啊，大家都说一下吧。

杜　青：刚开始进剧组的时候我就是以怂出名的。其实想起来，演话剧是一件很快乐的事，因为我们平时就会把这个话剧拿出来玩，比如说《秋声赋》的尾声。因为我平时喜欢吟咏嘛，然后我就喜欢以那个调子把它弄出来。我们自己也是。比如说：大哥就是"你到底做不做！做，做做！"不同的感觉。然后老二就是"看你拿我还有什么办法"，或者是老四有一句很经典"二嫂，你！"还有其他人也是，我们平常就喜欢这样玩，就觉得特别有意思，还有彬儿有时候会出错，就成了"日本人的飞机又炸了"。我以前演大哥的时候也容易说错一句话，就总是把练习册说成纪念册，反了，纪念册说成了练习册，一直在错。还有秦露丝有一句就是"一个是蛋黄派，一个是蓝莓派"。我就觉得演话剧其实很有意思。

我们平时喜欢把话剧台词拿出来玩，然后就在这氛围当中把这个话剧进行换角，比如说我不是演这个角色，但是我现在在他们面前演这个角色，就会给人一种不同的感觉，这样我们相互之间就会有进步，有交流。

除此之外呢，从个人来说，在排这个话剧之前，应该说没有哪一个人对文章进行过这样深刻的解读。平时一篇文章有时候看一遍就过了，了不起的话看个两遍三遍。但我们现在开始排话剧，一篇文章就可以看很多遍，无数遍。就像我们的《旧家》，从开始的时候直接出来演，从字音上面进行培训、锻炼，后来就从串场，再到最后进行情感线的分析，在这个程度上我们把《旧家》——原本很短的一个五幕剧进行了一个扩充，如果全部弄出来的话，肯定是一个鸿篇巨作，

因为我们是从1869年老太爷出生开始一直演到这部戏的结束1942年。中间的故事我们都会慢慢地进行补充，像老太爷什么时候考上了功名，去哪当官，他做到了正四品，然后什么时候把承先带走，什么时候丧妻，什么时候又背着大家有了自己的老婆，所有的故事我们都进行了补充。在这种大背景下，我们才能把这些在短短的两个小时里弄出来。进行扩充之后，这个话剧就有一定的内涵进行支撑。虽然现在缩短了，从五幕剧变成了三幕剧，但是我们加入了自己的想法，使它更符合现代人的需求，比如说老太爷和老四之间有一个对话就是："这个家已经不行了，早上起床的时候大家都在睡觉，饭也不在一起吃了。"这个就和当代大学生的生活非常符合。就像我平常不排话剧的话，在宿舍里会非常晚才起来。现在排了话剧之后，有时候中午辛苦完了回到宿舍想睡午觉，他们才陆陆续续地起床，感触特别深。

然后就是文化担当。不管是传承还是发扬，只要我们努力，就一定能做得好。话剧其实也是一脉相承的，现在我们做的可以说是锦上添花。但是如果想把以前的那种光芒再一次散发出来，估计是有点难度，不过只要我们有信心就一定能做得好。我们不是为了文艺而文艺，就像刚才老师说的，要有文化担当。再一次感谢老师们，谢谢。

常　蓉：前面谈到的这种排练过程的快乐，其实我们《秋声赋》剧组也是能感觉到

的。我们《秋声赋》剧组成员之间的关系也非常好。不仅是因为我饰演的母亲跟"儿子"之间有这种感觉，而且也是师姐、师弟，同学之间形成的友谊。对于我自己扮演的这个角色，我收获最多的可能是一种感动。

我扮演的徐母跟秦淑瑾、胡蓼红是有很大的差别的。可能大家看到的主角就是三位人物：徐子羽、秦淑瑾、胡蓼红。但实际上，在我深层解读这个剧本的时候，我发现在徐子羽这个伟大的革命战士背后站着一位更伟大的母亲。在这种解读过程中，我发现了作者田汉与母亲易克勤的故事。我在读这些故事的时候，虽说没有到流泪的程度，但是内心的触动是非常大的。她全力支持儿子的革命事业，又为整个家庭做出牺牲。她本身具有的情怀和境界就很触动人心。通过这种解读，也充实了我的演戏。我觉得向妈就像徐母，这么长时间以来一直指导我们演戏，平时又这么关心我们，她真的是一位伟大的妈妈。（众人鼓掌）这种感情就像徐母对徐子羽一样，她支持他的革命事业，她也支撑着这个家庭，为这个家庭做出了特别多的牺牲。后来黄老师也跟我讲，你要逐渐去体验这个人物的一种情怀，一种境界，不光是外在的形似。所以，我在体验这种情怀和境界的时候，我想我可能并不能达到这种情怀和境界，但是我作为一名演员，我会尽力去演这个角色，表达出我最真挚的诚意，奉献出我的青春所具备的激情。这是我能做到的。

其实，在剧组很多演员都是这样的。我们排戏两个多月，一场场的演出，都非常辛苦，支持我们走下来的，就是我们对于这部戏以及其中人物的敬仰，一种发自内心的感动。所以我最想讲的就是感动。其他演员的感触也是很深的，那我就把更多的时间留给大家来讲一下。

杨雪莹：和《旧家》剧组一样，我们平时也拿台词来玩，但是我们看《旧家》看得比较少，我们玩《旧家》玩不起。比如说，有一回我问宫浩源（饰演徐子羽）："羽，你说你是诗人，你可写过什么诗没有？"他沉默了一下，说："有。"我说："哇，什么诗什么诗，念来我听听！"他说："大雪—满—天—飞！"（注：这是《桃花扇》马相爷雪中赏梅的诗，舞台效果非常滑稽）我们经常拿各种台词串起来，串出各种花样来。

不仅是排戏的时候，平时我在宿舍里洗澡洗衣服的时候，经常自言自语说道："羽，你真不知道我是怎样的爱你。"结果整个宿舍的同学都用一种看神经病的眼神看着我。还有一次，我在超市里买东西，货架的位置换了，我一下没找着要买的，于是喃喃自语："咦，怪了……"然后很自然地接了下去："你怎么不高兴起来了，莫非红不该来？……"（注：这是胡蓼红第一次出场，发现徐子羽见了自己并不那么高兴，感到奇怪的台词）李钰老师说我："这就叫——不疯魔，不成活！"

平时有空的时候，我就常常把田汉原本《秋声赋》一遍一遍地看，每看一次都感觉整个人被洗刷了一次。现在我也在学习"老太爷"（杜青）把里面的角色都梳理一遍，得出一个结论：《秋声赋》里面没有一个人物是多余的。以前，对这个结论我很犹豫，因为有些角色我实在找不出他存在的理由，但是现在我非常确信，而且可以理直气壮地说，没有一个是多余的。举几个例子吧，比如第三幕一开始，田汉原作原本是三个记者在谈话，他们的谈话不仅把当时的战局体现出来了，而且还体现出三个记者对于优秀女工作者的不同态度，比如丘小江记者听到胡蓼红作为一个女工作者很优秀，他就习惯性地表现出看不起的态度，另外一位就马上反驳说："难道女工作者就不能做得优秀吗？"丘小江就说："习惯了，一不小心就脱口而出了。"所以我就能看出当时各种各样的新兴的或陈旧的思想在那种环境下的碰撞。

再比如说房东、杨太太和徐母，这三个人有一个共同点是：母爱。大家都知道弗洛伊德关于自我的三重层面理论，人由本我、自我、超我构成。我发现这三个人也体现了母爱的三个层次。

首先是房东太太，她在催房租的时候说的是"我只有一个大儿子在军队里做事，其余的都在念小学"。也就是说她催房租是为了给孩子读书，给大儿子娶亲。这时候就发现一个问题，房东太太的丈夫在哪里？如果她的丈夫是作为家庭收入的主要来源，她不会说"只有一个大儿子在军队里做事"。所以我们就知道她的家庭收入就只有房租，她的大儿子不知道有没有收入，但是至少有口饭吃，没有给家庭造成负担。因此，我得知房东太太应该是一个人住外面打拼，在战乱中撑起她风雨飘摇的家。因此她坚强到强硬、蛮横、不讲理。因此，她对才拖欠两三天房租的徐家人横眉竖眼，唯恐孩子们的生活和教育会受到一丁点委屈，她会为此竖起全身的刺，甚至到蛮不讲理的地步。但是不管她的行为多么伤人，谁都无法否认这背后的温情。

至于杨太太，她说起自己的儿子钟秀，常常是说他傻头傻脑的。这样的人，我们周围也很常见，老在别人面前说自己孩子这也不行那也不行，但是你敢在她面前说她孩子不好吗？因此，杨太太比房东太太稍微清醒一些，但是比起徐母来说，她们还是不及的。

徐母是一种超我的母爱。她对于徐子羽是精神上的支持。我印象特别深的是，第一幕的时候，她为秦淑瑾去责备徐子羽。大家都知道，婆媳关系是很微妙的，母亲经常都是维护自己儿子，贬损自己儿媳妇，你们在平时生活中有看见谁像徐母这么大度的么？谁错了就是错了，对了就是对了。

因此，从这三个人身上我能看出母爱的三个层次。其他的话我就不多说了。

黎冬贤：首先感谢向丹老师，刘铁群老师和黄伟林老师给予我们的指导、鼓励和帮助。

我扮演的是《桃花扇》中郑妥娘。这个人物是比较调皮活泼的，可以说是剧中的调味剂，如果演好了，会给舞台增色不少。一开始，我对自己很没有信心，因为这个角色跟我自己相去甚远。但是老师和剧组的同学都很信任我，都给予我指导。我也很喜欢艺术，喜欢舞台，愿意去尝试。我就回去认真研读剧本，揣摩人物的语言、动作和神态，就发现，其实我还是可以入戏的。感谢老师和同学们对我的支持和帮助。

我接触话剧是从小学六年级开始的，第一次登台演的是小品。当时我也是像向老师说的一样，小时候没有普通话的语言环境，我是讲壮话的。小学的时候，老师上课都是讲壮话的。到了六年级，我去镇上上学，六一儿童节，老师叫我们去演小品，当时我连平翘舌都不分，我们老师就一直纠正我的普通话。后来我发现经过这个小品演出，自己的普通话水平有了很大提高。所以说，话剧真正带给我很多成长，让我学到很多东西。

我们《桃花扇》的首场演出在雁山（校区），演到半途，好几个话筒都不出声了，演员们遇上这种情况，都有点不知所措，可是我们还是相互打气坚持演完，这算一点点缺憾。第二场在育才（校区），台下只有四五十个观众，但我们的热情丝毫不减，状态依然保持得很好。在回来的车上，大家一路欢唱，我觉得跟大家在一起真是太高兴了。让我感叹年轻真好，大学真好。

向　丹：当时她来试戏的时候，还有一个叫刘媛的同学（跟她竞争），我觉得她们都演得很好，她们就互相谦让，因为她们是一个年级的。这种精神很让我感动，不抢戏，冬贤还跟我说，让刘媛演，我没有她声音好。后来，因为刘媛有别的事，所以就只有她一个人演了。特别感动，这也看出我们同学的高尚，没有抢啊夺啊的。

黎冬贤：所以我很享受这种我们经过努力换来的成果。老师说，能够在舞台上表演的同学，以后在社会上都不会太差。在这里，我希望我们四部话剧的演出能更加完美。谢谢大家！

黄伟林：刚才"妥娘"讲到《桃花扇》演出时台下只有五十个观众，其实我们当时也料到了。我们做好准备了。其实我们就需要这种精神，就好像我们有时候上课就只有几个学生，但我们也得要把这堂课讲下去一样。

向　丹：因为我们是突然要演，又到端午节了，同学们有的去玩，有的回家。那五十个人的场景，比我想象中要多。还有那天在雁山校区演艺厅，那个音箱那么多噪音，但他们仍然坚持演，认认真真地演完。

黄伟林：我们的校训有一个词是"敬业"，我想这个"敬业"对我们来说至少有两个含义，一个是敬我们这个专业，因为我们学了这个专业，就要去热爱它，尊敬它，因为这是你的专业；第二个就是敬我们这个职业，那天的《桃花扇》演出就体现出同学们的"敬业"。因为《桃花扇》是我们的专业，我们对它进行演绎，这又成了我们的职业，哪怕是观众很少，我们也是一定要把它完成的。我相信我们的新西南剧展以后肯定会有特别兴奋、特别激情的时候，也肯定有特别惆怅、特别委屈的时候，但是无论是什么样的心情，我们也一定要坚持走下去，就像红军的长征，八万多人，最后走到延安，六千多人。所以，我们这个过程，这个"行走"是要继续下去的。红军的长征有走完的时候，但我们的"行走"是没有尽头的，就像刚才很多同学都表示，我们要不断地往下走，这个是肯定的。当时我给向老师打电话说，我们不是只排一部戏就行了，我们是要做大学的文化活动，甚至不仅仅是做新西南剧展，明年是抗战胜利70周年，我们至少可以走两年，但是我们不仅仅是走两年，我们是要长久的，走十年，走二十年、三十年，我们甚至要为这样的文化行动储备传承人，储备老师，我们是有这样的想法的。所以"妥娘"说的那种精神就变得非常可贵，大大的一个剧场，哪怕只有一个角落

的观众，我们也要一丝不苟地、充满激情地完成它。还有哪位同学发言，继续。

陈深辉：今天真的是高朋满座，俊采星驰，又有这么多德高望重的老师在场，我的心里是非常忐忑的，听了这么多同学的发言，我有点压抑不住自己内心的澎湃，想要说点什么了。

我在《桃花扇》剧组里一方面担任学生导演的工作，协助向丹老师，一方面担任角色饰演，我饰演的是杨文聪一角。今天我最想说的是，人在世上要懂得感恩，像我们向老师，年纪这么大了，每天不辞辛苦从育才（校区）跑过来。老师很为我们着想，不想利用我们的上课时间，本来老师可以安排一段时间集中排练的，但是因为要照顾我们的时间，就只能天天过来。而且老师要求我们不仅是做演员，也要写东西，提高文化修养，不仅是为艺术而艺术，还要在艺术里学到一些文化上的、思想上的，对我们个人修养有帮助的东西。所以，黄伟林老师给我们的学术指导非常具有启发性。还有刘铁群老师不辞辛苦给我们筹备各种服装、道具以及音响，等等。我们觉得作为剧组的一员，这么多老师照顾我们，我们如果不好好演出，真是有愧。总而言之，我们要继续走下去，鼓足干劲做下去，不管前面是山还是水，山水之后总会有平原，平原之后就会是广阔的沧海。乘风破浪会有时，直挂云帆济沧海！

我还想说，能做《桃花扇》的学生导

演，是因为我担任过剧中的演员，对剧情有一些了解。通过这件事，我有一个很深的体会，我们每做一件事情，要以自己的意念为先，我们的每一句台词，走过的一个动作，都要在脑海里有一个思路，在脑海里走过一次，然后付诸台上的实践。用孔子的话说就是：学而不思则罔，思而不学则殆。

黄伟林：深辉在这里有点紧张，在舞台上不紧张。

刘铁群：他是"杨老爷"嘛，其实他在生活中根本不是杨老爷那样的人。

陈深辉：上次在演艺厅排练的时候，面对着镜子，我穿着自己的衣服做杨老爷的动作，我自己都觉得不像。但是后来穿起服装，我就觉得自己还是可以演得像的，但是相比以前的师兄还是有所欠缺。我一直在揣摩这个人物，觉得这个人物真是很矛盾，这个角色演起来很难。我去《桃花扇》剧组就是冲着杨文聪这个角色去的，记得第一次去看师兄演，他说，你太正派了，你应该演柳敬亭。后来我又演过苏师傅，最后终于能演杨文聪，我的心情就像《桃花扇》中侯朝宗所说："不知怎地，就如了平生之愿！"

最后我还想说一件事，那就是我们《桃花扇》5月30号的演出，当时观众少得可怜，但我们还是尽力去演，因为演不好的话会有缺憾，人不能太看重自己，但是又不能不看重自己，在别人不看重自己的时候更要看重自己。

宁　璐：各位老师同学你们好，在《旧家》中，我饰演的角色是秦露丝。刚开始我跟秦露丝这个人物不熟，和这个人物性格相差也非常大，可能唯一适合的就是这个嗓音条件，比较娇气，声音特质比较像她。

在《旧家》剧组中，我们的团结，我们大家彼此相处的快乐，不必多说了。在表演中我有一个很深的体会，就是别人的精彩能成全你自己，当我和安泽艳（周王宝裕）、王东艺（周继先）对戏时，他们俩人戏的情绪往往感染了我，我就感觉身上属于秦露丝的那一部分就复活了。在戏中，我们三个人经常互相刺激，有那种越演越好的感觉。我深有体会，我们是一个整体，话剧的表演是部分带动整体，部分的进步会带动整体的进步，个人越好，整体就越强。

我们剧组对排练日记和人物小传比较重视，在这一点上李钰老师和马明晖老师给了我们很好的指导，对于人物情感线我们也抠得非常细，刚才太爷已经说了太爷的情感线是怎么理的，秦露丝也一样，她是王宝裕的表妹妹，但她为什么会那样对她的表姐姐，我们从这个人物出生、成长、外界变化、自身际遇结合剧情来细细地打磨这个人物。

再来说说秦露丝这个人物，物质享受是她唯一的哲学。她身上的娇媚、清新，让我感觉似乎每个女孩身上都有一个秦露丝的影子。这个人物的性格和经历蛮复杂的，虽然她最后成了自己姐姐的"小三"，但其实她对家里人是非常有感情的，例如：苦苦追求她的大哥，受重伤的彬儿，甚至是落魄的王宝裕她都是寄有一丝感情的，毕竟人非草木。在一、二、三幕中，秦露丝的逐渐蜕变，不太好演出来，但也非常有趣儿。在第一幕中，她是个娇媚的少女，"天生一段风流"。她追求物质享受，爱潮流，她视二哥为物质方面的靠山，但她的感情重心还是在四哥身上，再加上在当时"先进"也是一种"潮流"，所以她对老四那一套"先进"很有兴趣，老四有能够从精神上吸引她的东西，但她却又吃不了苦。最为重要的是俊朗、先进的老四对她这种摩登小姐并不感冒，并且不能给她提供物质享受，反而和秦露丝眼中的"低贱的小丫头"好上了。而在第二幕，露丝越来越感觉到她对物质的需求，对二哥的依赖，再加上四哥和桂英的关系越来越明朗化，所以她的情感重心就偏向了二哥，这时她情感重心的偏移有了物质的享受和追求的成分在里面。这方面情感我觉得是很复杂的。幸福的含义很多，而二哥是能让她从各方面都幸福且信服的人。同时，她也懂得了卖弄风情，学会如何利用女人的娇媚去达成目的，待到周王宝裕大闹时，秦露丝已经彻底完成了从女孩蜕变为女人过程，她甚至能勇敢地站出来，表明自己的情感重心已经完完全全地放在二哥那里。在第三幕时，露丝的转变更大，我的戏服也从红色变为蓝白相间的颜色，非常素。她显得无助、无奈，她受了王宝裕的惊吓，又为老二生了儿子，但老二对周王宝裕的手段让她颇有兔死狐悲的感受，而她也预感老二正一步步跌入莫里斯的陷阱中，但却无能为力，她想维护自己和孩子的利益，却什么都做不了……就像她的表姐姐说的：只有你这样的象牙饭桶才会崇拜他，你为自己活活吧，我的妹妹！秦露丝的确就是个象牙饭桶，她活在一个富贵迷梦中，从未看清过现实，从未为真正的自己活过几天。

在表演中，我体会到话剧不仅言语夸张，动作也非常夸张，在饰演秦露丝时，我会借助一些小道具来丰富自己的肢体语言，根据人物感受、性格来设计一些"小动作"，比如妖媚地撩头发，眼神的来回传递等。

在演绎这个人物的时候，我的感受就像李钰老师之前说她看的那本小说一样，当我想去丰满这个人物时，却发现是这个人物慢慢丰富了我的内心。以前在排戏时我总会考虑露丝会有怎样的反应，渐渐地就变成了我想我该有怎样的反应。有的时候我就会对自己说：露丝加油！希望自己能跟她一起，去往更好的方向。

黄伟林："露丝"讲得非常好。我们之前也说，我们在演的时候要给这个人物写小传，张仁胜老师就跟大家讲了，我又把这话重复了好几遍，不知道同学们写了没有。像"露丝"对这个人物的理解和领会真的是很棒。

王东艺：首先，我很开心能够参加这种活动。前面说了感动、感谢，我觉得每个人都有比较深的理解，我想说的是感触。先谈一下演出后的感受吧。演出后各位同学都叫我"二哥"，碰到熟人就说，啊，那二哥太坏了。听到别人说"太坏了"，我非常开心，因为我觉得至少是得到了部分人的认可，觉得演的这个角色引起了观众的共鸣。我非常相信一句话：演得好的话剧能够说出人们心中的沉默。看话剧的时候，观众他们是坐在那里看，要是能引起他的共鸣，他会感动，会开心，会流泪。我觉得人生如戏，戏如人生，上场那一刻我就把自己交给那个角色，交给那个舞台，其他的都没有去想太多，顺其自然，我就是周继先，我就是剧里的角色。

我觉得一部话剧（能否演好）最重要的是大家的团结和对它的热爱。然后，话剧使自己的学习能力也有所提高，还有对情商的提高，情商不仅是针对爱情，而且是对人情世故的一种认识。台上光鲜亮丽的两个小时，其实背后有很多令人感动的东西。

对于自己演的周继先这个角色，我很心疼周继先，我觉得他对家的观念从小受到那个时代的影响，还有长辈对他的不好，导致他在纸醉金迷中迷失了自己。在第三幕，我能感觉到他是一个对家和爱情非常渴望的人，渴望真爱。一般人在少年时放荡之后，人到中年就更想着安定，想去追求真爱，但会发现那个时候已经太晚了。我很心疼周继先这个角色，我非常爱他。

黄伟林：以后我们同学都可以成为好导演，都很煽情的。同学们继续。

李博来：就像"二哥"一样，很多人包括我的专业老师都在喊我"四哥"。在演出后，变化非常大，在校园里走的时候就会有人这样看你，在车上也会有不认识的人指着你说：你看，那是演《旧家》的人。这种感觉是很好的。其实一开始对话剧也不是很了解，也没有深刻的认识，在寒假刚开始的时候就很突然地被叫过去了，也不知道是什么事，就说有个剧要不要演，然后说你想演什么角色，我义无反顾地选了周传先，因为通过以后的剧本分析，感觉周传先太好了，什么都很好，不近女色（画外音：桂英在哭泣）。

因为进组比较晚，对剧本没有很多的了解，就按照老师给的剧本在分析。在排练中，我也是比较容易出错的一个，也给小伙伴们带来了许多欢乐，比如说错词之类的，发生了许多有趣的事。直到演出的时候，最令我惊讶的是"三哥"，演出后很多很多朋友告诉我，三哥是个演技派啊，别看他是个疯子，他演出了一种境界。比如第二幕开始的时候，秋千摆放的位置不是很好，有点靠窗。为了防止有的观众看不到在窗户纸后的亲热戏，我就跟三哥说了一声，把秋千挪一挪。本来我认为，他上场之后就会搬秋千，但是三哥自己加了很多东西，比如说一个东西掉到秋千下面，他够不到，然后他就慢慢地往那里推。我感觉这一点比我要强得很多。

我作为一个学艺术的学生，从初中开始文化成绩就不是很好，尤其是语文，属于阅读理解看着看着就会困的那种，到现在可以非常完整地看完一个剧本，并对这个剧本进行分析，真的让我有很大的收获。从一开始进入剧组，我就开始收集一些图片放到微博和朋友圈，很多朋友都说这半年见证了你们这个剧组的成长。

最后，我要感谢我的小马哥，给我们改编了那么好的剧本，有的时候凌晨四五点才睡觉，然后第二天还要上课，晚上还要跟着我们排练。还有钰姐也带给我们许多指导，无论从语言还是肢体，许多打戏和摔戏，钰姐给我们展示的时候，她都会很真实地摔下去，我很感谢她。也感谢小伙伴们对我的包容，谢谢大家！

安泽艳：我就特别简洁地说吧。我在《旧家》里面演的是二太太周王宝裕。其实这角色我演得特别纠结，因为周王宝裕三十多岁，而且还是那么疯狂的女人。我演完戏之后，就有同学告诉我说，完了，以后绝对没有人敢娶你。一开始演戏，我也觉得会这样。但是演完之后，我发现，其实周王宝裕她不是只有尖酸刻薄的，她是一个多面性的人物。在演戏的过程中，你会慢慢发现，她也有温情和善良的一面。但是，怎么说呢，生活太折磨人了，活生生地把一个天真可爱的女孩子磨成了这样一个疯狂的女人。

我觉得演戏最大的感触就是，上台的时候我脑子是空白的，我记不清台词，我记不清我下一个动作，上台的表演完全就是靠平时排练的时候，把动作变成习惯，变成条件反射一样。我们一遍遍的排练。所以我觉得排练很重要。要把每次的排练都当作是上台表演。

黄嘉祺：其实那天我化妆化的很淡，相信大家都知道我就是三哥。其实我跟三哥之间有很多的相似之处。

当初有人在群里发信息招募演员，一开始我觉得自己太忙了，想下个学期努力去学我的专业课程。后来，刚考完古代汉语的第二天，突然有人来跟我说，老师叫你去办公室一趟。我就想，难道老师对我的古代汉语有什么指点吗？结果我兴高采烈地到那儿，钰姐直接拿个剧本给我看。我当时愣了一下，但是心想，反正最近也没什么事，管他那么多，先演一下。结果我放开胆子去演，发现还可以！

其实那个时候我不想演这个角色，想演别的，我说，可以演二哥么？他们说我的身高有点矮，后来我就认命了。我是被同学"出卖"进来的。进来以后，过了一个寒假，他们全部都退出去了，只剩下我和宁璐。之前我经常被人家说是做事很不靠谱的一个人，我想靠谱给大家看。而且我特别有那种演出的表现欲望。之前我一直都有演出，但

→ 山谷指导学生排练

是我从来都没有演过话剧。后来，我就这样一直演了下来。我也喜欢和老太爷杜青一起抠戏，因为我认为只有整体演出的效果好，才能够真正地达到完美。

谭思聪：我不讲太多高大上的东西，就跟大家分享一下。《秋声赋》剧组给我太多我以前没有经历过的东西，从来没有这么专注、这么认真地去排一个话剧。演出当天有很多我的朋友，还有我特别好的闺蜜也来看了。因为旗袍比较难穿，我请她做我的服装助理，一幕下来以后赶紧帮我换。她说她在下面看呆了，忘记跑回后台了，她说，你站在台上那一刻，我都忘记你是谭思聪了，那一刻你就是秦淑瑾，我都完全想不起来你原来的样子。我下来以后，换了衣服，把头发披下来，竟然没有一个人认出我是秦淑瑾。我对大家的这种反响很有感触，我站在上面的时候，大家被我带入戏里，连我最要好的朋友都记不起来我原来是什么样子。

还有，很想感谢同剧组的小伙伴们。每当别人说，你演得很棒的时候，我就会告诉他，其他同学也演得很棒。这部剧演得这么好，不是一个人的功劳，每个人都很走心，很努力地去表现，把整个舞台都带动了起来。我们非常有默契。

我虽然演徐子羽的妻子，但是我私下跟胡蓼红的关系非常好。秦淑瑾这个人物隐性的人格魅力，她的另外一面是被胡蓼红激发出来的。因为胡蓼红是她老公的旧情人。

所以她在老公面前表现得非常贤惠，而且激发出了她身上的独立、勇敢、果断。我和她搭戏非常默契，观众不知道我们的台词，其实我忘了很多句，但是都对过去了，甚至是很下意识的。小伙伴们对戏的灵活、默契，以及在舞台上的契合度，都非常好。我们现在有一种意识，我们是一个团体，我们不是一个人在表演，我在下面看到台上同学出一个小差错，我都会好紧张。

其实我还想跟向妈说，向妈你不要太有心理压力，我们都很爱你。我加入这个剧组，是绝对不后悔的。因为是向妈把我拉进来的，她觉得可能会给我带来太多的阻碍。其实我一点都不后悔，进来《秋声赋》剧组，虽然有所牺牲，但收获更多。谢谢向妈，谢谢黄伟林老师、刘铁群老师，谢谢剧组的小伙伴们！

黄伟林：本来我们还应该叫宫浩源、王思衍、李德宝说话，但是最后只有五分钟了，我们最后请刘老师说几句。

刘铁群：我还是再重复唠叨一下我之前反复说的几句话，因为我觉得值得讲。这个话剧不管今后有多大的影响，将来走到哪里，都不是我们要考虑的问题。我们考虑的是，话剧就是课堂的延伸，就是教学的一部分。其实向老师一直以来做这个话剧，没有别的目的，就是想培养学生。我还是坚持这个目的。因为得不得奖，将来怎么样，无所谓，能得奖对大家有好处，但是这个真的是无所谓，我们看得很淡。但是我们做了，就要坚持把它做好。而且话剧是让学生的能力得到全面提升的一个最好的载体，是非常高雅、非常高端的一个东西。有一位专家说，中国的演员只有30%能上话剧的舞台。话剧对人的素质要求非常高。有可能一个漂亮的明星随便找一个煽情的电视、电影剧本就能演，但是让他演话剧就演不出来。

刚才我来得很晚，只听了几位同学的发言，但是我很感动。假设让大家在没演话剧前来发言，可能不会说得这么精彩。比如有些同学对剧本里的人物理解得很透，假如不是自己去演过，不可能理解得这么透彻。而且同学们的表达能力也有很好的提升。这是非常宝贵的东西。刚才有同学说到，我们做话剧要继续走下去，大家一起走。走的过程真的是非常累，我觉得自己从来没有这么累过，这个学期除了开会和给学生上课，我的所有时间都投入到这里。别人都以为我是网购狂，因为买服装、道具，我每天有大量的包裹。我第一次这样疯狂的网购，就是为了给大家挑选一点好的服装、道具。（向丹：刘老师给大家挑了很多漂亮的衣服。）那次李钰说，你怎么把戏服穿来了。其实那件旗袍是我自己的，给秦淑瑾穿，因为我找不到比那件更适合这个角色的衣服。

投入这一场演出，对于老师、学生来说真的都非常不容易，要有一定的境界才能走下来，不能在乎眼前的利益。如果在乎眼前的利益，我们这几个老师为啥来干这个，可以去干很多可以快速得到利益的事情。我们愿意来做，就是想为学生做一点事情。学生愿意投入，也是要有一定的境界的，付出很多牺牲，付出很多时间，很累。眼前的好处是看不出来的，但是我们得到很多很宝贵的东西。我们将来毕业的时候，肯定会觉得这是一个很难得、很宝贵的经历。所以我有时候会觉得很愧疚，我能给学生什么呢？我觉得什么也给不了。我们自己也没有什么，真是给不起。但是我真是很真心地做这个事情，向老师退休了又回来无偿地做这个事情，我还有什么可说的呢。刚才思聪的发言非常好，可能说出了很多演员想说的话，做的过程真的是很感动。所以像同学们说的那样，我们要走下去。我们一起走了半年，我也很愿意跟大家一起走下去，多长时间我都愿意，我觉得这是一件非常值得做的事情。

黄伟林：半年多的时间，我们非常兴奋地往前走，不断地往前走，有这样一个机会能聚在一起聊一下，思考一点东西，这对我们是一个提升。这半年是一个提升，今天也是一个提升。对我来讲，我的年龄仅次于向老师，但是我觉得我也有很大的进步。今天没有时间去说我的进步，去点评同学们的发言，同学们的发言特别精彩。今天没有时间说了，但是以后还有机会。今天的沙龙就到这里，大家回去一定要注意安全。

2015·"新西南剧展"何为

——新西南剧展主题沙龙之三

主持人：黄伟林

时间：2015 年 1 月 19 日

地点：广西师范大学广西文科中心

录音整理：蔡文静

2015 年 1 月 19 日，广西人文社会科学发展研究中心主办，广西文科中心"桂林抗战文化研究与教育实践基地"、广西文科中心"桂学研究团队"承办了"2015·'新西南剧展'何为"主题学术沙龙。来自桂林市和广西师范大学的数十位作家、艺术家和学者们畅所欲言，对广西师范大学"新西南剧展"的意义和发展进行了颇具深度的探讨。

在本次主题沙龙发言的作家、学者有：黄伟林（"新西南剧展"总策划、广西师范大学文学院教授）、姚代亮（广西师范大学文学院教授）、黄继树（国家一级作家，《桂系演义》作者，桂林市文联原主席）、覃国康（国家一级编导，桂林市艺术研究所原副所长）、黄金光（桂林市戏剧创作研究院党总支书记）、龙瑛（桂林文化产业联合会常务副会长、桂林概念生活文化传媒有限公司董事长）、覃德清（广西师范大学学报编辑部主任、文学院教授）、杨树喆（广西师范大学文学院院长、教授）。

以下是发言者的录音整理。

黄伟林：请给予我们 思想和心灵的力量

青春激活历史，学术引领时尚，信仰照亮人生。这是我们为"新西南剧展"提炼的宗旨。

2014 年 3 月 12 日、6 月 6 日我们分别举办了两场新西南剧展主题沙龙。第一场名为《温故桂林文化城》，第二场名为《新西南剧展·大学何为》。今天我们举办第三场新西南剧展主题沙龙《2015·"新西南剧展"何为》。

2013 年新西南剧展启动。

2014 年新西南剧展正式公演，分别在广西师范大学、桂林市广西省立艺术馆、南宁锦宴剧院进行了多次巡演。2014年11月，《秋声赋》参加第四届"中国校园戏剧节"在上海同济大学菁菁堂演出，荣获第四届中国校园戏剧节"优秀剧目奖""优秀组织奖"，我们学校的向丹和刘铁群老师荣获优秀导演奖。

新西南剧展在排练、演出的过程中，引起了社会的广泛关注，《光明日报》《中国艺术报》《文艺报》《文汇报》《广西日报》《看天下》《当代广西》等报刊媒介做了大篇幅报道并给予了高度评价。

2015年1月1日和2日，《桃花扇》应邀在昭平黄姚古镇古戏台进行了两场演出。我们称之为"缅怀抗战民族魂，铸就复兴中国梦"。

我们最初策划新西南剧展的时候，是非常有信心的。我们相信新西南剧展会引起社会广泛的关注和支持，我们相信新西南剧展会在中国校园文化建设中成为一个"高大上"的品牌。新西南剧展的发展确实也如我们的预料，甚至出乎我们的意料。当我们遇到许多我们完全没想到的戏剧专业问题时，学校和社会总会向我们伸出援助之手，帮助我们渡过了难关，帮助我们成就了那么好的话剧作品。

然而，进入2015年，作为新西南剧展的策划人，我感觉自己的想象力有点枯竭。2015年，应该是新西南剧展更有作为的一年。然而，新西南剧展怎样往前走，新西南剧展如何在2015年更上一层楼，我确实有茫然的感觉。原来在暗夜旷野行走，因为有星光指引坚信能走出迷宫；如今在霓虹灯下，反而眼花缭乱感觉迷茫。这时候特别希望有高人指点迷津。因此，今天的沙龙是一个求教的沙龙，我们想请教的是：2015年，新西南剧展究竟还要做什么？还能做什么？如何做？

我主持过好多次文科中心的沙龙，几乎从来没有主动邀请过嘉宾，结果，第一次沙龙除了几个领导之外，就我一个人到场。还有一次沙龙，要不是桂林市文化局和戏剧院的朋友不请自来，我们也会自说自话。这次由于是请教，所以，我特别诚恳地请了几位专家参加，我反复说，一定要来啊，一定要来啊，他们很给力，现在就在我们沙龙的现场。

感谢大家的光临！恳请各位援我们以思想、意志、想象力，以内心的激情，以灵魂的力量！

姚代亮：宣扬美好人性、声讨战争的活动

首先呢，我对我们新西南剧展的成功表示最热烈的祝贺。为所有的演职人员，尤其是在场的专家、学者对我们这次活动的大力支持表示崇高的敬意。我是话剧爱好者，曾经跟田汉、阳翰笙他们是同事，他们是我

的师长，也是朋友。"文革"以前，我从大学毕业分到文化部以后跟他们住在一个院子里面，所以比较熟悉一些，我觉得我们这个活动是非常有意义的，也是得益于桂林得天独厚的条件吧。我们这个活动不仅使高雅艺术进校园，传承我们的中国文化，从戏的内容看，也是纪念反法西斯胜利70周年的一个具有重要意义的活动，也是我们宣扬最美好的人性，以及声讨破坏人性的战争的一个很有说服力的活动，对我们的参与者，尤其是对我们的下一代学生应该说是很有意义的。作为伟林教授、铁群教授的同事、朋友，在场的朋友有很多我是认识的。希望在座的各位专家为我们的新西南剧展提出更多的建议，给予大力的支持，谢谢大家。

黄继树：新西南剧展
找到了非常好的切入点

为新西南剧展的成功策划和演出感谢大家。这个策划选准了怎么反映桂林文化城和桂林抗战文化城精神的传承的最成功的一个切入点。几十年来，我们都知道桂林抗战文化城的重要。我们桂林、广西乃至全国的文化人，可能都知道它的重要，但就是没有拿出一个东西来，包括我自己在内。我从20年前抗战胜利50周年就想写一部桂林抗战文化城的长篇小说，波澜壮阔地反映这一段历史，但是我没有办法下手。

英国有个大历史学家叫汤因比，他说要警惕胜利者垄断历史的解说权。去年5月份在榕湖饭店我们跟北京来的专家讨论怎么反映桂林抗战文化城这段历史的时候，我们桂林市某部门的一个领导说："谁说桂林抗战文化城不是共产党领导的，我就用拳头和他在会上辩论。"我在会上就拍桌子了，我说"你凭什么这么武断"？当然我们不能抹杀我们党对桂林文化城的影响和推动等作用，但是不能那么绝对，否则就没有办法书写这段历史了。这个东西，它的难点，有它的政治因素、现实因素，还有它的波澜壮阔，太复杂，全方位的，反映这段历史也不太容易。

但是我看了《秋声赋》这个剧以后呢，我就觉得黄伟林教授和他这个团队的这些年轻人，把这个切入点找好了，将原版的《秋声赋》——田汉先生抗战文化城期间的力作搬上了舞台。我跟黄伟林教授说过，要是《秋声赋》是现在的剧作家写的，肯定不能上演。为什么呢？里面那个穿红衣服的是地下党员，是我党的优秀党员。但是这个人呢，那么浪漫的小资产阶级色彩，要把人家庭拆散了，把人家弄到马尼拉去，过那种避开战火的生活。当然后来南洋也被日本人攻占了，那个地方也是不平静的。她的这种思想，我们就会说共产党员能这么干么，小资产阶级思想非常浓厚，兜里揣着把手枪，现在叫作第三者插足。要是现在写这个戏，

→ 著名作家黄继树、著名表演艺术家黄婉秋等在广西省立艺术馆观看《秋声赋》

送审肯定不过关。历史的真实是什么呢？田汉先生很真实地用他的剧作反映了抗战文化城这段真实的历史。共产党员有血有肉、有情感，有恨有爱，他就是这样真实的一个人物。看了以后让人可信，也使人感动。当然演员演得也好。20年来，我一直追踪桂林抗战文化城的历史。1949年以后，也出了不少桂林抗战文化城的书籍，大多是回忆录，等等，那可信度我是打问号的。今天时间关系我不在这里讲了。新西南剧展重排重演当年的剧目，从这个角度来反映桂林抗战文化城，这是一个非常好的切入点，给人们看到了那个时代的缩影。所以呢，我就觉得这个新西南剧展很成功，这个演出也很成功，很感人。我从头到尾看下来，甚至还想看第二次、第三次，演员演得也挺好的。

西南剧展，我想简单地再讲两点。它的历史背景是什么？为什么要搞这个西南剧展？为什么搞得那么轰轰烈烈？它是1944年初的时候，整个世界反法西斯战场发生了质的变化。苏联红军将德国法西斯赶出了苏联境内，攻入乌克兰平原，即将进入德国境内。太平洋战场上，美国军队从硫磺岛、塞班岛一路下去。在欧洲，英美开辟第二战场，诺曼底登陆在筹备之中，6月15日诺曼底登陆，德国法西斯、日本法西斯已经江河日下，即将灭亡了。但是在中国战场上，日本人为了拯救陷入南洋的孤军，制定了一号作战计划，要打通中国大陆的交通线、平汉线、湘桂线。1944年初开始发起攻击。国民政府叫做豫湘桂作战，河南、湖南、广西，国民政府军队一溃千里，丧师失地。在这种情况之下，国民政府在国际上反法西斯的整个形象大打折扣。胜利即将来临，整个中国战场大溃败。国民政府必须在这个时候提振国民的抗战精神，要重塑国民政府在世界反法西斯战线中的形象。在这种情况下，你看你们做的那个视频上筹备委员会全是国民政府的高官，包括国民党的中宣部部长张道藩、黄旭初、白崇禧都在里面。这个关键的时刻非常需要一种精神。我们广大的文化人也感到民族的危机深重，以欧阳予倩、田汉这些文化人为领军人物，整个文化界就响应国民政府的号召，举办提振民族精神、重塑中国抗战形象的这么一个活动，西南剧展应运而生。西南这七八个省，三十几个团队，一千多戏剧工作者汇集桂林，在那么艰难困苦的情况下把桂林抗战文化城推向一个高潮。同时，这也是桂林文化城最后一个绝唱，非常成功。所以它是在这样一个历史大背景下发生的。西南剧展达到了提振民族抗战精神这样一个目的。但是，遗憾的是，西南剧展刚刚落幕，6月15日，衡阳陷落。日本军队攻占衡阳，打了47天，最后进军广西。日本进军广西分几路进来的，还有一路是从广东罗定那里进来的。这个时候，西南剧展刚刚落幕，日本法西斯的铁蹄已经兵临桂林城下。这些戏剧工作者们就加入了浩浩荡荡的逃难大军，湘桂大溃退，难民无数。西南剧展的两个领军人物——欧阳予倩和田汉也加入了这个逃亡大军之中。他们刚刚在广西省立艺术馆舞台上表演的那些服装啊，道具啊，行头啊，一路全丢光了。新中国剧社最后跟田汉逃到贵阳什么都没有了，欧阳予倩就跑到昭平躲

起来了。这说明什么呢？说明一个国家仅仅有精神上的软实力是不够的，比如说西南剧展那么轰轰烈烈，但是硬实力上不过硬，还是抵挡不住侵略者。刚刚落幕，一口气都没喘就兵临城下，马上跑了。所以呢，我看了这个新西南剧展中各位老师和同学的演出，非常受感动。再次感谢黄伟林教授、各位教授、老师以及你们这个团队，把70年前的精品力作作为我们民族的精神食粮推出来，贡献给我们。谢谢大家。

覃国康：中国现代舞蹈是在桂林发端

说老实话，我对新西南剧展特别感兴趣。今天应黄老师盛情邀请，我能来是一定要来的。但是，很遗憾，去年的新西南剧展我只看到了一场，而且还是自己去看的。到了现场，还很惊讶。我是在好朋友的博客上看到这个消息，马上打电话问，她说还有最后一场你看不看。我说马上看，就去看了。

为什么呢？我就是对这个有一种特别的情结。可能是那几年偶然参加了桂林文化城的研究，担任桂林文化城舞蹈史那部分的写作，国家社科基金的一个项目，现在已经做完了。我为什么参与做那个呢，也是挺有意思的。因为我过去读大学，在北京中央民族大学第一届的编导班，一开学给我们讲课的就是吴晓邦老师和他爱人，后来又到了戴爱莲老师那里。吴晓邦老师和盛婕老师，当

时就有人给他们介绍说我是桂林来的。后来我去他们家，他们年纪大了，两次问了同样一个问题："艺术馆还在么，艺术馆现在怎么样了？"他们后来还出了最后一本书，让我们班的同学去买，就让我去拿，我就上他们家去拿去。盛婕老师，就是他爱人，还问了我关于傩面、我们阳朔的傩舞还跳不跳等问题，这个跟他们很有缘分，甚至对他们俩的感情都有影响。后来我还在想吴老师对桂林怎么那么感兴趣呢？真的，在北京舞蹈界，当时没有很多人敢讲，有一个谭美莲老师，我们桂林出去的，背后悄悄才讲，就像黄老师刚刚讲到的一个问题，就是对于当时国统区的文化活动到底是怎么评价。我上学的时候是八几年，在我们很多关于中国舞蹈史的书里边，是完全跳过这一段的。

如果我不参加这个课题的写作，不去研究那么多东西，不去看那么多史料的话，我就不会对西南剧展有这样的感情，也不会对我们舞蹈界这些真正的中国舞蹈、新舞蹈、新舞蹈艺术，甚至是当代现代舞蹈艺术的开拓者、先驱者、奠基者有那么深切的一种体会。

但是，大家知不知道，所有的这一切，最早是在桂林发端的。甚至中国的民族民间舞蹈，把散见于民间的少数民族舞蹈、民间舞蹈搬上舞台，最早这么做的人是戴爱莲，她把它搬到舞台上，变成舞台艺术，也是在桂林采风，在广西瑶山采风的。当时桂林有一个瑶人之舞，在桂林采风之后，在桂林酝酿，以后在重庆首演。另外把戏剧舞蹈搬上舞台的也是戴爱莲，也是在欧阳予倩的关心和支持下，把她带去看我们小飞燕的《哑子背疯》，她就特别感兴趣，她第二趟来桂林的时候就跟小飞燕学。学了以后，她就跟她的学生（搞舞蹈史研究的彭松）一起，把它改编成现代舞。

吴晓松就更不用说了，实际上他进行的新舞蹈事业比解放区要早得多，而且他特别有想法，不再把舞蹈当作娱乐的表演。这种表演过去也有，就是所谓给观众唱堂会，给大家开心。或者是交谊舞，那时候国外什么舞都有，芭蕾舞也有。但是真正把舞蹈作为一种表达自己，作为一种不说是工具，也应该叫作是一种工具吧，就是说是完全走现实主义文艺道路的，把舞蹈纳入这样的一个作用来说的，这是吴晓邦开创的。他1937年就已经开始编，用国歌编，他去慰问新四军，在那里，他连跳七个下午，跳七遍。游击队歌也是他编的，独舞、三人舞都是，包括戴爱莲刚从国外回来，三几年就已经开始把他们的作品加入了非常多的跟时代、跟社会有关的内容，表达自己个人和全民族的一种精神，把舞蹈变成这样一种工具。

我为什么说他们跟桂林特别有缘呢？戴爱莲是到了桂林才真正接触到了中国的戏剧舞蹈和少数民族舞蹈。她在桂林办了很多班，也担任了我们广西艺术馆的舞蹈老师。吴晓邦就更多了，在这里参与了非常多的舞蹈活动，我们中国第一部现代舞，现实主义舞剧《虎爷》，就是在桂林首演，在桂林诞生的。这个是应该载入史册的。吴晓邦在桂林，从舞蹈创作、舞蹈教学、舞蹈表演到舞蹈理论研究，都做了许多的工作。这是有很多的史料可以查到的。他自己对这一段非常怀念。他后来那个天马工作室，在"文革"被迫害之前最后一次到全国巡演，来到了桂林，也是在广西师范大学的礼堂演出的。他空闲的时候就自己到旁边去走走，到广西省立艺术馆那边走，想象他当年在桂林带着那帮心爱的旅行团小朋友演出时的各种艰苦、各种情况，还有很多幸福的回忆。

实际上，当初他们是真正在做抗战的文化。最后在西南剧展的时候，有一台唯一的少数民族舞蹈。这个也是非常有意思的一件事情。我前面说的那个，就是盛婕老师问的那个傩的事情，吴晓邦第一次在桂林，欧阳予倩安排他演出，他是跟我们的师专，现在叫桂师的那个团演出的时候，桂林师专好多少数民族的学生，他们把《傩》，还有瑶族的舞蹈搬上去的时候，吴晓邦第一次看到就特别感兴趣。在解放初期，盛婕老师亲自来过，他没有来过。盛婕老师来把阳朔傩面、傩舞的音乐——《纺织娘》《开山》等这些傩舞带了回去。回去以后吴晓邦就用《开山》编了一个舞蹈，自己跳，自编自演，五十多岁了，在桂林循环演出。另外，盛婕老师拿到那个《纺织娘》，是她编了给另外几个人的。讲明了，就是在桂林阳朔一带，甚至在他现在所著的书里面还有记载。

我参加了这一个文化史、舞蹈史的课题写作以后，有一种想法，就是要翻案。就是要把我感觉到的，我个人的观点，我要把它写出来。当然要客观，我只是客观地把当时的事情写出来，起码要写清楚。所以，我想，当时舞蹈在桂林抗战文化当中，实际上已经是很微不足道了，比起戏剧，比起文学，比起出版，是相当微不足道，不被后人记住。但是，我是由此而生的对这个西南剧展有了一种特别深厚的感情。当时的文化人在那么艰难的情况下，能够出那么多作品，有那么繁荣的戏剧景象和文化景象，我想除了党的领导外，它也是有其他原因的。那时候才真正叫作百花齐放。它的作品的繁荣是空前的，同时也真正地为后人，为当地，为我们桂林的戏曲、歌舞、音乐，起到了一个非常好的奠基作用，为后人传承我们当地、本地的非物质文化遗产提供了基础。这些当时的文化人我觉得是有担当的。吴晓邦就是在做这些事情，我也看到了他的很多描述，相信其他都一样，我也知道了很多幕后的事情，都是在艰难困苦的情况下，确实是国难当头，作为文化人的使命感、社会担当，才可以把西南剧展办成这样。

现在，我觉得我们广西师范大学人在做这个事情也是体现了一种态度。我们再戴一下高帽子吧，大家都是有使命感、有社会责任感、有文化担当的人。其实，到这个时代，我觉得要这么做。做这个事情是缅怀、致敬，其实也是一种自我的提升，自己给自己的一个提升。因为，我刚刚讲这些使命感、责任感可能是不自觉的，我觉得抛开那么多政治的东西、社会的东西，真还有很好玩的东西在里边。如果不好玩，无趣，这个事也做不下去。我知道这些非专业的同志、非专业的师生们做这个事有多难，专业的都很难，那么非专业的有多难完全可想而知。我也接触过很多社会团队，真是走每一步都很难的，就是开座谈会都是难的，对吧？什么都是新的。（黄伟林：请别人看戏都难）对啊，你要那个票房，你怎么发票，怎么把一个个座位填满，怎么请媒体，要不要请媒体，这是对外。那么，对内呢？我们自己怎么排练、设计台词、形体，甚至服装，还有就是剧务的工作，保持每天排练不缺人、调课，太多琐碎的事情，多难啊。但是，这个难的过程中，最后得到的，我相信肯定还是愉悦多于它的疲惫、疲累。累是不要紧的，那种疲是特别难受的。今天这个话题我是完全不知道的，到了这我好像才懂今天是让我们讲什么，我就激动了一点，等于是班门弄斧。在我们戏曲专家面前说了一下。

我在想，将来怎么做下去，一定要保持兴趣。这个兴趣，我想有几点：一种是从我们自身出发的，就是让我们所有参与的人，保持它的使命感，这些政治性热情消耗之后，它还有什么新的热情点可以来参与做这个事情？是真正的热爱呢，还是在慢慢培养的热爱？只要能培养，那还是尽量的培养。这是一件好事，这个面越宽越好。还有一种兴趣呢，可能这么说有点投机，就是要引起别人对我们的兴趣。这个别人我不知道是不是老百姓。老百姓有很多层，有的是学生，有的是老人，有的是家长，有的是白领，有的是社会上的各色人等，看看怎么去吸引社会上的各个阶层或者说是某一阶层。我们不能吸引各个阶层，那我们能不能吸引一部分人的兴趣。还有一种就是领导的兴趣，好的领导少见，能够把精力、金钱、手里的东西分给你一点，他也可以不给你，可以给别人的，对吧？就是说怎么样能让决策人将这些人的兴趣保持下去。这样我就开心了。我就觉得年年可以看到新西南剧展，可以不停的延续。当然像我这样感兴趣的人目前可能不是很多，但是如何让它多起来，就是要想办法保持大家兴趣。当然，肯定也有一点，我们本身做这个的人的素质一定得不断地提高，而且要不断地做出新鲜一点的事情。

黄金光：广西师范大学走在前头了

黄继树老师和覃国康老师说得非常好，我个人受益匪浅。从去年起，2015年刚好是抗战胜利70年，文化局牵头做了一个桂林市纪念抗战70周年活动的文案，我们戏剧创作研究院参与其中。我个人也参加了文案的一部分修改工作。参加这个工作以后也看了一部分桂林抗战文化的资料。去年也过来参加了你们的新西南剧展沙龙，那是第一次，给我个人的震动很大。作为一个戏剧人，原来听说过西南剧展，但是实际上了解得不深。看了一些资料以后，感受最深的一点就是抗战时期，实际上是1944年，刚才黄老师也说了，作为世界反法西斯战争已经看到光明了，但是在中国还是处于黎明前的黑暗，是最困难的时候。当时的起因，大家应该都知道，实际上就是因为在桂中对面那个广西省立艺术馆，当时刚好要落成，欧阳予倩先生本来是想邀请一些外来的剧团过来庆贺一下这件事，但是跟剧宣九队、七队那些同仁碰头以后，决定把它做大。当时给西南五省写了邀请信，瞿白音先生起草的，以欧阳予倩、广西艺术馆馆长的名义发了。实际上西南剧展真正参加演出的只有五个省，最后贵州的、福建的、湖北的没有参加。但是还有一个是戏剧工作者大会，有一部分参加了，像重庆也派了代表过来。但是现在都说是西南五省，有些说演出是西南五省，说是三十三个团队，实际上有几个团队是派了代表，但没有参加演出，有三个团队吧。我们看了这个资料之后，作为专业做戏剧的，很感动。当时他们的条件是非常艰苦的，接待组有一个负责人，我看他写的回忆录，他手上没有一分钱，也没有一个宾馆、招待所之类的。现在做剧展的话，肯定要有一个接待，去参加剧展，吃住行都要有，他没有。到了桂林的时候就请吃一餐饭，还是在一个很简陋的小饭店里边，就是家常菜，其他的东西都是他们自己的。在桂林还联系了一些学校、会馆之类的，有的是用稻草打地铺，有的就睡在学生的课桌上。当时在大会上，田汉先生也写道，实际上非常艰苦，参加会议的有五百多会员，其中有十分之一有肺病，就是肺结核，相当于是不治之症，因为当时药太贵，有一个演员在演出的中间都吐了血，还要接着演出。我们现在想起来觉得有点不可思议。如今我们排个戏，如果经济上觉得很困难的话，跟那时候却真是没办法相比。刚才这些老师也说了，叫使命感也好，责任感也好，实际上，当时它是一种自觉，就是把自己的命运跟国家、民族、老百姓的命运融在一起，觉得这是一种本分，也没有说觉悟高到什么程度。所以从精神上来说，就是高山仰止。

还有就是黄教授带这个团队，能够在去年复排了西南剧展中几个有代表性的剧目，我觉得做得非常了不起。在排练的过程中，我们也到雁山校区那边去看了，条件确实很差，剧场就是那个条件，包括好多东西都没有，但是照样排出来了。我们看了以后非常感动，包括我们张院长在内。这件事情从本分来说应该是我们来做的，但是广西师范大学走在前头了。所以，我们就尽我们的所能支持你们。广西师范大学到上海以后也取得了非常好的成绩，也为桂林文化城增添了光彩。

今天，"2015·'新西南剧展'何为"？黄伟林教授出了一道题，作为我个人来说，我也是抛砖引玉吧。这个新西南剧展，突出在一个"新"字。2014年，你们复排了几个西南剧展中代表性的剧目，这本身也可以说是一种新，因为之前没有人做过这个事。

2015年，有一个特殊的意义，就是抗战胜利70周年。2014年是西南剧展70周年。我觉得这个新，一个是你们延续2014年复排西南剧展代表性的剧目，实际上你们还不受西南剧展的约束，像《秋声赋》是突破了，它实际上是在抗战文化城期间演出的剧目，我觉得这个也很好。能不能在这个复排原来剧目的基础上，拿出一部新的剧目？我觉得就以广西师范大学、以黄教授为首的团队，你们文学上的力量，我觉得应该是没问题的，就是拿出一个新的剧目。

再有一个，最近我在网上看到了"凤凰"的新书榜，100本他们评出的好书里面，我随便看了下，好像其中有10本书是广西师范大学出版社出版的。我觉得非常了不起，我觉得你们有一个很好的平台。刚才又听到黄继树老师、覃国康老师说到西南剧展的一些东西，包括刚才覃国康老师说的舞蹈

这一块，我觉得是不是可以用图书把这个东西呈现出来。实际上，就是专业人士说的，西南剧展，我们桂林人说是影响很大，实际上在全国的影响是不大的，写到这个戏剧史都是一两句话就带过去了，可能就像黄继树老师说的，有那个背景，人家写到那一段，好像是一个黑色的历史。

我觉得你们完全有这个实力。一个你们能写，还有一个出版社作为平台。实际上，我觉得一个是拿出实际的东西在舞台上，一个是在理论上推陈出新的中国现代戏剧史。因为我也看了蛮多的当时回忆的文章，大家疑惑的都是一点。很多人都是想当然了。因为当时就是名誉会长、会长、副会长、指导长啊，基本都是国民党有头有脸的人物，包括指导长蒋经国，当时为了减少阻力，都请了当时战区的一把手，还有就是党务的一把手挂这个名。我想说的就是既然是新西南剧展，新的一年，最好是拿出一个新东西，不断把这个影响继续扩展下去。我也是代表戏剧研究院，我们肯定会继续支持广西师范大学的新西南剧展。

龙瑛：按照产业的模式运作新西南剧展

我今天是来学习的，我特别感谢黄伟林教授对我的邀请。我在桂林做传媒，是两本杂志的总编辑，一本《概念生活》，一本

桂林市总商会《商界》杂志，在桂林做传媒有十年的时间，包括文化策划，我做过的策划包括一些剧目，2007年张学友演唱会的媒体，操作，纵贯线的策划，还做过一个俄罗斯的芭蕾舞——《天鹅湖》在桂林的策划。我是2014年的最后一个星期看了新西南剧展的最后一场演出，大概是之前两天跟黄伟林教授在一个文化研讨会上碰到了，正好听说这件事，我当时特别激动，就跟黄伟林老师说一定要去看。那天我如约过去的时候是被阻挡了的，据说现场有领导在，我就使出了我的浑身解数，我说我是做媒体的，是黄老师的朋友，我后面跟了一大群粉丝，也不知道他们从哪儿听说的，都被阻挡在门外，最终我还是进去了。看了大概一个半小时，我觉得非常震撼。我本来很想当天晚上给黄伟林教授打电话，后来我忍住了。第二天打电话我就说："黄教授，这个事情太棒了。"新西南剧展何为？我的建议就是按照产业的模式来做策划，运用媒体资源、运用社会资源，或者是文化资源、金融资源，首先从策划、包装、运营，还有前期媒体的造势模式，后期的维护和创新，这是一个产业链。我建议咱们黄老师，还有我们的团队认真地去研究。我先表个态，我非常愿意来做这个事，就是如何去市场化。我相信，从我那天被挡在门外，最后使出浑身解数进入会场，后面还有好几个人的场景，我可以感觉到，大家对这个事情的认同度是非常高

的。而且从我进去看的效果、质量是相当好。我觉得在桂林我们这个年纪的人不知道那个年代发生的事儿，非常遗憾。听说过和看到，完全是两回事，听说过和我们能到现场去感觉完全不一样，特别是话剧。现在北京话剧正在复兴，国家也正在扶持这种艺术形式。艺术是特别感染人的，艺术是打动人的，艺术是有生命力、活力的。那如何能把艺术传播出去，如何让一个好的产品吸引大家的关注，就像覃老师刚才说的，如何吸引大家对这个事情的关注，让大家参与、感觉。

就我所认识的西南剧展，我认为那是文化的一个高度，桂林文化的一个高度。这个时间断层，正是我们吸引力的一个策划点。从我这个文化策划人的角度来看，这个产品非常好，它应时、应季，是一个正能量的文化产品。正能量的产品，如何把它传播出去，如何去进行包装、策划和运营。包括出版书、微电影，现代传播的很多新型模式，我们都可以去应用，让大家去接受这样一个好的产品。

这个产品的内涵是什么？我身边也有一些企业家是对文化有爱好的，完全可以去影响他们来参与这个事业。许多人认为，1949年以后，中国的第一个30年是在搞基础建设，第二个30年是在做经济建设，第三个30年应该是文化建设的繁荣期。我希望我们桂林文化在这个时期，抓住机遇和机

会，能够迸发出像抗战文化一样熠熠生辉的文化奇迹。桂林有两个桂冠，一个旅游桂冠，一个文化桂冠。我们的文化桂冠是否感觉有点脱节、脱落？那么新西南剧展正好应运而生。我相信这个事情肯定会成为我们桂林文化繁荣的一个开幕曲、开幕展，首先传承，然后再创新和发展。我非常高兴跟我们在座的各位前辈、跟我们文化界的各位朋友，还有我们广西师范大学的老师、朋友们一起学习，共同探讨如何把桂林的文化给发扬、弘扬出去。谢谢！

覃德清：新西南剧展提醒人们思考

2015 年，特别有意义的一年，是《新青年》创办 100 周年。《新青年》对中国的意义重大。没有《新青年》，可能就没有新思想的传播；没有新思想的传播，可能就没有"五四运动"。《新青年》、"五四运动"、共产党的成立，这是历史的一个脉络。现在很多刊物正在做纪念《新青年》100 周年的活动。还有一个就是抗战胜利 70 周年。这两个事情碰在一起给我们很多思考。

思考什么呢？我觉得最重要的就是思考一个我们个人跟国家、个人跟民族、个人跟自己的几层关系的问题。所以，我为我们的学报提出了一个办刊理念，就是"问道、明心、济世，弘文、励教、兴邦"。我的意思是说，现在我们的路在何方？在我们国家

这个层面，社会这个层面，在很多层面，路在何方是迷茫的。所以，新西南剧展，我自己感觉，它不仅仅是在于一种演出，更在于提醒人们思考，特别是在 21 世纪新的背景下，我们应该怎样思考国家之道、民族之道、人生之道。所以，昨天我对黄伟林说的一句话很感兴趣，叫做"信仰点亮人生"。我说"你这个思想跟我真的是知音的感觉"。因为我们现在人生很多问题都是迷茫的，我们的心灵是迷茫的。我们提出明心的概念、问道的概念是一个探索，明心实际上是一个佛学的概念。我们到底往哪里走？我们心归何处？是个问题。现在我们的社会责任、我们济世的情怀，就是儒家的思想，我觉得在现在的社会背景之下，在功利主义盛行的情况下，在钱理群所讲的，精致的利己主义渗透之下，明心济世这种情怀受到了蒙蔽。我们愿意在思想、理论这个方面梳理新西南剧展，或者说我们 2015 年做一个更深度的思考。我愿意跟大家学习，也愿意把这个事情做得更具影响力、更有社会效果，把大家讲的社会责任、社会担当这方面做得更深、更透一点，更有力度一点。

杨树喆：桂学应用的一个成功案例

伟林已经在这里做了几次沙龙，但是我每次都没来。尽管新西南剧展的主创人员、领军人物都是我们文学院的，但我介入

得比较少。

感谢伟林的策划。新西南剧展，对于文学院也好，对于桂学研究创新中心也好，贡献特别突出。对学院来讲，我今天在我们学院的期末总结当中，特别对新西南剧展用了这么一句话："新西南剧展为推动我院学生课外科技创新工作走出近几年低迷状态做出了积极贡献。"我到文学院已经四年了，往回还可以再推一两年，文学院在学生课外科技创新，或者是课外文化创新方面，确实是处于一种低迷的状态。那么，伟林他们2014年新西南剧展这个活动确实使文学院走出了这种低迷的状态。为此，我们文学院特别给新西南剧展颁发了我们学院的最高奖文科基地奖：其中一项颁给了新西南剧展团队，叫作学生课外活动指导奖；另一个颁给了向丹老师，叫作基地特别贡献奖。

我看过四场新西南剧展的演出。第一次是在我们学校，第二次是在广西省立艺术馆。第三场是在南宁锦宴剧院，那场李康副主席也参加了，我们没有发任何请帖，但是她听说了，就亲自来了，她一来，文化厅厅长、教育厅厅长也闻风而动，都来了，那天搞得我们有点措手不及。第四场是出征上海之前，在航修厂。我看的四场都是《秋声赋》。

新西南剧展不仅对文学院的学生课外文化有贡献，而且对桂林研究协同创新中心有贡献。现在从中央到地方都在推一个叫作协同创新中心的建设，我们文学院刚好有一个桂学研究协同创新中心。中心有五个研究方向，桂学之流、桂学之本、桂学之魂、桂学之用、桂学之根。其中，桂学之用就是桂学的应用研究，就是广西特有文化的创新与开发。西南剧展本来发生在桂林，是广西特有的文化。新西南剧展把这个特有的文化通过一种创新的方式将它传承和发扬光大，这正是广西特有文化的传承、创新、开发，是桂学应用的一个成功的案例。

借这个机会，也感谢各界的朋友，尤其是桂林戏剧创作研究院几位领导和舞台总监，他们不仅为我们提供人员，而且将整个设备都从桂林打包运到上海去演出，特别让我们感动。

刚才听了很多老师的好的建议，我非常认同他们的说法，尤其是谈到如何用文化产业去经营，我感觉是值得探索的一个方向。因为，你总不能每次演出都去向戏剧院借器材和道具。万一当时他们也忙着用呢，你怎么办？所以，必须要用一种模式把它固化下来。有没有这种可能性，使新西南剧展能成为桂林文化的一个有机组成部分？西南剧展以及新西南剧展的成功，有它一定的历史背景。新西南剧展和西南剧展之间有一种天然的共鸣。那么，如果在产业化的过程当中，失去了天然的共鸣，它将怎么去生存？这恐怕也是要考虑的。刚才龙瑛女士说的应该是一个好的思路。

黄伟林：新西南剧展有一个特别优秀的团队

今天各位老师们都给我们提供了一些蛮好的建议，我这里也不复述了。

谈到新西南剧展大家口口声声说到我，其实我自己做这个就特别清楚，平时我们写文章，比如说黄继树老师写一本长篇小说，他一个人一叠纸就够了，谁也不用管，但是话剧却是一个综合艺术。这个常识我读本科的时候就知道了。所以，当我有做新西南剧展的想法后，搁置了半年多才跟刘铁群老师说。刘铁群老师说要做，我觉得有戏，因为这个事情不是一个人能干的。当然，光有刘铁群老师也不行。我们再跟向丹老师说。向丹老师最初不是很想做，但是后来还是决定做，因为她实在是太热爱话剧了。这样我们三个人就算是草台班子搭起来了。

搭起来之后，我们发现还是不行，光有几个讲话的、写文章的人还不行，我们还需要视觉，就找了刘宪标老师。刘宪标老师二话没说就加盟了。他做的视频效果非常好，以至于现在桂林文化界做视觉就要找他。真的，他做的视频弄得我们很惭愧，甚至对他特别不满意。为什么？因为有时候，比如我们在广西省立艺术馆那么震撼的演出，结果听到这样的评价："视频比演出更震撼。"真让我们扫兴，所以我们就想以后

是不是就不要放视频了。然后，就是宁红霞老师。田汉的特点是戏剧加歌，如果《秋声赋》没有歌，弄一个纯话剧多没劲。后来大家说歌好听，那意思是不是台词对话不怎么好，歌比台词对话好？也是弄得我们挺惭愧的。所以我跟铁群开玩笑说我们要感到惭愧，要反思。红霞老师的歌特别好，她带一个团队，五首歌，《船夫曲》《落叶之歌》，等等。我们跟别人介绍说，当年的桂林"众人争说《秋声赋》，满城传唱《落叶歌》"，许多人不信，他们说黄伟林你忽悠大家。结果那天在广西省立艺术馆演出刚结束，那个88岁的朱袭文老先生，桂林电视台现场采访他，《船夫曲》《落叶歌》就从他嘴里唱出来了。后来还有好几个人跟我谈到《落叶之歌》。这首歌当年在桂林确实特别著名，我们看看以后是否争取让《落叶之歌》成为我们桂林的流行歌曲。有一天，桂林戏剧创作研究院张树萍院长经过宁红霞老师的排练现场，看到那几个特别帅的男生在唱歌，一听《征兵，我愿往！》，这个歌怎么这么好啊，然后就把宁红霞老师的团队请到戏剧院去参加演出，就是刚才龙瑛女士讲的去年最后那场特别震撼的演出，不给她进去，但是她蹭进去了，那个演出特别好。宁红霞老师的团队唱了好多首歌，《满江红》《征兵，我愿往！》《劝夫从军》《落叶之歌》，还没有《船夫曲》。如果有《船夫曲》，可能更震撼，但实在放不进去了。还有刘慧明老师，我做

新西南剧展，做得最多的两件事：一是请人看戏，二是给人当车夫，送团队的老师们回家。有一天晚上送刘慧明老师回家，闲聊，才知道她原来在上海戏剧学院做老师，后来调回桂林了。所以说我们团队人才太多了，不把事情做好都没道理。没多久，我们就去上海演出了，然后就在上海获奖了。真有一种特别奇怪的缘由。所以，新西南剧展是一个团队共同努力的成果。

你看，我们这里都讲老师。其实，更重要的是那些特别可爱、特别漂亮、特别帅、特别敬业的学生。前段时间，我们学校党委书记王枬宴请《秋声赋》主创团队，有两个学生讲的话给我印象特别深。一个学生说："我们因为参与这个演出，我们对桂林了解了。"这个特牛，对不对？学生们通过参加一台戏的演出，了解了、爱上了一个历史文化底蕴深厚的城市，多好！还有一个学生说，他参加了这个演出，他有了写剧本的欲望，他开始写剧本了。你看，这个学生在这个排练和演出的过程中成长了起来。新西南剧展有一个特别优秀的团队，我们的老师和学生大家一起共同成长。

所以，话剧真的是一个综合艺术。所谓的综合艺术，就是需要群策群力。除了我们整个剧组、整个师生团队，还有社会上的支持。像张树萍院长他们，还有南宁的张仁胜，特别知名的剧作家。当然还有一种特别好、特别重要的支持，就是像黄继树老师这样，他去看我们的演出就是一个特别大的支持，他一个人去看演出，等于很多人看。当时在广西省立艺术馆《秋声赋》第一次演出的时候，我没叫几个人，但是我就恳请他去。他特别给力。有时候光是观众多还不够，还要有观众领袖。所以，一个戏真的就是像覃国康老师讲的，它最后要有一个核心的凝聚，这个核心就是兴趣。这个兴趣是演职人员、主创团队自身、观众、领导，以及整个社会的兴趣。一旦他们有了兴趣，一旦把他们的兴趣调动起来了，那我觉得就成功了。所以，话剧在这个意义上是综合艺术，综合这样一些资源，综合这样一些力量。因此，今天晚上特别感谢大家，感谢大家给我们这样一个支持，也希望2015年乃至2016年继续给我们支持，更希望影响你们的朋友，影响其他人来给我们支持。谢谢大家。

"师范大学戏剧学科发展暨高校戏剧实践研讨会"综述

2016 年 1 月 6 日，由广西师范大学文学院和北京师范大学新闻传播学院、艺术与传媒学院联合主办的"师范大学戏剧学科发展暨高校戏剧实践研讨会"在广西师范大学育才校区田家炳楼 501 会议室召开。

参加研讨会的有北京师范大学王宜文教授（北京师范大学艺术与传媒学院副院长）、张洪忠教授（北京师范大学新闻传播学院副院长）、田卉群教授（北京师范大学艺术与传媒学院影视传媒系主任）、张智华教授、史可扬教授、陈晓云教授、路春艳教授、张燕教授、王韵副教授（北京师范大学艺术与传媒学院副书记）、宋维才副教授、樊启鹏副教授、侯海涛讲师、任晟姝讲师、胡伟老师（奥斯卡最佳真人短片提名获得者）、刘颐老师。

广西师范大学的王枬教授（广西师范大学党委书记，博士生导师）、李宇杰老师（广西师范大学党委宣传部部长、新闻中心主任）、杨树喆教授（广西师范大学漓江学院院长，博士生导师）、杨保臣老师（广西师范大学团委副书记）、刘立浩老师（广西师范大学文学院 / 新闻与传播学院党委书记）、刘铁群教授（广西师范大学文学院 / 新闻与传播学院副院长，新西南剧展总导演）、杨森清老师（广西师范大学文学院 / 新闻与传播学院党委副书记）、黄伟林教授（广西师范大学文学院 / 新闻与传播学院教授，博士生导师，新西南剧展总策划）、刘宪标副教授（广西师范大学美术学院副教授，新西南剧展视觉设计）、刘慧明老师（广西师范大学音乐学院讲师，新西南剧展表演指导）、马明晖老师（广西师范大学漓江学院讲师，新西南剧展剧目《旧家》导演）、耿涓涓教授（广西师范大学教育科学学院）、刘惠副教授（广西师范大学文学院 / 新闻与传播学院语言学与跨文化教育系主任）、蒋远宏老师（广西师范大学漓江学院中文系党总支书记）、杨远义副教授（广西师范大学漓江学院中文系副主任）。

其他兄弟高校代表有黄健云教授（玉林师范学院文学与传媒学院院长）、杨智副

→ 参会人员合影

教授（广西大学文学院）、朱厚刚老师（广西民族大学文学院）、陈霞老师（玉林师范学院文学与传媒学院）、梁芳老师（玉林师范学院文学与传媒学院写作教研室主任）、张骁老师（玉林师范学院文学与传媒学院世界文学教研室主任）、袁君煊老师（贺州学院文化与传媒学院）、叶翰宸老师（贺州学院文化与传媒学院广播电视编导专业）、翁少娟副教授（钦州学院中文系）、张厚刚副教授（聊城大学）。

研讨会由广西师范大学文学院党委书记刘立浩主持，会议共有以下五项议程：

第一项议程是广西师范大学党委书记王枬致辞。王枬书记介绍了广西师范大学的办学历史和四个特点。第一个特点是广西师范大学是广西教师教育的领头羊。根据 2008 年本科教学评估时候的数据统计，"广西地市教育局长的 60% 以上，广西示范高中校长的 70% 以上，广西高中特级教师的 80% 以上"都是广西师范大学培养出来的毕业生。广西师范大学对广西的基础教育、职业教育、高等教育、学前教育和特殊教育都发挥了非常重要的作用。第二个特点是广西师范大学是"人文强桂"的主力军。"'人文强桂'是广西对人文社会科学发展赋予的一种期待和给予的一种定位。那么从 2005 年我们就牵头在整个广西作为'人文强桂'的重要支撑单位来推动'人文强桂'这些具体目标的实现。"之所以由广西师范大学牵头来

推动人文社会科学的学科建设，跟学校的底蕴和传统有关。"很多著名的人文社会科学的学者和专家在 20 世纪的 30 年代、40 年代、50 年代都曾经在我们这里工作过，因此为我们奠定了非常深厚的人文社会科学发展的学科传统和底蕴。"第三个特点是广西师范大学是广西"科技兴桂"的生力军。广西是一个少数民族地区，也是民族文化富集的、少数民族文化丰富的、面临着东盟前沿的一个地区。因此地方的、本土的科技、药物这样一些资源也成为我们很多专家学者研究和研发的重要对象，我们也有国家重点实验室、教育部重点实验室。第四个特点是广西师范大学是国际交流的抬头兵。"因为处在沿边沿海的地区，特别是跟东盟相邻。所以我们学校招收的东盟国家的留学生，可能是全国高校最多的，其中越南留学生最多。"除了以上四个特点，王枬书记还介绍了学校的戏剧教育传统："戏剧教育在我们广西师范大学一直是有着非常深厚的传统的，从 20 世纪的 30 年代、40 年代，到新中国成立特别是恢复高考、改革开放的 80 年代，然后就是到 90 年代，到 21 世纪，我们学校的戏剧教育几乎没有中断过，当然这里主要在推动的，就是我们的文学院。文学院既有这样的传统，也有这样的自觉，而且也有这样的实力。特别是从去年开始一直在推动'新西南剧展'，我个人一直认为戏剧教育对学生的培养来说是非常好的一种途径。它是综

→ 王枬书记致辞

合性很强的一种形式，尤其是师范大学，以这样的一种方式来培养学生去理解人生，去理解社会，了解人性，体验整个人文，是最有效的一种方式。所以今天非常高兴在我们这里举行这样一个研讨会，也相信通过这样的研讨，北师大的各位专家学者给我们传经送宝，也会对我们广西师范大学的戏剧教育起到更多的推动作用，预祝这样的一个研讨会取得圆满成功。"

第二项议程是北京师范大学艺术与传媒学院副院长王宜文教授致辞。王宜文教授首先感谢广西师范大学领导和老师对北京师范大学团队一行人的热情接待，之后特别表示了对桂林的山水之美和人文之美的神往："我们很多老师都已经非常向往桂林这个甲天下的地方，我们也好生羡慕广西师范大学在这样一个美的地方，因为一个美的地方可以滋生美和艺术，老师们在这里可以涵养一种美的心灵，一种精神的陶冶，也可以

培养出美的学生来，这个我觉得也是我们能体会到的。我们在这逐渐开始感受到了这里的美丽，还有我们学校的老师们能够传播出去的这种艺术的审美。再一个就是说除了这个自然之美外，刚才王书记也介绍到了桂林是一个文化历史名城，有非常厚重的历史，我们广西师范大学有非常深厚的底蕴，也有光荣的传统，特别是在抗战时期，刚才王书记也提到了剧展，这是一个文人荟萃，文化经验非常厚的地方。"王宜文教授还特别谈了自己对广西师范大学"新西南剧展"的关注和看法，他说："从2014年开始我们注意到广西师范大学做了一件很有意义的事情，就是'新西南剧展'，这也是吸引我们来广西，来广西师范大学和学校沟通交流的一个原因。我觉得黄老师提出了一个特别好的理念，就是'舞台＋课堂'这样一个人文培养模式。通过建立'新西南剧展'这个文化品牌，重演抗战时期的一些优秀剧目，以戏

→ 王宜文教授致辞

剧为载体，实现知识，或者说历史感知和文化体验的一种人才培养目标，我觉得我们是非常认同和赞赏这样一种提法的。构建一个平台，通过一个载体，然后来传播知识、培养学生，所以这也是我们萌生要过来和咱们广西师范大学学习、交流和取经的一个想法、一个念头。"最后王宜文教授谈了对戏剧教育的思考，他认为目前戏剧明显被忽略了，在越来越技术化的时代，戏剧作为一种艺术的教育，它的意义越来越重要。他强调要找回戏剧："虽然我们现在的重点是在影视专业，但是戏剧我们是要把它找回来的。就是我们先要把课找回来。那么这段时间我们是要把实践找回来，因此我们要过来听一下广西师范大学的先进经验。我们现在也在组织学生做一些演剧，但是我们还没有做到要去做一个品牌，或者说做成一个系列，但这也是我们的一个方向，一个追求。在这方面我们是有很多可以交流、学习的。所以这

里就非常庆幸我们能有一个机会过来。我们也很羡慕我们文学院能有这样的传统，并且一直在努力传承，特别是王书记能直接来支持这件事，我想这是一件特别好的事情。"

第三项议程是广西师范大学文学院副院长刘铁群教授介绍"新西南剧展"的基本情况。刘铁群教授首先回顾了"新西南剧展"从策划到不断推进的过程。"新西南剧展"是2013年开始策划，2013年底正式启动，2014—2016年持续推动，一直延续至今的一个活动。"西南剧展"是1944年2月至5月在桂林抗战文化城举办的一次震惊世界的戏剧展览活动，当时是在抗日战争最困难的时候，上千名的戏剧人在桂林持续近百天的文化大戏，实现了中国戏剧人在战争年代的文化担当。2014年是西南剧展的70周年，2015年是抗日战争胜利70周年，所以广西师范大学选择在2013年年底正式启动"新西南剧展"，有独特的意义。作为学校打造

的一个戏剧文化品牌，"新西南剧展"整合了广西师范大学文学、音乐、舞蹈、美术、设计等多学科的力量，立足桂林，放眼世界，是一个集学术引领、学科教学与社会服务于一体的教育创新、文化创新项目。之所以称为"新西南剧展"，就是因为本项目有向抗日战争期间"西南剧展"致敬，传承西南剧展文化精神的意义。2014年5月16日是"新西南剧展"正式开幕的时间，选择这个时间是因为70年前"西南剧展"也是在2月和5月之间进行展演。开幕之后，完成了《秋声赋》《桃花扇》和《旧家》三台话剧的首轮演出，接下来的六月份"新西南剧展"走出校园，到广西省立艺术馆演出，这个演出当时也非常有意义，因为广西省立艺术馆就是七十年前当时"西南剧展"举办的地方。2014年6月底，"新西南剧展"的三个主要剧目到南宁参加"广西大学生戏剧节"，接下来六月份在第五届"广西校园戏剧节"上，《秋声赋》《桃花扇》和《旧家》三个剧目都获得了多项大奖。2014年8月"新西南剧展"的重点剧目《秋声赋》过五关斩六将成为"中国校园戏剧节"的入选剧目，11月到上海交通大学的菁菁堂演出，在戏剧节上又获得了优秀剧目奖、优秀导演奖、优秀组织奖。在整个过程中，"新西南剧展"受到了很多媒体的关注。到了2015年，在自治区党委宣传部的支持下，广西师范大学决定将"新西南剧展"的重点剧目《秋声赋》拍摄成话剧电影，5月10日就在广西省立艺术馆隆重开机，经过几个月的制作，10月16日话剧电影《秋声赋》在桂林鑫海国际影城举行首映式。11月，话剧电影《秋声赋》在广西师范大学的几个校区以及鑫海国际影城又多次上演，与此同时新一批的演员又排练了话剧《秋声赋》，在

→ 刘铁群教授发言

桂林理工大学等地继续上演。在回顾"新西南剧展"的过程之后，刘铁群教授谈了参与"新西南剧展"活动的体会和感受："我们'新西南剧展'团队中的所有教师都是非专业的，我们完全是外行人，我们在做'新西南剧展'的过程中一个非常深刻的体会就是，教学和科研它可以很美。今天的高校教师都面临着很多的考核，不管是教学还是科研，考核的结果都是一系列枯燥的数据，让我们很无奈又不得不面对。但在做'新西南剧展'的过程中，我们觉得非常辛苦，同时也觉得很快乐、很美。教学和科研可以有音乐，有美术，有视觉，有故事，有感动。我们的学生演员学习成绩都不是特别出色，但是在演出的过程中我们让他们写人物小传，写角色分析，写学术论文，他们得到了很大的提升。演出的过程中，他们都演得泪流满面。如果没有对这段历史和这些文学作品的理解，他们做不到这一点。所以我们觉得这样一种教育的方式和科研的方式，对于我们高校来说，它可以增添活力，增添美。大学不应该仅仅有枯燥的数字，应该有故事，应该有美。"

第四项议程是观看话剧电影《秋声赋》。由于时间关系，只播放了话剧电影《秋声赋》的第三幕。部分与会代表观看后发表了观后感受。

第五项议程是自由发言。来自北京师范大学、广西师范大学、广西大学、玉林师范学院、贺州学院、漓江学院的老师们纷纷针对"戏剧学科发展和高校戏剧实践活动"发表了自己的看法。广西师范大学黄伟林教授说："'新西南剧展'既是广西师范大学中国现当代文学学科教学改革的实践性成果，也是对大学文化的探索和创新。话剧是中国现代大学一个重要的文化传统，北京师范大学在这方面有很好的成绩，我至今仍然对本科期间我的同学排演的话剧《课堂作文》记忆犹新，希望今天能得到母校老师们的指导，让新西南剧展在今后得到更好的发展。"北京师范大学田卉群教授、路春艳教授都强调了戏剧在高校教育中的重要意义；广西大学杨智副教授指出广西师范大学推出话剧《秋声赋》"传递出当前校园戏剧固守的东西和应坚持的方向"；玉林师范学院文学与传媒学院院长黄健云教授指出"新西南剧展"创造了一个全新的学习平台："在这个平台中，教师的教与学生的学完全建立在'分享'的基础之上。他们在创造，也在分享，师生共同陶醉在创造的快乐中，也陶醉在分享的快乐中，这样的创造和分享，密切了师生之间的关系，为构建全新的'分享'型学习平台作出了积极而又有意义的探索。"广西师范大学耿涓涓教授从教育孩子的体会谈自己对戏剧与戏剧教育的感受："今天我们谈戏剧或戏剧教育，或许她更大的意义不在于培养几个戏剧人才，而是让孩子们去看、去体验，如何审美地活着，永远都能从各种

→ 田卉群教授发言

坠落的险境中精彩地跃出。"贺州学院叶翰宸老师探讨了关于戏剧教育的两点困惑并分享了自己从事戏剧教育的经验。漓江学院马明晖老师从戏剧内容、戏剧技术、戏剧演员、高校戏剧概念四个方面谈了自己对高校戏剧教育的看法，他指出："高校戏剧和高校戏剧教育问题的探讨，虽然未必一定能够就某些局部问题提供精准的解决方案，但这至少表明戏剧在高校的教育培养与教育实践的过程中是一个重要的学科融合平台与人才培育系统，且能够纳入高校学术建设与素质教育的体系中。"广西师范大学廖静老师指出在高校排演正剧很重要，"唯有排演正剧，通过'做中学，学中做'的方式，才能培养学生们对戏剧的热忱，增长学生们的戏剧知识储备，丰富学生们的舞台经验"。广西师范大学李雪梅副教授从自己多次观看《秋声赋》排演的体会谈到了"新西南剧展"对教学的重要意义："无论是对中国现当代文学学科的发展、对相关课程的教学，还是对学生阅读兴趣的培养，对作品、作家、时代的理解，对自我的认识等，几乎是全方位的一种刺激、体验和提升。"

在研讨会的五项议程中，与会者既探讨了"新西南剧展"的启示与意义，也探讨了高校戏剧学科发展和戏剧实践所面对的问题与困惑、机遇和挑战，与会者都认为在研讨和交流中受益匪浅。

（刘铁群整理）

第五章

钩沉故纸间

《秋声赋》剧本改编

原著：田汉

改编：刘铁群、向丹

人物（以出场先后为序）：

秦淑瑾——作家徐子羽之妻

黄志强——徐子羽之老友

徐母——徐子羽之母

大纯——徐、秦之女

房东太太

徐子羽——作家

胡蓼红——女诗人

阿春——难童

小三子——难童

张小桂——难童

二毛——难童

汤有龄——童军领队

日本兵甲、乙

时间：抗日战争时期，1938 年至 1941 年间

第一幕

〔光启。

〔幕后合唱：

欧阳子方夜读书，忽闻有声自西南来，

初淅沥以萧飒，忽奔腾而澎湃，

似山雨将至而风雨楼台，

不，似太平洋的洪涛触巨浪、触崖边而散开。

啊，此秋声也，胡为乎来哉！

但是我们不要伤感，更不用惊怪，用铁一般的坚定从风雨中、浪涛中屹立起来。

这正是我们民族翻身的时代。

漓江边徐子羽的家。

舞台上是子羽的书斋并寝室。一边通老太太、大小姐所住的内室，一边通大门。

窗子颇大，从竹木荫里可以望见象鼻山及对岸城市山峰，这时是日近黄昏，还可以见两片晚霞，但已经有雨意了。

〔子羽妻秦淑瑾正和一远来的老友黄志强在谈话。

秦淑瑾 （指着窗子对志强）这一带竹子长得不坏吧。你看那边，那是象鼻山，底下就是漓江，到了夏天我们常常到江里去游泳的。

黄志强 （欣赏着窗外的风景）好极了，这房子真"要得"（他模仿重庆口音）。在重庆流行一句话叫"找差事比找老婆难，找房子比找差事难"。比起重庆，桂林舒服得多了。人家都说"桂林山水甲天下"，你们这儿又是桂林山水最好的地方，真是清福不错啊！

秦淑瑾 风景是很好，但这儿也是有名的险滩，有时听那些船户们排篙子，高声的号叫，那声音发着抖，就像哭着似的，让人心里怪难过的，你听吧，不就像哭着似的吗？

〔船户号叫声嚣然入耳。

〔幕后合唱：

漓江船夫曲

撑呕喉喉！撑呕喉喉！

肩头铁板一样的硬呐喉喉！

篙儿弓一样的弯呐喉喉！

拼着我们的血和汗呐喉喉！

哪怕他三千六百个阎王滩呐喉喉！

撑上去了万事平安，

撑不上去流到那鬼门关，

海龙王请你吃早饭呐喉喉！

黄志强　在重庆听过嘉陵江的船夫唱的好像是另一种味儿。

秦淑瑾　是吗？

黄志强　一位胡小姐写了一首嘉陵江的船夫曲，嫂嫂听过吗？

秦淑瑾　哪一位胡小姐？

黄志强　我是说胡蓼红。

秦淑瑾　（显然不快）哼！她快来了！子羽兴奋得很哩。

黄志强　哦？胡小姐要来桂林？

秦淑瑾　（从抽屉里取出一通电报）瞧，这是那女人给子羽来的电报，你看她的口气，眼睛里还有人吗？

黄志强　（取阅一过）这些日子来桂林的人很多，她打电报给子羽，要他给预备住的地方，不见得有什么严重的意义吧？（带笑）再说……子羽又没什么表示。

秦淑瑾　没什么表示！你看他的日记。（把她丈夫的日记取来给他看）

黄志强　（取阅一过，微笑）这也没有什么呀！……嫂嫂，你放心得了。子羽决不会做对不起你的事，你们是共过患难的老夫老妻了。

秦淑瑾　你别再提共患难的话了，提起来真叫我伤心，跟了他这么多年，哪一样对不起他？临到这个时候他还要这样的害我，恨起来我真要……（她泪雨纷纷地哭了）

黄志强　（转移话题）老伯母还健壮吧。

秦淑瑾　也不比前两年了，头发全白了。

黄志强　这几年她跟着你们到处奔波，怎么能不老呢？大小姐就是"大纯"？

秦淑瑾　对哪！上初中一年级了。

〔一位白发老太太扶大孙女大纯进门。

大　纯　奶奶，您慢点儿走！

秦淑瑾　妈回来了！慢点儿慢点儿！看您，都走出一身大汗了！

大　纯　奶奶一听说黄伯伯来了，"跑和子"也不打了，说一定要看他，要黄伯伯等一等。

徐　母　黄先生呢？黄先生呢？

黄志强　（急走迎上）老伯母，您好，还认识我吗？

徐　母　（看看黄）怎么不认识？（黄志强和秦淑瑾把徐母扶到一张椅上坐下）黄先生您请
　　　　坐坐。

秦淑瑾　大纯！怎么不叫黄伯伯？

大　纯　（害羞地）黄伯伯。（一把拿起书包跑进内室去了）

秦淑瑾　瞧这孩子，还是那样傻头傻脑的，一点礼貌也不懂。

徐　母　黄先生，这几年怎么样，过得还好吗？

黄志强　这几年，和朋友在昆明做生意。

徐　母　哦！您做生意了？该发了财了吧！

黄志强　您别笑话，做生意也有种种苦处，怎么就能发财？怎么能比子羽始终坚持着自己
　　　　运动，守着自己的岗位呢？

徐　母　这是您恭维他了！

黄志强　老伯母，这桂林还住得惯吗？

徐　母　哎，桂林这地方什么都贵，也不是我们穷人住得起的，我真想回长沙去。

黄志强　老伯母，桂林生活虽然高，到底岩洞多，对老年人也安全。至于钱，我想总是有
　　　　办法的。

秦淑瑾　我也这么说，不过老太太思念家乡心切，我也没有法子。

黄志强　我正想去长沙办货，如果老伯母真想去长沙，可以跟我一起去。

徐　母　好啊，到时候别忘了告诉我。

黄志强　老伯母，我还有事，该告辞了！

徐　母　你多坐会不好吗？子羽就要回来的。

黄志强　不，今晚还约好一位朋友谈话，我改天再来！

徐　母　那么改天一定来！

黄志强　一定来，老伯母再见。

徐　母　再见。

　　　　〔徐母和淑瑾送黄志强离开。

　　　　〔窗外雨打树叶声、江里水声。

徐　母　纯儿已经睡了，怎么子羽还不回来？

　　　　〔淑瑾扶徐母进卧室，钟声敲九下。

秦淑瑾　（转来，哇的一声伏案哭了）

　　　　〔雨声，虫声，水声，叫号声。

　　　　〔子羽从外面进来，衣服都淋湿了。他是一个艰苦卓绝，可也带些神经质的工作者。

　　　　他脱去雨衣挂在门边的衣挂上，见其妻凄然伏案，走近抚之。

徐子羽　怎么啦？不舒服？

秦淑瑾　……

徐子羽　（再近其妻）怎么啦？

秦淑瑾　（泣更甚）

徐子羽　唉，说啊。

秦淑瑾　（含泪）还有什么说的，你只给我
　　　　一句话好了。

徐子羽　我给你什么话？奇怪！

秦淑瑾　可不奇怪，这样的时候还闹这样的
　　　　问题！

徐子羽　你说什么问题？

秦淑瑾　你自己不是很明白吗？

徐子羽　我一点也不明白。

秦淑瑾　那是你"自欺"。

徐子羽　"自欺！"哼！我从不自欺，只怕
　　　　你倒有些自扰吧。

秦淑瑾　那么你为什么这时候钻回来？黄先
　　　　生等了你半天。

徐子羽　我碰见他了。

→《秋声赋》定妆照

秦淑瑾　也不怕人家笑你。

徐子羽　笑我什么？真不知你想些什么鬼把戏！

秦淑瑾　晓得你做些什么鬼把戏！

徐子羽　你胡说！

秦淑瑾　那么，你说你到哪里去了？

徐子羽　哎呀，这有向你解释的必要吗？

秦淑瑾　等你同我离了婚，那时节就没有向我解释的必要了。

徐子羽　好，我向你解释，我送行去了。

秦淑瑾　"送行"，接客去了吧。

徐子羽　接什么客？

秦淑瑾　日记上都写好了，电报也夹在这儿了，你当我不晓得。

徐子羽　你晓得，你晓得！

秦淑瑾　哼！你把那电报撕碎了，扔在地上，当我没有法子晓得你们的秘密。

徐子羽　真是胡说！我有什么秘密！

秦淑瑾　没有秘密为什么把电报撕掉？

徐子羽　……

秦淑瑾　我怕你后悔又替你贴起来了。

徐子羽　你好本事！

秦淑瑾　我就有这个本事。

徐子羽　哼，你就有这个本事。

秦淑瑾　（怒）好吧！你去找那有本事的不要脸的女人吧。

徐子羽　（抽案）你怎么随意骂人！

秦淑瑾　我就敢骂她。

徐子羽　我不要听这些话。

秦淑瑾　我偏要说。

徐子羽　（大声）你到别处骂去！

秦淑瑾　我知道我早应该走了。（哭）

　　　　〔徐母从后房提灯走出来。

徐　母　（高声）子羽！不要这样说！

徐子羽　是，妈妈！

徐　母　什么时候了，一回家就跟淑瑾吵架，你当我是可以过这样日子的吗？我宁可饿饭
　　　　也不愿听见家里人吵架！

徐子羽　是，妈妈。

　　　　〔淑瑾急取椅请婆婆坐下，并为她披衣。

徐　母　子羽！你自负是个革命战士，把治国平天下当作自己的责任，可是，如果连夫妇
　　　　都像仇人一样，还能革命吗？

徐子羽　革命者不是都有革命的家庭的，家庭有时候会成为革命的障碍。

徐　母　（怒）那么说我障碍了你？

徐子羽　（惊恐）不！妈妈，没有你这样的母亲，我根本不能革命的。

徐　母　那么淑瑾障碍了你？

徐子羽　……淑瑾和我共过患难，她对我的运动也帮过很多忙。可是……

徐　母　可是？

徐子羽　可是她也给了我许多障碍。结婚以前，她允诺竭力帮助我，让我没有后顾之忧。
　　　　可结婚之后，她懒怠起来了，实际上她时常就是我的后顾之忧。

徐　母　因此你说她障碍了你。

徐子羽　……

徐　母　孩子，你错了。障碍你的不是我，也不是淑瑾，而是你自己。一个想做点事情的人
　　　　要有担待。自己做错了事，把责任全推在女人身上的是没有出息的人。你知道吗？

徐子羽　是的，妈妈。

徐　母　好呐！不要多说了，我知道你这些日子烦躁得很，没有钱，杂志也不能出版，但
　　　　我有什么法子来帮助你？前天我把戒指押了点钱，这一期也许可以出版了。一切
　　　　耐心地挣扎吧。大家早点睡觉，早点起来。

徐子羽　是。

　　　　〔徐母起身护灯回房，淑瑾扶着她过去。子羽起身送到门口，转身回到书房边。

徐子羽　（看看日记和粘贴好的电报）

秦淑瑾　（默默转来）……

徐子羽　（对淑瑾低声说）你当我是接阿胡去了？

秦淑瑾　（低声）可不是吗？

徐子羽　她还不一定哪天来呢，我今天是送老华离桂林。

秦淑瑾　怎么，华先生也走了？

徐子羽　走了。他很难过，他说一直努力通过自己的作品，不断地号召海外侨胞回祖国服务，而他自己却不能不含着无限的惆怅暂时离开祖国。

秦淑瑾　他在这儿整整待了三年了，怎么舍得？（忽有所思）哦，羽，我们也走，好不好？

徐子羽　走到哪儿去？

秦淑瑾　到南洋去，那儿我住过多年，挺熟悉的。我们好好的休养几年，你也太累了。

徐子羽　不，淑瑾，我们不能走。我还有许多事情要做，中国的革命道路是很艰难的，也是很复杂的，我们各人要尽其在我。再说妈妈七十岁了，我无论如何丢不开。

秦淑瑾　噢，我叫你去，你就这样儿不好，那样儿也不好的，回头那个女人要你去你就去了。

徐子羽　咳，你真有点不足与言。

秦淑瑾　（怒）好，找你的"足与言"去吧，我知道我原来是"不足与言"的！

　　　　〔子羽也气急了，拖起木板鞋在房里走来走去，那嘀嗒嘀嗒的声音，就反映他心里的焦闷。

　　　　〔外面雨声、风声、水声、虫声、船户叫号声，风吹开了窗子一片落叶进来，他打了一个寒噤，走到桌前坐下，见大纯展开的国文课本《秋声赋》，低声念诵几句。

徐子羽　啊！"此秋声也，胡为乎来哉？"

　　　　〔河中船夫撑船上滩号声仍惨然入耳。

　　　　〔他走到窗前展望暗黑的河上。

徐子羽　中国的抗战也是这样的艰难的吧。（回到案上，取稿纸奋然起草精锐文字，写了个题目自己念了念）"新形势下中国文艺工作者的任务。"

　　　　〔收光，《漓江船夫曲》起。

第 二 幕

〔光启。

黄志强所住环湖路的某旅馆。

树阴中隐约可见桂林特有的锐角的山色。雨虽止了，但仍无晴意。

〔子羽正和黄志强谈话。他们是老朋友所以不做什么客套。

黄志强　日子真快，我到桂林三天了。

徐子羽　难得来桂林，尝尝桂林的三花酒吧。

黄志强　真香，漓江水酿的酒就是不一样！

徐子羽　那就再来一杯！志强兄，你打算在桂林住多久？

黄志强　我原想很快到长沙去，但见了你，见了老伯母，又想多留几天了。

徐子羽　好啊，这次来，对桂林的印象怎么样？

黄志强　好得很。不要说桂林的山水了，我一到市内就看见许多上演戏剧的美丽广告。书店里的书报也是美不胜收。桂林文化界的活动真是蓬蓬勃勃的，不愧是西南文化的中心。

徐子羽　不过，桂林文化界的荣枯也跟桂林的天气一样，"四季皆是夏，一雨便成秋"。现在已经有些秋意了，你看见的那些都是最盛期的陈迹，就好比落花满地未尝不好看，其实春天已经过去了。以前你到外面去，到处可以碰到文化人。这些日子桂林文化界寥落得够瞧的了，路上见了面吧，大家连天气好都也懒得说。

黄志强　为什么？

徐子羽　为什么？桂林的天气本来就不好嘛。要么就老不下雨，干燥得你口里起火，一下雨就不肯晴，阴沉得连每个人的心上都发霉。这么一来，本来就寂寞的桂林，就更加寂寞得不可耐了。

黄志强　子羽，你好像很想把你那忧郁症传染给我似的。让我来诊断一下你忧郁症的来源吧。告诉我，是不是你的感情生活上有什么变化呢？

徐子羽　……

黄志强　不过，在这样的时候，我们是不是应该竭力避免许多无谓的纠纷呢？

徐子羽　假如那纠纷是无谓的话，我们当然应该避免的。

黄志强　你是说假使那纠纷是有谓的话，你反而发展它是不是？（见子羽不语）不过你当心你头发要白得更快了。（他看着子羽，摇摇头，又看看表）哦，子羽，我约好了老太太、嫂嫂和大纯在维他命吃饭，时间快到了，你同去吧！

徐子羽　不，你先去。我要赶写一篇稿子。

黄志强　那我先去了，你写完了快到菜馆里去。

徐子羽　好，一定的。（志强匆匆下）

〔子羽伏案构思。

〔有人敲门。

徐子羽　进来。

〔胡小姐排扉而入，子羽因为背对着门写稿子没有看到她。

胡蓼红　（惊喜）羽！果然你在这里！

徐子羽　（转身见胡惊喜，急走过去拉手欢迎她）哦，红，你来了，好极了。几天前接到你的电报，我高兴极了，没想到来得这样快！

胡蓼红　早上刚到，打听到你可能在这，就来了，我想给你一个"surprise"。（把门一关，望着子羽，猛烈地抱吻他）你怎么啦？晓得我来了，也不找我去？

徐子羽　约好的一篇稿子没有写完。

胡蓼红　得了吧，什么宝贝稿子值得那么忙的？

徐子羽　（不悦，拾起稿子来当真要继续写）我们有一个特刊赶明天出版。

胡蓼红　那么明天再说。（把稿子拿走）

徐子羽　（着急地）明天来不及了。

胡蓼红　那就别写了，再写我可恼了。

徐子羽　不，红。（抢那稿子）我刚写一半。

胡蓼红　写了一半怎么着，瞧，我把它搓了，扯了。（她真那么做）你恼不恼？

徐子羽　（更不悦）蓼红，你！

胡蓼红　瞧你这傻样子，你生气了是不是？

徐子羽　红，别闹了，我真得赶稿子！

胡蓼红　羽，你真不知道我是怎样的爱你，本来我预备搭车子来的，一想那太久了，至少得十天，这十天就等于十年，我怎么忍受得了？费了很大的事我才坐飞机来。为什么？为的早一刻看到你，别让我的羽变成一个老书呆子了。

徐子羽　我？老书呆子？

胡蓼红　听见我来了，你不赶快来接我，kiss 我，反而躲在别人房间里写文章，你不是老书呆子是什么？

徐子羽　（不悦）我就是老书呆子！

胡蓼红　怎么，你还不高兴？不该骂你老书呆子是不是？对哪，这样要把你说老了，我骂你小书呆子吧。瞧你皱着眉，鼓着嘴的样子，不是一个"小书呆子"吗？（吻他）

→《秋声赋》定妆照

得了吧，小书呆子，高兴一点儿，对我笑一个，红来了不该笑一个吗？

徐子羽　（更加忧郁）红！你怎么……（失望不解地深深地叹一口气）哎！

胡蓼红　咦，怪了。你反而忧郁起来了？莫非红不该来？可你不是写信给我，说欢迎我来
　　　　吗？我在飞机上打点多少话要跟你说，我想象你见了我该是多么欢喜得发狂。怎
　　　　么现在你反而不高兴了。

徐子羽　这真是我们的悲剧。蓼红，你没有来，我的确常常在想着你。你知道桂林这些日
　　　　子人又少，天又老下着雨，处处都有着秋意，我想你若来了，我们的春天也许就
　　　　回来了。可这是什么缘故？现在你来了，我的心反而更加阴沉起来了，似乎秋意
　　　　更加深了。

胡蓼红　不，羽，你不能这样。我这次来是第一次坐飞机，当我们升到云层的时候，我的
　　　　心也和白云似的在飞着。可是见了你，我好像又从天上忽然堕到地下似的，你想
　　　　我该是多么难过啊！我这次来是有我的决心的。（她从袋里取出一支轻巧的手枪）
　　　　羽，你看，这是我最近买的，有了这个，我心里好像安了点儿了！

徐子羽　怎么，你以为有了这个我就不能不爱你了？

胡蓼红　羽，你别以为我会拿这个来威胁你。但是，我既然拼着一切爱你，当我得不到我
　　　　所要的时候，我可以干脆地结束我自己。

徐子羽　哈哈，一年不见你居然变成了恋爱至上主义者了。

胡蓼红　随你怎么说，我的决心已经不是那些八股可以说服的了。对了，老太太呢？她在
　　　　哪儿？

徐子羽　她在这儿，就在桂林。

胡蓼红　我给她带了几样礼物来了，快上咱们屋子里去看看去。

徐子羽　不，我要写——

胡蓼红　还写什么？（强拖他去）

徐子羽　等我把这写完，回头给你介绍志强。

胡蓼红　回头再来。

徐子羽　（无法，只好跟着出去，对茶房）茶房！锁门！（同下）

　　　　〔茶房内答"晓得了"。门外汽车声，卖食物响铃声，电话通话声，走廊脚步声。

　　　　已而闻黄志强呼叫声"茶房！把五十六号房门开一开。"

黄志强　（把门推开着对外面招呼）老伯母，在这一边。嫂嫂请进。（淑瑾扶其婆婆徐入。

　　　　大纯穿一件红上衣，先跟进来，一见桌子上有柚子高兴之至）

大　纯　黄伯伯，你买了这么多柚子，我可以吃吗？

黄志强　这不是我买的，但是可以吃的。

大　纯　一定是我爸爸买的。

黄志强　也许。（自言自语）子羽呢？

　　　　〔徐母和秦淑瑾一进门就打量这房间。

　　　　〔大纯走到桌边。

大　纯　（展开桌上茶房放的纸团）你们看，这是爸爸写的字。

秦淑瑾　给我看。（接过纸团）没写完的稿子，他总是那么乱丢的。

大　纯　（瞥见一顶女帽，随手戴上。做各种姿势）妈，好不好看？

秦淑瑾　好看，（转向志强）黄先生，太太来了怎么瞒着我们？

黄志强　嫂嫂别开玩笑了，什么时候我的太太来了？

秦淑瑾　那么哪来这样漂亮的帽子？

徐　母　可是买给你太太的？

大　纯　不，奶奶，是人家戴过的。

黄志强　（想了想，微笑）不去管他，反正是多了一顶帽子，交给旧货商店起码卖一百块钱，

　　　　该我发财了。

　　　　〔子羽匆匆进门。

大　纯　（跳过去拖他爸爸）爸爸。

徐　母　你上哪去了？我们在菜馆等了你半天。

徐子羽   因为想赶写点稿子。

黄志强   后来又到哪里去了？

徐子羽   上那边的旅馆去了。（他在地下乱找）

秦淑瑾   （注意到他的神情）你找什么？

徐子羽   ……

秦淑瑾   找稿子是不是？

大　纯   哦！爸爸稿子在这儿呢。

徐子羽   哦！对哪。（很高兴地摊下重写）

秦淑瑾   怎么没有写完又丢了呢？

大　纯   哇！（见其左胸袋里露出一角红手绢）好漂亮的手绢，爸爸，给我好不好？

徐子羽   不要吵。

秦淑瑾   （机敏地）拿给我看。

大　纯   （送过去）妈，给你，我出去玩会！

秦淑瑾   这手绢漂亮得很，谁送的？

徐子羽   买的。

秦淑瑾   买的？（细看四角）哼！这店子真好，卖手绢还带签名呢。

黄志强   签什么名？

秦淑瑾   要不要我念给你们听？"给亲爱的羽，你的红。"

徐子羽   她以前送的。

秦淑瑾   （指那顶红呢帽子）这帽子也是以前丢的？是不是她已经来了？哼，刚才不去吃饭，当你真是在这儿写文章呢。原来陪爱人去了。稿子怎么又搓了扔在地下了？是不是人家看不惯你这样用功给你搓了？（把他正写着的稿子抢过来又搓了）好，大家来吧，难道她搓得我就搓不得？（愤然扔在地下）

徐子羽   （大怒）你敢！

秦淑瑾   我为什么就不敢？

徐子羽   我——我已经不能再忍了……

秦淑瑾   （哭着）我知道你不能忍了。我也活不下去了。今天趁着妈妈和黄先生在这里，你给我一句话吧。（大哭）

徐　母   （责备地）子羽！你这是怎么闹的！

徐子羽　……

黄志强　（从地下拾起搓成了团的稿子交给子羽，一面抚慰着淑瑾）嫂嫂，您别太激动了，容我说一句得罪嫂嫂的话，你搓了子羽的稿子是不大好的。

秦淑瑾　她搓得我搓不得？

黄志强　谁晓得是谁搓的呢？我以为人家给子羽把稿子搓了，我就给子羽把它收起，人家不太重视子羽的作品，我就特别宝爱他的作品，这样子羽会爱谁呢？谁都知道要选择了，我们不要以为男女结了婚一切就算定局了。其实，我们一辈子是在人家的选择之中。

秦淑瑾　（哭着）好，还不迟啊。现在请他选择吧。我让开好哪。我带我的孩子走！

徐子羽　走吧，大家都走吧！

徐　母　你们这样闹，分明是让我走，不，你们简直是让我死。我一生就怕看吵架，我想我为什么不早一点死。要让我活着看到子孙的这些不幸。（她老人家哭了）

徐子羽　（感慨握其母手，背过脸去）妈妈！

徐　母　我决定回长沙去！黄先生拜托您给我买一张票。

黄志强　伯母要是想回长沙，我陪你去，我本打算明天到长沙去办货。

徐　母　那好极了。

秦淑瑾　妈妈，我也同您去，这儿再待下去我可要病了。

徐　母　那大纯呢？也同我们去吧，黄先生给我买三张票。

黄志强　子羽你呢？

秦淑瑾　让他在这儿陪他的爱人吧。

徐子羽　（气极）你！

秦淑瑾　我怎么样？

黄志强　哎，得了得了，我看这样吧！子羽一个人在这里太寂寞了，大纯到长沙去一时也找不到学校，不如留在这里陪他爸爸。

徐　母　就这么办吧，既然决定回长沙就快点回去收拾一下吧。（起身）

黄志强　老伯母，再坐一会儿吧，不忙。

徐　母　不，您晓得我的脾气，说要走了，就一刻也待不住的。（环视，找其孙女）大纯，走了！

　　　　〔大家起身。

大　纯　（跑进来，从衣架上摘下帽子，有些舍不得）奶奶，这帽子呢？

　　　　〔那时蓼红已排扉闯进来。

胡蓼红　（很爽快地）小妹妹，你喜欢那帽子就送给你吧。（说毕目视徐母一时）老太太。

　　　　〔子羽、淑瑾等惊讶紧张地望着胡蓼红。

胡蓼红　（含笑与志强握手）我自己介绍，我叫胡蓼红。

黄志强　久仰，老早拜读过您的诗。我叫黄志强。

胡蓼红　（伸手向淑瑾）咱们老没有见。

秦淑瑾　（含着敌意不理，望望徐母，再注视蓼红）老没有见。

徐　母　你什么时候来的？

胡蓼红　今天早晨。本来安排马上来看您的。您不是欢喜四川的藤圈子，说是可以辟风痰吗？给您带两个来了。

徐　母　真是很好。我只要一个。

胡蓼红　淑瑾你要不要？

秦淑瑾　（反感地）谢谢，我还没有风痰。

黄志强　（想把事扯过）呃，这玩意儿丰都出的最多。我三年前经过那儿也想去看看，可惜没有停船。

胡蓼红　这也是朋友们从丰都带来的。（交给徐母）还给您带来了两个锦缎被面。

徐　母　哎呀，可难为你了。好，黄先生，我们走了。

　　　　〔时太阳忽穿云而出。

黄志强　再坐会儿。瞧，太阳出来了。难得的，我给你们拍个照吧。（随手取壁上挂的莱卡）老伯母先来！

徐　母　好，那么，大纯一起来。

大　纯　好，我同奶奶拍。

黄志强　大家一起拍一个合家欢吧。

徐　母　子羽来呀。

　　　　〔淑瑾、蓼红相视不进。

徐　母　淑瑾来呀。

　　　　〔淑瑾毅然参加，站在她婆婆后面。

徐子羽　（目视蓼红，恐怕她难堪）蓼红，来，我们欢迎你。

〔蓼红勉强走近，淑瑾起身。

徐子羽　（敏感地望望淑瑾）我们一道拍吧。

黄志强　（猛悟）对哪，嫂嫂，一道拍吧。

秦淑瑾　我又不是诗人！大纯，走！（拉起大纯走了）

徐　母　（慨然地）那么，黄先生我走了。（下）

黄志强　老伯母！（追下）

〔子羽与蓼红相视，子羽下。

〔收光。

第 三 幕

〔光启。

七星岩前一茶座。

久雨新晴，朝阳射着丹枫。

〔警报之后。避难市民慢慢散去。内传出声音"散了！散了！""徐先生，你还不
走啊？"

徐子羽　（对内答）久雨新晴，我再待会儿！（转对蓼红、大纯）人家说雾重庆，雨桂林，
刚刚今天天气好一点，又是警报。

胡蓼红　不过得感谢警报。这些日子要不是警报把咱们赶到这儿，好像都懒得出门似的。

徐子羽　可不是吗？在这儿什么人都可以碰得到，我是把七星岩当会客厅的。

大　纯　爸爸，我口渴极了。

胡蓼红　你叫茶呀。

大　纯　（很羞怯地）我可以买一个柚子吗？

胡蓼红　为什么不？

大　纯　爸爸从不让我吃零嘴的。

胡蓼红　这不是零嘴，吃了可以助消化的。以后要爸爸时常买。

大　纯　爸爸才不买呢。

〔此时外厢叫卖沙田柚声"沙田柚！沙田柚！不甜不要钱！"大纯下。

徐子羽　（起身）好哪。（对蓼红）你带大纯在这儿坐一会儿，我去打个电话。

胡蓼红　（拉住他）等一等。你怎么见了我就害怕，我又没有刺。

徐子羽　谁说你有刺？

胡蓼红　没有刺就在这儿坐一会儿。

徐子羽　（无言，只得坐了）

大　纯　（从水果担子取一柚子来）爸爸，买一个好不好？

徐子羽　甜不甜？

大　纯　那爷爷说，"不甜不要钱"。

徐子羽　那么，买一个。

大　纯　（伸手望其父）……

徐子羽　（身上摸了一下，拿出几张小额钞票）哎呀，今天爸爸身上没带够钱，明天再买吧。

大　纯　（鼓着嘴）晓得你不给的。

胡蓼红　（打开皮夹子）大纯要买几个？

大　纯　（看看爸爸，小心翼翼地）一个。

胡蓼红　买两个吧，（取钱给大纯）拿去吧。

大　纯　好，我到那边买去。（跳着去了）

胡蓼红　（目送她的活泼的影子）这孩子真有趣。

徐子羽　太淘气了，谁的话也不听。

胡蓼红　她一定肯听我的话。不信，你把她交给我好了。

徐子羽　那好得很，你带她去。

胡蓼红　不，羽，不是我带她去，是我们带她去。

徐子羽　我们？

胡蓼红　对，我们。我想，在眼前这个阶段，我们可以考虑改换工作地区和工作方式，为持久的战斗积蓄力量。羽，我们带大纯去马尼拉吧！我伯伯在那儿给我留了一笔遗产，大约够我们过半辈子的。

徐子羽　……

胡蓼红　怎么，怕出国的手续麻烦吗？这不要紧，一切由我代办。

徐子羽　……

胡蓼红　假使你喜欢内地，随时可以回来。我们也可以在那儿替国内的同志筹些款。

徐子羽　……

胡蓼红　老太太和淑瑾吗？我都打算好了，我一定给她老人家留下够用的钱。淑瑾免不了要恨我的，但她是一个家庭妇女，只要有钱够开销，我想也没有问题的。

徐子羽　你为什么觉得有了钱，就都没有问题了呢？假使人家偏不要钱，偏要人呢？

胡蓼红　不，不，亲爱的，你是属于我的。

徐子羽　可是，蓼红，我想保留我的属性。

胡蓼红　保留你的属性？你是不是说你不属于我？

徐子羽　（断然）对哪。

胡蓼红　你是说你属于她？

徐子羽　也不属于她。

胡蓼红　那么？

徐子羽　你忘了我当初为什么对于你感兴趣的。因为你肯为着大众的利益着想，为了大众的运动你常常连自己的生命危险也忘了。可是这些日子呢？你的聪明才智似乎不再专用来争取大众的解放，而主要是用来争取我的爱。这一个变迁太大了。

胡蓼红　不，羽，这不是我有什么变迁，而是你太果断了。

徐子羽　这不是果断。人类对于未来的命运总是像黑夜行路似的，不能不一步步地试探。

胡蓼红　你不是试探了十几年了吗？难道还不明白？

徐子羽　还不明白，也许试探一辈子也不明白吧。不过我渐渐地发现一个原则。

胡蓼红　一个什么原则？

徐子羽　谁能始终给大众以幸福的，谁一定能给我以幸福。

〔大纯捧着许多水果跑过来。

大　纯　（得意地）瞧，买了这么许多。

徐子羽　你们坐一会儿，我到那边花桥打一个电话就来。

胡蓼红　好，快点来，我们等你。（子羽匆匆离开）

胡蓼红　（抱着她）大纯，真是我的好孩子！来，我帮你梳梳头，（从皮夹里取出小梳替她梳发）平时是妈妈帮你梳头吗？

大　纯　我自己梳，妈妈才不管我呢。

胡蓼红　（亲密地抱着她）你妈妈不管你，以后我管你，你书上有什么不懂，想买什么东西你全告诉我，听得了没有？

大　纯　（点头）听得了。

胡蓼红　听得了就是我的好孩子。我明天带你拍小照去。

大　纯　拍小照干什么呀？

胡蓼红　办护照啊。

大　纯　办护照干什么呀？

胡蓼红　你爸爸已经决定同我带你一起去马尼拉了。你现在算是我的姑娘了。

大　纯　那么奶奶呢？

胡蓼红　奶奶暂且待在长沙，多留些钱给她老人家不要紧的。

大　纯　我妈妈呢？

胡蓼红　她也和奶奶一道住。

大　纯　我要妈妈。

胡蓼红　我刚才不说吗？爸爸已经把你交给我了，我就是你妈妈了。（抱之）

大　纯　（急了推她）不，我要我妈妈。

胡蓼红　（向皮夹子取钱）瞧，你听我的话，这里的钱全给你，你可以买你所要的东西。

大　纯　（望望她，望望钞票）我听你什么话呀？

胡蓼红　我只要你叫我一声。

大　纯　叫你一声什么？

胡蓼红　叫我一声"妈妈"。

大　纯　不，我要我的妈妈。

胡蓼红　（微恼）你不是说你妈妈不管你吗？

大　纯　妈妈不管我，她总是我妈妈呀，我要我妈妈。（哭，因蓼红紧抱着她，她挣扎）我要我妈妈，我要我妈妈！

胡蓼红　（仍耐性地）你叫我一声，听我的话。

→《秋声赋》定妆照

大　纯　我不叫，我不叫，我要我妈妈，（反抗乱打她）我要我妈妈！

胡蓼红　（气了，把她推开）好，你去找你妈妈去，我不理你了！

大　纯　（拭着眼泪向林子一边凄凄惶惶地走去）我要我妈妈，妈妈，你管管我。

胡蓼红　（不忍起来）大纯，转来！（见大纯不理她，独自哭去了，她不觉感极，坐下来苦
　　　笑了一声，掩着面也哭了）

　　　〔内唱，《擦皮鞋歌》。

　　　〔一个擦皮鞋的女孩背着工具走过来。

擦皮鞋歌

秋风一起叶满天，

姐儿身上没有棉，

哎呀哎的个雷堆，

哎哟哎，姐儿掮起个箱子走水边，

又见桥上行人万万千，

姐儿只看一个个的皮鞋尖，

哎呀哎的个雷堆，

哎哟哎，姐儿一心只看一个个的皮鞋尖，

先生，您鞋脏了，擦一擦吧！

先生们擦光了鞋，

的个一个雷堆，

赶走了鬼子过新年；

太太们擦光了鞋，

的个一个雷堆，

寒衣做好送军前。

其个雷堆一雷堆，

皮鞋您给四毛五，马靴您可得给一元。

您看哪，擦鞋的没鞋穿，

流浪的孩子多可怜，

先生擦一擦吧，不亮不要钱！

太太擦一擦吧，不亮不要钱！

先生看你的鞋上都有点灰了，

擦一擦吧，不亮不要钱。

阿　春　太太擦皮鞋吧。不亮不要钱。

胡蓼红　……（伏案，伤心不理她）

阿　春　（作为默认了）擦一擦吧。太太，有点灰了。

　　　　〔放了工具就开始工作。不断抬眼细细打量她。

胡蓼红　这孩子傻了，怎么老望着我？

阿　春　（一面擦）我——我好像认识你的。

胡蓼红　奇怪，你认识我？

阿　春　你是不是和徐先生一道在长沙做过救济难童的工作？是不是姓胡？

胡蓼红　唔。你叫什么名字？

阿　春　我叫李阿春。

胡蓼红　怎么？你是李阿春？你长这么大了，你还记得我？

阿　春　我们怎么能忘记你呢。那时候，你就像我们的母亲。你晓得我们大伙儿是怎么叫

　　　　你的吗？

胡蓼红　怎么叫我？

阿　春　我们都叫您"妈妈"。

胡蓼红　叫我"妈妈"？哦！你们那些孩子们后来都到哪儿去了？到桂林来的多吗？

阿　春　挺多的，有几个参加了汤先生的童子军。躲警报时我们常常见面的。（望远处）

　　　　瞧，有几个还没有回去呢，我叫他们来看你。

　　　　〔她发挥野性吹口哨，一时野孩子毕集。

阿　春　喂，你们还记得我们的"妈妈"吗？

孩子们　记得！

阿　春　她来桂林了，她在这儿！

孩子们　啊，"妈妈"！（大家围拢来）妈妈来了啊！（亲热地抱着她）

胡蓼红　（对一最小的）哦，你小三子是不是？

小三子　是，妈妈，您没有忘记我。

小　桂　妈妈，我是张小桂。

阿　春　（指小桂）妈妈，他淘气，不听话，先生叫他"张小鬼"。

　　　　〔大家笑了。

小　桂　妈妈，我们好想你，可又不知道你在哪儿……（抱着胡蓼红哭泣）

阿　春　（威严地）立正！大家听妈妈讲话！

胡蓼红　（又伤感，又高兴地站起来笑着说）请稍息，请稍息，你们都是我的小孩子。妈妈
　　　　几年来也和你们一样吃了许多苦头，也得了许多教训。但是今天你们给了我一个
　　　　最大的教训。今天，我想要做一个孩子的妈妈，被拒绝了，难过得很。但现在我
　　　　不难过啦，我为什么要带着一个怪可怜的、怪难为情的感情，求着去做一个有爷
　　　　有娘的孩子的妈呢？我为什么不更慈爱地、勇敢地，去做那广大的失了家乡、失
　　　　了爷娘的孩子的妈妈呢？小兄弟们，小妹妹们，国家在和敌人战斗，我们也和我
　　　　们心里的敌人战斗吧。我一定要不愧做你们的妈妈。

　　　　〔大家拍手欢呼。

　　　　〔童子军领队汤有龄小姐闻声上。

汤有龄　你们在这闹什么？

小　桂　我们在欢迎我们的妈妈。

汤有龄　你们的"妈妈"？谁？

胡蓼红　哦，不是有龄吗？

汤有龄　（喜极，跑过来拉她的手）蓼红，看报上说你来了，想不到你在这。

胡蓼红　怎样，工作还顺利吧？

汤有龄　最近，总会来了一个急电，要我到长沙去抢救难童。但我这边的工作绊住了没法
　　　　儿动身。可是一时又找不到适当的人，真是着急呀！

胡蓼红　（断然）有龄，让我去好不好？

汤有龄　你去是再好没有。可是你真能去吗？

胡蓼红　有什么不能去？你知道我是从不随便说话的。

汤有龄　好。（出一名片）这是我的住所，晚上我在这儿等你。

胡蓼红　（拉手）一定来的。

汤有龄　（对孩子们）我们回去吧，（对胡蓼红）晚上见！

小桂等　妈妈再见！

〔子羽跑来。

徐子羽　哎呀，让你久等啦，我当你走了呢！

胡蓼红　哼，早该走了。（停）你上哪儿去啦？

徐子羽　我上报馆赶了一篇文章，还讨论了近期的工作！他们说要我赶写一个剧本庆祝今年第四届戏剧节。

胡蓼红　那你写吧，好久没看见你的剧本，你也该写写了，可惜我没有机会看了。

徐子羽　为什么？

胡蓼红　因为我要走了。

徐子羽　哦，你的护照和飞机票弄好了没有？

胡蓼红　不是去马尼拉，我预备去长沙，把老太太住的地方告诉我。

徐子羽　你也到长沙去？为什么？

胡蓼红　（低沉地）为孩子。

徐子羽　孩子不是在这吗？

胡蓼红　为着战地广大没有爹娘的孩子。

徐子羽　是吗？（四望）大纯呢？

胡蓼红　她哭着回去了。她要她的妈妈，你快去安慰她吧，这孩子也怪寂寞的。

徐子羽　那你再等会儿，我带她出来，一道上城里吃点东西去。

胡蓼红　（想了一想）也好。

〔子羽走了。

〔秋风一阵，红叶数片纷纷飘下。

胡蓼红　（起身捉住，轻轻地）啊，"草木无情，有时飘零……"

〔从皮夹内取出小镜来，无聊赖地理理发，擦擦口红。感于景物，遂唱《落叶之歌》。

〔幕后合唱：

落叶之歌

草木无情，为什么落了丹枫？

像飘零的儿女，萧萧地随着秋风，

相思河畔为什么又有漓江？

挟着两行清泪，脉脉地流向湘东。

啊！秋风送爽为什么吹皱了眉峰？

青春尚在为什么灰褪了唇红？

趁着眉青，趁着唇红，

辞了丹枫，冒着秋风，

别了漓水，走向湘东，

落叶儿归根，

野水儿朝宗，

从大众中生长的，应回到大众之中，

他们在等待着我，

那广大没有妈妈的儿童。

〔收光。

第四幕

〔光启。

潇湘的黄昏。

长沙北门外子羽的家。陈设还仿佛一旧家，而墙壁因不断的轰炸不免剥落了。

〔徐老太太自从和淑瑾回到长沙就住在这儿，因为路上辛苦又加年老，一到长沙就病了。这时斜靠在沙发上呻吟着。

〔胡蓼红带阿春上。

〔敲门声。

徐　母　谁啊？

胡蓼红　是我，我是阿胡！

徐　母　（自言自语）怎么？她来了？（勉强起身支撑着病体去开门）啊，是你啊！快进屋，快进屋。

〔胡蓼红搀扶着徐母进屋坐下。无意间摸到徐母的手，感觉到热度很高。

胡蓼红　怎么？老太太，您是在生病吧？

徐　母　是啊，一到长沙就病了。哎！你怎么不留在桂林，何苦跑到长沙来了呢？

〔秦淑瑾上。走到门前正要推门，听到屋内有说话声，停下来，听。情绪随屋内谈话内容而变化。

胡蓼红　老太太，我这次来长沙是为了孩子。（摸着阿春的头）阿春，叫奶奶。

阿　春　奶奶好！

徐　母　（略有激动）这，这就是你和子羽的那个孩子！（怜爱地拉着阿春的手）让奶奶看看。

〔门外的秦淑瑾按捺不住心中的愤怒，推门而入。

秦淑瑾　你们真太过分了！太欺负人了！你们俩，孩子都有啦，而且连您（对徐母），您也
　　　　都知道了，就瞒着我，把我一个人当傻子啊！（痛哭）

徐　母　淑瑾，淑瑾，你冷静一下，来，来，快坐下。哎！这都是在子羽和你结婚之前发
　　　　生的事了，我不是怕伤你的心，不忍告诉你吗？（转向胡蓼红）不过，阿胡，你
　　　　的确不该带着孩子找到这儿来！

胡蓼红　老太太，淑瑾，你们都误会了。

秦淑瑾　误会？孩子都有了，还说误会？难道这不是你的孩子？

胡蓼红　这是我的孩子，可……

秦淑瑾　可什么？你还有什么好解释的？你到桂林，我就跟老太太到了长沙，可你现在又
　　　　带着孩子找上门来，你是想利用孩子让老太太也支持你，对吧？我一再忍让，你
　　　　却咄咄逼人，你不要欺人太甚，行吗？

徐　母　（痛苦地）阿胡，你带着孩子走吧！我不会因为你带孩子来就让子羽离开淑瑾的，
　　　　你走吧！

秦淑瑾　（含着泪）妈……

胡蓼红　老太太，淑瑾。你们容我解释。阿春是我的孩子，我还有很多这样的孩子，她们因
　　　　为战争失去了妈妈，现在我就是她们的妈妈。（拉着阿春）我这次来长沙，就是为
　　　　了救这些失去妈妈的孩子！今天第一次来看老太太，因为阿春熟悉长沙的路，就
　　　　让她陪我来。（对阿春说）阿春，你先回留芳里吧，告诉陈队长，我晚点回去，跟
　　　　他商量转移难童的事。

徐　母　（对着胡蓼红）你到桂林是为子羽。怎么突然决定来长沙抢救难童？

胡蓼红　老太太，我来长沙是因为我已经想通了，是大纯和那些孤儿让我想通的。

徐　母　哦？

胡蓼红　我喜欢大纯，但大纯拒绝叫我妈妈，我想，我为什么要勉强一个有亲妈的孩子叫
　　　　我妈妈，而不去做那些因为战争失去了父母的孤儿们的妈妈呢？

徐　母　很好，你能这样想真是太好了。

秦淑瑾　尽捡好听的说！

徐　母　淑瑾，阿胡已经想通了，你就别生气。我真希望你们俩能好得和姊妹一样呢！

秦淑瑾　我可不信她能想通！她抢救难童也不会耽误她抢别人的丈夫。（转向胡蓼红）我想啊，我们中间必须有一个死，天下才得太平。

胡蓼红　为什么要死掉一个呢？我们都好好活着，不好吗？

秦淑瑾　当然好啊，可是，能做得到吗？我们两个人都要求整个的爱，而现在我们都只能得到一半，不死掉一个，问题是没法解决的！

胡蓼红　（笑着说）假使死掉了一个，爱情还只能得到一半呢？比方说，我牺牲了，你算完全占有了子羽，而子羽的心却始终有一半爱着我呢？

秦淑瑾　这……（语塞）你，你这是存的什么心？是不是存心气我，要逼我死？

胡蓼红　不，我不是来逼你死的，是来逼你工作的。你知道子羽为什么对你不满意吗？就是因为你结婚以后丢弃了工作，只顾在家庭的琐碎中葬送自己的精力、生命、前途和爱情。

秦淑瑾　我顾家也有错吗？没有我顾着这个家，照顾老太太，他能竭尽全力去工作吗？

〔秦淑瑾略有所思。

〔李阿春匆匆跑进来。

阿　春　妈妈，妈妈……

胡蓼红　阿春，你怎么来了？

阿　春　敌人，敌人……

胡蓼红　怎么啦？你别急，慢慢说。

阿　春　听说敌人已经到长沙了。城里今天搬家的不知有多少！我们在留芳里的这些孩子，怎么办，怎么办呀？

徐　母　这可怎么办？蓼红，你快想法子去救那些小孩子。淑瑾，你也去帮帮忙。你们不要管我，我七十岁了，能死在家乡是我的福气。

胡蓼红　（勉作镇静）您别着急，情形还没有那么坏呢。（转向阿春，果断干练地）阿春，你先去留芳里，叫大家把东西收拾一下，我随后就到，快去。

阿　春　好，我去了，您当心点。

胡蓼红　不要紧，我有枪。（出示手枪）

〔阿春敏捷地走了。

〔窗外隐约马蹄声过去，搬家的络绎不绝。

〔马蹄声之后，忽闻钟声。

秦淑瑾　哎呀，瞧，那儿发火了！

徐　母　发火？哪里发火？

胡蓼红　（也不免惊慌走近窗前）唔，真的发火了。

〔救火车也急迫地响着巨铃驰过去了。

〔马蹄声过去。忽闻枪声一响，大家大惊。

〔远远房屋爆炸声，警钟仍未停止。

秦淑瑾　这怎么办？（哭）啊，我不能见大纯一面，死也不甘心。

胡蓼红　淑瑾，（低声责之）你这怎么成？（指里）她老人家听了不更要着急吗？

〔急促的敲门声。她们悚然听着，不觉失色。

胡蓼红　（抓住她的枪对淑瑾）淑瑾——（仍静听）

〔更加急促的敲门声。

胡蓼红　（屹然）谁？

〔答话声："我，志强。"他被雨水淋湿了，正在揩衣上的雨衣。胡蓼红放心，把枪放茶几上。

胡蓼红、秦淑瑾　（同时发现了，满惊着）哦，黄先生。

徐　母　黄先生吗？

黄志强　（急进来）伯母，是我。我知道您一定很着急，所以忙完就赶过来了。

徐　母　真是谢谢你的挂心。黄先生。

黄志强　我来是为了告诉你们，子羽的一个老朋友陈团长在长沙，他会和我一起帮你们的忙。

徐　母　我们一家子就拜托黄先生和陈团长了。

黄志强　胡小姐，今晚外面很危险，我看你就住这儿吧。

胡蓼红　可是，留芳里那边还有几十个难童，我不回去，他们怎么办？

黄志强　你放心，我转告陈团长，请他们一定负责保护。

徐　母　对，就住这儿。

〔胡蓼红看了秦淑瑾一眼，秦淑瑾表情复杂。

黄志强　好。你们今晚放心睡。要是找得到交通工具，我们明天一早就回桂林去。老伯母明天见。

徐　母　那就好了，明天见。

〔志强转身离开，冒着雨走了。

〔她们关上门，松了一口气。

秦淑瑾　（倒茶）妈，您喝点水吧。

徐　母　（喝了一口）咳，以前老讨厌桂林生活高什么的，现在真觉得桂林也不错了。

秦淑瑾　明天要是能回桂林去就好了，大纯这时候不知多么想念您哩。

徐　母　咳，不要说这些了。早点睡吧，明天早点起来，要走就趁警报以前走。

〔淑瑾送徐母进卧室睡觉了。

胡蓼红　这样的晚上也睡不踏实，我就在这靠会儿吧。

秦淑瑾　我也陪你靠一会儿吧。枪呢？给我。

胡蓼红　（递给淑瑾）要枪干什么？

秦淑瑾　摆在我这一边，让我壮壮胆。

胡蓼红　你又不会使。

秦淑瑾　你看不起我？让我使给你看。（拿枪对准胡蓼红）

胡蓼红　（急止住她）别开玩笑！

秦淑瑾　不要慌，我没有开保险。

胡蓼红　我当你要杀了我呢。

秦淑瑾　我啊，说老实话，有一个时候真想杀了你。

胡蓼红　那么现在呢？

秦淑瑾　现在姑且饶了你。（放下枪）

胡蓼红　那又为什么饶了我呢？

秦淑瑾　因为至少在现在我们是朋友而不是敌人。用你的话，咱们都是中国人，都是女人，咱们得自卫。

胡蓼红　对，淑瑾。咱们得自卫，得做有意义的工作！

秦淑瑾　工作？你又想说我落后了，不工作了吧？哼，别以为上下古今只有你一个女人能工作。告诉你吧，我和子羽结婚以前也是工作得很好的，结婚以后……

胡蓼红　就不工作了。

秦淑瑾　你别笑我。你自己呢？这几年你做了些什么了不得的工作，写了些什么伟大的作品？

胡蓼红　……

秦淑瑾　你的工作是满城风雨地跟人家争丈夫，你的作品我亦拜读不少了，瞧！（取出一张纸头）这儿还有你最近的一篇，多漂亮的情书……还有诗呢？要不要我念给你听？"啊！亲爱的羽！"

胡蓼红　给我！淑瑾，死家伙！你怎么看别人的信！

秦淑瑾　这是我的权利。我从你看到了一位女革命家的堕落。

胡蓼红　（急）淑瑾，难道我的痛苦还不够吗？你恨我，干脆用手枪打死我。

秦淑瑾　（诚恳地）蓼红，现在我已经不恨你了，甚至，还感谢你。因为你就像一面镜子，把我的懒惰、狭隘、自私全给照出来了。我对自己也并不满意，我就像饲养还不久的山禽，并没有忘记我的本能，到必要的时候我还能飞。我想，我也可以工作的。蓼红，以后我跟你一起去做救助难童的工作吧！

胡蓼红　好啊。淑瑾，我们都应该长进一点。过去我们害得大家都没法儿工作了，现在我们得反过来让大家都能工作。

秦淑瑾　对哪，我们得让大家都能工作。

胡蓼红　（风雨声，忽有所忆）下雨了，人家说风雨怀人，不知桂林今晚可下雨？

秦淑瑾　长沙桂林相去不太远，并且桂林又老是喜欢下雨的，就像我喜欢哭一样。桂林夜雨我是听够了，听潇湘夜雨这还是第一次哩。

胡蓼红　啊"潇湘夜雨"！我给你唱一段《潇湘夜雨》吧。

秦淑瑾　（用嘴指里屋已熟睡的徐母）好，低声点。

胡蓼红　（低低地但清朗地唱着）潇湘夜雨，燕赵孤鸿飘然来到南方，为着借南方丰富的阳光，温暖着她的愁肠……

〔两人相视而笑。

〔外面打二更，隐隐钟声。

〔徐母翻了一个身醒了，从内室咳嗽着出来。

徐　母　怎么你们还没有睡？

秦淑瑾　我们谈得太高兴了。

〔忽闻尖锐叫声、枪声、犬吠声、哭叫声。全室大震。

秦淑瑾　（惊起）蓼红！

胡蓼红　（坚决地）淑瑾，估计敌人的便衣队已经进城了。

〔忽闻重物打门声。

胡蓼红 （急问）谁？

　　　　〔门外不答，敲愈急。

秦淑瑾 （慌了）哎呀，怎么办？

胡蓼红 快进去，等机会逃出去。

秦淑瑾 你呢？

胡蓼红 让我挡一挡。

秦淑瑾 你能吗？

胡蓼红 （指枪）我有这个。（门被越打越急，摇摇欲破）。

　　　　〔蓼红急吹熄灯，淑瑾同老母进去。

　　　　〔门破，敌兵进来。

敌兵甲 （用手电照见蓼红）哈哈！きれいですね！（好漂亮呀！）

　　　　〔蓼红对手电光发枪，敌兵甲随声而倒。

敌兵乙 （扑向蓼红）ふん！（哼！）

　　　　〔蓼红再发枪，不中，枪被敌人踢进门里，蓼红急进门里寻枪，敌兵再次扑向蓼红。
　　　　蓼红猛推敌兵碰着桌灯，闻玻璃碎声。

敌兵乙 へへへ、すごい女の人です！（嘿嘿，好厉害的女人啊！）

　　　　〔敌兵乙再扑去。蓼红举瓶击之，敌兵顾直前紧抱蓼红。

胡蓼红 （叫）啊！

敌兵乙 （拔枪威胁）転校してきて銃殺ないあなた！（不转过来就枪毙你！）

胡蓼红 （叫）啊！畜生！魔鬼！

　　　　〔此时通厨房门忽开，淑瑾持劈柴斧出来举劈敌人，敌人发枪，蓼红急推开淑瑾，
　　　　枪发斧下，但闻惨叫声，手电滚落。

　　　　〔全场暗。

胡蓼红 （急呼）淑瑾！淑瑾！

　　　　〔渐亮。

秦淑瑾 （清醒点）怎么，我没有死？

胡蓼红 （兴奋地）淑瑾，你没有死，我把鬼子的手一推，子弹从你脸上擦过，只破了一点
　　　　皮罢了。

秦淑瑾　蓼红，真谢谢你救了我。

胡蓼红　是你救了我。鬼子给你劈死了。

〔二人正要离开，徐母急跑过来。

徐　母　淑瑾，淑瑾！

秦淑瑾　（急起）妈妈，不要紧，鬼子给我们打死了。

徐　母　打死鬼子了？真是太好了！太好了！

胡蓼红　我们快走吧，敌人还要来的！

秦淑瑾　蓼红，你扶妈妈快走吧，让我来放火，把房子和鬼子都烧了。

胡蓼红　（扶徐母）您快同我去吧。（从厨房门下）

秦淑瑾　（环视自己的家，不舍、痛苦、激动）好，现在我用自己的手烧我自己的房子，我
　　　　们又要失去自己的家了，可是鬼子，你们这些法西斯的丑尸，也快要变成灰烬了。
　　　　你们只想到桂林来，到长沙来，到中国来，可是这儿真正成了你们的坟墓了。我
　　　　们中国老百姓的愤怒就像一把烈火！想要把自己变成灰的鬼子们，来吧！来吧！
　　　　（把油灯中的油泼在日本兵身上，点燃火柴，火烧起来了）

〔收光。

尾声

〔光启。

漓江边，明月高悬，黄叶飘空，竹影摇曳，比第一幕更带秋意。一切更添寂寥之
感。徐子羽与大纯站在江边。

徐子羽　（拉着大纯，指着月亮）今晚月亮好不好，大纯？

大　纯　好。

徐子羽　为什么好？

大　纯　圆的好。

徐子羽　我们家圆不圆？

大　纯　我们家奶奶在南岳，妈妈在长沙，我们在桂林。

〔虫声、水声、远远的鼓乐声杂着凄惨的啼哭声。

大　纯　爸爸、奶奶和妈妈一定想着我们吧。

徐子羽　一定想着我们的。我们家虽不圆，可都活着，比起来还算幸福的了，今天晚上全世界有多少人笑着，可也不知有多少人哭着。（忽然看见）喂，你看河边那儿什么时候有了一对石头？

大　纯　爸爸，你近视眼，真好笑，那哪里是石头，那是人，一男一女。

徐子羽　人。怎么一动也不动了。

大　纯　他们谈得忘了一切了，他们一定是在讲恋爱哩。

徐子羽　我问你，你将来大了讲不讲恋爱？

大　纯　讲的。可不像爸爸一样，把大家弄的苦死了。

徐子羽　好吧。但愿如此，可是现在爸爸也好了，大家都不苦了。大家都有工作了。连你七十岁的祖母都有工作了。

大　纯　爸爸，我也有工作。

徐子羽　你有什么工作？

大　纯　我不是在排戏吗？赵先生明天一早来接我。

徐子羽　对哪，你也有工作。难道爸爸会落在你们后面了，爸爸一定要赶上你们的。

　　　　〔一时对岸街市，提灯会人潮涌至，鞭炮锣鼓，《义勇军进行曲》响起。

　　　　〔徐子羽侧耳倾听。

徐子羽　孩子，你听，这是什么声音？

大　纯　这是歌声，好多好多人在唱歌。

徐子羽　对，这是歌声，是《义勇军进行曲》，"中华民族到了最危险的时候，每个人都被迫着发出最后的吼声"，这是中华民族的吼声，是每一个中国人的心声。

大　纯　爸爸，这可也算得秋声？

徐子羽　这也是秋声。可是这样的秋声不会让我悲伤，只会让我更加兴奋，更积极。不会让我们有迟暮之感，只会让我们向前努力，不知老之将至。

　　　　〔一阵秋云、水声、虫声、哭声，那石头般的男女发出夜莺般的歌声——唱《银河秋恋曲》。

　　　　〔收光。

　　　　〔幕落。

　　　　　　　　　　　　　　　　　　　　　　　　　　　　　　——剧终

《桃花扇》剧本改编

原著：欧阳予倩

改编：向丹

人物：

侯朝宗——识香君时二十七岁

吴次尾——三十岁上下

陈定生——三十岁上下

阮大铖——五十来岁

众秀才甲、乙等

杨文聪——四十余岁

柳敬亭——五十岁左右

李贞丽——约三十，但样子只像二十多岁

苏昆生——五十岁左右

郑妥娘——二十余岁

寇白门——二十余岁

卞玉京——二十余岁

丫头小红

李香君——十七八岁

相府家丁甲

阮府家丁阮升

马士英——五十七八岁

中军官

第一幕

第一场

人物：侯朝宗、吴次尾、陈定生、众秀才、阮大铖、杨文聪、柳敬亭

时间：明朝崇祯末年，春

地点：南京文庙的一角

〔光启。

阮大铖，字圆海，原是宦官魏忠贤的党徒，他为人阴险猜忌，对上媚，对下骄，活现出一个势利小人。他是个奴化了的知识分子，所以专门和有良心的文士作对；权倾天下的宦官魏忠贤失败死了，他就失了靠山，许久不敢出头露面。今天他来到文庙，是想借祭孔的机会，拉拢一班文士，以便东山再起。

他一走来，大家都不理他，他看见大家的脸色不对，便先自赔笑，拱手为礼。

阮大铖　各位仁兄来得好早啊！

〔大家不理。

阮大铖　各位是不是来与祭的？

〔大家还是不理。

阮大铖　（忽然一眼看见侯朝宗，马上招呼）啊，这位不是侯朝宗，侯仁兄吗？

侯朝宗　（不还礼，突然问他）你是哪个？

阮大铖　朝宗兄就忘了吗？学生姓阮名大铖，号圆海，孔子庙每年的丁祭，都是由学生来主持的。

侯朝宗　啊，你就是那阮大铖啊！

阮大铖　啊！怎么直接叫起我的名字来了！

陈定生　阮胡子！（众秀才笑）你来这里做什么呀？

阮大铖　我不是来祭至圣先师的吗？

吴次尾　至圣先师不要你祭。

阮大铖　孔夫子是大家的，你们祭得，我也祭得。

吴次尾　你也配！你这奸贼魏忠贤的干儿子！这是什么地方，也许你这下流无耻的奴才在
　　　　这里摇摇摆摆吗？

侯朝宗　你也读过诗书，为何不自爱惜，去趋炎附势，做那太监魏忠贤的干儿义子，便帮
　　　　着那奸贼，专和读书人作对，联络一班流氓地痞，摧残善类，陷害忠良，许多爱
　　　　国志士，都死在你手里，你还赖吗？

众　人　你说！你说！

阮大铖　想你们都读圣贤之书，为什么要相信那些异端邪说，反抗朝廷，图谋不轨，若不
　　　　是我从中设法，恐怕你们这班年轻人还有许多要抓去杀头呢。我念在斯文一脉，
　　　　舍身来保全你们，想不到你们还是恩将仇报，怪不得人家都说你们这班乱党是缠
　　　　不得的。

陈定生　住口！你这无耻奴才，狐假虎
　　　　威，害了我东林、复社许多朋
　　　　友！今天，你还自鸣得意，想来
　　　　强辩吗？如今奸贼魏忠贤已经死
　　　　了，你的靠山已倒，你本该隐姓
　　　　埋名，闭门思过，重新做人，我
　　　　们也就既往不咎。不想你还在家
　　　　里养戏班，养歌女，用来巴结官
　　　　府，联络地方绅士，想要恢复你
　　　　的势力！你还敢公然到文庙来上
　　　　祭，至圣先师也是你这奴才走狗
　　　　祭的吗？你还大言不惭，栽赃诬
　　　　陷，说我们是什么乱党……

秀才们　我们打这奸贼！

众　人　打打打！

秀才们　（一哄而上，把阮大铖按住就打，
　　　　一边打一边骂）你还作恶吗？你

→《桃花扇》定妆照

　　　　　　这狗东西！你还敢害人吗？

阮大铖　（大喊）救命！救命！

　　　　　〔杨文聪上，急忙解劝，大家也就住了手。

杨文聪　各位！各位！请慢动手，有话好说！

阮大铖　龙友兄救命啊！

陈定生　你是什么人，敢来替奸贼说话！

杨文聪　小弟杨文聪，号龙友，跟这位侯世兄朝宗，这位吴世兄次尾都是朋友。今日见诸位这样崇尚正义，嫉恶如仇，兄弟十分佩服，好得很，好得很！

众　人　来呀，打！打！

杨文聪　这里是孔子庙前，倘若打死了人，恐怕有些不便。君子不为已甚，圆海也是聪明人，诸位仁兄不妨予以自新之路。

阮大铖　朝宗兄！

侯朝宗　好吧，念在龙友兄讲情，饶他这次，让他走吧！

吴次尾　便宜了这奸贼！

陈定生　快走！这样满身粪臭、满身血污的人，永远不许再来！

　　　　　〔阮大铖抱头鼠窜而去。众秀才哄笑。文庙内传出钟磬丝竹之声，众秀才理理衣衫，同下。只留侯朝宗、陈定生、吴次尾、杨文聪四人。庙内乐声继续约一分钟停止。

杨文聪　唉，"一失足成千古恨"，圆海也是咎由自取。不过他近来也有些悔过之意。以兄弟之见，"得放手时须放手"！各位仁兄，不妨予以自新之路。

陈定生　国事已经被奸贼们弄到了这步田地，倘若再让阮大铖之流混进朝堂，把持朝政，那还堪设想吗？

吴次尾　所以遇见这样的人，一定要打得他不敢出头。

杨文聪　（转移话头）各位仁兄近来得有什么新的消息没有？

侯朝宗　道路阻塞不通，连家信都收不到，哪里还有什么消息！

吴次尾　龙友兄可曾得有什么消息？

杨文聪　适才看见官报，据说……据说官兵一连大败，流寇进逼京师，快要进城了。

吴次尾　啊！

陈定生　贪官污吏，到处横行；苛捐杂税，重重剥削；百姓们求生不得，又怎么不成流寇！

杨文聪　（注意陈定生）这位……

侯朝宗　原来你们两位还不认识，这位是敝同年陈定生，这是杨兄龙友。

杨文聪　原来是定生兄，失敬了！

陈定生　彼此彼此。

杨文聪　定生兄刚才的话十分中肯，不过流寇固然可怕，清兵又有进关的消息，大局不堪
　　　　问了！

侯朝宗　想我们这些读书人，既不能手握大权，又不能冲锋打仗，几篇文章也挽回不了人
　　　　心天意，令人惭愧。

杨文聪　事已至此，也是无可奈何，我们只好且看春光了。

　　　　〔侯朝宗长叹摇头。

陈定生　倘若清兵打进关来，哪里还有什么春光可看。

杨文聪　不谈了吧，我们去到秦淮河上游玩一番如何？

侯朝宗　心绪不宁，哪里都不愿前去。

杨文聪　咦，侯兄不是到过李贞丽家里吗？

侯朝宗　偶然去过。你怎么知道的？

杨文聪　风月场中的消息要比国家大事的消息灵通得多呢。

　　　　〔大家一笑。

杨文聪　……贞丽有个女儿，名叫香君的可曾见过？

侯朝宗　听说香君是绝代佳人，可惜那天她到郑妥娘家去了，不曾遇见。

杨文聪　我来跟侯仁兄做媒如何？

　　　　〔侯朝宗微笑不语。

吴次尾　朝宗兄脸红了。

侯朝宗　（不觉念《西厢记》二句）"系春心情短柳丝长，隔花阴人远天涯近！"

杨文聪　妙！侯兄是才子，香君是佳人，应当撮合才是。

陈定生　我看与其寻花问柳，倒不如去听柳麻子说书还有些道理。

吴次尾　对呀！

侯朝宗　龙友兄同去如何？

杨文聪　敬亭差不多每日见面，今日不陪了。

侯朝宗　那就请便吧。

杨文聪　各位再见。

众　人　再见。

　　　　〔忽闻渔鼓声。

杨文聪　好像是敬亭来了。（望一望）那边不是柳敬亭吗？（叫）敬亭！敬亭，哪里去？

柳敬亭　（内答）哪位？啊，原来是杨老爷。

杨文聪　敬亭，请到这里来！待我介绍几个朋友。

　　　　〔柳敬亭上。

柳敬亭　啊，杨老爷，各位相公！

　　　　〔大家拱拱手。

杨文聪　敬亭来得正好，有几位朋友久慕大名，正要见你。

柳敬亭　岂敢，岂敢。

杨文聪　这位是侯朝宗侯公子，这就是柳敬亭。

柳敬亭　侯公子，失敬了。

侯朝宗　敬老侠骨柔肠，相见恨晚。

柳敬亭　岂敢，岂敢。

杨文聪　小弟告辞。

侯朝宗　再会。

　　　　〔杨文聪下。走进庙内。

柳敬亭　小人也告辞。

陈定生　敬老，正要请教，怎么就走？

柳敬亭　大街小巷，都说秀才们在孔夫子庙前打胡子，我这胡子也有些害怕哟！

　　　　〔众人笑。

吴次尾　敬老，我们打的是阮胡子。

柳敬亭　嗯！还好，我是个硬胡子。

陈定生　那是个大胡子。

柳敬亭　我是个小胡子。

侯朝宗　那个胡子是奸贼魏忠贤的干儿子。

柳敬亭　那我是我爸爸的好儿子。

陈定生　敬老，你看我们今天打胡子打得好不好？

柳敬亭　打得不好。

陈定生　怎么？

柳敬亭　可惜没有打死。

众　人　哈哈哈哈！

柳敬亭　打虎不死，反受其害。

〔众人笑。

柳敬亭　不过，请恕我放肆！

侯朝宗　请讲。

柳敬亭　魏忠贤虽然死了，党徒还分散在各处。那阮胡子诡计多端，各位相公要随时防备，这就叫"明枪容易躲，暗箭最难防"啦。

〔大家点头。

众　人　敬老！

柳敬亭　在下不才，最近编了几支小曲，无非是叫老百姓大家起来，提倡忠义，惩治奸邪的意思。倘若各位不嫌弃，请到寒舍奉茶，等我来唱给各位听一听，当面请教如何？

〔众人正要请教。

柳敬亭　各位请！

众　人　请！

柳敬亭　小人带路！

〔众人同下。庙内歌颂乐章之声又隐隐可闻。

〔杨文聪上。撕下揭帖，回头见阮大铖走出来。

杨文聪　圆老，想不到……（挽阮大铖坐下）

阮大铖　太不像话了！

杨文聪　那班年轻气盛之徒，真是……

阮大铖　他们目无尊长，将来必定要造反。

杨文聪　圆老是不是要应付一下才好？

阮大铖　倘若魏公还在，只要一纸文书，就把他们一网打尽。

杨文聪　如今是谈不到了。圆老，还是疏通一下吧。

阮大铖　一个人只要给他钱肯受，给他官肯做，那就有办法。如果给钱不受，给官不做，那其心就不可问了。

〔杨文聪微笑点头。

阮大铖　送点钱倒是没有什么，是不是他们反而会摆起架子来呢？

杨文聪　钱是人人都要，不过当面送钱，似乎总不好意思。

阮大铖　对，对，我们要使他们不知不觉受我们的钱，不知不觉听我们的话，不知不觉就变成我们的人。

〔杨文聪微笑。

阮大铖　不知道他们当中为首的是哪一个？

杨文聪　侯朝宗似乎最有声望。

阮大铖　好，擒贼擒王，我们就在侯朝宗身上下些功夫。

杨文聪　如今倒有一个好机会，那侯朝宗很有意于秦淮河歌女李香君，可是他没有钱，圆老何不花一笔钱，让他梳栊了香君，这也是艺林之雅事啊。

阮大铖　大概要多少钱？

杨文聪　香君是个有名的歌女，第一次上头，大约总非两三千银子不可。

阮大铖　这个数目虽不算少，兄弟还可以办得到。那我就出他三四千两银子。

杨文聪　好！那哪一个可以做媒呢？

阮大铖　那一定要请杨老爷做媒。

杨文聪　哎呀！那怎么能够使得？倘若被人知道，还说杨龙友堂堂县令，给人带马，岂不笑话？

阮大铖　龙友兄！龙友兄！为了小弟的事，总求龙友兄勉为其难！

杨文聪　给人带马的事实在是使不得，使不得啊！

阮大铖　龙友兄！龙友兄！拜托。（跪下去叩头）

杨文聪　啊呀，啊呀！圆老！（搀起阮大铖）圆老的事就跟自己的事一样，小弟一定帮忙。

〔收光。

第二场

人物：李贞丽、苏昆生、郑妥娘、寇白门、卞玉京、丫头、李香君、杨文聪、侯朝宗

地点：李贞丽家

〔光启。

开幕时场上没有人。陈设颇整齐雅致，脉脉瓶花，嘤嘤鸟语，令人觉得幽丽而静

　　　　适，可以久坐忘疲。

　　　　丫头上场，插花。苏昆生带着笛子走上来，常来常往的，毫无拘束，坐下来。

苏昆生　小红。

丫　头　苏师傅来啦！

苏昆生　妈妈呢？

丫　头　在家啦。妈妈，苏师傅来了！

　　　　〔李贞丽出来。

李贞丽　哟，苏师傅来了。

苏昆生　贞姐，你好！

李贞丽　好。您好吧？

苏昆生　还好。

李贞丽　（叫丫头）小红！到楼上把姐姐叫下来！（对苏昆生）有什么消息？

苏昆生　听说李自成快打进北京城，清兵也要进关了。

李贞丽　那怎么得了！

苏昆生　照我们的古话说，是叫"不了了之"。

李贞丽　总不会打到南京来吧？

苏昆生　难说。

李贞丽　哎？你不是在阮大胡子家里教小科班吗？怎么又出来了？

苏昆生　当初不知道阮大铖是奸臣魏忠贤的干儿子，为了吃饭，就到他家里教戏，以后知
　　　　道他是魏党，我就跟柳麻子一同出来了。

李贞丽　那你怎么过活呢？

苏昆生　纵然饿死，也不做那奸党的门客。

李贞丽　你那火气倒还真不小呢。

　　　　〔郑妥娘、寇白门、卞玉京的笑声。

郑妥娘　（内喊）贞姐在家吗？

李贞丽　哟，老安！我在呢！

　　　　〔郑妥娘、寇白门、卞玉京同上。

寇白门　贞姐，我们都来了。

卞玉京　贞姐，我们都来了。

李贞丽　什么风会把你们吹来的？

郑妥娘　我们来约你到莫愁湖玩去。

李贞丽　不行，苏师傅还刚来呢。

郑妥娘　谁管他这糟老头儿。

　　　　〔苏昆生尴尬地笑着。

寇白门和卞玉京　苏师傅！

郑妥娘　哎？香君呢？

李贞丽　听说在楼上哭呢。

郑妥娘　哭？为什么？（调皮地）啊，也是时候儿了，十七八岁的姑娘，遇见这样的春天，怎么会不难过呢？

李贞丽　谁像你这样不害臊。

郑妥娘　让我来看看去。（跑上楼去）

苏昆生　她真像个猴子。

李贞丽　白门姐，你们有没有听见什么消息？刚才苏师傅说，李自成就快打进北京城了。

寇白门　我听说外面还贴了告示，说，军民人等不要听信谣言，天下还很太平呢。

卞玉京　那到底听谁的好呢？

李贞丽　听说将来南京都危险呢。

寇白门　那总不会吧。还听说李自成来了，老百姓就不要纳粮呢。

苏昆生　噢？！

　　　　〔郑妥娘从楼上一路笑下来。

郑妥娘　（手里拿着一本《精忠传》）你们当香君为了什么哭？原来她在看《精忠传》，看到风波亭岳老爷归天的时候，就哭起来了。

李贞丽　这才真傻呢，"看兵书落泪，替古人担忧"！

郑妥娘　你们快来看，快来看！她把岳飞的名字，都圈上一个红圈，秦桧的名字就都用香火烧掉。

苏昆生　（站起来，走过去，接过郑妥娘手里的书）啊，了不得，了不得！真是有心胸，有志气。像岳飞那样的忠臣，人人应当敬重；秦桧那样的奸贼，人人得而诛之。

郑妥娘　话是不错，可是世界上的事难说得很，宋朝的秦桧人人知道，明朝的秦桧谁知道？

有些人做的事情像秦桧，样子装得像岳飞。

苏昆生　瞧，这张嘴，像只乌鸦，呱呱呱，呱呱呱。

〔李香君从楼上走下来，上场。

卞玉京和寇白门　香君！

李香君　姨！

郑妥娘　哈哈哈……

李香君　妥姨！

苏昆生　香君。

李香君　师傅！（对李贞丽）妈妈！

寇白门　小妹妹不哭了吧？

苏昆生　香君你真好！

李香君　师傅！

郑妥娘　（对李香君）得了，小妹妹，别傻了，还是唱唱曲子吧！

李贞丽　香君，把《牡丹亭》"良辰美景奈何天"那一段温习一遍吧。

苏昆生　唉，"良辰美景奈何天，赏心乐事谁家院"这两句话真是不尽兴亡之感。

郑妥娘　你得了吧！

李贞丽　来！

李春香　（唱）原来姹紫嫣红开遍，似这般都付与断井颓垣。良辰美景奈何天，赏心乐事谁
　　　　家院！

〔唱到这里，杨文聪和侯朝宗上，歌声顿止。

杨文聪　哈哈哈哈，妙！唱得好！唱下去，唱下去！

众　人　杨老爷来了！

李贞丽　（上前张罗）杨老爷！

杨文聪　我来介绍介绍，这位是有名的侯朝宗侯公子，这就是贞丽。

李贞丽　侯公子万福。香君你来，这就是大家常常说起的侯公子，快上前见过！

李香君　公子万福。

杨文聪　不认识杨老爷了！

李香君　杨老爷万福！

杨文聪　朝宗兄，你看她娉婷窈窕，真是天仙化人！

侯朝宗　但不知哪一个有福气的可以消受？

杨文聪　有福气的么，（拍着侯朝宗的肩）就在这里呀，哈哈哈哈！

郑妥娘　杨老爷，有那样漂亮的公子，也不引荐引荐？

杨文聪　对不起，我倒忘了。这是风流潇洒的卞玉京。

郑妥娘　哟，杨老爷。

卞玉京　（作揖）公子。

侯朝宗　真是玉京仙子！

杨文聪　这是鼎鼎大名的寇白门。

郑妥娘　杨老爷！

寇白门　（作揖）公子。

侯朝宗　真是白门柳色！

杨文聪　这是最风流最淘气的郑妥娘。

郑妥娘　公子！（一个趔趄。众笑）

侯朝宗　啊，果然十分妥当！

苏昆生　她才是真正的不妥。

郑妥娘　我怎么不妥？

苏昆生　多少有点那个……

郑妥娘　（调皮地）我不那个，你还不知道在哪儿呢！

〔众笑。

侯朝宗　妥娘辞令，真妙极了。哎，龙友兄，我有意拜访香君的妆楼，不知道能否如愿？

杨文聪　这要看香君的意思了，香君的妆楼是不能随便去的。

侯朝宗　那就恕我冒昧。

李贞丽　香君，请侯公子、杨老爷楼上待茶。

李香君　（微笑）杨老爷，（含羞）侯公子，请楼上坐吧！

杨文聪　朝宗兄，请吧！

侯朝宗　您请！（他有点腼腆。）

杨文聪　您先请，我还跟贞丽有点小事商量。

李贞丽　杨老爷请坐一坐，我送公子上楼就来。侯公子请。

〔侯朝宗、李香君、李贞丽一同上楼。

郑妥娘　杨老爷，你是做媒来的是不是？

杨文聪　你怎么知道？

郑妥娘　那还瞒得了我？

杨文聪　我正是做媒来的。你看刚才那个小伙子怎么样？还配得上你吧？

郑妥娘　哎哟，我才不喜欢那种酸不溜丢的。

杨文聪　哎哟，他是当今的名士呢！

郑妥娘　名士卖几个钱一斤呀？

杨文聪　你真是俗不堪耐，只晓得买卖。

郑妥娘　魏忠贤当权的时候，不是许多名士都去卖身投靠吗？

杨文聪　啊呀！你真把一班名士骂苦了！

　　　　〔李贞丽下楼来。

李贞丽　杨老爷，你刚才说找我有什么事啊？

杨文聪　这……

郑妥娘　（对寇白门、卞玉京）喂，我们先走吧，让他们……

　　　　〔寇白门、卞玉京点头。

郑妥娘　（向苏昆生）喂，老师傅，你走不走？

苏昆生　贞姐，看来香君今日也不能上学了，杨老爷，老汉给您告假！

杨文聪　苏师傅，请等一等。

郑妥娘　好，那我们先走。

李贞丽　别走别走啊！你们一同上楼去陪陪公子。

郑妥娘　那我可不敢。

李贞丽　为什么？

郑妥娘　我怕香君吃醋。

　　　　〔郑妥娘、寇白门、卞玉京笑着同下。

杨文聪　（望着出去的郑妥娘）这个人倒真爽快。

苏昆生　风月场中也有她才显得热闹。

杨文聪　贞娘，你看这位公子人品如何？

李贞丽　人品是再好没有。

杨文聪　我想香君也必定如意。

李贞丽　郎才女貌，自然是一见倾心。

杨文聪　我有意举荐侯公子梳栊香君，你看怎么样？

李贞丽　有杨老爷举荐，我有什么话说，不过……

杨文聪　贞娘，你不必迟疑，聘礼都包在我的身上。

李贞丽　杨老爷还客气什么？不过……

杨文聪　五百两置衣服和首饰，四百两压衣箱，八十两办酒席，二十两赏乐工，另外二千两随你分派，一共是三千两。不成我们就算了……

苏昆生　杨老爷想得周到极了。

李贞丽　慢说有这样多的聘礼，只要杨老爷一句话就够了。

杨文聪　就请苏师傅做媒。

苏昆生　承杨老爷不弃，当得效劳。

苏昆生　那我先到楼上去向公子报喜。

杨文聪　我看先不必告诉公子，来来来。等会儿我就把几套新衣送来，等到酒席齐全之后，你们就请公子下楼喝酒，再把柳敬亭那班清客和一班手帕姊妹一齐邀来，大家热闹一番。酒过三巡，就把公子送上楼去。让他不知不觉进了洞房，不知不觉上了牙床，不知不觉枕上成双，不知不觉到了天光，就好比刘阮到天台，武陵渔夫进了桃花源一样，岂不是十分之有趣呀？

苏昆生　这可真是妙人妙事。

李贞丽　真是妙极了！

　　　　〔收光。

第三场

人物：侯朝宗、郑妥娘、苏昆生、柳敬亭、寇白门、卞玉京、李香君、李贞丽、丫头

　　　　〔光启。

　　　　李家客厅灯烛辉煌。乐声大作并闻女子们的欢笑声。众人拥着新人进来，柳敬亭、苏昆生再跟着进来。

郑妥娘　新人对拜！（把侯朝宗推向李贞丽）还要拜拜丈母娘。

〔侯朝宗又一揖。

郑妥娘　（又指指自己）还有我呢。

　　　　　〔侯朝宗也拱拱手。众人大笑。

郑妥娘和寇白门　新人请上座。（推新人坐下）

卞玉京　拿秤把给侯公子让他挑盖头。

卞玉京和郑妥娘　称心如意。

侯公子　不接秤，亲手为香君揭盖头。

郑妥娘　你看这是谁？

侯朝宗　这不是月里嫦娥，就是人间仙子。

郑妥娘　对啦，你到了月宫，见了月里嫦娥，要喝酒三大杯！（将盖头放在侯怀中，让他
　　　　和李香君并坐）斟酒给新人，喝交杯酒！

　　　　　〔侯朝宗与李香君对饮交杯酒。

苏昆生　祝公子和香君白头偕老！

　　　　　〔众人和侯朝宗、香君饮酒。

侯朝宗　（接过香君的扇子）我有意在这扇上题诗一首送给香君。

李贞丽　那好极了。

寇白门　待我来捧砚。

柳敬亭　这砚是要让香君捧的。

　　　　　〔寇白门捧过砚台送给李香君。

郑妥娘　（指指寇白门）碰钉子啦！我看题诗不如唱戏，唱戏不如猜拳，来吧，来吧！

苏昆生　让人家题好诗再猜拳。

寇白门　（指郑妥娘）你也碰钉子了。

　　　　　〔侯朝宗诗成递给李香君。

郑妥娘　就题好了，看起来还真有点儿才学。

柳敬亭　让我先来拜读拜读。（从香君手中接过扇子，念诗）夹道朱楼一径斜，王孙初御富
　　　　平车；青溪尽种辛夷树，不及东风桃李花！好极了，我们要贺一杯。

　　　　　〔柳敬亭敬酒，侯朝宗一饮而尽。

苏昆生　香君，谢谢公子题诗，应当敬一杯。

郑妥娘　公子题了诗，我们唱支曲子祝贺公子和香君吧！

寇白门　好哇，唱什么呢？

郑妥娘　就唱公子的诗吧！

卞玉京　怎么唱法呢？

郑妥娘　公子有这么大才学，我们不也有那么点本事不是！

寇白门　好！那我们来看看，别回头忘了词儿。（妥娘抢过扇）

郑妥娘　不许看，谁要唱错一个字就罚酒三大杯。

寇白门　瞧你的吧。

郑妥娘　苏师傅吹起来吧！

众　人　（唱毕，大家赞不绝口）太好了！太好了！

　　　　〔李香君斟酒敬公子。众人边唱边给公子、李香君敬酒。

　　　　〔夜阑灯熄，楼上笑声隐隐可闻。

　　　　〔收光。

第 二 幕

第一场

人物：李香君、侯朝宗、郑妥娘、卞玉京、杨文聪、李贞丽、陈定生、吴次尾

地点：李香君妆楼

时间：李香君跟侯朝宗定情的第二天早晨

　　　　〔光启。

　　　　李香君晨妆才罢，丫头在替她收拾妆台。侯朝宗暗自欣赏她的新妆，后走过去和李香君一同照照镜子。丫头拿过衣服来，他抢着为李香君穿上，后欲吻香君，香君害羞地走到窗前，侯朝宗跟上，同欣赏秦淮春景，窗外微风，柳丝摇曳。

李香君　（轻轻抚一抚他的肩）公子，冷不冷？

侯朝宗　（摇摇头）不冷。（顺手就拉着李香君同坐）香君，怎么样？

李香君　你呢？

　　　　〔彼此相视而笑。沉浸在甜蜜的陶醉中。

李香君　公子，真想不到，你怎么会来！

侯朝宗　我来了。你还会想不到，这么一来就永远不走。

李香君　那可说不定。我只是这样想，要好，就是一刻也好；不好，就一世也没有意思。

侯朝宗　可是我不是轻薄少年。

李香君　我可不是千金小姐。

侯朝宗　就不许我在风尘中有个知己吗？

李香君　你真当我是知己？

侯朝宗　走遍了海角天涯，除了香君，哪里还有知己！

李香君　公子！

侯朝宗　香君！

　　　　〔丫头送莲子羹上。李香君端一碗给侯朝宗，相对而食。

李香君　甜不甜？

侯朝宗　很甜。（他敬李香君莲子，不留神把汤泼在李香君衣上）啊呀，闯了祸了。（放下碗，站起来想替她擦）

李香君　不要紧，不要紧，一会儿就会干的。

侯朝宗　这件衣服穿在你身上可真漂亮。

李香君　衣裳是很漂亮，可人……

侯朝宗　我说的是人。

李香君　你分明称赞的衣裳。

侯朝宗　说话要凭良心。（坐下）

李香君　（笑，也坐下）你这衣裳我穿了正好，是哪家做的？

侯朝宗　我也不知道。

李香君　是谁替你去办的？

侯朝宗　据说是杨文聪杨老爷办的。

李香君　怎么？杨老爷……

侯朝宗　（有点窘）香君，我来到南京，因为慕你的芳名，颇怀非分之想，这个意思我曾经无意之间说过，谁知杨老爷就认了真，居然替我办了妆奁、酒席，又把我送到这里，以后我也不知道怎么真的就如了平生之愿！

李香君　（感动地）公子！

〔后李香君若有所思。

李香君　公子，你跟杨老爷是什么交情？

侯朝宗　是文字之交，可是相识不久，来往也并不很密。

李香君　这……

侯朝宗　杨老爷事先丝毫没有谈起过，也不知道他究竟用了多少钱。

李香君　大概要花两三千银子。

侯朝宗　啊，要他花这样多的钱，那怎么行！

李香君　这真是有点奇怪了。公子，我看回头杨老爷来了，你不妨问问他。

侯朝宗　香君，我想请你不着痕迹地问他一声，看他怎么说。

李香君　那也可以，不过……

李贞丽　（叫了一声）杨老爷！

李香君　他来了。

李贞丽　（一面上楼，一面叫）杨老爷来了，就请楼上坐吧！

　　　　〔杨文聪、李贞丽同上。

杨文聪　哈哈哈哈，恭喜，恭喜！

侯朝宗　多谢成全。

李贞丽　香君，还不快来拜谢杨老爷！

李香君　多谢杨老爷。

杨文聪　打扮起来越发标致了！老兄，我这个媒做得怎么样啊？香君，你看侯公子人是人才，文是文才，总还称心如意吧，哈哈……

李贞丽　快坐呀，杨老爷！

侯朝宗　是啊，我和香君，彼此海誓山盟，必定白头偕老，仁兄成全之德，永不能忘。不过这许多妆奁礼物，都是仁兄的厚赐，真不敢当，小弟只有惭愧。

李贞丽　好朋友就不要客气哪。

杨文聪　是啊，些微礼物，何足挂齿，只是太轻微了。

李香君　杨老爷，听侯公子说，他和杨老爷旧日并无深交，杨老爷在南京也只是作客，并不十分充裕，哪里有许多钱送给朋友呢？

杨文聪　这……

李贞丽　（把李香君拉在一旁）喂，这些话你问他干什么？

李香君　是侯公子叫我问的。

李贞丽　唷，你看哪，他刚来，你就这样听他的话，叫我这做妈妈的说什么好呢？

杨文聪　朝宗兄请过来。适才香君不问，小弟也不好启齿，如今既是问及，小弟就只好说个明白。

侯朝宗　小弟也有些疑惑，还望仁兄说明缘故。

杨文聪　这次老兄梳栊香君，一共用了两三千两银子，这个钱都不是小弟的。

侯朝宗　是哪一个的？

杨文聪　是另外一个朋友的。

侯朝宗　哪一个朋友？

杨文聪　我看暂时还是不说。

侯朝宗　还是请仁兄告诉小弟吧。

杨文聪　那么，说出来老兄不要动气。

侯朝宗　请您快说。

杨文聪　这钱是阮圆海送的。

侯朝宗　阮圆海？就是那阮大铖，阮大胡子吗？

杨文聪　就是他。

侯朝宗　怎么，我在这里所用的钱，都是阮大胡子的钱！

杨文聪　是呀，老兄用的就是阮圆海阮大胡子的钱。

〔侯朝宗呆了。

侯朝宗　（大窘）啊呀，我真糊涂啊！我怎么会上这样一个当嘛！

杨文聪　哎呀，侯公子……

侯朝宗　我想把钱还给他，可身边又没有钱，倘若不还，人家说我用了奸臣的钱，那我还怎么做人嘛？

杨文聪　区区小事，老兄何必为难。想那阮圆海，他也是聪明人。当日他投到魏忠贤的门下也有他不得已的苦衷——那魏忠贤，本想杀尽天下贤士，多亏阮大胡子从中设法，保全的也就不少，不料东林、复社的少年，不能相谅，始终当他是个坏人，他如今也十分后悔，所以只想求老兄替他在许多朋友面前疏通一下。

侯朝宗　（被迫妥协）龙友兄，你的意思我都明白了。那阮大铖，只要他诚心悔过，从此好好地做人，我也可以原谅，到可以说话的时候，朋友面前我也酌量说几句话。

杨文聪　就是说替圆海疏通几句。那是再好没有，大家都好。

侯朝宗　至于那三千两银子，小弟虽然穷，还可以设法，陆续地还他就是。

杨文聪　这又何必呢！

侯朝宗　只是，龙友兄，这件事关系小弟一生的名誉，还望在外面不要说起。

杨文聪　那自然，别人是不会知道的。

李香君　侯相公，你错了！

李贞丽　香君，要你管什么闲事？

李香君　我听了半天，早已经明白。侯相公，你是被人卖了！

杨文聪　香君，你说话要谨慎一些。

李香君　杨老爷，谁不知道那阮大胡子是魏忠贤的义子？他作恶多端，天下咒骂，您为什么反而要去帮他？

杨文聪　我这是为大家好，这个你不懂。

李香君　这分明是欺负侯相公忠厚，就做成圈套，要败坏他的名誉。

李贞丽　香君不许多讲！

杨文聪　生米煮成了熟饭，你可不要错怪好人。

李香君　什么叫生米煮成了熟饭。难道侯相公在这里住了一晚就不能做人了吗？

杨文聪　我说的是你。

李香君　我？尽管你们把我看成下贱的女子，可是我心还没有死，是忠是奸我还分得出来。（对侯朝宗）侯相公，你怎么不说话？大丈夫，有话说话，有错认错，上了当，磊落光明说出来，怕什么？三千两银子，你还不起，我叫我妈替你还了他们。

→《桃花扇》定妆照

李贞丽　香君，你疯了吗？

李香君　妈妈还不了我就是沿街卖唱也替你还了。（对杨文聪）杨老爷，身上穿的这件衣服，头上戴的这朵珠花都是你昨天送来的，我先把这些还了吧！（说着她便摘下头上的花，脱了身上的衣服）

李贞丽　哎呀，你真是疯了！

〔杨文聪无可奈何，只好发出掩饰的笑。

杨文聪　香君，你这样闹，不要给公子种下祸根哪！

李香君　谢谢你杨老爷，只恳求你老人家，拜上那阮大胡子，只说是侯朝宗没有受过他的恩惠，不会做他的走狗。（把衣服、珠花放在杨文聪面前）

杨文聪　岂有此理！

李贞丽　杨老爷不要生气，香君小孩子脾气，请您高抬贵手，原谅她。（对李香君）香君，你太不懂事了！还不来给杨老爷赔罪！

侯朝宗　龙友兄，非是小弟不领盛情，只怕自信不坚，反为女子所笑。这些礼物，请仁兄带回，其余的银子，我凑齐了过两天一定送过去。

杨文聪　不必谈了，不必谈了。真是啊，"美意翻成恶冤家"，总而言之，好人难做，再会。

侯朝宗　真是抱歉。

李贞丽　（拉李香君）还不送杨老爷。

〔李香君走上几步，杨文聪已下楼，李贞丽追下。

李贞丽　杨老爷您走好！明天带香君到您公馆请罪！

侯朝宗　（异常难过的样子）我真糊涂，我怎么会上这样一个当！

李香君　公子，事情已经是这样了，难过也没有用处，以后格外谨慎就是。

侯朝宗　这样一来，弄得我真是……

李香君　谁会想到像杨老爷这样的人会帮着阮大胡子玩这套把戏呢！不过你这回上当，完全为了我，还是我害了你。（轻轻地哭起来）

侯朝宗　香君，千万不要这样说，是我对不住你。我在你面前只有惭愧。香君！

〔李贞丽上来。

李贞丽　香君，你今天的脾气闹得可真太不像话，你一定闹得我们在这里住不下去，活不下去，你才开心吗？你当他们是好惹的呀？

〔李香君无语。

侯朝宗　贞娘，这都是我的不是。

李贞丽　侯公子，您是不知道，像我们这样的人能活着就不容易。（叹口气走进去了）

〔侯朝宗僵得说不出话来。

〔正在这个时候，楼下有人叫，侯公子在不在，听那声音，知道是陈定生。

〔侯朝宗急忙到楼梯口。

陈定生　侯公子在这里吗？

侯朝宗　定生兄吗？啊，次尾兄也来了，请上楼来坐。

〔陈定生、吴次尾同上。

陈定生　你果然在这里！

侯朝宗　发生了什么事情吗？

吴次尾　怎么你还不知道？

侯朝宗　什么事？

陈定生　外面大街小巷，茶楼酒肆，有人发出匿名揭帖，说你用了阮胡子的钱，入了阮胡子的党，许多朋友，都在文庙的明伦堂等你去说话呢。

吴次尾　这一定是阮胡子的阴谋诡计。

侯朝宗　虽然是阮胡子的阴谋诡计，我自己也不小心。

吴次尾　这究竟是怎么回事？

侯朝宗　那杨文聪把我带到这里，莫名其妙就把衣服、首饰送给贞丽，酒席也早预备好了，说是主持风雅。谁知今天早上他又来了，这才告诉我说我用的是阮大胡子的钱！

吴次尾　这完全是他们预定的圈套。

陈定生　我们要打破他们的阴谋！你赶快去对同社的朋友把实在情形说个明白，同时对他们所造的那些无耻的谣言来一个反击。

侯朝宗　定生兄！

陈定生　朝宗兄，如今到处都是陷阱，每一步都要留神啊！

吴次尾　我们走吧。

李香君　公子！

侯朝宗　香君！

李香君　你赶快去吧！

〔他们一同下楼。李香君送到楼梯口，李贞丽上。

李贞丽　刚才来的是不是一个姓陈，一个姓吴？

〔李香君不语。

李贞丽　那班老爷们最讨厌的就是这班秀才，以后跟侯公子讲，最好是让他们少些来吧。

李香君　我不能说。

李贞丽　你尽跟我闹别扭，你到底想怎么样？

李香君　我要做人。

李贞丽　好吧，好吧，随便你闹吧！除非你不要吃饭。可惜呀你没长得做千金小姐的命！

（她坐下来，长叹）

李香君　妈妈！

〔收光。

第二场

人物：李贞丽、李香君、侯朝宗、柳敬亭、丫头

地点：李香君妆楼

〔光启。

李香君焦虑地走来走去。李贞丽上。

李贞丽　香君，侯公子怎么还不回来？

李香君　公子回来了。

李贞丽　啊，回来了，好啦，开饭吧。

李香君　他说吃不下饭。现在外面的风声很不好，他一回来就到后屋写信，说是要赶着明

天早上寄到扬州去。

李贞丽　怎么？怎么个不好法呢？

李香君　公子说那阮大铖勾结上马士英后又上了台！他们拥立福王由崧那个酒色之徒做皇

帝，还建议朝廷延揽人才。

李贞丽　延揽人才？

李香君　就是要把侯公子他们这些爱国的读书人拉到朝廷里做官。

李贞丽　做官好啊，可以挣大钱！

李香君　妈妈你不知道，他们其实是想要读书人做他们的奴才，如果他们不从，就打就抓，还说这叫什么"双管齐下"呢。

丫　头　妈妈，柳师傅来了！

李贞丽　他来干什么？（马上向楼下走）啊，柳师傅来了！

柳敬亭　（神态严重）喂，侯相公在不在？

李香君　什么事，柳师傅？

柳敬亭　外面情形很不好，快请他出来，我有话跟他讲。

李香君　啊，是啦。（跑进后房去）

侯朝宗　柳师傅，难得，难得，许久不见。

柳敬亭　侯相公，今天我特意来给你报个信，那阮大胡子因为你们不跟他合作，要派兵来抓你来了。

李贞丽　（第一个急起来）啊呀，那怎么得了，你赶快逃走吧！

侯朝宗　（外表似乎还镇定）真是岂有此理。

柳敬亭　积下来的仇恨，有什么话说？两股道，永远合不来的。

李香君　既是这样，恐怕要暂时避开一下。

李贞丽　是啊，这可真叫没有办法了。

侯朝宗　可是避到什么地方好呢？

李贞丽　柳师傅？

侯朝宗　柳师傅？

柳敬亭　我看还是到江北好些，或者史阁部那里……只是情势很紧急，最好能马上动身。

侯朝宗　这样怎么来得及！

柳敬亭　我看不如暂时离开这里，到另外一个朋友家里去，收拾一下行李，明天一清早过江也未尝不可。

李贞丽　我看最好我现在就去雇一只船，马上下船。公子的行李我叫人送到船上，连夜顺水开船，这样大家才能放心一点。

柳敬亭　路上查得很严，最好能改一改装扮。

李贞丽　那么，是不是现在立刻动身呢？

柳敬亭　能快最好是快一点……

李贞丽　好，那我就去替你雇船。（下）

柳敬亭　（对侯朝宗）我去替你预备改装的衣服。

李香君　柳师傅，柳师傅！

侯朝宗　柳师傅，拜托，拜托了。

〔柳敬亭下。

侯朝宗　香君，真想不到……

李香君　公子，公子，你放心，自己保重……

侯朝宗　我从北方避难到江南来，想不到遇见了你，你是这样美丽、聪明，又有这样高洁的品性。我生平只有你这样一个知己，就是地老天荒我一刻也不愿离开你！可是遭遇到这样的时候，豺狼当道，国家危急，他们全然不顾，只想排除异己，要把有良心的读书人一网打尽。我是早已有家归不得，现在又要从江南逃回到江北去！香君，我只要不死，将来无论在什么地方，我都要来找你！

李香君　公子，流离失所，无家可归的人不知道有多少，我们又有什么话说？公子，你到了江北，一定有更多报国的机会，你不要顾我，你只要为国家保重自己。你走了，我自然有我的打算，公子，我决不辜负你……

侯朝宗　香君……

〔侯朝宗、李香君相持而泣。李贞丽、柳敬亭相继上。

李贞丽　侯相公，都准备好了！

李香君　那就趁早动身吧！我替你去收拾收拾。（走进后房）

柳敬亭　侯相公，香君的事，有我们在这里照料，尽管放心。

侯朝宗　（对柳敬亭一揖）柳师傅，一切拜托！……想不到魏忠贤的党羽又上了台，而我却始终不能不走！

柳敬亭　世界上的事难说的很。

〔门外号角声、呼喝声传来。

柳敬亭　侯公子，快走吧！

〔李香君拿一个包袱上，放在桌上。

李香君　（脱一对手镯给侯朝宗）公子，这个你带着吧。

侯朝宗　用不着，我还能想些办法。

李贞丽　（从李香君手里接过手镯，怀里掏条手帕包上交侯朝宗）带着吧，一路上难免有些开销。

侯朝宗　贞娘，真有说不出的感激。（深深一揖）

李贞丽　一路上要加小心，要多多保重，祝你一路平安！快走吧！（拿起包袱走向楼门口，回头见侯朝宗与李香君依依不舍，为之惨然）

柳敬亭　公子请吧。

侯朝宗　（无可奈何，趋前与李香君握别）香君！香君……

柳敬亭　侯公子！

侯公子　香君！

李香君　公子！

侯朝宗　香君保重……

柳敬亭　走吧！

　　　　〔侯朝宗回首再三，不得不走。李香君追上去目送，后哭倒在椅子上。

李香君　公子！

　　　　〔收光。

第三场

人物：李香君、郑妥娘、卞玉京、李贞丽、杨文聪、丫头、相府家丁数人、苏昆生

地点：李香君妆楼

　　　　〔光启。

　　　　场上静悄悄地。

　　　　〔郑妥娘和卞玉京上。

郑妥娘　哟，怎么没有人？贞姐在家吗？

卞玉京　贞姐！

李贞丽　哎！就来。

　　　　〔李贞丽从后房出。

李贞丽　老妥，你们来了，快请坐吧！今天外边可真冷啊。

郑妥娘　可不是吗？

卞玉京　香君呢？

李贞丽　唉，病了。

卞玉京　病了，什么病？

李贞丽　自己闹病的呗。可是侯相公幸喜走了，以后真有人来问过他。

郑妥娘　外面这几天更闹得不成样子了！听说吴三桂借了清兵来打李自成，清兵就趁势杀攻进关来，把江山抢了去，听说就要打到南边来呢。

李贞丽　怕就真要逃难，那可不得了。

丫　头　杨老爷来了！杨老爷，您楼上坐。

郑妥娘　哟，这位老爷又来了。不知道又有什么事了，走走走，我们去看香君吧。

〔郑妥娘和卞玉京进后房。

李贞丽　（走去迎接）杨老爷您来了，请楼上坐吧。

〔杨文聪上。

李贞丽　（对内喊）预备点心！

杨文聪　不用，不用，不用客气。香君呢？

李贞丽　有点不大舒服，睡了。

杨文聪　哦？怕是得了相思病吧？

李贞丽　不会的，是天气变了，着凉了。哎呀快请坐啊，杨老爷。

杨文聪　好好好。

李贞丽　可是杨老爷，侯相公走了，不会连累我们吧？

杨文聪　有我替你们打点，包你没事。

李贞丽　那是啊，还要求杨老爷多多帮忙啊。

杨文聪　嘿嘿。不过像上回香君发那么大脾气，我可不能帮忙！

李贞丽　香君不过是小孩子脾气，只怪我平时没有教导。您哪，大人不记小人过，宽恕她吧！

杨文聪　嘿嘿，好，我是不记恨的。

李贞丽　那是啊，我知道你一向是宽宏大量的。

杨文聪　呵呵，来来来，坐坐坐。贞娘，我今天来，是特地来向你报告一个秘密消息。

李贞丽　（很担心地）什么秘密消息啊？

杨文聪　有一个田仰田老爷你可认识？

李贞丽　我不认识。

→《桃花扇》定妆照

杨文聪　马相爷说他是了不得的人才，把他提升为漕督了。

李贞丽　漕督？

杨文聪　漕督就是管粮食的大官，你们吃的米都要归他管。

李贞丽　哦，那是个发财的官！

杨文聪　可不是吗！如今他要去上任去，马相爷想买一个美人送他，听说他要娶你的女儿……

李贞丽　啊？侯相公刚走，要香君现在就嫁人，她一定不会肯的。

杨文聪　哎！可是这班新贵人是不好得罪的，而且他又是马相爷的得意红人儿。我特为来报个信儿，你们最好做些个准备。

李贞丽　杨老爷，杨老爷，您说我们能做什么准备呀？还是求您跟那位田老爷好好说说，让他另选一位吧，啊？

杨文聪　是不是问问香君看？

李贞丽　香君不会答应的。

杨文聪　那是不是让香君避开一下？

李贞丽　您让我们避到哪儿去！还是求您给我们说说好话吧！

杨文聪　我一定帮忙，可是田仰这个人脾气很坏，就怕他不讲情面。

李贞丽　好，我去碰碰看吧。（起身）

李贞丽　杨老爷成全香君，我们永远忘不了的。

杨文聪　不要客气，再见吧。（下）

〔郑妥娘、卞玉京上。李香君随上。

郑妥娘　怎么回事。杨文聪干什么来了？

李贞丽　他说有个田仰，新升了漕督，是个发财的官，要娶香君。

郑妥娘　田仰啊，哈哈哈哈……那真碰着了！

李贞丽　他是怎么个人？

郑妥娘　他还不是阮胡子的一党！一个刻薄鬼，要钱不要命，又脏又怪那么个鬼老头子。

卞玉京　怎么会弄出这样的怪物来做大官？

郑妥娘　要不然明朝怎么会弄成这个样子！你就看那阮胡子吧，不就是靠着马士英的势力，无所不为，千方百计把老百姓的田弄成自己的产业，恨不得把所有人的饭弄到一个人的嘴里。

李贞丽　杨文聪还说他是个人才呢！

郑妥娘　会替他的舅子刮地皮，那还不是人才？这些"人才"啊，会抢官做，做了官有了权又会借着各式各样的名目霸占百姓们的土地，搜刮百姓的钱财。他们成群结党，弄得大家的钱都积在他们一群人手里。这一回呀，还要把人也弄到他们怀里啦！哼！

卞玉京　要不然怎么会弄得阔的越阔，穷的越穷呢！贞姐，你怎样回复那杨文聪的？

李贞丽　我求他，我让他去说说好话，还不知道怎么样呢！

卞玉京　不过，我觉得香君就是不肯，他们也不能来抢人吧？

李贞丽　那也难说呀！

郑妥娘　哼，就这帮老爷们，对老百姓没有什么事他们做不出来的。

　　　　〔忽然楼下闯进一班人来大声吵闹，口口声声要李香君。

家　丁　李香君在哪儿？把李香君给我叫出来！

　　　　〔小红慌慌忙忙跑上楼来。

小　红　妈妈，楼下来了一班人，要抢姐姐！

李贞丽　啊？这是打哪儿说起呀！

郑妥娘　让我去看看。

　　　　〔郑妥娘还没下楼，楼下的人已经大嚷大叫挤上来了。只听得"他们不出来，我们去找。他妈的，还敢躲起来呢！"——一群如狼似虎的家丁，不由分说冲上楼来，有一个像是个头脑，面貌凶恶，出言粗暴。

李贞丽　啊，您来啦？

家　丁　哼！你们哪一个是李香君，出来跟我们走！

李贞丽　李香君她不在这里。

家　丁　胡说！

李贞丽　您请到楼下歇息歇息，咱们有话好说。

家　丁　放屁！有什么说的？识相的把李香君叫出来，穿好衣服跟我们走，要不然把你们这班婊子锁起来！

李贞丽　这……

家　丁　（把一根铁链往地上嘭的一丢）看！这是什么东西！

郑妥娘　（上前赔笑）啊，哈哈哈，这位老爷，您请坐请坐吧。您为什么生这么大的气呀！

香君她是病了，躺在床上，头也没有梳，脸也没有洗，等我们扶她起来梳洗好了随您一同去。呃，万一真不能起床，明天叫她妈妈带着她到您府里请罪就是了。

家　丁　你是个什么东西，也敢来胡说八道，给我锁起来！（拿起链子就要锁）

〔正在为难之际，杨文聪走上来。

郑妥娘　啊，杨老爷来了！

杨文聪　（对家丁）怎么你们都在这里呀？

家　丁　是，杨老爷。我们是来接人的。

杨文聪　好，你们先下去，我来跟她们先谈谈。

家　丁　是，不过请杨老爷您快一点。

杨文聪　知道。

〔家丁们下。

李贞丽　杨老爷，你要救救我们才是呵！（跪下去）

杨文聪　起来起来！起来起来！

杨文聪　你让我怎样救你们？我刚从这里走出去不远，就见一群人在打听你们的住处，怕你们要吃亏，特为折回来看看你们。

郑妥娘　如今到底是相府要人，还是田府要人？

杨文聪　我告诉你吧，马相爷要招揽天下贤士，他爱田老爷有经济之才，就升他为漕督，要买个美人送给他上任去。田老爷久闻香君大名，就指明要她。香君呢，现在哪儿？

李香君　（突然奔出）杨老爷，香君在这里。

杨文聪　香君，你看这件事怎么办？

李香君　（异常镇静的样子）我要等候相公回来。

杨文聪　他避祸逃走，不知去向，倘若他一年不回来？

李香君　我等他一年。

杨文聪　十年不回？

李香君　等他十年。

杨文聪　他若是遭了危险？

李香君　我跟他同死。

杨文聪　香君！只怕由不得你。

李香君　杨老爷，你是靠文章吃饭还是靠做媒为生？

杨文聪　出口伤人那还了得！好，看你怎么办吧！

　　　　〔家丁们又闹起来。

家　丁　快点儿吧，时候不早了！到底是怎么回事呀！香君再不出来把这一家子全给带走！

李香君　好！要逼我死，我就死！（她从楼窗往下跳，大家拉住她，她一头碰在柱子上）

　　　　〔李香君的头流着血，晕倒下去，她的左手里还抓住侯朝宗题诗的那把扇子，她的血溅在扇上。晕倒时扇子掉在地下。李贞丽无可奈何，只好扶她进里屋去。李贞丽、卞玉京和一个丫头扶李香君下。家丁跑上来，手里托着一个盘子，里面一件红披。

家　丁　杨老爷，怎么样办？我们没法子回复相爷。

杨文聪　（想一想）好，你们去预备轿子，听我的信。

家　丁　是。（把盘子放在桌上，下）

郑妥娘　杨老爷，我看香君一定不能让她去，勉强把她送去，到那里又闹起来，岂不是更糟吗？请杨老爷还是另外想法子吧。

　　　　〔李贞丽出来摇头长叹。

李贞丽　杨老爷，你看我有什么办法？

杨文聪　看样子香君今天是不能去了，我看总得有人代替她，哪怕是顶一顶，不然没法交代。

杨文聪　（走近李贞丽）这样吧，贞娘。

　　　　〔杨文聪对李贞丽耳语。

李贞丽　那怎么使得？

杨文聪　不要紧，只要我说你是香君，田老爷一定信得过的。不然怎么下台？

李贞丽　天哪，叫我怎么办！

家　丁　（气势汹汹在门口吵）香君要再不上轿，就把一家人全带走，把房子封起来！

杨文聪　你们去预备轿子好了。

家　丁　是，杨老爷。

　　　　〔下面轿班预备。

杨文聪　（对李贞丽）赶快打扮吧，赶快打扮吧，你要不肯，今天就下不了台。

李贞丽　（为着李香君被迫答应，沉重地）好吧。

杨文聪　（上前对李贞丽一揖）贞娘成人之美，真了不得！（他马上托过相府家丁放在桌上的红披，送到李贞丽面前。）

〔李贞丽不屑地对红披一瞥，如见蛇蝎；一抬眼正对着杨文聪催逼的眼光。她知道穿上这件红披一生就算完了，她没想到会被迫到这步田地，满腔愤恨，满心烦乱，她犹豫一下。

杨文聪　（进一步催）不要紧，暂且去一去，明天再回来收拾东西。

家　丁　（在楼下吼叫）还不下楼吗？

〔李贞丽为着香君毅然地牺牲自己，她抓过红披，披上。

郑妥娘　（见此情景异常感动，帮贞丽整理衣服）你放心吧。香君有我们照顾。（泣不成声）

〔李贞丽穿好衣服，想到里屋去与李香君作别，她一转念退回来，决心悄悄地走。她刚走近楼门，李香君追出来。卞玉京随出。

李香君　妈妈！妈妈！你不要走，你不要走！

李贞丽　怎么？

李香君　我去跟他们拼了！（急步下楼）

〔杨文聪大惊。

李贞丽　（挡住李香君，把她推回来）孩子，你这是怎么啦！一块千斤的石头从天上掉下来，你这么做又有什么好处？我们都是遭难的人，可是你还年轻，侯公子还会回来，你还有指望。保重吧，孩子！谁也不知道什么时候再能见面，这个苦命的妈妈你就舍了吧！

李香君　妈妈！（跪下去，抱着李贞丽痛哭）

〔家丁走进来，杨文聪迎着。

家　丁　杨老爷，再不走我们不好回复相爷。

杨文聪　知道了。你们下去，就来。

家　丁　是，请您快点儿！（下）

杨文聪　贞娘去吧！

〔李贞丽推开李香君，决然下楼而去，一无回顾。

〔郑妥娘送李贞丽下。楼下鼓乐声大作。

李香君　妈妈！（站起来，追上去，禁不住感情的压抑，晕倒）

〔卞玉京扶着李香君往后屋去。楼下鼓乐之声渐远。

杨文聪　（拾起李香君遗落的扇子）啊，这是朝宗写给香君的定情诗。（翻过面看一看）这一面全被血污了！唉，美人的鲜血染在扇上，倒是十分鲜艳。待我把它画成一枝桃花，正好为薄命的香君写照。（顺手用桌上的笔墨随便点染一下）

〔郑妥娘上。

郑妥娘　杨老爷，事情算是完了。你还在写什么？

杨文聪　你看这是什么？

郑妥娘　一枝桃花，你刚才画的吗？

杨文聪　你看这桃花鲜艳不鲜艳？

郑妥娘　鲜艳极了。啊呀，这不是香君刚才溅的血吗？

杨文聪　谁说不是？你看妙不妙？

郑妥娘　妙是妙极了，可是人家碰头流血，你拿来开心取乐，未免……

杨文聪　那些大将军们，把千万人的鲜血写成一个人的功劳簿，比我怎么样？

郑妥娘　那我就不好说什么，总而言之，你们男人的心是狠一点的。

杨文聪　不，我们男人的心比你们女人的心宽一点，要不然，我还能在这里画扇子？

郑妥娘　也只有你杨老爷这样的风流名士，在这种时候，才有这样的闲情逸致！

〔李香君听着他们说话，从里面出来，卞玉京扶着她。

郑妥娘　香君，（把扇子还给李香君）你看。（把桃花指给她看）杨老爷给你画的扇子。

〔丫头上。

〔李香君无语，生气的样子，苦笑，把扇子一摔。

丫　头　杨老爷，你的管家问你，说下雨了，你回不回去？

杨文聪　啊？好，你说就走。

丫　头　是。（下）

杨文聪　（走近香君）香君，不要只顾着闹脾气，你要仔细想想：你现在怎么样？将来怎么样？你能够怎么样？唉！可叹！可叹！

〔李香君无语。杨文聪轻蔑地一笑，下。

郑妥娘　下雨了，我们也要回去了，怎么办呢？

卞玉京　我在这里跟香君做伴吧。

李香君　不要。（摇头）

卞玉京　把丫头叫上来吧。

李香君　不要。

卞玉京　你不怕吗？

李香君　我什么都不怕。

郑妥娘　（她和卞玉京很担心的样子）香君，你可不要糊涂。

李香君　我很明白，你们放心，我决不会死。我还要睁开眼睛活给他们看！你们回去，让我静一静吧。

郑妥娘　好，那我们走了，回头再来陪你。

卞玉京　你好好保重，一会儿我还来看你。

　　　　〔郑妥娘、卞玉京很难过的样子，走着又回头看一看，下。

　　　　〔李香君一个人在场上，她虽是孤独彷徨，她的神情还是显得坚定。她拾起那扇子，反复看一看，她的爱和恨都集中在这上面。外面风雨声越来越觉得凄厉。从隔壁人家断断续续飘过歌女的歌声，唱的还是"良辰美景奈何天"那一曲——（《牡丹亭》《游园》中的《皂罗袍》曲），其时已是暮霭沉沉，光景渐暗，李香君禁不住感情的压抑，伏倒在扇上痛哭。

　　　　〔苏昆生上。

苏昆生　香君你受苦了！

李香君　师傅！（上前拉着苏昆生的手痛哭）

苏昆生　你真是苦命！

李香君　师傅，您来得正好。这把扇子有公子题诗，我的鲜血溅在上面，烦劳师傅找个机会，把这扇子带给侯公子，就说香君生死存亡不保，他看见扇子，就像看见我一样，拜托师傅。（交扇）

苏昆生　我一定亲自把扇子送到扬州，倘若公子不在扬州，无论什么地方我都把它送到。

李香君　多谢师傅。（拜下去）

　　　　〔收光。

第 三 幕

第一场

人物：阮升、阮大铖、李香君、郑妥娘、寇白门、卞玉京、苏昆生、杨文聪、马士英、中军

地点：金陵城郊的赏心亭

〔光启。

刚下过雪，亭子旁边几树梅花正开着。

〔阮大铖上，阮升随上。

阮大铖　（四面看看）这个地方的确不错，梅花也开得很好。

阮　升　是，这都是最近收拾的，而且这里的梅花，有的被人砍了，有的枯了，有的就开花很少，小的一看不像样，就叫老百姓从别的地方移了些来补上……

阮大铖　很好。可是一路上有很多死尸都掩埋好了没有？

阮　升　这……今年因为特别冷，米又贵，冻死、饿死的人比往年多，一时掩埋也来不及，小的急了，想了个急主意……

阮大铖　唔，怎么样？

阮　升　小的一看，尸首这么多，时间那样短，挖坑都来不及。好在是冬天，只好把尸首堆起来，把雪随便盖一盖，看上去长长的一条，好像小小的土坡。小的又叫人砍了些松枝插上，又把移来的红梅插上两枝，这样一来，不知道的还当一个景致看呢。

阮大铖　哈哈哈！太麻烦，只要相爷看不见死人不就结了！

阮　升　是。

阮大铖　哎？秦淮河上的歌女都到了没有？

阮　升　都到齐了。

阮大铖　好，叫她们伺候着。

阮　升　是。

〔杨文聪上，在场内已经听见他的笑声。

杨文聪　哈哈哈哈，圆老，恭喜！恭喜！

〔阮升下。

阮大铖　龙友兄，有什么喜讯呀？

杨文聪　听说圆老编的新戏《燕子笺》已经进呈给皇上，皇上非常之高兴，不是就要在宫里排演吗？这还不是喜讯？哈哈哈……

阮大铖　真没想到啊，陛下非常高兴，看了我的戏本，居然对我说，"阮大铖，你来做我的内廷供奉吧"！这真是天恩高厚，一个人得一个知己朋友已经很不容易，何况是上蒙天眷！

杨文聪　　那真是了不得，了不得！（他周围望一望，极力称赞阮大铖的布置）圆老，不得了，不得了啊！这么一个荒凉的地方，你竟然布置得如此之幽雅。

阮大铖　　哈哈哈！我想，相爷太忙，那城内太烦杂，应当到郊外散散心。龙友兄以为如何呢？

杨文聪　　太好了，太好了！

　　　　　〔阮升急上。

阮　升　　启禀老爷，报马已经回来，相爷就快要到了。

阮大铖　　好，赶快预备迎接。

阮　升　　是。

阮大铖　　传苏昆生！

阮　升　　（叫）苏昆生！（下）

　　　　　〔苏昆生上。

苏昆生　　阮老爷，杨老爷。

阮大铖　　你倒还认得我！你怎么没有推病不来！

杨文聪　　来了就好。

阮大铖　　（对苏昆生）你听着，一会儿相爷到了的时候，你就拿着笛子到松林里去吹，你要让笛子的声音从远处悠悠扬扬顺着风送到这里，懂不懂？

苏昆生　　懂了。

阮大铖　　还有，到敬第一轮酒的时候，你就让秦淮河上的姐妹们出来拜见相爷，你们奏乐的不要出来，就在屏风后面就是。

苏昆生　　知道了。

阮大铖　　什么"知道了"！混账东西！一点儿规矩都不懂！

杨文聪　　圆老，圆老啊！

　　　　　〔阮升急上。

阮升启　　禀老爷，相爷驾到。

阮大铖　　那就赶快准备迎接！

杨文聪　　请。

　　　　　〔锣声、鼓乐声。阮大铖、杨文聪同下。后阮大铖、杨文聪又陪着马士英同上。马士英暂不就座，随便游览风景，他的随从也跟在后面。

马士英　雪景真好。今天倒是一点不冷，啊？气候怕要转了。

阮大铖　今天的确是不冷，相爷到这里带来了阳春和煦之气。

马士英　（微笑）只望有一个好年成。

阮大铖　今年的雪花的确是六出，这无疑是丰年之兆。

马士英　这是圣天子的洪福。

阮大铖　都是相爷的燮理阴阳之功。

马十英　岂敢，岂敢，这个地方倒颇宜于赏雪，哈！梅花居然都开了。

杨文聪　这都是圆海布置有方。

马士英　难得，难得。

阮大铖　荒亭野渡，有屈高轩，实在是不成敬意。不过，能得丞相光临，为江山生色，学
　　　　生与有荣焉。

马士英　老兄真是雅人深致，哈哈哈哈。

阮大铖　岂敢，岂敢，请相爷入座！

马士英　叨扰了。

　　　　〔当马士英等看风景之时，家丁等已将酒菜布置好了，此时揖让入席。苏昆生的笛
　　　　声悠悠扬扬从林中飘出，马士英听得入神，深感愉快。

阮大铖　相爷请。

马士英　不必多礼。（坐下，喝酒）谁在吹笛？

阮大铖　是呀，谁在吹笛？

杨文聪　是呀，不知道谁在吹笛。

马士英　吹得很好，野外人家，倒有闲情逸致。

阮大铖　这也是太平景象。

马士英　可是此处风景宜人，也不可无丝竹之声以寄雅兴。

阮大铖　秦淮歌女当中，有几个出类拔萃的人物，今天都调到这里来了。

马士英　啊？哈哈哈，圆海实在想得周到。

阮大铖　阮升！叫她们过来吧。

阮　升　是。奏乐！（下）

　　　　〔阮升领着李香君等鱼贯而上，卞玉京在前，次寇白门，再次郑妥娘，李香君最后，

　　　　　她趑趄不前，阮升从旁催促，郑妥娘轻轻劝说，才走了过来。阮升下。

阮大铖　来来来，你们都在相爷的面前报上名来。

寇白门　寇白门。

卞玉京　卞玉京。

郑妥娘　郑妥娘。

　　　　　〔李香君无语。郑妥娘轻推她，她无可奈何地作揖。

李香君　无语。

马士英　你叫什么名字？为什么不讲？

杨文聪　（赶快帮她说）她叫李贞丽。

马士英　李贞丽！我看丽而未必贞也吧？（大笑）

杨文聪　哈哈哈哈！

阮大铖　哈哈哈哈！

马士英　这个女孩子倒有些意思。

阮大铖　李贞丽，唱一支曲子给相爷侑酒。

李香君　我不会唱曲。

马士英　不会唱曲，怎称名角？

李香君　本来不是名角。

阮大铖　李贞丽，人人知道你唱曲有名，故意推托不唱，胆敢违抗相爷不成？

李香君　（望着阮大铖，退后一步，低声自语）这不是阮大胡子吗？害得我好苦啊！

阮大铖　你在说什么？

李香君　启禀相爷，曲子本来会唱，只是我满腹含冤，唱不出来。

马士英　小小年纪，你有什么冤枉？

李香君　我的冤枉杨老爷知道。

马士英　友兄，这又是一段风流韵事吧？（大笑）你有什么冤枉？说说看。

李香君　一个人的冤枉且不去说它，只可叹，我们平民百姓，纳了许多粮饷，出了许多钱
　　　　　财，养了一些面厚心黑的无用之辈来作威作福，贻误天下，那才真是冤枉！"眼
　　　　　看他起朱楼，眼看他宴宾客，眼看他楼塌了"！

杨文聪　（想把话来岔开，他领教过李香君的脾气，生怕弄出事来，他把身子倾向李香君，
　　　　　很关切地）今天叫你来唱曲子，你就唱一个曲子，有冤改天再诉，不成吗？

李香君　今日就不诉冤，也不能唱曲。

马士英　为什么？

李香君　我怕。

马士英　怕什么？

　　　　〔郑妥娘扯李香君的衣裳，叫她不要说下去。

李香君　（还是很倔强地把心中的积恨，倾泻无余）清兵就要渡过黄河，杀到江南来了，怎么不叫人害怕？

马士英　哼，这样胡说八道，那还了得！

阮大铖　你这些话是哪个教给你说的？

李香君　想如今明朝已经到了危急存亡的时候，百姓们被搜刮得家空业尽，叫苦连天。你们各位大人、老爷，既不能以身报国，又还要用刀、用枪，用可怕的刑罚，用栽赃诬陷的手段，杀害忠良，欺压那些饥寒交迫的老百姓，凡是有良心的都是你们的仇人。

杨文聪　不要再说了。

阮大铖　让她说下去。

李香君　（杨文聪、阮大铖的话并没有打断她的词锋）你们又只会苟且偷安，粉饰太平。这是什么时候，你们还在征歌选舞，把国家大事放在脑后。我虽是出身微贱，尚且寸心不死，努力做人，你们听了我的话，应当惭愧才是，还问我的话是哪个教的，难道你们的心都死了不成？

阮大铖　（对马士英）一个歌女，不会说出这样的话来，背后一定有人指使。李贞丽，你赶快把指使的人供了出来！

李香君　你要问指使的人么？（她手抚胸口）就在这里。是我的良心指使我的，因为良心不死，不肯附和魏忠贤的余党，那奸贼的干儿义子！

阮大铖　（大怒）你这娼妇！

　　　　〔阮大铖一脚把李香君踢出亭子外面，倒在雪中，他追上去打她，杨文聪劝住。

杨文聪　圆老，你是朝廷命官，小小歌女，生之杀之，不费吹灰之力，何必动这样大的肝火呢？

马士英　是啊，圆海过来喝酒吧。这种下贱歌女，让她倒在雪地里听其自生自灭吧。

阮大铖　这个娼妇竟敢冲犯相爷，晚生负罪深矣。

马士英　　不必难过，就叫那几个歌舞侑酒，回去把贞丽交承守营重办就是。现在把她绑起来，扔在雪地里，冻着她！

阮大铖　　绑起来冻着她！

阮　升　　是。

　　　　　〔阮升等家丁把李香君拉到台后。响起鞭打声和李香君的叫声。

马士英　　（走出亭子，看那雪下得实在可爱）外面雪下得真好，到外面看看吧！我们还不妨联句。

阮大铖　　老大人主持风雅，晚生勉步后尘。

马士英　　啊，好雪！想见琼瑶宫殿，就在人间，可以赋诗一首！"大雪漫天飞，红梅……歌女来侑酒，骚客共一醉"！

　　　　　〔三人大笑。

阮大铖和杨文聪　　妙极！妙极！

马士英　　来来，你们三个，就唱一支"雪拥蓝关"吧。

郑妥娘　　是。（她口里答应，眼里流下泪来）

马士英　　为什么流泪？

郑妥娘　　"兔死狐悲，物伤其类。"求大人开恩，放了贞丽！我们劝她改过就是。

马士英　　贞丽自作自受，应当这样罚她，你们替她求情，也就要跟她一样。

阮大铖　　老大人真是金玉之言，如果歌女都那样猖狂，那还有什么纲常礼教。

杨文聪　　妥娘！你们要好好地唱支曲子，唱得好，我再替你们求情吧。

郑妥娘　　多谢杨老爷。

　　　　　〔阮升持一封信上。

阮　升　　启禀老爷，礼部紧急文书。（递信给阮大铖，下）

阮大铖　　啊？（急忙接信，拆看）

马士英　　什么事？

阮大铖　　陛下听得李香君的艳名，要召她进宫。

马士英　　香君不是嫁给田仰了吗？

杨文聪　　其实贞丽比香君更美，唱得也更好，似乎不妨把贞丽当作香君送进宫去。

马士英　　那也未尝不可。

阮大铖　　只是太便宜了这娼妇。

杨文聪　进宫去，不是更好处置她吗？

马士英　这也有理。在皇上面前，军政大事，决不能随便，这样的小节，倒不必过于拘泥，好在圆海斟酌好了。

阮大铖　是是，晚生看情形吧。（对郑妥娘等）你们待着干什么？唱你们的呀！

　　　〔随从引中军急上。

中　军　启禀相爷！启禀相爷！

马士英　什么事？

中　军　有许多饥民，还有许多闹饷的兵，不知怎样联合起来了，他们知道相爷到郊外赏梅，要到这里来见相爷。

马士英　哼！

中　军　他们说饥寒交迫，要请相爷救济他们。跟他们百般解说，说相爷不在郊外，他们不信，还是闹到这里来了。

马士英　为什么不派兵驱散他们？

中　军　他们有差不多两千多人，被挡住在那边，打伤了好几十个人，还不肯退。

马士英　啊，他们要造反吗？

阮大铖　这一定又是那班家伙鼓动的。哪里会有那样多的饥民！

中　军　以沐恩的愚见，请相爷从那边另外一条小路回府，让他们到这里来扑一个空，然后再来对付他们。

马士英　去传谕他们，不许再闹，再闹就杀！杀！杀！格杀勿论！

中　军　是。（下）

马士英　慢着！轿、轿、轿子呢？

中　军　是。（下）

马士英　今天真是奇怪，一边哭哭啼啼，一边吵吵闹闹，败人雅兴，可笑可笑。

阮大铖　相爷相爷，这边。

马士英　（看看阮大铖又看看杨文聪，突然）谢谢！

阮大铖　晚生不胜惶恐之至。

　　　〔马士英下。阮大铖、杨文聪慌张同下。

　　　〔郑妥娘上来看情形，向后台招手。

郑妥娘　香君，香君！

〔寇白门和卞玉京搀扶着香君上。

李香君　来吧，来吧！快些来吧！我们一同来出了这口怨气吧！

〔收光。

第二场

人物：郑妥娘、寇白门、卞玉京、李香君、柳敬亭、苏昆生、侯朝宗

地点：葆贞庵佛堂前

〔光启。

葆贞庵佛堂前的回廊，下了台阶就是院子，回廊的对面，经过院子看得见通外面的门。寇白门在院子里晒衣裳，卞玉京在佛堂里敲着木鱼念经，郑妥娘在晒太阳。看样子她们都很艰难、很无聊，衣服也都破旧了。

郑妥娘　（对佛堂叫）玉京仙子，那么用功干嘛呀？也不出来玩玩？

寇白门　（阻止地）你！

〔卞玉京在内念经不辍。

郑妥娘　哎呀！我总不懂经有什么念头，手里一天到晚"波波波，波波波"，嘴里就一天到晚"阿弥陀佛，阿弥陀佛……"，我要是菩萨，人家一天到晚"郑妥娘，郑妥娘……"老叫着我的名字，那可真会烦死了。所以我就不念，也好让菩萨清静点儿。

寇白门　你这个人真会讲怪话。

郑妥娘　我的话才叫有道理啦。（向窗内）喂，对不对？哟，我叫她，她就是不理我，让我来去吵吵她。

寇白门　你少淘一点气好不好？

郑妥娘　我到那边去，唱一段《尼姑思凡》试试她的道行。

寇白门　得了吧，瞧你这么大年纪了，还这么顽皮！我们好不容易千辛万苦，才逃到这儿来，大家毫无办法，你还这么跳跳蹦蹦的。

郑妥娘　你看你看你，哭哭啼啼就有办法了吗？一天哭两缸眼泪也没有办法。我真看透了，我再不傻了！

寇白门　咳！（长叹）

　　　　〔佛堂中木鱼声忽然停止，卞玉京着道姑装，从里面走出来。

郑妥娘　嘿嘿，来了来了，终于出来了！

卞玉京　阿弥陀佛。阿弥……

郑妥娘　哈哈哈！

卞玉京　你这个顽皮孩子，真讨厌！

郑妥娘　哎哟，玉京仙子真下凡啰！

卞玉京　我告诉你，像你这样闹要下去，将来要下地狱的。

郑妥娘　那你就放心吧，我呀才不会下地狱呢！哈哈哈！哎，今天的天气有多好啊！没有
　　　　风，又暖和。我们把香君叫出来，省得闷在屋里更要病啦。

寇白门　好。

众　人　香君！香君！（往里屋走去）

　　　　〔李香君从经堂内缓步出来，她恹恹病损，面容异常憔悴。

寇白门　我来扶你。

卞玉京　快坐下。

　　　　〔卞玉京搬一个矮凳给她坐下。

李香君　今天好像是好一点。

郑妥娘　出来晒晒太阳，身体就会舒服一点儿。你看我们在这儿住的房子，都是又黑又闷
　　　　的，在南京多好啊，大房子……

寇白门　你又提起南京啦！（打断妥娘，怕李香君伤感。）

郑妥娘　对了，对了，不提，不提。

李香君　唉！（叹口气，摇摇头）

卞玉京　（把话岔开，对郑妥娘）你把我们闹出来，有什么高见？

郑妥娘　难得天气这样好，请你们出来晒晒太阳，身体就会好一些的。（忽然想起）哎？你
　　　　们知道今天是什么日子了？

卞玉京　今天，（掐指算算）今天是十八。

郑妥娘　对了，今天不是香君的生日吗？我们要热闹热闹才好呀！恭喜，恭喜！

卞玉京和寇白门　真是的，恭喜，恭喜！

李香君　（微笑）真是，死也不知道死了多少次，想不到如今还活着，近来我常想起，不知

道为什么活着，也不知道活着到底有什么意思！

卞玉京　我想侯公子一定不会有什么，他一定会来接你。

寇白门　是的，我也是这样想。

郑妥娘　我想……呃，我不知道怎么想才好，所以我就什么都不想。

李香君　他来不来，我并没有打算，我也并不盼望他来。我想，清兵既是到了南京，他在扬州一定是凶多吉少。如果他死了，我想知道他是怎样死的，万一他还活着，我也想知道他是怎样的活着。在这种时候，活着自然不容易，随随便便一死，也似乎不好交代。我总在想，天下这样大，难道就没有一个人挺身出力来做一番事业吗？

卞玉京　我想侯公子一定能够做出一番事业来的。你放心吧！

郑妥娘和寇白门　是啊，你放心吧！

　　　　〔忽然有人轻轻地叩门。大家一同惊起。

寇白门　谁在敲门？

卞玉京　让我去看看。（她走向门口）是谁？

柳敬亭　请问一声，这里有位玉京姑娘没有？

卞玉京　（回头对郑妥娘等）喂，这声音好像是柳师傅！（接着向门外问）你是谁？

柳敬亭　我姓柳。

卞玉京　啊呀，真是柳师傅！（又问）你是柳师傅吗？

柳敬亭　玉京姑娘，是你吗？快开门吧。

卞玉京　来了来了！

郑妥娘和寇白门　是柳师傅！我们去看看！

　　　　〔门开了，柳敬亭进来，苏昆生跟着进来。

卞玉京　柳师傅！

郑妥娘　柳师傅！

柳敬亭　老妥！白门姐！

卞玉京　（不认识苏昆生了，惊问）这位是……

苏昆生　不认识我了吧，玉京姐？妥娘！白门姐！

卞玉京　啊，苏师傅！（关门）

郑妥娘和寇白门　啊，苏师傅！

苏昆生　你们都好吗？

柳敬亭　你们都在这儿啊，白门姐！

寇白门　真是想不到！

郑妥娘　这下也算是团圆了。

苏昆生　香君呢？

柳敬亭　香君呢？

卞玉京　（指李香君）这不是香君吗？

　　　　〔李香君以病弱之身，经不住感情的刺激，她只在栏杆前呆望着。

苏昆生　香君！

柳敬亭　香君！

李香君　（伸出双手，苏昆生、柳敬亭连忙扶住她）柳师傅，苏师傅！

苏昆生　香君！

柳敬亭　香君！

　　　　〔李香君泣不可抑。大家都哭，郑妥娘也忍不住双泪交流。

郑妥娘　（扶香君坐下）快来快来！一直在生病，今天才好一点儿。

柳敬亭　你们都瘦了。

寇白门　大家都不成样子了！

卞玉京　好了，好了，大家都不要过于伤感了，大家谈谈别后的事情吧。苏师傅，柳师傅，
　　　　你们是怎样找到这儿的？

李香君　现在，现在扬州成了什么样子了？史可法史阁部呢？

苏昆生　史阁部带领着扬州全城的百姓死守不降。破城那天，史阁部就伏剑自刎了。扬州
　　　　被清兵屠杀了十天，连小孩子都没剩一个！

　　　　〔大家听着都很难过。

李香君　唉！（恨着在身上一捶）

郑妥娘　你瞧，这病刚好一点，又……

柳敬亭　我看改天再谈吧。

李香君　不不不，我要听。两位师傅，告诉我，侯公子是不是跟着史阁部一同守城？

苏昆生　他好像是回了家。

李香君　回了家？

苏昆生　是啊，我一得到你们的消息，马上就四处托人带信给他，我想不久他会来接你。

李香君　接我？

卞玉京　香君，这回啊你就可以放心了。

李香君　他回家就没有危险吗？

苏昆生　回了家还不就好啦，那有什么？

李香君　他要是家里能够住的话，他以前就不会避难到南京，我看他回去一定是凶多吉少，
　　　　而且还会死得不明不白。

柳敬亭　不会的，而且现在的局面变了。

李香君　怎么？

苏昆生　最近还有一个不大可靠的消息……

柳敬亭　（赶快插嘴）那完全是谣言。（他对苏昆生使个眼色）

李香君　什么谣言？

苏昆生　那完全靠不住的。

李香君　是不是他被清兵杀了？

苏昆生　不是。

李香君　他自杀了？

苏昆生　不是。

李香君　那么他起兵勤王去了？

苏昆生　更不是。

李香君　那么是什么？请您快说吧，我真急死了！

苏昆生　只怪我溜了嘴。听说新朝开科取士，侯公子去考了，中了个副榜。

柳敬亭　这才真是笑话！完全是谣言嘛。

李香君　（冷静而坚决地否定这个消息）对，是谣言，一定又有人在中伤他。

苏昆生　是的，谁也没有亲眼看见放榜，也没见题名录。

卞玉京　对呀！那也许他是被逼着没有办法……

李香君　不会的。决不会。你们想，像侯方域这样一个忠孝传家，讲道德、讲气节的人，
　　　　会忘了国仇家仇去考，去求取功名？那除非是太阳从西边出来！我敢讲，别人我
　　　　不知道，他，我知道。如果有谁能够证明他去考了，就把我一双眼睛挖了！

众　人　香君！香君！

卞玉京　香君，你何必生这么大气呢？这也只怪我多嘴。

李香君　玉姨你千万别多心，我不过说是决没有这样的事。

柳敬亭　不会的。

苏昆生　所以我说是谣言。

　　　　〔卞玉京和寇白门、郑妥娘相视，微微摇头。

李香君　我妈妈呢？她怎么样？

郑妥娘　是呀，她怎么样了？

苏昆生　你妈妈她嫁了田仰没多久，田仰就不要她了，把她赏给一个老兵。

郑妥娘　妈的！真该死！

李香君　苦命的妈妈，这都是为了我。妈妈……（又啜泣）

　　　　〔正在满堂唏嘘，忽听叩门声，门外还听见一个女孩子在叫。

卞玉京　谁呀？

小　红　是我，玉姨，我是小红。快开门哪！

众　人　小红？

　　　　〔卞玉京开开门，小红站在门口。

卞玉京　小红！你来了？

小　红　玉姨！

卞玉京　小红，你来了？小红你是从哪儿来呀？

小　红　我是从很远的地方来的。坐了船，还骑了马。

众　人　是吗？

小　红　还带了一个人来。（拉卞玉京到门前）您看，这是谁？

卞玉京　啊，侯公子！香君在这儿啦！

李香君　（听见大惊）啊！

　　　　〔大家都站起来。

卞玉京　（往里跑）香君，侯公子来啦！

　　　　〔侯朝宗身披斗篷，头戴风帽，一进门，站住，抬头望见李香君。

侯朝宗　香君！

李香君　（不敢相信，悲喜交并）公子！

侯朝宗　香君！

〔李香君飞也似的跑过去，她的斗篷掉在地下，大家都跟她走过去。

〔侯朝宗和李香君相拥而泣。众人也背过身去拭泪。

李香君　（两手拉住侯朝宗，望着他）你来了！（伏在他怀里抽抽噎噎地哭）

侯朝宗　（也流着泪）香君，我来了。我来接你来了。这下不要紧了，我带你一同回家去。

李香君　回家？

〔二人再次紧紧相拥。

侯朝宗　香君，你为我受了苦！你托苏师傅送给我这把扇子我也带来了。

〔他从袖子里取出李香君溅过血的扇子，交给李香君。

〔李香君咳嗽。侯朝宗见状，脱下自己身上的斗篷替她披上，顺手把头上的风帽除下来交给马夫。他头上戴的是便帽，身上穿的是清朝的行装，箭衣马褂，脑后拖着辫子。

侯朝宗　香君，你的灾难过去了，从此以后，我们永不分离了。你是我最心爱的一个人，到了我家里，也没人敢欺负你。

李香君　（感动地）公子！

〔二人相拥。此时李香君无意中摸到了侯朝宗的辫子，惊愕地看着侯朝宗。

〔旁边的人都不说话，有话也不知从何说起。

侯朝宗　（没十分注意到李香君的神情，他却望见了李香君身后的许多人）啊，各位都在这里，大家平安，真是难得。现在没有什么了，你们都可以回家去，我可以尽量地帮忙。

李香君　（冷冷地问）侯公子，你做什么来了？

侯朝宗　香君，我刚才不是说过？我是接你来了。

李香君　扬州失陷的时候，你是不是在家里？

侯朝宗　我是在家里。

李香君　恭喜你还在顺天乡试，考取了副榜。

侯朝宗　香君，你怎么会知道的？香君，那不过是权宜之计。

李香君　侯公子，我是白认识你了！（她一抖，侯朝宗的斗篷掉在地上）

侯朝宗　香君！

李香君　你以前对我说的什么话？你曾经拿什么来鼓励过你的朋友、你的学生，你还鼓励过我！你不是说，性命可以不要，仁义、道德、气节是永远要保住的吗？你为什么不跟着史可法阁部一同守城？回家去你至少可以隐姓埋名，你为什么不？为什么要在许多人起兵勤王的时候，去考这么一个不值钱的副榜？

侯朝宗　香君！你听我……

李香君　你不是常骂人卖身无耻吧？你为什么又去投降？

侯朝宗　香君！

李香君　你！在这国破家亡的时候，你找我干什么来了，干什么来了！

侯朝宗　香君！你听我说！

李香君　（悲愤至极地）去吧！（把扇交还侯朝宗，他不接）

侯朝宗　不不不！香君你听我说！你……

　　　　〔李香君把扇子撕了，她激动得要晕倒，郑妥娘等拉住她。

侯朝宗　不不！香君！不！香君！（跪到地上拾起撕烂的扇子，扑到香君脚下）香君！香君哪！我为了你，我不能死。

李香君　我为了你，死了也不闭眼！

　　　　〔李香君跌跌撞撞地跑向房里，晕倒在地。

　　　　〔柳敬亭、苏昆生、郑妥娘等叫着她的名字跑过去把她扶到椅子上坐下。侯朝宗喊着"香君！香君！"也跑过去想扶李香君，郑妥娘挥手让他离开。他只得停住，没有离开。

李香君　苏师傅，柳师傅，妥姨，寇姨，卞姨，你们都是好人，我死，要你们在我面前。我死了，把我化成灰，倒在水里，也好洗干净这骨头里的羞耻！

　　　　〔李香君拼尽全身的力气说完这些话后，死了。在大家"香君！香君！"的喊声中闭幕。

　　　　〔收光。

　　　　〔幕落。

——剧终

《旧家》剧本改编

原著：欧阳予倩

改编：马明晖

序

〔光启。

〔幕未启。

〔周裕先上。

周裕先　（抱着红色的纸箱，在观众席缓行）我的家要分了，我找不到我的家了。你看见我的家了吗？我找不到我的家了……（从观众席走上舞台，再从幕布前走进幕布）

〔周裕先下。

〔莫里斯上。

莫里斯　（对观众）呦，人来不少啊！大伙儿过得都还幸福吧？我，莫里斯，一个合法商人，专业行走于各类不幸福家庭十三年，称兄道弟花言巧语见风使舵从未失手。（语气忽然一变地）如果你想和你的旧老婆离婚，却找不到合适的新老婆；如果你想拆分你的旧房子，却找不到合适的新房子；如果你想离开你的旧家，却找不到合适的新家，那么，找我，（大喘气地）也没用，因为你会（顷刻停顿）……你猜？（半回转身，指指幕布）这个家，乱七八糟，我不想惹得一身骚，可它是我发财的门路，（故意无奈地）就委屈一下吧。我不是坏人，只是好得不明显，真的，这家人的命运最终还是在他们自己的手上。进去喽！（一只脚跨进幕布，转身，坏笑）记好了，这里是1939年的桂林，我是M-O-R-I-S，一个合法商人，待会儿见。

〔莫里斯走进幕布。

〔莫里斯下。

〔幕启。

〔渐亮。

第一幕

周家的厅堂，距今一百四十多年前的建筑，中间经过几次修葺，颜色还是很旧。因为天气还有些热，下了的格子门还没装上。中间是厅，两边是厢房，看得见一部分格子窗上面的纸还是过阴历年的时候糊的，差不多变成灰色。窗下横七竖八地靠着几件旧家具，有一张椅子只剩三条腿，旁边堆着两只装货的旧水箱。厅上靠两边的墙摆着八仙椅子，还有几张西式安乐椅。中间本来是屏门，不知什么时候装上了一排玻璃窗，窗子两旁的屏门开着，望见里面还有一个天井，摆着鱼缸和花木。窗下面是一个香几，香几前面有一张方桌和几张平头凳子。厅当中挂着一盏吊灯，墙上挂着一个八卦钟，几条旧字画，一切都显得灰尘堆积，好像许久没有打扫过。这家人家并不穷，人也不忙。厅堂是公共的，就没人理。两旁厅房的门紧闭着，房里的人都从后房的门出进。外面来的人经过右边厢房的窗下上场，里面的人经过屏门上场。假定面向观众的是一个天井。

〔轻轻的关门声。一个身影在老太爷周天爵的房间门口出现。她是赵元华。越来越近的哭声传来。屏门后闪出杏花，她抹着眼泪向前跑，两人眼神有碰撞。赵元华知道后面还会出现谁，赶紧回了自己的房间，即大老爷周承先的房间。

〔二太太周王宝裕跟着出来。她平日里有说有笑，可是只要她眉一皱，嘴一张，生起气来头上的青筋似乎一根根鼓出来，脸上的阴色好像就变成青的，谁也看着不太好惹，尤其是丫头会吓得发抖。她以前不是这样的性格，然而一个女人何以变成如此。

〔杏花、周王宝裕上。

周王宝裕　鬼东西，你死到哪儿去！

杏　花　（哭泣地）我去花园找……

周王宝裕　你这个死鬼，你还要说是老爷喝醉酒掉在花园里吗？分明是你洗衣裳时候弄丢的！你站过来。

杏　花　（央求地，很清楚将发生什么）太太……

周王宝裕　叫你站过来！

　　　　　〔杏花趔趄向前。

周王宝裕　你不知道老爷的图章就好比皇帝的印，是要到银行里取钱的，你洗衣裳的时候
　　　　　怎么不留神，会把它弄不见了？

杏　花　我实在没有看见……

周王宝裕　很好，去把那边的鸡毛掸子拿过来。

杏　花　（知道不挨几下，这堂功课是不会完的，便哭丧着脸，去把香几上插着的一把鸡毛
　　　　　掸子取下来，送到主人手旁）太太打死我也是冤枉的……

周王宝裕　打死你谁服侍我！跪下。（语调好似轻描淡写地）

　　　　　〔杏花跪下，哭。周传先从屏门后走来。

　　　　　〔周传先上。

周传先　（看见，欲制止地）二嫂！

周王宝裕　（对杏花，揶揄地）你可把你的大救星给哭来了。

周传先　（扶杏花）二嫂一天不打人手就会痒吧！

周王宝裕　我打我的丫头，用不着四老爷操心，打死了我会偿她的命。你要做好人，二嫂
　　　　　我绝不拦着。你要是心疼杏花，看上了她，就跟我说明白，我给你就是。不过
　　　　　你最好是把天下的丫头全都娶来供着，请她们当小姐。（一边说，一边走到那破
　　　　　椅子旁边想找一条椅子腿去打杏花）

周传先　二嫂没理由生这么大的气，这本不是一两家人家的问题。

周王宝裕　（听到"没理由生气"，很恼火，她真实过得多憋屈只有她自己知道）我今天还
　　　　　就打死了她，看又有什么了不得的罪过！

　　　　　〔周继先从里面走出来，周传先看他二嫂依然不可理喻，同时不想由于自己的一
　　　　　句话令杏花更多受苦，因此只好走开，恰好碰着他二哥出来，正给他以下台的
　　　　　机会。周继先嘴里衔着一支香烟。

周继先　（对周王宝裕）喂，我的私章找到了。（很无所谓地）

周王宝裕　（对杏花）我说的吧，就是你弄掉的！

周继先　（打断地）还是在我的公事包里。（仍旧无所谓地）

〔周传先回头望着他二嫂，看她能怎样转舵，他脸上带着严肃的轻蔑。

周王宝裕　（略尴尬）你这个人哪……我真是拿你没办法……（似乎话里有话，一气坐在椅子上）

〔周传先轻微地冷笑着，往外边走。

周继先　（略带讥讽地）老四，你果然今天比往日回来得早啊。

周传先　（明白地）二哥你想多了。

周王宝裕　（对杏花）还不死到后面去准备准备待会要用的东西！

〔杏花爬起来，失神地往里走。

〔杏花下。

周王宝裕　（对周继先）你刚才怎么不说是在地上捡着的，要不你就说在花坛上寻着的。

周继先　这不是什么重要的事情，你瞧你又神经过敏。（望一望周传先）

〔周传先礼貌地微笑。

周王宝裕　好，你有意让人家冷眼瞧着我，笑我，我明白，你们男人都爱帮着那装可怜的（似乎另有所指），反正还有两年也可以收房了，以后你的事别找我出主意！（一直冲向里面去了）

周继先　（一边摇头一边苦笑，追上去一步）喂，闹尽管闹，回头你可别忘啦！

周王宝裕　（头也不回地）我不知道。

〔周王宝裕下。

周继先　（习惯性地做了个无可奈何的表情，接着就和周传先说话）不去管她，我们来谈谈吧。

周传先　（应付地）嗯。

周继先　我不主张分家，可是爸爸他老人家想在康健的时候，替我们把家产分好。本来分多分少只要爸爸吩咐一句就是，不过老人家总想格外表示公平，就主张抓阄，这也自然是老人家一片苦心，你觉得怎么样？

周传先　我没有意见。

周继先　我是走个程序，跟你说明白。

周传先　我完全明白。

周继先　那很好，回头我们抓阄，抓完阄还有一张分关字，爸爸要我们几兄弟都签个字，打个图章，他好放心，回头你别忘了带图章。

周传先　好的。

周继先　还有一句话，恐怕你不愿听。

周传先　我不愿听你也还是会说的。

周继先　听说你近来跟陈木匠的女儿，叫……叫……

周传先　陈桂英。

周继先　对，对！那个女孩子倒长得不错，听说你跟她很好，是不是真的？

周传先　真的，也没什么稀奇。

周继先　当然没有什么稀奇，不过我们这个家，许多旧习惯还没有打破，爸爸在前清中过进士，做过道台，大哥是光绪年间生的，从民国初年就做官，就算如今不大时兴了，也还是上等公务员，陈木匠似乎……身份总不免差一点……

周传先　那也没有什么，陈木匠他能够把他的辛苦钱积攒起来，让他女儿上学，高中毕了业，大学也考取了。

周继先　大学都考取了！你替她想法子的？

周传先　（挺有兴致的话题）凭她自己的本事考取的，论她的成绩，没有哪一点比不上那些阔小姐，或许比她们好。

周继先　反正与我不相干，不过爸爸跟大哥都不以为然，恐怕将来弄得家庭中起了纠纷，那就似乎犯不着。

周传先　好在家里的事我不能过问，我的事家里也只当是小孩子胡闹得了。

周继先　就是亲生的兄弟，见解也是没法子一样的。

　　　　〔周王宝裕从里边走出来。

　　　　〔周王宝裕上。

周传先　（笑了笑）再谈吧，我还有点儿事去。（往外面走去）

　　　　〔周传先下。

周王宝裕　（望着走了的周传先）真是，我说不管，说不管，还是要管，你这个人就是不知道好歹。（似乎又话里有话）

周继先　脾气还没有发完吗？（半抚慰半调侃的语调和表情，捏妻子的肩膀）我辛苦的太太，让我来给你做个 massage。

周王宝裕　（腰一扭避开）别闹！

　　　　〔周继先斜着眼望她，含着阴阳怪气的笑。

周王宝裕　说正经的，抓阄的纸卷儿我已经做好了，保你称心如意。

周继先　你是怎样做的？

周王宝裕　先讲我们的产业。最好的是这幢房子的前栋跟东乡的田。

周继先　这最好的肯定是大哥的，爸爸最喜欢他，因为他会做官。

周王宝裕　算你有眼力见儿。爸爸也喜欢四弟，就想把后栋的房子跟南乡的田分给他，这是第二好的。北乡的坏田就分给我们，爸爸不喜欢你，更不喜欢我。

周继先　近来爸爸待我们可好多了。

周王宝裕　那是因为你回来桂林做生意赚了钱，他又看大哥当公务员收入少，所以想靠我们享福呀！因此也就怕分家分得不公平，我们会闹，才同意抓阄的。

周继先　可是万一我们就抓着了那庄破田，怎么办？

周王宝裕　所以我就是要告诉你，我留了一点首尾。

周继先　哦？

周王宝裕　（四下看看，确定没有旁人）你记住，抓的时候摸一摸，两头发硬的纸卷里写的是最好的产业，只有一头发硬的，是次好的，你跟大哥把好的抓完了，留着那个软的给四弟。老四本来就是爸爸在外头养的野儿子，他还看不起我们呢，可不能便宜他。至于老三，是个神经病，他只能跟着爸爸，吃祖宗留下的香火田，就不用考虑他了。现在只看你跟大哥怎么分。

周继先　那我得先把这个秘密告诉大哥。

周王宝裕　可是你别说错了，你就跟大哥说只有一头发硬的那个是最好的。

周继先　大哥知道我骗了他，还不找我麻烦？

周王宝裕　他那性格你还摆不平吗？别让赵元华知道就行。（又四下看看）这女的爱挑拨是非，鬼点子比我还多。大嫂死得早，她过门这么多年，居然还是个妾，依得我，一根草也不能分给这个蠢货，她也就是沾了光。

周继先　要不怎么说你是我的太太哪！可是你怎么不早点告诉我，我也好做点准备。

周王宝裕　我王宝裕的诸葛锦囊，能预先让别人知道么。

　　　　　〔两人耳语。莫里斯从外边走来。两人喜笑颜开地迎着他。

莫里斯　密西斯周 and 密斯脱周，好吗？

周继先　哈罗，莫里斯先生！

周王宝裕　您好！几时到的？

莫里斯　好不容易今天才到。

周继先　货到了没有？

莫里斯　货全到了。

周继先　关税怎么样？

莫里斯　没有问题，没有问题！

〔莫里斯凑近周继先，不知说了几句什么话，两人相视，作得意的微笑。

〔后院传来杯子破碎的声音。

周王宝裕　（警觉地）莫先生请坐一会儿，我暂且不陪。

莫里斯　（一看就是经常来地）你不客气，请便吧！

周继先　（有点心事地，故意支开地，对妻子）喂，去叫杏花倒两杯茶来。

周王宝裕　知道。（对莫里斯）莫里斯先生，回头见。（对后院）杏花！杏花！

周继先　（对周王宝裕离开的方向）喂，喂，不要茶，还是拿威士忌跟汽水吧！（这是故意
　　　　拖延时间）

周王宝裕　（内应）噢。

〔周继先又探头望望周王宝裕离开的方向。

〔周承先屋子的窗户开了一个缝，赵元华在那儿偷看。

周继先　（隔着桌子凑近莫里斯）我另外托你带的一点东西，带来没有？

莫里斯　带来啦！（从皮包里掏出一把用布包着的枪）

周继先　（赶紧阻止地）好，好，这东西先放好，让哪个多事的看到，我就得蹲局子了。（望
　　　　望周王宝裕离开的方向，使眼色地）那个，那个。

莫里斯　（反应过来地，坏笑地，用手指点周继先）我真是钦佩密斯脱周兄，在这样兵荒马
　　　　乱的年头，还有一点精神的追求。（递小包给周继先）都在里面喽！

周继先　乱世也需要佳人嘛！（接过包，略微把里面的一个小包拿出来看看，接着从内口
　　　　袋掏出几张钱票给莫里斯）

〔莫里斯欲接过钱票。

〔周王宝裕的声音从后院传来。

〔画外。

周王宝裕　（暴躁地）谁让你动的！

〔莫里斯猛地一慌。

〔赵元华惊慌地缩回脑袋。

周继先　（从容，安慰莫里斯）没事，不是说你。

　　　　〔莫里斯侧头往后院方向看。

　　　　〔画外。

周王宝裕　（恶狠狠地）看什么看！说你还不服气么！

　　　　　〔莫里斯胆怯。周继先很淡定，示意他把钱票收好。

　　　　　〔画外。

周王宝裕　（更恶狠狠地）你还敢动！

莫里斯　（慌乱地）算了这钱我先不要了。

周继先　真不是说你，习惯就好。你现在知道，（又拿小包出来，在莫里斯眼前晃晃）我为
　　　　什么要有这么个追求了吧。

莫里斯　（把钱收好）我相信你的追求一定是极好的。我那里还有不少从香港带回来的首饰，
　　　　要不要去看一看？

周继先　今天不行，我们分家，我一刻也不能走开。

莫里斯　分家？好极啦！以后你可以不受这家庭的牵制。不过我希望你能分到这个厅，把
　　　　它收拾一下，到这里来谈谈生意，打打小麻将倒是不错，要是分给你们大爷……

周继先　那他的那位太太就会在这个厅上养鸡鸭！

莫里斯　那真是不可思议，有一回我就在（看看前面），对，就在那里，踩了这么大一坨鸡
　　　　屎（用手比画），你们家人也不少，就不扫扫干净？

周继先　真是扫不胜扫，也没有人扫。谁扫就算谁窝囊。凳子椅子破了没人管，就拿去当
　　　　柴烧；屋顶漏雨，宁愿打着伞睡觉，也没有人肯修理，因为一动就要全修。家里
　　　　无论有什么事，除非不提，一提就是七嘴八舌地闹个没完，闲话说了两三担，一
　　　　桩事也办不成。

　　　　〔杏花送上茶、酒、汽水和点心，随即下去。

莫里斯　不是还有你们老四吗？

周继先　老四？他就是个外国跑遍一趟的青年，只会唱高调，虽然不大容易回家，一回来
　　　　就云天雾地乱批评一通，对他毫无办法。最近他又跟陈木匠的女儿搅得乱七八糟。
　　　　（替莫里斯倒酒）

莫里斯　旧家庭总是难办的。

周继先　我们这个家除非重新组织过不可，可这谈何容易！所以我就主张分家，至少可以各行其是。（看看厅堂）这一间厅分给我，我一定把它修成洋式的，漂漂亮亮。

莫里斯　这个时候修房子，你不怕轰炸？

周继先　（举杯）炸了再说，好在花不了几个钱。

〔陈桂英拿着一包东西上。她从外边走进来，见着周继先，点头为礼。周继先跷腿坐着，见着她来，只得慢慢朝她微微一笑。

周继先　陈姑娘，你爸爸在家吗？我要他来修修这个厅。（好像他对这个厅志在必得似的）

陈桂英　到北门买木料去啦，要是回来早，恐怕还会到这来。

周继先　（看着陈桂英手上的东西）那是什么？

陈桂英　爸爸说后天是老太爷的生日，买了几样寿点心表示一点儿小意思。（说完就向里面走）

周继先　是后天吗？（陈桂英对莫里斯点头）我爸爸生日，我一点也不记得，我用阳历，我爸爸用阴历的。

〔陈桂英回头笑一笑，活泼清新，似乎给整个家带来了阳光。

周继先　陈姑娘，广西大学几时进去？

陈桂英　还没有注册啦！

周继先　老四出去了，你可以等他一会。
〔陈桂英高兴的样子，一直往里头走去。

周继先　瞧见没有，这就是陈木匠的女儿，跟我们老四打得火热，将来一定是不得了的不得了。（摇头晃脑，显得轻浮）

莫里斯　看她的脸蛋倒还不错呢！

周继先　身材差一点。

莫里斯　跟你那个追求肯定是不能比啦！

周继先　有的女人是荤菜，有的是素菜，没法比。（两手一摊）

→《旧家》定妆照

〔周继先正说在兴头上，秦露丝忽从窗后闪出来，站住望着周继先。

〔赵元华又在窗户缝里偷窥。

秦露丝　二哥又在这儿挖苦我们女人呢！

周继先　OK！My dear Miss Louise！我亲爱的秦小姐！（把她拉过来）我们正在讨论女性的伟大！（莫里斯站起来）让我来介绍介绍，（对莫里斯）这是我内人的表妹，密斯露意丝秦，我们这个圈子里最伟大的女性！

〔赵元华啐了一口。

秦露丝　二哥别胡说，怪难为情的。（其实心里开心得快不行了）

莫里斯　啊，密斯露意丝秦，果然是值得追求啊，哈哈！

秦露丝　莫里斯先生，您说笑了。（然后，自己在那儿笑）

〔周继先对莫里斯使了个眼神。

莫里斯　（拍拍周继先，坏坏地笑，对周继先）我懂，我懂。（对秦露丝）密斯露意丝秦，我想起来还有一批货需要打理，就先告辞了，如果你还需要什么进口的化妆品，尽管由密斯脱周兄带去我那里挑选就是。（对周继先）我先走了。

〔莫里斯正待要走，周传先从外面回来，手里抱着一包书，看上去是新买的。

〔周传先上。

莫里斯　哈喽，四先生！

周传先　莫里斯先生，才从香港回来吗？（一边跟秦露丝点头，秦露丝很高兴）香港情形怎么样？

莫里斯　一切如常，没有什么变动。

周传先　听说敌人要进攻九龙，边界上已经有过冲突，实在情形怎么样？

莫里斯　日本人恐怕不敢动吧！

周传先　你是经安南回来的吗？路上没有什么麻烦吗？听说走私的情形相当严重。

莫里斯　看是怎么说，如果是走日本人的私，那也就没有什么问题。（意识到什么）对不起，我们改天再详谈吧，今天刚到，还有生意要打理。

周传先　好，不送。

周继先　（对莫里斯）我送你到门口吧。（好像另有话说的样子）

〔周继先、莫里斯下。

周传先　（望着莫里斯的背影，回头对秦露丝）这家伙纯是走私的奸商。

秦露丝　　我好像听二哥说过，这个人是替政府买军火的。

周传先　　听他的鬼话！他不过是假冒了政府机关的招牌走私罢了。最可恨的就是这些东西。
　　　　　前几天报上有段通讯，说合浦一带走私的情形，汉奸们都借走私在活动，有个朋
　　　　　友从钦州写信来，也是这样说，果然敌人就从那边发动攻势。

秦露丝　　我真不知道那些汉奸是什么心肝，要是我看见汉奸，我都能杀他们，我想到前方
　　　　　去。

周传先　　你？

秦露丝　　我怎么样？四哥老是看不起我，我还想到政工队工作两年，从实地锻炼我的身体
　　　　　和思想，我还可以学演戏，学唱歌，把我的经历写成一部小说……（扯得高兴，
　　　　　周传先也习惯了她的不切实际和好高骛远，因此也就听得心不在焉）

　　　　　〔陈桂英从里面走出来。

　　　　　〔陈桂英上。

周传先　　桂英？你来了！

　　　　　〔秦露丝才发现周传先没在听自己的长篇大论。

陈桂英　　来给伯父送寿点心。（这里是叫"伯父"了，不是与周继先对话时的"老太爷"了）

周传先　　（把书拿给陈桂英）你要我借的书我都给你买来了。

陈桂英　　谢谢你。（走近，接过来看，看见秦露丝，开朗地打招呼，秦露丝却似理不理）

周传先　　这是《微积分》，还有这个版本的《测量学》。

陈桂英　　（发现周传先的臂弯里还夹着一本书）这本英文短论选集可以借给我吗？

周传先　　好，拿去吧，适当读些外国人的思想，对于我们的建设是很有借鉴的。

秦露丝　　（凑近去看那些书）这些书都是大学生念的，（故意地）真是家学渊源。（玩笑地）
　　　　　看不出你倒很会办差事。

周传先　　踏实好学的人我都喜欢帮助！

秦露丝　　（碰了周传先一个软钉子，无话可说，脸一沉，鼻子里轻微地"哼"了一声，却还
　　　　　是带着笑）情人眼里出西施！

陈桂英　　（不在意地）我哪里比得上姐姐好看。（知道秦露丝不高兴）我还要帮爸爸的忙去，
　　　　　先走了。

　　　　　〔周传先不是很开心地看秦露丝一眼，陪陈桂英往门口走去。

秦露丝　　（又做出柔媚而高贵的神气，整整衣服、项链和头发）她那样子，我也做得到！

〔周继先送完莫里斯，进来，与周传先和陈桂英打个照面。

〔周传先、陈桂英下。

〔周继先上。

周继先 （走近秦露丝）露妹看上去气色不太好，是不是老四又教育你了。

秦露丝 （娇嗔地）四哥总是不近人情。

周继先 不近人情才是他前进的表示嘛！管他作什么！（四下里望望，凑近地）露丝，我
托莫里斯给你带了东西哟！（掏出那只小包在秦露丝眼前晃悠）

秦露丝 （抓过小包，打开看）这可真好极了，谢谢你！（开心地把先前表的决心完全抛到
九霄云外去了）

周继先 （调情地）还不很讨厌？

秦露丝 （想拥抱周继先表示感谢，但又感到不妥，作罢）你总是知道我喜欢什么。

周继先 这个化妆匣子是阿－麦－瑞－科（夸张地，显摆地）的，手袋是法兰西的哟！

秦露丝 物质的享受真是没话说，这样美丽的东西，无论多么前进的女子，说不喜欢是假
的。

周继先 女人要是不喜欢化妆品，除非男人都喜欢男人去了。

秦露丝 可女人爱打扮，也并不就是男人的玩物，谁都有爱美的天性，自己对镜子照照也
是舒服的。（她总能在不同男人面前配合以不同风格的话语）

周继先 （终于找到了谄媚的契机）前提是这女人，（贴近秦露丝耳朵）长得你这样好看。

〔秦露丝握拳轻捶了几下周继先。周继先的表情很享受。

〔赵元华轻啐了一声，又缩回头去。

周继先 （感觉听到什么声音，回头望望，对秦露丝）收好吧，回头你姐姐看到又要跟我闹。

秦露丝 她要跟你闹，你就别给她钱花。

周继先 这分家的节骨眼，我还真离不开她。等我要的到手了，日本人来了我也不怕！

〔放茶杯和点心的桌子逐渐晃动。周裕先抱着一个红色的箱子，忽然掀开桌布，从
桌子底下爬出来。秦露丝受惊吓大叫一声，本能地扑进周继先怀里。

〔周裕先上。

周裕先 （歇斯底里，却严肃地）喂，我告诉你们一个秘密的消息，日本人听见我出来了，
正在开会对付我！（看到周继先与秦露丝抱在一起，用一只手扯开二人）给我一
把斧头，我要上山去砍树，砍了树造一只船，我带你们坐船到那个地方去！（一

只手指天上）看那个发亮的地方，那是平等自在的花园！（抓住秦露丝的胳膊，秦露丝一直惊叫）我认识你！我给你同情，我是救世界来的！（认真地）这个消息你不要告诉人家。

周继先　（气急败坏地）老三！放开！

〔周王宝裕从屋子里跑出来。周传先也从门口跑进来。赵元华又开窗偷看。秦露丝赶紧与周继先分开，但是周王宝裕已经看到。

〔周王宝裕、周传先上。

周传先　（跑上前抱住周裕先）三哥！

周王宝裕　（装作没看见自己丈夫和表妹刚才的情状）呦，露丝每天都来得很准时嘛！（看看她脖子上的项链）又换新项链啦？太老气了！（看看老三）我还以为什么事，（有意说给秦露丝听）又是自家人出来咬人了。

周继先　（不太自在地，又看看秦露丝）怎么能这么说三弟。

周王宝裕　（发现了周裕先怀里的红箱子）疯子！你怎么把抓阄的箱子偷出来啦！

赵元华　（啐了一声）我说怎么找不到，疯子！（关窗）

〔周王宝裕上前要把箱子夺过去。周裕先有点害怕她，把箱子往地上一扔。

周裕先　（对周传先，指着周王宝裕）日本鬼子！她是日本鬼子！（挣开周传先，念念有词地回屋）

〔周裕先下。

周王宝裕　（捡起箱子，放在桌上，环视众人）该在的都齐了，我进去喊爸爸。（对后院）杏花，去后院搬些椅子！（对周传先）四弟，你去请大哥出来吧。（瞪一眼秦露丝，走进周天爵的屋子）

〔周继先趁机夹着皮包回屋。

〔秦露丝还未完全从惊吓中恢复，找了张椅子坐下，喝点水，压惊。

〔周传先准备去喊周承先，却听到周承先与赵元华在屋里争执。周传先索性去找周继先。

〔周承先、赵元华上。

赵元华　反正你是信不过我。

周承先　我怎么就信不过你。

赵元华　要是信得过我，就该听我的。

周承先　不是信不信你的问题，我跟老二是亲兄弟，我想他断不会欺骗我。

赵元华　是周王宝裕指使的啊！

周承先　别以为她姓了周，就是我们老周家的人，老二不会做吃里扒外的事。

赵元华　你让我说你什么好，你就成天写这些诗啊歌啊的，门外头变了天了，你还不收衣服，非等他们把好处都分完了，我们去吃他们剩下的骨头。

周承先　你这都是些什么破落论调，登不上台面！

赵元华　我是登不上台面，给你丢人了。体面的，就在外头坐着哪！

周承先　（严肃掩饰地）说什么你！（叹一口局促的气，为了节约时间，早点去见那体面的人儿，同时不忘厌烦地）家里成天就没个消停！

　　〔周承先从屋里走出来。秦露丝迎上去。这时，周传先与周继先已在另一边交谈，周继先有点抗拒。

秦露丝　（十足娇媚地）大哥！

周承先　（瞬间异常温柔地）你来了怎么也不找我，露妹。（带有老男人撒娇的责备）

秦露丝　我正想找你，但又怕你说是我要债。（悄悄地）没事吧？

周承先　（摆摆手，另一只手举起手里的册页，得意地）能有什么事。已经写好了。

秦露丝　哼，让我来看看。（急忙打开，夸张地）啊，写得真好！

周承先　（傲娇地，陶醉地）我一动笔，觉得替你题纪念册，我的灵感可以说是妙思泉涌，我想题一首绝句，不知不觉写成了排律。

秦露丝　（并不在听）二哥，四哥，你们来看呀，大哥给我题得多好。（没听见回应，侧头）来看呀！

　　〔周继先与周传先对于题纪念册这种迂腐的事情向来不感兴趣，秦露丝硬要他们看，他们也只好看一看。

周继先　（配合秦露丝）这一套，大哥真是呱呱叫。

秦露丝　（对周传先）你看，你一个字也不给我写。

周传先　（不懂暗示地）写纪念册做什么，你不是早就辍学了。

周承先　（维护地）老四，话不当这样讲。

秦露丝　就是，我请你帮我想法子进西大，你又不肯。

周传先　是你自己不愿意按部就班地读、按部就班地考，我早就劝你先老老实实考进高中，你要听我的话，今年都考大学了。

秦露丝　　我不管，你得对我负责，你帮我补习！

周传先　　我没工夫。我给你介绍一间补习学校好了。

秦露丝　　像我这样大个人进补习学校，那多难为情！

周传先　　读书还怕难为情吗？你只要把你的口红，你的花旗袍，你的化妆匣子，暂时锁在
　　　　　箱子里（说到这里，秦露丝与周继先对视了一下），换上学生的制服，跟着许多学
　　　　　生受受军训的累，你就不会想这么多了。

　　　　　〔秦露丝跟周传先抬杠的时候，周承先略有不快，认为在秦露丝面前的风光才开始，
　　　　　就被周传先抢了去，但作为大哥，又不好表现得太明显，只是尴尬地站在那里，
　　　　　挤出一点笑容，却也尽量配合着秦露丝，做出相应的表情。周继先知道周承先的
　　　　　心思，在一旁窃笑。

秦露丝　　可那些女学生的帽子也真够滑稽的，顶在头上就像戏台上的武生。

周传先　　你就因为怕戴帽子，所以不想进中学？

秦露丝　　你真不应该，我是尊重你的意识形态，把你当我的启明星，可是你老是笑我，你
　　　　　们这些革命家，不应该这样对待青年朋友啊！

周传先　　（竟还很认真地接茬）我也够不上革命家，可对你说的都是最诚恳的话，读书总得
　　　　　有个步骤，求学问就是没法子跳的。

秦露丝　　（拉着周承先的胳膊，娇嗔地）大哥，你看他！

周承先　　（享受被拉胳膊地）老四，你嘴巴让让露妹。

秦露丝　　（对周传先）哼，不理你了。（看纪念册）啊，我真爱这两句，"我生君未生，君生
　　　　　我已老"。

周承先　　露妹真是……（心花要怒放了）善解人意。

周继先　　我一点也听不懂是什么意思。

周传先　　（受不了地，煞风景地）大哥，二哥，露妹，我想我不等了，我还有事。

周承先　　父亲叫你等，回头问起来怎么办。

周继先　　我看你也还是等一等好，你不在这里恐怕又要延期，我没那么多时间在这种事情
　　　　　上耗着。

周传先　　我以为现在不应当是争遗产闹分家的时候，我就请大哥代我抓阄，决不会有问题。

周继先　　（对他没让自己代劳还是略有不快的）你还是在这里的好，免得出去说我们动了什
　　　　　么手脚。

周传先　我都在做自己的事，又怎么会出去说我们家的事？

周继先　你对我们家的批评，对我，对你二嫂，恐怕还有对大哥的吧？

周承先　老四，这是真的？

周继先　（对周承先）大哥，二哥一定是听了那个莫里斯的胡言乱语。

秦露丝　我也这么觉得！

周继先　不要总对莫里斯有什么成见，人家在我这里，可都是尽说你的好话哩！

周传先　我倒希望他那一类人说我些坏话。

周继先　你未免先进过头了吧！

　　　　〔周传先还想继续说点什么，被秦露丝插话。

秦露丝　哎呀，好啦，依我看，你们两个呀，都是先进。（对周传先）一个是先进的传先派，

　　　　（对周继先）一个是先进的继先派。

周承先　哈哈哈（似乎很久没有开怀大笑的样子），还是露妹说得最在理。

　　　　〔周天爵和周王宝裕走过来。

　　　　〔周天爵、周王宝裕上。

周天爵　承先啊，你这大哥怎么当的，虽然今天就分了家，你可还得把持着，别家分了，

　　　　血脉也分了。（看看众人）承先，让赵姑娘也过来吧，嫡庶虽然有个分别，她既然

　　　　跟了你，总是我们家的人，应当让她也明白我们家的事。

周承先　（恭敬地）是，父亲。（对自己的屋子，没感情地）赵元华，出来！

周王宝裕　（好笑地）她明白得还少么。（好像终于等到了这一刻）行了，分家！

　　　　　〔每个人都躁动着，只有秦露丝和周传先最平静。

　　　　　〔周承先和周继先在一角说着什么，周王宝裕一边忙活着一边看着他们。但是周

　　　　承先与周继先两人都不时看着正在对话的秦露丝与周传先。

　　　　　〔赵元华从房间里出来，看见杏花在安置椅子，就过去弄一弄，弄好后周王宝裕

　　　　又去弄一弄，凡是赵元华弄过的，周王宝裕都要再弄一弄。

　　　　　〔周天爵的座位是最后被安顿好的，之前周天爵尴尬地站也不是，坐也不是。待

　　　　坐下后，好像睁着眼，又好像闭着眼。

　　　　　〔秦露丝与周传先在另一角。

秦露丝　要是他们把最坏的田分给你，你怎么办？

周传先　那倒不在乎，只要有一块田，我就有办法。

秦露丝　我知道姐姐想了办法要把北乡那一庄坏田分给你。你为什么不跟他们争？你不争只显得你没本事，朋友们最多只当你是个好好先生，会对你失望的。（其实秦露丝心里是有算盘的，只是借家产谈情感）

周传先　争？他们是我的哥哥，我为什么要在这个时候跟哥哥们争产业？北乡的田虽然年年遭干旱，那是因为经营得不好，只要经营得法，并不是没有办法，地形是可以用人力变更的。露妹，你要知道，整个中国都是我们的祖先艰难辛苦留给我们的遗产，我们正拼着我们的性命来保卫它，自己弟兄为什么要在一个小圈子里头互相争夺呢！

秦露丝　可人家并不因你是兄弟而公平待你。

周传先　我不在乎。不过有一点，我大哥不理家事，只会作诗喝酒（周承先打了个喷嚏），在这烽火连天的时候他只想马马虎虎求眼前的安定，还想再娶一房时髦的太太。他现在的姨太太赵姑娘……

秦露丝　一天到晚挑拨是非。（赵元华打了个喷嚏）

周传先　二嫂是更不用说。二哥呢，专想走私漏税发国难财，赚了几个钱就跟莫里斯花天酒地（周继先打了个喷嚏）。

秦露丝　他就是图二哥的钱。

周传先　就只有二哥自己看不出来！我看我们这个家，危险得很。我是周家的子孙，只要能分到一块田，就想办法耕种，替抗战支援一点生产，也是替周家留一点根基。

秦露丝　四哥，跟你交谈我觉得生活太有希望了。

周传先　（完全不在意地）你应该和陈桂英多谈谈，我跟她在一起才真的感觉到了生活的热情！

　　　　〔秦露丝好不容易和周传先谈得这么热闹，不料在谈话结尾处，心里再次受伤。

周天爵　好了吗？

周王宝裕　好了，爸爸。（想起了什么，故意地，对周继先，打断地）继先，过来一下。

　　　　〔周继先中止与周承先的对话，跟着周王宝裕走至一角。

　　　　〔周传先也中止与秦露丝的对话，走近周天爵。秦露丝自讨没趣，翻纪念册看。

　　　　〔周承先见秦露丝又在看纪念册，顿时来了精神，想自然地凑过去，但赵元华对他轻唤了几声，示意有话说。周承先烦躁。

　　　　〔两对夫妻各在一边。

周王宝裕　（对周继先）跟大哥说了吗？

周承先　（对赵元华）老二跟我说了。

赵元华　（对周承先）怎么样，没说错吧。

周王宝裕　（对周继先，与赵元华同时地）怎么样，没说错吧。（与赵元华口气不同）

周继先　（对周王宝裕）放心。

周承先　（对赵元华）我对他越来越不放心了。

周天爵　好了吗？

　　　　〔两对都准备结束对话。

周王宝裕　（对周继先）记住，两头发硬的，是最好的。

赵元华　（对周承先，与周王宝裕同时地）记住，两头发硬的，是最好的。

　　　　〔两对夫妻迎面碰撞，各有心事，然后坐在自己的位置。

　　　　〔周天爵、周承先、赵元华、周继先、周王宝裕、秦露丝、周传先，各就其位，有站有坐。

周天爵　以前老人家在的时候，每年必定要修一次房子，所以常常是新的一样，到了我们手里，因为在外头的日子多，房子也就旧了。老三就不必提了，你们三兄弟又都在北平、上海、香港那些地方找事，自己的家几乎都不认识了。抗战倒好，你们都回来了，所以我想趁你们都在面前，把家产分一分，以后好对这个家各有专责。我也是过了七十岁的人，日本人的飞机又隔三岔五炸几下，不知道还能活几天？我不想让你们在我死后为家产闹得兄弟不和。

周承先　不会的，父亲，您吉人自有天相，必能度过这动乱的年岁。

周天爵　动不动乱的，也不是我说了算，家里头我说得都不算，何谈外头。

周继先　爸爸，我们弟兄几个心里有数。

周天爵　心里有数，好，好，家产的情况你们心里都有数，我就不啰唆了。（拿出几张地契）分吧。

　　　　〔周继先、周王宝裕、周承先、赵元华，盯着地契。

周王宝裕　（此刻还沉着地）按前些日子我们几家跟爸爸商量好的规矩，依照兄弟辈分抓阄，抓出后报出自己分到的名目，然后把签交予爸爸，最后以在地契上盖上图章为算。（对周承先）大哥，从您开始吧。

　　　　〔周承先将起长褂的袖子，准备抓阄。赵元华、周王宝裕、周继先，神情紧张，周传先无所谓，秦露丝当看戏一般看着，不时拿纪念册指指点点让周传先看。

〔周承先把手伸进红箱，摸的时候，忽然皱起眉头，赵元华、周王宝裕、周继先三人更加紧张。

〔周承先抓了一条纸卷出来。周王宝裕往前伸伸脖子，想仔细看看那条纸卷，好像能看出是哪条纸卷似的。

周承先　（打开纸卷，终于肯定了判断，但又有不甘）后栋房屋与南乡的田……

〔赵元华瞬间失望，周王宝裕很兴奋，周继先尽力在保持稳重，但也流露出满意的表情。

〔周承先退回到赵元华旁边，赵元华很失望地看着他，却又不敢生气，周承先则是好像有什么疑惑的样子，直摇头。

周继先　（故显大方地）如果大哥不满意，我们可以重新抓过，我是没关系的。

赵元华　（一下子来了精神地）好啊，那就重新抓。

周王宝裕　（对赵元华）你说什么！抓到了的还怎么好换！（没料到周继先说这么句，赶紧地）分家岂是儿戏，哪里有重新抓过的道理，传出去让人家耻笑（瞪赵元华一眼）。

周天爵　（对周承先）承先，你的意思呢？

周继先　爸爸，我看大哥也不用再说，他喜欢怎样就怎样，只要您许可，我全部都可以换，（顿了顿）就是让我跟四弟换也都可以。

周天爵　让承先说……

周王宝裕　（不顾地，对周继先）你真是会说实话，抓过了还不算了，这传出去可是家丑。

周天爵　（听到家丑二字，略有动容）让承先说……

周传先　二哥二嫂不要说了吧，如果重新抓过，你们得着了最坏的那一份，你们怎么办？我们的家产不能拿出来贡献国家，已经是惭愧了。

周天爵　（听不下去地）让承先说！

周承先　（心里明白箱子里的情况）哦，没事的，父亲，我作为长子，应当有个好的表率，抓了就是抓了。况且这一份其实还不错。

周天爵　好吧。

〔周天爵把地契给周承先，周承先装入袖子里。

〔赵元华沮丧，又不敢抱怨。周王宝裕松了口气。

周天爵　（巴不得抓阄赶紧结束地）继先，到你了。

　　　　〔周继先很无奈的样子，掩饰内心的欣喜，捋起袖子，伸手入箱。

周继先　（表情从淡然到疑惑）嗯？

　　　　〔众人中唯独周承先面无表情。

周王宝裕　（小声地）怎么了，你倒是抓啊。

周继先　（使眼色，小声地）你弄的什么？

周天爵　怎么了？

　　　　〔周继先把袖子捋得更高，又摸了片刻。

周王宝裕　我说你倒是抓啊！

周继先　（生气地）这里面是空的！

　　　　〔周王宝裕一惊。赵元华想笑又不敢笑。周传先和秦露丝等着看周王宝裕的笑话。

　　　　〔周王宝裕走近，把箱子抱起来，晃晃，凑近耳边听听，不顾任何人地伸手进去摸，
　　　　又把箱子倒过来。

周王宝裕　（愤怒地）谁干的！（环视众人，看到赵元华时停顿片刻，赵元华强装自然，忽
　　　　然反应过来）老三！你个疯子！给我滚出来！（欲冲进周裕先的房间）

周天爵　（使劲地）干什么！

　　　　〔周王宝裕被喝住。

周天爵　不要把什么荒唐事都怪到老三头上。你们要闹，等我死了再闹。（起身要走，周传先
　　　　欲上前扶）分个家都分不了，你们还能闹出什么名堂。

　　　　〔周王宝裕镇静片刻。

周王宝裕　（镇静地）不，爸爸。（环视众人，她知道有些人在等着看她出丑）我不是闹，
　　　　我只是不满意有人做手脚。箱子是放在爸爸屋里头的，我们只要问家里最常出
　　　　入每间屋子的人，就知道了。杏花！（提高嗓门）杏花！

　　　　〔赵元华一惊，她没料到这个女人能这么快把自己置于主动。

　　　　〔杏花上。

周王宝裕　杏花，你知道（指箱子），谁弄的。

　　　　〔赵元华见杏花，有点局促。

周继先　杏花是想死么？

　　　　〔赵元华听了这句话，有点慌神。

周王宝裕 （冷冷地）杏花。

杏 花 我看见是三老爷抱着这个藏在桌子底下。

周王宝裕 （冷冷地）杏花。

杏 花 我……我没见着……

周王宝裕 （忽然狂躁地）杏花！

杏 花 （急速地）我看见赵姨太太从老爷的屋子出来！

赵元华 （掩饰地、来不及思考地）不是我！我去的时候箱子就不见了！

〔众人看向赵元华。赵元华才意识到自己说漏了。

周承先 （对赵元华）闹了半天坏了事的，是你！

〔周承先一巴掌打向赵元华。打完，看了一眼秦露丝，秦露丝有些惊讶，周承先有
点后悔没在秦露丝面前保持住君子风度。

周传先 大哥！（对赵元华）赵姑娘，你说清楚啊！

赵元华 （百口莫辩地）我进去的时候没看见箱子……一定是三老爷弄的……

周王宝裕 不要把什么荒唐事都怪到三弟头上！三弟是精神有点问题，但他是爸爸的，也
是我们的最爱护的人，你休想欺负这么一个可怜的人。

秦露丝 （轻松地，好像刚才什么也没发生）三哥知道姐姐这么疼爱他，他的病一定立刻就
会好的。（对周传先）原来分家这么有趣。

周天爵 秦小姐，让你见笑了。

秦露丝 没关系，我不是外人。

〔周王宝裕瞄秦露丝一眼。

周继先 （对周承先）大哥，这件事，当着爸爸的面，您的意见是怎样？

周承先 我跟这个婆娘没有关系。（看了秦露丝一眼）

周继先 那就好办了，（对周王宝裕）宝裕，你跟爸爸说怎么办。

周王宝裕 我这就回去把另外两张纸卷重新做一下，然后继续当着爸爸的面，按照辈分，
由继先和四弟挨个抓。

周继先 （对周传先）四弟，这个办法不落后吧？

周传先 就不要再麻烦了。（对周天爵）爸爸，我要北乡的田。

〔众人惊。但是各有各的惊法，譬如秦露丝的惊讶中透露着一丝落寞与失望。

周天爵 传先，你是认真的吗？

周传先　是的，爸爸。

周天爵　行吧，那我也不啰唆了，就这么办吧。（长叹一口气）

〔周继先和周王宝裕也长叹一口气。

〔对于这样的最终结果，秦露丝的表情表示她姑且能接受。

〔画外。

某　人　两个灯笼！

〔除了周天爵，大家都还未从分家的情绪中脱离。

周天爵　怎么又挂了灯笼球……好了，分家的事就这么定了，以后都不要再说了。困难时
　　　　期，自己家里有什么不能解决的事。

〔周彬急匆匆跑进家。

〔周彬上。

周　彬　（对周承先）爸爸，南宁失陷了！（又对周天爵）爷爷，南宁失陷了！

〔众人终于开始进入另一种状态。

周承先　这怎么办？

周天爵　怎么南宁失陷了！

周继先　昨天没有消息，怎么今天就这样了。

周传先　到处都在失陷，小的失了大的失。（他当然另有所指）我早就听说钦州、合浦和
　　　　十万大山一带走私非常厉害，敌人还不就利用走私的路线打进来了！（这句分明
　　　　是对周继先说的）

周继先　（兵来将挡）也不能一概而论。

周承先　我们在那边没有兵倒是真的。

周天爵　万一要挡不住的话……

周传先　那就东乡也好，北乡也好，同归于尽。

秦露丝　四哥，我们到前方去吧！

周传先　你又来了。

周　彬　露姑要上前线，那我也可以去！

周承先　浑小子，别一天到晚想这没谱的事！

周王宝裕　（故意地）我相信我的这位表妹妹一定做得到，就怕会有人舍不得。

〔周继先故意不吱声。

周天爵　你们要都去，我也去。

〔大家都笑起来，刚才的分家风波似乎无关紧要了。唯独赵元华还坐在地上。

〔莫里斯很高兴的样子走来。

〔莫里斯上。

莫里斯　老太爷您好，各位，各位。

周天爵　莫先生，好久不见，可有什么消息？

莫里斯　啊，好消息！好消息！（对周继先）密斯脱周兄，你真是好运气！

周继先　怎么？（众人都在认真听，周传先态度一般）

莫里斯　你在刚开仗的时候，不是运到半路上丢了一批货吗？这批货，找着了！

周王宝裕　真的？！

莫里斯　可不是真的！现在的价钱……

周继先　怎么着？

莫里斯　涨了二十倍！

〔周继先与周王宝裕都高兴极了。

周继先　你带我看看去！

周天爵　分联上打了图章再去吧。

周继先　宝裕替我盖章一样。（说着就要拉莫里斯走）

周承先　（想到老二又分到了好家产，又得到了意外之财，酸酸地）看他那得意忘形的样子！

秦露丝　看起来做生意还是办法。

周传先　你想到什么就是什么。

秦露丝　四哥，你怎么老是跟我过不去！（脸一沉，往里走。其实她的不高兴是因见着了周继先与她的姐姐那么开心的样子，并非因为周传先说了什么。相反，她巴不得周传先多跟她说点什么，什么都行）

〔隐隐约约的警报声。

周继先　（与莫里斯停在门口）警报？

莫里斯　大约是没电了。

周王宝裕　（再次管家婆的感觉）大家各自回去拿包袱，赶快去防空洞！杏花！快点！（对坐在地上的赵姑娘，怂怂地）起来了！

〔众人忙活开，各自回屋收拾。周继先与周王宝裕回一屋，周承先回一屋，周传先、周彬与周天爵回一屋。杏花回后院。秦露丝和莫里斯，就在厅堂里等着。莫里斯不停打量秦露丝，秦露丝做出略微的回避状。

〔赵元华爬起来，回屋。

〔警报仍旧响着。

〔周继先和周承先前后脚走出房间。

周继先　今天的警报比王宝裕的呼噜打得还长。

周承先　（对秦露丝）露妹，别怕。

秦露丝　二哥在，我才不怕呢！

周承先　那我……

秦露丝　大哥会打赵姑娘，有点吓人。

莫里斯　你们的赵姑娘就是一个下人。

秦露丝　你和二哥都不会说正经话。

　　　　〔秦露丝与周继先、莫里斯说笑着走出去，周承先尴尬地跟在后面。

　　　　〔周继先、秦露丝、莫里斯下。

周承先　（回头）彬儿！（受伤的时候，总会想起还有彬儿是个安慰）

周　彬　（从周天爵的房间飞奔出来）干嘛！我要等紧急警报放了再走，我又不怕！

周承先　你就舍得父亲一个人走么。

　　　　〔周彬"喔"了一声，陪着周承先走了。

　　　　〔周承先、周彬下。

　　　　〔周王宝裕和杏花也收拾好了。

周王宝裕　这帮人，又溜得这么快！走！

　　　　〔周王宝裕、杏花下。

　　　　〔周传先扶着周天爵走出房间。周裕先跟在后面，手里握着什么东西在吃。

周天爵　你带裕先走吧，我不走了。

周传先　那怎么成？一放紧急警报就不好走了。

周天爵　我看破了，活着也没有什么道理。

周传先　过两天就是您的生日了，何必这样悲观呢。

周天爵　越过一次生日，就越靠近忌日。

周传先　爸爸!

周天爵　像老二那样的做法，实在是太放肆了。可是如今的世界，他偏偏会有办法，而且只有像他这种人才有办法，那还有什么好说呢!

周传先　那也不见得，还有许许多多有办法的人，爸爸没有看见。

〔警报声音改变。紧急警报响起。

周传先　紧急了，我们快走吧!

周天爵　好，不要连累你们。人年纪一大，就成了人家的累赘，可是我们这个家……

周传先　总是要操持的。

周天爵　（叹气地）难哪!

〔周天爵、周传先下。

〔赵元华背着包袱走出屋子，发现一个人都没了，瘫坐在地上。

赵元华　（自嘲地）我又被嫌弃了……

〔周裕先没走，又回来，把桌上的红箱子抱起来，又要走。

赵元华　你个疯子，怎么还没走! 难道最后陪我的，就是你这个疯子了么，太可笑了。你过来，我饿了，把你的吃的分给我一点。

〔周裕先把手里还剩的一条给她。

赵元华　这是什么，这是纸，你在吃纸!（反应过来地）等等，这是……（一摸）两头硬……两头硬的是最好的……你……（猛地想起来什么，要扑过去阻止周裕先把手里的那条吃掉，但已经被周裕先咽下去了）你真是个疯子! 这下我有了这个最好的，也没人相信我了……（狠狠地）王宝裕，我可怜你，你的敌人，不是我……

〔渐暗。

〔幕落。

第 二 幕

同是第一幕那个厅，经过修葺，一部分旧式窗门变成西式格子窗，八仙椅完全移去，换上沙发和西式靠背椅、小圆桌之类的家具，可是还有一两张小矮凳，用来避空袭时带着走的。厅旁厢房的窗还是依旧，墙壁也只粉刷了厅的内部，就像破棉袄上套上一件加染的新背心，越看越不调和。然而这家人就一直是这样不调和地过着。所以也就好解释，厅房里为何多了一个秋千架。微风拂过，秋千静默地飘荡着。现在的时间，离第一幕两年，香港失陷后。

〔幕启。

〔周天爵坐在厅堂的椅子上。周裕先在荡秋千。

周天爵　香港就这样被日本鬼子抢去了。裕先，你说说看，下一个会不会是桂林呢！

周裕先　飞喽！飞喽！

周天爵　以前的老人家就说，精神有问题的人，心里就会清楚。可不，没准日本人就用他们的飞机把我们全炸飞喽！

〔外头嘈杂的声音，应是争吵。

〔周承先走在前头，赵元华跟在后头。一个抱怨，一个幽怨。

〔周承先、赵元华上。

周承先　丢了还不丢了，有什么办法！

赵元华　真是活该！要是给我拿着，怎么会丢？我就从来没有丢过东西。

周承先　那也不要夸口。（看见周天爵）父亲！

周天爵　丢了什么？

赵元华　就是你给的那个金表，他自己不留心，被小偷剪了表带偷了去。本来就挂在裤腰上，忽然有人叫了一声"飞机来了"！大家一跑一挤，再一摸就没了。

周天爵　那个表真可惜！

赵元华　手上有一个表，何必又带挂表，不听我的话，又不肯交给我，反正你就是信不过我。

周承先　（打断地）又怪我信不过你！两年过去了，我还信不过你！

赵元华　要是信得过我，平常日子就不会把我当外人看。

周承先　越说越没理，东西丢了，还有什么可说的？

周天爵　丢了就算了，用不着多说了。（对周裕先）裕先，随我回屋。

〔周天爵、周裕先下。

赵元华　（对周承先）你还说不把我当外人，（坐下来预备谈判的样子）跟你这么多年，受尽了苦，呕尽了气，可是你还想另外去娶一个，我凭哪一点不能叫太太？我永远叫赵姑娘，大老婆死了，我还是姑娘，跟一个男人过了好几年，还是姑娘呢！我不知道哪一点儿还像姑娘，你欺负我也欺负得够了！彬儿也从不把我当作继母，只把我看成是落魄的旧人！

周承先　你落魄？我自从娶了你就没有好过一天，我倒霉都倒在你身上！

赵元华　是我倒霉倒在你身上吧！我来的时候有金镯子、玉镯子、钻石耳环，全被你弄没了！躲一回警报就丢一回东西，天知道是真丢还是假丢。

周承先　你敢胡说试试！

赵元华　你出去应酬，从来不让我去，只把自己收拾得洋里洋气，老二的模样你是学不来的，你看，把表学掉了吧！

周承先　你有完没完！

赵元华　你这样做，就是想引起某个人的注意……

周承先　（惊慌地，打断地）你说什么！

赵元华　（继续地）我知道你在打谁的主意，癞蛤蟆想吃天鹅肉，你想娶秦……

周承先　我让你说！（打赵元华一个嘴巴）

　　　　〔恰好这时候，周继先与秦露丝，躲完警报回来。

　　　　〔周继先手里拿着阳纸伞、手提包，秦露丝相当疲倦，歪歪地把头靠在周继先的身上。

　　　　〔周继先、秦露丝上。

赵元华　你打，你打，我本来活着就没意思！

周承先　（见到秦露丝，惊）露妹！

　　　　〔赵元华哭个不停。

周继先　赵姑娘，算了，就会有客人来，里边去吧！

　　　　〔赵元华抽抽噎噎地回屋了。

　　　　〔赵元华下。

周承先　露妹，真的，我以前从来没有打过赵元华。

周继先　大哥，打过就别忏悔，这两年这句话你都说八百遍了。（故意地）真心觉得忏悔，把她扶正算了。

秦露丝　对呀，大哥把她扶正吧，我又多个嫂子。

周承先　（着急的语调，对秦露丝）怎么你也说这个话。（换个语气地）其实我打的时候，也并没觉得打在她的脸上，倒更像是打在我陈旧的思想上。（吊书袋地）而我借此审视我的生活，它竟是那样地不堪一击，（举起自己打赵元华的那只手，看着）而它，却还留存着响亮的希望。可惜，（又唏嘘地）曾经沧海难为水，除却巫山不是云啊。算了，算了，不谈了。（边说边朝自己的屋子踱步而去，进屋）

秦露丝　想不到大哥心中这般惆怅。

周继先　你看他惆怅的是谁？

秦露丝　（抿着嘴笑）当然是赵姑娘。

周继先　（凑近地）是你。

秦露丝　胡说！（慵懒的样子）不知道躲警报怎么这样晕。（伏在沙发背上）

周继先　到我屋里休息一下吧。

秦露丝　才不要，少惹点麻烦吧，要是姐姐知道了，她会像对付赵姑娘那样对付我的。

周继先　她敢！她敢我就跟她离婚！

秦露丝　你为什么要跟她离婚？

周继先　我要争取一种资格。

秦露丝　争取什么资格？

周继先　争取自由的资格。

秦露丝　你还想怎样自由？

周继先　（越来越靠近地）我还想爱你，娶你，永远跟你在一处生活的自由！

秦露丝　你可真会一厢情愿地打如意算盘。（避开去，再坐进沙发）

周继先　（追过去）露丝，你不要这样说，不是一天了，这不是一厢情愿，你不能丝毫无动于衷。两根干柴遇到一起就不孤单，两团烈火抱作一团就会取暖。我不能再忍受下去，不能再作虚伪的奴隶，不能让你离开我，不能让你落在人家手里！露丝你答应我！

秦露丝　（笑得其实还挺享受）我看你有点神经错乱了，你把我的表姐姐摆在什么地方？

周继先　她要是答应就做平妻，不答应就离，我这里的一切都属于你！

秦露丝　你为什么这样逼我？

周继先　并不是我要逼你，是你的美丽、你的气质、你的青春在逼你。

秦露丝　胡扯！

周继先　不是吗？要是你不跟我早点决定，你的发、你的眼、你的唇，不知还会惹出多少男人的麻烦。最要命的就是大哥，他的心已经这样苦，你不能再要了他的命！

周承先　你是不是想要我的命！

〔秦露丝与周继先都被周承先这一句惊到。

〔周承先的屋里传来周承先打赵元华的声音。

周继先　你看。

秦露丝　（害怕那样的声音，惊恐地）让我考虑考虑。

周继先　不要考虑了，你不能也要了我的命……

〔周继先双手合十在胸前；秦露丝半推半就、半推半就、半推半就，就快默许……

〔这时，周传先进来了。

周传先　二哥，露妹！

周继先　（认为他坏了好事，不悦地）怎么，今天进城来了？

周传先　进城来接桂英放学去我那儿，跟她说好了在这里见，也正好来看看爸爸和大哥二哥。

秦露丝　四哥把我忘了吧？

周传先　忘了露妹还了得。

〔秦露丝很开心，这是一种适龄男女间的阳光般的开心。

周继先　四弟现在哄女孩子开心很有一套，谈了爱情的人，就是不一样。

秦露丝　（不爱听与周传先的爱情相关的话题，拉着周传先的胳膊）四哥，听说你的农场办得很好，真是了不得。

周传先　水塘已经开好了两个，可以灌到五千亩，山上也一步一步在种树，不过还早得很，不是短期间的事。

周继先　经费是哪里来的？

周传先　几个大学同学凑了点钱，农民们也都很明白，他们大家出力，就把水塘开成了。我是反正所有的租谷都不要，全部用在农场的建设方面，因此农民占了很多便宜，自然很高兴来参加工作，但这也不过是就客观环境可能的范围，使得他们的生活比较合理，水旱之忧免除，收成可靠。这不过一个小小的企图，希望能多开辟一点荒地，多种出一点粮食。至于整个的农村计划，当然谈不到，那是要归政府来统筹的。

周继先　多点粮食总是好的。

周传先　如今香港又失陷了，所有通海的口子全被封锁，我们再不努力生产，万一连粮食都发生了恐慌，那就不堪设想。二哥，有没有办农场的兴趣？你来投一点资好不好？

周继先　我哪里有资本，我的几个钱是全靠在货物里头临时周转，算不了什么资本，而农场的效果异常慢，把钱坑死在里头，我吃饭怎么办？

周传先　吃饭那很有限的，二哥一批生意就赚了几十万，为什么不从事生产事业呢？农业工业都是很有希望的。

周继先　（就是要没有理由地拒绝，老四的一切，他都要习惯性拒绝）我现在要先帮国家抢救物资。

周传先　就可惜二哥抢救的物资，日用品太少，奢侈品太多。

秦露丝　这个四哥可就外行了呢！

周传先　我知道这里面的弯弯绕，囤积日用品，进口奢侈品，所以大家都在议论莫里斯，说他是囤货居奇，又走私漏税，我是希望二哥不上他的当。

周继先　我的事情不要人家批评，更不劳烦你来替我出主意。莫里斯也有他自己的人格和事业，外头人怎么能够明白他？我们做我们的生意，你办你的农场，还是不要往下谈了吧，谈多了反而伤了兄弟和气。（对周传先）你不去看看爸爸吗？爸爸时时都在想念你呢！（其实他是想早点结束谈话，带秦露丝回屋暧昧）（对秦露丝）露丝，我们就进去歇一会儿吧。

周传先　二哥，请你等一等，让我把话说完。我们是弟兄，有话总能说。

周继先　你快说好哪！

周传先　你跟莫里斯那个生意就不要做了，外面对二哥的批评不大好。

周继先　外边人对我倒没有什么批评，自己家里人对我存着妒忌，倒是真的。

周传先　在安南没有被占的时候，莫里斯用汽车从安南运货；安南的路不通了，他就从香港经广州湾运货；现在香港失陷了，他就劝你囤日用品，囤米、囤盐、囤布匹。就国家来说，这是于抗战有害；就我们一家来说，这是非常危险的。

周继先　我们虽然不是亲兄弟，却都是爸爸的儿子，既然如此，你为什么造我的谣言？

周传先　二哥，请你听我说话。那莫里斯，他自己做生意，由你出面，赚了钱他得大部分，闯了祸，责任却全在你身上，他完全不相干。二哥，你是为了什么？为了一时的享受，就值得这样吗？

周继先　尽管你说得厉害，也没有法子威胁我对你的农场投资。

周传先　（无奈地）二哥故意这个样子，我还有什么办法！但请你明白，我决不是要你投资到我的农场，只要你投资生产事业就行了。

周继先　矿能开吗？工厂能办吗？

周传先　怎么不能？

周继先　你去弄弄清楚再来说话吧！大学生！

秦露丝　哎呀，你们两个人的个性都很强，见解又彼此不同，我看最好各行其是。今天晚上我来请你们吃饭，新开了一间馆子，我们去试试吧。（对周传先）四哥，一定要去的。

周传先　我还要到铁厂去定农具，晚上没空，另外我也吃不惯那么贵的菜。

周继先　那就没办法了。（讥讽地，对秦露丝）我们吃的是感情，你四哥非要跟我们谈经济，这账可就算不到一块儿喽！

秦露丝　二哥你真不应该，四哥也是为你，你不应该挖苦他。（说着打哈欠，把手扶着头）

周继先　好好好，我说错了。你瞧你疲倦得这个样儿，还不肯去休息。

秦露丝　（又可以娇媚了）好吧，去睡一会儿也好。（提醒地）就一会啊。

〔秦露丝随着周继先回身往里去。

周传先　二哥、露妹！

周继先　（停住，真要不耐烦了）又有什么意见！

周传先　二嫂会回来的吧。

→《旧家》定妆照

周继先　她回娘家了。你进去看看爸爸吧！（说完就要继续走）

周传先　可是我刚才看……

周继先　（打断地）你进去看看爸爸吧！

秦露丝　人生真是有趣，一个家庭，就有这许多曲折。

周继先　人生有趣的地方多着哪！走，去看看我珍藏的英吉利香水，与你的阿－麦－瑞－科，与你的法兰西，十分相配。

　　　　〔周继先与秦露丝，进屋。

　　　　〔周继先、秦露丝下。

　　　　〔周裕先从里屋跑出来，周天爵走在后面。

　　　　〔周天爵、周裕先上。

　　　　〔周裕先捉蚂蚱。

周天爵　好不容易躲个承先两口子的清净，又受不住你们兄弟两个的争吵，真是家里家外都没个太平。

周传先　（上前欲扶）爸爸，是我们不应该。

周天爵　不用扶我，扶好你们的家。两年了，我以为分了家你们会更有专责，我也更省心，结果，比以前更糟，吃饭也不一家人在一起了。我起床的时候，都在睡，我午睡了，才陆陆续续起床，要不就整宿不回来。你们兄弟也逢年过节才见个面。现在想见到你们整整齐齐的，难啊！

周传先　所以打一开始我就不主张分家。

周天爵　我的本意是让这栋房子的每个部分都有人打理。谁晓得房子还在，家没了。

周传先　我知道爸爸在家里有许多的不便，前回彬儿下乡来跟我说起许多事，还说起二嫂待爸爸的无礼，我心里非常难过。

周天爵　我是一家之主，可是如今变了附属品，变了儿子们的累赘和儿媳们的老不死。唉，好在也没几时好活了！

周传先　爸爸不要这样说，跟我回乡下去住住，精神一定好得多，我一定不让爸爸难过。

　　　　〔周裕先捉蚂蚱捉到周继先的房间门口，似乎听到动静，扒着周继先房间的窗户，往里看。

　　　　〔内声。

秦露丝　啊，三……三哥！

周继先　（驱赶地）走！走！（安慰地）没事，他看不懂。

秦露丝　（气喘吁吁地）我还是走吧！

周继先　都这样了，你不能看着我活活地干烧死啊！

周传先　（对周裕先）三哥，你在看什么？

周裕先　鬼子打架，鬼子打架！（跑开，去荡秋千）

　　　　〔周天爵和周传先对于周裕先讲类似的话习以为常，并未当回事。

周天爵　你三哥的疯癫，好像更厉害了。我要不在面前，恐怕你大哥二哥都不会好好待他，
　　　　因为他们太忙，你二嫂和赵姑娘又都是……唉！

周传先　三哥的事我也时时想着，他的病源是因为大学毕业后神经刺激太过，我想在乡下
　　　　去给他充分的自由，划一片地专给他活动，也许慢慢地会好些。

周天爵　乡下真的好吗？

周传先　乡下比城里有趣，那庄田已经不会干旱了，庄屋也修好了，可以住，空气也好得多
　　　　多，要是您和三哥到乡下住，我和桂英也方便照顾你们。

周天爵　就是陈木匠的女儿？她怎么样了？

周传先　她还在大学念书，也快毕业了。

周天爵　你还想和她结婚吗？（他的意思是在"还"上）

周传先　结婚，那还早，都是顺其自然的事。

周天爵　你要跟她结婚，她就是我的儿媳妇，她的父亲就是你的岳父，我就要叫他亲家，你
　　　　大哥、二哥也要叫他姻伯。你想，一个叫我老太爷的人，忽然跟我称兄道弟，这
　　　　怎么受得了？你这件事，完全没得我同意，不会让我难受吗？

周传先　其实是没关系的，爸爸，一个好姑娘，如果因为这样的观念，而使我错过，我想，
　　　　到时候真正难过的，是我，虽然我嘴上从不曾这样说。

　　　　〔周天爵正要说话，莫里斯从外面走来。

　　　　〔莫里斯上。

莫里斯　哈喽！四爷进城来了！啊，老先生。

周传先　许久不见了。

莫里斯　二爷在不在家？

周传先　到里头屋里去了。

莫里斯　我去找找他。

周传先　香港失陷了，生意怎么样？

莫里斯　我在香港的洋行不用说是全完了，不过内地机会还很多，就怕做生意也会越来越
　　　　难哪！回头谈吧，我先找二爷。（急急忙忙走向里面周继先的屋子）

周传先　（对周天爵）爸爸，这个人靠不住。

周天爵　我也觉得，不过他跟你二哥做生意倒十分顺利。话也难说，这个年月，哪一个又
　　　　是真靠得住的？

周传先　可是他专门走私，而生意是二哥出面，将来就怕二哥会遭危险。我刚才劝了二哥
　　　　一番，可是他却生气骂我，我也只好不再说了。

周天爵　你放心，你二哥到底是很精明的。

　　　　〔莫里斯匆匆又走出来，脸上带着尴尬的笑。

周传先　见着二哥没有？

莫里斯　没有见着，没有见着，回头再来吧。（他的神情暗示出似乎看见什么）

　　　　〔莫里斯正往外走，周王宝裕从外面进来。莫里斯一见她，就知道周继先要麻烦了。

　　　　〔周王宝裕上。

周王宝裕　啊，莫先生，才来的吗？

莫里斯　（有意大声地）怎么！二太太今天就回来了？

　　　　〔内声。

周继先　（非正常状态下的声音，居然也惊慌了）王宝裕回来了！

秦露丝　怎么办？怎么办？她一定会杀了我！

周王宝裕　是呵，早回来两天。（对周天爵）爸爸。（见周传先在，就象征性地对周天爵打
　　　　个招呼）

周天爵　回来了。

莫里斯　我还有一点事。（匆匆离开）

　　　　〔莫里斯下。

周王宝裕　我有点累，回屋躺一会。（欲回屋）

　　　　〔内声。

秦露丝　她要进来了！要进来了！

周继先　露丝，冷静，她见着了又能怎样。

秦露丝　我怎么会跟你做出这种事……我的设想本不是早早这样……

周王宝裕　（想起来什么，转身，故意地）对了，四弟，我的丫头杏花哪儿去了？

周传先　我也不瞒二嫂，我的确收留了她。

周天爵　唉，你也真是多事！

周传先　爸爸，这并不是多事……

周王宝裕　四弟，自己人免得伤了和气，请你把她送回来吧！

周天爵　不用多说了，把那丫头送回来就算了。（既像对传先说又像对宝裕说）

周传先　爸爸，那丫头逃出去的时候已经是半死了，如今她很好，闲暇的时候还跟着桂英去大学旁听一些普及的通识课，虽然听不大懂，但至少她不再走在一条死路上。

周王宝裕　爸爸，四弟已经承认是他拐走了我的丫头。四弟，我发现你感兴趣的姑娘，可都是这种出身卑贱的啊，也是，你的出身我们还没弄明白呢！（这句话弄得周天爵很不痛快）你要是真的看上杏花，我还能不给你吗？何必打着这样好听的幌子。你不好好地送她回来，就不要怪我生出什么事端！

周天爵　传先，你还嫌家里麻烦不够多吗！

周传先　不是麻烦不麻烦的问题，而是人道不人道。把一个小女孩子虐待得比小猫小狗都不如，我们能够只当没有看见吗？（对周天爵）爸爸，您不是说孔子仁而爱人吗？您不是信佛吃斋，说慈悲方便吗？我们能够看着一个鲜活的生命活活地被虐待死而不伸只手去救救她吗？丫头也是父母养的！

周王宝裕　（无所谓地）说完了？说完我进去了，累死了。（她这"累"的指向性可就多了。转身，再次回屋）

周传先　（无语地）二嫂，你……

　　　〔内声。

秦露丝　我的心脏都要跳出来了，（痛苦地）太折磨了……

周继先　既然如此，一不做二不休，就这么让她看！

秦露丝　我不该跟你进这个门，为什么四哥不拦着我……

周继先　行啦，你别抱任何幻想了！

秦露丝　可是怎么办？怎么办？

　　　〔陈桂英放学回来。

　　　〔陈桂英上。

陈桂英　（阳光地）传先！啊，伯父好！二嫂，你好！

周王宝裕　（故意地，对周传先）这是哪个花？杏花？荷花？哦，桂花！

陈桂英　（纯纯地）我是桂英，二嫂。

周王宝裕　（继续故意地）哦，几时结婚啊？

周传先　二嫂真是不可理喻！

周天爵　你非要掺和你二嫂的浑水，你看，马上就拿她没有办法。

周传先　成了问题就有办法。

　　　　〔这时，赵元华从房里出来，凑近周王宝裕，跟她窃窃私语，周王宝裕边听她说话
　　　　边看着自己的房间。

周天爵　你说的这些道理我也不懂，行吧，你自己掂量吧。（看看陈桂英）你带陈姑娘回去
　　　　吧，我的事你也不用管了。

周传先　回头我来接三哥。

　　　　〔周天爵摆摆手，意思是，默许了，回去吧。

　　　　〔周王宝裕朝自己的房间一步步走去，像是怕打草惊蛇。

　　　　〔内声。

周继先　露丝，不要害怕，这将是我们新生活的开始。

秦露丝　我脑子一片空白，不管等下发生什么，你要保护我，我已经不是我自己的了。

周继先　可怜的宝贝，有我在。

秦露丝　来了！来了……

　　　　〔周王宝裕贴到门边。

陈桂英　伯父是不是不同意我们在一起？

周传先　你愿意与我坚持下去吗？

陈桂英　我愿意！老人家的观念，我理解的。传先，尽快把伯父和三哥接过去吧，我会对
　　　　他们好的，他们也会慢慢接受我。

周传先　谢谢你，桂英，可是……可是请你原谅我暂时不能给你任何的承诺，毕竟我的家
　　　　庭，给我的担子太重了。

陈桂英　所以我就出现啦！其实我也曾犹豫过，我在最美好的年华遇到你，不知道是否该
　　　　把这年华都奉献给你，这更像是一场赌注，可是青春的意义就在这里。我钦佩你，
　　　　我敬仰你，我追随你，我喜欢你！我也知道你不只属于我，你的家庭，你的农场，
　　　　还有许许多多可怜的人们，都比我更需要你，我不能自私地把你占用，我应该做

的，就是紧紧地站在你的左边，贴近你的心脏，与你一同经历生命的起伏，一起
迎接时代的脉动！

周传先　如果我的嫂嫂们也能说出这样的话，我的这个家，就不会飘摇了。

　　　　〔周传先、陈桂英下。

　　　　〔周裕先在后面荡着秋千，越荡幅度越大，荡一次喊一次节拍。

周裕先　三！二！一！

　　　　〔周王宝裕拉着周继先又哭又闹，一路叫着出来。

周王宝裕　我当你是人，会干出这种事！

周继先　什么乱七八糟的！

周王宝裕　爸爸！爸爸！爸爸！

　　　　〔周承先和赵元华听到很大的动静，赶紧跑出来。特别是赵元华，非常激动。

　　　　〔周承先、赵元华上。

周王宝裕　爸爸问问继先看，还有（指向秦露丝）那个不要脸的，他们干了什么！

周继先　没有什么啊！

周王宝裕　还说没有什么！你说，（握着秦露丝的项链给周天爵看）你跟露丝干的是什么事！

　　　　〔秦露丝已是满脸羞容、委屈和愤怒。

周承先　（难以置信地）老二，到底怎么了？

周王宝裕　（对周继先和秦露丝）我就不在家几天，你们就忍不住了，现了原形了，要是我
　　　　晚回来几个月，我都该叫露丝二太太了吧！

秦露丝　姐姐你说什么不规矩，什么叫现了原形，你见着了什么？

周王宝裕　你还有脸说话啦！还算你是我的妹子啦！有你这样不要脸的东西！别的没学会，
　　　　倒学会了挖姐姐的墙脚！马路上男人多的是，你就偏看上了姐夫他几个臭钱！
　　　　爸爸！您说一句公道话，您的儿子做出这样的事来，您叫我怎么办呀！（哭）

　　　　〔赵元华窃笑。

周天爵　继先，你怎么搞的，你……

周继先　露丝跟她是表姐妹，妹妹到姐姐房里去休息一会儿难道不可以？不知道有什么可
　　　　以闹的。

周王宝裕　我耳朵没有聋、眼睛没有瞎啦，不是一天两天的事了，我只是没有戳穿你们而
　　　　已！

周继先　你这都是听谁说的！

周王宝裕　自然有人告诉我！就在刚才！

周继先　是你造谣言，你还嫌造我谣言的人不够多！

周王宝裕　（对赵元华）赵姑娘！赵姑娘！

周承先　（对赵元华）臭婆娘！

　　　　〔周继先过去把赵元华拽至众人之间。赵元华想拉住周承先，请求保护，但周承先
　　　　丝毫没有这个意思。

周继先　赵姑娘，你几时看见？

周承先　你说！

赵元华　（故意地）我没有看见。

周王宝裕　赵姑娘，不要怕，看见了就看见了，有什么事我担待。

周承先　（对赵元华）你这臭婆娘，搬弄是非！（一下把她打倒在地，其实是宣泄周继先与
　　　　秦露丝偷情这件事给他带来的伤害）

周王宝裕　说啊，赵姑娘，你都看见了什么？

赵元华　（冷笑）我没有看见……

周王宝裕　你……你是成心的！

赵元华　看见了我也不说……

周承先　混账东西，你敢多说一个字，我一脚就踢死你！

　　　　〔周继先有些得意。

周王宝裕　好啊，看我娘家不在这里，你们就不把我当人！欺负我也欺负得够了！今天我
　　　　请爸爸马上给我一个处置，大哥你也要拿出公道话来。如果不给我一个公平的
　　　　了断，那我说得出也做得出！

周承先　（对赵元华）还不滚进去。

周继先　看有什么本事敢威胁我，平日你当我是怕了你，哼！

周王宝裕　你没有资格跟我讲话，我立等爸爸的吩咐。

周天爵　本来男女之防，不能不慎，内外应当有别。（对秦露丝）露丝小姐，我看从此以后
　　　　还是不要到我们家里来，免得许多闲话。继先，对你媳妇说两句好话。

秦露丝　没有今天的事，我可以不来。有了今天的事，我倒不能不来。本来是清清白白的，
　　　　要是从此不来，人家还说我做贼心虚。从此以后，我非但要来，而且我还要天天

来，时时来，谁也不能把我推到门外去。（这是秦露丝的完全蜕变时刻）

周承先　露妹的话当然也有道理。

周继先　那种泼妇我也不能要她。

周王宝裕　（大哭）爸爸，你听见没有，你说应该怎么样！爸爸……

周天爵　谁都不听我的话，我还有什么办法，是我无德招惹了你们这一班不孝子弟，不仁不义、寡廉鲜耻的东西！我管不了，就凭你们怎么去闹吧！（气得浑身发抖，起身往里走）

周王宝裕　好，大哥不能维持公道，爸爸也不替我作主，好！我让你们偷！我让你们偷！
　　　　（飞快地跑回屋）

周承先　（对周继先）老二！你到底想怎么样？

周继先　你看不出来么！（对秦露丝）走！（忽然地）坏了！我的枪！
　　　　〔周王宝裕站在屋门口，颤抖地举着一把手枪。

周王宝裕　秦露丝！我打死你个小妖精！
　　　　〔周王宝裕做开枪动作。
　　　　〔一阵骚动。周继先护住秦露丝；周承先跃起，一脚立于地面一脚腾空；周天爵做伸手阻止状；周裕先惊恐地抱着头；赵元华惊恐却带笑地看着这一切。定格。
　　　　〔片刻。
　　　　〔众人慢慢恢复常态。周继先和周承先检查自己的身体，无恙。
　　　　〔周王宝裕不相信，看看枪，又做了一次开枪动作。周继先与周承先也相应重复了刚才的动作。周继先意识到周王宝裕不会用枪。

周王宝裕　怎么可能！（似乎另有所指）

周继先　（又高兴又不敢相信地，对秦露丝）露妹！露妹？
　　　　〔秦露丝吓晕了。

周王宝裕　我不能这么收手，这不是我……小妖精，看我不撕烂你这狐狸的脸！
　　　　〔周王宝裕朝秦露丝扑过去，周继先挡住，两人撕扯在一起。

周裕先　（围着撕扯的两人狂奔）你们不要闹，跟我来！我的船要开了！给你火把！给你斧头！自由了！解放了！自由的天国呵！

周天爵　这都怎么了！这还成个家么！来人啊！来人啊！
　　　　〔周承先趁机把秦露丝抱起来，跑出大门。

〔周承先、秦露丝下。

〔周继先夺过枪，用力一推，周王宝裕倒地，周继先跟着跑出去。

周继先　你给我等着！

〔周继先下。

周王宝裕　我跟你干到底！

周天爵　（捶胸顿拐杖地）家丑！家丑啊！

赵元华　哈哈哈，王宝裕，你还是放跑了你的敌人！

周王宝裕　（落魄地，一下子瘫坐在地）你为什么要害我……

赵元华　我们是赢不了的，这样才能解脱。

周王宝裕　这不是你的家！你不明白……

赵元华　这是你的家，你也没明白啊，哈哈哈，家？哈哈哈！

周天爵　赵姑娘，你……这是怎么了？

赵元华　（起身，坚决地）没有赵姑娘！您家里的赵姑娘已经跟这颗心一起死了。（口气从未有过地强硬）现在这个，是赵元华！不是赵姑娘！（欲向门口走去）

周王宝裕　你去哪里……

赵元华　去哪里不重要，离开就行了。我劝你最好也走，他一定会派人来对付你，这么多年我对你们的把戏太清楚了。

〔赵元华下。

周天爵　宝裕，爸爸无能，对不住你……你不能再走了啊……

周王宝裕　（无助地）爸爸……不是我要走，赵姑娘说得对，他一定会逼我走……

〔隐隐约约的轰炸声。

〔周传先匆忙地跑进家。

周传先　爸爸！当心！日本人的飞机又来轰炸了！（要带周天爵离开，又看见周王宝裕）二嫂！

周天爵　（用尽气力，推开周传先）你走开！我还躲什么！我就坐在这里！

周传先　爸爸！

〔周传先用身体掩护周天爵。

〔轰炸声。炸弹爆炸声

〔外面一片乱糟糟的声响，混杂的。

〔周裕先站在秋千板上，荡起，仰首，闭眼，享受风起云涌的时刻。

〔轰炸完毕。老屋的部分地方被震塌。

〔周天爵颓唐地坐着。

〔周王宝裕还在地上坐着，也不掩护自己。

周传先　怎么了……（看看家里）（走近周王宝裕）二嫂，二嫂！（周王宝裕没有反应）

周裕先　（似乎活在自己的世界）都去自由的天国喽！

周天爵　（手足无措，只好对周裕先，绝望地）裕先，我要是能像你这样多好，不用看这无
　　　　尽的纠纷，受这糟心的痛苦，我才是半死不活……

周传先　（走近周天爵）爸爸，跟我回乡下吧！

周天爵　（无力地）我不走，我要等他们回来！家不能这么散了，就是散，也要散得体面。
　　　　不体面，凑，也要凑起来！

〔门外一阵"轰隆"的坍塌声。

周传先　谁！

陈桂英　（虚弱地呼唤）……传……先……

周传先　（反应过来地）……桂英！桂英！（跑出去）

周天爵　（着急地，离开座位往门口踉跄几步）我的孩子们！我的孩子们！（又想起什么，
　　　　退回椅子）我不能出这个门！不能出这个门……

周裕先　（傻傻地，又不失癫狂地）去年今日此门中，人面桃花相映红。人面不知何处去，
　　　　桃花依旧笑春风……

〔渐暗。

〔幕落。

第三幕

布景同第二幕，但是家里的感觉比第二幕更清瘦些。不过也多了点红色，因为今
天也算是个喜庆日子。时间与第二幕间隔一年左右。

〔幕启。

〔周承先在厅房的桌旁练着毛笔字。秦露丝坐在秋千椅上，怀里抱着刚出生不久的

孩子。周继先和莫里斯从外面进来。

周继先　怎么我的货又被扣了？

莫里斯　今天是小少爷满月酒，本不该这样扫兴，但接二连三出这样的事，一定有人捣我
　　　　们的鬼。

周承先　（继续写字地）这次又是哪一批货？

莫里斯　卷烟纸。

周承先　那不应该被扣的呀！

莫里斯　所以说一定有人捣鬼，而且一定是我们自己人。

周继先　一定是老四干的！

秦露丝　四哥这一年一直在乡下，又从来不进城。

周继先　（这才注意到秦露丝）你怎么跑出来了！月子还没满，怎么能吹风？

秦露丝　坐在这里能看到门外，踏实些。

周继先　真是神经过敏，都提心吊胆快一年了！（对莫里斯）别看我们这个老四整天在乡
　　　　下，我敢肯定这就是个幌子，他那个农场一定是个什么秘密组织。

莫里斯　我听说四老爷的农场不收租钱，佃户们特别拥护他。

周继先　什么！难怪我们家里那帮乡巴佬总吵着减租，原来是受了他的指使！他故意讨那
　　　　些人的好，暗中让他们捣乱。（对众人）你们看，我们应当怎样对付老四？

周承先　（停止写字）我看不必吧，老四不是这样的人。

周继先　他不是，他那个木匠的女儿未必不是。

秦露丝　我看你才真的是神经过敏呢！

莫里斯　防患于未然也是好事。

周继先　就是，（对秦露丝）你看大哥，我早就跟他说防备着赵元华会溜掉，结果呢！还有，
　　　　如果不是我说服大哥抵押一点房产，跟着我囤一批货，他现在能这样悠闲地写毛
　　　　笔字？当初你们可都是不相信我的话。

周承先　你帮我做生意是为了打消我，（看秦露丝）那什么的念头，（不想又陷入伤心的往
　　　　事，岔话题地）那你打算怎么办？

周继先　他农场刚开的时候，曾经要我投资，我现在还可以注入一批大资本，或者干脆把
　　　　他的农场买过来，受我的支配。

周承先　他未必肯答应。

周继先　　那我自有我的办法！（笑）王宝裕那么嚣张的人，我不是都摆平了。

　　　　　〔秦露丝听到王宝裕这三个字，下意识地一惊。孩子似乎要哭，秦露丝哄孩子。

莫里斯　　你的太太，哦，前太太，也该放出来了吧。

周承先　　大约已经出来一个月了。

秦露丝　　（略带惊恐地）她一定会回来报复我！（把孩子抱紧）孩子怎么办？

周继先　　她要回来还正好了，我跟她把离婚手续办完，就能正式和你结婚。

秦露丝　　还要拍一张正式的结婚照，不然我这辈子太不光彩了。

周继先　　对了，（对秦露丝）说到结婚照，昨天讲的那个护照弄好没有？

秦露丝　　（以为要谈结婚照，失落地）弄好了，大哥去弄的……

莫里斯　　护照上写的多少担货？

周承先　　一千担。

周继先　　留了一个首尾（着重这个"首尾"），一字只写一横，加一横加两横随便我们。

莫里斯　　那就加它两横，运它个三千担！

周继先　　（毫不犹豫地）就这样办！（对周承先）大哥，麻烦你去取下护照，（对莫里斯）
　　　　　一会还有客人来送满月礼。我不方便离开，三千担的事就请莫兄多跑腿了，（边说
　　　　　边从口袋掏钱票给莫里斯）麻烦啦！

莫里斯　　（接过钱票）密斯脱周兄尽管放心，我这就去进货。

　　　　　〔周承先拿到护照，出来给莫里斯。

莫里斯　　（接过护照，对秦露丝和周承先）密西斯秦 and 大爷，我先走了，祝小少爷安康。

　　　　　〔秦露丝与周承先对莫里斯寒暄几句。周继先送莫里斯到门口。

　　　　　〔周继先、莫里斯下。

　　　　　〔周继先与莫里斯出门的时候，门边一个黑影躲了起来。

秦露丝　　（对周承先）三千担会不会太冒险了，我总觉莫里斯靠不住。

周承先　　是这个理，不过这几年倒还风平浪静，也赚了不少钱。

秦露丝　　希望这日子真的风平浪静才好啊！

　　　　　〔黑影进门，是周王宝裕。

　　　　　〔周王宝裕上。

周王宝裕　好啊！露丝！好久不见！（憔悴，消瘦，神情淡然，应该是经历了不少事情）

　　　　　〔秦露丝忽然听到一个陌生的声音喊她，吓一跳。

秦露丝　啊！

周承先　王宝裕！

秦露丝　（大叫地）继先！继先！

　　　　〔周继先跑进来，见到周王宝裕。

周继先　你果然还是回来了！

周王宝裕　（没有搭理地，看着秦露丝，冷笑地）孩子都有了。真是一年多过去了……

　　　　〔秦露丝担心周王宝裕会对她和孩子做出什么，赶紧离开秋千架，走到周继先
　　　　　旁边。

周王宝裕　别走，咱们谈谈。

周承先　谈开也好，夫妻没有隔夜的仇。老二，大家坐下来谈谈吧。

周王宝裕　隔夜？隔了多少的夜！我跟你们有几世的仇！

周继先　你想怎么样？

周王宝裕　没有别的，我回来，就是跟你做一个了断。

周继先　怎么了断，你说！

周王宝裕　你叫警察抓我，害我成了现在这个样子，你得赔偿我的损失，我还有半辈子要
　　　　活，你得付给我五十年的赡养费。

周继先　你要多少？

周王宝裕　我知道你有钱，你会拿钱欺负女人，我也算倒了霉，多也不要你的，马马虎虎
　　　　拿出一百万来了事。

周承先　啊，一百万！

周继先　你要我倾家荡产是不是！

周王宝裕　你哪会倾家荡产，你本事大得很！露丝还有一张好脸子，能拿来勾引外头的男
　　　　人呢！

秦露丝　你敢侮辱我！

周王宝裕　你配讲话？贱骨头！

周继先　你敢无理，我就对你不客气！

周王宝裕　牢都做过了，我还会怕什么！

周继先　可我哪来那么多钱？

周王宝裕　你先给我两万美金，还有三万，请你写张借据分两期付给我。我知道你付得起。

周继先　我没有!

秦露丝　还啰唆什么，送客! (说着往门外走)

周王宝裕　(大叫一声)站住! (从手提包里取出一个手榴弹跳过去，对着秦露丝，周承先、
周继先急起出救，秦露丝奔向周继先)你们要动一动，这个手榴弹，大家全完!

周承先　你、你、你你，这、这不行，有话好说嘛。

周王宝裕　我数十下，要没有满意的答复，我们就一起死!

周继先　马上炸死我也拿不出那么多钱啊，我的太太!

周王宝裕　胡说! 我知道你的支票在皮包里，赶快写一张，再写一张借据。

周承先　(示意周继先)还愣着干嘛呀，写呀!

周王宝裕　你要不写，你就看谁会对不起谁! (挥动手榴弹)

周承先　(怕死地)哎哟哟! 写! 写! (对周继先)老二，快!

周继先　好，我写。(取出支票和笔)

周王宝裕　想不到我蹲了一年的局子，摸了个这玩意儿，还真有用处。可是露丝，我告诉
你，你挖姐姐的墙脚算你有种，不过这样的男人，你得多抓点把柄，将来他要
对付你的时候，姐姐可不能帮你。

周继先　要钱给你钱，还废什么话!

周王宝裕　要你死! (举高手榴弹)

周承先　(捂着胸口，经不起惊吓)不要老吓死个人! (对周继先)给他钱不就结了!

周王宝裕　我要他的钱? …… (对周继先)你的许多钱，你的家产，还是我出主意帮你弄
到的，我这是在拿回属于我的东西!

周继先　行了，我写了，你也给我一张离婚书。

周王宝裕　带来了，我知道你需要这个，我也不会习难你。(从衣袋内取出一张纸)你把这
张签给我，我还有同样一张签给你，可是你必须先把支票和借据给我。

周继先　你鬼主意那么多，万一你不给我离婚书呢?

周王宝裕　哈哈，你求我帮忙的时候，怎么不害怕? 那就请大哥做个中间人。

周承先　你们两个的事，别把我拉下水。

周王宝裕　(又举高手榴弹)做不做?

周承先　(又捂着自己的心脏，不行地)做做做!

周继先　好，签字盖章。

〔周承先在离婚书上签字盖章，周王宝裕也从手提包里拿出章来盖了。此时秦露丝受了刺激，又觉得得了胜利，心里动荡空虚，吸一口长气，想走动几下，又停下来。

周王宝裕　露丝，恭喜你就要重复我的命了。跟姐姐学点儿乖，买卖就是这样做的，你们成交，我们散伙。不过你到底还是本土货色，将来他要有机会回了上海，看见洋货还是会买！

周继先　好了，屁话也别说了，交换吧。（对周承先）大哥费费心。

〔开始交换。周承先是不情愿的样子，手都不想怎么碰到两张纸。周继先的神情就是纯做买卖的警觉，周王宝裕则带着复杂情绪。

〔交换完成。

周王宝裕　（接过借据和支票，似笑非笑地）十年的恩情抵不过一张薄纸！（不禁流下眼泪）

〔众人沉默，周继先好像很烦恼而又带着愤怒，周王宝裕瞪着她和秦露丝，秦露丝无语。周王宝裕忽然咬牙切齿地举起手榴弹使劲地往地上一扔，周承先等三人叫起来蹦起来，可谓千姿百态。周王宝裕快速跑了出去。

〔周王宝裕下。

〔周彬从外面进来，与周王宝裕迎面，但是还没来得及打招呼，周王宝裕就跑走了。

〔周彬上。

〔周承先虚得要不行，周继先护着秦露丝，秦露丝又是受到极度惊吓的样子。

周　彬　爸爸！你在干嘛呀？

周承先　（用手指着手榴弹的地方）炸弹！炸弹！

周　彬　炸弹？

〔周彬发现了地上的手榴弹，要过去捡起来。

周承先　彬儿！别过去！

〔秦露丝不敢看。

周　彬　哈哈，爸爸！你可真笨，这是演习用的模型呀，（自豪地）我在空军学校见多了！

周继先　模……型？

〔秦露丝还没完全安定的样子。

〔周彬把手榴弹捡起来，递到周承先的面前，周承先本能地往后缩。

周　彬　爸爸，你胆子可真小！（拿在手上继续把玩）

周继先　王宝裕居然敢耍我！

秦露丝　她欺负我也欺负得够了！

〔周承先意识到在儿子面前露了丑态。

周承先　（自己打圆场地）要不是我们故意装个样子，王宝裕怎么会善罢甘休？

周继先　可以把我的腿放开了么，大哥？

〔周承先这才发现原来自己一直害怕地抱着周继先的腿。

周承先　彬儿，扶父亲起来。

〔周彬把周承先扶起来。

秦露丝　咱们的钱让王宝裕给坑了。

周继先　她能坑我？支票我可以叫银行不付，借据我也没有写期限，就是写了，我也可以
　　　　不给。空头支票一张！（故作从容）女人就是女人，只会蛮干，又不彻底，哈哈！

〔周承先忽然想到了一个话题，也是为了重树自己父亲的形象。周继先也觉得自己
被周彬看了笑话，也想找个机会挽回形象，所以都把周彬当作发泄口。

周承先　浑小子！你刚才说……你进了空军学校？

周　彬　（骄傲地）是的！我要上前线打鬼子才痛快！

周承先　（打断地）谁叫你去考的？

周　彬　我自己去的！

周继先　（对周彬，指着周承先）你知不知道你爸爸还在！（这句话周承先听了感觉别扭）
　　　　不得到我们的许可，你就胡闹！

周　彬　我又不是你的儿子，我也不是我爸爸的儿子，我是国家的儿子！

周承先　什么话！（要打耳光过去，被周彬躲开）我就你这么一个独子，你懂不懂！

周　彬　（敷衍地）哦！

周承先　（又想打他）你这小子……

周继先　（阻止地，对周彬）我问你，四叔对家里有什么批评？

周　彬　没有。

周继先　既然他没有批评我，你为什么处处跟我们这个家作对！

周　彬　我没有！

周继先　是不是那个木匠的女儿跟你说了什么？

周　彬　您说的是四婶吗？

→《旧家》定妆照

周继先　是谁的四婶？你喊我们都没喊她这么亲！

周　彬　四婶多好，学问好，脾气好，不享受，不打扮，自力更生，勤俭持家，比某些人好多了！

周继先　混账！我告诉你，从今以后，不许到四叔那里去，你要再去，我就把你绑起来打断你的腿！

周承先　听到没有？

周　彬　我就要去！我就要去！（跑开）

周承先　你这小兔崽子！（追着周彬跑）

〔周彬跑到门口，周传先提着篮子进门。

〔周传先上。

周　彬　四叔，救我！（躲到周传先身后）

周传先　（对周承先）大哥，什么事生这么大的气？

〔周承先气喘吁吁，接不上话。

秦露丝　四哥回来了！

周传先　露妹！（对周继先）二哥！（周继先若有所思）桂英记着今天是你们孩子满月，特意让我带些乡下的蔬菜给你们尝尝。（对大哥）怎么了？

秦露丝　大哥因为彬儿上空军学校的事，正不高兴呢！

周传先　是我让彬儿去的。

周承先　（惊）老四！你……你怎么能叫我唯一的儿子去送死？

周继先　大哥，我说什么来着！

周传先　大哥二哥，你们这样的教育我实在不赞成，你们不能总是把彬儿拴在身边，他应该出去接受新的思想和文化。

周继先　你这是在把小孩子带坏！你的行动可以破坏一个家庭，懂吗？

周传先　你要加我什么罪名都可以。

周继先　我看你就是想标新立异！

周传先　我有什么标新立异，为什么二哥一直对我有偏见？我不过经营一个农场，把它弄得比较合理一点，其实离我们的理想还不知几千万里，就弄得自己兄弟手足之间都不能相容。

周继先　人家家都是随着习惯，孩子到了一定年龄，该读书就读书，该找事就找事，该帮家里就帮家里，其他的事情也是一样，都是按着规矩来，你为什么总要破坏我们的规矩，搞我们的乱？

周传先　这么说来，我搞的乱我自己都记不清了，请二哥提醒吧。

周　彬　四叔，你不要怕，我支持你！

周承先　浑小子，你是以为我逮不到你！（又要去追周彬）

　　　　〔周彬跑出门外，周承先也追出去。

　　　　〔周承先、周彬下。

秦露丝　还说是孩子的满月酒，这么烦人的一天！（说完，抱着孩子回屋）

　　　　〔秦露丝下。

周继先　我问你，东家是不是应当收佃户的租？

周传先　（明白了地）习惯是这样。

周继先　你也知道习惯是这样。你不收他们的租，弄得我和大哥手下那帮乡巴佬都吵着不肯交租，逼急了还不干活，你这不是搞乱是什么？你那样子巴结他们，你什么意思？

周传先　笑话，怎么说我去巴结农民？你也知道我那庄田的情况，田里没有收成，问谁去要租？等一切都完善好了，慢慢再想法子让他们耕种，他们还是交不起东家的租，所以我就索性免了他们的租。

周继先　你瞧，还不是不要租！

周传先　你听我说，到了他们有力量交租的时候，我就把租谷借给他们，不要他们的利钱。

周继先　借钱不要利钱？你是在逼我们做慈善家么？

周传先　（仍然很有耐心地跟他的二哥讲道理）这样才能够让他们添置农具，买种子，修理房屋，预备第二年的事。钱不够，我还替他们到银行去借。

周继先　你为了搞我们的乱，这棋下得未免有点大吧。

周传先　二哥你怎么总把我往坏的一面想？我为的是改良农业，为国家增加生产啊！我希望你和大哥也能够把注意力转到这上面来，大风险大利润总是不安全的，踏踏实实经营爸爸分给我们的土地才稳妥，（有意地）即使遇到些突发情况，我们家也不至于弹尽粮绝。

周继先　（只关注到周传先的前半句，正好给了他机会）转移？可以啊，你的农场不是希望我投资吗？

周传先　那还是以前的话，现在用不着了。那个时候我也并不是希望二哥出钱，不过是想
　　　　叫你把资本用到比较有益的地方去，可如今……

周继先　我想把我全部资本完全参加你的农场，你看怎么样？

周传先　二哥，你这是什么意思？

周继先　我能有什么意思，不过是兄弟合作。既然你说得那么好，不如我们联手大规模地
　　　　干一下。

周传先　我得考虑一下，而且我还有几个朋友，得跟他们商量。

周继先　自家的田，自己兄弟的事，为什么要跟外人商量？

周传先　我那里有几个朋友的股份。（他猜到了二哥的意图，有意回避，想走）

周继先　忙什么，许久没见，我还有很多事情想问你。

周传先　我想先去看看爸爸。爸爸不是说他有点不舒服吗？我想接爸爸到乡下住一阵子。

周继先　你不在家里，家里的情况却一清二楚啊。难怪已经有人造谣言，说我跟大哥待爸
　　　　爸不好，要是爸爸到乡下去住，人家更要说我们周家的儿孙不孝。

周传先　任何事情你都是先想着否定我。

周继先　你不是也一样！

周传先　请二哥从爸爸的角度考虑，乡下空气好，环境也好，重要的是清净。三哥到了那
　　　　里，我给他自由休养，一点都不拘束他，他的精神好多了。

周继先　老三的事我决不否定你，他要是还在家里住，吓到我儿子怎么办？

周传先　二哥我真不知道跟你说什么好。（走去周天爵的房间）

　　　　〔周传先下。

周继先　（对着自己的屋子）露丝！

秦露丝　（不是很有精神地出来）你们吵完了？

周继先　待会老四出来，你再跟他说说我投资他农场的事，你跟他说，会比较管用些。

秦露丝　为什么？

周继先　女人在这方面总是很有一套的，况且老四对你还是不错的。

秦露丝　开什么玩笑，我都是你儿子的妈了，还当是几年前吗？

　　　　〔莫里斯又匆匆忙忙地进来。

　　　　〔莫里斯上。

莫里斯　麻烦了麻烦了！密斯脱周兄，麻烦啦！

周继先　又有货出问题了？

莫里斯　这回不是货的问题……那本护照让缉私队缴了！

周继先　怎么可能，这才多长时间的事？

莫里斯　谁说不是呢！你们没有对外面人说过什么吧？

秦露丝　我们又没发疯，怎么会把这种秘密告诉人家！

莫里斯　可是刚才谈的时候，只有我们三个，还有大爷……

周继先　那绝不可能。

莫里斯　你们老四知道吗？

秦露丝　你就不要煽风点火了，四哥受的冤枉还不多吗？只说现在会怎么样吧！

莫里斯　本来那个护照是大爷想的法子，如今缉私队闹着要拿人查办。我本想私底下用点钱，谁知道居然用不上。这个事可小可大。如果归到法院里去，顶多算伪造证件，可是听说有人主张要用行政处分，那就……

秦露丝　（紧张地）怎样？

莫里斯　（一字一顿地）拿了人，房子还会充公！

秦露丝　啊！

周继先　先别慌，还有办法。

莫里斯　只求别弄到军事法庭去，否则你们之前每一笔走私，都会被查出来，那一定不堪设想！

秦露丝　我们？你倒是把你自己撇得干净。

莫里斯　出钱的不是我，主要出面的也不是我，与我没什么大关系。

秦露丝　你……（对周继先，周继先好像在思考什么）继先，你看见了吧，早就说他是靠不住的，赚了钱就来分红利，出了事就不管！

周继先　就是要撇干净……

秦露丝　你说什么？

周继先　我们也要与这件事撇清关系，护照……是大哥的……

秦露丝　继先！你不能……

莫里斯　我这个外人插句话啊，我以为，假如到了撇不清关系又万不得已的时候，人一定要逃走，不过产业还要想法子保存。我想这样，这不过是商量，最好是把你们的产业请个律师立一张字，暂时转让给我……

秦露丝　把我们的产业全部转让给你？

莫里斯　这不过是一种做法，等到案子结了，我还是原封不动送还给你们。

秦露丝　（要哭地）我真想不到……真想不到……（对周继先）你说话啊！人家都已经欺负
　　　　到头上了！

周继先　别慌！今天是我们儿子满月的好日子，一定会有办法……（想起来周传先）我进
　　　　去找老四。

莫里斯　你们家里的商量我就不听了，密西斯秦 and 密斯脱周，回见。

周继先　你再帮忙想想办法，我们还有什么不好说的。

秦露丝　继先！你不能答应！

周继先　先保住人！

莫里斯　说的对！不用送了，你们还有得忙的。（往门外走去）密西斯秦，不如密西斯周喊
　　　　得顺口，哈哈。

　　　　〔莫里斯下。

　　　　〔周传先从周天爵的屋子里出来。

周继先　老四！正好我要找你！

周传先　（气愤地）我也要找你们！我的好二哥好二嫂，爸爸病成了那样，你们竟然不管不
　　　　问！

秦露丝　我不知道……

周传先　不知道？每天不去给爸爸送饭，不去问候一声的吗？幸亏今天我来了，再晚几天，
　　　　恐怕我就见不到爸爸了！

周继先　（为了自己的目的，只能暂时忍让着）老四，是我们做得不对，孩子刚出生，就疏
　　　　忽了爸爸，我们会改的。那个……我有点事情，请你一定帮哥哥这个忙。

周传先　（看到二哥好像可怜的样子，也会心软）又是投资农场？

周继先　是倒是，但是……我的生意出了问题，弄不好会坐牢，所以我想把我的田地房产
　　　　都押给你，你做我的债权人，帮我保存我的产业……

周传先　（果断地）这是没有法子的。

周继先　无论如何我跟你总是兄弟，你不帮忙，谁还帮忙？我把房子押给你，于你没有损
　　　　失啊！

周传先　你真的押给我，我没钱；你假的押给我，我不愿通同作弊。

周继先　你就做做假，救救你哥哥不行吗？

周传先　二哥，你得平心静气地想一想，这不是普通的案件，你就是把房子押了也脱不了罪名，你完全上了莫里斯的当。这几年来你做了什么事情，你自己不能自省，反而要嘲弄国家的法律，这是任何人也没有法子替你分过的。

周继先　好，好兄弟，姓周的家庭到了危急存亡的时候，自家兄弟非但不帮忙，还说这许多的大道理来落井下石。你就是被一个做木匠的女儿给迷住了，不认自己的亲哥哥！

周传先　桂英哪里得罪你了？

周继先　我就是不相信这年月还有她那样的人！

秦露丝　继先！（既是责备他的脾气，也是责备他话里的歧义）

　　　　〔陈桂英进门，杏花走在旁边，与桂英手拉手，周裕先走在后面，精神是好了不少。周裕先一进家门就去玩秋千。

　　　　〔陈桂英、杏花、周裕先上。

周传先　桂英！带杏花和三哥去看看爸爸，他最近很不好……

陈桂英　爸爸怎么了？我去陪他说说话，他一会儿就会感觉好很多了。

秦露丝　桂英……是不是哪里不太一样……

周传先　一年前就在这里，日本人的飞机来轰炸，桂英担心我和爸爸的安全，跑回来找我们，被坍塌的房子压到了，还在恢复。

周继先　等等，飞机轰炸那天……王宝裕……刚才我们一说完护照的事，王宝裕就来了！

周传先　二嫂回来过？

秦露丝　她已经出狱了。

陈桂英　传先，是不是有两个二嫂，这怎么叫人呢？

周传先　真是个傻丫头。

　　　　〔陈桂英拉着杏花与周裕先进里屋。

　　　　〔陈桂英、杏花、周裕先下。

秦露丝　（有些美慕地）四哥，看着你们这样，觉得生活真是美好，风平浪静的，一个家，还是没有许多曲折比较好。

周传先　有曲折也是有办法的。（对周继先）二哥，去自首吧，孩子还小，还有回头路。

秦露丝　天哪……自首……

周继先　自首？这还不如要了我的命！我要去找王宝裕那个贱人！要了她的命！（欲往门

　　　　　外跑去）

周承先　（门外传来的声音）这真是要了我的命！

　　　　〔周承先背着周彬进家。

　　　　〔周承先、周彬上。

　　　　〔众人惊。

周传先　（上前）大哥！彬儿！彬儿怎么了！（难受地，但是不哭哭啼啼）

秦露丝　彬儿……

　　　　〔周传先帮助周承先把周彬放下来，让周彬靠在椅子上。周继先似乎还沉浸在算计
　　　　　的世界，又似乎看傻了眼，没了思考的能力。

周承先　（似乎自言自语地，对自己的儿子）你总是跑得那样快，父亲怎么都抓不到你……
　　　　你怎么就跑得那样快，我在后面追着你，却并没想过真的责备你啊……你常常不
　　　　回来，我都没有和你说说话的机会，有时候骂你几句，不就是想听你回我几句嘴，
　　　　多跟你说几句话吗？……这下你被我逮着了吧，可是你怎么不说话了，你说你要
　　　　去空军学校，你说你要痛痛快快地打日本鬼子，你说呀！你说呀……我的儿……

周传先　大哥，我要为彬儿讨回公道。

周承先　（想起来什么，冲到周继先那里）你还我的彬儿！你还我！

周继先　什么？跟我有什么关系！

周承先　是缉私队的车撞到了彬儿，他们居然没有停下，他们认得我，也认得你，说要来
　　　　抓你！就是因为你，我的彬儿才会这样！

秦露丝　他们真的来了！

周继先　（异常冷酷地）大哥，他们动不了我，那本护照是你的。

周承先　是你的。

周继先　什么？

周承先　我那张假护照用的是你的名字。

周继先　你居然算计你的弟弟！

周承先　你不是一直都在算计你的哥哥么！从分家的时候到现在！我只是不说，但我也会
　　　　长记性。现在想想，赵元华还是挺好的。如果她还在，我，彬儿，还有她，也可
　　　　以算是一个本本分分的家。

周继先　我算看明白了，我的哥哥，我的弟弟，一直在捣我的乱，原来我才是那个最愚蠢

　　　　　的人！

周传先　　是你从来不相信家里人，从来都要与家里人争夺！

周继先　　（对秦露丝）露丝，你不会离开我的吧！

　　　　　〔秦露丝无声地饮泣。

秦露丝　　今天是犯了什么太岁，满月的喜庆日子竟生了许多的悲凉……

　　　　　〔周王宝裕进家。

　　　　　〔周王宝裕上。

周王宝裕　这是你们自作孽，犯了所有菩萨的太岁！

　　　　　〔众人惊。

周传先　　二嫂！

周王宝裕　四弟，你和桂英还年轻，就别回来啦，新日子才刚刚起头，跟这个家走得越近，
　　　　　就越倒霉！（看到周彬，难过地）彬儿……（上前去看，被周承先挡住）

周继先　　你还回来干什么，钱已经给你了！我们就快什么都没有了！

周王宝裕　你还好意思跟我提钱，你开一张空头支票就想应付我，一年了，你还是一点没
　　　　　变啊。但是我变了！我就是来通知你们一件事，你们最关心的事！（整整头发，
　　　　　对周继先）是我告的状！我把你所有的状全告了个遍！包括你那把枪！

秦露丝　　天哪……

周传先　　二嫂，冤冤相报何时才是尽头！

周王宝裕　可是天也不容他这种狼心的禽兽！大家既然要在仇恨里头赛跑，谁也不是白让
　　　　　人欺负的。我要一直看着他，倒、下、去！

秦露丝　　（无力地）那又何苦……

周王宝裕　你又何苦？要是他到地狱里去，那是你把他送去的，不是我。

秦露丝　　我不懂一个女人为什么勉强要一个男人爱她。

周王宝裕　我不懂一个女人为什么要勉强去占人家的丈夫！不过我专门告诉你，我王宝裕
　　　　　虽然是一个女人，在这个男人专权的世界里，我也不能让人家白欺负，我要报
　　　　　仇！

周继先　　所以你就告我的密？

周王宝裕　对，而且我加入了缉私队。你对我布下了天罗地网，我自然也有我的布置。可
　　　　　是我这个人，到底还是念旧，我不甘心看着你被这个女人（指着秦露丝）断送，

就特地来送个信，这幢房子一定会充公，你也一定会被拿办，但是你如果想逃走，我可以装作没看见。可是这个家，我那么用心伺候的一个家，完了，你们富贵荣华的迷梦也变作一团烟雾，散了。

周继先　你到底什么意思？

周王宝裕　要死要活，在你自己。你要想活，就跟这个女人彻底了断！

周继先　你这是逼我！

周王宝裕　你们就是这样逼的我！

周承先　（对周彬）彬儿，这里太吵，不干净，父亲带你回家。（抱起彬儿，对周王宝裕）是你们的人送走了我的彬儿！

周王宝裕　我可怜的彬儿……虽然我不是你的母亲，但是我没有孩子，我一直把你看作我的孩子……（亲吻周彬的额头）我这辈子也没指望好活，我愿意承受所有的罪过，偿还彬儿……

　　　　　〔杏花背着周天爵的包袱，陈桂英扶着周天爵出来。周天爵非常虚弱。周裕先跟在后面。

　　　　　〔周天爵、陈桂英、杏花、周裕先上。

周天爵　你们今天所有的谈话，我都听得明明白白。可这里还是我的家，我在一天就撑持一天，你们要朝死里闹，等我死了再闹。刚才多少次我想出来制止你们胡闹，却有心无力了。（对周继先）继先，想不到你生出这些事端，也只能由你自己收拾了。（对周王宝裕）宝裕，我还是把你看作继先唯一的媳妇，得饶人处且饶人吧，我这把老骨头给你跪下了。（周传先阻止，周王宝裕也情不能自禁，仿佛在这一刻，她内心真正的柔软，复苏了）（对秦露丝）露丝小姐，原谅我这个老腐朽还是只能喊你露丝小姐，我毕竟不能接受你进入我们家的方式。你还年轻，孩子也还小，找个可靠的人家，还是能有个顶好的生活。

周继先　爸爸，我不能答应您。我需要露丝！

　　　　　〔秦露丝与周王宝裕都在流泪，意义是不同的。

周天爵　你自己决定吧！

周王宝裕　继先！……

周传先　二哥，该做决断了！

秦露丝　继先！……二哥！……

周裕先　选！选！选！

　　　　　〔不同的声音，让周继先无法做出选择。

　　　　　〔门外传来机动车的声音，渐渐逼近。

周王宝裕　他们来了！

周传先　二哥！

秦露丝　继先！

周继先　我……我……我……

　　　　　〔周继先快速冲向后院，翻墙而逃。

周传先　二哥！

周裕先　鬼子跑了！鬼子跑了！

周王宝裕　（苦笑地）我就知道他一定会这样。

秦露丝　原来就是这个结局……我真是太可笑了。

　　　　　〔周天爵摇头叹息。

周王宝裕　（对秦露丝）继先一向自鸣得意，以为有钱有势，把我王宝裕做倒了，你就把他
　　　　　当英雄。只有像你这样的象牙饭桶，才会去相信他，崇拜他，还替他生了孩子。
　　　　　我的妹妹，你也替你自己活一活吧！（才注意到杏花）呦，这不是杏花吗？我
　　　　　以为你死了。

杏　花　我还没死呢，太太。

周王宝裕　太太？多么熟悉又陌生的名字。过了这么久，你还记得我。

杏　花　我被你打得掐得烧得，浑身斑痕，常常叫我牵记着你，永远不能忘记。

周王宝裕　这不像你会说出的话。

杏　花　是四老爷和桂英姐姐给了我新的活路。我不再是你的奴才了，你要是还能打得到
　　　　　我，就打我一顿；打不到，万一我还碰伤了你，请你不要见怪。

周王宝裕　（对周传先）四弟，我不得不佩服你，还有桂英姑娘。

陈桂英　谢谢二嫂夸奖，我已经认杏花作干妹妹了。

周王宝裕　妹妹？（冷笑地，自嘲地）多么温暖又锋利的名字。不过也许，干妹妹比表妹
　　　　　妹管用。

　　　　　〔秦露丝黯然神伤。

周王宝裕　我走了，去还我欠下的债。（对周天爵）爸爸，请允许我仍旧这么喊您。您也尽

　　　　　快搬离这里吧，等风头过去，再看有没有办法。（对周传先）四弟，你多费心了。

周传先　放心，二嫂，你也保重。

　　　　〔周王宝裕下。

周传先　爸爸，既然是这样，我们暂时到乡下养养身子吧。

周天爵　（老泪纵横地）好，我跟你去，我跟你去！只可叹，这个家好容易造起来，经过几十年辛苦艰难，撑持到今天，没了。

　　　　〔秦露丝哭。周裕先也抹起眼泪。

周传先　爸爸不要难过，这个家不见得就这样没了，就算是归了公家，私有公有，还不是一样吗，或许把它做医院做学校，更好。

周天爵　可是我们没有家了！

周传先　到乡下去，还有个新家。

周天爵　新家？

周传先　是的，一个比较上稍微合理一点的家。

周天爵　好吧，我又要成你们的累赘了。

陈桂英　才不会呢，爸爸，您是我们的长辈，我们是您的好孩子，只有牵挂与思念，没有累赘与负担。我们去一个宁静的地方，没有警报，没有轰炸，没有争吵，只有我们一家人，朝夕相伴。

周天爵　彬儿呢？承先呢？

　　　　〔周传先准备应答，被陈桂英抢先。

陈桂英　爸爸，大哥带彬儿找赵姑娘去了，等他们一家人整齐了，就去找我们。

　　　　〔周传先惊讶又感动，秦露丝也不得不投来艳美的目光。

周天爵　好啊！太好了！（激动地，拉着周传先）走，我们快走！也许他们已经到了！

　　　　〔周天爵、周传先、陈桂英、杏花、周裕先，准备离开旧家。

周传先　（对秦露丝）露妹，带着我们的小侄儿，一起走！

秦露丝　一起走？

周传先　（坚定地点头）等二哥回来……

　　　　〔这时，周继先与秦露丝的屋里传来孩子清脆爽朗的哭啼。

　　　　〔周承先的屋子。

周承先　彬儿！你醒了！彬儿醒了！彬儿！

〔渐暗。

〔幕落。

尾声

〔周裕先出现在幕前，衣装干净整洁，看起来非常健康。

〔他抱着红色的抓阄的盒子，盒子上插满了鲜花。

周裕先 后来，日本人没有来到我的家乡，莫里斯也被我不认识的人取代，二哥去了哪里，也没有人知道。我们那旧旧的家，也还在，那儿的天井、老树、屋檐，依然细数着岁月的星辰，聆听着风云的变幻。我再次推开那扇完整的门。

〔幕启。

〔彬儿和杏花站在门口迎接我，他们拉着我走进我的家。（走入情境）我看见二哥和二嫂又结婚了，那是他们年轻的时候。露丝是伴娘，那时的她还在读书，清新可爱，我当然应该是伴郎啦！大哥和赵姑娘站在爸爸的左右，他们招呼着这一对新人给爸爸敬茶。大哥和赵姑娘相敬如宾，非常恩爱。那也是我记忆混乱之前，印象中爸爸笑得最开心的一天。四弟也回来了，还把桂英姑娘带回家了，大家都很喜欢她。魔术师莫里斯还来给我们表演魔术，我说可以把我们的妈妈变回来吗？他说，只要我想，愿望就可以实现。我就希望一家人永远在一起，说一样的话，走一样的路，住一样的家。（周裕先的旁白，同步演绎，返璞归真）

周裕先 （走出情境）我找到我的家了，这就是我的家，一个发亮的地方。你的家在哪里？你找到它了吗？

〔谢幕。

〔落幕。

——剧终

第六章

芳意且共赏

当我们谈论桂林，还能谈些什么

人们一提起桂林，总是脱口而出宋人王正功那句"桂林山水甲天下"。人民币二十元上的桂林远郊漓江黄布滩山野画面，定格了世人对桂林的认识。甚至桂林人也常常因此故步自封——只说山水，不谈文化。

事实上，甲天下的山水背后是桂林数千年的人文积淀。只是今天，桂林的风景显山露水，而它的文化却如散落的珍珠，得耐着性子细细寻找。

向 1944 年的春天致敬

"草木无情，为什么落了丹枫？像飘零的儿女，悄悄地随着秋风。相思河畔，为什么又有漓江？夹着两行清泪，脉脉地流向湘东。"这个春天，广西师范大学文学院教授、旅游研究所副所长黄伟林带着一群 90 后的学生排练剧作家田汉的名作《秋声赋》。

这个戏是田汉 1941 年在桂林创作的，场景也大都发生在桂林最有代表性的地方。比如男主角就住在漓江边，推开窗就能看到象鼻山。故事讲述了抗战时期一男二女之间的情感纠葛。田汉渴望剧中人能走出个人小情感，走向为抗战服务的大世界，这其实也正是他的个人经历。

抗日救亡的战火把田汉、欧阳予倩、夏衍等一大批剧作家送到了桂林。除此之外，郭沫若、李四光、茅盾、巴金、徐悲鸿等各个领域的大家也都云集桂林城，同一个时期超过了全国任何一个城市。那段时间，在桂林开设的书店、出版社、印刷厂有 209 家，演出、画展等各种文化活动不断。

1944 年春天的"西南剧展"正是其中的高潮。从二月到五月，全国数十个剧团在桂林上演了近二百场演出，观众有十万余人次。当时《纽约时报》发表著名剧评家爱金生的文章，称桂林的西南剧展是古罗马以来最盛大的戏剧活动。

剧展结束的那天晚上，人们在艺术馆广场上彻夜狂欢。这恐怕是桂林最热闹的一个春天了。

民国时代的抗战桂林文化城让黄伟林

艳羡不已。70年后，他带着学生重排这些剧作，向先辈们致敬。

4月的桂林已是晚春，山水之间烟雨迷蒙，潮湿的空气中弥漫着植物的混合香味。旅游的旺季开始了，漓江上游人如织。

黄伟林希望游客们在欣赏桂林山水之余，也能来大学里看看戏，了解一下桂林的文化。在这个城市，抬眼就是风景，而文化的东西则需要有人细细去发掘。

"成千上万的微缩小山，在原野上列队，都仅有三百英尺高，我们都以为中国画上的风景，是想象出来的，其实不然，完全是桂林山水的翻版。"1941年，也是一个春

天。海明威作为战地记者来到中国，一路上不断地听人说起桂林的景色，说桂林如何如何美，是中国最美的地方，于是特意拐到桂林。两天的行程让他印象深刻，他在日记里对桂林极尽赞美之词。

这么一段重要的史料，直到73年后，在这个春天，才由漓江出版社编辑沈东子翻译刊登在桂林本地的媒体上。

宋人王正功那句"桂林山水甲天下"作为城市的宣传语简单好记，气势逼人，足以让桂林享誉世界，其他的称赞都不过是锦上添花，没有人太在意。很少有人知道王正功那首诗的主旨，表达的是对教育和人才的

重视，依托的也正是地方人文的厚重积淀。

养在深闺人未识

说起山水，桂林人睥睨天下，而一说起文化，桂林人有时却底气不足，他们甚至会直接自我否定："桂林没什么文化。"

其实不然。桂林建城，最早可追溯到秦始皇时代，几千年的历史积淀让这方土地有了厚度。如果说抗战时期的文化繁荣，只是历史借来的短暂光辉，在当代，桂林也始终在文化圈占有一席之地。

20 世纪八九十年代，漓江出版社的外国文学翻译独步中国。加缪、塞林格、凯鲁亚克、杜拉斯、村上春树……这些名字都是从漓江出版社出发，第一次走进中国读者的心中。沈东子作为编辑，《在路上》《飘》《沙丘》等几本美国现代文学经典小说的中译本，是经他之手面世的。

那时候出版社门口有个餐厅，有时候他们去吃饭，就扔一摞出版社的书给收银台，然后账也不结就走了，竟然也从来没人来找。

直到今天，很多人都还珍藏着漓江出版社的诺贝尔书系。前段时间，沈东子因为找书，进了一家有名的旧书网，发现书友们列出的最值得珍藏的书单中有大量漓江版外国文学旧书。《蒂博一家》是 1937 年的诺贝尔文学奖获奖作品，共四册，其中仅第四

册单本就拍到 350 元，全套要 1500 元，而这套书 1986 年出版的精装本原价不过 16 元左右。

时光转入新世纪，广西师范大学出版社又在文化圈异军突起。2011 年，由其主办的理想国沙龙，齐聚梁文道、贺卫方、章诒和等当前最活跃的文化人，在桂林王城里坐而论道。

作为一个风景名胜之地，桂林从来不缺少文人墨客的题词留影。黄庭坚的诗、米芾的自画像、颜真卿的书法，还有桂海碑林那 213 件摩崖石刻，依旧闪耀着古代文明的风采。

广西师范大学出版社曾出了一本画册《百年光影——桂林城市记忆》。编辑把那些老照片发布到网上，很多人都惊叹：没想到桂林还有这些人物，这些故事。比如八国联军攻陷北京城时，桂林人岑春煊救了老佛爷的大驾，官至两广总督，与袁世凯并称"南岑北袁"，后来他又成为国民党的创始人之一。他的故居雁山园，占地 300 亩的岭南名园，后来成为广西第一公园、广西高等教育的起点，却已被很多桂林人遗忘，更不为游客所知。

2003 年，当深圳大学历史系教授彭鹏接手雁山园时，这里已是断壁残垣，杂草丛生，几近废园。几年来，他和弟弟花了六千多万重修了这座园林，并发掘了这座园林的百年风云。此园始建于 1869 年，最初是清

代大岗埠官绅唐仁、唐岳父子的私家别墅，后来为岑春暄所有，再由其捐给了当时的广西省政府。一百多年来，它的兴衰荣辱与中国跌宕起伏的历史休戚相关。

社会名流往来于此，一个个名字闪闪发光：周恩来、朱德、郭沫若、陈寅恪、顾颉刚、孙中山、蒋介石、徐悲鸿、齐白石等人都在这里留下墨宝，梁思成、林徽因夫妇携手设计了两栋建筑。胡适还写下一首诗："相思江上相思岩，相思岩下相思豆；三年结子不嫌迟，一夜相思叫人瘦。"

可是，即使在它重新开放之后，依然很少有人来到这里。问了几个出租车司机都说不知道，只能靠导航指引。到了雁山镇，从两排民居间的马路拐进去，往里开一两分钟便可以看到"岭南第一名园"几个大字。这是孙中山的题词，他曾在此发表号召北伐的演讲。

游人很少，导游不断地强调："这里的历史得讲很久。就你一个人，那我就快点讲。"雁山园里，北有乳钟山，南有方竹山，相思江贯穿其间。走在慈禧特许建造的龙道上，可以欣赏园子真山真水的自然景观和构思精巧的人文景观。

"苏州园林不过是巧夺天工，雁山园却是天人合一。要寻访旧时代桂林文人的理想生活，非雁山园不可。"黄伟林期待这里日后能成为桂林旅游的必到之地。

在寂寞中坚守

桂林山水的名声过于响亮，它的文化常常被有意无意地忽略。在这里，人文景观是落寞的。教育家马君武的故居在兴建漓江大瀑布饭店时已被夷为平地，抗日宣传的重镇《救亡日报》社旧址只剩一间房在一家小吃店旁边枯守，白崇禧故居尚未开放，李宗仁故居中午还要闭馆休息。

所以，在这样一个城市里，文化人常常会觉得孤独。黄伟林的老朋友，当代艺术家席华很向往北京的798、宋庄，上海的红坊。他的作品打上包装，贴上标签，一次次寄往那些城市。

他的工作室在桂林绢纺厂内。这个国有企业早在十几年前就破产了，至今还经常有以前的老工人堵门希望追讨拖欠的工资。

厂区分片租给个体私营业主。席华的工作室是一个20多米高的红色水塔，在一片整齐的厂房中茕茕孑立。对面的纺织厂数十排机器不知疲倦地轰鸣着，隔壁的洗涤厂则日复一日地洗刷着各个宾馆送来的毛巾被单。

推开门，灰白的钢筋水泥之间堆满了席华的作品和创作的素材：锯开的氧气瓶、带着防毒面具的佛头、生锈的粗铁链、空调冷凝机……

1998 年，桂林开始大规模的城市改造工程。在拆迁的废墟中，席华捡回来一些砖头、瓦片。岁月在它们身上留下一道道痕迹，席华又将螺丝钉、大螺杆与它们组合在一起，构成装置艺术《老砖老瓦系列》。"当代艺术是对变动不居的现实的反思。"

沿着窄窄的楼梯拾级而上，圆形墙壁多了一圈窗户。从每一扇窗户看出去都是线条简单却刚劲有力的车间，然后就是起伏的山峰。

席华很喜欢自己的工作室，"很有 798 的味道，甚至比那儿的风景更美，那里没有山"。席华希望有人把旁边的厂房租下来作为工作室，但一直都没有。他是这个工厂里唯一的艺术家。

他还曾给桂林市规划局发信建言："希望桂林的城市规划能让一些有特色的老工厂保留下来，成为这座城市的肌理和过去的历史记忆。城市的建筑历史不能断裂，这当然包括工业建筑，也就是工厂。这里说的规划保留并不是留着不动，而是合理利用。"但是杳无音讯，眼看着老工厂一个个消失。

在 20 多千米以外，台商曹日章从 1997 年开始筹建当代艺术雕塑园"愚自乐园"。在嶙峋的岩石下，一个个巨型的现代雕塑散落在田野间，老农赶着黄牛在旁边穿行吃草。

当代艺术对于这个城市来说太另类，而且曹日章一直拒绝按照当地的行规给带团导游回扣，愚自乐园游客寥寥。

所幸的是，在这个来来往往的城市中，总有人在坚持着文化的传承。七星公园北门，走过中药材一条街，再穿过菜市场和旧货市场，在路的尽头，岩壁之下，一个破旧的剧场里，民间桂剧团"七星桂彩艺术团"已经连续十多年在这里演出。这是个业余剧团，但可以连演两年不重戏，每场票价只收四块钱。

在正阳步行街，朗聚酒吧一直坚持做 livehouse，邀请全国各地的乐队来桂林演出。"现在很多知名乐队都不愿意来了，观众太少。"老板猴子形容自己是在坐牢，但是心甘情愿，"这个酒吧每年我都要往里搭上两三万块钱，但还是想给桂林守住这么一块地方"。

象形城市的二次升级

桂林是最早开放的旅游城市之一。沈东子的外语就是跟蜂拥而至的外宾练出来的。20 世纪 80 年代初，他开了一家画店，国外的旅游团来了，常常把墙上的漓江山水画一扫而空。画山的褶皱太费工夫，就把宣纸揉做一团，用干笔涂，还学会了仿制古画的速成工艺，用茶水浸、柴烟熏，烧几个破洞更好，做出虫咬的痕迹。

那时候还是中文系学生的席华，也跟

风画了几年山水画。"一张画，画店老板给我几百块钱。他们一天能挣好几万，钱多到都不敢去银行存。"

桂林的画店从几家迅速增长到成千上百家，还开到了全国各地的旅游景点。桂林旅游就跟桂林的山水画一样简单粗暴地发展，越做越低端。

漓江上的象鼻山是桂林的城徽。游客们在滨江路上反复徘徊，却难以一睹其真容。象鼻山已经被管理者用高大繁盛的竹木圈养起来了，非得买票入园才能看见。

在黄伟林看来，桂林旅游起步早，却始终停留在象形城市的初级阶段。"有时候我想，也许恰恰是桂林无与伦比的旅游资源，造成了一些桂林人的惯性思维：皇帝的女儿不愁嫁。"作为土生土长的桂林人，黄伟林挚爱自己的家乡，他更盼望人们能认识到这座城市"天人合一"的独特。

在这个慢悠悠的城市里，很多人都在默默地做着自己的事。沈东子正在着手升级与妻子合著的城市笔记《品味桂林》。"原来大都是轻巧的随笔感悟，这一次希望能充实更多关于这座城市的历史文化。"比如说海明威的桂林之行，比如说那个会说桂林话的洋修女，比如说桂林当年的秧塘机场曾是飞虎队的总部所在。

而席华则经常骑着他的死飞自行车走街串巷，希望能找到一条小巷子，精心打造。在他看来，桂林留不住游人，就是缺少一条有特色的多元文化艺术酒吧街。

下个月，黄伟林主持的新西南剧展就要开演了。他期待能有更多的人走进剧场，重温七十年前那段文化大繁荣。"桂林山水永远是顶级的，但还应该感受到桂林的文化。它是可以跟顶级的山水相匹配的，这样的桂林才不苍白。"

（沈佳音，载《看天下》，2014 年第 11 期）

温故"西南剧展"

回想 1944 年 5 月 19 日，以欧阳予倩、田汉为代表的戏剧工作者在桂林组织举办的"西南第一届戏剧展览会"胜利落幕。这次震撼世界的戏剧盛会吸引了 30 多个团队的上千名戏剧工作者，展览演出了 170 多个剧目，有力推动了处于危机境地的剧运的发展，实现了中国戏剧人抗日救亡的文化担当。

"在历史闭幕的地方，我们重新出发。""西南剧展"举办 70 周年之际，广西师范大学扛起了"新西南剧展"的大旗，一群风华正茂的大学生重排、重演《秋声赋》《旧家》《桃花扇》等桂林抗战文化城时期的经典剧目，温故"西南剧展"，缅怀那段壮怀激烈的岁月。

以舞台丰富课堂

"不，淑瑾，我们不能走。我还有许多事情要做，中国的革命道路是很艰难的，也是很复杂的，我们各人要尽其在我。"日前，由广西师范大学文学院教师改编执导、一群非专业的大学生演出的《秋声赋》将经典"复活"，再次把国难、爱情、婚姻危机交织的爱恨情仇搬演上舞台。

如何让这样的经典鲜活起来？

这是多年的文学史教学中不断思考的

一个问题。说到策划组织"新西南剧展"活动的初衷，担任总策划的文学院教授黄伟林说："话剧演出是现代文学教学的一种很好的延伸方式，我们想把话剧作为突破口，做些教学方面的改革创新。"

把舞台引入课堂，是广西师范大学多年来一直尝试的教学改革创新项目。

与以往的话剧演出活动不同的是，"新西南剧展"不是演一两台戏，而是要打造一个可持续发展的、有系统性的文化品牌。

"'舞台＋课堂'的人才培养方式，核心就是以表演推动专业基础课程的学习，培养磨砺学生的专业技能和素养。学生在演剧的过程中，能够更深入地去理解作品，去体会作品的历史文化内涵，去参悟社会和人生百态。"担任"新西南剧展"总策划、总导演的文学院教授刘铁群如是说。

"只有我们对角色有了自己的认知后，才能理解戏中的人生百味，获得许多在课堂上无法得到的收获。"在《秋声赋》剧中饰演徐母的常蓉同学道出了她的体会。

以情感温故历史

在漓江学院报告厅，"新西南剧展"第二个剧目《旧家》在这里上演。

《旧家》是"新西南剧展"首期演出的几个话剧中唯一参加了当年的"西南剧展"的剧目。该剧讲述抗战时期的桂林城里，三代同堂的周家正在旧家与新路之间彷徨。仕途失意的大儿子周承先成天喝酒作诗，二儿子周继先同商人莫里斯做走私生意发国难财，三儿子周裕先因受莫名的压迫而疯癫，四儿子周传先一心为救国做实事。兄弟之间、夫妻之间、姐妹之间、叔侄之间的矛盾和隐情，皆因分家而爆发。最后，老四在乡下建设的新家成了这群无家可归者的归宿。尾声部分，出现了家和万事兴的和谐幻境，一个旧家的覆灭，昭示着一个新时代的到来。

《旧家》这部戏1945年以后就没再演过，仅仅是找剧本就费了不少力气。24名学生演员都没有话剧表演经验，不少人之前连一部话剧都没看过。大家不但不了解桂林抗战文化城，对20世纪40年代的社会生活也没有什么认识。要在短短的几十天时间里顺利地完成剧目的排演，难度相当大。

"同学们投入了大量的时间和精力，去温故历史，理解人物，体会剧中的情感。"执导《旧家》的漓江学院教师李钰说，"看着他们排练时由于剧情需要反复摔倒在地，胳膊腿上各种淤青，听着他们因为带病一遍遍排练而日趋沙哑的嗓音，我都不忍心让他们继续着高强度的排练，他们反过来劝慰我，说能参与到重排'西南剧展'剧目，重新体验我们祖辈经历过的历史，是一件很幸运也很幸福的事"！

温故历史、致敬经典的"新西南剧展"得到了社会人士的关心与支持。著名剧作家、导演张仁胜和国家一级演员、梅花奖得主张树萍等人亲临排练现场指导。当年"西南剧展"的组织参与者李任仁先生的孙子李世荣，李文钊先生的女儿李美美与师生们分享他们关于父辈的记忆，帮助大家重温那段激荡的历史岁月。

"青年学子们以自己的独特感悟亲身演绎经典，既是为纪念'西南剧展'70周年献礼，也是为了继承民族的文化经典和优秀的戏剧传统，以戏剧展演唤醒桂林文化城的'戏剧魂'。"广西师范大学党委书记王枬说。

以理想激活青春

在中国抗日战争黎明前最艰难的时候，"西南剧展"及时交流和总结抗战剧运的经验，为民族救亡"鼓与呼"，将抗日戏剧推到一个新的阶段。

"70多年过去了，我们的国家、我们的民族、我们的戏剧，都发生了翻天覆地的变化，但不变的是一代一代青年学子的爱国情怀与文化担当。"广西戏剧家协会主席常剑钧说，"在戏剧美被严重忽略的今天，我感到广西师范大学师生的努力尤其可贵"。

他们是非专业的演员，却有着一股专业的精神。

在《旧家》一剧中饰演陈桂英的黄禹迪说："我饰演的角色是民国时期的大学生，虽然台词不多，就是短短的几句话，但我也要让大家体会到，那时候的先进青年对情感是负责任的，对社会是有担当的。"

黄伟林介绍说："桂林的历史文化从古至今，最辉煌的当属抗战文化城时期。我们要做的是一个系统工程，要将'新西南剧展'同抗战主题的田野调查与文化城课程体系建构结合起来，重现抗战文化城的文艺救亡历史，以其与当下社会现实发生关联的、接轨的、有价值的文化传统和文化资源为切入点，传递一种正能量。温故'西南剧展'，根本上弘扬的是社会主义核心价值观，要用'高大上'的理想追求和精神品格激活青春，让青年学子为了美好中国梦的实现而努力奋斗。"

（刘昆、张俊显，载《光明日报》，2014年6月3日）

西南剧展再现舞台

今年是"西南剧展"举办70周年，连日来广西桂林举行了多场纪念演出，欧阳予倩的《旧家》、田汉的《秋声赋》等凸显抗战文化的经典剧目再现舞台。

1944年2月至5月，欧阳予倩、田汉、李文钊等知名文化人士积极奔走，在被誉为"中国戏剧史上的第一座伟大建筑"的广西省立艺术馆，组织举办了一次盛况空前的"西南剧展"活动。西南五省1000多名戏剧工作者参与，共演出100多个剧目170多场，为桂林历史文化和抗战文化留下了浓墨重彩的一笔。

今年85岁的曾素华参加了当年西南剧展的演出，在《桃花扇》里饰演一个书童。他向记者回忆起当年的盛况："1944年办西南剧展的时候，从全国各地赶来桂林的剧团特别多，街头巷尾都有戏看，有时剧场不够用，我们就在学校礼堂或街头搭台演出，许多人都通过看戏受到了教育。"

为了纪念西南剧展举办70周年，广西师范大学今年启动了"新西南剧展"工程，由专业教师指导学生重排、重演抗战时期的优秀剧目，重温"西南剧展"，缅怀当年的岁月。在"西南剧展"原址，《满江红》《劝夫从军》《征兵，我愿往！》等一首首时代之歌的再次响起，演员们声情并茂的演绎，仿佛把观众带回到了抗战年代，让他们感受到了被戏剧点燃的抗日救亡的热情，以及中国戏剧人不负历史的文化担当。

（刘昆、张林涛，载《光明日报》，2014年12月29日）

图片新闻

　　为即将到来的抗战胜利70周年预热，广西师范大学"新西南剧展"系列活动——纪念"西南剧展"70周年话剧展演日前拉开序幕。大学生们将70年前田汉的话剧《秋声赋》搬上了舞台，重现了抗战年代桂林青年为自由、为祖国而奋斗的故事，展示出国难当头之际中国文人的风骨。

（谢洋，载《中国青年报》，2014年5月24日）

各地丰富文化活动喜迎新年

2014 年 12 月 31 日晚，由湖北省委宣传部、湖北省文化厅、湖北省广播电视台、湖北省演艺集团共同主办，湖北省群众艺术馆承办的 2015 湖北省新年文艺晚会在武昌洪山礼堂举行。湖北省委书记李鸿忠，全国人大环资委副主任委员罗清泉，湖北省省长王国生、省委副书记张昌尔等，与劳模、道德模范、农民工代表等湖北各界群众一同观看演出，喜迎新年。

一曲气势磅礴的《长江交响曲》拉开了晚会的序幕。京剧联唱《楚天群星谱》用传统戏曲艺术形式，勾画出吴天祥、王争艳、孙东林等荆楚道德群星的生动形象。男女声二重唱《人间天河》反映了湖北人民为南水北调中线工程舍小家顾大家、甘于奉献的崇高精神，感人至深。黄鹤楼、江南桂花香、龙船调，一曲曲人们耳熟能详的湖北民歌，让人听了倍感亲切。晚会在《共筑中国梦》的激昂旋律中结束，整场演出赏心悦目、精彩纷呈，体现了湖北文艺工作者学习贯彻习近平总书记文艺工作座谈会重要讲话精神，坚持以人民为中心的工作导向，彰显了时代精神、湖北特色，给观众以唯美的艺术享受和昂扬向上的精神动力。

2014 年 12 月 25 日至 30 日，吉林省文化厅举办了迎新年系列展览、展演活动。此次系列活动由吉林省群众艺术馆承办，包括 2015 新年音乐会辽源专场、"画说吉林"全省美术书法摄影优秀艺术作品系列展及靖宇农民画展、第五届群众文艺精品展演三大板块。

这次展览、展演集中了基层群众中最优秀的书画摄影作品和精品文艺演出，展现了黑土地风情。吉林省群众艺术馆馆长葛利民说："2015 年我们将用全年的时间在全省不同人群中，采取多样化形式，从民曲、民段中培育、推广群众文艺精品，整合吉林的地域特色文化，吸纳更多的年轻人加入到创作表演中，给全省各地文化艺术爱好者一个更为广阔的舞台。"

据悉，此次吉林省迎新年系列展览、展演活动，共有来自吉林省几十支群文队伍

→《桃花扇》黄姚古镇演出

的 500 余名群众作者和演员参与其中。演出结束后，书画摄影及农民画展览还将延续到正月十五，观众可免费前往参观。

1 月 1 日，广西博物馆联合广西竹里馆·爱乐坊，在博物馆内举办了一场"古风国韵"2015 新年音乐会。音乐会分三个章节，以历史发展的脉络向观众展现了中国传统乐器的发展，并为观众带来了以埙、古琴、笛子、二胡、琵琶等传统乐器演奏的《金蛇狂舞》《喜洋洋》《步步高》《花好月圆》等经典民乐曲目。

元旦小长假期间，广西师范大学师生将自编自排自演的欧阳予倩版话剧《桃花扇》带到了广西贺州昭平县黄姚古镇大舞台，连续上演两场，吸引了众多群众驻足观看。

（徐超、王永娟、杨同娜、王星晶、冯钰珊，载《中国文化报》，2015 年 1 月 5 日）

老根育嫩芽，故地展新篇

——记"温故桂林文化城·新西南剧展"

1944年，中国抗日战争黎明前最艰难的时候，以欧阳予倩、田汉为代表的戏剧工作者在桂林组织举办一场震撼世界的戏剧活动，30多个团队的上千名戏剧人在桂林上演了持续近百天的文化大戏，以戏剧点燃民众的抗日救亡热情，史称"西南剧展"。

70年后，广西师范大学"桂林抗战文化研究与教育实践基地"和广西文科中心桂学研究团队发起"温故桂林文化城·新西南剧展"系列活动，一群风华正茂的大学生重排、重演《秋声赋》《旧家》《桃花扇》《芳草天涯》等桂林抗战文化城时期的经典剧目，纪念那段壮怀激烈的岁月，传承中国文人的风骨和担当……

燃情岁月：以青春致敬经典

5月16日晚，广西师范大学育才校区田家炳书院近四百人的演出厅座无虚席，"新西南剧展"的开场大戏《秋声赋》正式上演。"草木无情，为什么落了丹枫？像飘零的儿女，悄悄地随着秋风。相思河畔，为什么又有漓江？夹着两行清泪，脉脉地流向湘东……"跨越70年的时间长河，《落叶之歌》再次响起，将我们带回那段战火纷飞的岁月……

作家徐子羽在漫长的战争阴云和琐碎的日常生活中体验着难以排解的苦闷：他和妻子秦淑瑾关系越来越紧张，而前女友胡蓼红的突然到访，使这个家庭关系更为微妙……随着日军炮火日趋激烈，他们搁置恩怨情仇，携手并肩投入民族解放事业。漓江边上徐子羽听见了秋天的另一种声音：我们不要伤感，更不用惊怪，用铁一般的坚定从风雨中、浪涛中屹立起来，这正是我们民族翻身的时代！

《秋声赋》是著名戏剧家田汉的经典抗战之作，在1944年上演时曾轰动一时，引发"满城争说秋声赋，众人传唱落叶歌"的盛况。70年后，一场国难、爱情、婚姻危机的交织，一出民族救亡与现代启蒙的变奏，个人情感的爱恨交织和时代大潮的绵延激荡，被一群非专业出身的大学生演绎得丝丝入扣……随着剧情的发展，不少观众看到主人公伟大的革命情怀时红了眼眶。"淑瑾和蓼红在国难当头，合力抗拒敌军，掩护孩子撤退。徐子羽在贫困与情愁之间仍能保持理性思维，坚持革命事业，给我留下了深刻的印象。"大二学生郑玉柱感慨地说。

《秋声赋》全剧30多个演员都是该校的年轻学生，从进入剧组开始，他们在老师的指导下，进行了艰苦的台词和肢体训练；排练过程有苦也有累，但是大家都没有抱怨。一年多的筹划组织，半年的努力准备，两个多月的辛苦排练，牺牲节假日和休息时间，参与"新西南剧展"的师生们全力以赴，一遍遍地研磨剧本，就是为了更好地呈现人物，致敬经典。饰演徐子羽的程鹏瑜说："长时间的努力与坚持都是值得的，希望得到大家认可，也希望以此来传承西南剧展的人文精神。"

《秋声赋》的成功首演，使得5月17日晚在漓江学院上演的《旧家》引来更多关注。演出当天，不少同学提前一个小时就来排队候场，许多观众站在过道上看完了全场。《旧家》被认为是欧阳予倩的遗珠之作，讲述了1939年硝烟弥漫的桂林城中，一个因战乱得以重聚的家庭，因为一份家产，旧伤未愈，又添新痕的故事。旧势力与新力量的决斗，燃情岁月平凡百姓的冷暖生活，成为该剧的看点。

据介绍，"新西南剧展"首期将排演《秋声赋》《旧家》《桃花扇》和《芳草天涯》四出经典剧目，剧展以广西师范大学中国现代文学学科为基础，整合了该校音乐舞蹈、美术设计等多学科力量，是一个集学科教学与社会服务于一体的教育创新、文化创新项目。总导演刘铁群表示："这次戏剧展演，既是缅怀激情燃烧的岁月，又是传承中华民族的风骨，我们在桂林旅游胜地打造一道亮丽的人文风景，同时提炼中国大学的理想风尚。"

沉淀历史：以情感拥抱记忆

桂林抗战文化作为广西最重要的文化资源之一，有着深远影响。"在历史闭幕的地方，我们重新出发！"以致敬"西南剧展"为名的"新西南剧展"从筹划初始就引发了各方关注。

当年西南剧展的组织参与者李任仁先生的孙子李世荣，李文钊先生的女儿李美美等始终关注着剧展的情况，并与师生们分享了他们关于父辈的记忆，帮助大家重拾起那段历史的点滴。"桂林抗战文化研究与教育实践基地"和广西文科中心桂学研究团队启动了抗战主题田野调查工程，组织高校师生深入有关抗战时期战争遗址、文化遗址进行调研，以获得抗战历史的直观体验。同时通过撰写调查报告，为桂林建设抗战博物馆等

文化项目提供智力支持，为广西的文化发展提供思路……

不论是组织者还是参与者，老师还是学生，都在这个过程中重新地认识了自己生活的城市，认识了那段不可磨灭的历史。"那是一个颠沛流离的年代，也是一个昭显人性光辉的年代。研究桂林文化城，不仅能够彰显广西及桂林在抗战时期的文化贡献，而且能够触摸特定历史时期中国文化的深层肌理"，"新西南剧展"的总策划、广西师范大学文学院教授黄伟林说。以戏剧展演唤醒桂林文化城的戏剧魂，使大学戏剧的原创精神内化为中国戏剧未来的一股源头活水和青年学子奋发成才的一种人文力量也是"新西南剧展"创办的初衷。广西师范大学校党委书记王枬认为："大学是中国现代话剧运动的摇篮，学生是中国现代话剧运动的主力。广西师范大学学子以自己的独特感悟演绎经典，既是为纪念西南剧展70周年献礼，也是为了继承民族文化经典和优秀的戏剧传统。"著名剧作家张仁胜专程来到桂林观摩了剧组的排练，在他看来，同学们的表演虽不同于专业演员，但是却渗透着大学生特有的风格，在细节方面虽有欠缺，但整体上很感人；近年来，大学生话剧表演已经呈现出了燎原之势，相信不久的将来肯定会有一批从大学生话剧中走出来的演员，为我国的话剧事业注入新的活力。广西戏剧家协会主席、著名戏剧家常剑钧在看完《秋声赋》演出后感慨地说："在戏剧美被严重忽略的今天，广西师范大学师生们的努力尤其可贵，这将为新时期的广西戏剧留下浓墨重彩的一笔。"

"壮绝神州戏剧兵，浩歌声里请长缨"，田汉曾如此描述当年的西南剧展。戏文精彩原是他人演自己，历史沧桑如同后世看今朝。以青春致敬经典，以情感铭刻记忆，我们能看得更远，走得更好。

（秦雯，载《广西日报》，2014年5月20日）

我区大学生话剧《秋声赋》获国家级大奖

11月12日，全国大学生戏剧最权威大赛——第四届"中国校园戏剧节"展演和评选在上海落幕，由广西文联、广西戏剧家协会选送，广西师范大学在校学生演出的话剧《秋声赋》获得最佳导演奖、优秀剧目奖、优秀组织奖三项大奖。

"中国戏剧奖·校园戏剧奖"与梅花表演奖、曹禺剧本奖等同为中宣部批准的国家级文艺常设奖项，是目前唯一由国家设立的校园戏剧最高奖。本届校园戏剧节从年初开始征集剧目，全国大专院校共有200多台剧目报名参赛，其中33台剧目（含大剧、短剧）入围。

话剧《秋声赋》是田汉先生1944年在桂林创作排演的抗战之作，讲述几位知识分子为民族解放、国家独立而奋斗的感人故事，蕴含浓烈感人的家国情怀，当年上演曾引发社会强烈共鸣。广西师范大学学生演员历时半年排演《秋声赋》，于今年5月该校"新西南剧展"期间公演。该剧以深厚的文学功力、严谨的导演手法和融入影视技术的新颖舞台呈现，在校园戏剧节上大放光彩。

（赵娟，载《广西日报》，2014年11月14日）

话剧电影《秋声赋》在桂林公映

在自治区党委宣传部的支持下，广西师范大学将"新西南剧展"的剧目之一《秋声赋》拍摄成了话剧电影。10 月 16 日，《秋声赋》首映仪式在桂林市举行。

话剧《秋声赋》是著名戏剧家田汉在桂林创作排演的抗战之作，讲述几位知识分子为民族解放、国家独立而奋斗的感人故事，蕴含浓烈感人的家国情怀，当年上演曾引发社会强烈共鸣。"新西南剧展"及《秋声赋》入选广西 2015 年度文化精品项目，得到自治区层面"庆祝抗日战争胜利 70 周年重点文艺作品创作生产"项目支持。5 月 10 日，话剧电影《秋声赋》开机仪式在 71 年前西南剧展的举办地——广西省立艺术馆开机。经过几个月的紧张制作工作，话剧电影《秋声赋》于 9 月制作完成。

（张婷婷，载《广西日报》，2015 年 10 月 19 日）

→ 话剧电影《秋声赋》光碟封面

致敬西南剧展　田汉作品《秋声赋》重现舞台

说到广西近代史，桂林抗战文化城是不得不提的关键词，而由欧阳予倩、田汉等中国现代话剧先驱发起的西南剧展，则是这个关键词下辉煌的一页。在西南剧展落幕70年后，广西师范大学的师生们发出办"新西南剧展"的声音，用重排经典的方式致敬西南剧展。6月28日，"新西南剧展"三部话剧中的重头戏《秋声赋》在南宁上演，这部由著名戏剧家田汉写就的著名话剧，剧中主人公真挚的感情和内心的冲突，至今仍具有打动人心的力量。

作品诞生70多年，
故事虽老依旧触动人心

1944年2月15日，日寇正逼近桂林，中国现代戏剧史上一次规模空前的戏剧展览会——西南剧展开幕，这场戏剧盛会历时3个月，28个戏剧团队来自西南五省，共演出179场，剧种包括桂剧、话剧、歌剧、平剧等，观众有10多万人次。这次剧展点燃了民众的抗日救亡热情，轰动全国，震惊世界，美国戏剧评论家爱金生当时在《纽约时报》评价："如此宏大规模的剧展会，除古罗马时代曾经举行外，尚属少见。"

那一时期在桂林上演的剧目众多，哪些最值得重排？"新西南剧展"的策划人、广西师范大学文学院的黄伟林和刘铁群教授选择了田汉的《秋声赋》、欧阳予倩的《旧家》和《桃花扇》。

话剧《秋声赋》创作于1941年，讲述的是作家徐子羽在漫长的战争阴云和琐碎的日常生活中深感苦闷，前女友胡蓼红的突然到访，令他陷入爱情和婚姻的冲突之中，任性的胡蓼红甚至拿着枪，逼徐子羽离婚……随着日军炮火日趋激烈，妻子秦淑瑾与情敌胡蓼红搁置恩怨，在长沙合力抗击敌兵、掩护孤儿院的孩子撤退……而在桂林，徐子羽听见了秋天的另一种声音：我们不要伤感，更不用惊怪，用铁一般的坚定从风雨中、浪涛中屹立起来，这正是我们民族翻身的时代！

"有帅哥美女，有爱恨情仇，有抗日救亡，该有的这部剧都有了，所以我们选中它。"刘铁群说。实际上，剧中徐子羽的原型正是田汉本人，当时田汉与妻子林维中维持着婚姻，但内心却爱着分手后不期而遇的安娥。《秋声赋》从1941年12月28日在桂林的国民大戏院上演，一直演到第二年1月3日。

故事是70多年前的故事，但却依旧能触动观众的心，徐子羽连房租都交不起了，还坚持写稿、办报，他想追求真爱，又不愿辜负妻女和母亲的期望，他坚信在危难之时要留守祖国，为抗战贡献一己之力……人性的弱点和光辉在男女主角身上同时显现，让观众真切体会那个年代知识分子的责任和担当。

主创都是业余的，但追求完美的精神很专业

看过演出的观众很难想象，能把《秋声赋》如此生动地呈现在舞台上的是一个非专业的主创团队。记者采访得知，该剧的导演、剧本修改、灯光、造型、演员都是广西师范大学文学院的老师和学生。因为年代久远，首演后又鲜少重排，连找剧本、插曲曲谱这样的事都变得不易，负责改编剧本兼导演的刘铁群发现，剧本原著长达70多页，照搬上舞台至少要演5个小时，忍痛删掉众多人物和细节后，剧本变成现在的20页，全剧约1个小时40分钟。

"我不懂话剧，就把已经退休、排演过话剧的向丹老师请回来当导演，因为没有视频资料，道具怎么摆，服装怎么选，我们都是跟着感觉走。"刘铁群说，"但有一个原则，我们希望保留那个年代的风格和特色"。

《秋声赋》的演员几乎全是没学过表演的90后大学生，为了演出剧中人物的感觉，他们在老师的指导下查阅史料，写人物小传。"有些同学刚开始对这个剧本很怀疑，觉得台词有点肉麻，后来逐渐投入，甚至演出的过程中泪流满面。"从筹备到公演的半年间，刘铁群见证了学生们的成长和变化。

21岁的广西姑娘谭思聪在剧中饰演子羽的妻子淑瑾一角，在28日的演出中，她和程鹏瑜（徐子羽的扮演者）、杨芷（胡蓼红的扮演者）感情充沛，气场十足，表现得非常出彩。记者采访得知，她今年"五一"才进入剧组，半个月左右就登台演出。

磨练积淀多年，广西校园戏剧有了质的提升

广西戏剧家协会常务副主席林超俊主持举办广西大学生戏剧节多年，在他看来，非专业的高校主创团队能演出这样一出大戏，还能有较高的品味、格调和艺术性非常

不容易，"广西师范大学的师生近几年坚持排演话剧，经过不断磨练，今年出了几个大戏，产生了质的变化，中国话剧的很多代表性人物，比如欧阳予倩、田汉、曹禺等，都是从校园戏剧起步的，这就是我们重视和看好广西校园戏剧的原因"。

因为立足广西本土题材，具有爱国主义的正能量，且较好地呈现出剧目，《秋声赋》获得了 2014 广西大学生戏剧节优秀演出剧目奖，林超俊表示，经过修改提高后还将选送该剧参加全国大学生戏剧比赛，他特别提到，谭思聪和程鹏瑜两位同学来自玉林，能说一口标准的普通话已属难得，在表演上也比较到位，广西本土戏剧人才的涌现让他感到欣慰，来自辽宁的杨芷也特别亮眼，所以在今年的广西大学生戏剧节中，他们三位都获颁优秀表演奖。

（韦颖琛，载《当代生活报》，2014 年 6 月 30 日）

话剧《秋声赋》开拍电影

2014年5月10日，改编自田汉同名话剧的话剧电影《秋声赋》在桂林市广西省立艺术馆举行开机仪式，正式进入拍摄阶段。2014年，广西师范大学师生将这部1941年就曾在桂林国民大戏院连演8场的话剧再次带到了桂林的舞台，引发良好的社会反响，并得到林超俊、黄有异、褚家设、张树萍等专家的指导，在第四届"中国校园戏剧节"捧回优秀导演奖、优秀剧目奖，优秀组织奖等多个奖项。此次得到自治区党委宣传部的资金扶持，入选广西2015年度文化精品项目，以及庆祝抗日战争胜利70周年重点文化作品创作生产项目，运用电影的艺术手段呈现话剧不仅开广西校园戏剧之先河，也将在广西戏剧史上留下浓墨重彩的一笔。

跨界之作
话剧和电影的碰撞

《秋声赋》此次定位为话剧电影，意味着将运用丰富的电影艺术手段，使其效果接近于戏曲电影。戏曲电影是中国民族戏曲与电影艺术结合的一个片种，1905年中国摄制的第一部电影《定军山》，还有梅兰芳京剧电影、红线女粤剧电影以及越剧电影《红楼梦》、黄梅戏电影《天仙配》等，都是经典的戏曲电影。

"戏曲电影是中国电影民族化的一种特有形式，既保留了戏曲的魅力，又具有电影蒙太奇的艺术性，两者结合能让传统文化插上科技的翅膀，飞得更高、更远。"该剧总导演、广西文联秘书长、影视与戏剧编导林超俊表示，在抗日神剧、荒诞搞笑剧盛行的今天，《秋声赋》这样一部充满正能量的经典正剧，非常值得去品读、重塑和传播，而话剧电影《秋声赋》的拍摄，也将"开创新时期广西舞台艺术搬上银幕，走向荧屏的新路子，将改变戏剧的传播方式"。

剧组此次采用的基本是话剧《秋声赋》的原班人马。5月9日记者探班拍摄现场，看到在舞台的多个角度都设置有机位，摄像师还运用摇臂、轨道车等设备拍摄全景、特写等镜头，每拍摄一小节内容，都要从表演、音乐、灯光、影像等各个方面进行考量，只要有一处不够好，都要重新来过，当天拍摄尾声中的一幕就 NG 了多次，指导老师现场讲戏，抠细节。这对大学生演员来说是个不小的考验，而整个剧组认真投入的状态也让人对影片最后的效果颇为期待。

戏剧实验
凭"傻劲"取得耀眼成绩

一群非专业的高校教师和学生，凭着对戏剧的一腔热情，让话剧《秋声赋》抖落 74 年的历史云烟，重新在舞台上绽放光芒。而这开始于广西师范大学文学院的黄伟林教授为纪念 1944 年在桂林举办的西南剧展策划发起"新西南剧展"：他和文学院、音乐学院、美术学院的老师一起，组织学生重排了《秋声赋》《桃花扇》《旧家》等桂林抗战文化城时期的经典剧目。

"当时我们想得很简单，玩一玩嘛。"黄伟林教授回顾整个过程非常感慨，"几个月后，我们发现做这件事真的是太难了"。这支业余的队伍不但没想到"单一块布景就要两万块钱"，还必须投入那么多的时间和精力。《秋声赋》的三位主演程鹏瑜、谭思聪、杨芷是大四学生，即将毕业的他们得知要拍摄话剧电影后，又返回学校投入排练，而此次在话剧电影版中扮演徐母的覃栌慧，

之前一直负责后勤工作，因为原来扮演者无法演出，才由她临时顶上。"扮演的是一个 70 多岁的老人，要学老人走路，几个老师教完，我发现自己连路都不会走了。"覃栌慧说自己从刚开始非常沮丧、压力山大，到如今已经是信心越来越足，"褚家设老师给我讲台词，都是一句一句地教，从心理、语气、重音、情感上分析，我觉得自己得到了巨大的成长甚至是质的飞跃，现在感觉这辈子有这么一次（经历）非常圆满"！

5 月 10 日，林超俊总导演在开机仪式上说："我在查阅 70 年多前震惊中外的西南剧展的相关资料时，看到当年剧展开幕，田汉先生曾分析为什么能在桂林办成这么一件大事，他表扬了欧阳予倩等戏剧人身上有一种傻气，一种傻子精神，在《秋声赋》的排演过程中，我们看到这种精神在广西师范大学得到了传承和发扬，所以我们有信心把这部电影拍好。"

多方支持
文艺"义工"不计名利

在采访记者了解到，《秋声赋》能达到今天的高度，与广西戏剧界乃至文艺界的鼎力支持密不可分：当时戏都还没开始排，就得到广西著名导演张仁胜的推荐，"新西南剧展"的三部作品获邀到南宁演出；在广西省立艺术馆演出时，桂林市戏剧创作研

究院院长张树萍无偿地提供了技术、设备支持；这次拍摄，原广西话剧团的两位资深化妆造型师也加盟其中。三位在《秋声赋》参加"中国校园戏剧节"总决赛前加入进来的专家，更是为创作提供了大力支持。

音乐是《秋声赋》的一大特色，五首歌曲贯穿整部话剧，这在中国话剧史上是罕见的。经典歌曲《赶圩归来啊哩哩》的曲作者黄有异为处理好音乐和剧情的关系，提出很多建设性的意见。今年已73岁的黄有异乐于与年轻人分享自己的智慧和经验，在拍摄现场和学生们打成一片的他，快乐地称自己为"文艺义工"。而在话剧这个行当干了40多年的褚家设，则是师生们眼中的"男神"，他专业又耐心的指导让演员们的表演水平有了大幅度提升。褚家设说，是自己对话剧的热爱和广西师范大学师生对话剧的积极性让他投入到了这项工作中，"看着这部剧成长起来，觉得挺高兴"。

担任总导演、有着长期从事影视创作拍摄工作和丰富的戏剧编导经验的林超俊，作品曾获中宣部五个一工程奖、飞天奖、金鹰奖、骏马奖等国家级大奖，自然是把关此次跨界实验的理想人选。同时，他也是三位专家中接触校园戏剧的时间最长最深入的一位。"广西校园戏剧节"举办了五年，他一直是主要的组织、执行和辅导者，见证了参赛作品质量逐渐提升，戏剧文化在高校蓬勃发展的过程。他认为，《秋声赋》在广西大学生戏剧的成长中，引领作用非常明显，"广西各高校已经掀起了一股排演戏剧的热潮，单广西师范大学现在就有15部戏剧在排，今年下半年他们还计划在桂林戏剧演出周，邀请南宁高校的剧团来演出交流"。

（韦颖琛，载《当代生活报》，2015年5月12日）

广西师范大学举办温故文化桂林城主题沙龙

近日，广西师范大学举行"温故桂林文化城"主题沙龙活动，围绕桂林文化城，从历史文化领域探讨和研究"战争年代，文化何为"的课题，为即将到来的纪念抗战胜利70周年"预热"。

据了解，抗日战争时期，中国东北、华北、华东、华中、华南相继沦陷，重庆、延安、桂林、昆明等城市成为抗战大后方重要的政治、文化根据地。其中，桂林在1938年至1944年长达六年的时间里，文化名人云集，抗日文化运动空前高涨，在国内外产生了重要影响，成为了大后方的抗日文化中心，被誉为"桂林文化城"。广西师范大学桂林文化城研究团队秉承"分享知识·激活思想·建构学术"的原则，搭建了"温故桂林文化城主题沙龙"学术平台，

在"温故桂林文化城"这一总体性文化学术品牌的涵盖下，以桂林文化城为学术研究对象，展开教师与学生、大学与社会、研究与创作之间的多维对话，通过交流对话的方式获得学术品质的提升、教学实践的拓展和学术资源的开发与利用。

在主题沙龙活动中，与会的教师、学者、作家分别从桂林文化城形成的原因、相关研究的切入点等多角度畅所欲言，进行了深度交流。沙龙发起人、广西师范大学文学院教授黄伟林介绍说，温故是为了知新，回首历史是为了赢得未来。研究桂林文化城，不仅能够彰显广西及桂林在抗战时期的文化贡献，而且能够全面客观地再现中国抗战文化的全局，触摸特定历史时期中国文化的深层肌理，实现学术的文化自觉。

（陈静，载《桂林日报》，2014年3月5日）

"桂林抗战文化研究与教育实践基地"初露头角

1938 年，抗战烽火正酣。随着广州、武汉等重要城市相继沦陷，大批文化人撤退至桂林。彼时尚未受到战火荼毒的桂林，成为了战争硝烟中的"绿洲"。资料显示，从 1938 年直至 1944 年湘桂大撤退的六年时间里，桂林接纳了全国数以千计的文化人士和数十个著名文化团体。在此期间，桂林的抗战文化蓬勃发展，文学、戏剧、音乐、美术、新闻、出版空前繁荣，成为中国南部抗战大后方的文化中心，"桂林文化城"声名远播。

历经 70 多年沉淀，"桂林文化城"的历史丰碑仍熠熠生辉，并已成为广西最重要的文化"金矿"之一。近日，广西师范大学"桂林抗战文化研究与教育实践基地"和广西文科中心桂学研究团队发起"温故桂林文化城"系列学术活动，从多维度探究历史，重温那段"激情燃烧的岁月"。

新西南剧展：重拾战火中的青春

"不，淑瑾，我们不能走，我还有许多事情要做。中国革命的道路是很艰难，也是很复杂的……"

挣扎于抗战大业与家庭生活矛盾的纠葛中，田汉笔下的抗战知识分子形象被广西师范大学的学生演员们演绎得惟妙惟肖。不久前，广西师范大学"桂林抗战文化研究与教育实践基地"正式启动了"新西南剧展"工程，由专业教师指导学生排演桂林抗战文化城时期的经典剧目，向曾经轰动一时的西南剧展致敬。

1944 年初，由欧阳予倩、田汉、张家瑶、熊佛西、瞿白音、李文钊等全国知名文化人士组织，在桂林举办了一次盛况空前的戏剧活动，即"西南第一届戏剧展览会"，简称西南剧展。西南剧展由蒋经国、李任仁等担任指导长，黄旭初、李济深、李宗仁、白崇禧等社会名流均担当展会要职。

西南剧展不但开展了戏剧演出展览活

动，以戏剧点燃民众的抗日救亡热情，并且通过了《戏剧工作者公约》和大会《宣言》，轰动全国，成为"桂林文化城"最具标志性的事件。

今年是西南剧展 70 周年。广西文科中心桂学研究团队以此为契机，打造"新西南剧展"，整合桂林高校戏剧资源，排演系列抗战时期"桂林文化城"的剧目，通过"重演经典""再造经典"的活动，丰富大学校园文化的内容，提升大学校园文化的品质。与此同时"新西南剧展"还将通过桂林文化大舞台演出优秀剧目，使"桂林文化城"以舞台艺术的形式重现风采，并希望为建设桂林国际旅游胜地创制一个来自大学的演艺产品。

教育与实践：传承抗战文脉

"桂林文化城"带来的深远影响让抗战文化在新时期的传承成为了严肃命题。除打造"新西南剧展"，重现戏剧繁荣盛况之外，广西文科中心桂学研究团队还将在近两年内倾力构建"桂林文化城"课程体系，在高校开设"桂林文化城文学研究""桂林文化城戏剧欣赏、编导与表演"两门专业选修课和"桂林文化城系列讲座"一门公共通识课。团队还将与桂林地方有关部门密切合作，充分利用博物馆、图书馆等公共文化平台，面向社会，开展"桂林文化城系列专题讲座"，以"文化惠民"的方式积极响应"文化立市"战略，服务于地方文化建设。

在象牙塔之外，桂学研究团队正积极筹划启动抗战主题田野调查工程。团队将组织高校师生，深入有关抗战时期战争遗址、文化遗址进行调研，获得抗战历史的直观体验。同时将通过撰写调查报告，为广西和桂林的文化发展提供思路，特别是为桂林建设抗战博物馆等文化项目提供充分的智力支持。

广西文科中心桂学研究团队首席专家、广西师范大学文学院黄伟林教授表示，"桂林文化城"研究是中国抗战文化研究不可或缺的重要内容。研究"桂林文化城"，不仅能够彰显广西和桂林在抗战时期的文化贡献，而且能够全面客观地再现中国抗战文化的全局，触摸特定历史时期中国文化的深层肌理。此外，发掘桂林抗战文化资源，探析"桂林文化城"形成的因与果，研究抗战时期桂林的文化贡献，有助于形成广西的文化自觉，提升广西的文化自信，为今日广西文化的大发展大繁荣提供思想资源，对提升广西文化影响力、促进广西文化产业和旅游产业发展等将起到重要作用。

（谭彦，载《桂林日报》，2014 年 4 月 25 日）

新西南剧展重温桂林戏剧辉煌

5月16日晚，随着话剧《秋声赋》的上演，广西师范大学举办的新西南剧展大幕正式拉开。接下来，《旧家》《桃花扇》等经典话剧也将陆续登上舞台，以此来纪念70年前发生在桂林的著名文化事件——西南剧展。

致敬西南剧展

话剧《秋声赋》改编自田汉的同名作品，主要由广西师范大学文学院学生表演，是新西南剧展的开篇大戏。

16日下午五点半，距离剧展开幕还有两个小时，莫光宇刚化好妆，剧务催他赶紧去吃饭，饭后还得进行最后的带妆彩排，接着便是正式接受观众的检阅。

这是莫光宇第一次演话剧，他在《秋声赋》中饰演一个难童。在两个多小时的戏中，他出场仅五分钟，只有一句台词。可这个文学院大二男生感到很自豪。虽然是个小角色，但剧组每次排练，他必须到场。特别

是最后这一周，他每天都要从雁山校区赶到育才校区彩排，晚上回到宿舍已近凌晨。

相比之下，程鹏瑜就幸运得多，他是《秋声赋》的男主角。"压力很大，有时都睡不好觉，毕竟是挑战一个经典剧目。"他说。

与程鹏瑜的光鲜不同，在演出宣传海报的演员表中找不到莫光宇的名字。而这样的同学还有很多，他们来自不同的学院，在台前幕后，担任着演唱、灯光师、道具、场景布置等角色。虽然角色不同，他们却有一个共识：用青春的激情演绎70年前那个同样充满豪情的桂林故事。

70年前的光辉岁月

程鹏瑜等十余名演员的精彩表演，将观众带入了70年前的桂林。

1944年5月19日，在桂林，一场声势浩大的文化大戏刚刚落幕。历史发生的主场地，就在位于解放西路的广西省立艺术馆旧址（1944年11月毁于战火，1947年在原址

按原样重建）。这座如今仍在使用的艺术馆，无论硬件还是软件，在当时可谓国内剧院的"高大上"。

1944 年 2 月 15 日，西南剧展（全称西南第一届戏剧展览会）在桂林开幕。剧展由欧阳予倩、田汉等中国现代戏剧运动先驱组织发起，活动分为戏剧演出、戏剧资料展览和戏剧工作者大会三大部分。

下面这组数据足以说明当年的盛况：西南剧展历时三个月零三天，来自广东、广西、湖南、江西、云南五省的 28 个剧团齐聚桂林演出，光是演员就有 895 人。剧种包括桂剧、话剧、歌剧、平剧等，共演了 179 场，观众有 10 多万人次。剧展后期，剧团在当时的市体育场举行免费公演，几乎每晚都有上万桂林人去看戏。

这次剧展点燃了民众的抗日救亡热情，轰动全国，震惊世界，成为桂林文化城最具标志性的事件之一。美国戏剧评论家爱金生当时在《纽约时报》这样评价西南剧展：如此宏大规模的剧展会，除古罗马时代曾经举行外，尚属少见。

桂林是抗战时期的文化重镇，而戏剧的繁荣也是桂林文化城兴起的一个突出标志。据《桂林通史》记载，抗战时期，在桂林和到过桂林的剧团有 100 多个，当时许多著名戏剧家都在桂林写剧本、排戏。鼎盛时期，桂林城几乎每天都有戏看，常常一天有多家戏院同时上演不同的剧目。

期待成为桂林文化品牌

《秋声赋》首演取得成功，主演程鹏瑜松了一口气。他说，在桂林求学三年，最大的感受是山水甲天下，"通过演这个戏，我对桂林有了新的认识，也希望看戏的人能发

现桂林厚实的人文之美"。

田汉的《秋声赋》创作于桂林，以桂林山水为背景，写一位作家在抗战中不断成长的故事。漓江、象鼻山、七星岩等很多桂林美景均在戏中呈现，戏中的《落叶之歌》在当时也被桂林女学生传唱一时。除了《秋声赋》，新西南剧展还将重新演绎欧阳予倩的《旧家》和《桃花扇》等，《旧家》讲的也是抗战时期的桂林故事，很有桂林味。

作为此次剧展的总策划，广西师范大学文学院教授黄伟林说："我们一直希望用一种方式来再现桂林璀璨的抗战文化，今天我们改编、重演当年的剧目，生动彰显了桂林在抗战时期的文化贡献。"

剧展首演当晚，现场座无虚席。一位闻讯赶来看戏的市民说，看了演出感觉特别自豪，桂林深厚的文化底蕴众所周知，但缺乏真切的表现形式，期待新西南剧展能成为桂林的一个品牌。

黄伟林则表示，新西南剧展要做的不仅仅是几台戏，今后这个活动会延续下去，为桂林的文化建设提供一个优质的文化产品。

从西南剧展到新西南剧展，其间跨越70年，一个"新"字，既是传承弘扬，更是与时俱进，其未来让人期待。

（肖品林，载《桂林晚报》，2014年5月20日）

广西师范大学新西南剧展拉开序幕

为纪念"西南剧展"举办 70 周年，5 月 16 日，70 年前剧作家田汉编剧的话剧《秋声赋》被再次搬上了舞台，广西师范大学打造的"新西南剧展"拉开帷幕。

"不要伤感，更不用惊怪，用铁一般的坚定从风雨中、浪涛中屹立起来，这正是我们民族翻身的时代。"当晚，青年学生们声情并茂的演出，把观众再次带入抗战年代，通过一个小家庭的情感波澜折射出当时抗日救亡中人们的精神自觉。

据介绍，广西师范大学的"新西南剧展"是学校为纪念"西南剧展"举办 70 周年，迎接抗战胜利 70 周年的到来而倾力打造的一项重要文化工程。旨在通过重排、重演抗战时期优秀剧目等一系列活动，提升大学生的文化素质和精神品质，进一步繁荣校园文化，推动校园文化影响力建设，向曾经名震华夏的"西南剧展"致敬。

据了解，"西南剧展"是 1944 年 2 月至 5 月在桂林举办的一次集戏剧表演、资料展览以及戏剧工作者大会于一体的戏剧活动。其间，来自粤、桂、湘、赣、滇五省区 28 个单位、上千名戏剧人在桂林上演了持续近百天的文化大戏，展览演出了欧阳予倩的《桃花扇》、夏衍的《愁城记》等 60 多个剧目，共计演出 179 场。"西南剧展"作为中国戏剧史上的一次空前盛举，也成为"桂林文化城"最具标志性的事件。

据悉，随后该校师生排演的欧阳予倩编剧的《桃花扇》《旧家》等桂林抗战时期的经典剧目将陆续公演，6 月还将应邀参加 2014 广西新青年话剧暨大学生话剧节演出。

自治区党委宣传部、文化厅、教育厅、区文联、广西桂学研究会、戏剧家协会、《南方文坛》、市委宣传部等部门的领导嘉宾、剧作家代表以及驻桂各高校代表、广西师范大学师生 400 余人参加了开幕式。

（桂晨，载《桂林日报》，2014 年 6 月 21 日）

在历史落幕的地方，我们重新出发

——新西南话剧展演首次走出校园

今年五月，为纪念西南剧展举办70周年，广西师范大学推出新西南剧展校园话剧展演，得到《光明日报》《中国青年报》《看天下》等媒体的高度关注，好评如潮。本月，为满足广大桂林市民的要求，广西师范大学、桂林刘三姐文化传播有限公司和广西省立艺术馆倾力合作，在当年西南剧展的举办主会场——广西省立艺术馆旧址，推出新西南剧展首轮三台剧目，分别是田汉的《秋声赋》、欧阳予倩的《旧家》和《桃花扇》。

6月15日，《秋声赋》和《桃花扇》分别于上午10点和下午3点在广西省立艺术馆旧址展演。记者在演出现场看到，观众和演员不断产生共鸣，观众席上不时报以热烈的掌声。据悉，《旧家》将于6月21日上午10点在这里演出。

"西南剧展"全称为"西南第一届戏剧展览会"。该剧展于1944年在桂林举办，由欧阳予倩、田汉、李文钊等全国知名文化人士组织；蒋经国、李任仁等出任剧展指导长，黄旭初、李济深、李宗仁等社会名流担

当要职；桂、粤、湘、赣、滇五省的33个单位、1000多名戏剧工作者云集响应。西南剧展不但开展了戏剧演出展览活动，并且通过了《戏剧工作者公约》和大会《宣言》，是抗战期间享誉世界的重要文化活动，也是"桂林文化城"核心组成部分之一。

为纪念"西南剧展"成功举办70周年，广西师范大学精心打造了"新西南剧展"文化品牌，组织师生，重排、重演"西南剧展"中的优秀剧目。以戏剧为载体，挖掘桂林深厚的抗战文化，营造高品质的大学风尚。

作为"新西南剧展"的首批展演剧目，广西师范大学以文学院中国现代文学学科为基础，整合音乐、舞蹈、美术设计等多学科力量，对《秋声赋》《旧家》和《桃花扇》进行了重新编剧、排演。展演在保留原作经典的同时，力求创新，充分展现了当代大学师生的青春与激情，展现了话剧艺术的独特魅力，也在桂林高校中掀起了新一轮的话剧热潮。

"新西南剧展"总策划之一、广西师范

大学黄伟林教授表示，"西南剧展"不仅是抗战期间西南地区最负盛名的文化活动之一，也是目前高校现代文学学科的教学内容。发起"新西南剧展"活动，除了向经典致敬、体验经典文学之外，更重要的是让抗战时期展现出来的民族凝聚力和创造力在新一代青年学子中传承与弘扬，为全市文化大繁荣和桂林国际旅游胜地建设提供强有力的人文支撑。

（张弘、谭彦，载《桂林日报》，2014 年 6 月 17 日）

致敬西南剧展

——"抗战时期经典剧目重演纪实"摄影展开展

　　1944 年初，由欧阳予倩、田汉等全国知名文人组织，在桂林举办的西南第一届戏剧展览会——西南剧展，被认为是中国戏剧史上的空前盛举。为纪念抗战胜利 69 周年、"西南剧展"70 周年，我市举办了一系列丰富多彩的文化活动。其中，今年 6 月 15 日，在桂林市艺术馆，广西师范大学的师生重新公演了田汉的《秋声赋》、欧阳予倩的《桃花扇》和《旧家》，既是对抗战胜利和"西南剧展"的纪念，也是传递正能量，宣传和践行社会主义核心价值观的实际举措。桂林市的摄影家用镜头全程记录了这个向"西南剧展"致敬的活动，并精挑细选出部分优秀作品，在"致敬西南剧展——抗战时期经典剧目重演纪实"摄影展上展出，让更多市民群众了解这段历史，继承和弘扬抗战精神。

　　本次摄影展由市社科联、广西桂林图书馆联合主办，并由市社会科学普及基地、市抗战文化研究会、纪实摄影学会、摄影家协会、新闻摄影学会共同承办。

（刘倩，载《桂林日报》，2014 年 9 月 22 日）

"新西南剧展"，传承一座城市的光荣与梦想

不久前，由广西师范大学师生排演的话剧《秋声赋》成功入选"第四届中国校园戏剧节"剧目，将于11月初赴上海参加戏剧节展演，冲击"中国戏剧奖·校园戏剧奖"。这是目前唯一由国家设立的校园戏剧最高奖，也是广西高校到目前为止非专业话剧表演达到的最高水准。至此，广西师范大学师生们经过大半年的共同努力，使话剧的展演从桂林走向了全国。

早在今年5月，《秋声赋》在桂林正式公演的时候，就引起轰动。6月份在南宁汇演的时候获得了第五届"广西校园戏剧节"优秀演出剧目奖，并作为广西的推荐剧目参加第四届"中国校园戏剧节"剧目评选。经过激烈的角逐，《秋声赋》在众多参赛剧目中脱颖而出，成为非专业组入围的十部作品之一。

其实，《秋声赋》只是该校"新西南剧展"话剧展演活动的作品之一。今年是抗战胜利69周年和"西南剧展"举办70周年，从今年4月28日开始，广西师范大学全面启动"新西南剧展"工程。决定重排、重演抗战时期优秀剧目，着力打造以戏剧演出为载体的知识识记、历史感知和文化体验项目，弘扬坚忍不拔、奋勇向前的抗日救亡精神。活动一启动，就得到桂林市戏剧创作研究院等多家单位及相关企业的关注。剧目到桂林、南宁等地公演，产生了广泛的社会影响。

那么，"新西南剧展"这个活动是如何产生的？70年前的这次戏剧展览经过岁月长河的洗刷在今天这座城市人们的心中还有几许留存？此次戏剧展演会不会成为一次契机，让从大学里生发出的文化担当和影响力，渗透到社会各个层面？

新西南剧展：重现桂林文艺救亡史 重构桂林最荣耀的历史

1963年生于桂林的黄伟林能清晰地记得他还很小的时候，母亲就常给他讲起抗战时桂林的情况有多么惨烈。而历史科班出身

的父亲也时常从各个方面给他讲述桂林的历史，这些都构成了他对这座城市的最初印象：她是一座山水甲天下的秀美城市，也是一座经历过血与火洗礼的顽强的城市。然而许多年以后的今天，很多人只看到这座城市山水的秀美，而遗忘了她顽强的一面。在黄伟林看来，山水的秀美是大自然的杰作，而城市的顽强，则是城市人精神的体现。

20 世纪 90 年代初，30 岁出头的黄伟林是广西师范大学中文系的一名青年教师。那时，时任桂林市市长袁凤兰担任主编，编写了一套叫作《桂林文化城大全》的书籍，黄伟林参与了其中一小部分的撰写，这是他第一次系统地了解到历史上的桂林曾在一段特殊的时间内是一座闻名全国的文化城。从那时起，他开始不断深入搜集资料，逐渐构建起了自己对这座城市那段时间的认知。

自秦汉以来，坐落在祖国西南边陲的桂林就以其秀丽的山水赢得了历代文人骚客的赞誉；在 2000 多年的建城史中，无数志士仁人在这块土地上辛勤耕耘，留下了丰富多彩的辉煌硕果。特别是抗日战争爆发后，由于历史、地理方面的原因，这座城市进入了它有史以来最为繁盛的岁月，文化名人云集，书店、出版社林立，图书、报刊琳琅满目，文化团体如雨后春笋，文化活动高潮迭起，成了当时名满全国的"文化城"。

到 1944 年初抗战最艰难的时刻，由欧阳予倩、田汉、张家瑶、熊佛西、瞿白音、李文钊等全国知名文化人士组织，在桂林举办了一次盛况空前的戏剧活动，即"西南第一届戏剧展览会"，简称西南剧展。30 多个团队的上千名戏剧人在桂林上演了持续近百天的文化大戏，展览演出了田汉的《秋声赋》，欧阳予倩的《桃花扇》《梁红玉》《木兰从军》，夏衍的《愁城记》《法西斯细菌》等 100 多个剧目，观众有 10 万多人次，盛况空前。

这次剧展被人们认为"实现了中国戏剧人抗日救亡的文化担当，成为中国戏剧史上的空前盛举"。当时在中国西南考察的美国戏剧评论家爱金生，更在《纽约时报》撰文介绍西南剧展，对剧展给予高度评价："这样宏大规模的戏剧展览，有史以来，除了古罗马时代曾经举行外，还是仅见的。中国处于极度艰困条件下，而戏剧工作者以百折不挠之努力，为保卫文化、拥护民主而战，迭予法西斯侵略者以打击，厥功至伟。此次聚中国西南五省戏剧工作者于一堂，检讨既往，共策将来，对当前国际反法西斯战争，实具有重大贡献。"一个叫赖贻恩的神父看了西南剧展后这么评价道："我认为它的价值是无可限量的，这是一个古老的文明不甘于停顿，而在艺术的新发展下检讨，并从中汲取经验。有的戏剧照着千年前的老样子演出，用意则在于鼓舞前方为保卫祖国而战的将士。这次大会应该说是中国新戏剧发展的分界石。"

这次剧展从 1944 年 2 月 15 日开幕持续至 5 月 19 日结束，历时三月有余。参加演出的团队有来自粤、桂、湘、赣、滇五省的 33 个单位，共演出 179 场。西南剧展由蒋经国、李任仁等担任指导长，李宗仁、白崇禧、黄旭初、李济深等社会名流均担当展会要职。西南剧展不但开展了戏剧演出展览活动，以戏剧点燃民众的抗日救亡热情，并且通过了《戏剧工作者公约》和大会《宣言》，轰动全国。当时正是中国抗日战争黎明前最艰难的时候，上千名戏剧人在桂林上演了持续近百天的文化大戏，实现了中国戏剧人战争年代的文化担当。

剧展五个多月后，桂林城沦陷。与英国的考文垂、荷兰的鹿特丹一样，桂林遭受到毁灭性的兵燹，城市几乎被焚毁。

城市的焚毁让一些记忆几乎断裂。"壮绝神州戏剧兵，浩歌声里请长缨"，这是当年田汉描述西南剧展的诗句。然而时光荏苒，经过 70 年岁月的涤荡，这段历史在世人心中还有多少留存？那种精神和文化的力量还有多少被传承？如何将这些记忆恢复和重构，把历史激活，让历史传承，作为地方大学文学院的一名老师，黄伟林一直在思索。

2013 年的春天，这个想法在他的脑海里不断清晰地重现——创办一个"新西南剧展"系列活动。"桂林的历史文化从古至今，最辉煌的当属抗战文化城时期。我们要做的

是一个系统工程，要将'西南剧展'同抗战主题的田野调查与文化城课程体系建构结合起来，重现抗战文化城的文艺救亡历史，以其与当下社会现实发生关联的、接轨的、有价值的文化传统和文化资源为切入点，传递一种正能量。温故'西南剧展'，根本上弘扬的是社会主义核心价值观，要用'高大上'的理想追求和精神品格激活青春，让青年学子为了美好中国梦的实现而努力奋斗。"黄伟林如此介绍举办"新西南剧展"的目的。

群策群力，师生共同筹演
"新西南剧展"大获好评

黄伟林把他的想法向学校领导汇报后，马上得到了校方的支持。由于排演话剧是一个系统性工程，学校专门召开了文学院、美术学院等多个学院部门负责人的协调会，全力推进"新西南剧展"工程的实施。

经过老师们的反复斟酌，新西南剧展选取的首批剧目包括了田汉的《秋声赋》，欧阳予倩的《旧家》和《桃花扇》。欧阳予倩改编《桃花扇》，隐喻了他在特定年代的家国情怀。而《秋声赋》和《旧家》的故事都是以桂林为背景，既是民国范儿，又有桂林味儿。当年《秋声赋》演出之后，一时间，众人争说《秋声赋》，满城传唱《落叶歌》。

当这一切都定下来后，黄伟林才发现

自己对话剧本身并不懂，尽管很多东西想得很好，但心里确实没有底。在学校的帮助下，他找来了曾经排过话剧的刘铁群、向丹及相关学院的老师和同学们，这样一批非专业的导演和演员开始利用课间的业余时间重排、重演这三个剧目。

在大学排演话剧，本身并不是什么新鲜事。然而，在"西南剧展"这么一个大背景下，要体味那段壮怀激烈的特殊岁月，更要传承国难当头之际中国文人的风骨，要重现昔日桂林文化城的戏剧辉煌，全面客观地再现中国抗战文化的全局，为即将到来的抗战胜利70周年预热。这就让"新西南剧展"所承载的责任远远超出了普通的话剧演出。"这么一想，就感到责任重于泰山，所以在排演的过程中，几乎是全力以赴，不敢有一丝懈怠。"文学院的刘铁群教授说。他们还不断从校外邀请一些专业知名人士来给学生从各方面进行指导，如著名剧作家、导演张仁胜，国家一级演员、梅花奖得主张树萍以及新影响传媒集团董事长邓立等都到排练现场观看并指导师生进行排练。

"草木无情，为什么落了丹枫？像飘零的儿女，悄悄地随着秋风。相思河畔，为什么又有漓江？夹着两行清泪，脉脉地流向湘东。"

"不要伤感，更不用惊怪，用铁一般的坚定从风雨中、浪涛中屹立起来，这正是我们民族翻身的时代。"

5月16日，跨越70年的时间长河，《落叶之歌》再次响起。左翼剧作家田汉编撰的话剧《秋声赋》被再次搬上了舞台，广西师范大学打造的"新西南剧展"拉开帷幕。当晚，青年学生们声情并茂的演出，时隔70年之后，仿佛把观众再次带入抗战年代。漓江、象鼻山、七星岩等很多桂林美景均在戏中呈现。

这部1941年10月创作于桂林的话剧一经开演，马上好评如潮。剧组紧接着重新演绎欧阳予倩的《旧家》和《桃花扇》，得到了来自北京、南宁、桂林各地专家的高度评价，人民网、新华社、《光明日报》、中新社、《中国青年报》《广西日报》、广西电视台、《桂林日报》、桂林电视台等多家新闻媒体聚焦报道，广受赞誉。在田汉创作《秋声赋》的当年，由瞿白音导演的《秋声赋》在桂林国民大戏院上演，连演八场。历史如出一辙，总是踩着相同的音符。

校内演出的成功，极大地激励了师生的信心。紧接着，舞台由校内搬到了校外，在原来广西省立艺术馆的旧址——西南剧展的故地、桂林某部队驻地等分别演出，均引起轰动。不久便被应邀参加2014广西新青年话剧暨大学生话剧节演出，被推荐成为第四届"中国校园戏剧节"入选剧目。

将"新西南剧展"打造成可持续发展的文化品牌

历史再次回到当初。自1938年10月广州、武汉沦陷起，到1944年9月湘桂大撤退止，其间文化名人云集桂林，文化活动空前繁荣，桂林也因此成为了国统区抗战文化最主要、最活跃的中心阵地。郭沫若、茅盾、巴金、夏衍、柳亚子、徐悲鸿、田汉、艾青、胡风、秦牧等大批文艺家、学者汇聚桂林，通过开办书店、创立刊物、出书、演剧、画展等多种形式，将抗战文化运动全方位地推向高潮，为中国现代思想、文化史造就了一段传奇，也给桂林这座山水名城增添了异彩。

也就是在这样的背景下，1938年4月，戏剧家欧阳予倩来到桂林，着手桂剧改革。当时广西决定创办一个集戏剧、音乐、美术于一体的广西省立艺术馆，欧阳予倩为艺术馆第一任馆长。艺术馆是一个文化活动团体，没有自己的剧场。欧阳予倩通过义演筹资，建设艺术馆，馆舍到1944年2月竣工。

广西艺术馆的落成是当时桂林文化城的一大喜事。欧阳予倩、田汉等几位中国戏剧运动的先驱者起初准备以此为契机，邀请一些剧团来桂演出，以示庆祝，并借此交流和总结抗战以来剧运的历史经验，推动处于危机境地的剧运的发展。这一倡议得到了广大戏剧团队的热烈响应，于是发展成为西南数省戏剧界的一次盛会。

"在历史闭幕的地方，我们重新出发。"70年后，广西师范大学"桂林抗战文化研究与教育实践基地"和广西文科中心桂学研究团队发起"温故桂林文化城·新西南剧展"系列活动。"'新西南剧展'以广西师范大学文学院中国现代文学学科为基础，整合学校音乐舞蹈、美术设计等多学科力量，立足桂林，放眼世界，是一个集学术引领、学科教学与社会服务于一体的教育创新、文化创新项目。这次戏剧展演，既是缅怀激情燃烧的岁月，又是传承中华民族的风骨，我们可以在桂林旅游胜地打造一道亮丽的人文风景，同时提炼中国大学的理想风尚。"新西南剧展"发起者之一、导演、文学院刘铁群教授告诉记者。

"我们重排、重演当年的剧目，不仅是缅怀那段壮怀激烈的岁月，更是要传承国难当头之际中国文人的风骨和担当，为桂林国际旅游胜地增添一道独具品格的风景，为今日中国大学文化增添一道韵味独特的风尚。"新西南剧展"总导演向丹表示。

"'新西南剧展'是学校倾力打造的一项重要文化工程，也是学校校园文化建设的重要活动，这将极大推动学校的文化精品工程建设和学校的文化影响力。"广西师范大学党委书记王枬表示。

从校园出发，但要走出校园，服务于社会。作为此次剧展的总策划，黄伟林说："我们一直希望用一种方式来再现桂林璀璨的抗战文化，今天我们改编、重演当年的剧目，生动彰显了桂林在抗战时期的文化贡献。而这一文化工程的本身则显示出高等学校的文化自觉，现代大学以学术为引领，以教育为平台的戏剧文化建设，将为中国文化的大发展大繁荣提供新的思路。"

黄伟林表示，"新西南剧展"不仅仅是演一两台戏，而是要打造一个可持续发展的、有系统性的文化品牌，为桂林的文化建设提供一个优质的文化产品。同时也希望通过这个文化品牌的打造，探索一种高校与地方合作进行文化建设的新途径、新方式，相信大学与地方的携手，定能创造桂林文化的新辉煌。

据悉，作为"新西南剧展"永久学术支撑单位，广西师范大学计划将和有关部门建设桂林抗战遗址公园和桂林抗战博物馆，制作西南剧展群雕，或将定期召开"西南剧展"纪念会和"新西南剧展"发展研讨会。目前，"桂林抗战文化研究与教育实践基地"和广西文科中心桂学研究团队已经启动了抗战主题田野调查工程，组织高校师生深入有关抗战时期战争遗址、文化遗址进行调研，以获得抗战历史的直观体验。同时通过撰写调查报告，为桂林建设抗战博物馆等文化项目提供智力支持，为广西的文化发展提供思路。

（景碧锋，载《桂林日报》，2014 年 10 月 9日）

桂林抗战文化城时期经典剧目《秋声赋》将搬上银幕

被广西壮族自治区党委宣传部列为"纪念抗日战争胜利 70 周年重点文艺作品"的桂林抗战文化城时期的经典剧目《秋声赋》，将拍摄成话剧电影，以纪念世界反法西斯战争胜利 70 周年和中国人民抗日战争胜利 70 周年，弘扬坚忍不拔、奋勇向前的抗日救亡精神。近日，《秋声赋》在 71 年前西南剧展的举办地广西省立艺术馆（今桂林市艺术馆）开机。

话剧《秋声赋》是中华人民共和国国歌歌词作者、著名戏剧家田汉在桂林创作排演的抗战作品，讲述几位知识分子为民族解放、国家独立而奋斗的感人故事，蕴含浓烈感人的家国情怀，当年上演曾引发社会强烈共鸣。

1944 年初，由欧阳予倩、田汉、李文钊等全国知名文化人士组织，在桂林举办了一次盛况空前的戏剧活动，即"西南第一届戏剧展览会"（简称西南剧展）。西南剧展历时三个多月，来自粤、桂、湘、赣、滇五省区 28 个单位共计演出 179 场。

据广西师范大学党委负责人介绍，为纪念"西南剧展"举办 70 周年，2014 年，广西师范大学以"新西南剧展"为文化品牌，重排、重演抗战时期优秀剧目《秋声赋》《旧家》和《桃花扇》。2014 年 11 月 12 日，在第四届"中国校园戏剧节"展演和评选中，由广西文联、广西戏剧家协会选送，广西师范大学在校学生演出的话剧《秋声赋》获得最佳导演奖、优秀剧目奖、优秀组织奖三项大奖。"新西南剧展"及《秋声赋》入选广西 2015 年度文化精品项目。

广西师范大学十分重视拍摄《秋声赋》各项准备工作，已聘请广西戏剧家协会常务副主席林超俊担任总导演，邀请著名作曲家黄有异、话剧表演艺术家褚家设以及戏剧表演艺术家张树萍担任指导专家，成立了一支涵盖编剧导演、指导专家、演职人员、摄制人员、舞美音效技术人员的专业团队，将把这台由大学生排演的话剧拍摄成电影，搬上银幕。

（陈娟，载《桂林日报》，2015 年 5 月 21 日）

话剧电影《秋声赋》制作完成

为纪念中国人民抗日战争暨世界反法西斯战争胜利70周年，在自治区党委宣传部的支持下，广西师范大学将"新西南剧展"剧目之一的《秋声赋》拍摄成了话剧电影，并于近日在桂林举行了首映仪式。

为纪念"西南剧展"举办70周年，2014年，广西师范大学以"新西南剧展"为文化品牌，重排、重演抗战时期的优秀剧目《秋声赋》《旧家》和《桃花扇》。话剧《秋声赋》是国歌歌词作者、著名戏剧家田汉在桂林创作排演的抗战之作，讲述了几个知识分子为民族解放、国家独立而奋斗的感人故事。该剧自"新西南剧展"开幕首演以来，一年间已在桂林、南宁、上海等地演出十余场，引起了良好的社会反响。2014年11月，《秋声赋》作为"中国第四届校园戏剧节"入选剧目，获得最佳导演奖、优秀剧目奖、优秀组织奖。"新西南剧展"及《秋声赋》入选广西2015年度文化精品项目，得到自治区层面"庆祝抗日战争胜利70周年重点文艺作品创作生产"项目支持。2015年5月10日，话剧电影《秋声赋》开机仪式在71年前西南剧展的举办地——广西省立艺术馆开机。经过几个月的紧张工作，话剧电影《秋声赋》于2015年9月制作完成。

广西师范大学将话剧《秋声赋》拍摄成电影，它的成功放映将对引导广大师生传承传统优秀文化、提升广西高校戏剧艺术教育水平、促进广西文化事业繁荣发展发挥重要作用。广西师范大学负责人表示，广西师范大学将继续传承民族的文化经典和优秀的戏剧传统，让戏剧的种子播撒在戏剧艺术沃土和戏剧人才摇篮的大学校园里。

（陈娟、张婷婷，载《桂林日报》，2015年10月29日）

赵乐秦与广西师范大学专家学者共商文化繁荣发展大计

昨日是"七一"建党节，市委书记、市人大常委会主任赵乐秦专程来到广西师范大学，与该校人文历史领域的专家学者座谈，共同研究桂林历史文化保护利用工作，过了一个十分深刻而富有特别意义的主题党日。

座谈会上，广西师范大学党委书记王枬介绍了该校在桂林历史文化保护利用方面的一些打算和工作思路，表示不仅全力参与桂林历史文化保护，还将发挥自身优势和特长，开展"新西南剧展"系列活动，与桂林市共同成立统战文化研究中心，筹建白先勇研究中心。各位专家学者也围绕桂林历史文化保护利用工作的机构组建、运作模式、课题分类、人才队伍组建等提出了意见和建议。他们表示，桂林如此重视文化工作，值得欣慰，这必将进一步激发桂林人的文化自豪感和文化自信心，大力繁荣发展桂林文化事业和文化产业，增强桂林城市的核心竞争力。

赵乐秦感谢大家提出的宝贵意见和建议。他指出，桂林是国家首批历史文化名城，文化底蕴深厚，文化资源丰富，文化影响力很大，是广西名副其实的文化大市。特别是从辛亥革命到现在，中国历史的不同阶段和许多节点都与桂林有关，形成了如抗战文化等独特的文化资源。发掘抢救、整理收集、保护传承、利用发展好桂林的历史文化，是我们义不容辞的责任。在第二批党的群众路线教育实践活动中，桂林市委也开展了"文明城市创建"等六大行动，实现桂林文化大繁荣等六大目标。广西师范大学根植桂林，与桂林多个重要历史节点和文化事件相交集，已打上了深深的桂林文化烙印。广西师范大学有意研究桂林历史文化，与桂林市委、市政府不谋而合。相信有广西师范大学这么一支专业人才和研究队伍加入，一定会取得重大成果。

今年3月19日，赵乐秦邀请桂林知名文化人士，以"寻找文化的力量"为题，就桂林如何实现文化大繁荣、推动全市文明素质大提升，开展座谈讨论。他表示，将成立一个领导机构，统筹桂林历史文化保护利用工作；组建桂林历史文化研究院。目前，这两项工作已取得重大进展。市历史文化保护利用工作领导小组已成立。研究院已筹备就绪，研究人员已调配完毕，初步成立了八个专题研究会。

赵乐秦对此给予肯定。他说，挖掘、利用好桂林的文化资源，传承、弘扬好桂林的历史文化是一项系统工程，当务之急是拾遗补缺，把散落在民间、各社会团体和机构的"散珠碎玉"，像葡萄一样一串串地串起来。这项基础性工作要尽快着手，"要钱就先拨，要人就先选"。要根据桂林的文化形态和历史地位的轻重以及影响力的大小，适当调整优化八个专题研究会，科学甄选研究课题，合理分配研究力量。要结合桂林市发展实际，加大拔尖人才选拔力度，充实文化研究保护利用人才队伍。

今年是西南剧展70周年。广西师范大学已开展了纪念"西南剧展"70周年系列话剧展演活动，并命名为"新西南剧展"。市文化部门也筹备了丰富多彩的文化活动。赵乐秦希望整合地方和高校的资源和力量，成立一个领导机构统筹组织这项活动，精心策划，周密部署，推出力作，展现桂林文化城的独特魅力。此外，桂林市与广西师范大学还将组建统战文化研究中心。赵乐秦希望该中心深入挖掘桂林丰富的统战文化资源，形成有影响力的研究成果。

广西师范大学领导唐仁郭、钟瑞添、蔡昌卓，市领导陈丽华、张晓武、叶兆泉参加座谈。

（赵忠洪，载《桂林日报》，2014年7月2日）

新西南剧展　跨越70年的传承

6月15日，解放西路，桂林市艺术馆（省立艺术馆旧址）。

《秋声赋》《桃花扇》《旧家》……

欧阳予倩、田汉……

桂林文化城、西南剧展……

这一个个词语串联起70年的岁月风尘，也串联起桂林文化城的辉煌往事。

"西南剧展"重现舞台

6月15日上午9点多，市艺术馆的剧场里，座无虚席。

幕布拉开，演员粉墨登场，时间似乎瞬间回到了那个热血的年代，台下的老人，眼中隐约有泪光泛起……

上午演的是田汉先生的剧作《秋声赋》，下午演的是欧阳予倩先生的剧作《桃花扇》，他俩一个是现代话剧的开拓者，一个是中国现代话剧的创始人，当年也正是两人在桂林共同组织、举办了震惊世界的西南剧展。

"对于文学院的老师或学生来说，西南剧展是一定要说到的课题。"新西南剧展的发起人、广西师范大学文学院教授黄伟林说，从前他还是学生的时候，听自己的老师说过西南剧展，后来自己当了老师，又给自己的学生说过西南剧展。一代代口口相传，作为桂林文化城的著名标志，西南剧展已经成为黄伟林心中一个挥之不去的情结，"我经常想如何去复兴这样一场当年的文化盛宴"。

这个情结在黄伟林心中翻腾、发酵，最终在去年终于形成了一个能够具体实施的方案。

选剧目、选演员、选场地、排练，大部分演员都是广西师范大学文学院的本科生，对于西南剧展的历史和将要演出的剧目都有一定的了解，凭着一腔对历史的承担和对现代话剧的热爱，学生、老师们投进了新西南剧展的筹备、排练中。

学生们利用一切课余时间参加排练，老师们出钱、出力，"我们尽量省钱，但为了达到演出的高品质，我们也不惜付出"。新西南剧展的组织者之一、广西师范大学文学院刘铁群教授说，如果演员都穿租借来的戏服，完全无法达到这些经典剧目的品质，几乎所有的服装都是刘铁群经过精挑细选通过淘宝买回来。在《秋声赋》中，女主角之一胡蓼红是那个年代很少见的高品质女性，为了让胡蓼红穿上高雅精致、符合角色身份的旗袍，刘铁群在淘宝上一家高级旗袍旗舰店看上了一件黑色的旗袍，可是这件旗袍要 1000 多元，于是她每天不停地等待、不停地刷新，最终等到了店家的特价活动，花了 400 多元买下了这件黑色的旗袍，并精心搭配了雅致的围巾。后来，剧中的胡蓼红在舞台上一亮相，完全达到了让观众惊艳的程度，这让刘铁群和黄伟林觉得一切的辛苦都值得了。

在选剧上，黄伟林秉持着"温故桂林文化城"的主旨，更多地选择了与桂林有关的剧目，田汉的《秋声赋》就是当年田汉写自己、写抗战、写桂林的作品，《旧家》也是写抗战时期发生在桂林的故事，作为当年广西省立艺术馆的馆长，欧阳予倩的经典剧目《桃花扇》也被选中。这些故事承载着桂林文化城的辉煌往事，重新进入了桂林人的视线中。

昔日辉煌令人神往

"桂林的抗战文化在中国是首屈一指的。"作为桂学研究专家，黄伟林说在桂林辉煌灿烂的抗战文化历史中，西南剧展是一面非常亮眼的旗帜，纵然岁月让它蒙上尘埃，它终究还是会发出光彩。

据了解，西南剧展全称为西南第一届戏剧展览会，1944 年 2 月至 5 月，正值抗战时期，在桂林文化城举办的一次震惊世界的戏剧展览活动，主剧场就在广西省立艺术馆。当时共有来自广西、广东、湖南、江西等省的 28 个团队、1000 多名戏剧工作者参加了这次西南剧展。其中，戏剧演出展览演出了 100 多个剧目，观众有 10 多万人次。在历史上，西南剧展被认为是五千年古国旷古未有的戏剧盛会，中国戏剧史上的空前盛举。

当时正是中国抗日战争黎明前最艰难的时候，上千名戏剧人在桂林上演了持续近百天的文化大戏，实现了中国戏剧人抗日救亡的文化担当，激起了人们的抗战热情。当时的《纽约时报》上，美国戏剧评论家爱金生这样评价西南剧展：如此宏大的戏剧展会，自古罗马时代以来，盛况世所罕见。

2014 年 6 月 15 日的演出现场，一位老先生独自前来，看完整场演出后，待观众全部散去后，他走上舞台，即兴唱了几句《秋声赋》的曲子"秋风一起叶满天，姐儿身上没有棉……"这位 87 岁高龄的老人叫朱袭文，是靖江王第十八代孙，"我父亲与田汉、欧阳予倩这些文化名人关系都很好，所以在家中我也常常能见到他们"。朱袭文说，当年西南剧展的盛况他可以算是从开始到结束都看得完整，"我没想到，70年后，这些名家都已不在人世，而这些经典剧目还会以剧展的形式重新出现在桂林的舞台上"。

黄伟林说，像朱老先生这样70年前的老观众，也许在桂林还有一些，在这些老人的记忆里，西南剧展始终是一个无法代替的辉煌往昔。让黄伟林和他的学生们骄傲的是，他们在做的这些事，不仅在修复着老桂林人的历史记忆，也在复兴着桂林文化城的文化魅力。

传承文化与历史的魅力

抗战时期辉煌灿烂的西南剧展，1944年5月19日落幕后，70年来，经典剧目在各地各个剧团也没有间断过演出，但是以西南剧展这种形式的大规模戏剧会演，黄伟林回忆并没有过。

"重演一部剧容易，重现一个剧展就是非常庞大的工程。"黄伟林说，可是无论是老师，还是大学生演员们，当大家站到广西省立艺术馆的舞台上那一刻，历史与当下轻轻的融合为一体，在感动了自己也感动了观众的演出中，似乎所有的辛苦都化为乌有，"这就是桂林文化的魅力，这也是我们这一代人甚至年轻一代人的文化责任、历史担当"。黄伟林说，如今的新西南剧展并不只是全盘复制当年的西南剧展，之所以称为新西南剧展，即是与当年的西南剧展做一个区分，也是在传承经典的基础上做出一些改良。

"西南剧展有着当时时代的烙印，也受当时环境的影响，新西南剧展也更符合现在的时代和环境。"黄伟林说，除了精选符合现代社会和艺术审美的剧目外，他们坚持对原有剧目不做加法，不随意增添故事情节，只做减法，让故事更紧凑，主题更鲜明。

在新西南剧展的演员中，年龄最小的是刘铁群老师11岁的女儿陆卡诺，卡诺是育才小学的学生，在《秋声赋》中她饰演徐子羽的孩子大纯。"当年在《秋声赋》中饰演大纯的是田汉的女儿，当时她也是卡诺这个年龄。"黄伟林说，历史似乎在舞台上微妙地轮回着、结合着。

筹办新西南剧展之初，黄伟林说自己从没想过会得到社会上各界人士的大力支持，演出场地免租金、演出器具免租金，黄婉秋、张树萍等戏剧界大腕纷纷亲自为他鼓劲，遇到困难各方人士纷纷出手相助，好几位德高望重的老人找到他，就为了对他说一句"你做了一件大好事"。说起这些，黄伟林数次戛然止语，平复心底的波动。

从出生于20年代的老先生，到60年代的黄伟林，再到90年代的大学生演员们，直至00后的小演员，很多人曾经以为西南剧展在1944年5月19日已经永远落幕，其实在这些不同年代的人当中，当年的桂林文化风骨从未断代，如今借助传承的力量又再重生。

（阳颜，载《桂林晚报》，2014年6月19日）

高校校园文化建设优秀成果奖揭晓

——我区"新西南剧展"等项目获奖

近日，教育部公布了第八届高校校园文化建设优秀成果评选结果，我校申报的《温故"西南剧展"，创新爱国主义教育新载体——广西师范大学开展"新西南剧展"校园文化建设活动》喜获二等奖，这是我校第四次获全国高校校园文化建设优秀成果奖。

"新西南剧展"校园文化建设活动是我校为迎接抗战胜利70周年，纪念"西南剧展"举办70周年推出的一项重要校园文化项目。该项目创新了高校爱国主义主题教育的内容与方法，把舞台引入课堂，真正实现了课堂教学、戏剧展演、爱国主义主题教育三者的有机融合。该项目自2013年启动以来，聚校内、区内数十位专家之力精心排演，先后在桂林、南宁、上海等地演出二十

场，组织举办沙龙、摄影展和主题图片展近十场，约8000名观众接受了爱国主义教育洗礼，较好地实现青春激活历史、学术引领时尚、信仰照亮内心的活动效果。相关剧目先后在"广西大学生校园戏剧节""中国第四届校园戏剧节"中斩获多项奖项，得到了新华网、《光明日报》、中国社会科学网、《广西日报》等十余家主流媒体持续关注和报道，产生了巨大社会反响。项目辐射力和影响力进一步扩大，2015年还获得了自治区党委宣传部专项资金支持，用于拍摄话剧电影，献礼抗战胜利70周年。

（云亦云，载《南宁日报》，2015年7月26日）

第七章

屐痕深浅处

新西南剧展备忘录（2013—2016）

2013 年

4 月 29 日，广西师范大学文学院黄伟林向广西师范大学党委王枏书记提出组织本校学生重排重演抗战时期桂林文化城戏剧，并为其命名为"重温西南剧展"。

从本年 4 月至 11 月，黄伟林对桂林文化城历史进行了梳理，打算以田汉话剧《秋声赋》、夏衍话剧《法西斯细菌》《芳草天涯》等作为"温故西南剧展"的剧目。

11 月 18 日，黄伟林向广西师范大学文学院分团委书记刘浈通报"温故西南剧展"的想法。

11 月 25 日，黄伟林邀请广西师范大学文学院副院长刘铁群、党委副书记陈广林、刘浈讨论排演戏剧的事情，提出排演田汉话剧《秋声赋》、夏衍话剧《法西斯细菌》《芳草天涯》等剧目。

11 月 28 日，漓江学院中文系主任郭玉贤与黄伟林、刘铁群、刘浈、陈广林以及漓江学院中文系李钰、马明晖等老师开会讨论"温故西南剧展"，李钰建议把欧阳予倩话剧《旧家》纳入剧展，由漓江学院中文系承担排演。《旧家》是当年西南剧展的演出剧目。

此次会议之后，黄伟林邀请广西师范大学文学院向丹出任话剧《秋声赋》导演。向丹考虑再三，而后终于答应，并建议将她原来导演的欧阳予倩话剧《桃花扇》重排纳入剧展。

12 月 2 日，黄伟林购得田汉《秋声赋》歌曲。

12 月 19 日，黄伟林与广西师范大学党委宣传部张俊显讨论剧展创意，决定以"新西南剧展"取代"温故西南剧展"的命名。

12 月 20 日，向丹与黄伟林到广西师范大学雁山校区挑选《秋声赋》的演员，由此，向丹以总导演身份开始进入《秋声赋》排练和《桃花扇》复排工作。

12 月 25 日，黄伟林相继向广西师范大学团委书记李宇杰、广西壮族自治区党委宣传部文艺处副处长李滨凤、广西师范大学党委书记王枏等人汇报"温故西南剧展"情况。

2014 年

1月3日，王枡主持戏剧工作会议，广西师范大学党委副书记唐仁郭、党委宣传部部长张艺兵、团委书记李宇杰、文学院党委书记刘立浩、文学院向丹、黄伟林、刘铁群、陈广林等参加了会议。

1月6日晚上，黄伟林、向丹、刘铁群到漓江学院观看《旧家》演员选拔情况及排练片断并讲话。

1月8日，广西师范大学文学院姚代亮、黄伟林、刘铁群、向丹讨论"新西南剧展"。

1月20日，剧作家张仁胜、胡红一在邕江边对新西南剧展的创意高度赞赏，张仁胜表示愿意为广西师范大学导演一台话剧，建议广西师范大学开设实景演出专业，胡红一建议广西师范大学成立大学生剧社。

1月21日，在新影响传媒公司，董事长邓立、张仁胜、黄伟林等与公司管理层讨论本年度5月的广西大学生戏剧季。

自2月起，向丹全力以赴投入了《秋声赋》和《桃花扇》的导演工作，几乎每天都到雁山校区指导学生排练。

2月18日，广西师范大学文学院向丹、黄伟林、李咏梅、刘铁群、唐迎欣、何泳锦、李逊等讨论话剧排演、成立剧社等工作。

2月19日，广西师范大学文学院梁潮与黄伟林讨论"桂林文化城·文化何为"沙龙工作。新影响传媒卓曹杰给广西师范大学发来广西大学生戏剧季活动方案和邀请书。

2月21日，向丹在广西师范大学雁山校区1-307教室主持《桃花扇》选角会。黄伟林讲话，认为大学文化应该高端大气上档次，低调奢华有内涵。话剧是大学文化首选。并通报新影响传媒将邀请新西南剧展到南宁演出。

2月22日，"温故桂林文化城主题沙龙"在广西师范大学育才校区举行。

3月10日，黄伟林邀请抗战时期桂林文化城重要人物李任仁的孙子李世荣和李文钊的两个女儿李美美、李姗姗参加即将举行的学术沙龙。广西师范大学音乐学院教师宁红霞参加本次沙龙，并接受邀请担任新西南剧展音乐总监。

3月12日，向丹连续多日在家指导学生排练，黄伟林、刘铁群前往看望。当晚，新西南剧展沙龙在广西文科中心举行。李世荣、李美美、李姗姗，桂林戏剧研究院黄书记和几位副团长周强、李忠与会。《秋声赋》和《旧家》两个剧组的同学表演了剧作片断，周强、李忠表演了桂剧片断。文物局副局长李曦、文化局艺术科科长秦七一发言。《广西日报》记者秦雯、《桂林日报》记者谭彦、桂林电视台记者小陈等与会。

3月25日，李咏梅主持广西师范大学职业技术师范学院话剧《天涯芳草》选角工作，向丹、刘铁群、黄伟林现场选角。

3月27日，黄伟林向《光明日报》广西记者站刘昆站长介绍了新西南剧展。

4月1日，黄伟林、刘铁群、刘宪标、宁红霞、李逊、李钰、马明晖、李咏梅、杨真宝等召开新西南剧展工作会议。黄伟林向刘立浩介绍了新西南剧展的进展情况。在此之前，广西师范大学美术学院刘宪标副教授接受邀请担任新西南剧展舞美设计。

4月2日，刘铁群提出对《旧家》改编本的修改意见。

4月6日，黄伟林向王枬汇报了新西南剧展的进展情况和工作方案。

4月9日，新西南剧展指导教师团队集体邀请部分领导和老师观看《秋声赋》排练。刘宪标认为这个话剧有吸引力。廖静、李雪梅觉得还有很大的提升空间，刘立浩也对同学们的表演发表了看法并进行了鼓励。

4月15日，黄伟林、宁红霞、向丹、刘铁群讨论《秋声赋》的音乐问题。晚上，向丹、李咏梅、黄伟林、刘铁群开始《芳草天涯》首次排练。

4月16日，黄伟林接受《看天下》杂志采访，《看天下》到桂林做"重新发现桂林"专辑，听说了新西南剧展，专程前来了解情况。

4月21日，王枬书记向黄宇厅长通报了新西南剧展的情况。

4月23日，黄伟林在桂林市文化局艺术创作规划会上介绍了广西师范大学新西南剧展的排练情况。

4月24日，黄伟林向自治区党委宣传部文艺处黄云龙处长汇报新西南剧展的进展情况。下午，桂林生活网记者杨艳丽到现场观看了排练。

4月27日，黄伟林、刘铁群与广西师范大学音乐学院宁红霞到雁山看排练。这是新西南剧展第一次到广西师范大学音乐学院音乐厅排练。宁红霞的音乐团队参加了歌曲的排练。

4月28日，王枬主持新西南剧展工作会议。刘铁群提出排练场地、项目经费一系列问题。王枬和唐仁郭决定成立新西南剧展工作领导小组。确定新西南剧展开幕时间为5月16日。

4月29日，李宇杰、黄伟林、刘铁群开会讨论新西南剧展相关技术问题。

5月1日，向丹、黄伟林、刘铁群、李逊到雁山校区指导《秋声赋》和《桃花扇》的排练，《秋声赋》大纯的扮演者陆卡诺开始进入集体排练。

5月3日，张仁胜、邓立、黄伟林、桂林戏剧创作研究院长张树萍到广西师范大学雁山校区观看《桃花扇》《秋声赋》《旧家》的排练，张仁胜、张树萍、黄书记和邓力相继做了点评，张树萍亲自指导《桃花扇》主演的表演。

5月7日，原桂林市文化局局长唐柳林对广西师范大学新西南剧展高度赞扬，认为

→ 张仁胜指导学生排练

这是做了一件功德无量的事情，表示愿意支持这项工作。

5月8日，广西师范大学召开新西南剧展工作会议，商议开幕式工作。刘铁群提出一系列工作希望各部门协调解决。郑国辉、李宇杰等部门领导参加会议并提供了解决问题的途径。

5月11日，在桂林市原人大副主任黄阐的帮助下，新西南剧展团队与桂林市公交公司取得了联系，《秋声赋》剧组得以顺利往返雁山校区和育才校区进行彩排。

5月12日，王枬书记主持新西南剧展工作会议。

5月15日，《秋声赋》剧组排练至深夜11点多。

5月16日，王枬到现场看望演员，桂林艺术学校校长周辉带三位老师为演员们化妆。当晚，王枬宴请桂林市委常委、宣传部部长、副市长陈丽华、广西戏剧家协会主席、导演常剑钧等人。广西师范大学新西南剧展话剧展演开幕。广西师范大学党委宣传部张艺兵部长主持开幕式。王枬书记、常剑钧、黄伟林相继发言。演出大获成功。当晚，黎易鑫代表桂林市广西省立艺术馆邀请新西南剧展到桂林广西省立艺术馆演出。

5月17日，广西师范大学漓江学院多功能报告厅演出《旧家》，演出开始之前，场外学生排着长长的两行队伍等候进场，盛况空前。演出结束，黄伟林做了点评：感谢漓江学院支持新西南剧展，漓江学院打捞

→《桃花扇》剧组黄
姚古镇演出与儿童观
众合影

纪念西南剧展 70 周年学术研讨会，黄伟林介绍了广西师范大学新西南剧展的情况。下午，桂林历史文化研究院举办纪念西南剧展 70 周年文艺演出，广西师范大学表演了《秋声赋》片断、《旧家》片断、《征兵，我愿往！》《劝夫从军》《广西兵》《满江红》《落叶之歌》等节目。

2015 年

1 月 1 日，《桃花扇》剧组到昭平黄姚古镇古戏台演出。昭平县政协副主席周派莲等观看了演出。当晚，《桃花扇》剧组游览黄姚古镇。

1 月 2 日，《桃花扇》剧组到昭平黄姚古镇古戏台演出。贺州第二高中校长左碧辉等观看了演出。下午，《桃花扇》剧组身着演出服游览黄姚古镇，成为古镇一道流动的风景。

两场演出，吸引了逾百名本地观众和逾千名外地旅游者。

1 月 8 日，王枬书记宴请《秋声赋》剧组，为之庆功。所有参加宴会的师生都做了即兴发言。

4 月 11 日，召开电影《秋声赋》拍摄筹备工作会议。

4 月 30 日，王枬主持《秋声赋》电影拍摄会议。

5 月 7 日，《秋声赋》开始进入桂林广西省立艺术馆排练。

5 月 10 日，在桂林广西省立艺术馆举行话剧电影《秋声赋》开机仪式。

→ 话剧电影《秋声赋》开机仪式合影

→《秋声赋》桂林理工大学演出

10月16日，话剧电影《秋声赋》在桂林鑫海国际影城举行首映式。王楠、唐仁郭、诸家设、周派莲等参加。

11月28日，话剧《秋声赋》走进桂林理工大学，向丹、刘铁群、刘立浩、李逊前往观看学生演出，演出获得桂林理工大学师生欢迎。

12月9日，话剧电影《秋声赋》在育才校区学术报告厅和雁山校区邑谷上映。

12月12日，话剧电影《秋声赋》在桂林鑫海国际影城上映。同日，话剧《秋声赋》在雁山校区音乐学院一楼演出。

12月13日，话剧电影《秋声赋》在桂林鑫海国际影城上映。

2016 年

1月6日，北京师范大学与广西师范大学联合召开"师范大学戏剧学科发展和戏剧实践研讨会"。

3月3日，张仁胜、王楠、黄伟林讨论《花桥荣记》编剧事宜。

3月4日，黄伟林陪同张仁胜参观广西师范大学王城礼堂和桂林花桥。

3月31日，张仁胜完成《花桥荣记》剧本写作。

5月9日，白先勇通过电子邮件致信黄伟林："谢谢来函，知道张仁胜先生将《花桥荣记》改编成话剧，张先生希望我授权出版改编剧本，基本上没有问题，不过我希望剧本的电子档先传给我看看。"

7月6日，白先勇致信黄伟林："我同意广西文化促进会排演张仁胜先生改编《花桥荣记》的话剧。"

8月18日，白先勇致信黄伟林："遥祝演出成功！"

10月26日，张仁胜编剧、胡筱坪导演、黄伟林担任文学策划的话剧《花桥荣记》在桂林临桂区桂林大剧院成功首演。

10月27日，广西师范大学白先勇研究中心、新西南剧展团队成员与《花桥荣记》剧组举行了"话剧《花桥荣记》座谈会"。

10月29日，白先勇致信黄伟林："《花桥荣记》话剧演出成功，非常高兴。"

11月29日，张仁胜与黄伟林电话讨论话剧《花桥荣记》校园版的筹排。

12月2日，话剧《秋声赋》在雁山校区音乐学院三楼演艺厅演出，中国现代文学馆原副馆长、博士生导师、著名的文学史专家吴福辉观看演出。

12月9日，话剧《桃花扇》在雁山校区音乐学院三楼演艺厅演出。

12月13日，广西区党委宣传部文艺处黄云龙处长一行在广西师范大学与广西师范大学党委宣传部李宇杰部长、文学院教授黄伟林讨论《花桥荣记》话剧校园版的筹排工作。

新西南剧展获奖情况一览

2014年11月，《秋声赋》获第四届"中国校园戏剧节"优秀剧目奖

2014年11月，向丹获第四届"中国校园戏剧节"优秀导演奖

2014年11月，刘铁群获第四届"中国校园戏剧节"优秀导演奖

2014年11月，广西师范大学获第四届"中国校园戏剧节"优秀组织奖

2014年6月，《秋声赋》获第五届"广西校园戏剧节"优秀演出剧目奖

2014年6月，《旧家》获第五届"广西校园戏剧节"演出剧目奖

2014年6月，广西师范大学获第五届"广西校园戏剧节"优秀组织奖

2014年6月，向丹获第五届"广西校园戏剧节"优秀指导老师奖

2014年6月，黄伟林获第五届"广西校园戏剧节"优秀指导老师奖

2014年6月，刘铁群获第五届"广西校园戏剧节"优秀指导老师奖

2014年6月，程鹏瑜获第五届"广西校园戏剧节"优秀表演奖

2014年6月，谭思聪获第五届"广西校园戏剧节"优秀表演奖

2014年6月，杨芷获第五届"广西校园戏剧节"优秀表演奖

2014年6月，陆卡诺获第五届"广西校园戏剧节"优秀表演奖

2014年6月，王思衍获第五届"广西校园戏剧节"优秀表演奖

2014年6月，李德宝获第五届"广西校园戏剧节"优秀表演奖

2014年6月，王东艺获第五届"广西校园戏剧节"优秀表演奖

2014年6月，李逊获第五届"广西校园戏剧节"戏剧活动积极分子

2014年6月，覃枦慧获第五届"广西校园戏剧节"戏剧活动积极分子

2014年6月，陈深辉获第五届"广西校园戏剧节"优秀导演奖

2014年6月，张岚获得第五届"广西校园戏剧节"优秀戏剧评论奖

2014年6月，孙辰获得第五届"广西校园戏剧节"优秀戏剧评论奖

2014年6月，许馨月获得第五届"广西校园戏剧节"优秀戏剧评论奖

2014年11月，《旧家》获广西首届戏剧大赛话剧大戏类二等奖

2014年11月，马明晖获广西首届戏剧大赛优秀辅导老师

2014年11月，广西师范大学漓江学院获广西首届戏剧大赛优秀组织奖

2014年12月，《复排失传话剧〈旧家〉引发大学生爱国追梦热潮》获全区高校校园文化建设优秀成果评选二等奖

2015年6月，张昕玥获第六届"广西校园戏剧节"优秀表演奖

2015年6月，《青春禁忌游戏》获第六届"广西校园戏剧节"演出剧目鼓励奖

2015年6月，宁红霞获第六届"广西校园戏剧节"优秀指导老师奖

2015年6月，张昕玥获第六届"广西校园戏剧节"广西校园戏剧活动积极分子

2015年6月，吴宸章获第六届"广西校园戏剧节"广西校园戏剧活动积极分子

2015年6月，蒋诗琦获第六届"广西校园戏剧节"广西校园戏剧活动积极分子

2015年6月，陈建蒙获第六届"广西校园戏剧节"广西校园戏剧活动积极分子

2015年6月，杨芷获第六届"广西校园戏剧节"优秀戏剧评论奖

2015年6月，谭思聪获第六届"广西校园戏剧节"优秀戏剧评论奖

2015年6月，叶良君的《独秀长歌》获第六届"广西校园戏剧节"剧本奖

2015年6月，蒋诗琦改编的《花桥荣记》获第六届"广西校园戏剧节"剧本奖

2015年6月，广西师范大学获第六届"广西校园戏剧节"优秀组织奖

新西南剧展公开发表学术类文章一览

一、编著

《抗战桂林文化城史料汇编》，黄伟林（执行主编），共15卷，500万字

二、期刊论文

《从西南剧展到新西南剧展》，黄伟林，《贺州学院学报》2014年第3期，收入《文艺评论文选（2014年度）》，中国文联理论研究室编，当代中国出版社2015年8月第1版

《抗战时期桂林文化城的经典之作——论田汉话剧〈秋声赋〉》，黄伟林，《南方文坛》2015年第5期

《抗战时期中华民族的心灵归宿》，黄伟林，《南方文坛》2015年第6期

《用秋声谱曲，用文字歌唱》，宁红霞，《南方文坛》2015年第5期

《复活历史：从西南剧展到新西南剧展》，黄伟林，《当代广西》2014年第16期

《致敬西南剧展》，黄伟林，《今日桂林》2014年第6期

《70年后欧阳予倩剧作重返黄姚》，黄伟林，《当代广西》2015年第3期

《抗敌前沿的广西人》，黄伟林，《当代广西》2015年第10期

《用厚重的历史震撼和影响世人》，黄伟林，《贺州学院学报》2015年第2期

《桂系的文化自觉与抗战桂林文化城》，黄伟林，《广西民族师范学院学报》2015年第4期

《抗战时期旅桂作家创作综论》，黄伟林，《抗战文化研究》第九辑，广西师范大学出版社2015年第1版

《抗战时期旅桂作家的文学创作》，黄伟林，《桂学研究》第二辑，广西师范大学出版社2015年第1版

《〈秋声赋〉中两位女主角的人物分析与角色塑造》，刘慧明，《戏剧之家》2016年7月上半月刊

《以舞台实践激活教学资源——关于

"新西南剧展"的教学思考》，刘铁群，《教育》2017年第3期

三、图书论文

《从西南剧展到新西南剧展》，黄伟林，收入《寻找桂林历史文化的力量》，广西师范大学出版社2015年7月第1版

《民族与民生，"西南剧展"的中国现代话剧主题》，唐迎欣，收入《寻找桂林历史文化的力量》，广西师范大学出版社2015年7月第1版

《心怀对角色的敬仰——对〈秋声赋〉中徐母的人物分析和扮演心得》，常蓉，收入《寻找桂林历史文化的力量》，广西师范大学出版社2015年7月第1版

《〈秋声赋〉中徐子羽的人物形象分析》，程鹏瑜，收入《寻找桂林历史文化的力量》，广西师范大学出版社2015年7月第1版

《与角色秦淑瑾的心灵碰撞》，谭思聪，收入《寻找桂林历史文化的力量》，广西师范大学出版社2015年7月第一版

《〈秋声赋〉人物对比深化主题手法分析》，杨雪莹，收入《寻找桂林历史文化的力量》，广西师范大学出版社2015年7月第1版

四、报纸论文

《斑斓的文化之水》，黄伟林，《光明日报》2014年7月27日第10版

《乱世佳人李香君》，黄伟林，《中国艺术报》2014年6月20日第3版

《民族命运转机的预言——评田汉话剧〈秋声赋〉》，黄伟林，《中国艺术报》2014年9月22日第3版

《话剧〈秋声赋〉的上海缘与救国情》，黄伟林，《文汇报》2014年11月5日

《人物内心的两种"秋声"——谈话剧〈秋声赋〉中的"秋声"》，黄伟林，《广西日报》2014年11月11日第11版

《莘莘学子与话剧艺术》，黄伟林，《广西日报》2014年11月27日第12版

《抗战桂林文化城的意象和内蕴》，黄伟林，《广西日报》2015年8月20日

《文化自觉是抗战桂林文化城形成的思想保障》，黄伟林，《广西日报》2015年8月26日

《民族翻身的预言——评田汉话剧〈秋声赋〉》，黄伟林，《桂林日报》2014年9月16日第7版

《抗战时期的桂林作家群》，黄伟林，《桂林日报》2014年12月10日第7版

《朝气蓬勃的艺术突击队》，黄伟林，《桂林日报》2015年7月13日第8版

《戏剧城》，黄伟林，《桂林日报》2015

504

年 9 月 7 日第 7 版

《广西话剧之滥觞》，黄伟林，《桂林日报》2016 年 4 月 11 日第 3 版

《幽默大师欧阳予倩》，刘铁群，《桂林晚报》2015 年 9 月 6 日

《〈秋声赋〉：不该被遗忘的桂林之作》，刘铁群，《桂林晚报》2015 年 9 月 13 日第 19 版

《熊佛西在榕荫路的"涂鸦墙"》，刘铁群，《桂林晚报》2016 年 12 月 6 日

《陈望道与桂林话剧运动》，刘铁群，《桂林晚报》2015 年 12 月 20 日

《田汉在桂林向米店赊米》，刘铁群，《桂林晚报》2016 年 2 月 28 日

《戏里戏外小飞燕》，刘铁群，《桂林晚报》2016 年 3 月 13 日

《这部话剧当年轰动桂林城》，刘铁群，《桂林晚报》2016 年 4 月 3 日

《焦菊隐在桂林导演〈雷雨〉》，刘铁群，《桂林晚报》2016 年 5 月 8 日

《安娥与田汉的桂林之恋》，刘铁群，《桂林晚报》2016 年 5 月 22 日

《夏衍与桂林戏剧运动》，刘铁群，《桂林晚报》2016 年 6 月 5 日

《反战作家鹿地亘》，刘铁群，《桂林晚报》2016 年 7 月 17 日

《桂林戏剧界的战士杜宣》，刘铁群，《桂林晚报》2016 年 10 月 9 日

《金素秋在桂林》，刘铁群，《桂林晚报》2016 年 11 月 6 日

《洪深三到桂林》，刘铁群，《桂林晚报》2016 年 11 月 20 日

《石联星的桂林岁月》，刘铁群，《桂林晚报》2016 年 12 月 18 日

《周伟在桂林的艺术人生》，刘铁群，《桂林晚报》2017 年 1 月 1 日

《熊佛西赞桂林美食》，刘铁群，《桂林晚报》2017 年 3 月 19 日

《欧阳予倩与〈桂林夜话〉》，刘铁群，《桂林晚报》2017 年 4 月 9 日

复活沉睡70年的话剧

——2014年1月6日在漓江学院与《旧家》剧组座谈

抗日战争时期，中国有几个标志性的城市，如重庆、延安、上海、桂林和昆明。其中，桂林在文化上的成就最为突出。原因何在？最重要的原因是当时桂林兼容了国民党主流、国民党桂系、共产党以及其他派系的各种力量，面对这各种力量，桂系采取了包容的政策，因此有文化繁荣。

文化包括了新闻、出版、文学、美术、音乐、舞蹈、戏剧、教育等自然科学、社会科学、人文科学各个领域，当时桂林文化城最突出的领域是出版和戏剧，因而桂林又有出版城和戏剧城之称。

就戏剧而言，当时中国最优秀的戏剧家欧阳予倩、田汉、夏衍、熊佛西、洪深、丁西林、杜宣、李文钊、于伶等都在桂林，许多著名的剧团、剧社也在桂林。可以说，整个抗战期间，甚至可以说从1931年开始，桂林的戏剧活动就长盛不衰，最后的高潮是1944年春天的西南剧展，距今正好70年。西南剧展的影响波及全世界，当时《纽约时报》发表著名戏剧评论家爱金生的文章，称桂林的西南剧展是古罗马以来最盛大的戏剧活动。

桂林文化城的戏剧活动意义何在：

首先，它支持并激励了中国人民抗日乃至世界人民反法西斯的斗志。没有人民的支持，战争是不可能取得胜利的。戏剧是那个时代最具影响力的文艺形式、文化形式，相当于今天的网络和电视，甚至比网络和电视更有影响，因为它是现场的。这是当时的时代意义。

其次，它推出了一批今天仍然有生命力的戏剧作品。如《秋声赋》《法西斯细菌》《愁城记》《旧家》《桃花扇》《梁红玉》，等等。这对中国现当代文学学科意义重大。人们很难想象，现代文学史上如此重要的作品当年竟然是在桂林这个舞台上诞生的。

再次，它激活了中国丰富的戏曲文化资源。当时桂林改造旧戏使桂剧焕发出新的艺术生命。仅以桂林为例，桂林原来就有桂剧、彩调、文场，如今这些都是国家非物质文化遗产，正是因为当时桂林的戏剧活动，这些本土的戏曲文化资源得到了高度重视，为现代艺术提供了传统文化的支持。

我们今天排演这些戏剧作品的意义何在：

桂林文化城戏剧是中国现代文学学科非常重要的一个组成部分，因此，排演文化城戏剧是学习中国现代文学的一个重要方式。

戏剧，特别是话剧，是大学最重要的校园文化形式，因此，温故桂林文化城、复兴西南剧展应该成为我们的校园文化品牌。

戏剧排演能够最大限度地激活、整合、提升同学们的文化素养、文学素养、艺术素养、学术素养以及领导和组织的才能。

关于欧阳予倩的《旧家》

欧阳予倩的《旧家》很大程度上是一部失踪了的戏剧作品，演出之时不是很受重视，演出之后，也很少人提起。但我读过剧本后，发现这确实是一个有价值的剧本。我希望，通过我们排演这个话剧，能使这个作品复活。如果能够复活一个沉睡 70 年的作品，这将是我们漓江学院师生的光荣。

文学是人学。戏剧最核心的要素就是人。我们排演《旧家》，首先要关注的就是这个旧家庭里的人。家是中国现代文学一个非常重要的主题。鲁迅写了不少的家，茅盾写了不少的家，曹禺、沈从文、张爱玲、张恨水、李劼人也写了不少的家，当然，最著名的就是巴金的《家》。曹禺的《雷雨》写的是一个家，巴金的《家》不仅是小说，而且是话剧。但是，大家注意，欧阳予倩的《旧家》与前面那些家不太相同，不同在什么地方，我觉得，最根本的不同就是《旧家》里的小儿子周传先，这是一个进步青年，但他与觉慧不一样，觉慧是激进的、出

→ 剧宣九队演出《旧家》剧照

→《旧家》首演后合影

走的。他也与《雷雨》中的周冲不一样，周冲太单纯，也缺乏力量。周传先是一个农科大学生，他有科学头脑，有上进精神，对于一个旧家庭来说，他还有一个很可贵的地方，他有责任感。我在读剧本的时候，看到剧本中那些 40 多岁的中年人，已经老气横秋，30 多岁的中年人，过于急功近利，但是，这位 20 多岁的年轻人，却既有责任感，又有创造力，我觉得，周传先这个形象，就应该是新世纪大学生的形象，是你们的形象。他做的事业，是运用他所学习的科学知识开办农场，这个做法正好与今天我们这个时代某些情况相适应。我很希望我们漓江学院的学生能演好这个形象，如此，我们这个作品才不是古董，才与今天我们生活的时代息息相关。

为了演好这个戏，我希望同学们认真读剧本，也多读一点中国现代文学，相信通过阅读和排演，同学们一定能够有很大的提高。

（黄伟林）

广西师范大学新西南剧展话剧展演开幕式讲话

（2014 年 5 月 16 日，广西师范大学育才校区田家炳报告厅）

尊敬的各位领导、各位来宾、老师、同学们：

70 年前的 5 月 19 日，轰动一时的"西南剧展"在桂林落下了帷幕。今天，经过"望道剧社"师生半年多的刻苦排练和精心准备，新西南剧展系列活动广西师范大学纪念"西南剧展"70 周年话剧展演隆重开幕了。在此，我谨代表学校党委、行政对话剧展演的如期举行表示热烈祝贺！对各位领导嘉宾关注、支持和光临指导展演活动表示衷心感谢！并向为演出付出不懈努力的老师同学们表示诚挚问候！

"西南剧展"全称为西南第一届戏剧展览会，是 1944 年 2 月至 5 月在桂林文化城举办的一次震惊世界的戏剧展览活动。当时正是中国抗日战争黎明前最艰难的时候，30 多个团队、1000 多名戏剧工作者在桂林上演了持续近百天的文化大戏，演出了 100 多个剧目，观众有 10 多万人次，被认为是五千年古国旷古未有的戏剧盛会，中国戏剧史上的空前盛举，实现了中国戏剧人抗日救亡的文化担当。美国戏剧评论家爱金生在

《纽约时报》称："如此宏大规模之戏剧盛会，有史以来，自古罗马时代曾经举行外，尚属仅见。中国处于极度艰困条件下，而戏剧工作者以百折不挠之努力，为保卫文化、拥护民主而战，迭予法西斯侵略者以打击，厥功至伟。此次聚中国西南五省戏剧工作者于一堂，检讨既往，共策将来，对当前国际反法西斯战争，实具有重大贡献。"

大学是中国现代话剧运动的摇篮，学生是中国现代话剧运动的主力。欧阳予倩、田汉在留日期间开始了他们的话剧生涯；周恩来在南开学校担任新剧团布景部副部长，是剧团著名的男旦；23 岁的清华大学学生曹禺写出了中国现代话剧史上不朽的作品《雷雨》；当年的"西南剧展"，也活跃着中山大学中大剧团、广西大学西大青年剧社莘莘学子的身影。

广西师范大学是一所拥有 80 多年丰厚历史底蕴的高等学府。弘扬进步的话剧艺术，承担民族救亡的责任，从来都是学校的人文传统。1935 年，学校前身广西师专在

广西高校率先发起了话剧运动，著名戏剧家沈西苓应邀在广西师专任教，并组织师生排演了《屏风后》《怒吼吧，中国！》《钦差大臣》等剧目，陈望道、夏征农、邓初民等人亲自出演其中的角色，并在桂林市公演，为桂林带来了新文学和新文化运动。这也奠定了我校的戏剧文化传统。2013年初，我校一群热爱戏剧表演的师生，开始发起、策划一个校园文化活动——新西南剧展。2013年下半年，在经过较充分的学术准备之后，田汉的《秋声赋》、欧阳予倩的《旧家》和《桃花扇》，成为首演的剧目。今天，在"望道剧社"老师的悉心指导下，我们广西师范大学的青年学子们以自己的独特感悟亲身演绎这三部经典，既是为纪念"西南剧展"70周年献礼，也是为了继承民族的文化经典和优秀的戏剧传统，以戏剧展演唤醒桂林文化城的"戏剧魂"。

新西南剧展的活动，得到了来自北京、南宁、桂林各地专家的高度赞同，也引起了诸多媒体的关注。广西及桂林文化界、教育界更是对这个创意热情支持，他们为本次新西南剧展的话剧展演贡献了许多智慧和鼓励。在此，我们要向所有支持和帮助我们的朋友们表示衷心的感谢！

需要说明的是，本次新西南剧展的话剧展演活动是由一批非专业的导演和演员担当的。在新媒体蓬勃发展、新娱乐方式不断涌现的今天，这群非专业，但是爱戏、迷戏的师生，不为喧嚣所扰，不为浮华所动，始终坚守在戏剧舞台上，重排、重演抗战时期优秀剧目，缅怀抗日救亡壮怀激烈的岁月，传承国难当头之际中国文人的铮铮风骨，尤为难能可贵！今晚，我们在这里举行首演式，希望得到各位领导嘉宾的指导，也希望通过新西南剧展这个文化品牌的打造，探索一种高校与地方合作进行文化建设的新途径、新方式，相信大学与地方的携手，定能创造桂林文化的新辉煌！

最后，预祝演出成功，谢谢大家！

→ 新西南剧展开幕式王枬书记讲话

（王枬，广西师范大学党委书记）

新西南剧展话剧展演开幕式发言

（2014 年 5 月 16 日，广西师范大学育才校区田家炳报告厅）

各位来宾、各位老师、各位同学：

大家好！

70 年前的 2 月 15 日至 5 月 19 日，将近 100 天的时间，在桂林文化城，举办了震惊世界的西南第一届戏剧展览会。来自桂、粤、湘、赣、滇五省的 33 个单位、1000 多名戏剧工作者参加了这次盛会。西南剧展包括三大内容：戏剧演出展览、戏剧资料展览和戏剧工作者大会。其中，戏剧演出展览演出了 100 多个剧目，欧阳予倩编剧的《旧家》、夏衍编剧的《法西斯细菌》、曹禺编剧的《日出》《家》、小仲马的《茶花女》都是

→ 新西南剧展总海报

西南剧展演出的话剧剧目。

当年的西南剧展由广西省立艺术馆主办，广西省长黄旭初担任会长，李济深、李宗仁、白崇禧、张发奎、陈诚、陈立夫、张治中、龙云等一批民国要人担任名誉会长，蒋经国、李任仁等一批地方官员担任指导长，欧阳予倩、田汉、熊佛西、李文钊等著名戏剧家担任筹备委员并组成常务委员会。

今天，呈现在人们眼里的新西南剧展，或许会被赋予许多意义，但对我们这些参与其间的教师而言，不过是我们教学科研的本分。西南剧展是我们现代文学学科的教学内容，我们的初衷是希望同学们通过排演这些剧目，体验经典文学，传承精英文化，营造高品质的大学风尚。

新西南剧展的首批剧目包括田汉的《秋声赋》，欧阳予倩的《旧家》和《桃花扇》。

欧阳予倩改编《桃花扇》，隐喻了他在特定年代的家国情怀。《秋声赋》和《旧家》的故事都是以桂林为背景，既是民国范儿，又有桂林味儿。当年《秋声赋》演出之后，一时间，众人争说《秋声赋》，满城传唱《落叶歌》。

在新西南剧展的排练过程中，我们真正体会到文化是民族凝聚力和创造力的源泉。那么多力量在凝聚，那么多思想在创新。感谢校园内外各界朋友对新西南剧展的理解。他们的胸怀视野鼓舞了我们的勇气，他们的真知灼见提升了我们的品质。更感谢为新西南剧展付出了许多辛劳的同学们，是他们的青春和激情，使大学、使经典、使话剧充满活力和魅力。

希望今天的演出能得到各位来宾的喜欢！

（黄伟林）

新西南剧展与大学精神

——广西师范大学校长招待演出主持词

（2014 年 5 月 22 日，广西师范大学育才校区田家炳报告厅）

各位来宾、尊敬的老师、同学们：

大家晚上好！

西南剧展全称为西南第一届戏剧展览会，是 1944 年 2 月至 5 月在桂林文化城举办的一次震惊世界的戏剧展览活动。有 30 多个团队、1000 多名戏剧工作者参加西南剧展。西南剧展包括三大中心工作：戏剧演出展览、戏剧资料展览和戏剧工作者大会。其中，戏剧演出展览演出了 100 多个剧目，观众有 10 多万人次，被认为是五千年古国旷古未有的戏剧盛会，中国戏剧史上的空前盛举，实现了中国文化人战争年代的文化担当。

当年，两广的大学是西南剧展的重要参与者。广西大学青年剧社演出曹禺的《日出》，广东艺专用粤语演出法国福墅洼的《油漆未干》、苏联巴克特的《百胜将军》，中山大学剧团用英语演出英国吉尔伯特的《皮革马林》，广西省立桂岭师范学校边疆歌舞团演出《西南边胞化装及语言介绍》《侗族游牧曲》《板瑶腰鼓舞》《苗岭民谣》《苗岭婚俗进行曲》《掸系边民铜鼓舞》等民族歌舞，桂剧学校与仙乐桂剧社演出《牛皮山》《献貂蝉》《人面桃花》等桂剧。

在历史落幕的地方，我们重新出发！

大学是文化传承、文化创造和文化提升的地方，大学应该有自身独立的精神追求和价值认同，大学应该是高雅文化、高端思想、高尚品质的集散地。

话剧是最具大学特质的文化形式之一。新西南剧展希望用话剧这种形式让人们感受真正的大学，感受真正的大学精神，以现代话剧的方式参与大学文化的建构，通过现代话剧艺术形式，提升大学生的文化素质和精神品质，培养真正具有大学精神的新世纪大学生。

今晚演出的剧目是国歌作者田汉的音乐话剧《秋声赋》，这是田汉先生的自传之作、抗战之作、桂林之作。当年该剧演出后，形成轰动效应，一时间，众人争说《秋声赋》，满城传唱《落叶歌》。

感谢大家的光临，希望《秋声赋》能得到大家的喜欢！

（黄伟林）

桂林广西省立艺术馆新西南剧展《秋声赋》首演主持词

（2014 年 6 月 15 日，广西省立艺术馆）

各位来宾、各位朋友：

　　大家早上好！

　　在历史落幕的地方，我们重新出发！

　　此时此刻，我们身在其间的这个剧场，当年被认为是中国最华美的剧场，更是 1944 年春天西南第一届戏剧展览会的主剧场。为纪念西南剧展举办 70 周年，广西师范大学、桂林刘三姐文化传播有限公司和广西省立艺术馆倾力合作，为桂林市民献演广西师范大学新西南剧展三台剧目《秋声赋》《桃花扇》和《旧家》。

　　首先请大家观看新西南剧展视频。

　　感谢大家的光临，现在，请让我们观看国歌作者、著名戏剧家田汉先生的自传之作、抗战之作、桂林之作——话剧《秋声赋》！

→ 广西省立艺术馆
演出谢幕

514

以青春激活历史，凭学术引领创新

——第五届"广西校园戏剧节·大学生戏剧奖"颁奖会上的发言
（2014 年 6 月 28 日，南宁）

新西南剧展自其诞生之日起就得到了社会各界的关爱，我们深知，这不是因为我们在话剧艺术领域有多高的水准，而是因为历史为我们做了厚重的铺垫，帮助我们抵达了这样一个高度。

今天能够在这里发表获奖感言，首先要表达的是感谢，感谢在座与不在座的许多领导、专家、朋友对新西南剧展的扶持，感谢我们新西南剧展主创团队的坚持，没有这样的扶持和坚持，新西南剧展早已半途而废。

其次要表达的是感叹，感叹文化的确是民族凝聚力和创造力的源泉。新西南剧展，是戏剧，更是文化。我们之所以得到那么多的扶持，我们之所以敢于如此的坚持，全依靠文化的魅力、文化的感召力和文化的凝聚力。

第三要表达的是感想，今日中国大学，引发了越来越多的争议。我们打造新西南剧展，是想用行动证明大学仍然有理想主义的存在。以青春激活历史，用学术引领创新！这是否可以理解为大学的文化自觉，是否可以理解为大学精神的一种表现？

最后要表达的是感动，为老年一代的厚爱而感动，为中年一代的关怀而感动，为青年一代新的担当而感动。

谢谢！

（黄伟林）

话剧电影《秋声赋》开机仪式致辞

（2015 年 5 月 10 日，广西省立艺术馆）

尊敬的各位领导、各位来宾、新闻界的朋友们：

大家好。

今天，经过多方努力和精心筹备，作为"新西南剧展"重点剧目的话剧电影《秋声赋》终于在美丽的桂林，在 71 年前西南剧展的举办地广西省立艺术馆隆重开机了。在此，我谨代表广西师范大学对《秋声赋》的如期开机表示热烈的祝贺！对各位领导专家关注、支持和光临指导影片的拍摄工作表示衷心的感谢！并向为演出付出不懈努力的老师同学们表示诚挚的问候！

我校是一所拥有 80 多年历史和丰厚人文底蕴的高等学校。1935 年，学校前身广西师专在广西高校率先发动了话剧运动，80 多年来话剧运动在学校薪火相传。正所谓"在历史落幕的地方，我们重新出发"。去年 5 月，在"西南剧展"70 周年之际，由我校一群热爱戏剧表演的师生发起、策划的校园文化活动——新西南剧展在广西师范大学隆重开幕，重排重演了《秋声赋》《旧家》

《桃花扇》等当年桂林文化城剧目，不仅为缅怀那段壮怀激烈的岁月，更是要激励国人勿忘国耻、自强不息、振兴中华。特别是著名剧作家田汉的话剧《秋声赋》，以抗战桂林文化城为背景，描写了红色文化人徐子羽与妻子秦淑瑾、恋人胡蓼红的爱情婚姻冲突，以及各方在大敌当前、民族大义面前的和解，生动展示了国难当头之际中国文人的风骨。该话剧自"新西南剧展"开幕首演以来，一年间成功地走出校园、走出桂林、走出广西、走向全国，取得了空前的成功。自治区副主席李康、自治区原党委副书记潘琦和著名演员、刘三姐的扮演者黄婉秋、著名作家黄继树等领导专家和文化名人观看了《秋声赋》的演出并给予了高度评价。国务院参事、中国话剧艺术研究会会长蔺永钧教授观看后发出了这样的感慨：《秋声赋》"将会载入中国话剧史"。2014 年 11 月，《秋声赋》作为"中国第四届校园戏剧节"入选剧目，在上海交通大学菁菁堂成功上演，获得最佳导演奖、优秀剧目奖、优秀组织奖。

→ 话剧电影《秋声赋》开机仪式

2015年，《秋声赋》被自治区党委宣传部列为庆祝抗日战争胜利70周年重点文艺作品，将拍摄成话剧电影。我校十分重视拍摄《秋声赋》的各项准备工作，聘请了广西戏剧家协会常务副主席林超俊担任总导演，邀请著名作曲家黄有异、话剧表演艺术家褚家设以及戏剧表演艺术家张树萍担任指导专家，成立了一支涵盖编剧导演、指导专家、演职人员、摄制人员、舞美音效技术人员等在内的专业团队，在自治区、桂林市党委宣传部以及广西戏剧家协会、广西话剧团、广西戏剧创作研究院、桂林市戏剧创作研究院等各级部门和专业艺术团体的指导、支持下，我们克服舞台拍摄经验缺乏、学生毕业找工作等各种困难，在前期展演的基础上经过强度更高的排练和精心准备，今天终于顺利开拍了，这是一个非常具有深远意义的时刻。我们第一次将大学生排演的话剧拍摄成电影，搬上银幕，在高校来说也并不多见，这不仅是广西师范大学的骄傲，也是广西戏剧艺术的骄傲。我们将继续继承民族的文化经典和优秀的戏剧传统，让戏剧的种子播撒在戏剧艺术沃土和戏剧人才摇篮的大学校园里，使大学戏剧的原创精神内化为中国戏剧未来的一股源头活水和青年学子奋发成才的一种人文力量。

最后，预祝话剧电影《秋声赋》拍摄成功，谢谢大家！

（王枬）

话剧电影《秋声赋》开机仪式讲话

（2015 年 5 月 10 日，广西省立艺术馆）

各位领导、各位来宾、各位老师、各位同学：

大家好！

新西南剧展从创意策划到开花结果，至今已经两年。其中，新西南剧展的核心剧目话剧《秋声赋》自 2014 年 5 月首演以来，得到了社会广泛的关注，荣获第四届"中国校园戏剧节"优秀剧目奖、优秀导演奖和优秀组织奖，入选广西"2015 年度文化精品项目"，得到自治区层面"庆祝抗日战争胜利 70 周年重点文艺作品创作生产"项目支持。今天，话剧电影《秋声赋》在当年西南剧展的发生地桂林广西省立艺术馆开拍，就是新西南剧展的重要果实之一，更是其作为自治区 2015 年度文化精品项目的一个重要推进。

发生于 70 年前的西南剧展是中国现代戏剧史上的重要一页，更是学术研究的重要课题。我们创意策划新西南剧展，是希望以学术的方式介入大学校园文化活动。新西南剧展是学术研究的一种转化形式。因为学术研究的介入，大学校园文化活动会变得更有深度，更可持续发展，更具有大学的内涵与品质。

人们很难想象，广西话剧的历史，恰恰是从广西师范大学开始。不久前，我在沉睡的故纸堆中读到一部 1941 年广西省政府十年建设编纂委员会编印的著作。因岁月而漶漫不清的书页里有这样一段文字："广西之戏剧活动，在话剧方面，最初以二十一年省立师范专科学校员生所组织之师专剧团为滥觞，导演为沈西苓，演出《怒吼吧，中国！》《巡按》二剧，由是社会对于新兴话剧乃有正确之认识；继复演出《父归》《屏风后》二剧。后此则演剧团体逐渐增多。"这段文字说的正是话剧进入广西的历史。当时的省立师专正是今天的广西师范大学的前身。1932 年成立的广西师范大学，招聘了一批来自上海的新文艺工作者，他们为桂剧故乡广西引进了现代话剧。如今，我们以话剧为核心的新西南剧展，正所谓以学术引领时尚，有意无意地衔接了一段广西戏剧史。

西南剧展发生在 70 年前的桂林文化城。

桂林山水甲天下举世皆知，桂林作为中国首批历史文化名城，作为抗战时期中国大后方的文化中心，却鲜为人知，需要专家不断的解释和宣讲。新西南剧展因西南剧展而产生，排演了与抗战桂林文化城有关的三台话剧。她有一个小小的野心，希望抗战桂林文化城从故纸堆上站起来，站立舞台；从博物馆里走出去，走向田野；用舞台戏剧的方式，复活历史长河中的昙花一现，灵动历史记忆中的惊鸿一瞥；让90后的灵魂，感应70年前国家救亡的脉动；让90后的身体，感受70年前民族复兴的体温；正所谓以青春激活历史，激活这一座我们身在其中却浑然不知的桂林文化城。

《秋声赋》是中国国歌作者、中国话剧奠基人田汉创作的一部话剧作品，它写于桂林，写的是桂林，演出于桂林，通过主人公徐子羽与妻子秦淑瑾、女友胡蓼红的婚姻爱情矛盾，展示了抗战时期文化人文化抗战的坚韧与艰辛，是中国文化人在抗战时期与桂林山水一次既缠绵悱恻又艰苦卓绝的相遇。山水令人陶醉，爱情令人迷醉，但剧中人物终于没有酩酊烂醉、如泥烂醉，全仗有卓然独立天地间的风骨，正所谓信仰照亮内心，我们希望通过演绎这种具有正能量的正剧，传承和传递中华民族身陷重围而不坠不弃、历千秋万代而不衰不灭的文化基因。

作为教师，我们创意策划新西南剧展，就是希望为学生搭建一个课堂与课外、校园与社会、历史与现实沟通的文化平台，让学生在这个平台体验经典、感悟人生；就是希望为学生提供一个粹练自我、提升自我、展示自我的人生舞台。值得庆幸的是，我们的愿望没有落空，莘莘学子的舞台表现，不仅让我们看到了他们的英俊漂亮，而且让我们领略了他们的创新才华，这是一个张扬想象和呼唤创造的时代，从他们身上，我们不仅可以感受到中国梦的执着和美好，也将感受到中国创造的激情和力量。

感谢自治区党委宣传部的资助、感谢自治区戏剧家协会的提携、感谢桂林市戏剧创作研究院的帮助，感谢从北京到上海、从南宁到桂林社会各界对广西师范大学新西南剧展的关注和爱护！

祝话剧电影《秋声赋》拍摄圆满成功！
谢谢大家！

（黄伟林）

话剧电影《秋声赋》首映仪式致辞

（2015 年 10 月 16 日，桂林市鑫海国际影城）

尊敬的各位领导、各位来宾、新闻界的朋友们：

在丹桂飘香的美好时节，被列为自治区"庆祝抗日战争胜利 70 周年重点文艺作品"的话剧电影《秋声赋》，经过近半年的拍摄录制和后期制作，今天终于和大家正式见面了。这是我们为纪念中国人民抗日战争暨世界反法西斯战争胜利 70 周年，为广西师范大学 83 周年校庆献上的一份厚礼。在此，我谨代表广西师范大学对《秋声赋》的首映表示热烈的祝贺！对各位领导专家的关心支持和莅临指导表示衷心的感谢！并向为演出付出不懈努力的老师同学们表示诚挚的问候！

《秋声赋》由舞台搬上荧屏、由话剧拍成电影是一个思想碰撞、技术融合和意志磨炼的过程，凝聚着各方的智慧和心血。去年 5 月，在"西南剧展" 70 周年之际，由我校一群热爱戏剧表演的师生发起、策划的校园文化活动——新西南剧展在广西师范大学隆重开幕，重排重演了《秋声赋》等当年桂林抗战文化城的剧目；在上级部门和社会各界的支持帮助下，《秋声赋》作为广西唯一作品参加"中国第四届校园戏剧节"获最佳导演奖、优秀剧目奖和组织奖，入选广西 2015 年度文化精品项目，并决定将其拍摄成电影，于今年 5 月 10 日在 71 年前西南剧展的举办地广西省立艺术馆举行了开机仪式。整个过程由我校师生自编自演自导自拍，还聘请了广西戏剧家协会常务副主席林超俊担任总导演，邀请著名作曲家黄有异、话剧表演艺术家褚家设以及戏剧表演艺术家张树萍担任指导专家，成立了一支涵盖编剧导演、指导专家、演职人员、摄制人员、舞美音效技术人员等在内的专业团队，经过近半年的刻苦排练和紧张拍摄，特别是师生们克服重重困难，全心投入，生动演绎了"抗战文化城"那段燃情岁月，今天终于成功搬上了银幕。这不仅是广西师范大学的骄傲，也是广西戏剧艺术的骄傲，它的成功放映必将对引导广大师生传承传统优秀文化、提升广西高校戏剧艺术教育水平、促进广西文化事业繁荣发展产生重要作用。

→ 话剧电影《秋声赋》首映仪式王枬书记致辞

　　最后，预祝话剧电影《秋声赋》首映
圆满成功！

　　谢谢大家！

（王枬）

话剧电影《秋声赋》首映仪式讲话

（2015 年 10 月 16 日，桂林市鑫海国际影城）

各位领导、各位来宾、各位老师、各位同学：

大家好！

广西"2015 年度文化精品项目"话剧电影《秋声赋》的首映仪式在广西师范大学 83 周年校庆纪念月举行，我觉得很有意义。

广西师范大学是广西现代话剧的诞生地。80 多年前，一批来自上海的新文艺工作者陈望道、沈西苓将现代话剧引进广西。这段历史长久被人们遗忘。直到今年上半年，我才在尘封已久的 20 世纪 40 年代出版的文献中，确认了这段历史，进而确认了广西师范大学在广西新文艺事业中所起的重要作用。

2009 年 4 月 15 日，我与王枬书记等一批广西文史专家、文学评论家在桂林雁山园参加桂学务虚会。此会的一个副产品是商议推出广西师范大学作家群。2010 年，我们召开了独秀作家群研讨会、推出了独秀作家群丛书，得到文坛和学术界的广泛认同。独秀作家群深化和丰富了广西师范大学的文化内涵，成为广西文坛、中国大学作家群一道亮丽的风景。

2013 年 4 月 29 日，我与王枬书记在桂林玉茗堂就广西师范大学 80 多年的历史进行了深入的交谈。这次谈话明确我们要做一件事情，当时我们称之为"重温西南剧展"。之后，我用了半年多的时间，对抗战桂林文化城的历史进行了一次全面、深入的梳理，确定把《秋声赋》作为"重温西南剧展"的核心剧目。

2013 年的 11 月份，我向文学院刘铁群老师提出了这一构想，得到她全心全意、全力以赴的支持。之后，我邀请文学院向丹老师出任《秋声赋》导演，向丹老师原来已经导演过欧阳予倩话剧《桃花扇》，我还邀请美术学院刘宪标老师、音乐学院宁红霞老师加盟影像、舞美和音乐制作，并向广西师范大学团委申请成立了望道剧社。在这个过程中，我们还先后与文学院刘涟老师、陈广林老师、漓江学院郭玉贤老师、李钰老师、马明晖老师进行了广泛的交流，李钰老师提出以欧阳予倩的话剧《旧家》加盟，并与马明晖老师组建了《旧家》剧组。这些老师都是

"新西南剧展"最早的支持者和加盟者，我不会忘记并期待今后有更美好的合作。还有很多校内校外，我的老朋友和新朋友，他们或者以学识、或者以技能，或者以情感、或者以物质，或者以精力、或者以体力、或者以财力，或者以他们所能调动的各种社会资源，给予我们的工作以巨大的支持。每一个名字，都有一个故事；每一个故事，都有一种情怀。在这里，我不打算一一列举，也不可能一一讲述，但我会深深铭记。

在这个过程中，我参与和主持了多渠道、多层次的多种讨论，并将"重温西南剧展"进行了"新西南剧展"的重新命名。2014年2月，我形成了较为成熟的方案。我认为，大学是文化传承、文化创造和文化提升的地方，大学应该有自身独立的精神追求和价值认同，大学应该是高雅文化、高端思想、高尚品质的集散地。基于对大学的如此认识，"新西南剧展"以现代话剧的方式参与大学文化的建构，通过现代话剧这种艺术形式，提升大学生的文化素质和精神品质，培养真正具有大学精神的大学精英。

从独秀作家群到新西南剧展，这是广西师范大学推出的两个大学文化品牌，也是广西文艺界、广西文化界的两个文化品牌。我知道，今日广西正在打造"美丽南方"。我想，独秀作家群、新西南剧展当之无愧是"美丽南方"的重要组成部分，是现代中国新文化在美丽南方开放的绚丽之花，是广西师范大学为"美丽南方"贡献的丰硕成果。因此，在《秋声赋》首映之际，在祝愿《秋声赋》首映成功的同时，我祝愿独秀作家群和新西南剧展这两个大学文化品牌有更大的发展，我祝愿我们生于斯、长于斯的"美丽南方"，祝愿我们生活、工作、学习在"美丽南方"的同学、老师、来宾更加美丽，更加健康！

谢谢大家！

（黄伟林）

蔺永钧参事一行观看《秋声赋》排练讲话

（2014 年 6 月 24 日，广西师范大学雁山校区音乐学院排练厅）

2014 年 6 月 24 日下午，在广西师范大学音乐学院排练厅，国务院参事、中国话剧艺术研究会会长蔺永钧教授与西安话剧院院长翟先生、西安演艺集团有限公司董事长寇雅玲一行观看了广西师范大学望道剧社《秋声赋》的排练。

排练结束后，蔺永钧教授发表了热情洋溢的感言：

我要用三句话来评价你们的演出。

第一句是小舞台，大作品。

你们排演的是田汉老、欧阳予倩老的作品。话剧界称老的不多。中国田汉研究会会长，原中央戏剧学院院长徐晓钟是我的老师。中国话剧诞生于 1906 年，欧阳老是中国话剧创始人之一。我从 1979 年进入中央戏剧学院，后来调到文化部，再到中国话剧艺术研究会，每隔两三年，我都要在央戏的欧阳予倩老塑像前伫立，反思自己为中国话剧事业做了些什么。你们排演他们的作品，排演他们的经典剧目，小舞台演出了大作品，你们了不起。

第二句是小舞台，大成果。

西南剧展过去了 70 年。70 年来中国发生了翻天覆地的变化。你们站在新的历史起点上，推出了新西南剧展。你们的行为将会载入中国话剧史。作为中国话剧艺术研究会的会长，我有资格说这个话。你们说你们向经典致敬，我要向你们致敬！

第三句是小舞台，大意义。

西南剧展的意义众所周知。新西南剧展的意义有多大？这个话题可以留给后人来评价。黑格尔说：看一个民族有没有自己的精神，要看他有没有自己的戏剧精神。精神的力量是攻无不克的。

新西南剧展体现了我们这个时代的民族精神。所以，我要向你们致敬，希望王枬书记在学校办公会上转达我的致敬！

看了你们的演出，出乎我的意料，我由衷地说：你们太可爱了，我太喜欢你们了。作为非话剧专业的学生，你们敢于把这样的作品搬上舞台，真是了不起！剧本改编得也不错，能适应今天的观众。导演下了工夫，视频剪辑得恰到好处。

蔺永钧参事也指出了排练存在的问题。主要存在这样几个问题：

第一，演员还不能较好地处理自我与角色的关系。"我演四凤，还是我是四凤？"这个问题需要弄清楚，演员还没有完全融入剧中角色。

第二，改编还可以继续努力。因为是面对今天的观众，因此，剪裁还需要再下工夫，戏剧性主要体现在人物关系上，要在人物关系上寻找戏剧性。这个戏的高潮不是尾声中爸爸领着女儿说的那些话，而是第四幕中两个女人的觉醒。需要强化戏剧动作，用动作表现人物的内心变化。

第三，要确定一个风格。这是一个写实戏，不能假清新，不能荒诞派，不能先锋派，必须修旧如旧，要从细节上体现时代，通过细节的变化体现时代的变化。同学们要看看民国的电影《马路天使》《十字街头》，感受那个时代的氛围，剧中的三角恋爱，在那个时代是可以成立的。

蔺永钧参事最后表示：

在北京的时候，我表达了六点意见。今天，看了大家的演出，更坚定了我的信心。

有必要在全国范围内推介新西南剧展。需要我们中国话剧艺术研究会署名或者主办都没有问题。

必须开一个最高端的研讨会，请名家、大师来发表意见，这些专家看了演出一定会激动。

我会向广西的"周末有戏"推荐新西南剧展。还可以争取得到"高雅艺术进校园"项目的支持。

广西师范大学也可以与在座的西南话剧院联谊。

下期《话剧中国》愿意用十页篇幅刊登新西南剧展的文章，分文不收。

中国话剧艺术研究会采取的单位会员制，全国许多著名的话剧院是我们的理事单位。目前，我们开始发展艺术院校作为会员单位，门槛很高，至今推荐了20所艺术院校，如北京电影学院、南京艺术学院。我承诺，广西师范大学将成为我们第21个高校会员，你们做好准备办手续。

西安话剧院院长翟先生也发表了感言，他说："西南剧展是中国戏剧史上非常重要的一笔。广西师范大学能排这样的戏，非常有勇气。西安每个大学都有剧社，大学中的课外活动，除了体育，最好的就是话剧。大学生的演出比较清新、比较自然。《秋声赋》是传统话剧，是真正的话剧，强调刻画人物、表现心理，需要把握好人物关系，如果演不好，观众就容易走戏。因此，演员必须想办法让观众入戏，让观众产生共鸣。当一个好演员，最重要的不是好形象、好嗓子，最重要的是自信，能够驾驭人物是最基本的要素。有了剧本之后，导演有二度创作，演

→ 蔺永钧参事观看《秋声赋》
排练后讲话

员也有二度创作，演员要倾情投入，准确地配合。在大学参与话剧演出，对人生是一个提炼。我看了今天的演出，感觉很清新，看到了当年的自己，稚嫩、青涩，放不开，不自信，语言也还要锻炼。"

西安演艺集团董事长冠雅玲对同学们说："你们很幸运，在王枏书记的领导下，得到了大师的教诲，我们许多演员，一生都不一定得到像蔺永钧这样的老师指教。我在西北大学当了 12 年的老师，我深知，话剧是最能够提升大学生综合素养的方式，也是最能够提升师范生技能的方式，参与大学话剧事业，对今后成为一个好老师一定有帮助。大家是师范大学的学生，今后绝大多数都会从事老师职业，不过，如果我们之中有不打算做老师的同学，又愿意到西安发展，我欢迎大家毕业以后到我们西安演艺集团工作。"

中国话剧艺术研究会会长、国务院
参事蔺永钧教授为新西南剧展提供指导

2014 年 6 月 19 日上午，在中央戏剧学院，广西师范大学党委书记王枬教授和文学院黄伟林教授为寻求新西南剧展品牌的培育与发展拜会了国务院参事、中国话剧艺术研究会会长蔺永钧教授。

在听取了王枬书记和黄伟林教授对广西师范大学新西南剧展排演情况的介绍后，蔺永钧参事明确指出，西南剧展是中国话剧史上的一个重要的里程碑，话剧是大学文化的重要内容，对大学生人文素养的提升具有重要意义，目前全国的话剧形势非常好，作为文化部的特设机构，中国话剧艺术研究会将责无旁贷地支持广西师范大学做好新西南剧展。

在谈到如何提升新西南剧展的专业品质和社会影响时，蔺永钧参事为新西南剧展的培育和发展提供了六个构想：

一、要努力在全国范围内提高新西南剧展的影响，使新西南剧展从一个大学层面的文化活动上升为国家层面的文化活动，必要的话，中国话剧艺术研究会可以挂名新西南剧展的发展和推广。

二、宣传很重要，广西师范大学可以与中国话剧艺术研究会联合召开新西南剧展研讨会，邀请全国知名的专家座谈，并通过媒体发布，使新西南剧展得到社会和专业领域的高度关注。

三、中国话剧艺术研究会将为广西师范大学与广西话剧团牵线搭桥，让新西南剧展纳入广西"周末有戏"等戏剧活动之中。

四、中国话剧艺术研究会将促成广西师范大学与国内其他大学在话剧演出上的对等交流。

五、广西师范大学组织相关文章和资料，中国话剧艺术研究会主办的《话剧中国》将用六至十二个页码刊登新西南剧展相关信息。

六、作为国务院参事，蔺永钧教授愿意选择合适时机将新西南剧展的情况向国务院和中宣部汇报，以期引起国家层面的重视，促成新西南剧展剧目到北京演出。

最后，蔺永钧参事希望广西师范大学根据本次讨论的成果形成纪要，并做好新西南剧展的发展和推广计划，使新西南剧展得以健康发展。

第八章

且行且思考

新西南剧展创意策划背景

一、国家背景

2014 年 2 月 27 日下午，十二届全国人大常委会第七次会议经表决通过了两个决定，分别将 9 月 3 日确定为中国人民抗日战争胜利纪念日，将 12 月 13 日确定为南京大屠杀死难者国家公祭日。

中国人民抗日战争，是中国人民抵抗日本帝国主义侵略的正义战争，是世界反法西斯战争的重要组成部分，是近代以来中国反抗外敌入侵第一次取得完全胜利的民族解放战争。

中国人民抗日战争的胜利，成为中华民族由衰败走向振兴的重大转折点，为实现民族独立和人民解放、建立新中国奠定了重要基础，为世界各国人民夺取反法西斯战争的胜利、争取世界和平的伟大事业作出了巨大贡献。

二、历史背景

1931 年，东北沦陷。1937 年，北平、上海、南京沦陷。1938 年，武汉、广州沦陷。1941 年，香港沦陷。

整个中国东部，几乎完全沦陷。全国大批文化人及文化机构迁至桂林。桂林成为"国民党统治下大后方的唯一抗日文化中心"。当时的桂林，集结了大量的文化机构，集聚了大批的文化人才，开展了众多的文化活动，创造了大量的文化财富，保护和延续了中国文脉，是当时中国最具感召力和影响力的文化城。

当时的桂林"文人荟萃，书店林立，新作迭出，好戏连台"，"繁花竞秀，盛极一时"，被誉为"江南唯一繁盛之地"。

三、历史上的西南剧展

西南剧展全称为西南第一届戏剧展览会，是 1944 年 2 月至 5 月在桂林文化城举办的一次震惊世界的戏剧展览活动。有 30 多个团队、1000 多名戏剧工作者参加西南剧展。西南剧展包括三大中心工作：戏剧演出展览、戏剧资料展览和戏剧工作者大会。其中，戏剧演出展览演出了 100 多个剧目，观众达到 10 多万人次，被认为是五千年古国旷古未有的戏剧盛会，中国戏剧史上的空前盛举。

当时正是中国抗日战争黎明前最艰难的时候，上千名戏剧人在桂林上演了持续近百天的文化大戏，实现了中国戏剧人抗日救亡的文化担当。

美国戏剧评论家爱金生在《纽约时报》称："这样宏大规模的戏剧展览，有史以来，除了古罗马时代曾经举行外，还是仅见的。"

四、西南剧展的组织者

当年的西南剧展由广西省立艺术馆主办，广西省长黄旭初担任会长，李济深、李宗仁、白崇禧、张发奎、陈诚、陈立夫、张治中、龙云等一批民国部长级要人担任名誉会长，蒋经国、李任仁等一批各省厅长级官员担任指导长，欧阳予倩、田汉、熊佛西、李文钊等著名戏剧家担任筹备委员并组成常务委员会。

→ 欧阳予倩与广西戏剧学校师生在桂林

五、新西南剧展的意义与价值

文化是民族凝聚力和创造力的重要源泉。抗战文化极大地彰显了中华民族的凝聚力和创造力。抗战文化研究不仅有助于弘扬以爱国主义为核心的民族精神，而且能够为当代中国的文化发展和繁荣提供历史启示。

今年是西南剧展举办 70 周年，明年是抗战胜利 70 周年，广西师范大学以"新西南剧展"为品牌，重排、重演抗战时期优秀剧目，以此缅怀抗日救亡壮怀激烈的岁月，传承国难当头之际中国文人的风骨，为山水甲天下的桂林国际旅游胜地增添一道独具品格的风景，为今日中国大学文化增添一道韵味独特的风尚。

六、广西师范大学与新西南剧展

广西师范大学是一所拥有 80 多年历史和丰厚人文底蕴的高等学校。1935 年，学校前身广西师专在广西高校率先发动了话剧运动。抗日战争时期，学校前身桂林师范学院升级为国立师范学院，是抗战时期中国最具影响力的高等师范学院之一。80 多年来，在陈望道、沈西苓、焦菊隐等学术界、戏剧界大师的指导下，广西师范大学话剧运动薪火相传，发扬光大。"新西南剧展"由广西师范大学创意、策划并进入实施阶段，

是高等学校的教育创新项目，显示出高等学校的文化自觉，现代大学以学术为引领，以教育为平台的戏剧文化建设，将为中国文化的大发展大繁荣提供新的思路。

七、桂林与新西南剧展

桂林山水甲天下，桂林是著名的抗战文化城，是西南剧展举办城市，是国家非物质文化遗产桂剧、彩调、文场的故乡，更是山水实景演出的创生地。目前，国家正在打造桂林国际旅游胜地，戏剧演出将成为桂林国际旅游胜地的重要文化内容。大学与地方共同打造"新西南剧展"这一戏剧文化品牌，以历史激活现实，让大学文化参与到桂林文化的建构中，将极大地丰富和提升桂林国际旅游胜地的文化内涵，有力地推动桂林国际旅游胜地的文化发展。

八、广西与新西南剧展

广西是中国与东盟的接合部，是中国东部与西部的接合部，是中国陆地与海洋的接合部，是中国汉族文化与少数民族文化的接合部。这四个接合部决定了广西文化的多元与丰富。文学桂军、漓江画派、实景演出是广西文艺创作的几大品牌，"新西南剧展"传承历史、立足广西，着眼未来，将成为一个学术引领，教育与文化结合，集高校教学

→ 欧阳予倩与夫人刘向秋在广西省立艺术馆建筑工地

与社会服务于一体的文化创新项目。

在中国抗战文化体系中，广西抗战文化暨桂林文化城占有极其重要的地位，桂林是抗日战争时期"国民党统治下大后方的唯一抗日文化中心"，广西抗战文化暨桂林文化城研究是中国抗战文化研究不可或缺的重要内容。研究广西抗战文化暨桂林文化城，不仅能够彰显广西及桂林在抗战时期的文化贡献，而且能够全面客观地再现中国抗战文化的全局，触摸特定历史时期中国文化的深层肌理，实现学术的文化自觉。

发掘广西抗战文化资源，探析桂林文化城形成的因与果，研究抗战时期广西的文化贡献，有助于形成广西的文化自觉，提升广西的文化自信，为今日广西文化的大发展大繁荣提供思想资源。

（黄伟林）

广西话剧之滥觞

　　我曾经无意间在广西省政府十年建设编纂委员会编印的《桂政纪实》中看到这样一段文字：

　　　　广西之戏剧活动，在话剧方面，最初以二十一年省立师范专科学校员生所组织之师专剧团为滥觞，导演为沈西苓，演出《怒吼吧，中国！》《巡按》二剧，由是社会对于新兴话剧乃有正确之认识；继复演出《父归》《屏风后》二剧。后此则演剧团体逐渐增多。[1]

　　《桂政纪实》记录的是 1932 年至 1941 年十年广西的建设情况，分政治建设、经济建设、文化建设和军事建设几大部分。该书于 1946 年出版，可以说是对整个 20 世纪 30

年代广西建设一个系统、及时的记录和反思。由于记录及时，里面的许多史实应该具有较强的真实性。

　　这段文字说的是广西话剧的起源，意思是广西话剧起源于 1932 年广西省立师范专科学校师生组织的师专剧团，当年师专剧团的导演为沈西苓，演出了《怒吼吧，中国！》《巡按》《父归》《屏风后》等话剧。

　　2009 年 4 月 15 日，在桂林雁山园召开的桂学务虚会后，有专家学者提出广西民族大学有相思湖作家群，广西师范大学却没有这样一个文学品牌，是为广西师范大学的遗憾。我表示广西师范大学也有自己的作家群。专家学者遂表示，既然有之，就应该好好宣传。当时广西师范大学党委书记王枬教授亦在场。于是当场有了独秀作家群的命名。紧接着，我带领谢婷婷等一批广西师范

1　广西省政府十年建设编纂委员会：《桂政纪实——民国廿一年至民国三十年》，广西省政府十年建设编纂委员会编印，1946 年，314 页。

大学文学院在校研究生，开始了独秀作家群的研究工作。

通过做独秀作家群研究，我们得知，1935 年，著名修辞学家陈望道曾从上海带了一个左翼文人团队到广西师专任教，他们是陈致道、夏征农、祝秀侠和杨潮。不要小看这些貌似陌生的名字，他们都是当时左翼文化界颇具影响的人物。其中，陈望道 1920 年即翻译并出版了《共产党宣言》第一个中文全译本，夏征农 1926 年即加入中国共产党，杨潮 1933 年加入中国共产党，祝秀侠曾于 1936 年加入中国共产党。林志仪在《陈望道先生在桂林——忆雁山往事》中说道：

> 真正的话剧，是从陈望道等先进文化人士到来后，才开始在桂林这片荒芜的土地上传播和成长。陈望道虽然不是戏剧家，却是话剧的倡导者，在他的积极倡导和教务长陈此生的大力支持下，便将师生组织起来，成立了"广西师专剧团"，先后举行了两次盛大的话剧公演。[1]

第一次公演的是日本菊池宽的《父归》和欧阳予倩的《屏风后》两个独幕剧，时间为 1936 年 1 月，祝秀侠担任导演。教师祝秀侠和学生周伟、陈迩冬出演了《父归》中的人物。第一次公演之后，陈望道邀请戏剧家沈西苓到广西师专，于 1936 年 4 月，举行了第二次公演，沈西苓担任导演，演出了苏联脱烈泰耶夫的《怒吼吧，中国！》和俄国果戈理的《巡按》。教师邓初民、杨潮、夏征农出演了《巡按》中的人物。林志仪说：

> 作为广西话剧运动的起点，这两次公演产生了深远的影响。公演的当时，即轰动了整个桂林，使一向只限于欣赏桂剧的观众耳目为之一新。而观众中的青年学生又最为敏感，最容易接受新鲜事物，要求艺术实践。随后不久，就出现有中学生的演剧活动，桂林中学演出了熊佛西的《一片爱国心》等独幕剧。相继，南宁也成立了"国防艺术社"，来桂林演出了田汉的多幕剧《回春之曲》。

虽然《桂政纪实》和林志仪的回忆文章都认为广西师专的话剧是广西话剧的起

1 林志仪：《陈望道先生在桂林——忆雁山往事》，收入桂林市政协文史资料委员会编：《桂林文史资料》第 15 辑，1990 年。

点，但事实可能并非如此。《桂政纪实》在本文开头那段引文之后，介绍了几个广西的话剧剧团，分别是风雨剧社、二一剧团和国防艺术社等。其中，风雨剧社成立于1933年，演出过《屏风后》《咖啡店之夜》等话剧。二一剧团最初是广西统计局鉴于正当娱乐之缺乏，遂由该局职员于1933年组织临江二一会。该会之游艺组以话剧为中心项目之一，曾演出《苏州夜话》《南归》等话剧。由于演出成功，1935年元旦，临江二一会改组为广西省政府二一剧团，3月4日，又改组为广西二一剧团，曾演出《艺术家》《父归》《幸福的栏杆》等话剧。《桂政纪实》称："该团团员，大多数为公务人员，平日无多暇时可供筹备排演诸工作，而能于百忙中，以苦干精神，实现多次之公演，在广西话剧运动史上，实有其不可磨灭之功绩。"[1]

一位名为雷成的作者，曾写过一篇文章《解放前的南宁话剧活动》，谈及广西早期的话剧活动：

1933年春，南宁开始有业余话剧团的组织，最早的是当时广西省政府工商局、统计局的部分职员发起组织

成立的"二一会"，他们于八月对外公演《南归》《苏州夜话》等。其后即改名为"二一剧团"，团员张俊民、李咏河、苏谦、孙思贤、赵善安、吴珍珍、谢落生等三四十人，它是南宁——可能也是广西最早的业余话剧团。

当时南宁乐群社设有游艺部话剧组，它集合一些爱好话剧的人士于1933年元旦作第一次公演《父归》《屏风后》……

"二一剧团"和"乐群社话剧组"的演出水平虽不算高，但他们基本上能够做到按照剧本的情节和台词经过排练后，用国语（即普通话）演出，有导演、有提示、有布景，讲究化装、灯光、道具、效果等方面的配合，虽然还很简单，然而他们总算是南宁正式演出话剧的"先行者"，为南宁——以至广西的话剧活动开创了新纪录。[2]

"二一剧团"名字比较奇怪，由何而来，原来是指统计局和工商局两个局合作成立的剧团。

1　广西省政府十年建设编纂委员会：《桂政纪实——民国廿一年至民国三十年》，广西省政府十年建设编纂委员会编印，1946年，315页。

2　雷成：《解放前的南宁话剧活动》，收入桂林市政协文史资料委员会编《广西文史资料》第15辑，1990年。

根据雷成的文章，1933年元旦，广西已经有了较为正式的话剧演出。而根据《桂政纪实》，即便不在元旦，至少在1933年，广西也已经有了较为正式的话剧演出。那么，为什么《桂政纪实》仍然把1936年广西师专的话剧演出作为广西话剧活动的起点呢？我推测，可能有五个原因：一是因为广西师专成立于1932年，因此，《桂政纪实》可能把广西师专的成立时间和广西师专话剧活动的发生时间混同了；二是中国现代话剧运动与大学有着极其密切的关系，大学做话剧似乎天经地义，常常卓然独秀，广为人知，相比之下，社会上的话剧活动相对而言容易淹没在各种社会活动之中，不容易广为人知；三是南宁风雨剧社、二一剧团等话剧团体，与广西师专剧团相比，前者的参与者在文化界知名度不高，不像后者的参与者，比如陈望道是新文化领域鼎鼎大名的人物，一呼百应，哪怕是小动作也会产生大动静，他发起的广西师专话剧活动，自然有极大的社会影响力；四是南宁的话剧团体，几乎没有专业话剧界人士参与，而广西师专在第一次公演之后，及时邀请著名导演沈西苓到广西师专担任导演，使广西师专的话剧水平得到了真正的专业提升，专业和业余，泾渭分明，广西师专剧团虽然也不是专业剧团，但专业的话剧导演，使之具有了专业水准，这是南宁早期的话剧团体所无法相提并论的；五是南宁早期话剧活动的主体是广西本土人士，他们在外省接受了话剧的影响回到广西后开展话剧活动，广西师专话剧活动的推广者则来自中国新文化发源地之一的上海，陈望道、沈西苓等都是当年上海新文化界的知名人士，由他们在当年的广西省会桂林，在当时广西唯一的有文科的大学广西师专推广新文化的产品之一话剧，自有一种如今称之为正宗的意味。

如此看来，广西话剧的起源地应该在南宁，时间应该是1933年，但是，广西话剧真正具有专业水准并产生较大社会影响，应该是在桂林，时间是1936年，将广西话剧推向准专业水准取得正宗地位的是当时的广西省立师范专科学校，也就是如今的广西师范大学。

（黄伟林）

戏剧城

桂林是广西的戏剧大市，曾获得过许多国家级戏剧大奖。2004年山水实景演出《印象·刘三姐》的成功推出，导致有专家提出桂林应该打造演艺之都的品牌。这个演艺之都指的是中国旅游演艺之都。人们没有想到的是，早在70年前，桂林已经成为中国抗战戏剧之城。

如果说当年书店在桂林文化城鳞次栉比，那么，戏院在桂林文化城则称得上星罗棋布。

据1942年出版的《桂林市指南》记载，1941年，桂林有三个平剧（京剧）院、两个桂剧院、一个湘剧院和一个粤剧院，平均每天观众在两万人左右。"华灯初上，各院均满坑满谷，坐满了人们，观赏台上的艺事，以谋精神上的调剂。"其时，国民大戏院是居桂林营业之冠的剧院，台柱刘筱衡为南方四大名旦之一，老生郑亦秋、武生周瑞华、小丑筱玉楼俱为一时之选。正阳路的高升剧院由金素秋、徐敏初、冬梅岩、马志宝、金兰香等开演平剧（京剧），也有许多

观众。广西剧场主要演出的是桂剧，桂剧实验剧团人才济济，夜明珠谢玉君、庆丰年玉盈秋、小金凤尹羲、小飞燕方昭媛为当时桂剧第一流人物。

其他还有三明戏院、桂林戏院、东旭戏院、百乐门剧场等。这些戏院各有所长，都有各自稳定的观众。当时行家的说法是，"到桂林听戏，到国民看文戏，到三明看武戏"。

白先勇小说《玉卿嫂》曾提到高升戏院，说高升戏院在中山小学斜对面，虽然是小说家言，但他所说的方位与真实的高升戏院是完全对应的。白先勇生于1937年，曾经在中山小学念过书，是一个戏迷，许多桂戏的情节和演员的形象深深印在他的脑海中。

我曾经在图书馆查阅抗战时期桂林版《大公报》，每天头版都有大量戏剧广告，可见戏剧在桂林演出的频率有多高。比如，1942年5月25日这一天的《大公报》，就有高升大戏院最后一天演出《梁红玉》的广告。信手翻阅桂林版《大公报》，可以发现，当时的电影院不仅放映电影，而且演出话

→ 抗战时期广西桂剧学校演出道具

剧，1942 年 5 月，田汉、洪深、夏衍编剧，新中国剧社演出的《风雨归舟》，曹禺编剧、旅港剧人演出的《北京人》，曹禺编剧、国防艺术社演出的《原野》几部大戏就相继在大众影院演出。而在此之前的 4 月，桂林还上演过阳翰笙编剧、广西省立艺术馆话剧团演出的《天国春秋》和陈白尘编剧、新中国剧社演出的《大地同春》。当时的桂林，真正是好戏连台。

2014 年，广西师范大学推出由三台话剧组成的"新西南剧展"，在桂林省立艺术馆演出之前，我向各界人士派送赠票时，竟然多次听到这样的发问："什么是话剧？"我本人早在 20 世纪 70 年代就看过不少话剧，还读过不少话剧剧本，因此，对我而言，话剧似乎是一个众人皆知的舞台艺术形式，后来以文学为专业，话剧更是我必须面对的一种文学体裁，听到这样的发问还真不知应该怎样回答。后来推想，可能近二三十年，话剧已经逐渐从人们的日常生活中淡出，确有不少人不知话剧为何物了。这些不知话剧为何物的人完全无法想象，抗战期间的桂林，话剧曾经扮演了当时桂林精神文化生活的主角之一，仅据《桂林文化大事记》的极其不完全的统计，1937 年至 1944 年，桂林演出话剧剧目达 359 台，如果我们知道有些话剧演出的场次达到 20 场甚至 30 场甚至更多，那么，我们就应该意识到，当时的桂林文化城，应该是日日有话剧，周周有新话剧。

人们很难想象，广西话剧的历史，恰

恰是从广西师范大学开始。我曾在沉睡的故纸堆中读到一部1941年广西省政府十年建设编纂委员会编印的《桂政纪实》。因岁月而漶漫不清的书页里有这样一段文字："广西之戏剧活动，在话剧方面，最初以二十一年省立师范专科学校员生所组织之师专剧团为滥觞，导演为沈西苓，演出《怒吼吧，中国！》《巡按》二剧，由是社会对于新兴话剧乃有正确之认识；继复演出《父归》《屏风后》二剧。后此则演剧团体逐渐增多。"这段文字说的正是话剧进入广西的历史。当时的省立师专正是今天的广西师范大学的前身。1932年成立的广西师范大学，招聘了一批来自上海的新文艺工作者，他们为桂剧故乡广西引进了现代话剧。如今，我们以话剧为核心的新西南剧展，正所谓以学术引领时尚，有意无意地衔接了一段广西戏剧史。

作为戏剧城的桂林文化城，演出的不仅有话剧，还有歌剧、舞剧、平剧（京剧）、桂剧、湘剧，此外，还有许多音乐会和歌舞表演，同样据不完全统计，1937年至1944年，桂林演出歌剧12台、舞剧2台、平剧（京剧）214台、桂剧74台、湘剧25台、粤剧62台、傀儡戏9台，这对于今天的桂林，乃至整个广西，不啻为天文数字。

当时演出的话剧中有许多是抗战题材，如《放下你的鞭子》《保卫卢沟桥》《八百壮士》《国家至上》《心防》《秋声赋》等，当然，除抗战题材剧之外，也有许多其他题材的话剧，如曹禺的《雷雨》《日出》《北京人》《原野》四大名剧，契诃夫的《求婚》、奥斯特洛夫斯基的《大雷雨》、托尔斯泰的《复活》、小仲马的《茶花女》等世界名剧都在桂林演出多场。值得一提的是，抗战期间

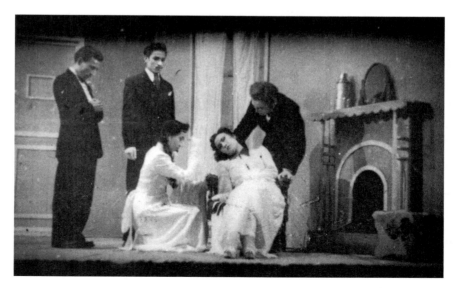

→《茶花女》剧照

→《大雷雨》剧照

曾经在重庆演出并引起广泛争议的陈铨话剧《野玫瑰》，抗战胜利以后，在桂林由广西大学青年剧社等剧社搬上了桂林的戏剧舞台。

桂林文化城的高潮是以戏剧展演为表现形式的，这就是西南第一届戏剧展览会。西南剧展从 1944 年 2 月 15 日开始至 5 月 19 日结束，持续了 90 多天。这 90 多天，据唐国英女士统计，共演出了话剧 26 出、桂剧 8 出、平剧（京剧）9 出、歌剧 1 出，此外还有马戏、傀儡戏、魔术、活报剧和歌舞表演。西南剧展用戏剧的形式将中国人的抗敌意志发挥到一个极致，它既是桂林城的高潮，也是中国戏剧史的高峰，并因此永载史册。

（黄伟林）

"温故"为"知新"

"温故桂林文化城"是广西师范大学现当代文学学科推出的以抗战桂林文化城为核心，集学术研究、教学改革和社会服务于一体的总体性文化学术品牌。

抗日战争时期，中国东北、华北、华东、华中、华南相继沦陷，在大后方有几个重要的城市，重庆、延安、桂林、昆明。其中，桂林从1938至1944年长达六年的时间里，成为中国大后方抗日文化中心，有"桂林文化城"之誉。

研究桂林文化城，不仅能够彰显广西及桂林在抗战时期的文化贡献，而且能够全面客观地再现中国抗战文化的全局，触摸特定历史时期中国文化的深层肌理，实现学术的文化自觉。

战争年代，文化何为？"温故"是为了"知新"，回首历史是为了赢得未来。作为一个总体性的"温故桂林文化城"文化学术品牌，本学科在学术研究方面，依托"广西抗战文化暨桂林文化城研究""抗战桂林文化城文艺期刊研究""抗战时期桂林文化城史料汇编"等项目，展开抗战文化暨桂林文化城的研究，力图使本学科成为"抗战文化暨文学研究"的学术重镇；在教学改革方面，通过推出抗战文学与桂林文化城、戏剧创作与戏剧表演等课程，重点打造"新西南剧展"教学实践项目；在社会服务方面，通过上述学术研究成果和教学改革成果，为地方政府建言献策，为地方发展提供智力支持。

"温故桂林文化城主题沙龙"是本学科推出的学术交流平台。本沙龙秉承"分享知识激活思想建构学术"的原则，在"温故桂林文化城"这一总体性文化学术品牌的涵盖下，以桂林文化城为学术研究对象，展开教师与学生、大学与社会、研究与创作之间的多维对话，期冀通过交流对话的方式获得学术品质的提升，教学实践的拓展和学术资源的开发和利用。

光荣与梦想——"新西南剧展"

1944年，在中国十四年抗战最艰难的

→ 抗宣七队在桂林演出《军民进行曲》剧照

时刻，在黎明前最黑暗的时候，以欧阳予倩、田汉为代表的中国戏剧工作者在桂林文化城成功举办了震撼世界的"西南剧展"，实现了中国文化人战争年代光荣的文化担当。

为了纪念伟大的反法西斯战争，为了实现学术研究、教学改革和社会服务三者间的有效结合，广西师范大学文学院中国现当代文学学科以重排重演桂林文化城当年剧目的方式，打造"新西南剧展"这一教学拓展项目。

大学是文化传承、文化创造和文化提升的地方，大学应该有自身独立的精神追求和价值认同，大学应该是高雅文化、高端思想、高尚品质的集散地。

基于对大学的如此认识，"新西南剧展"以现代话剧的方式参与大学文化的建构，通过现代话剧这种艺术形式，提升大学生的文化素质和精神品质，培养真正具有大学精神的学生精英。

"新西南剧展"不仅缅怀当年中国文化人文化担当的光荣，而且期冀实现今日中国大学生精神境界"高端、大气、上档次"的梦想。

（黄伟林）

大学与话剧

2013 年广西师范大学开始策划校园话剧文化活动"新西南剧展"，2014 年春天，由田汉《秋声赋》、欧阳予倩《旧家》和《桃花扇》三台剧目组成的"新西南剧展"正式在广西师范大学拉开帷幕。在校园成功演出后，"新西南剧展"三台剧目引起社会广泛关注。相继应邀在广西省立艺术馆、南宁锦宴剧院和驻桂某部以及企业举行了数轮演出，并入选第四届中国校园戏剧剧目，成为 2014 年广西一大文化盛事。

如果我们的目光越过南岭，就可以发现，近年来，话剧这种高雅文化，已经逐渐成为中国大学的主流文化。南京大学《蒋公的面子》、武汉大学《西望乐山》、清华大学《马兰花开》，一大批品质优秀的校园话剧，影响力已经远远走出了校园，成为社会追捧的话剧精品。

为什么话剧成为今日中国一道耀眼的文化风景？我想，这与话剧本身的高雅气质有关。中国经过数十年高速的经济发展，开始进入文化转型、文化升级的阶段。话剧作为一种精英艺术，正好满足今日中国人对高雅文艺的内心需要。"新西南剧展"在南宁演出期间，我们不断听到一个观后反馈，那就是南宁的观众需要话剧，南宁已经积累了一批话剧观众。

如果我们对中国话剧历史有所了解，就会发现，中国最早的话剧，恰恰是在学校里诞生的。19 世纪 60 年代，上海的圣约翰书院、徐汇公学，这些早期的教会学校，专门设置了"形象艺术教学"，学生排练话剧，成为"形象艺术教学"的最佳方式。进入 21 世纪初，李叔同等留日学生发起的春柳社，在东京演出了根据小仲马小说改编的话剧《茶花女》，标志着中国话剧的真正诞生。

话剧，涉及语言训练、形体训练、仪表训练、表演训练、情境训练、音乐训练、美术训练、叙事训练、思维训练以及整体的审美训练，能够锻炼沟通能力、协调能力、组织能力、领导能力。可以说，话剧是综合性最强的文艺形式。俗话说"舞台小世界，世界大舞台"，话剧，是莘莘学子进入社会之前最好的人生预演，是莘莘学子生命潜力的最佳激励。

与其他许多传统剧种诞生于民间不一样，中国现代话剧诞生于校园，诞生于那个时代的精英中。周恩来在南开学校担任新剧团布景部副部长，是剧团著名的男旦。23 岁的清华大学学生曹禺写出了中国现代话剧史上不朽的作品《雷雨》。在影响了几代中国读者的现代文学名著巴金的长篇小说《家》中，主人公觉慧和觉民上学期间最心仪的活动就是排演话剧。话剧在中国现代的历史境遇决定了话剧的精英品质。"学术引领时尚、青春激活历史、信仰照亮人生"，"新西南剧展"的宗旨和表现让我们直观地感受到大学话剧文化的活力和魅力。借用今天的流行语言，中国现代话剧先天地具有"高大上"的气质，而这种"高大上"的气质，正是今天的中国大学、今天的中国社会、今天的中国文化所需要的。

（黄伟林）

大学需要高大上

（2014 年 2 月 21 日在广西师范大学雁山校区《桃花扇》选角会的讲话）

作为一个集教学、科研和社会服务于一身的系统工程，新西南剧展可以有很多目标，但有一个目标不能被忽略，那就是我们希望大学坚持"高大上"的人文理想。

"高大上"是这两年流行的网络词汇。它的完整表述是"高端、大气、上档次，低调、奢华、有内涵"。自从听说了这个词汇，我就意识到它与我们长期思考的大学精神，与我们正在策划的新西南剧展有一种内在

的联系。

自从 20 世纪 90 年代北京大学的围墙拆除变成商铺之后，大学越来越社会化、产业化，以至于人们惊呼，偌大的校园，已经安放不下一张平静的书桌。作为长期在大学生活、求知、工作的我们，仍然希望大学是一个有别于社会的文化空间，大学应该有自己的心灵世界，有自己的文化精神。大学精神应该是独立的、思想应该是自由的、心灵应

→《秋声赋》排练期间的
思考、讨论

该是开阔的、立场应该是超脱的。

我们曾经编过《大学语文》,我们也曾经做过大学精神与大学文化的主题演讲。我们意识到,空泛地谈论大学精神,不容易被人们所理解。不能被人们理解的精神,也就不能被人们认同。

精神需要文化支撑,需要文化铺垫,需要文化烘托。

大学精神,需要大学文化的营养。

新西南剧展,就是我们营建大学文化的一种方法和途径,我们通过营建这种大学文化,最终想要传达的,是大学精神。

这是一种"高大上"的大学精神。

高,指的是高深的学问、高端的思想;大,指的是大视野、大气魄;上,指的是上档次的品格、上档次的品质。

低,指的是低调的风格、低碳的生活;奢,指的是奢华的思想,奢华的心灵;内,指的是文化的内涵,精神的内涵。

话剧是最具大学特质的文化形式之一。大学校园的话剧需要坚持和传播"高大上"的大学精神。新西南剧展希望用话剧这种形式让人们感受真正的大学,感受真正的大学精神。

(黄伟林)

她走在美的光影里

过去都是个人写作，如今介入了话剧活动。大学时读书，知道话剧是一门综合艺术。当年就读的大学有话剧传统。我所在班上的同学也曾改编、导演和表演了话剧《课堂作文》。我因此对话剧多少有些认识。

不过，本次"新西南剧展"话剧活动，最大的感受就是话剧是一个综合的、团体的活动。由于是综合的，它需要多学科知识技术的介入；由于是团体的，团体中每一个成员，都不可或缺的重要。

大学时读过王安忆的一个短篇小说《舞台小世界》。王安忆恰恰是文工团出身的。小说中有一句话："舞台小世界，世界大舞台。"本次"新西南剧展"话剧活动，确实让我领略了"舞台小世界"的意思。这个"舞台小世界"，意思就是舞台虽小，五脏俱全，它

→ 剧组演出后反思

→《秋声赋》上海演出谢幕

本身构成了一个世界。当我们面对这个舞台，不要以为就是几百平方米的空间，而要充分意识到这个就是我们身处其中的世界。

同时，我也意识到"世界大舞台"的意思。每个人都是从小舞台走向大舞台。每一个新西南剧展的参与者，都可以在新西南剧展这个小世界成长，走向他人生的大世界。

大学时看过一个电影叫《沙鸥》，写的是排球运动员的生活。主人公最后的领悟是"过程才是意义所在，过程才是美之所在"。

我想，新西南剧展，其实就是一个过程，一个让每一个参与者从小舞台走向大舞台的过程，一个让每一个参与者从小世界走向大世界的过程。在这个过程中，每个参与者最大的收获，就是成长。

这个成长，应该是心灵的成长，是我们从小世界走向大世界所需要具备的心灵的成长。

从小舞台走向大舞台，是一个困难重重的过程，是一个发现无数问题解决无数问题的过程，更是一个发现自我、发现他人、发现世界的过程。当然，我还愿意将其理解为一个美不胜收的过程。美，这里再次说到了美。话剧是一个集文学、表演、音乐、舞美、灯光等各种元素于一体的综合艺术。那些话剧的参与者，那些在从舞台小世界走向世界大舞台的年轻人，不妨用拜伦的一句诗来描绘他们：她走在美的光影里。

（黄伟林）

民族命运转机的预言

——评田汉话剧《秋声赋》

2014 年 5 月，广西师范大学将田汉 70 多年前的话剧《秋声赋》重新搬上了舞台，该剧在广西师范大学、桂林和南宁数轮演出，都引起了轰动效应，并成为"第四届中国校园戏剧节"入选剧目。

1941 年，对于左翼剧作家田汉来说，进入了他人生的多事之秋。

这一年，发生了皖南事变。大敌当前之际，兄弟阋墙、同室操戈的悲剧煎熬着每一个明智的中国人。

这一年，因为安娥的存在，田汉与妻子林维中的矛盾日趋激烈，到了无法生活在同一屋檐下的境地。

3 月，田汉不得不离开重庆，回到湖南。他希望这个离开能够带给他转机，帮助他打开民族风云和个人风月的新局面。

正当田汉隐居南岳菩提园的时候，5 月，杜宣风尘仆仆从桂林来访。杜宣此一南岳之行，是要说服田汉加盟李文钊创办的新中国剧社。

桂林文化人苦斗的精神重新点燃了田汉的激情，他欣然同意加盟新中国剧社。8 月，为支持新中国剧社的创建，田汉举家迁到桂林。

秋天的桂林，新中国剧社屡遇挫折，演出票房不好，后台老板撤资，以至于创办者李文钊忍痛辞职。田汉凭着他各种人脉关系支撑着新中国剧社的运营。正是在这种极度艰难的境遇中，10 月，田汉创作了话剧《秋声赋》。1941 年 12 月 28 日，由瞿白音导演的《秋声赋》在桂林国民大戏院上演，连演八场，终于帮助新中国剧社走出困境。

《秋声赋》是田汉的自传之作、桂林之作和抗战之作。

所谓自传之作，说的是《秋声赋》的剧情几乎与田汉个人生活形影相随。1942 年，田汉在一封给阳翰笙的信中称《秋声赋》的"主要故事系写一文化工作者不肯以恋爱纠纷影响其报国工作，同时在报国工作中，统一了他们的矛盾。假使吾兄看了此剧，必引起若干的实感与会心的微笑的，虽然我已经把其中的人物穿上理想的外衣了"。剧中主人公徐子羽是一位诗人，作者称他为"一个艰苦卓绝，可也带些神经质的工作者"。剧作写了徐子羽一家，他的妻子秦淑瑾、恋人胡蓼红、母亲徐母和女儿大纯。正如田汉所说，对于了解田汉个人生活的人，这样的人物关系"必引起若干的实感与会心的微笑"，因为它几乎完全对应了田汉本人与他的妻子林维中，当时的恋人、后来的妻子安娥，田汉的母亲以及田汉的女儿这样的人物关系。当时的田汉与林维中的矛盾已经进入白热化状态，与安娥的恋情则日趋成熟。更进一步，不仅剧中人物关系对应了田汉现实生活中的人物关系，而且剧中人物的品格才能也对应了相应人物的品格才能，如徐母的深明大义，林维中的呵护家庭以及女诗人安娥与田汉的志同道合。相隔70多年，当我们把这个话剧重新搬上舞台，我们发现，这样一种极易庸俗化、娱乐化的一男二女之间的爱情婚姻纠葛，在剧作家笔下，自有一种殊为可贵的气质。那个时代的进步文人艺术家，他们的纯正与担当，令人敬佩。

所谓桂林之作，可以理解为《秋声赋》是田汉在桂林、写桂林的剧作。用田汉自己的话说就是《秋声赋》"接触了当时沉闷空气，也描写了一些本地风光"。这里的沉闷空气，指的是"皖南事变"之后桂林文化城的文化氛围；本地风光，指的是桂林的自然风光。就文化氛围而言，桂林是抗战时期中国的抗战文化中心，著名的文化城。对此，田汉专门借剧中人物黄志强之口说了他对桂林的印象："好得很。不要说桂林的山水了，我一到市区就看见许多新的戏剧上演的美丽的广告。一到书店，新出版的书报也是美不胜收。桂林文化界的活动真是蓬蓬勃勃的，不愧是西南文化的中心。"当然，桂林的政治气候也会瞬息万变，所谓"四时皆是夏，一雨便成秋"。然而，作者终究还是乐观的，他相信"只要天地四时的运行不变，去了的春天依然会回来的"。就本地风光而言，原剧五幕，除第四幕故事发生在长沙，其余四幕都发生在桂林，其中两幕发生在漓江边徐子羽的家，实际上也就是当年田汉居住的龙隐岩边施家园，剧中秦淑瑾在家里指着窗外给客人黄志强介绍："这一带竹子长得不坏吧。你看那边，那是象鼻山，底下就是漓江，到了夏天我们常常到江里去游泳的。"言语间洋溢着对山水之美的欣赏。黄志强也认为"人家说桂林山水甲天下，你们这儿又是桂林山水最好的地方，这已经是算你们桂林山水最好的地方"。另外两幕分别发生在环湖路某旅馆和七星岩前一茶座。这两个地方也是桂林名胜，属于游客必游之地。

所谓抗战之作，说的是《秋声赋》的抗战题材与抗战主题。《秋声赋》写的是文人抗战、文化抗战，徐子羽他们所做的事情，不是喋血沙场，马革裹尸，而是通过文学作品唤醒国民的爱国意识，肃清国民的民

→《中国艺术报》，2014 年 9 月 22 日

族缺陷，激励国民的抗敌勇气。田汉 1941 年 10 月创作《秋声赋》，故事的时间背景与当时的时间背景完全一致。1941 年 9 月，日军为实施其"南进策略"，出兵 10 万，大举进犯湘北，企图在汨罗江以南长沙以北消灭第九战区的中国军队。第二次长沙战役正是《秋声赋》一剧的背景，剧中的故事情节和人物心理与此战役息息相关。全剧最后结束于第二次湘北大捷，漓江岸边百姓"庆祝第二次湘北大捷"的欢呼之声成为改变徐子羽忧郁心情的"秋之声"。同样，剧中女主人公胡蓼红，虽然一度为情所困，沉溺于对徐子羽的感情中不能自拔，但面对战争中的难童，她终于觉醒，勉励自己："国家在和敌人奋斗，我们也和我们心里的敌人奋斗吧。"而徐子羽的妻子秦淑瑾，在历经丈夫移情别恋的情感创痛之后，也意识到自己的懒惰和自私，并自信自己还有飞翔的本能，希望通过教育难童使自己能够对国家民族有用。还有徐母，为支持儿子的抗战文化事

552

业，不惜卖掉了自己的首饰。还有大纯，徐子羽的女儿，纯真美丽的少女，也开始排戏，加入了抗战文化事业。

1941 年 12 月，田汉的《秋声赋》为新中国剧社带来了转机，也帮助田汉本人从低迷苦闷的心境中走了出来。巧合的是，12 月 7 日，日本联合舰队不宣而战，袭击美国太平洋舰队珍珠港，太平洋战争爆发。第二天，美国对日本宣战，中国国民党中央常务委员会决定对日、德、意宣战，中国抗日战争汇入世界反法西斯战争洪流，中华民族的命运也开始发生了新的转机。在这个意义上，我们可以把话剧《秋声赋》看作是民族命运转机的预言。

欧阳子方夜读书，忽闻有声自西南来，

初淅沥以潇飒，忽奔腾而澎湃，

似山雨将至而风雨楼台，

不，似太平洋的洪涛触巨浪、触崖边而散开。

啊，此秋声也，胡为乎来哉！

但是我们不要伤感，更不用惊怪，

用铁一般的坚定从风雨中、浪涛中屹立起来，

这正是我们民族翻身的时代。

这是话剧《秋声赋》的开幕词。70 年过去，已经翻身的中华民族有了更宏伟的梦想，那就是中华民族的伟大复兴。今天，重演重温田汉话剧《秋声赋》，最令我们感动的，仍然是国难当头文化人的担当，是他们自觉将个人命运融入国家民族命运的精神。只要有这种精神，只要有这种担当，中华民族的伟大复兴，就不会仅仅是梦想，而会成为 21 世纪美丽新世界的风光。

（黄伟林）

《秋声赋》的上海缘与救国情

今年，广西师范大学的"新西南剧展"在全国产生了不小的影响。田汉的《秋声赋》、欧阳予倩的《旧家》和《桃花扇》三台剧目先后在广西师范大学校园、广西省立艺术馆、南宁锦宴剧场进行了多轮演出，得到了观众的广泛好评，在桂林更是产生了轰动效应。8月，"新西南剧展"重点剧目《秋声赋》过五关斩六将，成为"中国第四届校园戏剧节"入选剧目，将于11月在上海演出。

追溯起来，广西师范大学的话剧活动还与当年上海的三个左翼作家有关。他们分别是沈起予、陈望道、沈西苓。

1933年8月，广西师范大学的前身，刚创办不久的广西师专即从上海聘请了沈起予到广西师专任教。在广西师专不到一年的时间里，沈起予为师生导演了反映东北抗日的话剧《嫩江》和《SOS》。

1935年，广西师专聘请陈望道担任中文科主任。陈望道带着其弟陈致道及其学生祝秀侠、夏征农、杨潮等人舟车兼程从上海奔赴桂林。在广西师专，陈望道组建了广西师专剧团，亲自担任团长，还组成了陈望道、夏征农、杨潮三人领导小组，排演了欧阳予倩的《屏风后》和日本菊池宽的《父归》两个独幕剧，在校内演出成功后在桂林举行了第一次话剧公演。

1936年，著名电影导演沈西苓应陈望道之邀也到了广西师专，除教授戏剧概论课程外还担任剧团导演。沈西苓专门从上海为广西师专带来了他翻译的剧本《怒吼吧，中国！》，加上《巡按》（即《钦差大臣》），他为广西师专师生导演了两台大型话剧，举办了第二次话剧公演。这次公演在桂林引起了轰动，连柳州、南宁的观众闻讯也专程到桂林观看。

话剧《秋声赋》是我国国歌作者，著名剧作家田汉的自传之作、桂林之作和抗战之作。抗战爆发后，长期在上海从事戏剧运动的田汉辗转长沙、武汉等地，1939年到了桂林，1941年秋天创作了话剧《秋声赋》。该剧以抗战桂林文化城为背景，写了

文化人徐子羽与妻子秦淑瑾、恋人胡蓼红的爱情婚姻冲突，以及秦胡双方在大敌当前、民族大义面前的和解。该剧人物美、风景美、情感美、音乐美、意境美，充满体现了田汉话剧的诗性风格及其"戏剧加歌曲"的独特韵味，是田汉话剧作品中不可多得的佳作。1941年12月28日，由上海戏剧家瞿白音导演的《秋声赋》在桂林国民大戏院上演，连演八场，终于帮助新中国剧社走出困境。数年后田汉回忆："《秋声赋》因接触了当时沉闷空气，也描写了一些本地风光，却从1941年12月28日在国民大戏院上演起，演到第二年1月3日。这也就稳住了'新中国'（指新中国剧社）的经济基础，给了大家再接再厉的勇气。"

70多年后，以陈望道先生名字命名的广西师范大学望道剧社将话剧《秋声赋》重新搬上了舞台。将一个70多年前的作品重新搬上舞台，一个重要的考虑，是因为《秋声赋》是一个文人抗战的作品。诗人徐子羽与妻子秦淑瑾、情人胡蓼红的爱情纠葛，既有个人叙事，又有宏大叙事，既有启蒙之声，又有救亡之声。剧情紧扣当时抗战时局，聚焦式地表现了文化抗战的主题，有力地传递了民族自强的正能量。剧中人物所做的事情，不是喋血沙场，马革裹尸，而是通过文学作品唤醒国民的爱国意识，肃清国民的民族缺陷，激励国民的抗敌勇气和救亡精神。田汉1941年10月创作《秋声赋》，故事的时间背景与当时的时间背景完全一致。1941年9月，日军为实施其"南进策略"，出兵10万，大举进犯湘北，企图在汨罗江以南长沙以北消灭第九战区的中国军队。第二次长沙战役正是《秋声赋》一剧的背景，剧中的故事情节和人物心理与此战役息息相关。全剧最后结束于第二次湘北大捷，漓江岸边百姓"庆祝第二次湘北大捷"的欢呼之声成为改变主人公徐子羽忧郁心情的"秋之声"。剧中女主人公胡蓼红，虽然一度为情所困，沉溺于对徐子羽的感情中不能自拔，但面对战争中的难童，她终于觉醒，勉励自己："国家在和敌人奋斗，我们也和我们心里的敌人奋斗吧。"而徐子羽的妻子秦淑瑾，在历经丈夫移情别恋的情感创痛之后，也意识到自己的懒惰和自私，并自信自己还有飞翔的本能，希望通过教育难童使自己能够对国家民族有用。徐子羽的母亲徐母，为支持儿子的抗战文化事业，不惜卖掉了自己的首饰。徐子羽的女儿大纯，纯真美丽的少女，也开始排戏，加入了文化救亡的队伍。

今天，重演重温田汉话剧《秋声赋》，最令人们感动的，仍然是国难当头文化人的担当，是他们自觉将个人命运融入国家民族命运的精神。只要有这种精神，只要有这种担当，中华民族的伟大复兴，就不会仅仅是梦想，而会成为 21 世纪美丽新世界的风光。

> 欧阳子方夜读书，忽闻有声自西南来，
> 初淅沥以潇飒，忽奔腾而澎湃，
> 似山雨将至而风雨楼台，
> 不，似太平洋的洪涛触巨浪、触崖边而散开。
> 啊，此秋声也，胡为乎来哉！
> 但是我们不要伤感，更不用惊怪，
> 用铁一般的坚定从风雨中、浪涛中屹立起来，
> 这正是我们民族翻身的时代。

这是话剧《秋声赋》的主题歌词。70年过去，已经翻身的中华民族有了更宏伟的梦想，这就是中华民族的伟大复兴。以青春激活历史，用学术引领时尚，既重现了桂林文化城的辉煌壮烈，又传承了优秀文化人的文化担当，这是广西师范大学"新西南剧展"的宗旨，也是广西师范大学望道剧社重排重演《秋声赋》的愿望。

（黄伟林）

乱世佳人李香君

为了纪念西南剧展 70 周年，更为了传承抗战时期中国文化人的文化担当，今年春天，广西师范大学举办了"新西南剧展"校园话剧展演活动。首批演出的剧目分别是田汉的《秋声赋》，欧阳予倩的《旧家》和《桃花扇》。这里，仅就《桃花扇》主题意蕴的变迁做些阐释。

经典的文艺作品往往具有多重意蕴，唯其如此，才能获得不同时代、不同受众的审美认同。《桃花扇》就是这样一部经典之作。这部清初孔尚任用十多年时间打磨出来的传奇，数百年来，一直是戏剧舞台的聚光之作。

民国年间，有"北梅南欧"之誉的戏剧大师欧阳予倩特别青睐《桃花扇》。他曾经三度改编这个传奇。

第一次是在 1937 年。欧阳予倩将传奇《桃花扇》改编为京剧。根据欧阳予倩的自述："1937 年初冬，抗日战线南移，上海沦陷，我怀着满腔忧愤之情，费了差不多一个月的时间把《桃花扇》传奇改编为京戏。仅

演出两场就被迫停演了……当时观众的反应是十分强烈的。""我很突出地赞扬了秦淮歌女、乐工、李香君、柳敬亭辈的崇尚气节，对那些两面三刀、卖国求荣的家伙，便狠狠地给了几棍子。"

第二次是 1939 年。欧阳予倩将传奇《桃花扇》改编成桂剧。对此，欧阳予倩也有自述："1939 年，我把它改成桂戏，在桂林上演的时候，曾经加以某些删改，但也曾根据当时的一些感想有一些补充，特别是对知识分子的软弱动摇敲起警钟；对勇于内争，暗中勾结敌人的反动派，给予辛辣的讽刺。这个戏在桂林曾经轰动一时，最后被明令禁演。"

第三次是 1947 年。欧阳予倩将传奇《桃花扇》改编成话剧。欧阳予倩如此自述，"1946 年，我和新中国剧社到了台湾，最初演出了三个戏：《郑成功》《牛郎织女》《日出》。此后因为一时找不到适当的节目，大家认为最好演一个历史戏，就让我把《桃花扇》写成话剧本；我就躲在一个有温泉的

→《中国艺术报》，2014 年 6 月 20 日

旅馆里，用十天功夫把剧本改好，排了七天，演出了四场"。

孔尚任对自己的传奇《桃花扇》的意蕴有过精要的概括，即所谓"借离合之情，写兴亡之感"。这可以说是《桃花扇》这部经典之作的第一重意蕴。那么，什么叫"兴亡之感"？

传奇《桃花扇》中老艺人苏昆生唱的那首歌可谓是对"兴亡之感"的绝好阐释，原词如下：

> 俺曾见，金陵玉树莺声晓，秦淮水榭花开早，谁知道容易冰消！眼看他起朱楼，眼看他宴宾客，眼看他楼塌了。这青苔碧瓦堆，俺曾睡过风流觉，把五十年兴亡看饱。那乌衣巷，不姓王；莫愁湖，鬼夜哭；凤凰台，栖枭鸟！残山梦最真，旧境丢难掉。

不信这舆图换稿，诌一套《哀江南》，放悲声唱到老。

欧阳予倩 1947 年的话剧本基本保留了这个意思，但有所弱化，剧本中第七场如此叙述：

民　甲　（指墙内）你看这里不是阮大胡子的庄园吗？当初靠着马士英的势力，无所不为，千方百计把老百姓的田弄成自己的产业，恨不得把所有人的饭弄到一个人的嘴里。

民　乙　所以他们就要抢官做，做了官，有了权才好借着各色各样的题目霸占百姓们的土地，搜刮百姓的钱财。他们成群结党，一天到晚耍的是这一套把戏，弄得大家的钱都积在他们一群人手里。

民　甲　要不然怎么会弄得阔的越阔，穷的
　　　　越穷呢！

民　乙　要不然老百姓怎么会弄得走投无
　　　　路，逼上梁山呢！

民　甲　要不是他们，明朝怎么会弄到这步
　　　　田地！

民　乙　平常看起来，好像只有他们像人，
　　　　老百姓都不是人；现在看起来，
　　　　老百姓始终还像人，他们才真不
　　　　是人。妈的！

民　甲　可怜，眼看见他们起高楼，又看着
　　　　他们楼塌了！

民　乙　可是他们不要紧，换一套衣服，换
　　　　一副笑脸，又好拿老百姓到新主
　　　　子那里去送礼呢！阮大胡子还不
　　　　早投降了。

"兴亡之感"是《桃花扇》的核心意蕴。关于"兴亡之感"，近年来，学者们经常喜欢引用一句话，即"其兴也勃焉，其亡也忽焉"。意思是一个王朝的繁荣来得快，其衰亡也来得快。欧阳予倩《桃花扇》话剧1947年新中国剧社的版本第七场，通过普通百姓的街头议论，将兴亡规律具体化为官民的对立，官敛民财，可以迅速致富，但同时也埋下祸根，造就了其迅速衰亡的基础。

《桃花扇》的第二重意蕴从上述话剧本的百姓对话中已经可以见出端倪，即一个关于人的主题。百姓甲乙的对话，言及官表面

像人，其实不是人，而不被官当人的百姓，才是真正的人。其实，关于人的主题，在这段百姓对话之前，新中国剧社版的第四场，已经有振聋发聩的表达。

第四场剧中，当李香君知道侯朝宗无意中用了阮大铖的钱，受了阮大铖的恩惠之后，明确表示："尽管你们把我看成下贱的女子，可是我心还没有死，是忠是奸我还分得出来。就把我凌迟碎剐我也不会随便接待一个奸贼的走狗！"进而强调，"死也不穿奸贼送的衣服，不戴奸贼磅的首饰"。李贞丽认为李香君尽跟自己闹别扭，问她到底想怎么样？李香君的回答是："我要做人。"

这个"我要做人"，显然是一个现代的声音，是欧阳予倩加给几百年前的李香君的声音。

众所周知，中国话剧来自欧洲话剧的移植，其中，"易卜生热"促成了中国话剧的启蒙和发展。1918年《新青年》4卷6期推出"易卜生专号"，其中胡适与罗家伦合译的易卜生剧作《娜拉》中的主人公娜拉就发出了"首先我是一个人，跟你一样的一个人——至少我要学做一个人"这样的声音。这个声音成为"五四"新文化运动的启蒙之声，标示着人的自觉，标示了个体的觉醒，影响了一代中国青年。

毫无疑问，李香君"我要做人"的呼声，正是20年后欧阳予倩借李香君之口安置的对于"五四"时期启蒙之声的回响。

《桃花扇》的第三重意蕴无疑与欧阳予倩改编这个传奇的时代背景有关。前两次京剧本和桂剧本的改编分别在 1937 年和 1939 年，当时正值抗日战争时期，"文章合为时而著，歌诗合为事而作"。欧阳予倩的京剧、桂剧《桃花扇》自然要传达抗战爱国的主题。同样，1947 年话剧《桃花扇》，虽然当时抗战已经胜利，但欧阳予倩是在台湾改编，其时台湾刚刚结束数十年的日据时代，回到祖国怀抱，感同身受，欧阳予倩的民族意识自然强烈。欧阳予倩话剧《桃花扇》对孔尚任传奇《桃花扇》最重要的改编，就是对侯李爱情结局的处理。孔本《桃花扇》侯方域和李香君双双入道，欧阳本《桃花扇》侯方域投降清朝，考取副榜，李香君对侯方域的变节行为，既羞且愤，当即触阶身亡。触阶之前，决绝地表示："我死了，把我化成灰，倒在水里，也好洗干净这骨头里的羞耻！"如此结局，显然是传递一个强音，即面对民族大义，必须舍生取义的爱国主义情怀。

多年来，学者们对欧阳予倩的这个改编众说纷纭，新世纪以来，有些学者甚至认为欧阳予倩的改编让爱情为政治做了牺牲，是"艺术囿于思想，就失了艺术的真义"。这样的评价表面看是张扬了艺术原则，但却脱离了时代，缺乏"了解的同情"，失之简单。

兴亡之感、人的启蒙和民族主义，是《桃花扇》的三重意蕴。无论侧重哪个意蕴，《桃花扇》有一点是不变的，那就是它写出了乱世中人的选择。值得注意的是，置身乱世，被认为是社会精英的文人群体，似乎不如处于社会底层的民间人士。侯方域纵然是风流才俊，但在欧阳予倩笔下，终不如李香君大义高洁。对于寻找人生知己的李香君而言，风流固然重要，风情亦需点缀，然而风骨，这一人之大节，却不可少。正是如此，一部《桃花扇》，数百年来，不同时代的作者，才不约而同地将肯定的评价给予了李香君，无论从风流、风情还是风骨的层面，李香君才是真正的乱世佳人。

（黄伟林）

70年后欧阳予倩剧作重返黄姚

作家马玉成、周派莲的《抗战昭平》有这样一段记录：

（1945年）元旦这天上午，欧阳予倩早早就指挥着将古戏台打扫干净，挂上"庆祝元旦"四个红灯笼，将马门的"出将""入相"换成了"抗战必胜""建国必成"，将两边的对联用纸覆盖，写上"为光明而舞蹈""为自由而歌唱"，古戏台立即焕发出浓浓的新气象。

70年前元旦夜晚的古戏台前空地，挤得水泄不通。欧阳予倩带领的广西省立艺术馆的演出，永远留存在黄姚人内心的记忆中。

2015年元月1至2日，我们做了一件特别有意义的事情，那就是把欧阳予倩的话剧《桃花扇》带到昭平黄姚古镇的古戏台演出。

我们称之为"70年后欧阳予倩剧作重返黄姚古镇"。

演出分别是元月1日的下午和元月2日的上午，前后至少逾百当地居民观看了演出，至少逾千游客观看了演出。

广西师范大学新西南剧展三台剧目《秋声赋》《桃花扇》和《旧家》分别在广西师范大学、桂林市广西省立艺术馆、南宁锦宴剧院和上海交通大学剧场及驻桂林部队、桂林航修厂演出了数十场，获得了许多奖项，然而，在我看来，黄姚古镇这场演出最有意义，最有价值，最能体现我们新西南剧展本身的意义和价值。

因为，这场演出的观众最需要这台话剧。

在两场四个小时的演出中，最令人感动的是那数十位儿童观众，其中，有个五六岁的，还背着一个不到一岁的弟弟或者妹妹，他们连续两天站在戏台前面，聚精会神观看我们的演出。

后来我问观众，那些孩子们有什么议论？

他们的回答有两个词给我留下了印象：

→《当代广西》，2015年2月第3期

美女，神仙姐姐。

是的，我们给这些乡村的孩子带去了美女，带去了神仙姐姐，这里既有现实生活的写实，也有神话世界的想象。这些乡村的孩子们不缺电视，不缺网络，也不缺语文、数学、英语这些学科知识，但他们缺少这种由大学生带给他们的伸手可触的话剧。我在想，也许数十年后，这群孩子们中间有成就了的人，他们回首往事，会记起，在他们的童年时代，曾经观看过一台广西师范大学学生演出的话剧。

他们渴望的目光，他们专注的神情，让我感觉到我们这件事做得特别棒。

还有那些旅游者，他们是奔黄姚古镇的古镇之美来的，他们看到了古老的建筑，看到了淳朴的民风，他们也对黄姚古镇在抗战时期的历史略有所知。

然而，当他们走到古戏台面前时，他们看到了《桃花扇》，青春激活历史，历史突然以这种方式复活了。

这些旅游者纷纷驻足古镇门前，驻足古戏台面前，他们观看，他们拿起手机、拿起相机拍照，发微信，发微博。广西师范大学的学生演员蛮拼的。旅游者为他们点赞。黄姚古镇的文化抗战历史以这种方式传播至全国，传播至全世界。

古戏台的台沿是一条横幅：铸就复兴中国梦广西师范大学演出欧阳予倩话剧《桃花扇》，其实，横幅因为太长，遮蔽了前面一句话：缅怀抗战民族魂。

→《桃花扇》剧组指导老师与演员在黄姚古镇合影

缓怀抗战民族魂，铸就复兴中国梦。

这其实也是广西师范大学新西南剧展的宗旨。

中国经过 30 多年的建设，已经有一个巨大的物质体量，但也常常觉得精神的内容、灵魂的内容没有及时跟进，没有及时配套。

魂兮归来！

新西南剧展似乎也在建构这样的意义！

（黄伟林）

《秋声赋》：不该被遗忘的桂林之作

提起田汉的话剧《秋声赋》，今天的桂林人可能会感到陌生。抗战时期，云集桂林的文化人创作了数不胜数的文学作品，但像《秋声赋》这样有鲜明的桂林特色，而且在演出时轰动桂林的话剧是罕见的。

1941年，杜宣组建新中国戏剧社，亲自到南岳请田汉支持工作，田汉当即应允，带着老母、幼女从南岳移居桂林。当新中国戏剧社排演第一个话剧《大地回春》时，田汉就考虑要给剧社提供一个理想的剧本。于是，在萧瑟的秋风中，田汉开始构思《秋声赋》。

田汉写作《秋声赋》的方式是极其独特的。当然，这种独特的方式与抗战时期特殊的文化环境有关。《秋声赋》的创作与排练是同时进行的。每写好一部分，剧社就赶紧刻蜡纸、油印，交给演员排练。排完了一部分，剧社就派人到田汉家里坐等剧本，紧张的节奏如同行军打仗。后来为了缩短刻印的时间，田汉干脆自己拿起了铁笔，直接在蜡纸上写剧本。剧本写好后田汉写诗感叹创作剧本的紧张过程："银牙咬碎血尤鲜，错

节盘根见杜宣。待得风雨鸡鸣日，唱出秋声赋一篇。"

五幕剧《秋声赋》主要以桂林文化城为背景，桂林特色非常鲜明。第一幕的背景是漓江边徐子羽家，美丽的象鼻山推窗可见，漓江船夫的歌声随时入耳。第二幕的背景是环湖路某旅馆，抗战时期桂林的市井生活依稀可见。第三幕的背景是七星岩，警报之后，市民散去，文人谈论时局与战况。这是当时旅居桂林的文人经历的典型生活场景。第四幕的背景是长沙，但三个女人在谈着桂林，想着桂林，渴望回桂林。第五幕的背景是漓江边徐子羽家，黄叶飘落、竹影横窗，桂林的秋意更浓了。这样的构思和安排显然能引起桂林观众强烈的共鸣。

《秋声赋》鲜活地再现了桂林文化城的自然风光、人文环境和市井生活。同时，剧中诗人徐子羽以及两位女性在抗战中的成长使作品拥有昂扬向上的品格和感人的力量，剧本的结尾，徐子羽激动地说："这也是秋声，可是这样的秋声不会让我悲伤，只会让

我更加兴奋，更积极。不会让我们有迟暮之感，只会让我们向前努力，不知老之将至。"

不可否认，《秋声赋》是在紧急状态下突击出来的剧本，但田汉在紧急的状态下激发出了过人的才华和超强的创造力，创作出了优秀的作品。1941 年 12 月 28 日，《秋声赋》在桂林的国民大戏院上演，一直演到 1942 年 1 月 3 日，大大突破了当时每个新戏一般只能卖三天的纪录。不仅《秋声赋》深受桂林市民喜爱，《秋声赋》优美的插曲《落叶之歌》也被桂林的青年学生们传唱一时：

> 草木无情，为什么落了丹枫？
> 像飘零的儿女，悄悄地随着秋风。
> 相思河畔，为什么又有漓江？
> 挟着两行清泪，脉脉地流向湘东。
> 啊！秋风送爽为什么吹皱了眉峰？

青春尚在为什么灰褪了唇红？
趁着眉青，趁着唇红，
辞了丹枫，冒着秋风，
别了流水，走向湘东。
落叶儿归根，
野水儿朝宗，
从大众中生长的，应回到大众之中。

他们在等待着我，
那广大没有妈妈的儿童。

2014 年，广西师范大学文学院的师生为了纪念西南剧展 70 周年，重新排演了话剧《秋声赋》。师生们在桂林市艺术馆（原广西省立艺术馆）演出时，87 岁的朱袭文老先生看完演出后回忆起当年《秋声赋》在桂林上演的盛况，在剧场激动地唱起了《落叶之歌》。

（刘铁群）

这部话剧当年轰动桂林城

抗战时期，桂林的戏剧运动蓬勃发展，上演的剧目数不胜数，其中《一年间》是曾轰动桂林文化城的话剧。有学者指出，《一年间》"演出规模之大，动员人力之多，和产生社会影响之深远来看，在中国戏剧史上都是空前的"。

《一年间》是夏衍的四幕话剧。该剧以抗战第一年为背景，描写时代巨变中小人物的矛盾冲突，展现国民的苦难、斗争和觉醒，具有鲜明的抗战意识。夏衍在该剧创作后记中写道："抗战里面需要新的英雄，需要奇峰突起，需要进步得一日千里的人物。但是我想，不足道的大多数，进步迂缓而又偏偏有成见的人，也未始不是应该争取的一面……我不想凭借自己的主观和过切的期望去勉强他们的生活！我把他们放在一个可能改变、必须改变的环境里面。我想残酷地压抑他们，鞭挞他们，甚至于碰伤他们，而使他们转弯抹角地经过各式各样的路，而到达他们必到达的境地。"《一年间》在桂林公演具有重要的意义。此次公演是由《救亡日报》社发起为该报筹款和为前线的抗日将士募捐寒衣的规模盛大的公开义演活动。因此，《一年间》的公演既是对抗战救亡的宣传，也直接为抗战做出了实际的贡献。

《一年间》的演出规模宏大，阵容罕见。为了扩大影响，《一年间》分国语红组、国语蓝组、桂林话组、广东话组。四个组同时排练，演员以国防艺术社成员为主，演剧队、抗宣队、新安旅行团的部分演员参加了演出。国防艺术社中有些既会讲桂林话又会讲广东话的演员同时担负起两组甚至是三组的演出任务。因该剧的婚宴场景需要群众演员，就动员文化界人士参加，当时《救亡日报》的女记者高灏、高汾等也参加了演出。据统计，参加《一年间》演出的演员共计三百多人。《一年间》不仅规模宏大，导演团队也集中了当时桂林戏剧界的名将。除了焦菊隐、施谊任执行导演外，还有欧阳予倩、田汉、夏衍、马君武、马彦祥等人。8月15日，《一年间》正式开排，但焦菊隐前期筹备过于辛劳，第二天就病倒。直至9月

12 日才继续开排。为了提高效率，剧组从清晨开始排练，有时排到半夜才回去。在导演和演员的共同努力下，四个组的排练终于完成。

1939 年 10 月 6 日，《一年间》在新华戏院正式公演，连演七天，共演出八场。有时日夜两场，场场爆满，观众达万余人，轰动了桂林文化城。《一年间》的成功是桂林文化界通力合作的结果。国民党桂林行营政治部主任梁寒操在公演闭幕词中说："这一次公演的成功实现，是由于桂林全文化艺术界的团结，没有这种团结，别说这样繁重的工作，就是再轻易一点的事，也不能这样愉快的实现。"

《一年间》在夏衍的剧作中并不算出色，但在演出上却屡创奇迹。桂林公演结束后，《一年间》的演出奇迹又在上海延续。1940 年 2 月，上海大钟剧社准备上演《一年间》，演出预告也已经刊出，却因剧名容易联想到抗战，被租界当局紧急叫停。剧组没有放弃，而是采取迂回战术，将剧名改成《花烛之夜》，在当时的俄国艺术剧院顺利上演。1945 年 8 月，抗战胜利。上海迎来的第一个抗战话剧就是夏衍的《一年间》，为表达迎接抗战胜利的喜悦心情，剧名改为《抗战一年间》，特别突出了"抗战"。演出后，全场掌声雷动，观众眼含热泪，既是庆祝来之不易的胜利，也是释放被压抑十四年的心情。

（刘铁群）

陈望道与桂林话剧运动

1935 年，著名的语言学家、教育家，《共产党宣言》的最早翻译者陈望道先生来到桂林，到广西师范专科学校（广西师范大学的前身）任教授兼中文系主任。1937 年 6 月，陈望道离开桂林。陈望道在广西师范专科学校工作近两年，这两年间，他不仅致力于教学革新，还致力于推动校内外的文化活动。其中，他对话剧的倡导对桂林具有重要的意义。

曾就读于广西师范专科学校的林志仪在回忆文章中指出："真正的话剧，是从陈望道等先进文化人士到来后，才开始在桂林这片荒芜的土地上传播和成长的"，"陈望道虽然不是戏剧家，却是话剧的倡导者"。的确如此，在陈望道的大力倡导和教务长陈此生的支持下，学校师生成立了广西师专剧团，陈望道亲自担任了剧团团长。剧团于 1936 年 1 月和 4 月间先后进行了两次规模盛大的公演活动，话剧第一次得以以公开身份展现给桂林民众。

第一次公演中，陈望道首先决定排演两个独幕剧：《父归》和《屏风后》，并亲自选演员。《父归》是日本作家菊池宽的作品，该剧由祝秀侠担任导演，并饰演剧中的父亲。学生周伟饰演母亲，陈迩东等学生也参加了演出。欧阳予倩的《屏风后》则是为了配合当时的"打封建鬼"运动而排演的，延续了陈望道入主学校以来的一贯主张。这两个话剧都很成功，叫好又叫座。在取得初步的成绩后，陈望道在第二次公演中亲自担任导演，并做了更为大胆的尝试：一是将要排演的剧目由独幕剧升级为多幕剧，演出了苏联托列泰耶夫的《怒吼吧，中国！》和俄国果戈理的《巡按使》（《钦差大臣》）。这两个多幕剧，场面恢弘，角色众多，颇为考验演员们的功力；二是在这两出剧中大量起用学生演员，深入探索师生合演的表演模式。《怒吼吧，中国！》剧中人物甚至全部由学生来扮演，演来活力十足，逼真精彩。两次公演之后，陈望道还计划排演曹禺的《雷雨》，并定下由学生周伟饰演鲁妈。但遗憾的是，这一愿望还没有实现陈望道就匆忙离桂。

除了话剧公演，陈望道还十分重视话剧的宣传推广和话剧后备人才的培育工作。在他的倡议下，学校创办了《月牙》校刊，定期组稿发布话剧作品、剧评等，成为广大在校话剧爱好者们的园地。而为了做好第二次公演的宣传，他特地在《桂林日报》上以整版篇幅刊登了《师专剧团第二次公演特刊》，公布全体演职人员名单，简介了两个剧目的剧情。在话剧后备人才的培育上，陈望道也是不遗余力。第一次公演结束后，他为了让剧团得到更为专业的指导，特地邀请有着日本留学背景的著名戏剧家，同时也是我国现代话剧倡导者之一的沈西苓来校任教，在沈西苓的悉心指导和量身打造下，剧团中学生演员的表演能力有了质的提升，这才有了第二次公演的巨大成功。

陈望道对话剧的倡导对桂林具有开创意义，也为广西师范大学的校园话剧活动奠定了坚实的基础。师生共同排演话剧一直是广西师范大学的优良传统，并已成为校园文化的亮点。广西师范大学排演的《于无声处》《雷雨》《桃花扇》《秋声赋》等话剧都产生了良好的社会反响。2014 年，广西师范大学成立了以陈望道先生命名的"望道剧社"，以此致敬他对广西师范大学以及对桂林话剧事业的贡献。

（刘铁群）

夏衍与桂林戏剧运动

1938 年 11 月，夏衍离开战火纷飞的广州来到桂林，虽然他在桂林生活和工作的时间只有两年多，但他在报刊编辑、文学创作和组织文化活动等方面都做了大量的工作。其中，戏剧活动与戏剧创作方面成绩尤为突出。

夏衍到桂林后就通过他办的刊物支持爱国戏剧运动。1940 年 3 月，夏衍在《救亡日报》的文艺副刊"文化岗位"开辟了《舞台面》栏目，专门刊登剧本和与戏剧相关的文章。除了《舞台面》，《救亡日报》还用大量的版面集中报道桂林的重大戏剧活动，如《〈一年间〉公演纪念特刊》《公演〈三兄弟特刊〉》等。在 1940 年 11 月，夏衍与欧阳予倩、田汉等人共同创办了《戏剧春秋》，这是一个在当时很有影响的戏剧刊物，主要刊登戏剧创作、戏剧理论、戏剧评论。

这一时期夏衍创作、发表了大量的戏剧评论、戏剧理论和介绍戏剧活动的文章，如《过去一年间的戏剧战线》《论上海现阶段的剧运——复于伶》《论剧本荒的救济》

《关于〈一年间〉》《观剧偶感》《三月桂林的戏剧节》《戏剧抗战三年间》《作剧偶谈》《剧本的创作》《给一个战地戏剧工作者的信》《惶悚与感谢》等。这些文章倾注了夏衍对抗战戏剧运动的热忱。他重视戏剧的时代性和严肃性，反对"把心酸的现实化为轻松的戏剧而使受难的大众破颜一笑"的做法。他认为戏剧工作者在民族解放战争中"是一个站在战斗最前列，作战最勇敢，成绩最显赫的部队"。他强调戏剧的战斗作用，指出文化工作者"不单是要建立抗战剧，而且要用他的戏剧来推进抗战，用他们的戏剧来促进新生中国的新民主政治"。

旅居桂林的两年间，夏衍在话剧创作与翻译上也有突出成绩。他创作了四幕话剧《心防》《愁城记》。这两个剧本都创作于 1940 年，写的都是沦陷后的上海，都由欧阳予倩导演，由广西省立艺术馆话剧实验剧团演出。当时欧阳予倩与夏衍的成功合作被称作"夏编欧导"，在桂林文化圈内传为佳话。夏衍在创作的同时还翻译了俄国作家果

→ 抗战时期夏衍在《救亡日报》
（桂林版）办公室工作的情景

戈理的剧本《两个伊凡吵架》和日本反战作家鹿地亘的剧本《三兄弟》。

1941年1月，《救亡日报》被查封，夏衍撤离桂林，飞往香港。对于这次撤离，他心中有激愤，有无奈，也有不舍。正如他在《别桂林》中所写："在削骨的寒风中，我悄悄地离开了桂林。从逐渐爬高的飞机中，我再贪馋地看了一眼已经包藏在暗云中的山城，'赴难'而来，'逃难'而去，又是一个亡命者了。"

太平洋战争爆发后，夏衍化名黄坤，经澳门、上水、下水、台山、都斛、柳州，于1942年2月5日抵达桂林。当时，桂林正在上演欧阳予倩导演的《愁城记》。这对他来说，是一个特别的欢迎仪式。夏衍此次在桂林仅仅逗留了两个月，但他依然满腔热情地投身于桂林的抗日救亡运动，并与田汉、洪森合作了四幕话剧《再会吧，香港》，该剧3月17日晚上在桂林新华戏院上演，因为这个剧作的标题比较敏感，刚演完第一幕就被查禁。桂林的文化工作者并没有在查禁面前屈服，他们已经在艰苦的环境中磨练出了巧妙的战斗策略，5月1日，这部话剧改名为《风雨归舟》在桂林大众戏院演出。遗憾的是，夏衍没有机会看这次演出。4月9日，他已经离开桂林，前往重庆。

（刘铁群）

焦菊隐在桂林的导演生涯

1938 年秋，焦菊隐来到桂林，受马君武之邀任广西大学文史专修科教授。长期热爱戏剧，曾在法国巴黎大学文学院专攻戏剧并获得博士学位的焦菊隐到桂林后以高度的热情投入到戏剧工作中，而且他的热情很快从校内延伸到了校外。

在校内，焦菊隐担任了广西大学青年剧社的辅导老师，他不仅利用课余时间指导剧社的工作，还亲自导演了两个独幕剧。为推动广西大学的校园戏剧活动做出了巨大贡献。在校外，焦菊隐为桂林很多剧团担任过导演，也参加过很多重大的戏剧活动。焦菊隐在桂林导演了三部具有重大影响的剧目，分别是夏衍的剧作《一年间》，曹禺的剧作《雷雨》，魏如晦（即阿英）编剧的《明末遗恨》。

《一年间》的排演可以说是中国现代话剧史上的奇迹，几乎集中了桂林所有话剧团的力量，分国语红、蓝组和桂语组、粤语组四组同时排练，焦菊隐担任了粤语组的导演。不懂粤语的焦菊隐承担这份工作难度极大，但他不畏艰难，全身心投入到导演工作中。1939 年 8 月 16 日，也就是《一年间》开排的第二天，焦菊隐因过度劳累而病倒，病愈后他马上顶着酷暑继续排练。1939 年 10 月 22 日的《救亡日报》在公布《一年间》公演筹备经过时特别表彰了焦菊隐的辛勤付出："上演之前二十余日间，焦（焦菊隐）、宗（宗惟赓）二君之宵旰辛劳，允为同人所共闻共见。"

1940 年秋，焦菊隐应国防艺术社邀请担任《雷雨》的导演。重排《雷雨》这样的经典剧目，压力是巨大的。焦菊隐在对剧本和演员的特点都进行了理性分析的基础上明确了导演思路，决定凸显《雷雨》以往被忽略的自然主义色彩，并把鲁侍萍、繁漪、四凤作为三个不同类型的女性的代表进行塑造，同时淡化宿命色彩，并在人物的舞台布局上做一些大胆的尝试。1941 年初，《雷雨》在桂林、柳州两地持续演出了四个月，轰动了两座城市，获得了观众的认可和戏剧界的好评。

《雷雨》演出成功后，国防艺术社继续聘请焦菊隐导演《明末遗恨》。焦菊隐正准备再次投入排演工作，想不到出现了意外的状况。1941年6月，属于第四军的铁血剧团奉命到桂林，他们准备演出的剧目恰巧也是《明末遗恨》。铁血剧团希望欧阳予倩、焦菊隐等戏剧界有影响的人物能出面帮助协调解决剧目冲突的问题。但国防艺术社坚决不让步，还强硬地张贴出预演海报。铁血剧团被迫放弃了《明末遗恨》的演出，临时排演历史剧《陈圆圆》，还请焦菊隐做顾问。对于这次剧目冲突的纠纷，多数人都同情铁血剧团。虽然国防艺术社的态度不能代表焦菊隐的态度，但这次纠纷让同时担任《明末遗恨》导演和《陈圆圆》顾问的焦菊隐处境十分尴尬。直到9月19日，焦菊隐导演的《明末遗恨》才在桂林公演。虽然演出取得了成功，但几个月来的尴尬处境让焦菊隐无心享受成功的喜悦。11月1日，焦菊隐离开桂林，到重庆国立戏剧专科学校任教。

焦菊隐在桂林生活的三年，在戏剧导演工作中投入了很大的精力。在这三年的导演生涯中，他品味了艰辛与困苦，感受了成功和喜悦，也体会了纠结和尴尬。这三年的经历一定会成为他一生难忘的记忆。

（刘铁群）

欧阳予倩的幽默

抗战时期，欧阳予倩曾三次到桂林。第一次是 1938 年 5 月由上海经香港抵达桂林，8 月下旬离开桂林前往香港。第二次是 1939 年 9 月再度由香港抵达桂林，1944 年 9 月率原广西省立艺术馆部分人员从桂林疏散到昭平。第三次是 1945 年 10 月从昭平返回桂林，1946 年 9 月带家人离开桂林返回上海。欧阳予倩这三次旅居桂林的生活时间累计近七年。在桂林期间，欧阳予倩改革桂剧，导演话剧，筹建广西省立艺术馆，筹备西南剧展，还参与了一系列桂林文化城的重要活动。可以说，欧阳予倩是桂林文化城最具影响力的文化名人之一。广西省立艺术馆和西南剧展在人们眼中都是叹为观止的战时传奇。欧阳予倩通过贷款、义演、募捐等方式筹集资金，在桂林中学对面建立了广西省立艺术馆。当时广西省立艺术馆是全中国大后方唯一的话剧场，被称为"中国第一个伟大的戏剧建筑物""戏剧界新胜利的堡垒"。西南剧展是现代戏剧史上空前的盛举，影响远至海外。美国剧评家爱金生在《纽约时报》上发表文章，高度评价这次活动："这样宏大规模的戏剧展览，有史以来，除了古罗马时代曾经举行外，还是仅有的，中国处在极度艰辛环境下，而戏剧工作者还能以百折不挠的努力，为保卫文化，拥护民主而战，功劳极大。"

欧阳予倩是能打硬仗、敢啃硬骨头的人，是能创造奇迹的人。同时，他也是个有幽默感、有情趣的人。欧阳予倩和端木蕻良在桂林交往的故事就很好地展现了欧阳予倩颇为可爱的幽默与情趣。端木蕻良自认为在戏剧方面是个外行，到桂林后经常被欧阳予倩灌输戏剧知识，欧阳予倩还幽默地说一定要把端木蕻良硬拖"下海"。后来，端木蕻良果然"下海"写了京剧，还改编了剧本。欧阳予倩看到端木蕻良写的京剧《红拂传》非常兴奋，就约他创作京剧《王翠翘》，而且强调自己要亲自导演。为了让这个剧本尽快完成，欧阳予倩几次亲自到三多路的小楼催促端木蕻良，而且连分场和唱腔都为他安排好了。当时端木蕻良正忙于写小说，同时还在改编京剧《柳毅传书》。为了尽快完成写作计划，端木蕻良拒绝见客，他把"谢绝来宾"的字条从楼下贴到楼上，希望能以此保证安静的写作环境。一天，欧阳予倩来找端木蕻良，而端木蕻良不在家，看到目光所及都贴着"谢绝来宾"，欧阳予倩会心一笑，就提笔写了一首诗：

> 女儿心上想情郎，
> 日写花笺十万行；
> 月上枝头方得息，
> 魂梦又欲到西厢。

这首诗以女子想念情郎，不分日夜地写诗寄情暗喻端木蕻良加班加点写作渴望早日完成任务。欧阳予倩把诗钉在门上，笑着转身离去。这就是在朋友中传开的《杜门诗》，当时一定有不少人误以为忙于写作的端木蕻良自比小女子而心中窃笑。后来，欧阳予倩再次拜访端木蕻良，怀里揣着预先写好的一首诗：

> 春宵何处觅情郎，
> 拥被挑灯春恨长；
> 吟到拟云疑雨候，
> 小生端合便敲窗。

当时端木蕻良正临窗写作，欧阳予倩把诗从窗口塞了进去。欧阳予倩戏称自己是小生，诗的上款落的则是"红良小姐"（暗指端木蕻良）。如果说欧阳予倩前一次开玩笑是临场发挥，诗兴大发，这一次开玩笑则是事先蓄谋，有备而来。令人遗憾的是，虽然欧阳予倩对京剧《王翠翘》满怀期待，但由于湘桂大撤退，端木蕻良创作该剧本的计划没有付诸实践。

欧阳予倩在桂林生活了七年，既德高望重又平易近人，既善于战斗又风雅幽默。他创造的文化奇迹让我们体会了桂林文化城的辉煌成绩，而"杜门诗"这样的轶事则让我们领略了桂林文化城文人们的风雅余韵。

（刘铁群）

后　记

黄伟林

　　抗战桂林文化城研究是广西师范大学文学院现当代文学学科几代学者孜孜不倦的研究领域，曾经编撰出版过《旅桂作家》《桂林文化城概况》《欧阳予倩研究资料》和《桂林文化城大全·文学卷·小说分卷》等有影响的史料文献。2004年前后，我在担任现当代文学教研室主任的时候，决定将当时已经中断了十来年的研究重新恢复并重点突破，在雷锐、黄绍清、李江、刘铁群、高蔚等老师的支持下，数年后学科同仁在中国社会科学出版社出版了五卷本的"桂林文化城文学研究丛书"。

　　话剧排演是广西师范大学文学院的传统，广西师范大学在创建之初就有陈望道、沈西苓等名家大师排演话剧，为桂林这一"古城"引进了现代文化，为广西这一边疆少数民族地区引进了新文化。1984年我大学毕业分配到广西师范大学中文系任教，也经常听到老教师谈论他们当年排演《于无声处》的情景。向丹老师是广西师范大学话剧活动最执着的传承人，从20世纪70年代到21世纪，她不仅参与了《于无声处》的演出，而且引领学生排演了《雷雨》《桃花扇》《于无声处》等话剧。

　　桂林是国家首批历史文化名城，但旅游者到桂林往往只见山水不见文化。多年研究桂林文化，我萌生了"激活历史""复活经典"的想法。这就是新西南剧展，通过话剧演出的方式，活态地呈现抗战时期的桂林文化城，让人们知道清新俊逸的桂林山水之外，还有壮怀激烈的桂林人文。

　　高远的想法需要切实的行动。想法形成之后，我与刘铁群老师商量，得到她肯定的支持。刘铁群老师是亲力亲为的行动者，她建议邀请漓江学院中文系合作。于是，我们最初的想法开始进入了实施。

　　我从来没有排演过话剧，之所以敢于有这个创意，是因为向丹老师继承的广西师范大学话剧传统的存在。当我最初与向丹老师商量我的想法的时候，遭到了她的婉拒。好在向丹老师实在太热爱话剧了，而且她也很熟悉桂林文化城的话剧运动，当我表示我想排演的是田汉话剧《秋声赋》的时候，我感觉到电话那一端她的意外和欣喜。我没有对向丹老师做任何的说服工作，只是请她考虑考虑。当我第二次与她通话时，她爽快地表示她愿意参与到"新西南剧展"这个活动中。

有向丹老师，我知道新西南剧展肯定能够立起来了。接下去，我们要考虑的是如何提升这个话剧活动的品质。

虽然是话剧，但田汉的话剧有一个特点，即"话剧加歌"。我们需要声乐专业的老师介入。在学校往返育才和雁山两个校区的校车上，陈广林老师给我推荐了音乐学院的宁红霞老师。我不认识她，但很快，在新西南剧展的主题沙龙上，我们与宁红霞老师见面了。宁红霞老师的加盟，让我们新西南剧展团队有了音乐专业的支撑。

舞美，我们需要美术专业的老师介入，我想到了刘宪标老师。好些年前我买过一本摄影书《漓江深呼吸》，发现作者刘宪标就在广西师范大学美术学院任教，从此我记住了刘宪标这个名字。在新西南剧展启动之前，我们的精品视频课程《桂林山水中的文化印记》正好由刘宪标老师摄影制作。他的敬业给我留下了很深的印象。我邀请他加盟我们的团队，他干脆利落地答应了。

刘铁群、向丹、宁红霞、刘宪标和我，还有漓江学院的李钰、马明晖两位老师，这是新西南剧展最初的七人团队。值得说明的是，李钰老师和马明晖老师领衔的《旧家》剧组几乎是独立排演的。我曾经数次到漓江学院观看他们排演，他们更年轻，更有活力，他们的排演令我钦佩。

后来，我们的指导教师团队还增加了刘慧明老师，她原是上海戏剧学院的老师，现在广西师范大学音乐学院从事舞蹈教学，她成了向丹老师很好的助手。

八人团队的老师们来自不同的学校、不同的学院、不同的专业，老师们之间，没有行政关系、经济关系、利益关系，却爆发出难以想象的凝聚力和心有灵犀的合作精神，靠的是什么？我觉得，很大程度上来自文化观、价值观的认同。文化观、价值观的认同帮助团队成员超越了现实的功利意识。大家在新西南剧展这个项目上达成了相通的文化理念，产生了共同的文化兴趣，进而形成了可以合作的文化内驱力。

新西南剧展虽然是校园文化活动，但其从创意之初就不打算局限于校园，而着意于对社会有积极的影响。事实也是如此。尚未进入排练，新西南剧展已经得到著名剧作家张仁胜先生的关注，他的专业眼光对我们是一个很好的引领和鼓励，让我们获得了将新西南剧展持续发展的信心。在张仁胜先生的引荐下，新西南剧展进入了文化产业运营者邓立先生的视野，成为"广西新青年话剧季暨广西大学生话剧节"演出剧目。在广西师范大学新西南剧展话剧展演开幕的当天，黎易鑫先生代表桂林广西省立艺术馆对新西南剧展发出邀请，这对我们是振奋人心的鼓舞。广西戏剧家协会副主席林超俊先生把新西南剧展带到了一个更高的平台——中国校园戏剧节，吸引了更多戏剧界名家对新西南剧展的关注。著名表演艺术家黄婉秋女士、张树萍女士、褚家设先生，著名作曲家黄有异先生、王小宁先生，著名作家黄继树先生，著名评论家张燕玲女士，给新西南剧展团队诸多具体的指导和帮助，这都是我们必须感怀和铭记的。摄影家邓云波先生率领他的摄影团队对新西南剧展进行跟踪摄影，并举办摄影展"致敬西南剧展"，是对我们极大的鼓舞和鞭策。

作曲家黄有异先生经常说：做成一件事情，个人要有见识，团队要有共识，还要得到领导赏识。新西南剧展一路走来，得到许多领导的赏识。潘琦先生委托我主持大型文献整理项目"抗战桂林文化城史料汇编"，吕余生先生支持"广西抗战文化暨桂林文化城研究"，王枬女士对新西南剧展事无巨细的关心，王云龙先生、李滨凤女士对新西南剧展的热心扶持，这些都是领导对新西南剧展的赏识，是新西南剧展得以成功开展的重要保障。

当年西南剧展发生之时，欧阳予倩说："我们所希望的是使戏剧成为教育，成为学术，成为富于营养性的精神的粮食，成为化除一切腐旧的不良习惯的药石。"此话尚未过时。事实上，新西南剧展正是基于学术研究的教学实践、基于学术研究的文化创新、基于学术研究的精神引领。学术是大学的本质，是大学教师安身立命之所，是贯通古与今、智与美的诗意的栖居。

西南剧展开幕73周年纪念日前夕于桂林朝阳乡